044454

RAZ DE MARÉE

Clive Cussler est né le 15 juillet 1931 à Aurora, Illinois, mais a passé son enfance et la première partie de sa vie adulte à Alhambra, en Californie. Après des études au collège de Pasadena, il s'engage dans l'armée de l'air pendant la guerre de Corée et y travaille comme mécanicien d'avions. Ensuite il entre dans la publicité où il devient d'abord rédacteur puis concepteur pour deux des plus grandes agences de publicité américaines, écrivant et produisant des spots publicitaires pour la radio et la télévision, qui reçoivent plusieurs récompenses, tels le New York Cleo et le Hollywood International Broadcast, ainsi que plusieurs mentions dans des festivals du film, y compris le Festival de Cannes.

Il commence à écrire en 1965 et publie en 1973 un roman, *The Mediterranean Caper*, dans lequel apparaît pour la première fois son héros Dirk Pitt. Ce roman sera suivi en 1975 par *Iceberg*, puis *Renflouez le Titanic !* en 1976, *Vixen 03* en 1978, *L'Incroyable Secret* en 1981, *Pacific Vortex* en 1983, *Panique à la Maison-Blanche* en 1984, *Cyclope* en 1986, *Trésor* en 1988, *Dragon* en 1990, *Sahara* en 1993, *L'Or des Incas* en 1995, *Onde de choc* en 1997, *Chasseurs d'épaves* en 1998, *Raz de marée* en 1999 et *Le Serpent* en 2000.

Collectionneur réputé de voitures anciennes, il possède vingt-deux des plus beaux modèles existant de par le monde.

Cussler est aussi une autorité reconnue internationalement en matière de découverte d'épaves puisqu'il a localisé trente-trois sites de naufrages connus historiquement. Parmi les nombreux navires qu'il a retrouvés, on compte le *Cumberland*, le *Sultana*, le *Florida*, le *Carondelet*, le *Weehawken* et le *Manassas*.

Il est président de l'Agence nationale maritime et sous-marine (National Underwater and Marine Agency : NUMA), membre du Club des explorateurs (Explorers Club) et de la Société royale géographique (Royal Geographic Society), président régional du Club des propriétaires de Rolls-Royce, chevalier de la Chaîne des Rôtisseurs, et président de la Ligue des auteurs du Colorado.

Paru dans Le Livre de Poche :

CLIVE CUSSLER

Raz de marée

ROMAN

TRADUIT DE L'AMÉRICAIN PAR CLAUDIE LANGLOIS-CHAUSSAIGNON

GRASSET

L'édition originale de cet ouvrage a été publiée par Simon et Schuster sous le titre :

FLOOD TIDE

REMERCIEMENTS

L'auteur souhaite exprimer sa gratitude aux hommes et aux femmes du Service de l'Immigration et de la Naturalisation pour les données et les statistiques qu'ils lui ont fournies sur l'immigration clandestine.

Il remercie également les ingénieurs des Forces militaires qui l'ont aidé à décrire les caprices naturels des deux grands fleuves que sont le Mississippi et l'Atchafalaya.

Sans oublier les nombreuses personnes qui lui ont généreusement soumis des idées et des suggestions sur les obstacles que Dirk et Al allaient devoir surmonter.

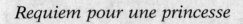
Requiem pour une princesse

Le Princesse Dou Wan

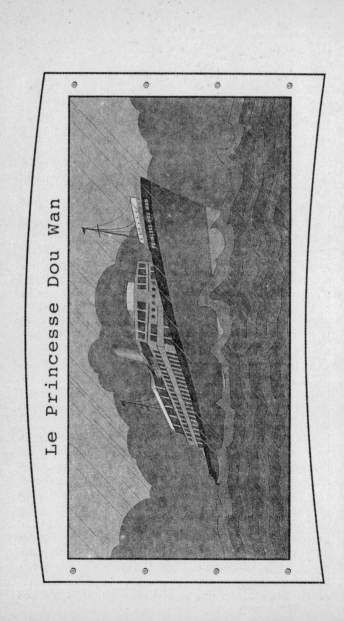

Les vagues devinrent vicieuses, empirant à chaque rafale du vent. Les eaux calmes de la matinée se transformèrent du tranquille Dr Jeckyll en un véhément Mr Hyde en fin d'après-midi. L'ourlet blanc, au sommet des rouleaux énormes, déferla en rideaux d'écume. Les vagues déchaînées et les nuages noirs se fondirent sous l'assaut d'une soudaine tempête de neige. Il devint impossible de discerner où finissait la mer et où commençait le ciel. Tandis que les passagers du *Princesse Dou Wan* se frayaient un chemin dans la fureur des eaux qui se dressaient comme des montagnes avant de s'écraser contre le transatlantique, personne à bord n'avait conscience de l'imminence du désastre qui allait se produire quelques minutes plus tard.

Les eaux démentes étaient poussées par deux bourrasques venant l'une du nord-est, l'autre du nord-ouest, qui créaient à elles deux des courants féroces attaquant le navire par bâbord et par tribord. Les vents atteignirent bientôt des forces de cent soixante kilomètres par heure engendrant des vagues de plus de dix mètres de haut. Pris dans ce maelström, le *Princesse Dou Wan* ne pouvait trouver aucun endroit pour se mettre à l'abri. Sa proue plongeait sous les vagues qui balayaient ses ponts ouverts, submergeaient l'avant puis l'arrière et revenaient quand la poupe se soulevait au point que ses hélices tournaient follement hors de l'eau. Frappé dans toutes les directions, le navire roula sur trente degrés. La lisse tribord de son pont promenade disparut sous un torrent déchaîné. Lentement, trop lentement, il réussit à reprendre son assiette et se replongea dans le pire orage qu'on eût connu depuis des années.

Transi et incapable de rien distinguer dans la tempête de neige, l'officier en second Li Po, qui était de quart, se réfugia dans la timonerie dont il claqua la porte. Au cours de toute sa carrière dans la mer de Chine, il n'avait jamais eu à affronter une tempête de neige au milieu d'un violent orage. Po se dit que les dieux étaient injustes de déchaîner des vents aussi ravageurs contre le *Princesse* après qu'il eut parcouru la moitié du monde et alors qu'il n'avait plus que deux cents milles à parcourir avant de rentrer au port. Au cours des seize dernières heures, il n'avait parcouru que quarante milles.

A part le commandant Leigh Hunt et le chef mécanicien, dans la salle des machines, l'équipage n'était composé que de Chinois nationalistes. Vieux loup de mer ayant servi douze ans dans la Royal Navy et dix-huit ans en tant qu'officier dans trois flottes différentes, Hunt avait passé douze de ces années au poste de commandement. Dans son enfance, il pêchait avec son père au large de Bridlington, une petite ville côtière de l'est de l'Angleterre, avant de s'engager comme simple matelot sur un cargo en partance pour l'Afrique du Sud. C'était un homme mince avec des cheveux gris et un regard triste et vide. Il ne se faisait guère d'illusion sur les chances qu'avait le navire de se sortir d'un pareil orage.

Deux jours plus tôt, l'un des marins lui avait signalé une fissure dans la coque extérieure tribord de l'unique cheminée. Il aurait volontiers donné un mois de son salaire pour jeter un coup d'œil à cette fissure maintenant que le navire affrontait une contrainte aussi incroyable. A regret il repoussa cette pensée. Il aurait été suicidaire de tenter une inspection avec ce vent de cent soixante kilomètres heure et les eaux déchaînées qui se répandaient sur les ponts. De toutes les cellules de son corps, il sentait que le *Princesse* courait un danger mortel mais savait que le destin du navire n'était plus entre ses mains.

Hunt essaya de percer du regard la couche de neige qui bouchait les fenêtres de la timonerie et s'adressa à son second sans tourner la tête.

— Où en est la glace, monsieur Po?

— Elle s'accumule rapidement, commandant.

— Croyez-vous que nous courions le danger de chavirer?

Li Po secoua lentement la tête.

— Pas encore, monsieur, mais au matin, le poids sur les superstructures et les ponts pourrait s'avérer critique si nous gîtons beaucoup.

Hunt réfléchit un moment puis s'adressa à l'homme de barre.

— Gardez le cap, monsieur Tsung. Que notre proue reste bien dans le vent et dans les vagues.

— A vos ordres, monsieur, répondit le timonier chinois, les pieds solidement écartés et les mains raidies sur le gouvernail d'acier.

Hunt repensa à la fissure de la coque. Il ne se rappelait pas depuis quand le *Princesse Dou Wan* avait subi une inspection correcte sur cale. Bizarrement, l'équipage ne montrait aucune inquiétude à propos des fuites, des plaques gravement rouillées et des rivets en mauvais état, voire carrément absents. Tout le monde paraissait ignorer la corrosion et le fait que les pompes de cale, sans cesse sollicitées, avaient du mal à évacuer les lourdes fuites pendant les traversées.

Si le *Princesse Dou Wan* avait un talon d'Achille, c'était bien sa coque usée et fatiguée. Pour un navire qui parcourt les océans, vingt ans, c'est déjà la vieillesse. Celui-ci avait parcouru des centaines de milliers de milles et dompté des mers difficiles et des typhons depuis qu'il avait quitté son chantier de construction, trente-cinq ans auparavant.

Lancé en 1913 sous le nom de *Lanai* par les chantiers Harland & Wolff pour les Singapore Pacific Steamship Lines, il jaugeait 10 758 tonneaux et mesurait 149 mètres de long de sa proue bien droite à sa poupe en forme de coupe à champagne de dix-huit mètres de large. Ses moteurs à vapeur à expansion triple développaient 5 000 chevaux et tournaient sur des pas jumeaux. Dans sa jeunesse, il fendait l'eau à la vitesse respectable de dix-sept nœuds et assurait la traversée Singapour-Honolulu jusqu'en 1931, date à laquelle il fut vendu aux Canton Lines et rebaptisé *Princesse Dou Wan*.

Après une bonne remise en état, il assura le transport de fret et de passagers vers tous les ports d'Asie du Sud-Est.

Pendant la Seconde Guerre mondiale, il fut cédé au gouvernement australien qui le transforma pour servir de transport de troupes. Très abîmé par les attaques japonaises pendant ses convois, on le rendit aux Canton Lines après la guerre et il ne fut plus affecté qu'aux courts trajets de Shanghai à Hong Kong jusqu'au printemps de 1948, après quoi il fut vendu aux ferrailleurs de Singapour.

Il avait été conçu pour transporter cinquante-cinq passagers de première classe, quatre-vingt-cinq passagers de seconde classe et trois cent soixante-dix de troisième classe. Normalement, il occupait cent quatre-vingt-dix hommes d'équipage mais, pour son dernier voyage, seuls trente-huit hommes composaient la main-d'œuvre.

Hunt repensait à son ancien commandement comme à une petite île sur une mer turbulente prise dans un drame sans spectateur. Il devint fataliste. Il était prêt pour la plage et le *Princesse* l'était, lui, pour le chantier de démolition. Le commandant ressentait une certaine compassion pour son navire blessé par tant de batailles, qui luttait en ce moment dans l'enfer de l'orage. Le bateau se tordait et grognait sous les coups de vagues titanesques mais s'en sortait chaque fois et préparait sa proue aux chocs suivants. La seule consolation de Hunt, c'était que ses moteurs épuisés ne manquaient pas un battement.

En bas dans la salle des machines, les craquements et les grognements du navire se faisaient inhabituellement bruyants. La rouille volait en se décollant des parois tandis que l'eau montait maintenant en pénétrant par les grillages des coursives. Les rivets supposés tenir les plaques d'acier se détachaient par à-coups et traversaient l'espace comme des balles de revolver. En général, l'équipage était apathique. Cela arrivait souvent sur les navires construits avant l'ère de la soudure. Mais cette fois, un homme commença à ressentir les tentacules de la peur.

Le chef mécanicien Ian « Hong Kong » Gallagher était puissant comme un bœuf, avec un visage rouge de bon buveur. Irlandais aux grosses moustaches, il savait reconnaître le moment où un navire était sur le point de se rompre. Cependant il oublia sa peur en se concentrant calmement sur les moyens de s'en tirer.

Orphelin depuis l'âge de onze ans, Ian Gallagher avait échappé aux taudis de Belfast et pris la mer comme garçon de cabine. Son habileté à entretenir les moteurs avait bientôt fait de lui un apprenti puis un troisième mécanicien. Lorsqu'il atteignit l'âge de vingt-huit ans, il avait en poche son brevet de chef mécanicien et servait sur des cargos divers labourant les eaux entre les îles du Pacifique Sud. On l'avait surnommé Hong Kong après qu'il eut survécu à une bataille épique dans l'un des bars de cette ville contre huit dockers chinois qui avaient essayé de le rouler. Lorsqu'il eut trente ans, il s'engagea sur le *Princesse Dou Wan* au cours de l'été 1945.

Le visage sévère, il s'adressa au mécanicien en second, Chu Wen.

— File en haut, enfile un gilet de sauvetage et prépare-toi à abandonner le navire quand le commandant le dira.

L'ingénieur chinois retira de sa bouche le bout de son cigare et fixa Gallagher d'un air incrédule.

— Tu crois qu'on va couler?

— Je *sais* qu'on va couler, répondit Gallagher d'un ton sec. Ce vieux rafiot rouillé ne tiendra pas plus d'une heure.

— Tu l'as dit au commandant?

— Il faudrait qu'il soit sourd, muet et aveugle pour ne pas s'en rendre compte tout seul.

— Tu viens? demanda Chu Wen.

— Dans une minute, répondit Gallagher.

Chu Wen essuya ses mains huileuses sur un vieux chiffon, adressa un vague signe de tête au chef mécanicien et se dirigea vers l'échelle de coupée menant aux superstructures.

Gallagher jeta un dernier regard à ses chers moteurs qui, il en était sûr, allaient bientôt reposer par le fond. Il se raidit lorsqu'un craquement sinistre résonna dans toute la coque. Le vieux *Princesse Dou Wan* souffrait de vieillesse mécanique, une maladie qui frappe un jour ou l'autre les avions et les navires. Extrêmement difficile à diagnostiquer en eaux calmes, on ne la décelait que lorsque le vaisseau affrontait des vagues importantes et vicieuses. Même au temps de sa jeunesse, le *Princesse* aurait eu du mal à supporter les coups de boutoir meurtriers qui frappaient maintenant sa coque avec une force de vingt mille livres par centimètre carré.

Le cœur de Gallagher se serra lorsqu'il vit apparaître dans la cloison une fissure qui se faufilait vers le bas puis sur les côtés à travers les plaques de protection. Elle prenait naissance sur le panneau bâbord et s'élargissait en progressant vers tribord. Il saisit le téléphone de bord et appela le pont.

Ce fut Li Po qui répondit.

— Ici le pont.

— Passe-moi le commandant, aboya Gallagher.

Une seconde passa puis il reconnut la voix du commandant.

— Monsieur, nous avons une foutue fissure dans

la salle des machines, qui empire de minute en minute.

Hunt fut stupéfait. Il avait espéré, contre toute logique, atteindre le port avant que les dommages ne deviennent critiques.

— Est-ce que nous prenons l'eau?

— Les pompes livrent une bataille perdue d'avance.

— Merci, monsieur Gallagher. Pouvez-vous garder les moteurs jusqu'à ce que nous atteignions la terre?

— Combien de temps cela prendra-t-il, à votre avis?

— Une heure devrait suffire pour atteindre des eaux plus calmes.

— J'en doute, dit Gallagher. Je leur donne dix minutes, pas plus.

— Merci, chef, dit Hunt d'une voix sombre. Vous feriez bien de quitter la salle des machines pendant que vous le pouvez encore.

Hunt reposa le téléphone d'un geste las et se tourna pour regarder vers l'avant par la fenêtre de la timonerie. Le navire avait pris une gîte importante et roulait lourdement. Deux de ses canots avaient déjà été arrachés et passés par-dessus bord. Il n'était plus question, maintenant, d'atteindre la plage la plus proche ni de mener le navire à terre en toute sécurité. Pour atteindre des eaux plus calmes, il aurait fallu pouvoir virer de bord. Le *Princesse* ne pourrait survivre aux coups de boutoir des vagues par le travers. Il coulerait dans le premier creux, sans espoir d'en ressortir. Quelles que soient les circonstances, qu'il se casse ou que la glace empilée sur les superstructures le fasse couler, le navire était perdu.

Sa pensée, en flash-back, le ramena soixante jours en arrière, à dix mille milles de là, au dock du Yang-Tsé, à Shanghai, lorsqu'on avait enlevé tous les meubles des cabines de luxe du *Princesse Dou Wan*, en prévision de son dernier voyage aux chantiers de ferrailles de Singapour. Le départ avait été retardé par l'arrivée du général Kung Hui, de l'armée nationaliste chinoise, arrivant au dock dans une conduite intérieure Packard. Il avait ordonné au commandant Hunt de venir bavarder avec lui dans la voiture.

— Excusez cette intrusion, commandant, mais j'agis sur les directives personnelles du généralissime Tchang Kaï-Chek, dit le général Kung Hui.

La peau et les mains aussi lisses et blanches qu'une feuille de papier, il était assis, méticuleux et immaculé dans son luxueux uniforme qu'aucun faux pli ne déparait. Il occupait toute la place du siège arrière tandis que le commandant Hunt devait se contenter d'un strapontin inconfortable où il se contorsionnait pour suivre le discours de son interlocuteur.

— Il exige que votre navire et son équipage se préparent pour un long voyage, poursuivit le général.

— Je pense que c'est une erreur, dit Hunt. Le *Princesse* n'est pas en état de faire une longue croisière. Il va quitter le port avec à peine assez d'hommes, de carburant et de nourriture pour atteindre le chantier de Singapour.

— Oubliez Singapour, coupa Hui avec un geste délicat de la main. On vous donnera suffisamment de carburant et de nourriture ainsi que vingt marins de notre marine nationale. Dès que le fret sera à bord... (Hui fit une pause pour insérer une cigarette dans un long fume-cigarette et l'allumer.) Disons dans une dizaine de jours, vous recevrez l'ordre de partir.

— Je dois en discuter avec les directeurs de ma compagnie, protesta Hunt.

— Nous avons déjà prévenu les directeurs des Canton Lines de ce que le *Princesse Dou Wan* sera temporairement aux ordres du gouvernement.

— Et ils ont accepté ?

— Si l'on tient compte du fait que le généralissime les a grassement payés en or, répondit Hui, ils n'ont été que trop heureux de coopérer.

— Lorsque nous aurons atteint notre — ou dois-je dire *votre* destination, que se passera-t-il ?

— Lorsque la marchandise aura été débarquée sans problème, vous pourrez rejoindre Singapour.

— Puis-je vous demander où nous devons aller ?

— Non, vous ne pouvez pas.

— Et le fret ?

— Toute cette mission doit rester secrète. A partir de cet instant, vous-même et votre équipage devrez rester à bord du navire. Pas un pas à terre. Pas de contact avec les amis ou les familles. Mes hommes garderont le navire jour et nuit pour garantir le secret le plus absolu.

— Je vois, dit Hunt qui, de toute évidence, ne voyait rien du tout.

Il n'avait jamais rencontré quelqu'un dont le regard fût aussi fuyant.

— Pendant que j'y pense, poursuivit Hui, tout votre matériel de communication a déjà été enlevé ou détruit.

Hunt n'en revenait pas.

— Vous ne pensez tout de même pas que je vais entreprendre un voyage en mer sans radio ! Que se passera-t-il si nous rencontrons des difficultés et si nous devons lancer un appel de détresse ?

Hui considéra longuement son fume-cigarette.

— Je n'envisage aucune difficulté.

— Vous êtes optimiste, général, dit Hunt. Le *Princesse* est un navire fatigué et très âgé. Il n'est absolument pas en état d'entreprendre un voyage au cours duquel il risque de rencontrer une grosse mer ou des orages violents.

— Je ne saurais trop vous expliquer l'importance de la récompense qui vous sera allouée si cette mission est menée à bien. Le généralissime Tchang Kaï-Chek accordera une très généreuse compensation — en or — pour vous-même et votre équipage dès que vous aurez atteint le port avec succès.

Hunt regarda par la fenêtre de la limousine la coque rouillée de son navire.

— Une fortune en or ne me servira pas à grand-chose quand je reposerai au fond de l'eau.

— Alors nous reposerons ensemble pour l'éternité, dit le général Hui avec un sourire sans gaieté. Je vous accompagne en tant que passager.

Le commandant Hunt se rappelait l'activité frénétique qui, d'un seul coup, se déclencha autour du *Princesse*. On pompa du fuel jusqu'à ce que les réservoirs soient pleins. Le cuisinier du bord fut sidéré par la quantité et la qualité de la nourriture qu'on apporta dans ses cuisines. Il y eut un défilé incessant de camions, s'arrêtant sous les énormes grues des docks, de grandes caisses de bois levées puis déposées sur le navire et rangées dans les cales qui furent bientôt pleines à craquer.

Le flux des camions paraissait ne jamais se terminer. Hunt vit des caisses assez petites pour être portées par un homme ou deux s'entasser dans les cabines vides de passagers, dans les coursives désertes et dans tous les endroits disponibles sous les ponts. Chaque mètre carré d'espace fut rempli jusqu'aux ponts supérieurs. Les dix dernières charges des camions furent déposées sur les ponts promenade que parcouraient autrefois les passagers désœuvrés. Le général Hui fut le dernier à monter à bord avec une petite escouade d'officiers lourdement armés. Avec lui arrivèrent ses bagages, dix malles cabines et trente caisses de vins fins et de cognac.

« Tout ça pour rien », pensa Hunt. Battu sur la dernière ligne droite par Mère Nature. Tous ces secrets, ces tricheries compliquées n'avaient servi à rien. Depuis qu'il avait quitté le Yang-Tsé, le *Princesse* avait navigué seul et en silence. Sans équipement radio, les appels des navires croisés étaient restés sans réponse.

Le commandant regarda le radar récemment installé. Son écran ne montrait aucun autre navire à cinquante milles autour du *Princesse*. Il ne devait s'attendre à aucun secours. Il leva les yeux et vit le général Hui qui entrait d'un pas chancelant dans la timonerie. Le visage naturellement pâle, il portait à ses lèvres un mouchoir blanc sale.

— Le mal de mer, général? demanda Hunt d'un ton railleur.

— C'est cette saleté d'orage, murmura Hui. Ne finira-t-il donc jamais?

— Nous avons tous deux été bons prophètes.

— De quoi parlez-vous?

— De ce que vous avez dit à propos du fait que nous reposerions ensemble pour l'éternité. Cela ne tardera plus, maintenant.

Gallagher courut sur le pont supérieur, s'accrochant aux rambardes pour ne pas tomber, parcourant la coursive jusqu'à sa cabine. Il ne ressentait ni agitation ni confusion mais au contraire un très grand calme. Il savait exactement ce qu'il devait faire. Il avait toujours soigneusement verrouillé sa porte à cause de ce qui était à l'intérieur mais il inséra la clef dans la serrure sans trembler. Ouvrant la porte d'un coup de pied, il l'envoya buter contre le mur.

Une femme aux longs cheveux blonds, vêtue d'une robe de soie, était assise sur la couchette et lisait un magazine. Elle leva les yeux, surprise de l'intrusion soudaine tandis qu'un petit teckel sauta sur ses pattes près d'elle et commença à aboyer. La femme avait un corps superbe et bien proportionné, un teint parfait, des pommettes hautes et des yeux bleus comme un ciel de midi. Debout, elle arrivait à peine au menton de Gallagher. Elle balança gracieusement les jambes et s'assit sur le bord de la couchette.

— Dépêche-toi, Katie! dit-il en lui saisissant le poignet pour la faire lever. Nous avons très peu de temps.

— Sommes-nous arrivés au port? demanda-t-elle, surprise.

— Non, ma chérie. Le navire est sur le point de couler.

— Oh! Mon Dieu! dit-elle en mettant une main sur ses lèvres.

Gallagher ouvrit rapidement des portes de placards, tira des tiroirs, jetant des vêtements par-dessus ses épaules.

— Mets tous les vêtements que tu peux, tous les pantalons que tu as et toutes mes chaussettes. Mets les vêtements les plus légers en dessous et les plus épais par-dessus et dépêche-toi ! Ce vieux rafiot sera au fond dans quelques minutes.

La femme parut sur le point de protester, se ravisa et commença, après avoir ôté sa robe, à enfiler des vêtements. Elle bougeait vite et sans geste inutile, mettant d'abord son pantalon puis celui de Gallagher. Elle enfila cinq pull-overs de laine par-dessus trois blouses. Elle se dit qu'elle avait eu de la chance, vraiment, d'avoir préparé une pleine valise pour ce rendez-vous avec son fiancé.

Quand elle ne put rien mettre de plus, Gallagher l'aida à passer l'une de ses vareuses de travail et lui fit mettre ses bottes à lui par-dessus son collant de soie et plusieurs paires de chaussettes.

Le petit teckel fila entre ses jambes et se mit à sauter, ses oreilles tressautant d'agitation. Gallagher le lui avait offert en même temps qu'une bague de fiançailles en émeraude le jour où il lui avait demandé de l'épouser. Le chien portait un collier de cuir rouge orné d'un pendentif en or représentant un dragon qui battait pour l'heure furieusement contre la petite poitrine de l'animal.

— Fritz ! le gronda-t-elle, monte sur le lit et reste tranquille.

Katrina Garin était une jeune femme décidée à qui on n'avait pas besoin de donner d'explications détaillées. Elle avait douze ans quand son père anglais, principal d'un petit cargo faisant du cabotage d'une île à l'autre, avait péri en mer. Élevée par la famille de sa mère, des Russes blancs, elle travailla au sein des Canton Lines, comme employée aux écritures d'abord avant de devenir, en diverses étapes, la secrétaire particulière du directeur. Elle avait le même âge que Gallagher qu'elle avait rencontré dans les bureaux de la compagnie alors qu'il était venu faire son rapport sur l'état des moteurs du *Princesse Dou Wan*. Il lui avait plu. Bien qu'elle eût préféré un homme un peu plus stylé et sophistiqué, ses manières brusques et son humour lui avaient rappelé son père.

Ils s'étaient rencontrés plusieurs fois au cours des semaines suivantes et avaient couché ensemble, généralement dans sa cabine à bord, ce qui ajoutait un certain piquant à l'aventure car il fallait éviter de se faire voir. Faire l'amour au nez et à la barbe du commandant et de l'équipage excitait beaucoup la jeune femme. Katie avait été coincée à bord quand le général Hui avait fait ceinturer le navire par sa petite armée personnelle. Elle n'avait pas pu débarquer malgré les supplications de Gallagher et la colère du commandant que l'on avait dû informer de sa présence. Du reste, le général Hui avait exigé qu'elle reste à bord pour toute la durée du voyage. Depuis qu'ils avaient quitté Shanghai, elle était rarement sortie de sa cabine. Son seul compagnon, quand Gallagher était de service dans la salle des machines, était le petit chien à qui elle avait appris à faire des tours pour passer les longues heures en mer.

Gallagher mit rapidement leurs papiers, passeports et valeurs dans une pochette de toile cirée imperméable. Il passa un lourd caban de marin et planta son regard dans les yeux bleus voilés d'inquiétude de sa fiancée.

— Prête ?

Elle leva les bras et regarda la lourde masse de ses vêtements.

— Je ne pourrai jamais enfiler un gilet de sauvetage sur tout ça ! dit-elle d'une voix un peu tremblante. Et sans gilet de sauvetage, je coulerai comme une pierre.

— As-tu oublié ? Le général Hui a fait jeter tous les gilets de sauvetage par-dessus bord il y a quatre semaines.

— Alors nous prendrons un canot de sauvetage ?

— Les canots qui ne sont pas déjà en miettes ne tiendront jamais sur une mer pareille.

Elle lui lança un regard ferme.

— Nous n'allons pas mourir, n'est-ce pas ? Si on ne se noie pas, on mourra de froid.

Il posa une casquette sur ses cheveux blonds et ses oreilles.

— Quand on a chaud à la tête, on a chaud aux pieds.

Il prit doucement son visage entre ses mains et l'embrassa.

— Chérie, on ne t'a jamais dit que les Irlandais ne se noient jamais ?

Prenant Katie par la main, Gallagher la poussa sur la coursive et ils se dirigèrent vers le pont supérieur.

Oublié sur la couchette, Fritz le teckel s'allongea, obéissant, sûr que sa maîtresse allait bientôt revenir, le regard de ses yeux topaze plein de confusion.

Les membres de l'équipage qui, après leur service, n'étaient pas en train de jouer aux dominos ou de raconter des histoires d'orages auxquels ils avaient échappé, dormaient sur leurs couchettes sans se rendre compte que leur navire était sur le point de se briser autour d'eux. Le cuisinier et son aide débarrassaient les tables après le dîner et servaient le café à ceux qui s'étaient attardés à la salle à manger. Malgré la violence de l'orage, l'équipage était heureux à l'idée d'atteindre bientôt le port. Bien qu'on leur eût caché la destination, ils connaissaient leur position exacte, à trente milles près.

Il n'y avait aucun air de satisfaction dans la timonerie. Hunt fixait du regard les flocons de neige, distinguant à peine les lumières du pont éparpillées jusqu'à la poupe. Avec une sorte de fascination horrifiée, il regarda l'arrière du navire qui paraissait s'élever dangereusement. Malgré le hurlement du vent dans les superstructures, il entendait la coque grincer et se déchirer. Tendant la main, il appuya sur le bouton qui déclenchait l'alarme générale dans tout le bâtiment.

Hui arracha la main de Hunt du bouton d'alarme.

— Nous ne pouvons pas abandonner le navire, dit-il d'une voix choquée mais très basse.

Hunt lui jeta un regard dégoûté.

— Mourez comme un homme, général !

— Je ne dois pas mourir, je n'en ai pas le droit ! J'ai juré de veiller à ce que le fret soit en sûreté, débarqué au port !

— Ce navire est en train de se casser en deux, dit Hunt. Personne ne peut sauver votre précieuse cargaison.

— Alors il faut fixer notre position pour que quelqu'un puisse la récupérer.

— La fixer pour qui ? Les canots de sauvetage ont été réduits en miettes et balayés. Vous avez exigé qu'on jette à la mer tous les gilets de sauvetage. Vous avez détruit la radio du bord. On ne peut même pas lancer un appel de détresse. Vous avez bien, trop bien brouillé nos pistes. Nous ne sommes même pas supposés être dans ce coin du monde. Le monde entier ignore notre position. Tout ce que Tchang Kaï-Chek apprendra jamais, c'est que le *Princesse Dou Wan* a disparu corps et biens à six mille milles au sud d'ici. Vous avez bien calculé votre coup, général, trop bien !

— Non ! hurla Hui. Ceci ne peut pas arriver !

Hunt fut presque amusé par la rage et l'impuissance qu'il lut sur le visage de Hui. Disparu le regard fuyant. Le général ne pouvait se résoudre à accepter l'inévitable. Il ouvrit brutalement la porte donnant sur le pont et s'élança dans l'orage devenu fou. Il vit le navire se tordre et agoniser. La poupe se balançait sur un angle prononcé vers tribord, maintenant. De la vapeur s'échappait de l'énorme fissure de la coque. Immobile, choqué à mort, il vit la proue se séparer du reste du navire avec un bruit horrible de métal déchiré. Alors toutes les lumières du bord s'éteignirent et il ne distingua plus rien de l'arrière du bateau.

Des marins arrivaient brusquement sur les ponts

couverts de neige et de glace. Jurant contre les
vagues meurtrières qui avaient emporté les canots,
ils maudirent l'homme qui les avait privés des gilets
de sauvetage. La fin arriva si vite que la plupart des
marins n'eurent même pas le temps de s'y préparer.
A cette époque de l'année, l'eau glacée ne faisait
guère plus d'un degré et la température de l'air,
moins quinze. En pleine panique, ils se jetèrent par-
dessus bord sans se rendre compte que l'eau froide
les tuerait en quelques minutes, sinon d'hypothermie, du moins d'un arrêt cardiaque, leurs corps
étant exposés à une baisse drastique de température.

L'arrière disparut au fond de l'eau en moins de
quatre minutes. La partie médiane de la coque sembla s'évaporer dans le néant, laissant un grand trou
entre la poupe disparue et la partie avant de la cheminée. Un petit groupe d'hommes lutta pour faire
descendre le seul canot partiellement endommagé
mais une vague énorme s'abattit sur le gaillard
d'avant en balayant tout le pont. Hommes et canot
disparurent sous ce déluge. On ne les revit pas.

Tenant fermement la main de Katie, Gallagher lui
fit grimper une échelle de coupée et traverser le toit
de la cabine des officiers jusqu'à un radeau attaché à
l'avant de la timonerie. Il fut surpris de voir qu'il
était vide. Deux fois, ils glissèrent sur la glace qui
recouvrait le toit et tombèrent. L'écume crachée par
la tempête frappait leurs visages et les aveuglait.
Dans la confusion, aucun officier, aucun marin
chinois n'avait pensé au radeau sur le toit. La plupart, y compris les soldats du général Hui, s'étaient
rués vers les quelques canots restants ou s'étaient
jetés dans l'eau mortelle.

— Fritz! cria soudain Katie avec angoisse. Nous
avons laissé Fritz dans la cabine!

— Pas le temps de retourner, dit Gallagher.

— On ne peut pas partir sans lui!

Il la regarda avec fougue.

— Il faut oublier Fritz. C'est notre vie ou la sienne.

Katie essaya de se dégager mais Gallagher la tenait
fermement.

— Monte, chérie, et tiens-toi bien.

Puis il sortit un couteau de sa botte et coupa vivement les cordes retenant le radeau. Il s'arrêta une seconde avant de couper la dernière corde et jeta un coup d'œil par la fenêtre de la timonerie. Dans la pâle lueur des lampes de secours, il vit le commandant Hunt, très calme, debout près du gouvernail, acceptant la mort sans remords. Gallagher fit des signes désespérés derrière la fenêtre mais Hunt ne tourna pas la tête. Il se contenta d'enfoncer ses mains dans les poches de son caban et de regarder sans la voir la neige qui s'accumulait autour des fenêtres.

Soudain, une silhouette se matérialisa, venant du pont, dans la couverture mouvante de la neige. « Il trébuche comme un homme pourchassé par un fantôme », pensa Gallagher. L'intrus se cogna contre le radeau, le heurta du genou et tomba à l'intérieur. Ce n'est que lorsqu'il leva la tête, les yeux fixes pleins de folie plutôt que de terreur, que Gallagher reconnut le général Hui.

— Est-ce qu'il ne faudrait pas détacher ce radeau ? cria-t-il pour se faire entendre malgré le hurlement du vent.

Gallagher secoua la tête.

— C'est déjà fait.

— La succion du bateau qui coule va nous tirer par le fond.

— Pas dans cette mer, général. Nous serons balancés au large en quelques secondes. Maintenant, couchez-vous au fond et accrochez-vous aux cordes de sécurité.

Trop gelé pour répondre, Hui fit ce qu'on lui disait et prit place dans le radeau.

Un grondement profond éclata et enfla du fond du navire lorsque l'eau froide se déversa sur les chaudières et les fit exploser. La partie avant du bâtiment en fut secouée, vibra puis le centre s'enfonça tandis que la proue se dressait dans la nuit glacée. Les câbles supportant la vieille cheminée cassèrent sous

le choc et la cheminée tomba dans un grand éclaboussement. L'eau atteignit le niveau du petit radeau
qui commença à flotter, se détachant de ce qui le
retenait encore prisonnier. D'un dernier regard, Gallagher aperçut Hunt submergé par l'eau qui se précipitait par les portes de la timonerie et tourbillonnait
autour de ses jambes. Décidé à couler avec son
navire, le commandant saisit le gouvernail et
demeura aussi immobile qu'une statue.

Gallagher avait l'impression que le temps s'était
arrêté. Il attendait que le navire s'enfonce sous ses
pieds et cela lui parut une éternité. Et pourtant, il ne
s'écoula que quelques secondes. Alors le radeau, soudain libéré, fut précipité dans le chaos des vagues.

Partout jaillirent des cris de détresse, en dialectes
mandarin et cantonnais, auxquels personne ne pouvait répondre. Les vagues monstrueuses étouffèrent
bientôt les derniers appels au secours dans les
abysses et la furie du vent. Il n'y aurait pas de survivants. Aucun navire n'était assez proche pour les voir
disparaître des radars et de toute façon, il n'y aurait
pas d'appels radio. Gallagher et Katie regardèrent
avec horreur la proue monter de plus en plus haut
comme si le navire essayait de s'agripper au ciel ora-
geux. Il resta ainsi presque une minute, ses superstructures chargées de glace le faisant ressembler à
une apparition. Puis le grand bateau abandonna la
lutte et glissa au fond des eaux noires. Le *Princesse
Dou Wan* n'était plus.

— Disparu ! marmonna Hui d'une voix que l'orage
rendait inaudible. Tout a disparu !

Il contemplait sans paraître y croire le vide où,
quelques minutes plus tôt, il y avait un navire.

— Serrons-nous les uns contre les autres pour
profiter de la chaleur de nos corps, ordonna Gallagher. Si nous pouvons tenir jusqu'au matin, nous
aurons une chance que quelqu'un nous ramasse.

Entourés par le spectre de la mort et un terrible
sentiment de vide, le radeau et ses malheureux
occupants furent avalés par la nuit glaciale et l'inces-
sante furie de l'orage.

A l'aube, les vagues meurtrières heurtaient toujours la petite embarcation. L'obscurité de la nuit avait fait place à un ciel gris, fantomatique, couvert de nuages sombres. La neige s'était transformée en une sorte de grésil. Heureusement, le vent était tombé à vingt milles par heure et les vagues de neuf à trois mètres de haut. Le radeau, solide et robuste, était cependant d'un modèle ancien et ne comportait aucun équipement de secours d'urgence. Ses passagers ne pouvaient compter que sur leur force d'âme pour garder le moral jusqu'à ce qu'on les trouve.

Emmitouflés dans les épaisseurs de leurs vêtements, Gallagher et Katie avaient assez bien survécu à la nuit. Mais le général Hui, vêtu de son seul uniforme et sans manteau, se sentait lentement, inexorablement, envahi par le froid de la mort. Le vent transperçait le tissu de lainage comme des milliers d'aiguilles glacées. Ses cheveux n'étaient plus qu'un casque de glace. Gallagher avait ôté son lourd caban et l'avait donné à Hui mais Katie comprit très vite que le vieux guerrier n'en avait plus pour longtemps.

Les vagues soulevaient le radeau et l'agitaient brutalement. Il paraissait impossible que la petite embarcation supporte ce pilonnage. Et pourtant il se remettait chaque fois des coups des vagues bondissantes et retrouvait son équilibre avant d'affronter le coup de boutoir suivant. Aucun de ses malheureux passagers ne tomba à l'eau.

Gallagher se mettait à genoux toutes les heures et scrutait la mer agitée depuis le haut d'une vague lorsque le radeau se soulevait avant de retomber dans un creux. C'était inutile, bien sûr. La mer était vide. A aucun moment ils n'aperçurent les lumières d'un autre navire.

— Il doit bien y avoir un bateau près d'ici, dit Katie en claquant des dents.

Gallagher secoua la tête.

— La mer est aussi vide que la tirelire d'un sans-abri.

Il omit de lui dire que la visibilité ne portait qu'à une quinzaine de mètres.

— Je ne me pardonnerai jamais d'avoir abandonné Fritz, murmura Katie, le visage baigné de larmes qui, très vite, se transformaient en glace.

— C'est ma faute, la consola Gallagher. J'aurais dû le prendre quand nous avons quitté la cabine.

— Fritz? demanda Hui.

— Mon petit teckel, expliqua Katie.

— Vous avez perdu un chien? (Hui s'assit brusquement.) Vous avez perdu un chien? répéta-t-il. Moi, j'ai perdu le cœur et l'âme de mon pays...

Sa voix se brisa dans une quinte de toux brutale. Son visage était marqué de désespoir, ses yeux noyés de tristesse.

— J'ai failli à mon devoir, reprit le général chinois. Je dois mourir.

— Ne soyez pas idiot, mon vieux, dit Gallagher. Nous nous en sortirons. Tenez le coup encore un peu.

Hui ne semblait pas l'entendre. Replié sur lui-même, il semblait abandonner la partie. Katie plongea ses yeux dans ceux du général. Elle eut l'impression que la lumière en avait disparu, qu'il n'y avait plus qu'un regard éteint et sans vie.

— Je crois qu'il est mort, murmura-t-elle.

Gallagher s'approcha de l'homme pour vérifier.

— Plaque-toi contre lui et sers-toi de son corps comme d'un bouclier contre le vent et l'écume. Je vais m'allonger contre toi de l'autre côté.

Cela lui parut macabre mais Katie découvrit qu'elle pouvait à peine sentir le cadavre de Hui à travers l'épaisseur de ses vêtements. La perte de son fidèle petit chien, le plongeon du navire dans les eaux obscures, le vent fou et les vagues déchaînées, tout cela lui semblait irréel. Elle souhaita que ce ne soit qu'un cauchemar dont elle allait bientôt se réveiller. Elle se pelotonna entre les deux hommes, le vivant et le mort.

Au cours du reste de la journée et de la nuit suivante, l'intensité de l'orage diminua lentement mais ils furent pourtant toujours exposés aux coupures du vent. Katie ne sentait plus depuis longtemps ses mains et ses pieds. Elle commença à glisser dans une sorte d'inconscience dont elle ressortait pour y glisser à nouveau. Elle fit des rêves bizarres. Curieusement, elle trouvait macabre l'idée qu'elle avait peut-être fait son dernier repas. Elle crut voir une plage de sable ombragée de palmiers dansants. Elle imagina Fritz courant sur le sable, aboyant en s'approchant d'elle. Elle parla à Gallagher comme s'ils étaient tous deux assis à une table de restaurant, commandant un dîner. Elle vit son père mort, revêtu de son uniforme de commandant. Il était là, dans le radeau, et lui souriait. Il lui dit de ne pas s'inquiéter, qu'elle allait vivre et que la terre n'était plus très loin. Puis il disparut.

— Quelle heure est-il? demanda-t-elle d'une voix rauque.

— Au jugé, c'est la fin de l'après-midi, répondit Gallagher. Ma montre s'est arrêtée peu après que nous ayons abandonné le *Princesse*.

— Depuis combien de temps dérivons-nous?

— En gros, depuis environ trente-huit heures.

— Nous approchons d'une terre, murmura-t-elle soudain.

— Qu'est-ce qui te fait dire ça, ma chérie?

— Mon père me l'a dit.

— Sans blague?

Il lui sourit tendrement, les moustaches et les sourcils luisant de gel. Des glaçons pendaient de chacun des cheveux échappés de son bonnet, ce qui lui donnait l'aspect d'un monstre surgi des profondeurs du pôle Sud dans un film de science-fiction. Katie se demanda si elle avait le même aspect, bien que n'ayant pas de moustache.

— Tu ne la vois pas?

Presque paralysé par le froid, Gallagher fit l'effort de s'asseoir et scruta l'horizon de son monde restreint. Sa vision était brouillée par la neige fondue mais il essaya de distinguer quelque chose. Soudain, il pensa que ses yeux le trompaient. Il distinguait de gros rochers éparpillés le long d'un rivage. A une courte distance, pas plus de quinze mètres, la neige couvrait des arbres qui s'agitaient dans le vent. Il aperçut ce qui lui parut la forme sombre d'une petite cabine parmi les arbres.

Les articulations raides, Gallagher enleva une de ses bottes et s'en servit pour ramer. Après quelques minutes, l'effort commença à le réchauffer et ses mouvements devinrent moins douloureux.

— Courage, ma chérie, nous serons bientôt sur la terre ferme.

Le courant était parallèle à la côte et Gallagher dut lutter pour sortir de son étreinte. Il avait l'impression de se battre contre une vague de mélasse. L'espace entre la terre et le radeau s'amenuisait avec une désespérante lenteur. Les arbres étaient si proches qu'il aurait pu les saisir et les secouer mais pourtant ils étaient encore à au moins vingt mètres.

Juste au moment où Gallagher atteignait le bout de sa résistance, qu'il était sur le point de tomber d'épuisement, il sentit le radeau heurter un rocher au fond de l'eau. Il regarda Katie. Elle tremblait sans pouvoir se contrôler, de froid et d'humidité. Elle ne pourrait survivre beaucoup plus longtemps.

Il remit son pied glacé dans la botte puis, retenant son souffle, pria pour que l'eau ne se referme pas sur lui et sauta. Heureusement, ses talons heurtèrent un rocher avant que le niveau de l'eau n'atteigne la hauteur de ses cuisses.

— Katie! cria-t-il en un délire de joie. On a réussi! Nous sommes à terre.

— C'est bien, murmura Katie, trop paralysée et inconsciente pour comprendre vraiment.

Gallagher tira le radeau sur une plage couverte de petits cailloux polis par les vagues. L'effort lui coûta le reste de ses forces et il se laissa tomber comme une poupée de chiffon sur les galets froids et humides. Il ne sut jamais combien de temps il était resté inconscient mais quand il retrouva enfin assez d'énergie pour se traîner jusqu'au petit radeau, il vit que la peau de Katie était bleue et marbrée. Affolé, il grimpa dans l'embarcation et la tira vers lui. Il ne savait pas si elle était vivante ou morte. Puis il remarqua le tout petit nuage de vapeur qui sortait de son nez. Il chercha le pouls de son cou. Il était faible et lent. Son cœur solide battait encore mais la mort rôdait tout près d'elle.

Levant les yeux, il regarda le ciel. C'en était fini des nuages gris et épais. Ils avaient maintenant des formes distinctes et, peu à peu, devenaient blancs. L'orage passait. Déjà il sentait diminuer la force des coups du vent qui, lentement, se changeait en brise. Il avait perdu du temps. S'il ne trouvait pas rapidement une source de chaleur, il allait la perdre.

Prenant une profonde inspiration, Gallagher passa ses bras sous le corps de Katie et la sortit du radeau. Avec haine, il repoussa du pied la petite embarcation dans laquelle reposait le corps gelé du général Hui. Il regarda quelques secondes le courant reprendre le radeau et le ramener vers les eaux profondes. Alors, serrant la jeune femme contre lui, il se dirigea vers la cabane sous les arbres. L'air glacé parut soudain se réchauffer. Il oublia sa fatigue et la raideur de ses membres.

Trois jours plus tard, le navire marchand *Stephen Miller* fit savoir qu'il avait repéré un corps dans un petit radeau et qu'il l'avait ensuite arrimé. L'homme mort était un Chinois et paraissait sculpté dans la glace. On ne l'identifia jamais. Quant au radeau, d'un modèle qui n'était plus utilisé depuis près de vingt ans, il portait une inscription en chinois. On la traduisit plus tard et elle révéla que le radeau venait d'un navire appelé le *Princesse Dou Wan*.

Une enquête fut diligentée. On repéra des morceaux d'épave çà et là mais personne ne prit la peine de les ramasser pour les étudier. On ne trouva aucune tache d'huile. Personne n'avait déclaré la perte d'un navire. Nulle part, ni à terre ni en mer, n'avait retenti le moindre SOS. Aucune station de sauvetage en mer, sur aucune fréquence utilisée pour les appels au secours de navires, n'avait reçu le moindre appel, rien que le son statique d'une tempête de neige importante.

Le mystère s'épaissit quand on apprit qu'un navire appelé *Princesse Dou Wan* avait coulé au large des côtes du Chili un mois auparavant. On enterra le corps trouvé dans le radeau et l'étrange énigme fut très vite oubliée.

PREMIÈRE PARTIE

L'EAU MEURTRIÈRE

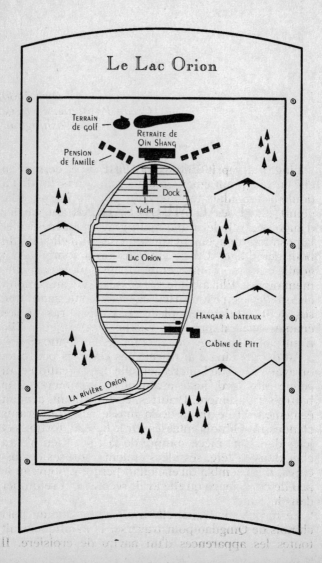

Le Lac Orion

Terrain de golf

Retraite de Qin Shang

Pension de famille

Dock

Yacht

Lac Orion

Hangar à bateaux

Cabine de Pitt

La rivière Orion

1

14 avril 2000
Océan Pacifique, au large
de Washington.

Ling T'ai reprit lentement conscience, comme si elle luttait pour émerger d'un puits sans fond. La douleur tenaillait tout le haut de son corps. Elle gémit entre ses dents serrées, souhaitant hurler d'angoisse. Elle leva une main gravement blessée et la posa tout doucement sur son visage qu'elle tâta du bout des doigts. Un de ses yeux brun sombre était gonflé et fermé, l'autre, enflé lui aussi mais partiellement ouvert. Elle avait le nez cassé et du sang coulait encore de ses narines. Heureusement, elle sentit que ses dents étaient en place mais ses bras et ses épaules avaient pris une vilaine teinte bleue. Elle n'eut pas le courage de compter les ecchymoses.

Au début, Ling T'ai n'avait pas compris pourquoi on avait choisi de l'interroger, elle. L'explication était venue plus tard, juste avant qu'on commence à la battre sérieusement. D'autres, certainement, avaient également été extraits de la masse des immigrants clandestins chinois entassés sur le bateau, torturés et jetés dans une pièce sombre de la cale. Rien n'était clair dans sa tête, ses idées étaient confuses et obscures. Il lui sembla qu'elle allait perdre à nouveau le peu de conscience qu'elle avait recouvré et retomber dans le puits.

Le navire sur lequel elle avait embarqué au port chinois de Qingdao pour traverser le Pacifique avait toutes les apparences d'un navire de croisière. Il

s'appelait l'*Indigo Star*. Sa coque était peinte en
blanc de la ligne de flottaison à la cheminée. De
taille comparable à celle de la plupart des petits
navires de croisière transportant cent ou cent cinquante passagers dans le confort le plus luxueux,
l'*Indigo Star* avait au contraire entassé mille deux
cents immigrants chinois clandestins dans les
immenses baies ouvertes de sa coque et de sa superstructure. Ce bateau était une façade extérieurement
innocente mais un enfer humain à l'intérieur.

Ling T'ai n'aurait jamais pu imaginer les
contraintes insupportables qu'elle-même et ses mille
compagnons allaient devoir endurer. La nourriture
insuffisante, les conditions sanitaires inexistantes,
les toilettes déplorables. Certains passagers étaient
morts, pour la plupart des enfants et des vieillards.
On avait enlevé leurs cadavres et nul ne savait ce
qu'on en avait fait. Ling T'ai pensait qu'on les avait
tout simplement jetés par-dessus bord, comme des
ordures.

La veille du jour où l'*Indigo Star* devait atteindre la
côte nord-est des États-Unis, une équipe de gardes
sadiques appelés gardes disciplinaires, qui mainte-
naient à bord un climat de peur et d'intimidation,
avaient rassemblé trente ou quarante passagers et
les avaient obligés à se soumettre à un interrogatoire
sans explication. Quand son tour était finalement
arrivé, on l'avait conduite dans une petite cabine
sombre et fait asseoir en face de quatre gardes de
cette expédition clandestine, assis derrière une table.
On avait posé à Ling T'ai toute une série de questions.

— Ton nom, avait demandé un homme vêtu d'un
élégant costume d'homme d'affaires.

Son visage lisse et bronzé était intelligent mais
inexpressif.

— Je m'appelle Ling T'ai.

— Dans quelle province es-tu née ?

— Le Jiangsu.

— Tu y as vécu ? demanda l'homme mince.

— Oui, jusqu'à l'âge de vingt ans, à la fin de mes études. Après, je suis allée à Canton où j'étais institutrice.

Les questions se succédaient, sans passion, presque sans inflexions.

— Pourquoi as-tu souhaité aller aux États-Unis ?

— Je savais que le voyage serait très risqué mais la promesse d'une meilleure vie et de possibilités intéressantes a été la plus forte, répondit Ling T'ai. J'ai alors décidé de quitter ma famille et de devenir américaine.

— Où as-tu trouvé l'argent du voyage ?

— J'ai économisé presque tout mon salaire d'institutrice pendant plus de dix ans. Le reste, je l'ai emprunté à mon père.

— Que fait-il ?

— Il est professeur de chimie à l'université de Pékin.

— As-tu de la famille ou des amis aux États-Unis ?

— Aucun, dit-elle en secouant la tête.

L'homme la regarda longuement, comme s'il se posait des questions. Soudain, il pointa l'index sur elle.

— Tu es une espionne, envoyée pour dénoncer notre opération clandestine !

L'accusation fut si soudaine qu'elle resta quelques secondes interdite avant de pouvoir balbutier :

— Je ne comprends pas ! Je suis institutrice. Pourquoi dites-vous que je suis une espionne ?

— Tu n'as pas l'air d'être née en Chine.

— Mais ce n'est pas vrai ! cria-t-elle, paniquée. Mon père et ma mère sont chinois. Mes grands-parents aussi.

— Alors, explique-moi pourquoi tu mesures au moins dix centimètres de plus que la moyenne des femmes chinoises et pourquoi les traits de ton visage montrent des traces d'ancêtres européens ?

— Qui êtes-vous ? demanda-t-elle. Pourquoi êtes-vous si cruels ?

— Bien que cela t'importe peu, mon nom est Ki

Wong. Je suis le chef des gardes disciplinaires de l'*Indigo Star*. Maintenant, je te prie de répondre à ma dernière question.

Montrant une certaine frayeur, Ling T'ai expliqua que son grand-père avait été un missionnaire hollandais qui avait créé une mission dans la ville de Longyan. Il avait épousé une paysanne locale.

— C'est le seul sang occidental que j'aie, je le jure.

Les gardes firent comme s'ils ne croyaient pas à son histoire.

— Tu mens !

— Je vous en supplie, il faut me croire !

— Parles-tu l'anglais ?

— Je ne connais que quelques mots, quelques phrases.

Alors Wong arriva au véritable but de l'interrogatoire.

— Selon nos dossiers, tu n'as pas payé suffisamment pour ton voyage. Tu nous dois encore dix mille dollars américains.

Lin T'ai se leva et cria :

— Mais je n'ai plus d'argent !

Wong haussa les épaules avec indifférence.

— Alors nous allons te ramener en Chine.

— Non ! Je vous en prie, je ne peux pas rentrer, pas maintenant !

Elle se tordit les mains au point que ses articulations blanchirent.

Le chef des gardes lança un regard en dessous aux trois autres, assis près de lui, immobiles comme des statues. Puis sa voix parut changer.

— Il y a peut-être un autre moyen pour te faire entrer aux États-Unis...

— Je ferai ce que vous voudrez, plaida Ling T'ai.

— Si nous te faisons débarquer, tu devras travailler pour payer le reste de ton voyage. Comme tu parles à peine l'anglais, il ne te sera pas possible de trouver un poste d'institutrice. Sans amis et sans famille, tu n'auras aucun moyen d'existence. C'est pourquoi nous décidons de te fournir généreusement le couvert, le gîte et un travail jusqu'à ce que tu sois capable de te débrouiller seule.

— De quel genre de travail parlez-vous ? demanda Ling T'ai avec hésitation.

Wong resta un moment silencieux puis eut un sourire mauvais.

— Tu vas devoir apprendre l'art de satisfaire les hommes.

Alors, c'était ça ! Ling T'ai et la plupart des autres clandestins n'étaient pas supposés se débrouiller tout seuls, n'importe où aux États-Unis. Dès qu'ils auraient débarqué sur cette terre étrangère, ils allaient devenir des esclaves sous contrat, soumis aux tortures et aux extorsions de fonds.

— De la prostitution ? cria vivement Ling T'ai, horrifiée. Je ne m'abaisserai jamais à ça !

— Dommage, dit Wong d'une voix calme. Tu es une jolie femme et tu pourrais exiger un bon prix.

Il se leva, contourna la table et se planta devant elle. Le petit sourire satisfait disparut soudain de son visage et fut remplacé par une expression méchante. Puis il tira de la poche de sa veste ce qui semblait être un tuyau de caoutchouc rigide et commença à la frapper sur la figure et le corps. Il ne s'arrêta que lorsqu'il fut en sueur, la saisit par le menton et regarda son visage tuméfié. Elle gémit et le supplia d'arrêter.

— Peut-être as-tu changé d'avis ?

— Jamais, murmura-t-elle malgré sa lèvre ouverte et en sang. Je préfère mourir.

Les lèvres de Wong se retroussèrent sur un sourire froid. Le bras levé, il lui assena un coup vicieux qui la frappa à la base du crâne. Ling T'ai fut alors enveloppée d'obscurité.

Son bourreau retourna s'asseoir. Il décrocha un téléphone et dit :

— Vous pouvez venir chercher la femme. Mettez-la avec celles qui vont au lac Orion.

— Vous ne croyez pas qu'on puisse en faire quelque chose de très rentable ? demanda un gros homme assis au bout de la table.

Wong fit non de la tête en regardant Ling T'ai éva-
nouie et en sang.

— Cette femme a quelque chose qui ne m'inspire
pas confiance. Il vaut mieux jouer sans risque.
Aucun d'entre nous n'a envie de subir la colère de
notre estimé patron en mettant son entreprise en
danger. Ling T'ai veut mourir, nous allons la satisfaire.

Une femme d'un certain âge, se disant infirmière,
passa d'un geste doux un chiffon mouillé sur le
visage de Ling T'ai, enlevant les taches de sang et
appliquant du désinfectant d'une petite trousse
d'urgence. Quand la vieille infirmière eut fini de soigner ses blessures, elle s'approcha pour le consoler
d'un jeune garçon qui pleurait dans les bras de sa
mère. Ling T'ai ouvrit l'œil qui n'était pas trop gonflé
et dut retenir une vague soudaine de nausée. Bien
que souffrant terriblement, avec l'impression que
chacun de ses nerfs lui faisait mal, elle se sentait
néanmoins l'esprit clair, se rappelant chaque étape
de l'aventure qui l'avait menée où elle était.

Elle ne s'appelait pas Ling T'ai. Le nom qui figurait sur son certificat de naissance américain était
Julia Marie Lee, née à San Francisco, en Californie.
Son père était un analyste financier américain basé à
Hong Kong où il avait rencontré puis épousé la fille
d'un riche banquier chinois. A part le gris tourterelle
de ses yeux caché par des lentilles de contact marron, elle ressemblait à sa mère dont elle avait hérité
la magnifique chevelure aile de corbeau et les traits
asiatiques. Elle n'était pas non plus institutrice dans
la province chinoise de Jiangsu.

Julia Marie Lee était en fait un agent spécial des
services de l'Immigration et de la Naturalisation
américaines, travaillant aux enquêtes internationales. En se faisant passer pour Ling T'ai, elle avait
payé au représentant d'un syndicat d'émigration
clandestine de Pékin l'équivalent de trente mille dollars en monnaie chinoise. En prenant sa place dans
le chargement humain et en partageant ses souf-

frances, elle avait recueilli une masse de renseignements sur les activités et les méthodes de ce syndicat
criminel.

Ses plans, dès qu'on l'aurait fait passer en fraude
sur le territoire américain, étaient de contacter, au
bureau régional, le directeur adjoint des enquêtes à
Seattle, qui n'attendait que ses informations pour
arrêter les organisateurs de ce trafic humain clandestin sur les limites de son territoire et couper ainsi
les voies qu'empruntait ce syndicat pour entrer en
Amérique du Nord. Maintenant, son sort était incer-
tain et elle ne voyait aucun moyen d'y échapper.

Par une sorte de réserve de courage dont elle ne se
savait même pas capable, Julia avait réussi à survivre à la torture. Les mois de dur entraînement ne
l'avaient hélas pas préparée à un traitement aussi
brutal. Elle se maudit pour avoir choisi la mauvaise
solution. Si elle avait fait mine d'accepter son sort,
elle aurait probablement réussi à s'échapper et à
remplir sa mission. Mais elle avait cru qu'en jouant
le rôle d'une Chinoise apeurée mais fière, elle allait
tromper les passeurs clandestins. Elle comprenait
maintenant que c'était une erreur. Tout acte de résistance serait réprimé sans pitié. Dans la faible lueur
de la pièce, elle se rendait compte que beaucoup
d'hommes et de femmes avaient également été violemment battus.

Plus Julia réfléchissait à sa situation, plus elle était
sûre qu'elle-même et tous les passagers de cette cale
allaient être assassinés.

2

Le propriétaire du petit bazar du lac Orion, à cent
vingt kilomètres à l'ouest de Seattle, tourna la tête
pour regarder l'homme qui venait d'ouvrir la porte et

se tenait sur le seuil. Le lac Orion était en dehors des routes empruntées par la circulation et Dick Colburn connaissait tout le monde dans cette partie rocailleuse des montagnes d'Olympic Peninsula. L'étranger était soit un touriste de passage, soit un pêcheur venu de la ville pour tenter sa chance auprès des saumons et des truites peuplant le lac voisin, près du service des Eaux et Forêts. Il portait une courte veste de cuir par-dessus un pull-over irlandais et un pantalon de velours côtelé. Aucun chapeau ne couvrait la masse de cheveux noirs ondulés, avec un peu de gris aux tempes. Colburn regarda l'étranger détailler sans ciller les étagères et les vitrines avant de pénétrer dans la boutique.

Contrairement à son habitude, Colburn étudia l'homme quelques secondes. L'étranger était grand — le haut du chambranle n'était qu'à trois doigts au-dessus de sa tête. Colburn décida qu'il n'avait pas l'allure d'un homme travaillant dans un bureau. Sa peau était trop bronzée, trop finement ridée pour quelqu'un vivant enfermé. Ses joues et son menton avaient besoin d'un bon coup de rasoir. Son corps paraissait mince pour sa taille. Il avait cette allure manifeste des hommes qui en ont trop vu, qui ont durement souffert, moralement et physiquement. Il paraissait fatigué — pas physiquement, non, mais émotionnellement usé, comme quelqu'un à qui la vie, désormais, importait peu. Comme si la mort lui avait déjà tapé sur l'épaule mais décidé, tout compte fait, de lui accorder encore un moment. Et pourtant, une jovialité tranquille émanait de ses yeux vert opalin qui se détachaient des traits fatigués, ainsi qu'une obscure sensation d'orgueil.

Colburn cacha vite son intérêt pour le personnage et continua à remplir ses étagères.

— Puis-je vous être utile ? demanda-t-il par-dessus son épaule.

— Je suis juste venu chercher quelques articles d'épicerie, répondit l'étranger.

Le magasin de Colburn était trop petit pour disposer de Caddies, aussi prit-il un panier dont il passa les anses sur son bras gauche.

— Ça marche, la pêche ?

— Je n'ai pas encore tenté ma chance.

— Il y a un bon coin sur la partie sud du lac, il paraît que ça mord bien par là.

— Je tâcherai de m'en souvenir, merci.

— Vous avez déjà un permis de pêche ?

— Non, mais je suis sûr que vous pourrez m'en vendre un.

— Êtes-vous résident de l'État de Washington ou non ?

— Non.

L'épicier sortit une fiche de sous le comptoir et tendit son stylo à bille à l'étranger.

— Remplissez juste les lignes nécessaires. J'ajouterai le montant à celui de vos courses.

A l'oreille exercée de Colburn, l'accent de l'homme paraissait vaguement venir du sud-ouest du pays.

— Les œufs sont frais et pondus dans le coin. Il y a une promotion sur les boîtes de ragoût Shamus O'Malley. Et le saumon fumé et les steaks d'orignal sont absolument délicieux.

Pour la première fois, l'ombre d'un sourire passa sur les lèvres de l'étranger.

— Les steaks d'orignal et le saumon sont tentants mais je crois que je vais me décider pour le ragoût de M. O'Malley.

Après un petit quart d'heure, le panier fut plein et posé sur le comptoir à côté de l'antique caisse enregistreuse en cuivre. Au lieu du choix habituel de boîtes de conserve que prenaient généralement les pêcheurs, l'homme avait surtout acheté des fruits et des légumes.

— Vous avez sans doute l'intention de rester un bout de temps, remarqua Colburn.

— Un vieil ami de ma famille m'a loué sa cabine sur le lac. Vous le connaissez sans doute ? Il s'appelle Sam Foley.

— Ça fait bien vingt ans que je le connais. Sa

cabine est la seule que ce maudit Chinois n'ait pas
achetée, grommela Colburn. Et c'est bien comme ça.
Si jamais Sam vendait, il n'y aurait plus aucun accès
par ici pour les pêcheurs qui voudraient mettre un
bateau sur le lac.

— Je me demandais pourquoi la plupart des
cabines paraissaient déjetées et abandonnées, toutes
sauf ce curieux bâtiment. Celui qui est sur la rive
nord du lac, en face de l'embouchure de la petite
rivière qui coule de l'ouest.

Colburn répondit en enregistrant les achats.

— Autrefois, dans les années quarante, c'était une
conserverie de poisson, jusqu'à ce que la société
fasse faillite. Le Chinois l'a achetée pour une bouchée de pain et en a fait une habitation de luxe. Il a
même installé un parcours de golf à neuf trous.
Après quoi, il s'est mis à acheter toutes les parcelles
qui bordent le lac. Votre ami Sam Foley est le seul à
n'avoir pas vendu.

— On dirait que la moitié de la population de
Washington et de Colombie britannique est
chinoise, commenta l'étranger.

— Les Chinois sont arrivés au nord-ouest du Pacifique comme un raz de marée depuis que le gouvernement communiste a repris Hong Kong. Ils possèdent déjà la moitié de la banlieue de Seattle et une
bonne partie de Vancouver. Je n'ose pas imaginer à
quoi ressemblera la population, par ici, dans une
cinquantaine d'années.

Colburn se tut et appuya sur le bouton marqué
TOTAL de la caisse enregistreuse.

— Avec le permis de pêche, ça fera soixante-dix-
neuf trente-cinq.

L'étranger sortit un portefeuille de sa poche, tendit
à Colburn un billet de cent dollars et attendit la monnaie.

— Le Chinois dont vous avez parlé... qu'est-ce
qu'il fait comme boulot?

— J'ai entendu dire que c'était un gros bonnet de
la navigation maritime de Hong Kong, dit Colburn

en mettant les achats dans deux sacs. Personne ne l'a jamais vu. Il ne vient jamais par ici. A part les conducteurs de gros camions de livraison, personne ne rentre ni ne sort. Mais il se passe des choses bizarres, vous pouvez demander à tous les gens de par ici. Ses copains et lui ne pêchent pas pendant la journée. Mais on entend des bateaux à moteur la nuit et ils ne sont jamais éclairés. Harry Daniel, qui chasse et qui campe le long de la rivière, dit qu'il a vu un bateau tout à fait bizarre traverser le lac, la nuit, et jamais quand il y a de la lune.

— Un peu de mystère, ça plaît à tout le monde.

— Si je peux faire quelque chose pour vous pendant que vous serez dans les parages, demandez-le. Je m'appelle Dick Colburn.

Le large sourire de l'étranger découvrit des dents très blanches et régulières.

— Dirk Pitt.

— Vous venez de Californie, monsieur Pitt ?

— Vous feriez honneur au Professeur Higgins [1], dit Pitt. Je suis né et j'ai grandi en Californie du Sud mais j'ai passé ces quinze dernières années à Washington.

Colburn commençait à se faire une idée du personnage.

— Vous travaillez sûrement pour le gouvernement des États-Unis ?

— L'Agence Nationale Marine et Sous-Marine. Et avant que vous ne vous fassiez des idées, je ne suis venu au lac Orion que pour me reposer et me détendre. Rien de plus.

— Sauf votre respect, dit Colburn avec sympathie, vous avez en effet l'air d'avoir besoin de repos.

Pitt sourit.

— Ce dont j'ai besoin pour l'instant, c'est d'un bon bain.

— Cindy Elder. Elle tient un bar après le Sockeye Saloon et elle est super pour les massages.

---

1. Professeur de langues de *My Fair Lady*.

— Je m'en souviendrai.

Pitt prit les sacs de ses emplettes à deux bras et se dirigea vers la porte. Au moment de sortir, il se retourna.

— Pure curiosité, monsieur Colburn, mais comment s'appelle ce Chinois ?

Colburn regarda Pitt, essayant de lire dans ses yeux quelque chose qui n'y était pas.

— Il s'appelle Shang. Qin Shang.

— A-t-il jamais dit pourquoi il achetait la vieille conserverie de poisson ?

— Norman Selby, l'agent immobilier qui s'est occupé de la transaction, a dit qu'il voulait un endroit retiré pour y construire une luxueuse retraite où il pourrait recevoir ses riches clients.

Colburn se tut un instant et prit un air belliqueux.

— Vous avez sûrement vu ce qu'il a fait d'une belle conserverie d'époque, poursuivit-il. A peine quelques mois avant que la commission des Monuments historiques la classe. Shang l'a transformée en quelque chose entre un bâtiment moderne et une pagode. Une monstruosité, je vous le dis, une monstruosité !

— C'est vrai que ça paraît plutôt moderne, reconnut Pitt. Mais je suppose que ce Shang, pour se montrer bon voisin, invite les habitants de la ville à des tournois de golf, non ?

— Vous rigolez ! dit Colburn en montrant sa colère. Shang ne permet même pas au maire ou aux conseillers municipaux de s'approcher à moins d'un kilomètre de sa propriété. Vous n'allez pas me croire mais il a même fait installer une barrière surmontée de fils barbelés autour de presque tout le lac.

— Et il a pu s'en tirer ?

— Il l'a pu et il l'a fait, en graissant la patte aux politiciens. Mais il ne peut pas empêcher les gens d'aller sur le lac. Il appartient à l'État. Par contre, il peut leur rendre la chose difficile.

— Il y a des gens qui ont la manie de la propriété privée, dit Pitt.

— Pour Shang, c'est plus qu'une manie. Il y a des caméras de surveillance et des gardes armés dans tous les bois qui entourent sa propriété. Les chasseurs et les pêcheurs qui s'aventurent trop près par accident sont virés manu militari et traités comme des criminels de droit commun.

— Il va falloir que je pense à ne pas quitter mon côté du lac.

— A mon avis, ça sera une bonne idée.

— Je vous verrai dans quelques jours, monsieur Colburn.

— Quand vous voudrez, monsieur Pitt. Bonne journée.

Pitt leva les yeux pour regarder le ciel. La journée était bien avancée. Le soleil de fin d'après-midi était partiellement caché par le haut des sapins derrière le magasin de Colburn. Il posa les sacs sur la banquette arrière de la voiture qu'il avait louée et s'installa derrière le volant. Tournant la clef de contact, il passa en marche avant [1] et appuya sur l'accélérateur. Cinq minutes plus tard, il quittait la grand-route et en empruntait une plus petite, en terre battue, menant à la cabine de Foley au bord du lac. Sur trois kilomètres, la route serpentait dans une forêt de cèdres, d'épicéas et de sapins-ciguë.

Après une ligne droite d'environ cinq cents mètres, il arriva à un embranchement de deux routes qui, chacune, longeait le lac en directions opposées avant de se rejoindre sur la rive la plus lointaine, comme par hasard sur le terrain de l'extravagante retraite de Qin Shang. Pitt ne pouvait qu'adhérer à la description de l'épicier. L'ancienne conserverie avait vraiment été transformée en une monstruosité architecturale, tout à fait inadaptée au paysage superbe de ce lac alpin. On avait l'impression que l'architecte avait commencé un bâtiment moderne en vitres teintées de couleur cuivre entremêlées de poutres apparentes en acier puis que, changeant d'avis, il avait

---

1. Il s'agit évidemment d'une voiture automatique.

passé le bébé à un bâtisseur de la dynastie Ming du
xve siècle qui avait surmonté la construction d'un toit
de tuiles dorées dans le plus pur style du très majestueux Palais de l'Harmonie suprême, dans la Cité
interdite de Pékin.

Ayant appris que le propriétaire se faisait protéger
par un système de sécurité extrêmement élaboré,
Pitt, tout en jouissant de la solitude du lac, supposa
que quelqu'un surveillait chacun de ses mouvements. Il s'engagea sur la route de gauche et parcourut environ 1 500 mètres avant de s'arrêter près d'un
escalier de bois menant au porche qui courait tout
autour d'une ravissante cabine de bois surplombant
le lac. De la voiture, il observa une longue minute un
couple de daims qui broutaient sous les arbres.

Ses blessures ne le faisaient plus souffrir et il pouvait maintenant bouger presque aussi facilement
qu'avant la tragédie. Ses brûlures et ses coupures
avaient cicatrisé. Mais il faudrait bien plus longtemps pour guérir son âme et son moral.

Il avait perdu cinq kilos et ne faisait rien pour les
reprendre. Il avait l'impression d'avoir aussi perdu
toute raison de vivre. En fait, il se sentait bien plus
atteint qu'il n'y paraissait. Pourtant, tout au fond de
lui subsistait une étincelle qu'entretenait son désir
inhérent de scruter l'inconnu. Cette étincelle
s'embrasa bientôt en une flamme vive dès qu'il eut
porté ses achats dans la cabine et les eut posés sur
l'évier de la cuisine.

Il y avait quelque chose de bizarre dans la cabine.
Il ne pouvait mettre le doigt dessus mais cela lui trot-
tait dans la tête. Une sorte de sixième sens lui disait
que quelque chose était anormal. Il entra prudemment dans la chambre, regarda autour de lui puis
passa dans la salle de bains. Et soudain, il comprit. Il
plaçait toujours tous les objets de son nécessaire de
toilette — rasoir, eau de Cologne, brosse à dents,
brosse à cheveux — bien en ordre sur le lavabo dès
qu'il arrivait quelque part. Ils étaient bien où il les
avait mis, sauf son nécessaire de rasage. Il se rappe-

lait l'avoir pris par la bride et poussé sur la tablette. Maintenant, la lanière faisait face au mur.

Il parcourut les autres pièces, étudiant soigneusement la place de chaque objet. Quelqu'un, plusieurs personnes probablement, avait fouillé chaque centimètre carré de la cabine. Des professionnels, sans aucun doute, mais qui s'étaient désintéressés de la chose en concluant que le locataire n'était ni un agent secret ni un homme de main mais seulement un invité du propriétaire de la cabine venu profiter de quelques jours de détente et de tranquillité. Entre le départ en ville de Pitt et son retour, ils avaient disposé d'au moins quarante minutes pour inspecter les lieux. D'abord, Pitt ne comprit pas le pourquoi de cette fouille mais, peu à peu, une idée se précisa dans sa tête.

Il y avait très certainement autre chose. Pour un espion expérimenté ou un détective patenté, la réponse serait évidente. Mais Pitt, n'était ni l'un ni l'autre. Ancien pilote de l'Air Force, depuis longtemps directeur des projets spéciaux de la NUMA avec pour spécialité la recherche des difficultés risquant de troubler les projets sous-marins de l'agence et non des enquêtes discrètes. Il lui fallut une bonne minute pour trouver la solution de l'énigme.

Il comprit que la fouille était secondaire. Le but véritable, c'était la pose de micros et de caméras miniatures. « Quelqu'un se méfie de moi », pensa Pitt. Et ce quelqu'un ne pouvait être que le chef de la sécurité de Qin Shang.

Les micros cachés sont généralement à peine plus gros qu'une tête d'épingle, ils allaient être difficiles à trouver sans équipement électronique. Mais Pitt, n'ayant d'autre interlocuteur que lui-même, décida de concentrer ses recherches sur les caméras. Supposant qu'il était sous surveillance et que quelqu'un observait chacun de ses mouvements, assis devant un écran de télévision, de l'autre côté du lac, il s'assit et fit mine de lire un journal pendant qu'il réfléchissait. « Qu'ils voient tout ce qu'ils veulent dans le living et dans la chambre, raisonna-t-il. Mais dans la cuisine, ce sera différent. » Il allait en faire sa salle de combat. Il posa le journal et commença à ranger ses courses dans les placards et le réfrigérateur, utilisant cette activité pour tromper l'ennemi pendant qu'il scrutait tous les coins et les recoins. Il ne trouva rien de suspect. Alors il jeta un regard apparemment distrait aux murs de rondins de la cabine, leurs fissures et leurs défauts. Il fit mouche en découvrant une petite lentille enfoncée dans un trou de ver creusé sans doute lorsque le rondin était encore un arbre.

Jouant le rôle d'un acteur devant une caméra, ce qu'il était en réalité, Pitt prit un balai et commença à nettoyer le sol. Lorsqu'il eut fini, il posa le balai, la tête en haut, en l'appuyant contre le mur juste devant la caméra.

Comme si cela avait fait monter son taux d'adrénaline, il rejeta toute sensation de fatigue et de tension, sortit de la cabine et fit une trentaine de pas vers les bois. Là, il sortit un téléphone mobile Motorola Iridium de la poche intérieure de sa veste. Lorsqu'il eut composé un numéro, son appel alla frapper un réseau de soixante-six satellites autour du monde avant d'atteindre la ligne personnelle de l'homme qu'il appelait, au quartier général de la NUMA à Washington.

Après quatre sonneries, une voix vaguement teintée d'accent de Nouvelle Angleterre, répondit.

— Ici Hiram Yaeger. Soyez bref. Le temps, c'est de l'argent.

— Ton temps ne vaut pas un clou de la semelle de mes chaussures.

— Suis-je l'objet des moqueries de mon directeur des projets spéciaux à la NUMA?

— En effet.

— Que fais-tu donc qui ne vaille pas d'être répété? demanda Yaeger.

Le ton était rieur mais la voix trahit l'inquiétude. Il savait que Pitt n'était pas encore tout à fait rétabli des blessures reçues pendant l'éruption volcanique d'une île au large de l'Australie, un mois seulement auparavant [1].

— Je n'ai pas le temps de te laisser sans voix avec le récit de mes chaudes aventures dans les forêts du Nord. Mais j'ai besoin d'un service.

— J'en bave d'impatience !

— Vois ce que tu peux découvrir sur un certain Qin Shang.

— Comment écris-tu ça ?

— Probablement comme ça se prononce. Si le peu que j'ai appris de chinois en lisant les menus peut me servir, le premier nom commence sans doute par un Q. Shang est un gros bonnet du trafic maritime qui opère à Hong Kong. Il possède aussi une propriété privée sur le lac Orion, dans l'État de Washington.

— C'est là où tu es ? demanda Yaeger. Tu n'as dit à personne où tu allais quand tu as filé et disparu.

— J'aimerais assez que l'amiral Sandecker ne soit pas au courant.

— Il te trouvera de toute façon. Il y arrive toujours. Dis-moi, qu'est-ce qui t'intrigue à propos de ce Shang ?

— Mettons que je sois irrité par des voisins un peu trop curieux.

— Pourquoi ne vas-tu pas chez lui lui emprunter du sucre, plaisanter avec lui et le défier au mah-jong ?

— Selon les gens du coin, personne n'a le droit de s'approcher à plus de dix immeubles de chez lui. De plus, je doute qu'il y soit. Si Shang est comme la plupart des célébrités de cette planète, il doit avoir un tas de maisons dans le monde entier.

— Et pourquoi ce type a-t-il éveillé ta curiosité ?

— Aucun citoyen de la haute n'a la manie de la sécurité à moins d'avoir quelque chose à cacher, dit Pitt.

1. Voir *Onde de choc*, Éditions Grasset, coll. « Grand Format », 1997.

— J'ai l'impression que tu t'embêtes dans ta forêt vierge à regarder la mousse pousser sur les rochers. Tu manques un des plaisirs de la vie si tu n'as pas essayé de soutenir le regard d'un orignal plus de quarante-cinq secondes.

— L'indifférence ne m'a jamais rebuté!

— Tu as d'autres demandes, pendant que je suis bien disposé? demanda Yaeger.

— Maintenant que tu m'y fais penser, j'ai en effet une boîte de cadeaux de Noël à faire emballer et à expédier ce soir pour qu'ils arrivent demain soir au plus tard.

— Vas-y, dit Yaeger. J'ai branché le magnétophone et je les imprimerai quand tu auras fini.

Pitt fit la description des articles et équipements dont il avait besoin. A la fin, il ajouta:

— Ajoute aussi une carte du Service des Ressources naturelles du lac Orion, avec les données bathymétriques et les espèces de poissons, les épaves sous-marines et les obstacles possibles.

— Le mystère s'épaissit! Pour quelqu'un qui a été réduit en bouillie et qui sort juste de l'hôpital, tu ne crois pas que tu en fais un peu trop?

— Fais ce que je te demande et je t'enverrai cinq livres de saumon fumé.

— J'ai horreur de faire l'andouille, soupira Yaeger. D'accord, je vais m'occuper de tes jouets avant de faire une petite enquête par les voies honnêtes et moins honnêtes sur ce Qin Shang. Avec un peu de chance, je te donnerai son groupe sanguin.

Pitt savait depuis longtemps que les données enterrées et cachées dans les dossiers classés top secret n'étaient jamais étanches aux talents magnétiques de Yaeger.

— Mets tes petits doigts boudinés sur ton clavier et appelle-moi sur mon portable quand tu auras quelque chose.

Yaeger raccrocha, s'appuya au dossier de sa chaise et regarda pensivement le plafond. Il ressemblait à n'importe quel mendiant du coin de la rue, ce qui ne l'empêchait pas d'être un brillant analyste des systèmes informatiques. Il portait ses cheveux grisonnants en queue de cheval et s'habillait comme un hippie vieillissant, ce qu'il était, du reste. Il était chef du réseau de données informatiques de la NUMA, réseau comprenant une vaste bibliothèque de chaque livre, article et thèse, scientifique, historique ou théorique jamais rédigé sur les océans du monde.

Le domaine informatique de Yaeger occupait tout le dixième étage de l'immeuble de la NUMA. Il avait fallu des années pour amasser cette énorme bibliothèque. Son patron lui avait laissé carte blanche et des fonds illimités pour accumuler tout ce que l'on savait sur les sciences et la technologie des océans afin de mettre tout cela à la disposition des étudiants en océanologie, des océanographes professionnels, des ingénieurs de marine et archéologues sous-marins du monde. Son travail comportait d'énormes responsabilités mais c'était un travail que Yaeger aimait passionnément.

Il tourna son regard vers l'ordinateur hors de prix qu'il avait lui-même conçu et réalisé.

— Tes doigts boudinés sur le clavier! Ha!

Il n'y avait ni clavier ni écran. Comme pour la réalité virtuelle, les images étaient projetées en trois dimensions devant l'utilisateur. Au lieu de taper sur des touches, les commandes se faisaient oralement. Une caricature de Yaeger, élargie et agrandie, le considéra sur le mur.

— Alors, Max, on est prêt à aller à la pêche? demanda-t-il à son image.

— Je suis à mon poste, répondit une voix électronique.

— Rassemble toutes les informations disponibles sur un certain Qin Shang, un Chinois, propriétaire d'une compagnie maritime dont les bureaux principaux sont à Hong Kong.

— Données insuffisantes pour un rapport détaillé, dit Max de sa voix monocorde.

— Ce n'est pas énorme, je l'admets, dit Yaeger qui

ne s'était jamais tout à fait habitué à parler à une image nébuleuse produite par une machine. Fais pour le mieux. Imprime ce que tu auras trouvé quand tu auras écumé tous les réseaux.

— Je reviens vers vous dans un moment, bourdonna Max.

Yaeger regarda l'espace libéré par son presque sosie holographique, les sourcils froncés, le regard étonné. Pitt ne lui avait jamais demandé de faire des recherches et de monter un dossier sans avoir une bonne raison. Quelque chose, Yaeger le savait, tourmentait l'esprit de son ami. Les difficultés et les énigmes naissaient sans cesse sous les pas de Pitt. Il était attiré vers les ennuis comme les saumons vers leurs lieux de reproduction. Yaeger espéra que Pitt révélerait le mystère. Il le faisait toujours, il y était toujours obligé quand ses projets allaient au-delà du simple cadre d'un intérêt fortuit.

— Dans quoi est-ce que ce dingue s'est encore fourré, cette fois ? murmura Yaeger à son ordinateur.

3

Le lac Orion a la forme d'une larme allongée dont la partie inférieure se termine par une petite rivière. Ce n'est pas une grande masse d'eau mais elle est séduisante et mystique avec des rives bordées par un océan de forêts denses, d'un vert profond, qui s'élèvent jusqu'au promontoire de rochers gris des Olympic Mountains, majestueuses et couronnées de nuages. Des fleurs sauvages vivement colorées s'épanouissent sous les arbres et dans les petites prairies. L'eau de la fonte des glaciers du haut pays se déverse dans le lac en nombreuses rivières, transportant des minéraux qui lui donnent une belle couleur cristalline, d'un bleu-vert. Au-dessus, un ciel cobalt traversé de nuages se reflète dans l'eau, lui ajoutant une teinte de turquoise claire.

Le bras d'eau qui s'échappe de la pointe inférieure porte le nom de rivière Orion. Courant paisiblement à travers un canyon creusé entre les montagnes, la rivière couvre quatre-vingt-dix kilomètres avant de se jeter dans la partie supérieure d'une anse aux allures de fjord, appelée Grapevine Bay. Creusée dans un ancien glacier, Grapevine Bay s'ouvre sur l'océan Pacifique. La rivière, autrefois empruntée par les bateaux de pêche apportant leurs prises à la conserverie, ne servait plus maintenant qu'aux bateaux de plaisance et aux pêcheurs du dimanche.

L'après-midi suivant ses courses en ville, Pitt sortit sur le porche de la cabine et respira profondément. Une pluie légère, déjà passée, avait laissé dans l'air un parfum agréable, pur et rafraîchissant. Le soleil était tombé entre les montagnes et ses derniers rayons soulignaient les ravins entre les pics. C'était une scène hors du temps. Seules les maisons et les cabines ajoutaient une touche un peu fantomatique.

Il traversa une étroite jetée de bois menant à un petit hangar à bateaux flottant sur l'eau. Pitt introduisit une clef dans la lourde serrure fermant la porte de bois blanchie par le temps. Il faisait sombre à l'intérieur. Il pensa qu'il ne devait pas y avoir de micros ni de caméras dans ce lieu et ouvrit la porte en grand. Suspendus au-dessus de l'eau sur des berceaux attachés par des câbles électriques, il découvrit un petit voilier de trois mètres et un Chris-Craft Runabout de 1933, de six mètres trente, avec un double cockpit et une coque d'acajou luisant. Deux kayaks et un canoë étaient posés sur des râteliers, le long des parois.

Il alla jusqu'au panneau du circuit électrique et appuya sur l'unique interrupteur. Puis il prit l'unité de contrôle reliée au treuil et appuya sur le bouton. Le treuil commença à ronronner en passant au-dessus du voilier. Pitt passa le crochet qui pendait du treuil dans une boucle de métal située sur le berceau et l'abaissa. Pour la première fois depuis de nombreux mois, la coque en fibre de verre du voilier se posa sur l'eau.

Pitt retira d'un casier les voiles soigneusement pliées, assembla le mât d'aluminium et ajusta les gréements. Puis il installa le gouvernail dans ses axes et inséra la dérive. Après une trentaine de minutes, le petit bateau était prêt à remplir ses voiles de vent. Il ne restait plus qu'à le mâter, ce qui pouvait attendre que la coque soit sortie de dessous le toit du hangar.

Satisfait de voir que tout était en ordre, Pitt revint sans se presser à la cabine et déballa l'un des deux gros cartons que Yaeger lui avait expédiés par express. Assis à la table de la cuisine, il étala la carte du lac Orion qu'il avait demandée. Les sondages du fond montraient une pente douce depuis la rive, se stabilisant sur une courte distance à environ dix mètres avant de s'abaisser d'un seul coup au milieu du lac, jusqu'à plus de cent vingt mètres. « Bien trop profond pour plonger sans équipement approprié et sans une équipe de surface », pensa Pitt. La carte ne mentionnait aucun obstacle fabriqué de la main de l'homme. La seule épave montrée était celle d'un vieux bateau de pêche qui avait coulé au large de la conserverie. La température du lac était en moyenne de cinq degrés, trop froide pour nager mais idéale pour pêcher et faire de la voile.

Pitt fit griller un steak d'orignal pour son dîner, qu'il mangea avec une salade mélangée, sur une table installée sur le porche surplombant le lac. Il but paresseusement une bière avant de reposer la bouteille sur la table et de retourner dans la cuisine où il déplia le trépied d'un télescope de cuivre. Il l'installa au milieu de la cuisine, assez loin de la fenêtre pour éviter que quelqu'un d'extérieur puisse épier son activité dans l'ombre. Se penchant devant l'œilleton, il régla l'optique sur la maison de Qin Shang. Le puissant objectif lui permit d'observer deux joueurs de golf sur le terrain derrière la maison. « Des nuls », se dit-il. Il leur fallut quatre putts chacun pour envoyer leurs balles dans le trou. Par son champ de vision circulaire il put regarder les maisons des invités, nichées sous un bosquet d'arbres derrière la maison principale. A part une bonne qui y faisait une ronde, elles paraissaient inoccupées. Il ne vit aucune pelouse entretenue. Les terrains avaient été laissés en leur état naturel de prairies et de fleurs sauvages.

Une énorme porte cochère avec un portique s'élevait du bâtiment à l'allée privée afin que les hôtes de marque, en entrant et en sortant de leurs voitures, ne soient pas mouillés en cas de mauvais temps. L'entrée principale était flanquée de deux grands lions de bronze couchés de part et d'autre de l'escalier menant aux portes en bois de rose. Les statues avaient la taille de trois hommes. Pitt régla à nouveau le télescope et observa les superbes motifs de dragons qui ornaient les panneaux. Le toit aux riches tuiles dorées, en forme de pagode, semblait tout à fait incongru au-dessus des murs de verre teinté qui entouraient toute la structure inférieure. La maison elle-même, avec ses trois étages, était installée dans une grande clairière, à un jet de pierre des rives du lac.

Pitt abaissa légèrement le télescope et étudia le quai long comme un demi-terrain de football, qui s'avançait dans l'eau. Deux bateaux y étaient amarrés. Le plus petit n'avait rien de luxueux. Les lourdes coques jumelles d'un catamaran étaient surmontées d'une grande cabine semblable à une boîte, sans fenêtres ni hublots. La timonerie était perchée sur le rouf et le bateau tout entier était peint d'un noir de corbillard, ce qui était assez rare pour une superstructure. Le second pouvait être qualifié de navire. C'était un petit bijou, un élégant yacht à moteur de trente-six mètres de long avec un salon panoramique, le genre de bateau sur lequel on se retourne. Pitt estima sa largeur à environ neuf mètres. Tout y semblait prévu pour un luxueux confort et ses lignes classiques n'étaient pas celles d'un simple yacht mais plutôt d'une œuvre d'art flottante. Probablement construit à Singapour ou à Hong Kong, pensa Pitt. Même avec un faible tirant d'eau, il fallait un bon pilote pour le faire passer de la rivière du lac à la haute mer.

Pendant qu'il regardait, une fumée de diesel sortit de la cheminée du plus petit bateau. Quelques minutes plus tard, l'équipage larguait les amarres et le dirigeait, en traversant le lac, vers l'embouchure de la rivière. Pitt se dit que c'était un bien étrange bâtiment. On aurait dit une caisse en bois sur deux pontons. A se demander à quoi avait pu penser son constructeur en le fabriquant.

A terre, à part la bonne et les deux golfeurs, les lieux paraissaient déserts. On ne distinguait rien des systèmes de sécurité. Aucun signe visible de caméras vidéo mais Pitt savait qu'il y en avait. Aucune patrouille de gardes non plus, à moins qu'ils aient appris à se rendre invisibles. Les seules choses qui détonnaient dans le paysage étaient plusieurs bâtiments sans fenêtres, en rondins. Ils ressemblaient à des huttes de camping comme en utilisent les chasseurs et les vagabonds, posés à des endroits stratégiques autour du lac. Pitt en compta trois et devina qu'il devait y en avoir d'autres, cachés dans les bois. Le troisième paraissait curieusement perdu. Il flottait à l'extrémité du quai et ressemblait à un petit hangar à bateaux. Comme pour l'étrange bateau noir, il n'avait ni porte ni fenêtre. Pitt le regarda pendant presque une minute, essayant de deviner à quoi il servait et ce qu'il y avait à l'intérieur.

Un léger déplacement du télescope et son observation fut récompensée. Une petite pièce seulement était visible derrière un bosquet d'épicéas. Pas grand-chose mais juste assez pour aiguiser sa curiosité à propos de l'installation de surveillance. Le toit d'un véhicule de promenade, bien caché, révélait une forêt d'antennes et de paraboles. Dans une petite clairière un peu plus loin, on distinguait une bâtisse ressemblant à un petit hangar d'aviation, installé près d'une piste étroite, de quinze mètres de long seulement. Sûrement pas le genre d'installation permettant l'utilisation d'un hélicoptère. Un ULM, peut-être, se dit Pitt. Oui, cela devait être la réponse.

— Une petite merveille d'installation, murmura-t-il.

Et c'était en effet une petite merveille d'installation. Il reconnut le véhicule comme étant un poste de commande mobile semblable à ceux qu'utilisaient les agents des services secrets quand le Président s'éloignait de Washington. Pitt commençait à comprendre à quoi servaient les huttes de bois. Il lui restait à provoquer une réponse.

Il eût été stupide de faire autant d'efforts par simple curiosité et parce qu'il s'ennuyait. Il fallait attendre de recevoir le rapport de Yaeger. Pour autant qu'il le sache, Shang était un habitué des causes humanitaires, un philanthrope, quelqu'un que Pitt pouvait respecter. Lui-même n'était pas un enquêteur mais un simple ingénieur maritime. Presque toutes ses missions se faisaient au fond des mers. Il se demanda pourquoi il prenait la peine de s'intéresser à tout cela. Pourtant, un petit signal obsédait son esprit. Le mode de vie de Shang ne tenait pas la route. Ce ne serait pas la première fois que Pitt se mêlerait de ce qui ne le regardait pas. La raison principale qui le poussait, c'était le fait que son intuition ne l'avait jamais trompé.

Comme un fait exprès, son téléphone mobile se mit à sonner. Hiram Yaeger était le seul à le connaître. Il s'éloigna suffisamment de la cabine avant de répondre.

— Hiram ?

— Ton M. Shang est une véritable œuvre d'art, dit Yaeger sans préambule.

— Qu'as-tu trouvé sur lui ?

— Ce bonhomme vit comme un empereur romain. Un énorme entourage, des maisons comme des palais dans le monde entier, des yachts, une nuée de femmes somptueuses, des avions à réaction et une armée de gardes de sécurité. Si quelqu'un peut concourir pour le titre de *l'Homme le plus riche et le plus célèbre*, c'est bien Shang.

— Qu'as-tu appris de ses opérations ?

— Très peu. Chaque fois que Max...

— Max ?

— Max est mon copain. Il vit à l'intérieur de mon ordinateur.

— Si tu le dis... Continue.

— Chaque fois que Max a essayé d'infiltrer une donnée portant le nom de Shang, les ordinateurs de presque tous les services d'enquête de la ville nous ont bloqués et ont exigé de connaître le but de nos questions. Il semble que tu ne sois pas le seul à t'intéresser à ce type.

— On dirait que nous avons mis le doigt dans un nid de vipères, dit Pitt. Pourquoi notre gouvernement verrouille-t-il tout autour de Shang ?

— Mon avis est que nos agences de renseignements font une enquête très secrète et n'apprécient guère qu'on aille mettre le nez dans leur jardin.

— Le mystère s'épaissit. Shang n'est sûrement pas blanc comme neige s'il fait l'objet d'une enquête secrète du gouvernement.

— Ou alors on le protège.

— Comment savoir ?

— Ça me dépasse, admit Yaeger. Tant que Max et moi n'avons pas pu faire une enquête approfondie dans les sources de données appropriées, je nage autant que toi. Tout ce que je peux te dire, c'est qu'il n'est pas la réincarnation du Messie. Shang tripote dans le monde entier comme une anguille et retire d'énormes bénéfices d'une myriade d'entreprises apparemment parfaitement légales.

— Veux-tu dire que tu ne peux pas prouver son appartenance à un groupement de crime organisé ?

— A la surface, on ne voit rien, répondit Yaeger. Ce qui ne signifie pas qu'il ne puisse opérer en indépendant.

— C'est peut-être la réincarnation de Fu Manchu, dit Pitt d'un ton léger.

— Ça t'ennuierait de me dire ce que tu as contre lui ?

— Ses sbires ont fouillé ma cabine. Je n'aime pas beaucoup que des étrangers mettent le nez dans mes sous-vêtements.

— Il y a une chose qui pourrait t'intéresser, dit Yaeger.

— Je t'écoute ?

— Non seulement Shang et toi avez la même date d'anniversaire, mais vous êtes nés la même année. Selon son horoscope, Shang est né l'année du Rat. Selon le tien, sous le signe du Cancer.

— C'est tout ce qu'a pu trouver le meilleur génie informatique du monde ? demanda sèchement Pitt.

— J'aimerais bien t'en donner davantage, répondit Yaeger avec du regret dans la voix. Je continue à chercher.

— Je ne t'en demande pas plus.

— Qu'envisages-tu de faire maintenant ?

— Il n'y a pas grand-chose à faire, dit Pitt, sauf pêcher.

Yaeger ne fut pas dupe une seconde.

— Attention à ton dos, répondit-il sérieusement, ou tu risques de te retrouver dans cette crique puante sans moyen de bouger.

— Je veillerai à montrer mon bon vieux profil discret.

Il pressa le bouton APPEL et plaça le téléphone Iridium dans la fourche d'un arbre. Ce n'était peut-être pas la meilleure cachette mais cela valait mieux que de le laisser traîner dans la cabine s'il devait y avoir une autre fouille en son absence.

Pitt se hâta d'oublier l'inquiétude amicale de Yaeger. Il se dit qu'il valait mieux que le gourou en chef des ordinateurs de la NUMA en sache le moins possible. Pitt pourrait bien se faire arrêter pour ce qu'il allait faire. Et s'il ne faisait pas très attention, il pouvait même se faire fusiller. Il souhaita seulement de

tout son cœur ne pas déclencher d'autres conséquences imprévisibles. Il sentait avec un poids de
plomb au fond de son estomac que s'il commettait
une erreur, on ne retrouverait jamais son corps.

Il restait environ deux heures de jour quand Pitt
parcourut le petit quai jusqu'au hangar à bateaux. Il
tenait entre ses bras une énorme glacière et un gros
saumon monté sur une planche de bois, qu'il avait
trouvé pendu au-dessus de la cheminée de la cabine.
Dans le hangar, il ouvrit la glacière et en sortit un
petit véhicule sous-marin autonome construit par
Benthos Inc., un spécialiste de la technologie sous-
marine. Dans un étui noir de 63,5 cm sur 15,2,
l'AUV[1] contenait une caméra vidéo en couleur à
haute résolution. Actionné par une batterie, il pouvait propulser deux petits moteurs à balourds tournant en sens inverse pendant un peu plus de deux
heures. Pitt posa le petit appareil compact au fond
du voilier, à côté d'une canne à pêche et d'une boîte
d'hameçons. Il ouvrit ensuite les portes du hangar,
monta sur le voilier et prit la barre. Il s'éloigna du
quai en poussant avec une gaffe jusqu'à ce qu'il soit
suffisamment éloigné, posa le mât, leva la voile et
abaissa la dérive.

Pour un observateur, il ressemblait à n'importe
quel employé de bureau profitant d'un moment de
détente en faisant de la voile sur le lac. L'air était
frais mais il était chaudement couvert d'une chemise
de laine rouge et d'un pantalon kaki avec, aux pieds,
des tennis sur de grosses chaussettes. La seule différence avec les pêcheurs sérieux, c'est qu'eux
auraient utilisé un bateau puissant ou une barque à
moteur pour pêcher le saumon ou la truite, et sûrement pas un voilier. Pitt avait choisi le plus lent des
deux bateaux parce que la voile constituait un bon
écran contre les caméras vidéo de la propriété.

Il fit avancer le petit voilier en godillant au gouver-

1. Autonomous Underwater Vehicle. (Véhicule sous-marin
autonome.)

nail jusqu'à ce que la brise de l'après-midi gonfle la voile et il se laissa glisser sur les eaux bleu-vert du lac Orion.

Il tirait facilement des bords, longeant la rive déserte tout en restant à distance respectueuse de l'énorme maison sur l'autre rive du lac. Dans la partie la plus profonde, à moins d'un quart de mille du dock de Shang, Pitt se mit dans le vent et baissa la voile, en laissant juste assez pour qu'elle batte dans la brise et cache ses mouvements. La corde de l'ancre n'était pas assez longue pour toucher le fond mais il la baissa autant qu'il le put pour qu'elle serve de drague et empêche le voilier de se rapprocher trop de la rive.

La voile baissée faisant face à une des rives et son dos tourné vers l'autre, il se pencha sur le côté et regarda par le fond transparent d'un seau. L'eau était si claire que Pitt distingua un banc de saumons nageant à cent cinquante pieds plus bas. Puis il ouvrit une boîte de matériel de pêche et en sortit un hameçon et des plombs. Le seul poisson que Pitt ait pris au cours des trente dernières années l'avait été en nageant et avec un fusil sous-marin. Il n'avait pas tenu une canne à pêche depuis l'époque où il accompagnait son père, le sénateur George Pitt, au large des côtes de Californie. La canne lui avait échappé des mains et s'était enfoncée dans les profondeurs marines.

Toujours pour faire semblant de pêcher, il déroula aussi un rouleau de fil fin et plaça un répondeur qui envoyait des signaux électriques par-dessus le bord du voilier. Il le fit descendre à une profondeur de 3,60 mètres pour être sûr qu'il soit protégé de l'ombre acoustique que pourrait lui faire la coque du bateau. Un répondeur de la même taille était placé dans la partie avant de l'AUV. Les deux appareils et toute l'électronique incluse dans le boîtier de l'AUV formaient le cœur du système en s'échangeant acoustiquement des informations, ce qui permettait à un petit enregistreur de recevoir et de contrôler les signaux vidéo sous-marins.

Ensuite, Pitt enleva l'AUV de la glacière et le plongea doucement dans l'eau où il le regarda s'enfoncer silencieusement sous la surface, le boîtier noir ressemblant à quelque vilaine créature des profondeurs. Pitt avait à son actif plus de deux cents heures d'utilisation des véhicules sous-marins robotisés mais c'était seulement la seconde fois qu'il se servait d'un système autonome. Il avait la bouche un peu sèche en surveillant le petit véhicule qui avait coûté deux millions de dollars à la NUMA tandis qu'il disparaissait lentement dans la profondeur du lac. Ce système sous-marin autonome était une merveille de miniaturisation et permettait pour la première fois aux scientifiques de la NUMA d'envoyer un appareil robotisé dans des zones où il était jusqu'alors impossible de faire des recherches.

Il leva le couvercle d'un ordinateur portable muni d'un écran à très haute résolution et d'une imprimante matricielle et le mit en marche. Constatant avec satisfaction que le lien acoustique était bien établi, il fit défiler divers menus et sélectionna une combinaison vidéo à distance et interactive. En des circonstances normales, il aurait préféré se concentrer sur une vidéo interactive des images envoyées par la caméra sous-marine mais, pour cet essai, il était vital qu'il concentre son attention sur les événements qu'il espérait déclencher dans la propriété privée. Il avait l'intention de ne surveiller l'avancée de l'AUV que de temps en temps, pour qu'il garde bien la course qu'il entendait lui faire suivre.

Il bougea la manette d'un petit boîtier de télécommande. Le véhicule répondit immédiatement et exécuta un plongeon. La télémétrie acoustique et le système de contrôle fonctionnèrent sans problème et le véhicule partit en avant à près de quatre nœuds. Les moteurs à balourds étaient parfaitement équilibrés et empêchaient le véhicule d'avancer en tire-bouchon dans l'eau.

— Chaque mouvement donne une image, dit Pitt en regardant dans la direction du palais de Shang.

Il s'allongea sur les deux coussins de vinyle qui servaient aussi de flotteurs de sauvetage au cas où les occupants du voilier tomberaient à l'eau. Il appuya ses pieds sur le petit banc et coinça la télécommande de l'AUV entre ses jambes. Utilisant les leviers et le joystick de la télécommande, il dirigea les mouvements du véhicule comme s'il s'agissait d'un petit sous-marin téléguidé. Il le cala à une profondeur de soixante pieds et le dirigea lentement vers le quai à bateaux de Shang où il lui fit ensuite balayer les lieux en avant et en arrière comme s'il labourait un champ.

Des non-initiés auraient pu croire que Pitt s'amusait avec un jouet mais l'exercice était beaucoup plus qu'un jeu. Il avait l'intention de tester les services de sécurité de Shang. Pour commencer, il voulait savoir s'il y avait des détecteurs sous-marins. L'AUV parcourut plusieurs lignes à environ trois mètres du navire sans déclencher de réponse. Apparemment, les systèmes de sécurité de Shang ne s'étendaient pas au lac. Ces gens n'imaginaient pas la menace d'une pénétration par l'eau.

« Maintenant, que le spectacle commence ! » pensa Pitt. Il tira doucement le levier pour faire remonter l'AUV à la surface. Son petit submersible apparut, parfaitement visible, à quelques mètres de l'un des côtés du dock. Il mesura le temps qu'allait prendre la réponse. A sa grande surprise, trois minutes s'écoulèrent avant que les murs des huttes sans fenêtres s'ouvrent violemment et que des gardes armés de mitraillettes Steyor tactiques se mettent à charger à travers les pelouses sur des motos de cross. Pitt pensa que ces motos étaient des copies chinoises des motos super cross japonaises Suzuki RM 250 cc. Elles se dispersèrent en formation et prirent position le long de la rive de sable. Trente secondes plus tard, le mur de la hutte située à l'extrémité du dock flottant, face au lac, s'ouvrit à son tour et deux gardes, aux commandes d'un canot de fabrication chinoise ressemblant au Jet Ski japonais Kawasaki, se lancèrent à la poursuite de l'AUV.

Ce n'était pas ce que Pitt considérait comme un déploiement rapide. Il s'attendait à mieux de la part de spécialistes vétérans de la sécurité. Même les ULM restèrent cachés dans leur hangar. Apparemment, l'incursion de l'AUV ne déclenchait pas un effort de recherches tous azimuts.

Pitt fit immédiatement replonger le submersible et, parce qu'il était visible dans l'eau claire, lui fit effectuer un rapide virage pour l'envoyer se cacher sous le yacht amarré près du quai. Aucune crainte que les gardes en canot à moteur puissent déceler le petit sous-marin. Ils dérangeaient tellement la surface de l'eau avec l'écume créée par leurs cercles successifs qu'il était impossible de rien distinguer en profondeur. Pitt remarqua qu'aucun des hommes sur le Jet Ski ne portait d'équipement de plongée, même pas un masque et un tuba, ce qui prouvait à l'évidence qu'ils n'avaient pas l'intention de fouiller les eaux du lac. « Professionnels sur la terre ferme, se dit Pitt, mais amateurs sur l'eau. »

Ne trouvant trace d'aucun intrus le long du rivage, les hommes gardant le terrain descendirent de leurs motos et suivirent les cabrioles de la course qui se déroulait sur l'eau. Si quelqu'un essayait d'investir la retraite de Shang par voie de terre, il faudrait au moins, pour avoir une chance de réussir, une équipe de Forces spéciales, experte dans l'art du camouflage et des intrusions furtives. Mais pour le lac, c'était une autre histoire. Un plongeur pouvait facilement nager sous le dock et le yacht sans crainte d'être découvert.

En ramenant l'AUV jusqu'au voilier, Pitt rembobina son fil de pêche pour laisser l'hameçon juste au-dessous de la surface. Alors il y accrocha discrètement le saumon qui avait décoré le dessus de la cheminée de la cabine de Foley. Agitant ensuite les bras en signe d'allégresse, il remonta le saumon mort depuis des années et le leva à bout de bras pour le faire admirer. Les deux gardes en Jet Ski tournèrent autour de lui à moins de quinze mètres, faisant rouler le voilier de leur sillage.

Pratiquement assuré du fait qu'ils n'essaieraient pas de l'arrêter pour avoir pêché sur des eaux appartenant à l'État, il les ignora. Il se mit en face des gardes alignés sur la rive et balança le poisson comme un drapeau. Il les regarda et vit que, ne pouvant mettre le doigt sur quelque chose de suspect, ils retournaient aux cabanes de surveillance. Pitt n'avait plus de raison de rester sur place. Il était soulagé de voir que les gardes n'avaient pas découvert l'AUV et qu'ils s'intéressaient davantage à un pêcheur qu'à ce qui pouvait se trouver dans l'eau. Il remonta l'ancre et la voile et, discrètement suivi par l'obéissant petit submersible robot nageant sous la surface, se dirigea vers le hangar à bateaux de Foley. Après avoir amarré le voilier et remis l'AUV dans la glacière, il retira la cassette vidéo de 8 mm de la caméra et la glissa dans sa poche.

Pitt vérifia que l'œil de la caméra de surveillance de la cuisine était bien obstrué par le balai et se détendit en buvant une bonne bouteille de chardonnay Martin Ray. Content de lui mais prudent et circonspect, il cacha son fidèle vieux Colt .45, usé et griffé partout, sur ses genoux sous une serviette. C'était un cadeau de son père et ce pistolet lui avait sauvé la vie en plus d'une occasion. Il ne voyageait jamais sans lui. Il débarrassa la table, se prépara un café puis alla dans le living où il inséra la cassette de l'AUV dans un adaptateur spécial qu'il glissa ensuite dans le magnétoscope posé sur la télévision. Il se pencha devant l'écran pour qu'aucune caméra espion qu'il n'aurait pas encore découverte ne puisse voir les images.

En regardant la vidéo sous-marine enregistrée par l'AUV, il ne s'attendait pas à voir quoi que ce soit n'appartenant pas au fond du lac. Ce qui l'intéressait d'abord, c'était la zone du dock et ses alentours ainsi que le yacht qui y était amarré. Il regarda pensivement les allers et retours du submersible sur les pentes peu profondes puis dans le trou plus profond du centre du lac, sur son chemin vers le dock de

Shang. Les premières minutes, il ne vit que quelques
poissons filant en vitesse à l'arrivée de l'intrus mécanique, des algues émergeant de la vase et des morceaux de bois usés que les courants avaient roulés
jusque-là. La vue de quelques jouets d'enfant et de
vieux vélos au large de la plage le fit sourire, ainsi
qu'une automobile d'avant la Seconde Guerre mondiale, en eaux plus profondes. Mais soudain, de
curieuses taches blanches apparurent au milieu du
vide bleu-vert.

Pitt se raidit et regarda, glacé d'horreur, les taches
se préciser et montrer des visages humains, des têtes
attachées à des corps entassés, couchés ou seuls sur
la vase du fond. Le fond du lac était jonché de centaines de corps, empilés parfois par trois ou quatre,
parfois davantage, bien davantage. Ils reposaient sur
la pente du lac dans quarante pieds d'eau, à perte de
vue jusqu'à la partie la plus profonde. Pitt avait
l'impression de contempler depuis une scène un
vaste public à travers un rideau opaque. Ceux des
premiers rangs étaient clairs et distincts mais la
masse de ceux assis plus loin à l'arrière était à peine
visible et perdue dans l'obscurité. Il se sentait incapable d'évaluer leur nombre. Il eut soudain l'horrible
pensée que les corps éparpillés dans les eaux moins
profondes ne représentaient qu'une infime partie de
ceux reposant au-delà de la portée de la caméra de
l'AUV, dans les profondeurs insondables du lac.

Pitt ressentit un frisson de dégoût lui étreindre la
nuque en découvrant un certain nombre de femmes
et d'enfants dans ce champ de mort immergé. Beaucoup paraissaient âgés. L'eau douce et froide venant
des glaciers avait conservé les corps en un état
presque parfait. Ils semblaient dormir paisiblement,
un peu enfoncés dans la vase souple. Certains
avaient une expression tranquille. D'autres montraient au contraire des yeux exorbités et des
bouches grandes ouvertes comme s'ils poussaient un
dernier hurlement de peur. Ils étaient là, paisibles,

indifférents à la température glaciale de l'eau et aux
changements quotidiens de lumière et d'obscurité.
Aucun ne portait de signe de décomposition.

Quand le submersible passa à moins d'un mètre de
ce qui paraissait être une famille entière, Pitt distingua aux plis des yeux et aux traits du visage qu'il
s'agissait d'Orientaux. Il vit aussi que leurs mains
étaient attachées dans leurs dos, leurs bouches bâil-
lonnées et leurs pieds chargés de boulets de plomb.

Ils étaient morts des mains de meurtriers de
masse. Pitt ne vit aucun signe de blessures par balles
ou par armes blanches. Malgré ce que disaient certains, la noyade n'est pas une façon agréable de
mourir. Seul le feu peut être aussi horrible.
Lorsqu'on tombe rapidement dans l'eau profonde,
les tympans éclatent, l'eau se précipite dans les
narines, ce qui cause des douleurs insoutenables
dans les sinus, et les poumons paraissent envahis de
charbons ardents. Et la mort n'est pas non plus
rapide. Il imagina la terreur qu'ils avaient dû ressentir en étant transportés, attachés les uns aux autres,
au milieu du lac en pleine nuit puis jetés, devinait-il,
de sous la cabine centrale du mystérieux bateau noir
à double coque, et leurs cris étouffés par l'eau
sombre. Ils avaient été, sans le savoir, les prisonniers
d'une conspiration inconnue et étaient morts de
façon horrible et affreusement douloureuse.

Le lac Orion n'était pas seulement l'image d'un
paysage idyllique et charmant. C'était beaucoup
plus. Un cimetière.

4

A près de trois milles à l'ouest, une petite averse de
printemps tombait sur le cœur de la ville tandis
qu'une conduite intérieure noire filait silencieuse-

ment dans les rues vides et mouillées. Ses vitres teintées étaient relevées, ses occupants invisibles et la
voiture semblait faire partie d'une procession
funèbre transportant de nuit les parents d'un défunt
jusqu'au cimetière.

Capitale dominante du monde, Washington avait
un vague halo de grandeur antique. C'était particulièrement vrai à l'heure où les bureaux étaient fermés, les téléphones muets, les copieurs arrêtés et
toutes les distorsions et exagérations stoppées pour
un temps dans les halls des administrations. Tous les
résidents politiques de passage étaient allés dormir
et rêvaient de campagnes d'emprunts monétaires.
Avec ses rares lumières et sa circulation minimale, la
cité ressemblait un peu à Babylone ou Persépolis
abandonnées.

Les deux passagers de la limousine gardaient le
silence tandis que le chauffeur, isolé au volant par
une vitre intérieure, conduisait efficacement la voiture sur l'asphalte mouillé où se reflétaient les lampadaires le long des trottoirs. L'amiral Sandecker
regardait par la fenêtre lorsque le chauffeur s'engagea dans Pennsylvania Avenue. Il était perdu dans
ses pensées. Vêtu d'un luxueux pardessus de sport et
d'un pantalon de lainage, il ne paraissait nullement
fatigué. Lorsqu'il avait reçu l'appel téléphonique de
Morton Laird, le chef du personnel du Président, il
présidait un dîner tardif réunissant un groupe
d'océanographes japonais dans le salon jouxtant son
bureau au dernier étage de l'immeuble de la NUMA,
près de la rivière, à Arlington en Virginie.

Mince et musclé par un jogging quotidien de huit
kilomètres et des séances de musculation au centre
des employés de la NUMA, Sandecker semblait plus
jeune que ses presque soixante-cinq ans. Directeur
respecté de la NUMA depuis sa fondation, il avait
construit de ses mains le bureau fédéral des services
océaniques qu'enviaient toutes les nations maritimes
du monde.

Plein d'allant et d'enthousiasme, il n'était pas

homme à accepter une réponse négative. Il avait passé trente ans dans la Marine où il avait glané de nombreuses décorations. L'un des anciens Présidents l'avait choisi pour diriger la NUMA à une époque où il ne disposait ni d'argent ni du moindre appui du Congrès. En quinze ans, Sandecker avait écrasé les pieds de bien des gens, s'était fait de nombreux ennemis mais avait persévéré jusqu'à ce qu'aucun sénateur ne se risque plus à proposer qu'il démissionne en faveur d'un quelconque laquais politique. Égocentrique et pourtant simple, il tentait vainement de cacher le gris qui commençait à envahir sa chevelure rousse et sa barbe à la Van Dyck.

L'homme assis près de lui dans la voiture, le commandant Rudi Gunn, portait un costume trois pièces un peu froissé. Il avait en ce moment les épaules affaissées et se frottait nerveusement les mains. Les nuits d'avril à Washington sont parfois bien trop froides. Diplômé de l'Académie navale, Gunn avait servi dans les sous-marins avant de devenir le bras droit de l'amiral. Quand Sandecker avait démissionné de la Marine pour fonder la NUMA, Gunn l'avait suivi, avec le titre de directeur des opérations. Il regarda Sandecker par-dessus la monture de ses lunettes puis le cadran lumineux de sa montre et décida de briser le silence. Sa voix trahissait sa fatigue et son irritation.

— Vous n'avez vraiment pas la moindre idée, amiral, de la raison pour laquelle le Président a exigé de nous voir à une heure du matin?

Sandecker cessa de contempler le défilé des lampadaires et secoua la tête.

— Pas la moindre. D'après le ton de Morton Laird, il s'agit d'une invitation qu'il vaut mieux ne pas refuser.

— Je n'ai pas entendu parler de crise récente, ici ou à l'étranger, qui puisse justifier une entrevue secrète au milieu de la nuit.

— Moi non plus.

— Ce type ne dort donc jamais?

— Trois heures entre quatre et sept heures du matin, d'après mes sources à la Maison Blanche. Contrairement aux trois Présidents précédents, qui soutenaient le Congrès et étaient de bons amis, celui-ci a été élu deux fois gouverneur d'Oklahoma et c'est pour moi quasiment un inconnu. Depuis le peu de temps qu'il occupe ce poste après cette attaque cardiaque qu'a eue le précédent chef de l'Exécutif et qui l'a mis sur la touche, c'est la première fois qu'il nous est donné de lui parler.

Gunn se tourna vers lui malgré l'obscurité.

— Vous n'avez jamais rencontré Dean Cooper Wallace lorsqu'il était vice-président ?

Sandecker fit non de la tête.

— D'après ce qu'on m'a dit, il n'a rien à faire de la NUMA.

La voiture sortit de Pennsylvania Avenue et s'engagea dans une allée barrée conduisant à la Maison Blanche. Elle s'arrêta devant la grille nord-ouest.

— Nous sommes arrivés, amiral, annonça le chauffeur en ouvrant la portière arrière.

Un membre en uniforme des services secrets vérifia les papiers d'identité de Sandecker et de Gunn et barra leurs noms sur la liste des visiteurs qu'il tenait à la main. On les escorta ensuite jusqu'au bâtiment et au salon de réception de l'aile ouest. L'hôtesse, une jolie femme d'une trentaine d'années aux cheveux châtains remontés en un chignon démodé, se leva et leur sourit chaleureusement. Une réglette sur un bureau indiquait son nom : Robin Carr.

— Amiral Sandecker, commandant Gunn, je suis ravie de vous rencontrer.

— Vous travaillez tard ! remarqua Sandecker.

— Heureusement, mon horloge biologique fonctionne au même rythme que celle du Président.

— Avons-nous une chance de boire un café ? demanda Gunn.

Le sourire disparut.

— Je suis désolée mais je crains que vous n'en ayez pas le temps.

Elle se rassit, décrocha un téléphone et dit simplement :

— L'amiral est arrivé.

En moins de dix secondes, le chef du personnel du nouveau Président, qui avait remplacé Wilbur Hutton, le bras droit de l'ancien chef de l'État hospitalisé, apparut et leur serra la main.

— Merci d'être venus, messieurs. Le Président sera content de vous voir.

Laird était de la vieille école. Il était le seul chef du personnel de l'histoire récente à porter un costume trois pièces, avec un gilet orné d'une grosse chaîne d'or attachée à une montre de gousset. Et contrairement à ses prédécesseurs qui appartenaient tous à l'Ivy League [1], Laird était un ancien professeur de communication de l'université de Stanford.

Grand, un peu chauve et portant des lunettes sans monture, il avait des yeux brillants de renard sous des sourcils épais. Il rayonnait de charme, ce qui lui permettait d'être l'une des rares personnes, au bureau exécutif, à être vraiment appréciée de tout le monde. Il se retourna et fit signe à Sandecker et à Gunn de le suivre jusqu'au Bureau Ovale.

La pièce célèbre, dont les murs avaient vu des milliers de crises, des hommes accablés par le poids solitaire du pouvoir et des décisions cruelles, était vide.

Avant que Sandecker et Gunn aient pu échanger un commentaire, Laird se tourna à nouveau vers eux.

— Messieurs, ce que vous allez voir au cours des vingt prochaines minutes est vital pour la sécurité de la nation. Vous devez jurer de n'en souffler mot à personne. Ai-je votre parole d'honneur ?

— Je vous ferai remarquer qu'au cours de toutes ces années au service de mon gouvernement, j'ai appris et gardé plus de secrets que vous n'en connaî-

---

1. Association des huit plus prestigieuses universités des États-Unis.

trez jamais, monsieur Laird, dit Sandecker avec beaucoup de conviction. Et je réponds personnellement de l'intégrité du commandant Gunn.

— Pardonnez-moi, amiral, répondit Laird. Ce genre d'attitude est inhérent à ma fonction.

Laird s'approcha d'un mur et appuya sur un bouton caché. Une partie du mur glissa sur le côté, découvrant l'intérieur d'un ascenseur. Il se pencha et tendit la main.

— Après vous.

L'ascenseur était petit et ne pouvait accueillir que quatre personnes au plus. Les parois étaient recouvertes de cèdre poli. Il n'y avait que deux boutons sur le panneau de contrôle, un pour monter, l'autre pour descendre. Laird poussa celui du bas. Le faux mur du Bureau Ovale reprit silencieusement sa place tandis que les portes de l'ascenseur se refermaient.

Il n'y eut aucune sensation de vitesse mais Sandecker sut qu'ils descendaient très vite à la réaction de son estomac. En moins d'une minute, la cabine ralentit et s'arrêta souplement.

— Nous ne rencontrerons pas le Président dans le bureau des réunions de crise, dit Sandecker.

C'était plus une remarque qu'une question. Laird lui lança un regard surpris.

— Vous avez deviné ?

— Pas deviné, non. Je suis venu ici en diverses occasions. Le bureau des situations de crise est bien plus bas que là où nous nous sommes arrêtés.

— Vous êtes trop futé, amiral, répondit Laird. Cet ascenseur n'a fait que la moitié du trajet.

Les portes s'ouvrirent sans bruit et Laird sortit dans un tunnel brillamment éclairé et parfaitement entretenu. Un agent des services secrets se tenait près des portes ouvertes d'un petit bus confortable. L'intérieur ressemblait à un bureau miniature, avec des chaises de cuir, un bureau en forme de fer à cheval, un minibar bien garni et une salle d'eau compacte. Quand tout le monde fut installé, l'agent des services secrets se glissa derrière le volant et parla dans un micro muni d'une oreillette de réception.

— Poisson sabre quitte la base.

Il mit le moteur en marche et le bus commença à rouler sans bruit le long du vaste tunnel.

— Poisson sabre est mon nom de code dans les services secrets, expliqua Laird, comme s'il en avait un peu honte.

— C'est un moteur électrique, commenta Sandecker en constatant le silence du bus.

— C'est plus efficace que d'installer un système compliqué de ventilation pour évacuer les gaz d'échappement des moteurs diesels. Il y a plus de tunnels sous Washington que ne l'imaginent la plupart des gens. Le système de passages et d'avenues sous la ville forme un réseau complexe de plus de quinze cents kilomètres. Les gens ne connaissent, naturellement, que ce qui concerne les tunnels d'évacuation des eaux, de drainage, de tuyaux pour l'électricité et les vapeurs mais il existe un grand réseau utilisé quotidiennement pour le transport des véhicules. Il s'étend de la Maison Blanche à la Cour Suprême, à l'immeuble du Capitole, au ministère de l'Intérieur, passe sous le Potomac vers le Pentagone, le quartier général de la CIA à Langley et une dizaine d'autres immeubles stratégiques du gouvernement et bases militaires, dans et autour de la ville.

— Un peu comme les catacombes à Paris, dit Gunn.

— Les catacombes de Paris sont minuscules en comparaison du réseau souterrain de Washington, répondit Laird. Puis-je vous offrir quelque chose à boire, messieurs ?

Sandecker refusa d'un signe de tête.

— Je passe.

— Pas pour moi, merci, ajouta Gunn. Étiez-vous au courant, monsieur ? demanda-t-il à l'amiral.

— M. Laird oublie que j'habite depuis de nombreuses années à Washington. J'ai emprunté ces tunnels bien des fois. Étant donné qu'ils passent sous

des plans d'eau, il faut une petite armée d'ouvriers
d'entretien pour lutter contre l'humidité et la vase et
les garder bien secs. Il y a aussi les épaves humaines,
les trafiquants de drogue et les criminels qui tentent
de s'en faire des entrepôts pour leurs trafics illégaux
et les jeunes qui cherchent à faire des réunions musi-
cales dans les coins les plus sombres et les plus
sinistres. Sans compter, bien sûr, les fiers-à-bras
poussés par la curiosité et qui, ne souffrant pas de
claustrophobie, trouvent amusant d'explorer tous
ces passages. La plupart sont des spéléos confirmés,
ravis de découvrir des labyrinthes inconnus.

— S'il y a autant d'intrus qui s'y promènent, comment les surveille-t-on ?

— Les artères principales essentielles pour les
opérations du gouvernement sont gardées par une
force spéciale de sécurité qui les surveille par vidéo
et capteurs à infrarouge, expliqua Laird. Il est pratiquement impossible de pénétrer par effraction
dans les endroits sensibles.

— Eh bien, voilà qui est nouveau pour moi,
remarqua Gunn.

Sandecker eut un sourire énigmatique.

— Le chef du personnel du Président a oublié de
mentionner les boyaux des sorties de secours.

Laird cacha sa surprise en se versant un petit verre
de vodka.

— Vous êtes remarquablement bien informé, amiral !

— Des boyaux de sorties de secours ? répéta
machinalement Gunn.

— Puis-je ? demanda Sandecker comme en
s'excusant.

Laird hocha la tête et soupira.

— On dirait que les secrets du gouvernement ont
la vie courte.

— Il s'agit d'un scénario digne d'un film de
science-fiction, poursuivit Sandecker. Jusqu'à
présent, sauver le Président, son cabinet et les chefs
militaires pendant une attaque nucléaire en les fai-

sant partir par hélicoptère jusqu'à un aérodrome ou un centre souterrain d'opération était peu sûr presque depuis le début. Des missiles souterrains tirés de quelques centaines de kilomètres depuis la mer au cours d'une attaque surprise risquaient de tomber sur la ville en quelques minutes. Ce qui n'est pas assez long pour mettre sur pied une évacuation d'urgence.

— Il fallait donc trouver autre chose, ajouta Laird.

— Et nous y voilà, poursuivit Sandecker. On a construit des boyaux souterrains menant hors de la ville en utilisant une technologie électromagnétique capable d'emmener précipitamment un convoi de nacelles contenant les huiles de la Maison Blanche et le matériel secret du Pentagone jusqu'à la base Andrews de l'Air Force et dans les sous-sols d'un hangar où des transports aériens type bombardiers B2 sont prêts à décoller quelques secondes après leur arrivée.

— Je suis heureux d'apprendre que je sais quelque chose que vous ignorez, dit Laird avec une trace d'impatience.

— Si je me trompe, je vous en prie, dites-le-moi.

— La base Andrews de l'Air Force est trop connue pour organiser les départs et les arrivées des personnages très importants, dit Laird. Vous avez raison en ce qui concerne les B2 modifiés en postes de commande aériens. Mais les avions sont basés sous terre en un lieu secret, au sud-est de la ville, dans le Maryland.

— Pardonnez mon interruption, dit Gunn, je ne mets pas en doute ce que vous me dites mais ça fait un peu science-fiction.

Laird se racla la gorge et s'adressa directement à Gunn comme s'il donnait un cours magistral.

— Le peuple américain serait sidéré s'il avait la moindre idée des manœuvres détournées et bizarres qui se passent autour de la capitale de la nation au nom de notre bon gouvernement. En tout cas, je peux vous dire que je l'ai été à mon arrivée ici. Et que je le suis toujours.

Le bus ralentit et s'arrêta près de l'entrée d'un petit couloir menant à une porte d'acier surmontée de deux caméras vidéo. La rigidité impressionnante était encore soulignée par la lumière fluorescente et indirecte qui illuminait l'étroite chambre. Gunn pensa que cela devait ressembler au « dernier kilomètre » parcouru par les condamnés à mort conduits à la chambre à gaz. Il resta sur son siège, regardant le couloir tandis que le conducteur faisait le tour du bus pour ouvrir la porte coulissante.

— Excusez-moi, monsieur, mais je voudrais poser une dernière question, dit-il en se tournant vers Laird. J'aimerais savoir où nous devons rencontrer le Président.

Laird considéra pensivement le commandant un instant. Puis il s'adressa à Sandecker.

— A votre avis, amiral ?

Sandecker haussa les épaules.

— Je ne peux, en la circonstance, me fier qu'à la réflexion et aux rumeurs. Mais je suis aussi curieux que le commandant Gunn.

— Les secrets sont faits pour être gardés, dit sérieusement Laird. Mais puisque vous êtes venus jusqu'ici et qu'on ne peut pas mettre en doute votre parole d'honneur et votre fidélité au pays, je pense pouvoir prendre sur moi de vous initier à une fraternité extrêmement fermée. (Il fit une pose avant de reprendre d'un ton plus tolérant.) Notre courte promenade nous a amenés jusqu'au Fort McNair, juste en dessous de ce qui était autrefois un hôpital militaire avant qu'on l'abandonne après la Seconde Guerre mondiale.

— Je ne comprends pas, dit Gunn, un peu perdu.

— C'est pourtant très simple, commandant. Nous vivons une époque machiavélique. Les leaders des pays inamicaux — ennemis des États-Unis, si vous préférez —, des armées très entraînées, des terroristes expérimentés ou tout simplement des fous, rêvent de détruire la Maison Blanche et tous ceux qui l'occupent. Beaucoup ont essayé. Nous nous rappelons tous la voiture qui s'est écrasée contre la grille, le fou qui a tiré à l'arme automatique sur la barrière de Pennsylvania Avenue et le dingue kamikaze qui a écrasé son avion sur la pelouse sud. N'importe quel athlète bien entraîné pourrait jeter une grosse pierre de la rue sur les fenêtres du Bureau Ovale. C'est triste à dire mais la Maison Blanche est une cible difficile à manquer...

— Cela va sans dire, interrompit l'amiral. Le nombre des attaques que nos services de renseignements ont arrêtées dans l'œuf est un secret bien gardé.

— L'amiral Sandecker a raison. Les professionnels qui envisageaient d'attaquer le logement du chef de l'État ont été appréhendés avant même que leur opération démarre.

Laird finit sa vodka et posa le verre dans un petit évier avant de quitter le bus.

— Il est devenu trop dangereux pour le Président et sa famille de dîner et de dormir à la Maison Blanche. A part pour des apparitions politiques, quelques conférences de presse ou la visite de dignitaires étrangers ou encore quand le Président se fait photographier en public dans la roseraie, la famille présidentielle est rarement chez elle.

Gunn eut du mal à accepter cette révélation.

— Vous voulez dire que les responsables du gouvernement de ce pays travaillent quelque part en dehors de la Maison Blanche?

— A vingt-sept mètres au-dessus de nous, pour être précis.

— Et depuis quand dure cette tricherie? demanda Sandecker.

— Depuis l'administration Clinton, répondit Laird.

Gunn regarda pensivement la porte d'acier.

— Quand on considère la situation actuelle chez nous et à l'étranger, je suppose que c'est une solution pratique. Je te vois, je ne te vois pas.

— Il me paraît honteux, dit sèchement Sandecker,

d'apprendre que ce qui fut autrefois la résidence très
respectée de nos Présidents soit réduite à peine
davantage qu'un salon de réception.

5

Sandecker et Gunn sortirent de l'ascenseur sur les
talons de Laird, traversèrent une grande salle circulaire gardée par un agent des services secrets et
pénétrèrent dans une bibliothèque dont les quatre
murs étaient couverts de milliers de livres. Tandis
que la porte se refermait derrière lui, Sandecker vit
le Président debout au centre de la pièce, les yeux
fixés sur lui sans laisser supposer qu'il le reconnaissait. Il y avait trois autres hommes un peu plus loin.
Sandecker n'en connaissait qu'un. Le Président
tenait une tasse de café de la main gauche. Laird fit
les présentations.

— Monsieur le Président, voici l'amiral James
Sandecker et le commandant Rudi Gunn.

Le Président semblait plus âgé qu'il ne l'était en
réalité. On lui aurait donné soixante-cinq ans alors
qu'il n'en avait qu'un peu plus de cinquante-cinq. Les
cheveux prématurément gris, des veines rouges sil-
lonnant la peau du visage, les yeux globuleux parais-
sant rougis, inspiraient souvent les caricaturistes qui
le représentaient comme un alcoolique alors qu'il ne
buvait rien de plus qu'un verre de bière de temps en
temps. C'était un homme violent, au visage rond, au
front bas et aux sourcils minces. Un politicien
accompli. A peine quelques jours après qu'il eut remplacé son patron malade, aucune décision concernant son mode de vie ou l'état de l'Union ne fut prise
sans qu'il prît en compte le nombre de votes favo-
rables que cela pourrait lui valoir pour obtenir la
présidence aux prochaines élections.

Dean Cooper Wallace ne deviendrait certainement pas l'un des favoris de Sandecker. Tout le monde savait que Wallace détestait Washington et refusait de jouer les petits jeux publics qu'on attendait d'un Président. Le Congrès et lui tiraient chacun la couverture, comme un lion et un ours, chacun souhaitant dévorer l'autre. Ce n'était pas un intellectuel mais il agissait par intuition, tranchant en affaires. Depuis qu'il remplaçait l'homme qui avait été régulièrement élu, il s'était rapidement entouré d'aides et de conseillers partageant sa méfiance à l'égard des fonctionnaires indélogeables et cherchant toujours le moyen de détourner la tradition.

Le Président tendit sa main libre.

— Amiral Sandecker, je suis ravi de vous rencontrer enfin.

Sandecker ne put s'empêcher de sursauter. La poignée de main du Président n'avait rien de vigoureux, pas du tout ce que l'on pouvait attendre d'un politicien qui serrait des mains d'un bout à l'autre de l'année.

— Monsieur le Président, j'espère que cette rencontre sera la première d'une longue série.

— Je le suppose étant donné que l'état de santé de mon prédécesseur ne prévoit pas de guérison complète.

— Je suis désolé de l'apprendre. C'est un homme remarquable.

Wallace ne répondit pas. Il adressa un signe de tête à Gunn pour montrer qu'il avait noté sa présence tandis que Laird jouait toujours les maîtres de maison. Le chef du personnel prit l'amiral par le bras et le conduisit vers les trois hommes debout près d'un fourneau à gaz allumé dans l'âtre d'une cheminée de pierre.

— Duncan Monroe, commissaire du Service de l'Immigration et de la Naturalisation et son adjoint pour les opérations de terrain, Peter Harper.

Monroe avait une allure rude et très sérieuse. Quant à Harper, on aurait dit qu'il se fondait dans la bibliothèque derrière lui. Laird se tourna vers le troisième homme.

— Et voici l'amiral Dale Ferguson, commandant des garde-côtes.

— Dale et moi sommes de vieux amis, dit Sandecker.

Grand et rougeaud avec un sourire contagieux, Ferguson prit Sandecker par l'épaule.

— Ça me fait plaisir de te voir, Jim.

— Comment vont Sally et les enfants ? Je ne les ai pas vus depuis cette croisière que nous avons faite ensemble en Indonésie.

— Sally continue à sauver les forêts et les enfants dévorent le montant de ma retraite en frais de scolarité.

Agacé par ce bavardage, le Président les rassembla autour d'une table de conférence et lança la réunion.

— Désolé de vous avoir demandé de quitter vos lits par cette nuit pluvieuse mais Duncan a attiré mon attention sur une crise se déroulant à notre porte et concernant l'immigration clandestine. Je compte sur vous, messieurs, pour me transmettre un programme efficace pour arrêter le flux des étrangers, particulièrement des Chinois, qui franchissent illégalement nos frontières en très grand nombre.

Sandecker leva les sourcils, perplexe.

— Je comprends parfaitement, monsieur le Président, le rôle que peuvent jouer l'INS [1] et les garde-côtes dans ce domaine. Mais qu'y a-t-il de commun entre l'Agence Nationale Marine et Sous-Marine et l'immigration clandestine ? Notre travail est fondé sur la recherche sous-marine. La chasse aux immigrés clandestins chinois est en dehors de nos fonctions.

— Nous avons le plus grand besoin de toutes les aides que nous pourrons trouver, dit Duncan Monroe. Avec les coupes sombres que nous a imposées le Congrès, le budget de l'INS est tiré au maximum, au-

---

1. Service de l'Immigration et de la Naturalisation.

delà de nos capacités. Le Congrès a alloué une augmentation de soixante pour cent aux agents INS qui surveillent les côtes mais n'a rien donné du tout pour nous permettre d'étendre le nombre de nos enquêteurs. Notre service tout entier ne compte que dix-huit cents agents spéciaux pour couvrir l'ensemble des États-Unis et les enquêtes à l'étranger. Le FBI dispose de onze cents agents rien que pour la ville de New York. Ici, à Washington, les patrouilles de police du Capitole comptent douze cents hommes pour une zone qui se résume à quelques dizaines de blocs d'immeubles. Pour dire les choses simplement, les détectives et les enquêteurs de l'INS n'ont nulle part les moyens de mettre un frein au flux d'immigrés clandestins.

— Si j'ai bien compris, vous disposez d'une armée de patrouilleurs sur la brèche mais pas assez de détectives pour les soutenir, dit Sandecker.

— C'est une bataille perdue d'avance. Ces clandestins se déversent chez nous par les frontières mexicaines, certains viennent même du Chili et d'Argentine, poursuivit Monroe. C'est comme si on essayait de repousser l'océan avec des passoires. L'immigration clandestine est devenue une industrie rapportant des milliards et des milliards de dollars, au même titre que les armes et la drogue. Le transport de fret humain aux mains d'une mafia indifférente aux frontières et aux idéologies politiques, l'aide à l'immigration clandestine, seront bientôt les crimes les plus importants du xxie siècle.

Harper pencha la tête.

— Et pour couronner le tout, l'immigration sur une grande échelle en provenance de la République populaire de Chine est en train de prendre les proportions d'une épidémie. Il y a sans cesse de nouveaux types de passeurs, avec la bénédiction et le soutien de leurs gouvernements qui voient là une bonne occasion de faire décroître leur surpopulation. Ils ont lancé un programme « d'exportation » de dizaines de milliers de leurs ressortissants dans tous les coins du monde, notamment au Japon, aux États-Unis et au Canada, en Europe et en Amérique du Sud. Aussi bizarre que cela puisse paraître, ils infiltrent même les frontières africaines, du Cap à Alger.

Harper continua pour son patron.

— Les syndicats de contrebandiers humains ont mis au point un labyrinthe complexe de routes de transport, par air, par mer, par terre, tout est bon pour exporter le fret humain. Ils ont installé plus de quarante zones de déchargement et de dispersion en Europe de l'Est, en Amérique centrale et en Afrique.

— Les Russes sont particulièrement touchés, reprit Monroe. Il y a une immigration clandestine massive de ressortissants chinois en Mongolie et en Sibérie qui représente une menace pour la sécurité russe. Les divers services de renseignements du ministère russe de la Défense ont informé leurs supérieurs de ce que la Russie était sur le point de perdre ses territoires d'Extrême-Orient à cause de ce flux de Chinois dont le nombre est aujourd'hui supérieur à celui des autochtones.

— La Mongolie est déjà une cause perdue, dit le Président. La Russie a laissé la base de son pouvoir lui glisser entre les doigts. La Sibérie est le prochain État sur la liste.

Comme s'ils jouaient un rôle écrit d'avance, Harper reprit le flambeau.

— Avant que la Russie perde ses ports du Pacifique, avec leurs riches réserves d'or, de pétrole et de gaz naturel, tous essentiels pour qu'elle intègre l'économie explosive Pacifico-Asiatique, son président et son parlement pourraient bien, par désespoir, déclarer la guerre à la Chine. Ce qui engendrerait une situation impossible pour les États-Unis qui devraient alors choisir l'un des deux camps.

— Il se prépare aussi un autre cataclysme, dit le Président. La mainmise graduelle sur la Russie orientale ne représente que la partie visible de l'iceberg. Les Chinois, eux, pensent à long terme. Non seulement ils expédient leurs paysans pauvres par leurs bateaux mais il faut savoir qu'un grand nombre d'émigrants sont loin d'être pauvres. Beaucoup ont les moyens de s'acheter des propriétés et de lancer des affaires dans les pays où ils s'installent. Si on leur en laisse le temps, ils risquent d'apporter d'énormes changements politiques et économiques par leur influence, surtout si leur culture et leur loyauté restent attachées à leur pays d'origine.

— Si l'on ne contrôle pas cette marée d'immigration chinoise, dit à son tour Laird, on ne peut même pas imaginer les bouleversements que subira le monde au cours des cent prochaines années.

— Il me semble que vous sous-entendez que la République populaire de Chine est engagée dans une intrigue machiavélique pour s'emparer du monde, dit Sandecker.

Monroe hocha la tête.

— Ils sont dedans jusqu'au cou. La population chinoise augmente de vingt et un millions par an. Pour l'instant, le milliard et demi de Chinois représente vingt-deux pour cent de la population mondiale. Et cependant, leurs terres ne couvrent que sept pour cent des terres habitées. La famine est une réalité, là-bas. La loi n'autorise qu'un enfant par couple pour faire baisser le taux de natalité. La pauvreté rend les enfants criminels malgré la menace de la prison. Pour les leaders chinois, l'immigration clandestine est la solution la plus simple et la moins coûteuse à leur problème de surpopulation. En soutenant littéralement les syndicats criminels qui se spécialisent dans l'exportation clandestine, ils gagnent sur les deux tableaux. Les bénéfices sont presque aussi importants que ceux du trafic de drogue et en plus ils diminuent le nombre de ceux qui assèchent leur économie.

Gunn regarda les commissaires de l'INS assis en face de lui.

— J'ai toujours eu l'impression que les syndicats du crime organisé étaient précisément ceux qui dirigent les opérations de contrebande humaine.

Monroe fit un signe de tête à Harper.

— Je laisse Peter répondre à cela puisqu'il est notre expert sur le crime organisé en Asie et sur les groupements criminels internationaux.

— Il y a deux facettes à la contrebande humaine, expliqua Harper. Une partie se fait par associations de syndicats criminels qui s'occupent aussi de drogue, d'extorsion de fonds, de prostitution et de vols de voitures au niveau international. Ils sont responsables de trente pour cent de l'immigration clandestine en Europe et dans l'hémisphère occidental. La seconde est constituée de groupements d'affaires parfaitement légaux qui agissent derrière un rideau de respectabilité avec les licences et le soutien de leurs gouvernements. Cet aspect concerne soixante-dix pour cent de toute l'immigration clandestine à travers les frontières du monde entier. Bien que de nombreux clandestins chinois arrivent par avion, la plus grosse partie rejoint les pays infiltrés par la mer. L'avion exige la possession de passeports et une corruption importante et onéreuse. Il est donc plus facile de les entasser sur des bateaux. Ça coûte moins cher par tête, on peut en mettre davantage à chaque transport, la logistique est moins compliquée et les bénéfices plus importants.

L'amiral Ferguson se racla la gorge.

— Lorsque le flux était encore peu important, ils utilisaient de vieux cargos hors d'âge pour transporter les clandestins et on les emmenait à terre dans des canots et des radeaux usés jusqu'à la corde. Parfois on leur donnait tout simplement un gilet de sauvetage et on les flanquait par-dessus bord. Des centaines sont morts avant d'atteindre la rive. Maintenant, les passeurs sont beaucoup mieux organisés. Ils expédient leurs émigrants sur des navires de commerce et, de plus en plus souvent, ils entrent effrontément dans les ports au nez et à la barbe des agents de l'immigration.

— Et que se passe-t-il après que les immigrés ont pris pied dans le pays ? demanda Gunn.

— Les gangs asiatiques locaux prennent le relais, répondit Harper. Les clandestins qui ont la chance de posséder de l'argent ou qui ont des parents sur place sont relâchés et vont rejoindre leurs communautés de destination. La plupart, cependant, ne peuvent pas payer la taxe d'entrée. Ils doivent par conséquent rester cachés, généralement dans des entrepôts discrets. Ils y sont enfermés pendant des semaines, voire des mois, et on les menace en leur disant que s'ils tentent de s'évader, les Américains les mettront en prison pour le reste de leur vie rien que parce qu'ils sont entrés clandestinement. Les gangs utilisent souvent la torture, les coups et le viol pour effrayer leurs prisonniers afin qu'ils signent un contrat faisant d'eux les esclaves à vie de leurs bourreaux. Après quoi les malheureux sont forcés de travailler pour les syndicats du crime, de vendre de la drogue, de se prostituer, de travailler dans des ateliers clandestins ou Dieu sait quelles autres activités des syndicats du crime. Ceux qui sont en bonne condition physique, généralement les plus jeunes, doivent signer un contrat les obligeant à rembourser les frais de leur voyage à des taux d'intérêts exorbitants. Ensuite, on leur trouve un emploi dans des blanchisseries, des restaurants ou des usines où ils travaillent quatorze heures par jour, sept jours par semaine. Il faut six ou huit ans à un clandestin pour résorber sa dette.

— Après avoir obtenu les faux papiers nécessaires, beaucoup deviennent des citoyens américains de bonne foi, reprit Monroe. Tant que les États-Unis auront besoin de travailleurs à bon marché, les entreprises d'immigration clandestine qui savent se débrouiller en profiteront et ça prend déjà les proportions d'une épidémie.

— Il doit bien y avoir des moyens pour arrêter ce raz de marée, dit Sandecker en se servant une tasse de café d'une cafetière en argent posée sur une table roulante près de lui.

— A moins d'établir un blocus international

autour de la Chine, comment voulez-vous réussir? demanda Gunn.

— La réponse est simple, reprit Laird. C'est impossible, étant donné les lois internationales en vigueur. Nous avons les mains liées. Tout ce que peuvent faire les nations, y compris les États-Unis, c'est de reconnaître la menace, de déclarer qu'elle met gravement en danger la sécurité internationale et qu'il convient de prendre toutes les mesures appropriées pour protéger les frontières.

— Par exemple d'obliger l'armée et la marine à défendre les plages et à repousser les envahisseurs? suggéra sèchement Sandecker.

Le Président lui lança un regard noir.

— Je crains que vous n'ayez pas très bien saisi, amiral. Nous sommes confrontés à une invasion pacifique. Je ne peux évidemment pas déclencher une pluie de missiles contre des gens désarmés, des femmes et des enfants.

Sandecker poussa ses pions.

— Alors, qu'est-ce qui vous empêche, monsieur le Président, de diligenter une opération jointe des forces armées pour fermer effectivement nos frontières? En agissant ainsi, vous pourriez même empêcher, par la même occasion, l'importation illégale de drogue dans notre pays.

Le Président haussa les épaules.

— Des plus malins que moi ont déjà pensé à cette solution.

— L'arrestation des clandestins n'est pas la mission du Pentagone, dit fermement Laird.

— Je suis peut-être mal informé mais j'ai toujours pensé que les missions de nos forces armées étaient de protéger et de défendre la sécurité des États-Unis. Pacifique ou non, je considère ceci comme une invasion de notre souveraineté. Je ne vois pas pourquoi des divisions d'infanterie de marine ne pourraient pas aider les patrouilles côtières en sous-effectif de M. Monroe, pourquoi la marine ne pourrait pas soutenir les garde-côtes surchargés de travail de l'amiral

Ferguson et pourquoi l'armée de l'air ne pourrait pas effectuer des missions de reconnaissance.

— Il y a des considérations politiques qui échappent à mon contrôle, dit le Président dont la voix cachait mal une certaine dureté.

— Comme ne pas rendre coup pour coup en durcissant les sanctions commerciales sur les importations chinoises parce qu'ils nous achètent pour des millions de dollars de produits industriels et agricoles chaque année ?

— Pendant que nous sommes sur ce sujet, amiral, dit Laird avec emphase, vous devez savoir que les Chinois ont remplacé les Japonais en tant que plus gros acheteurs de bons du Trésor américain. Nous n'avons pas intérêt à les tracasser.

Gunn vit que la colère commençait à rougir le visage de son patron alors que celui du Président avait tendance à pâlir. Il intervint tranquillement dans le débat.

— Je suis persuadé que l'amiral Sandecker comprend vos difficultés, monsieur le Président, mais je crois que ni lui ni moi n'avons bien compris en quoi la NUMA pouvait aider à les aplanir.

— Je serais ravi de t'expliquer en quoi tu peux nous être utile, Jim, dit Ferguson à son vieil ami.

— Je t'en prie, répondit Sandecker d'un ton grincheux.

— Il est évident que les garde-côtes ont à patrouiller un trop grand territoire pour lequel ils ne sont pas assez nombreux. Au cours des années passées, nous avons saisi trente-deux bateaux et intercepté plus de quatre mille Chinois clandestins au large d'Hawaii et des côtes Est et Ouest. La NUMA dispose d'une petite flotte de bateaux de recherche...

— Je t'arrête, interrompit Sandecker. Je ne permettrai jamais à mes bateaux et à mes scientifiques d'arraisonner et d'aborder des navires suspects d'abriter des immigrés clandestins.

— Nous n'avons nullement l'intention de mettre des armes entre les mains de biologistes de la marine, le rassura Ferguson, calme et imperturbable. Ce que nous attendons de la NUMA, ce sont des renseignements sur les sites possibles de débarquement de clandestins, les conditions sous-marines et la géologie des zones côtières, des baies et des anses qui pourraient favoriser les passeurs. Mets tes meilleurs hommes là-dessus, Jim. Où pourraient-ils débarquer leurs chargements humains s'ils étaient dans la peau des passeurs ?

— Et aussi, ajouta Monroe, vos bateaux et vos hommes pourraient servir à rassembler des renseignements. Les navires couleur turquoise de la NUMA sont connus et respectés dans le monde entier en tant que navires de recherche de science marine. N'importe lequel peut s'approcher à moins de trente mètres d'un navire suspect et bourré de clandestins sans éveiller la méfiance des passeurs. Il peut ensuite faire un rapport sur ce qu'il a vu et continuer ses recherches.

— Vous devez comprendre, dit le Président un peu sèchement à Sandecker, que je ne vous demande nullement d'abandonner les priorités de votre agence. Mais j'exige de vous et de la NUMA que vous apportiez toute l'aide possible à M. Monroe et à l'amiral Ferguson pour réduire cette invasion d'immigrants venus de Chine pour entrer aux États-Unis.

— Il y a deux zones particulières où nous souhaitons que vos collaborateurs fassent des recherches.

— Je vous écoute, murmura Sandecker, qui commençait à ressentir une pointe de curiosité.

— Avez-vous déjà entendu parler d'un homme appelé Qin Shang ? demanda Harper.

— En effet, répondit Sandecker. Il dirige un empire maritime du nom de Qin Shang Maritime Limited, à Hong Kong, et possède plus de cent navires de commerce, des pétroliers et des navires de croisière. Il a fait une fois une demande personnelle à un historien chinois pour trouver les coordonnées d'une épave qu'il désirait retrouver.

— Si elle flotte encore, elle lui appartient probablement, comme lui appartiennent les quais et les entrepôts de presque tous les ports importants du monde. C'est le type le plus astucieux et le plus rusé qui soit.

— N'est-il pas ce magnat chinois qui a construit d'immenses installations portuaires en Louisiane ? demanda Gunn.

— Lui-même, répondit Ferguson. A Atchafalaya Bay, près de Morgan City. Rien que des marécages et des bayous. Selon tous les promoteurs que nous avons interrogés, il n'y a aucune raison logique de dépenser des centaines de millions de dollars pour fabriquer un port à cent vingt kilomètres de la ville importante la plus proche qui n'est elle-même reliée à aucun réseau de transport.

— Comment s'appelle ce port ? demanda Gunn.

— Sungari.

— Qin Shang doit avoir une sacrée bonne raison pour jeter tant d'argent dans un marécage, dit Sandecker.

— Quelles que soient ses raisons, nous ne les connaissons pas encore, admit Monroe. C'est l'une des deux zones où la NUMA peut nous aider.

— Vous voudriez utiliser un navire de recherche de la NUMA et sa technologie pour farfouiller dans le port nouvellement construit de Shang ? résuma Gunn.

Ferguson fit oui de la tête.

— Vous avez pigé, commandant. Il y a sûrement quelque chose de caché à Sungari et c'est probablement bien caché au fond de l'eau.

Le Président regarda Sandecker avec un vague sourire.

— Aucune autre agence gouvernementale n'est dotée d'autant d'intelligence et de moyens techniques pour mener à bien ce genre d'enquête sous-marine.

Sandecker lui rendit son regard.

— Vous n'avez pas démontré que Shang avait quelque chose à voir avec l'immigration clandestine.

— D'après nos sources de renseignements, Shang est la tête pensante, le pivot de cinquante pour cent de l'immigration clandestine du monde occidental. Et ce chiffre ne cesse de grandir.

— De sorte que si vous arrêtez Shang, vous couperez la tête de l'hydre ?

Le Président approuva d'un hochement de tête.

— C'est à peu près notre théorie.

— Vous avez parlé de deux zones à fouiller, reprit Sandecker.

Ferguson leva une main pour répondre à la question.

— La seconde zone, c'est un bateau. Il y a un autre projet de Shang dont nous ne comprenons pas la signification. Pourquoi a-t-il acheté l'ancien transatlantique USS *United States* ?

— Le *United States* a été désarmé et amarré à Norfolk, en Virginie, il y a trente ans, dit Gunn.

— Il y a dix ans, on l'a vendu à un millionnaire turc qui a fait savoir qu'il allait le remettre en état et en faire une université flottante.

— Ce n'est pas un projet très raisonnable, dit sèchement Sandecker. Même s'il est remis en état, il est trop grand et trop cher à exploiter selon les critères modernes.

— C'est un leurre. (Monroe sourit pour la première fois.) Il se trouve que le riche Turc n'est autre que notre ami Qin Shang. Le *United States* a été remorqué de Norfolk à Istanbul en passant par la Méditerranée puis de là, par la mer Noire, jusqu'à Sébastopol. Les Chinois ne disposent pas de bassins de radoub assez grands pour accueillir un navire de cette taille. Shang a engagé des Russes pour le transformer en navire de croisière moderne.

— Ça n'a pas de sens ! Il y perdra sa chemise, il doit le savoir.

— Ça a beaucoup de sens, au contraire, si Shang a l'intention d'utiliser le *United States* en couverture à des transports clandestins, dit Ferguson. La CIA pense aussi que la République populaire de Chine soutient Shang financièrement. Les Chinois ont une petite marine. S'ils décidaient sérieusement d'envahir Taïwan, il leur faudrait des transports de troupes. Le *United States* pourrait transporter une division tout entière, y compris des armes lourdes et des équipements.

— Je comprends tout à fait que des menaces sinistres appellent des mesures d'urgence, dit Sandecker.

Il se tut un moment et se massa les tempes du bout des doigts. Puis il reprit :

— Les ressources de la NUMA sont à votre disposition. Nous ferons de notre mieux.

Le Président fit un signe de tête comme s'il s'était attendu à cette réponse.

— Merci, amiral. Je suis certain que M. Monroe et l'amiral Ferguson se joignent à moi pour vous exprimer notre gratitude.

L'esprit de Gunn était déjà concentré sur les mesures à prendre.

— Il serait utile, dit-il en regardant Monroe et Harper, que nous ayons des agents au sein de l'organisation de Shang pour nous renseigner.

Monroe fit un geste d'impuissance.

— Les services de sécurité de Shang sont pratiquement étanches. Il a loué les services d'un groupe d'anciens agents du KGB de très haut niveau qui forment un rempart impénétrable que même la CIA n'a pas réussi à infiltrer. Tout leur personnel est fiché et identifié par informatique et leur système de renseignements est inégalable. Il n'y a personne dans les cercles dirigeants de l'organisation Shang qui ne soit constamment surveillé.

— A ce jour, ajouta Harper, nous avons perdu deux agents spéciaux qui ont essayé de pénétrer l'organisation Shang. A part pour un de nos agents qui s'est fait passer pour une immigrante et a payé son voyage à bord d'un des navires de clandestins, nos missions secrètes ont tourné au désastre. Je dois admettre cet échec et les faits sont désespérants.

— Votre agent est-il une femme? demanda Sandecker.

— En effet. Elle vient d'une riche famille chinoise et c'est l'un de nos meilleurs agents.

— Avez-vous une idée de l'endroit où les passeurs doivent débarquer votre agent? demanda Gunn.

— Nous n'avons aucun contact avec elle, avoua Harper en secouant la tête. Ils peuvent la débarquer avec les autres clandestins n'importe où entre San Francisco et Anchorage.

— Comment savez-vous que les agents de Shang ne l'ont pas coincée comme ils ont coincé vos deux autres agents?

Le regard de Harper se perdit dans le vide. Enfin il dut admettre à regret :

— Nous ne le savons pas. Nous ne pouvons qu'attendre et espérer qu'elle contacte l'un de nos bureaux régionaux de la Côte Ouest.

— Que ferez-vous si vous n'entendez plus jamais parler d'elle?

Harper contempla la surface polie de la table comme s'il y voyait une scène horrible.

— J'enverrai une lettre de condoléances à ses parents et je nommerai quelqu'un pour la remplacer.

La réunion se termina à quatre heures du matin. Sandecker et Gunn furent reconduits, par le tunnel, des bureaux secrets du Président à la Maison Blanche. Pendant le trajet en voiture jusqu'à leurs domiciles respectifs, tous deux broyaient des idées noires. Sandecker finit par faire remarquer :

— Ils doivent être sacrément désespérés pour avoir besoin de l'aide de la NUMA.

— A la place du Président, j'aurais probablement appelé les Marines, la Bourse de New York et les boy-scouts.

— C'est grotesque! grogna Sandecker. Mes sources à la Maison Blanche m'ont appris que le Président couche avec Qin Shang depuis l'époque où il était gouverneur de l'Oklahoma.

— Mais le Président a dit... commença Gunn.

— Je sais ce qu'il a dit, mais ce qu'il a voulu dire est tout différent. Naturellement il veut interrompre le déferlement des clandestins mais il ne prendra jamais de mesure risquant d'indisposer Pékin. Qin Shang est le président des généreux donateurs en faveur de l'élection de Wallace, en Asie. Beaucoup des millions de dollars venus du gouvernement chinois sont passés par Hong Kong et la compagnie maritime de Qin Shang pour aller grossir les fonds de campagne de Wallace. C'est de la corruption au plus haut niveau. C'est pour cela que Wallace refuse tout tête-à-tête avec le personnage. Son administration est bourrée de gens qui travaillent pour la Chine. Ce type a vendu son âme au détriment des citoyens américains.

— Alors qu'espère-t-il gagner si nous mettons Qin Shang le dos au mur ?

— Cela n'arrivera pas, dit amèrement Sandecker. Qin Shang ne sera jamais arrêté ni convaincu d'activités criminelles, en tout cas pas aux États-Unis.

— Alors je suppose que vous avez l'intention d'enquêter à fond, dit Gunn, quelles que soient les conséquences.

Sandecker hocha la tête.

— Avons-nous un navire de recherches travaillant dans le golfe du Mexique ?

— Le *Marine Denizen*. Son équipe scientifique poursuit une étude sur la diminution des récifs de corail au large du Yucatán.

— Il a travaillé longtemps pour la NUMA, dit Sandecker en visualisant le navire.

— C'est le plus vieux de notre flotte, confirma Gunn. C'est son dernier voyage. Quand il rentrera à Norfolk, nous l'offrirons à l'Université d'Océanographie Lampack.

— L'université devra attendre un peu. Un vieux navire de recherche océanographique avec à bord une équipe de biologistes devrait être une couverture idéale pour étudier de près le port de Shang.

— A qui avez-vous l'intention de confier l'enquête ?

— Notre directeur des projets spéciaux, dit Sandecker en se tournant vers Gunn. A qui d'autre, à votre avis?

Gunn hésita.

— N'est-ce pas demander un peu trop à Dirk?

— Connaissez-vous quelqu'un de plus qualifié?

— Non, mais il en a pris un sacré coup sur la dernière opération. Quand je l'ai vu, il y a quelques jours, il avait l'air d'un zombie. Il a besoin de temps pour se refaire une santé.

— Pitt récupère vite, dit Sandecker d'un ton confiant. Un défi, c'est exactement ce qu'il lui faut pour se remettre en forme. Trouvez-le et dites-lui de me contacter d'urgence.

— Je ne sais pas où le trouver, dit Gunn. Après que vous lui ayez donné un mois de vacances, il est parti sans dire où il allait.

— Il est dans l'État de Washington, en train de se livrer à son sport favori dans un endroit appelé lac Orion.

Gunn jeta un regard soupçonneux à son supérieur.

— Comment le savez-vous?

— Hiram Yaeger lui a envoyé un gros paquet de matériel de plongée, dit Sandecker dont les yeux luisaient de malice. Hiram a cru faire ça en douce mais c'est curieux à quel point les choses remontent à mon bureau.

— Il ne se passe pas grand-chose à la NUMA dont vous ne soyez informé!

— Le seul mystère que je n'ai jamais réussi à percer, c'est la façon dont s'y prend Al Giordino pour fumer mes cigares du Nicaragua hors de prix sans qu'il en manque jamais dans ma réserve.

— Il ne vous est jamais venu à l'idée que vous avez peut-être le même fournisseur?

— Impossible, dit Sandecker. Les cigares sont roulés par une famille amie de ma propre famille à Managua. Il est impossible que Giordino les connaisse. Et tant que nous y sommes, où est Giordino?

— Sur une plage de Hawaii. Il a décidé de prendre des vacances jusqu'à ce que Dirk soit remis en selle.

— Ces deux-là sont généralement comme larrons en foire. Il est rare qu'ils ne fricotent pas quelque bêtise ensemble.

— Voulez-vous que j'informe Al de la situation et que je l'envoie chercher Dirk au lac Orion ?

— Bonne idée, approuva Sandecker. Pitt écoutera Giordino. Allez-y aussi pour le convaincre. Connaissant Dirk comme je le connais, si je l'appelle pour lui dire de rentrer, il me raccrochera au nez.

— Vous avez tout à fait raison, amiral, dit Gunn en souriant. C'est exactement ce qu'il ferait.

6

Les pensées de Julia Lee, ou plutôt ses certitudes, luttaient contre un sentiment accablant de défaite. Tout au fond d'elle-même, elle savait qu'elle avait raté sa mission. Elle avait choisi les mauvaises manœuvres, dit ce qu'il ne fallait pas. Elle ressentait un vide, l'esprit enseveli dans le désespoir. Elle en avait appris beaucoup sur les agissements des passeurs mais avait un goût de cendres dans la bouche en comprenant que cela ne lui servirait à rien. L'information essentielle qu'elle détenait ne parviendrait sans doute jamais aux services d'Immigration et de Naturalisation alors qu'elle leur aurait permis d'arrêter les criminels.

Les blessures sadiques qu'on lui avait infligées la noyaient dans un océan de douleur. Elle se sentait malade, déstabilisée. Elle était aussi mortellement fatiguée et avait faim. En fait, elle avait trop compté sur son assurance, elle aurait dû se montrer humble et soumise. En utilisant tout ce qu'on lui avait appris au cours de son entraînement d'agent spécial de l'INS et avec un peu de temps, elle aurait pu facilement échapper à ses bourreaux avant qu'ils ne la soumettent à une vie de prostitution. Il était trop tard, maintenant. Julia était trop gravement blessée pour trouver le courage de faire un effort physique. C'est à peine si elle pouvait se tenir debout sans avoir le vertige et perdre l'équilibre avant de tomber à genoux.

Julia s'était tellement impliquée dans son travail qu'elle avait peu d'amis proches. Quelques hommes étaient passés dans sa vie mais n'y avaient guère laissé plus de traces que de simples connaissances. Elle sentit la tristesse l'envahir à l'idée de ne jamais revoir ses parents. Curieusement, elle n'éprouvait ni peur ni écœurement. Rien ne pouvait changer ce qui devait lui arriver au cours des quelques heures à venir.

Elle sentit, à travers l'acier du pont, que les moteurs s'arrêtaient. Sans plus d'erre à l'avant, le navire se mit à rouler avec les vagues. Une minute plus tard, elle entendit résonner la chaîne d'ancre dans le trou d'écubier. L'*Indigo Star* s'était ancré juste en deçà des eaux territoriales des États-Unis pour se livrer à ses opérations illégales.

On avait retiré sa montre à Julia pendant son interrogatoire et elle ne put que deviner qu'on était à peu près au milieu de la nuit. Elle regarda autour d'elle la quarantaine de malheureux entassés dans la cale du navire, eux aussi jetés là après un interrogatoire. Tous s'étaient mis à parler avec excitation, pensant qu'ils étaient enfin arrivés en Amérique et qu'ils allaient accoster pour commencer une nouvelle vie. Julia aurait pu partager leurs espoirs mais elle savait qu'ils étaient vains. Inutile d'attendre le bonheur. On les avait tous trompés. C'étaient eux les plus intelligents, ceux qui détenaient la richesse et l'autorité. Eux, les pauvres, avaient été floués et volés par les passeurs et pourtant, ils ne paraissaient pas avoir perdu l'espoir.

Julia était certaine qu'ils n'avaient rien d'autre à

attendre que la terreur et l'extorsion. Elle considéra avec tristesse deux familles avec de jeunes enfants et pria pour qu'elles puissent échapper aux passeurs et à la domination des cartels criminels qui les attendaient à terre.

L'équipage des passeurs n'avait besoin que de deux heures pour transférer les clandestins chinois sur des chalutiers appartenant à la flotte de pêche de la Qin Shang Maritime. Armée en personnels par des Chinois documentés qui avaient obtenu des papiers authentiques de naturalisation, la flottille effectuait des campagnes de pêche tout à fait légales lorsqu'elle ne transportait pas des clandestins du navire aux points de transit situés dans de petits ports ou des anses retirées le long de la côte d'Olympic Peninsula. Là, des autocars et des camions les attendaient pour les mener à leurs diverses destinations dans tout le pays.

Julia fut la dernière à être extraite de la cale. Un garde la mena sans ménagement jusqu'au pont ouvert. Elle pouvait à peine marcher et le garde dut presque la traîner. Ki Wong se tenait près de la passerelle de débarquement. Il leva une main et arrêta le garde avant qu'il la pousse au bas de la passerelle, dans un étrange bateau noir dansant sur les vagues à côté du navire.

— Un dernier mot, Ling T'ai, dit-il de sa voix basse et glaciale. Maintenant que tu as eu le temps de réfléchir à ma proposition, tu as peut-être changé d'avis ?

— Si j'accepte de devenir votre esclave, murmura-t-elle malgré ses lèvres enflées, que se passera-t-il ?

Il lui adressa son plus beau sourire de chacal.

— Mais rien du tout. Je n'ai pas l'intention de faire de toi une esclave. L'occasion en est passée depuis longtemps.

— Alors, qu'attendez-vous de moi ?

— Ta coopération. Je souhaite que tu me dises qui d'autre travaille avec toi à bord de l'*Indigo Star*.

— Je ne comprends pas ce que vous voulez dire, murmura-t-elle avec dédain.

Il la contempla un moment et haussa les épaules avec indifférence puis tira de sa poche une feuille de papier qu'il lui tendit.

— Lis ça, tu verras que j'avais raison à ton sujet.

— Lisez-le vous-même, dit-elle en un dernier geste de défi.

Il se plaça sous une lampe du pont et plissa les yeux.

— Les empreintes digitales et la description que vous avez envoyées par satellite ont été analysées et identifiées. La femme Ling T'ai est un agent de l'INS du nom de Julia Marie Lee. Suggérons que vous vous en occupiez de façon expéditive.

Si Julia avait conservé une petite lueur d'espoir, elle disparut aussitôt. On avait dû prendre ses empreintes pendant son évanouissement. Mais comment une bande de passeurs chinois avait-elle pu obtenir son identité en quelques heures et où, sinon au cœur du FBI à Washington ? L'organisation devait être bien plus complexe et plus sophistiquée qu'elle-même et les enquêteurs de l'INS ne le soupçonnaient. Pourtant, elle n'avait pas l'intention de donner à Wong la moindre satisfaction.

— Je suis Ling T'ai et je n'ai rien à ajouter.

— Dans ce cas, moi non plus. Au revoir, mademoiselle Lee, ajouta-t-il avec un geste de la main vers le bateau noir.

Un garde la prit par le bras et l'entraîna vers le faux navire de croisière. Julia tourna la tête et regarda Wong demeuré sur le pont de l'*Indigo Star*. Elle lui lança un regard plein de haine.

— Vous allez mourir, Ki Wong, dit-elle. Vous allez mourir très bientôt.

Il lui rendit son regard, plus amusé qu'inquiet.

— Non, mademoiselle Lee. C'est vous qui allez mourir bientôt.

7

Encore écœuré par ce qu'avait découvert l'AUV, Pitt passa la dernière heure avant la tombée de la nuit à contempler, au télescope, la retraite de Qin Shang de l'autre côté du lac.

La bonne faisant sa ronde dans les maisons des invités, les mêmes deux golfeurs tapant sur leurs balles, furent les seules personnes qu'il put observer. Il trouva cela très curieux. Aucune voiture, aucun camion de livraison n'entrait ni ne sortait de la propriété. Il n'aperçut aucun garde non plus. Pitt avait du mal à croire qu'ils restaient enfermés nuit et jour dans les petites huttes sans fenêtres, sans jamais sortir se détendre.

Il n'appela personne à la NUMA pour annoncer sa découverte, non plus qu'il ne contacta les autorités judiciaires. Il voulait essayer de comprendre tout seul comment tous ces cadavres étaient venus couvrir le fond du lac. Il était évident que Qin Shang utilisait les profondeurs du plan d'eau pour se débarrasser de ses victimes assassinées. Mais il fallait en découvrir davantage avant de donner l'alarme.

Puisqu'il n'y avait plus rien à voir, il reposa le télescope et transporta le second gros carton envoyé par Yaeger jusqu'au hangar à bateaux. Il était si lourd et si encombrant qu'il dut utiliser une brouette pour traverser la jetée. Il l'ouvrit et en sortit un compresseur électrique portable compact qu'il brancha dans la prise pendant du plafond. Puis il relia le compresseur à la soupape d'admission à double collecteur des bouteilles de plongée de 2,6 m^3. Cela fit moins de bruit qu'un moteur de voiture passant au point mort.

Il retourna ensuite à la cabine et regarda paresseusement le soleil descendre sur la petite chaîne de montagnes séparant le lac Orion de la mer. Quand l'obscurité eut envahi le lac, Pitt avala un léger repas et regarda un film à la télévision. A dix heures, il se prépara à aller se coucher et éteignit les lumières.

Pariant sur le fait que les caméras de surveillance ne fonctionnaient pas à l'infrarouge, il se déshabilla complètement, se glissa dehors et se plongea dans l'eau en retenant sa respiration et nagea jusqu'à l'intérieur du hangar à bateaux.

L'eau était glacée mais il avait l'esprit trop occupé pour s'en rendre compte. Il se sécha et enfila un vêtement d'un seul tenant, type Shellpro, en nylon et polyester. Le compresseur s'était arrêté automatiquement lorsque les bouteilles de plongée avaient atteint la pression désirée. Il attacha le régulateur Micra dont se servent les plongeurs de la marine américaine à la soupape d'admission et vérifia les sangles qui maintiendraient le tout sur son dos. Il se glissa ensuite dans la combinaison sèche pressurisée Viking en caoutchouc vulcanisé gris sombre, également munie d'une cagoule, de gants et de semelles tractives. Il préférait ce type de combinaison sèche qui lui assurait une meilleure protection thermique dans l'eau froide. Il enfila ensuite un gilet stabilisateur et vérifia la console Sigma Systems munie d'un profondimètre, d'une jauge de pression, d'une boussole et d'un chronomètre de plongée. Pour les poids, il utilisait un système intégré les répartissant en partie sur le dos, l'équilibre se faisant avec la ceinture de plongée. Il attacha un couteau de plongeur à l'un de ses mollets et fixa une lampe frontale à sa cagoule.

Enfin, il passa sur son épaule une courroie qui ressemblait aux bandoulières des bandits dans les vieux westerns. Son holster contenait un pistolet à air comprimé tirant des flèches à hampe courte à barbillons, extrêmement dangereuses. Il en mit vingt dans sa ceinture.

Il avait hâte de se mettre en route. Il allait devoir parcourir une longue distance à la nage et voulait voir et faire beaucoup de choses. Assis sur le bord de la jetée, il enfila ses palmes, se tourna afin que les bouteilles ne heurtent pas les planches et sauta dans l'eau. Il n'y avait pas de raison pour qu'il se fatigue et utilise inutilement le précieux air comprimé de ses bouteilles aussi prit-il un véhicule servant aux plongeurs à se propulser dans l'eau, de type Stingray, actionné par des batteries. Il allongea les bras en se tenant aux poignées de l'engin, appuya sur le bouton « vitesse rapide » et fut immédiatement entraîné loin des planches du hangar à bateau.

Il n'avait pas de problème pour prendre ses repères par une nuit sans lune. Sa destination, de l'autre côté du lac, était aussi illuminée qu'un stade de football, au point que même la forêt environnante était éclairée. Pourquoi cette illumination ? se demandait Pitt. Ça paraissait excessif, même pour la sécurité. Seul le dock était privé de lumière mais il n'en avait guère besoin étant donné l'abondance de brillance venant de la rive. Pitt releva son masque sur son front et inclina sa lampe de plongée pour éviter que son reflet ne soit décelé par les gardes.

Si les caméras de surveillance ne perçaient pas l'obscurité par infrarouges, il y avait probablement quelque part un garde muni de jumelles permettant de voir la nuit, surveillant les pêcheurs, les chasseurs, les boy-scouts perdus et, pourquoi pas, Bigfoot[1] lui-même. Il y avait tout à parier qu'il ne contemplait sûrement pas le ciel pour apercevoir les anneaux de Saturne. Mais Pitt s'en préoccupait peu. Il était une cible trop petite pour qu'on le vît de loin. Mais 300 mètres plus loin, ce serait une autre histoire.

Ceux qui se faufilent en plein cœur de la nuit ont souvent l'illusion que le noir les dissimule parfaitement. On se dit qu'un homme vêtu de noir se fond dans l'ombre. Ce n'est vrai que jusqu'à un certain point. Étant donné que la nuit n'est jamais totalement noire — il y a souvent un peu de lumière venant des étoiles — la meilleure couleur pour être presque invisible, c'est le gris foncé. On peut parfaitement distinguer un objet noir sur un fond plein

---

1. Personnage mythique nord-américain, sorte de grand homme singe vivant dans les bois.

d'ombre au cours d'une nuit profonde tandis qu'un
objet gris ne ressort pas.

Pitt savait qu'il avait peu de risques d'être repéré.
Seule la blancheur de son sillage, pendant que les
deux moteurs du Stingray le tiraient à trois nœuds,
brisait l'obscurité totale de l'eau. En moins de cinq
minutes, il atteignit le centre du lac. Il remit son
masque, plongea la tête sous l'eau et commença à
respirer par le tuba. Encore quatre minutes et il se
trouva à trente mètres du dock de la propriété. Le
bateau noir était encore absent mais le yacht tirait
toujours sur ses amarres.

Il n'osa pas aller plus loin en surface. Il cracha
donc l'embout de son tuba et mit entre ses dents
celui du régulateur. Accompagné du sifflement de
l'air qu'il rejetait, il inclina le Stingray, filant ainsi
vers le fond du lac, se stabilisant à environ trois
mètres de la surface du limon. Il resta immobile un
moment, ajouta de l'air dans sa combinaison sèche
pour atteindre une flottabilité neutre puis s'ébroua
et déboucha ses oreilles de la pression accrue de
l'eau. Les lumières de la propriété donnaient à l'eau
une qualité translucide. Pitt avait l'impression que
son véhicule le tirait dans un vert liquide et coloré
un peu fantomatique. Il détourna les yeux du cimetière au-dessous de lui tandis que la visibilité passait
de presque rien à trois mètres à mesure qu'il approchait du quai. Heureusement, on ne pouvait pas le
voir d'en haut car la lumière, en se reflétant dans
l'eau, y posait une nappe éblouissante qui ne permettait qu'une vue très limitée des profondeurs.

Il ralentit le Stingray et avança lentement sous la
quille du yacht. La coque était propre, sans tache
d'algues ou de coquillages. Ne trouvant rien de plus
intéressant à voir qu'un banc de petits poissons, Pitt
s'approcha avec précaution de la cabane flottante
d'où avait surgi le canot chinois des gardes, l'après-
midi. Son cœur se mit à battre plus fort lorsqu'il
mesura que ses chances de fuir si jamais on découvrait sa présence étaient inexistantes. Un nageur ne

pouvait espérer échapper à un canot à moteur dont la vitesse atteignait 30 milles à l'heure. A moins qu'ils ne décident de plonger derrière lui, il leur suffisait d'attendre qu'il ait épuisé sa réserve d'air.

Il devait être très prudent. Il n'y aurait probablement plus de reflets de lumière à la surface, dans la hutte. Quiconque serait assis dans le noir au-dessus de l'eau calme verrait aussi facilement les profondeurs que s'il les contemplait à travers le fond transparent d'un bateau. Il souhaita qu'un banc de poissons passe pour se cacher au milieu mais pas de chance, il n'en arriva aucun. « C'est de la folie », pensa-t-il. S'il avait une once de bon sens, il filerait de là avant qu'on le découvre, nagerait jusqu'à sa cabine et appellerait la police. En tout cas, c'est ce que ferait tout homme sain d'esprit.

Mais Pitt n'avait pas peur. Il ne ressentait qu'une certaine inquiétude en se demandant s'il n'allait pas se retrouver en face du canon d'un pistolet automatique. Mais il était bien décidé à comprendre pourquoi tous ces gens étaient morts et il devait le faire maintenant car il n'en aurait jamais plus l'occasion. Il tira le pistolet à air de son holster et le tint verticalement, le canon et la flèche pointés vers la surface. Lentement, en évitant tout mouvement brusque qui risquerait de le faire repérer, il arrêta les moteurs jumeaux du Stingray et agita doucement ses palmes jusqu'à ce qu'il arrive sous les flotteurs de la cabane. Levant les yeux, il tenta d'apercevoir, à travers l'eau, l'intérieur du hangar à bateaux, retenant son souffle pour que les bulles d'air ne trahissent pas sa présence. Ce qu'il voyait de dessous ces 60 centimètres d'eau équivalait à ce qu'il aurait vu à travers un morceau de gaze de 1,50 mètre.

A part deux canots à moteur, l'intérieur paraissait vide et sombre. Il replaça la lampe de plongée sur sa tête, fit surface et éclaira les alentours de la cabane flottante. Les coques doubles en fibre de verre des canots reposaient confortablement entre deux jetées ouvertes à l'avant. En ouvrant la porte de la cabane,

les gardes pouvaient rapidement filer vers le lac. Pitt
tendit le bras et frappa la porte du poing. Le son lui
apprit qu'il ne s'agissait pas de bois mais d'une
simple feuille peinte de contreplaqué. Sans effort,
Pitt se hissa sur le quai avec son équipement. Il ôta
ses bouteilles, ses palmes et sa ceinture lestée qu'il
cacha dans un des canots. Le Stingray étant légèrement flottant, il le laissa près du dock.

Serrant le pistolet à air, il se dirigea sans bruit vers
une porte fermée, à l'arrière de la cabane. Il fit délicatement tourner la serrure et poussa la porte d'un
centimètre, juste assez pour voir qu'elle donnait sur
un passage menant à une longue rampe. Pitt bougeait comme un spectre — du moins l'espérait-il.
Malgré tout, il avait l'impression qu'à chacun de ses
pas, ses bottes de plongée en caoutchouc faisaient
autant de bruit qu'un tambour alors qu'elles étaient,
totalement inaudibles sur le sol de béton. La rampe
s'abaissait en un étroit passage, à peine assez large
pour les épaules de Pitt. Éclairé par des lampes
encastrées dans le plafond, il paraissait passer sous
l'eau et mener à la rive. Il semblait raisonnable de
conclure que ce passage allait du hangar à bateaux à
une cave sous le bâtiment principal. C'est pour cela
que les gardes en canot avaient mis si longtemps à
apparaître après avoir repéré l'AUV. Il était impossible de traverser cet étroit couloir même à bicyclette
et ils avaient donc dû parcourir près de 60 mètres en
courant.

Pitt s'assura que ses mouvements n'étaient pas
couverts par des caméras de surveillance — il n'en
vit aucune — et commença à avancer lentement
entre les murs, un peu en biais à cause de la faible
largeur du boyau. Il maudit l'architecte qui n'avait
pensé qu'à la petite taille de ses clients chinois. Le
passage se terminait par une autre rampe, montant
cette fois et s'élargissant en passant sous un porche.
Au-delà s'étirait un corridor avec des portes de
chaque côté.

Il s'approcha de la première porte qui était entrouverte. Un rapide coup d'œil révéla un lit bas occupé par un homme endormi portant une calotte. Il y avait un placard où pendaient des vêtements, une commode à plusieurs petits tiroirs, une table de nuit et une lampe. Tout un assortiment d'armes était rangé dans un râtelier sur le mur : un fusil à lunette, deux fusils automatiques et quatre pistolets automatiques de divers calibres.

Pitt réalisa qu'il était bien entré dans la gueule du loup. En plein milieu des logements des gardes de sécurité.

Des voix parvenaient d'une autre pièce, un peu plus loin dans le couloir, mêlées à l'âcre odeur de l'encens. Il se mit à plat ventre et jeta un coup d'œil discret en espérant ne pas être aussi visible à ce niveau du sol. Quatre Asiatiques, assis autour d'une table, jouaient aux dominos. Pitt ne comprenait rien à ce qu'ils disaient. Pour son oreille occidentale, le dialecte mandarin résonnait comme le déroulement rapide d'une bande de magnétophone passée à l'envers. D'autres portes lui parvenaient des sons étranges et nasillards de musique orientale.

Il se dit qu'il serait raisonnable de quitter très vite le coin. Qui pouvait savoir si l'un des gardes n'allait pas sortir dans le couloir et se demander ce qu'un Caucasien pouvait bien faire à plat ventre devant sa porte ? Il avança donc jusqu'à un escalier de fer en colimaçon. Il n'y avait toujours pas eu de cris de surprise, de coups de pistolet, de sirènes ou de cloches d'alarme. Pitt fut ravi de constater que les gardes de Shang ne s'intéressaient pas plus aux intrus de l'intérieur qu'à ceux de l'extérieur.

L'escalier montait sur deux étages vides, de grandes pièces sans parois internes. On aurait dit que l'architecte et ses ouvriers avaient plié bagages avant la fin des travaux. Il atteignit finalement le dernier étage et se trouva devant une porte d'acier massif assez semblable à celles qui ferment les réserves enfouies dans les banques. Aucune serrure à combinaison ou autre, rien qu'une épaisse poignée horizontale.

Il resta là, immobile une longue minute, écoutant intensément mais n'entendant rien tandis qu'il abaissait la poignée d'un geste ferme mais délicat. Il transpirait abondamment sous sa combinaison de plongée. Il avait bien envie de retourner à la nage, dans l'eau glacée, de l'autre côté du lac. Il décida de jeter un rapide coup d'œil à la maison principale et de filer en vitesse.

Les gonds glissèrent doucement et silencieusement sur les charnières. Pitt hésita un moment avant de pousser, très délicatement d'abord, la porte massive. Il dut bientôt pousser plus fort pour que l'ouverture soit assez large pour lui permettre de voir l'intérieur de la pièce. Il ne vit qu'une contre-porte, munie de barres, celle-là. Un rat d'hôtel n'aurait pu être plus surpris que lui en découvrant que la maison dans laquelle il se préparait à voler les bijoux et l'argent était en fait aussi inviolable qu'une prison de haute sécurité.

Cette maison n'avait rien de la luxueuse propriété construite par un homme aux goûts architecturaux bizarres. L'intérieur de l'immense maison de Shang n'était qu'une cellule semblable à celles d'Alcatraz. Cette découverte causa à Pitt un choc aussi violent que s'il avait reçu une météorite sur la tête. La belle propriété imaginée par Shang pour recevoir ses clients et associés n'était qu'une façade, une immonde façade. La bonne qui faisait semblant de s'occuper des chalets des invités, les deux golfeurs continuant leur éternelle partie, n'étaient que les décorations en sucre glace d'un gâteau. La sécurité poussée à ce point ne servait qu'à garder des prisonniers et non à chasser des intrus. Pitt comprit que les panneaux extérieurs en verre teinté recouvraient en réalité des murs de béton.

Trois étages de cellules donnaient sur un carré ouvert avec, au centre, une cage montée sur des colonnes. Dans la cage, deux gardes vêtus d'uniformes gris sans marques extérieures surveillaient une batterie d'écrans vidéo. Les couloirs supérieurs longeant les cellules étaient protégés du carré ouvert par des grillages. Les portes des cellules étaient pleines, à part un petit judas à peine assez large pour faire passer de petits plateaux de nourriture ou une tasse d'eau. Le criminel le plus endurci enfermé là aurait eu du mal à imaginer un moyen d'évasion.

Pitt ne pouvait savoir combien de pauvres bougres étaient emprisonnés derrière ces portes. Ni bien sûr quelles offenses ils avaient pu commettre contre Qin Shang. Se rappelant le spectacle écœurant du fond du lac découvert grâce à l'AUV, il commença à comprendre qu'il n'avait pas sous les yeux une colonie pénale mais une énorme machine de mort.

Il ressentit un frisson glacial et pourtant la sueur coulait le long de son visage. Il était resté là trop longtemps, il était temps de rentrer et de déclencher l'alarme. Très doucement, il referma la porte d'acier et remit la poignée en place. « J'ai de la chance, j'ai bien de la chance », pensa-t-il. Seule la partie intérieure avec les barreaux était reliée à un signal d'alarme qui se déclenchait quand on l'ouvrait sans l'autorisation des gardes aux écrans vidéo. Il était sur la quatrième marche quand il entendit des pas montant vers lui.

Ils étaient deux, probablement des gardes venant prendre la relève des hommes actuellement occupés à la surveillance autour de la propriété et dans les cellules de prisonniers. Ni l'un ni l'autre n'avait de raison de se méfier ou de s'attendre à rencontrer un intrus. Ils montaient tranquillement les marches en bavardant et en regardant leurs pieds comme n'importe qui montant un escalier, de sorte qu'ils ne levèrent pas les yeux et ne virent pas Pitt. Leurs seules armes étaient les pistolets automatiques bien attachés dans leurs holsters.

Pitt devait agir vite s'il voulait garder l'avantage de la surprise. Ce qu'il avait bien l'intention de faire. Témérairement ou non, il descendit les marches en courant et sauta, percutant le garde de tête avant qu'il ait le temps de savoir ce qui lui arrivait. Il l'envoya rudement cogner son ami.

Habitués aux prisonniers tremblants et effrayés, les deux gardes chinois furent pétrifiés de stupeur devant ce fou qui les attaquait, vêtu d'une combinaison de caoutchouc et dont le corps était tellement plus grand que le leur. Les deux hommes, déséquilibrés, tombèrent à la renverse, battant l'air des bras et des jambes, le dos de l'un contre la poitrine de l'autre. Pitt sauta sur l'homme du dessus et leur fit descendre les marches jusqu'au deuxième étage avant que les deux s'écrasent contre la rampe. L'homme du dessous se cogna la tête contre une marche et s'évanouit aussitôt. Son camarade, moins blessé mais saisi de surprise, essaya frénétiquement de sortir son arme.

Pitt aurait pu le tuer. Il aurait pu les tuer tous les deux en leur envoyant une de ses flèches dans la tête. Mais il préféra prendre son pistolet à air et frapper le garde sur la tempe d'un coup de crosse. Il se doutait bien que si leur situation avait été inversée, eux n'auraient pas eu d'état d'âme et lui auraient fait sauter la cervelle.

Il les tira dans la pièce vide du deuxième étage et les laissa tomber contre le mur du fond, dans l'ombre. Il leur enleva leurs uniformes qu'il déchira en morceaux avec lesquels il leur attacha les mains et les jambes puis les bâillonna. Si, comme il le supposait, ils étaient en route pour un changement de garde, on allait remarquer leur absence dans moins de cinq à dix minutes. Lorsqu'on les trouverait assommés et inconscients, attachés avec les lambeaux de leurs uniformes, l'enfer se déchaînerait dès que Shang ou les assassins qui lui servaient de seconds apprendraient que quelqu'un avait pénétré les lieux. Lorsqu'ils comprendraient qu'une force inconnue avait trompé leurs mesures de sécurité, il était facile d'imaginer ce qui se passerait. Il préférait penser à ce qui pourrait arriver aux malheureux toujours enfermés dans les cellules si quelqu'un décidait de détruire toutes les preuves de ce qui s'ourdissait là et de supprimer tous les témoins oculaires. Si les corps reposant au fond du lac signifiaient quelque chose, on pouvait être sûr que cette bande de criminels n'hésiterait pas à perpétrer une tuerie sur une grande échelle.

Pitt refit en sens inverse le couloir desservant les chambres des gardes avec les précautions d'un Don Juan quittant la chambre de sa belle. Il eut la même chance qu'à l'aller et personne ne le vit. Il atteignit le passage menant au hangar à bateaux aussi vite qu'il put sans écorcher aux épaules le caoutchouc de sa combinaison de plongée. Il n'avait aucune envie de déclencher une poursuite de Chinois furieux munis d'armes mortelles aussi repoussa-t-il l'envie de mettre en panne les moteurs des canots. Mieux valait ne pas perdre de temps. S'ils n'avaient pas été capables de repérer l'AUV en plein jour, ils ne le découvriraient jamais sous neuf mètres d'eau et dans l'obscurité.

Ayant rapidement remis son équipement de plongée, il sauta dans l'eau, contourna le dock à la nage et reprit le Stingray. Pitt n'avait pas parcouru plus de 30 mètres au fond du lac quand il entendit le bruit d'un moteur et le battement des hélices d'un bateau sortant de l'obscurité, au loin. Le son porte plus vite dans l'eau que dans l'air. Il eut l'impression que le navire était déjà au-dessus de lui alors qu'il sortait tout juste de l'embouchure de la rivière. Inclinant le Stingray, il se laissa remonter à la surface. Il repéra le navire sortant de l'ombre et illuminé par les projecteurs du rivage. Il le reconnut très vite. C'était le catamaran noir qu'il avait observé la veille.

Il se dit qu'à moins que l'un des matelots ne mange une botte de carottes tous les jours et avale de larges doses de vitamine A pour améliorer sa vision de nuit, il y avait peu de chances pour que l'équipage remarque une tête presque invisible au milieu des eaux obscures.

Soudain, les moteurs s'arrêtèrent et le bateau se laissa dériver à moins de 15 mètres de lui.

Pitt aurait dû ignorer le navire et continuer sa

route. Il y avait encore une bonne réserve d'énergie
dans les batteries du Stingray pour le ramener à la
cabine. Il aurait dû quitter les lieux, en ayant déjà vu
plus qu'il n'était supposé voir. Il fallait immédiatement prévenir les autorités, avant que les malheureux emprisonnés dans la propriété aient à souffrir
davantage. Il avait froid, il était fatigué et ne souhaitait qu'un bon verre de tequila devant un grand feu
de bois. Il aurait dû écouter cette petite voix intérieure qui lui disait de s'éloigner en vitesse du lac
Orion pendant qu'il était encore en bon état. Mais la
petite voix aurait aussi bien pu se perdre dans ses
sinus, elle n'aurait pas eu plus de succès.

Une sorte de fascination incontrôlable l'attirait
vers l'inquiétant catamaran. Son apparence avait
quelque chose de sinistre dans l'obscurité. Personne
ne marchait sur ses ponts, il n'y avait aucune
lumière nulle part.

« C'est diabolique », pensa-t-il.

Les ponts dégageaient une étrange, une indescrip-
tible malignité. Puis Pitt réalisa qu'il pouvait bien
s'agir du bateau qui faisait traverser le Styx aux
âmes mortes. Il roula sous la surface et imprima au
Stingray un mouvement descendant puis ascendant
qui devait l'amener juste au-dessous des coques
jumelles du mystérieux navire.

8

Les 48 hommes, femmes et enfants étaient entassés si étroitement dans la cabine carrée du bateau
noir qu'aucun ne pouvait s'asseoir. Ils étaient tous
serrés les uns contre les autres, respirant le même air
vicié. A l'extérieur de la cabine, la nuit était fraîche
mais, à l'intérieur, les corps la rendaient chaude et
suffocante. La seule ventilation venait d'un petit gril-

lage ouvert sur le plafond de la salle. Certains de ces malheureux étaient déjà inconscients, effondrés par une terreur claustrophobe mais leurs corps n'avaient pas la place de tomber. Alors leurs têtes roulaient et fléchissaient avec les mouvements du navire. Tous étaient étrangement silencieux. Sans doute vaincus et sans possibilité de diriger leur destin, les prisonniers tombaient dans une étrange léthargie comme, avant eux, ceux que les nazis envoyaient dans les camps de concentration pendant la Seconde Guerre mondiale.

Julia écoutait le bruit des vagues se cognant contre la coque du bateau et le battement léger des deux moteurs diesels, se demandant où on l'emmenait. La mer était calme, maintenant. Depuis vingt minutes, on ne ressentait plus les rouleaux de l'océan. Elle supposa que le bateau avait atteint une baie calme ou naviguait sur une rivière. Elle devina qu'elle était revenue quelque part aux États-Unis. Là, elle était chez elle. Elle refusait de se laisser soumettre, bien qu'elle se sentît faible et étourdie. Elle était décidée à se battre pour échapper à cet avenir fou et pour survivre. Trop de choses dépendaient de sa survie. En s'échappant et en rapportant les renseignements qu'elle avait rassemblés sur les associations de contrebande humaine à ses supérieurs de l'INS, elle pouvait arrêter cette monstrueuse souffrance et cet assassinat massif des immigrants.

Dans la timonerie au-dessous de la cabine-prison, les quatre gardes de service commencèrent à couper de petites longueurs de corde tandis que le commandant, debout à la barre, remontait la rivière Orion dans l'obscurité. La seule lumière venait des étoiles et il ne levait pas les yeux de l'écran radar. Après dix minutes, il prévint les autres que l'on passait de la rivière au lac. Au moment où le bateau noir allait arriver dans la lumière vive émanant de la propriété de Shang, le barreur dit quelques mots en chinois par le téléphone du bord. Avant même qu'il ait eu le temps de reposer le récepteur, les lumières du bâtiment principal et celles qui éclairaient le reste de la propriété le long de la rive s'éteignirent, jetant le lac tout entier sous une cape d'obscurité. Guidé par une petite lumière rouge sur une balise, le timonier fit glisser d'une main experte le catamaran, contourna le large barrot d'arcasse du magnifique yacht de Shang et vint se ranger le long des pilotis, de l'autre côté de la jetée. Deux gardes sautèrent pour attacher les amarres tandis que le timonier coupait les deux moteurs.

Pas un son ne parvint aux prisonniers pendant trois ou quatre minutes. Ils se posèrent une foule de questions. Julia et les autres immigrants étaient plongés dans une énorme vague de peur qu'ils ne savaient comment interpréter. Le cauchemar ininterrompu de leur voyage planait encore au-dessus d'eux, les empêchant de penser clairement. Puis une porte s'ouvrit dans le mur arrière de la cabine. L'air frais de la brise descendue des montagnes leur parut miraculeux. D'abord, ils ne virent de l'extérieur que la pénombre. Enfin la silhouette d'un garde se découpa devant la porte.

— Quand vous entendrez votre nom, sortez sur la jetée, leur dit-il.

Au début, il fut difficile à ceux coincés au milieu ou au fond de la cabine de se frayer un chemin parmi les prisonniers mais, à mesure que les premiers sortaient, ceux qui restaient poussaient un soupir de soulagement. La plupart de ceux qui quittaient le navire étaient les plus pauvres d'entre eux, ceux qui ne pouvaient pas payer le prix exorbitant exigé pour aller à terre, n'importe où pourvu que ça ne soit pas en République populaire de Chine. Sans le savoir, ils avaient vendu leur âme pour devenir les esclaves des passeurs qui, à leur tour, allaient les vendre aux syndicats criminels déjà établis aux États-Unis.

Il ne resta bientôt plus dans la cabine que Julia, un couple affaibli par le manque de nourriture et ses deux jeunes enfants apparemment rachitiques, ainsi que huit hommes et femmes assez âgés. Julia se dit que c'étaient les laissés-pour-compte, ceux qu'on avait saignés à blanc, qui n'avaient plus d'argent à donner et étaient trop faibles et trop impotents pour un travail difficile. Ceux qui, comme elle-même, n'iraient pas à terre.

Comme pour confirmer ses pires craintes, la porte se referma violemment, on détacha les amarres et les moteurs reprirent leurs battements réguliers. Le navire parut n'avoir parcouru qu'une courte distance quand les moteurs stoppèrent à nouveau. La porte se rouvrit et quatre gardes entrèrent. Sans un mot, ils attachèrent les pieds et les mains des prisonniers restants, les bâillonnèrent avec du chatterton et attachèrent de lourds poids de métal à leurs chevilles. Les deux parents tentèrent faiblement de défendre leurs enfants mais furent vite réduits à la soumission.

Alors, c'était cela qui les attendait, la mort par noyade ! Julia concentra chaque pensée, chaque nerf de son corps sur la façon dont elle allait pouvoir s'échapper. Elle bondit vers la porte pour essayer d'atteindre le pont ouvert, de sauter dans l'eau et de nager jusqu'à la rive la plus proche. Son élan fut brisé avant même qu'elle n'atteigne la porte. Affaiblie par les coups qu'elle avait reçus la veille, elle trébucha plutôt qu'elle ne courut et fut facilement jetée à terre par l'un des gardes qui la traîna sur le pont. Elle tenta de se battre, donnant des coups de poing, griffant, mordant, pendant qu'on lui liait les chevilles. Puis on lui colla un ruban adhésif sur la bouche et on attacha le poids de métal à une de ses chevilles.

Elle vit avec horreur qu'on ouvrait une trappe au milieu du pont. Le premier corps y fut jeté sans ménagement.

Pitt enleva son doigt du bouton de vitesse du Stingray et plongea dans l'eau, 3 mètres en dessous du centre de la cabine du catamaran. Il avait l'intention de faire surface entre les deux coques et d'inspecter le fond du bateau quand une lumière s'alluma au-dessus de lui. Puis un grand éclaboussement ouvrit la surface de l'eau, suivi de plusieurs autres.

« Mais que diable se passe-t-il ? » se demanda-t-il tandis que des corps tombaient autour de lui. Incré-dule, choqué par ce spectacle abominable, il n'en réagit pas moins à une vitesse record. En une frac-tion de seconde, il lâcha le Stingray, alluma sa lampe de plongée et saisit son poignard. Puis il commença à attraper les corps, à couper les liens de leurs mains et de leurs chevilles et à détacher les poids de métal. Chaque fois qu'il avait libéré un corps, il le poussait vers la surface et nageait vers le suivant. Il agissait avec une hâte fiévreuse, espérant contre tout espoir n'en avoir manqué aucun, ignorant d'abord si les vic-times n'étaient pas déjà mortes mais luttant pour les sauver malgré ses craintes.

Soudain, il se rendit compte qu'ils étaient vivants quand une fillette de dix ans au plus le regarda, les yeux pleins de terreur. Elle semblait chinoise. Il pria pour qu'elle sût nager tout en la poussant vers l'air de la nuit.

D'abord, il se tint légèrement en avant du groupe des victimes mais il dut très vite s'obliger à ne pas nager trop vite. Son désespoir laissa place à une véri-table colère lorsqu'il vit que le petit garçon qu'il venait de sauver n'avait pas plus de quatre ans. Il maudit mentalement les monstres qui avaient fait preuve d'une telle inhumanité. Pour ne pas prendre de risques, il donna quelques coups de palmes pour remonter, trouva rapidement le Stingray et mit les bras de l'enfant autour. Il éteignit la lampe de plon-gée et jeta un rapide coup d'œil au bateau noir pour voir si l'équipage avait vu ses victimes remonter à la surface. Tout paraissait calme à bord. Apparem-ment, personne n'avait donné l'alarme. Il replongea et ralluma la lampe. Dans son rayon, il aperçut ce qui paraissait être le dernier corps jeté du bateau. Ce corps avait déjà parcouru 6 mètres vers le fond quand Pitt l'attrapa. C'était celui d'une jeune femme.

Avant qu'arrivât son tour, Julia avait pris une profonde inspiration et l'avait renouvelée plusieurs fois pour hyperventiler ses poumons puis elle avait retenu son souffle lorsque les gardes l'avaient jetée par la trappe. Elle avait tenté de toutes ses forces de se libérer de ses liens mais s'était enfoncée de plus en plus profondément dans le vide liquide et noir, soufflant furieusement par le nez pour alléger la pression qui déjà attaquait ses trompes d'Eustache. Une minute, deux peut-être et elle aurait perdu tout son oxygène et mourrait dans d'atroces souffrances.

Soudain, une paire de bras la saisirent par la taille et elle sentit le poids de métal quitter ses chevilles. Puis ses mains furent libérées. Une main se referma autour de son bras et commença à la tirer vers la surface. Quand sa tête arriva à l'air libre, elle fit une petite grimace en sentant qu'on arrachait le ruban adhésif de sa bouche. La première chose qu'elle vit fut une silhouette bizarre dont la tête encagoulée était surmontée d'une lampe de plongée.

— Me comprenez-vous ? demanda une voix en anglais.

— Je vous comprends, dit-elle en haletant.

— Êtes-vous bonne nageuse ?

Elle fit oui de la tête.

— Bon. Aidez-moi à sauver autant de ces gens que possible. Essayez de les rassembler. Dites-leur de suivre ma lumière. Je vais vous conduire tous vers des eaux peu profondes près de la rive.

Pitt la quitta et nagea vers le petit garçon qui serrait de toutes ses forces le Stingray. Il fit passer l'enfant derrière lui, accrochant ses petites mains autour de son cou. Puis il engagea le bouton de vitesse et chercha la fillette. Quand il l'eut trouvée, il passa un bras autour de son corps, quelques secondes avant qu'elle ne fût sur le point de couler.

A bord du bateau, des gardes grimpèrent dans la timonerie.

— Ils sont tous noyés, dit l'un au timonier. Nous avons fait notre boulot.

A la barre, le commandant hocha la tête et poussa lentement les deux leviers des gaz. Les hélices mordirent l'eau et le catamaran commença à reculer vers le quai. Avant qu'il ait parcouru 30 mètres, le téléphone de bord sonna.

— Chu Deng?

— Ici Chu Deng, répondit le commandant.

— Lo Han, chef de la sécurité de l'enceinte. Comment se fait-il que vous ignoriez les instructions reçues?

— J'ai suivi le programme. On s'est débarrassés de tous les immigrants. Quel est le problème?

— Vous avez laissé une lumière allumée.

Chu Deng s'éloigna de la barre et regarda le bateau d'un bout à l'autre.

— Vous avez mangé du poulet Setchouan trop épicé ce soir, Lo Han. Votre estomac ment à vos yeux. Il n'y a pas la moindre lumière sur ce bateau.

— Alors, qu'est-ce que je distingue vers la côte est?

En tant que responsable du transport illégal d'immigrés depuis le navire principal, Chu Deng était aussi responsable de l'exécution de ceux qui ne correspondaient pas aux critères de l'esclavage. Il ne travaillait pas sous les ordres du chef de la sécurité pour les clandestins. Les deux hommes étaient aussi impitoyables l'un que l'autre, avaient le même grade et ne s'entendaient guère.

Lo Han était fort comme un bœuf, bâti comme une barrique avec une tête massive aux fortes mâchoires et des yeux en permanence injectés de sang. Deng pensait qu'il valait à peine mieux qu'un chien sauvage. Il se tourna et regarda vers l'est. C'est alors qu'il distingua une faible lueur très bas sur l'eau.

— Je la vois, à environ 60 mètres au large de mon tribord. Il doit s'agir d'un pêcheur du coin, dit-il à Lo Han.

— Ne prenez pas de risques. Faites faire des recherches.

— Je vais le faire.

— Si vous voyez quelque chose de suspect, dit Lo Han, contactez-moi immédiatement et je rallumerai les projecteurs.

Chu Deng donna son accord et raccrocha. Puis, tournant la barre, il fit virer le catamaran sur tribord et le dirigea vers la lueur qui sautillait à la surface du lac. Il appela les deux gardes toujours en bas sur le pont principal.

— Allez à l'avant et observez cette lumière, sur l'eau, droit devant.

— Que voulez-vous que ce soit ? demanda un petit homme aux yeux inexpressifs en saisissant son pistolet.

Chu Deng haussa les épaules.

— Probablement des pêcheurs. Ce n'est pas la première fois qu'on en voit traquer le saumon la nuit.

— Et s'il ne s'agit pas de pêcheurs ?

Chu Deng eut un sourire qui découvrit toutes ses dents.

— Dans ce cas, assurez-vous qu'ils rejoignent les autres.

Pitt vit le bateau se diriger vers le petit groupe qui luttait dans l'eau et comprit qu'on les avait repérés. Il entendit des voix sur la proue qui ressemblait en fait à une plate-forme entre les deux coques. Les voix criaient en chinois et il était facile de deviner qu'elles avertissaient leur commandant que des gens nageaient dans le lac. Il n'eut pas besoin de beaucoup réfléchir pour comprendre que la lumière de sa lampe de plongée les avait trahis. Il méritait un blâme si elle était allumée et un blâme si elle était éteinte. Sans lumière, les gens qu'il avait sauvés de la noyade se seraient éparpillés dans toutes les directions, perdus et finalement noyés.

Gardant sur ses épaules l'enfant effrayé, il arrêta le Stingray et passa la fillette à la jeune femme qui avait jusqu'alors aidé un couple âgé à se débrouiller dans l'eau. Les deux mains libres, il éteignit sa lampe frontale, se tourna pour faire face au bateau qui le dominait de sa masse et lui cachait les étoiles. Il nota que le navire passait à moins d'un mètre de lui et distingua deux silhouettes qui descendaient une échelle, de la cabine au pont de la plate-forme avant. L'un d'eux se pencha, aperçut Pitt dans l'eau et lui fit un signe du bras.

Avant que le second repère le nageur dans le faisceau de sa lampe, une des flèches de Pitt siffla dans l'obscurité et alla se ficher dans la tempe de l'homme, au-dessus de l'oreille. Son camarade n'eut pas le temps de comprendre ce qui se passait. Il reçut une flèche dans la gorge qui le tua net. Pitt n'avait pas hésité une seconde. Ces hommes avaient assassiné d'innombrables innocents. Ils ne méritaient ni une sommation ni une chance de se défendre. En fait, on ne pouvait leur accorder plus de chance qu'ils n'en avaient accordé à ceux qu'ils avaient tués.

Les deux hommes tombèrent silencieusement à la renverse sur le pont avant du catamaran. Pitt rechargea son pistolet et, lentement, nagea sur le dos en agitant ses palmes. Le gamin enfonça sa tête dans l'épaule de Pitt et serra le cou de son sauveur de toute la force de ses petits bras.

Pitt regarda avec stupeur le bateau passer, virer et continuer sa route vers le quai comme s'il ne s'était rien passé, apparemment inconscient des deux corps sur son pont avant. Il discerna seulement l'ombre d'un homme à la barre par les fenêtres de la timonerie. Bizarrement, le timonier n'agissait pas comme s'il savait que ses hommes étaient morts. Pitt supposa que son attention avait été attirée par quelque chose lorsqu'il avait tué ses complices.

Il ne doutait pas une seconde que le bateau allait revenir, et vite, dès que les corps seraient découverts. Il disposait de quelques minutes, quatre ou cinq, sûrement pas davantage. Il ne quitta pas des yeux le catamaran dont la silhouette s'éloignait dans l'obscurité. Le navire avait fait la moitié du chemin quand son allure changea. Pitt sut qu'il faisait demi-tour et revenait.

Il trouva étrange que personne n'eût allumé de lumière pour balayer la surface du lac. Son étonnement dura peu car quelques secondes plus tard, tous les projecteurs autour de la maison-prison s'illuminèrent et dansèrent sur les vagues créées par le sillage du catamaran.

Se faire prendre comme des leurres à chasser le canard flottant sur l'eau allait s'avérer très dangereux. Se faire prendre après avoir atteint la rive mais avant d'avoir atteint un abri pouvait l'être un tout petit peu moins. Soudain le Stingray le tira vers l'eau peu profonde et il réalisa en se relevant qu'il avait de l'eau jusqu'aux cuisses. Il pataugea jusqu'à la berge et déposa l'enfant à environ dix centimètres au-dessus de l'eau. Puis il retourna chercher les autres, les guidant jusqu'à ce qu'ils soient sur la terre ferme. Ces malheureux étaient soit trop âgés, soit trop jeunes ou encore trop épuisés pour faire davantage que ramper sous les arbres.

Il fit signe à la jeune femme qui émergeait du lac avec la fillette sur ses épaules et soutenait par la taille une vieille femme apparemment aux limites de l'épuisement.

— Prenez le gamin, dit-il. Faites filer tous ces gens vers les arbres et obligez-les à s'allonger.

— Où... où serez-vous ? demanda-t-elle, le souffle court.

Il jeta un regard au bateau.

— Horace sur le pont, Custer tout seul à Little Big Horn, c'est moi [1] !

Avant que Julia ait pu répondre, l'étranger qui leur avait sauvé la vie avait replongé et disparu dans l'eau.

Chu Deng avait une trouille épouvantable. Dans l'obscurité, il n'avait pas vu ses gardes se faire tuer. Il

1. Allusion à la guerre contre les Indiens.

avait dû concentrer toute son attention pour empêcher le bateau de heurter la rive quand ils avaient été assassinés. Et lorsqu'il avait découvert les deux corps, il avait paniqué. Pas question de revenir au quai et d'annoncer que deux de ses gardes avaient été tués par des inconnus sans qu'il ait vu la chose se produire. Son employeur n'accepterait jamais une excuse aussi vague et incohérente. Il le punirait pour son inefficacité. De cela, il était absolument certain.

Il n'avait donc d'autre choix que d'affronter ses assaillants. Il n'imagina pas une seconde qu'il puisse s'agir d'un homme seul. Cela ne pouvait être qu'une action mise au point par des professionnels. Il ordonna aux deux hommes qui lui restaient de se mettre l'un sur le pont arrière, entre les coques, l'autre sur le pont avant. Après avoir demandé à Lo Han d'allumer les projecteurs, il aperçut plusieurs personnes sortant de l'eau en chancelant sur la rive du lac. Alors, pour ajouter le désastre à la catastrophe, il reconnut en eux les immigrants qui auraient dû être noyés. Il en fut atterré. Comment avaient-ils pu s'échapper? Impossible à moins que quelqu'un les ait aidés. Il conclut qu'il ne pouvait s'agir que d'une unité spéciale d'agents très entraînés.

Qin Shang allait le faire jeter au fond du lac s'il ne capturait pas les clandestins échappés avant que ceux-ci n'atteignent les autorités américaines. Dans la lumière venant de l'autre côté du lac, Chu Deng repéra près de douze personnes et deux enfants titubant de la rive à la forêt toute proche. Paniqué par ce qui n'allait pas manquer de lui arriver très prochainement et sans tenir compte de la situation, il fit virer le catamaran et le dirigea droit vers la rive basse le long de la côte.

— Ils sont là! hurla-t-il sauvagement au garde debout sur le pont avant. Tirez! Tuez-les avant qu'ils n'atteignent les arbres!

Il regarda, comme hypnotisé, l'homme sur la plate-forme avant lever son arme. Alors, comme dans un film passé au ralenti, il vit une forme sombre sortir de l'eau devant le bateau, comme une créature abominable du fond d'un cauchemar. Le garde se raidit soudain, lâcha le pistolet et porta une main à son épaule. Quelques secondes après, une vilaine fléchette s'enfonça dans son œil gauche. Chu Deng se glaça, affreusement choqué, en voyant son garde basculer dans les eaux froides du lac.

Un catamaran et ses coques jumelles présentent de nombreux avantages. Mais pas celui de repousser un abordage. Il est presque impossible d'escalader un bateau unicoque avec une proue bien haute. Mais la plate-forme reliant les coques d'un catamaran, à l'avant de la cabine principale et de la timonerie, n'est qu'à 35 centimètres au-dessus de l'eau et il n'est pas très difficile à un nageur d'en saisir le bord saillant.

Poussé par le Stingray, Pitt émergea de l'eau juste au moment où le bateau noir allait passer sur lui. Avec un timing devant plus à la chance qu'à la réflexion, il lâcha le véhicule de propulsion, leva un bras et s'accrocha au bord du pont avant. Le choc du bateau rapide secoua son corps dans l'eau et Pitt eut l'impression que son bras s'était détaché de son épaule. Heureusement ce ne fut pas le cas et il abattit l'homme qui visait les rescapés sur la plage avant même qu'il ait le temps de tirer. En trois secondes, il avait rechargé et sa flèche se ficha dans l'œil du tireur, le pénétrant jusqu'au cerveau.

Le catamaran se dirigeait droit vers la rive qui n'était plus qu'à 3 mètres quand Pitt lâcha la partie avant du bateau et flotta sur le dos. Tandis que la cabine avançait sur lui, il rechargea calmement son pistolet à air comprimé. Quand les hélices l'eurent dépassé sans le toucher, il se retourna et nagea avec énergie dans le sillage du bateau. Il n'eut le temps de parcourir qu'une courte distance avant que le catamaran s'écrase sur la rive du lac, faisant éclater les coques jumelles et s'arrêtant net comme s'il avait heurté un mur d'acier. Les moteurs s'emballèrent quelques secondes puis crachèrent et stoppèrent. Le choc et la vitesse acquise avaient jeté le garde de la plate-forme arrière contre la cabine avec tant de force qu'il se brisa le cou.

Défaisant les sangles tenant ses bouteilles et enlevant sa ceinture plombée, Pitt se hissa sur la plate-forme arrière. Il ne vit personne dans la timonerie. Il monta l'échelle et ouvrit la porte d'un coup de pied.

Un homme était étendu sur le sol, la tête et les épaules appuyées contre le compteur, les mains crispées sur sa poitrine. Pitt supposa que l'impact lui avait cassé les côtes. Blessé ou non, c'était un tueur. Pitt ne prit pas de risques. Pas avec des hommes comme celui-là. Il leva son pistolet au moment même où Chu Deng pointait le sien, un automatique calibre 32 que sa main avait caché sur sa poitrine. Le claquement mortel de l'automatique couvrit le sifflement de la fléchette de l'arme de Pitt, les deux projectiles partant à la même microseconde. La balle fit un petit trou dans la peau de la hanche de Pitt tandis que la fléchette s'enfonça dans le front de Chu Deng.

Pitt ne jugea pas sa blessure sérieuse. Il saignait un peu, bien sûr, et cela lui faisait mal mais pas assez pour ralentir ses mouvements. Il s'éloigna en courant, un peu raide, de la timonerie à l'échelle qu'il descendit, sauta sur la plate-forme avant et de là sur la rive. Il trouva les immigrants effrayés accroupis derrière les buissons.

— Où est la dame qui parle anglais ? demanda-t-il en essayant de retrouver son souffle.

— Je suis là, répondit Julia en s'approchant de lui. Il la distingua plutôt qu'il ne la vit.

— Combien en ai-je perdu ? dit-il, craignant la réponse.

— Si j'ai bien compté, il en manque trois.

— Merde ! murmura Pitt, frustré. J'avais espéré les avoir tous ramenés.

— Vous l'avez fait, dit Julia. Ils se sont perdus en revenant vers la rive.

— Je suis désolé.

— Vous n'avez aucune raison de l'être. C'est un miracle que vous nous ayez sauvés.

— Sont-ils en état de voyager ?

— Je crois que oui.

— Suivez la rive à gauche en regardant le lac, poursuivit-il. A 100 mètres, vous trouverez une cabane. Cachez tout le monde dans les bois alentour mais n'entrez pas. Je répète, n'entrez pas. Je vous suivrai dès que je pourrai.

— Où serez-vous ? demanda-t-elle.

— Nous n'avons pas affaire à des gens qu'on trompe facilement. Ils vont se demander ce qui est arrivé à leur bateau et vont venir fouiller le lac dans une dizaine de minutes. Je vais créer une petite diversion. Mettons que je rende la monnaie de sa pièce au responsable de toutes vos misères.

Il faisait trop sombre pour qu'il puisse discerner l'expression d'inquiétude sur le visage de la jeune femme.

— Soyez prudent, je vous en prie, monsieur... ?

— Pitt. Je m'appelle Dirk Pitt.

— Et moi, Julia Lee.

Il allait ajouter quelque chose mais y renonça et se hâta de retourner au catamaran. Il venait d'atteindre la timonerie quand le téléphone sonna. Il le chercha dans le noir et décrocha. A l'autre bout du fil, quelqu'un parla en chinois. Quand la voix se tut, Pitt marmonna des sons inintelligibles, reposa le récepteur et posa le téléphone sur le comptoir. Utilisant la lampe de plongée toujours fixée à sa cagoule, il trouva bientôt les boutons des moteurs et les manettes des gaz et remit le tout en marche.

L'avant des deux coques du catamaran était profondément enfoncé dans la boue de la rive. Pitt mit les gaz à fond en marche arrière et fit tourner le gouvernail pour actionner alternativement les arrières des coques afin de diminuer la succion de la boue. Bougeant difficilement de quelques centimètres à chaque mouvement, le bateau noir tenta de se libérer de la vase et finalement y réussit. Il fit un bond

vers les eaux plus profondes et là, Pitt le fit virer et
repoussa les manettes en marche avant, dirigeant les
deux proues abîmées vers le dock et le yacht de Qin
Shang, dont les élégants salons, apparemment
déserts, brillaient de toutes leurs lumières.

Il coinça son couteau de plongée entre les rayons
de la barre, enfonçant sa pointe dans la case de bois
de la boussole pour garder le bateau en ligne droite.
Puis il ralentit les moteurs en mettant les manettes à
mi-course et sortit de la timonerie. Il descendit
l'échelle jusqu'à la salle des machines, dans la coque
tribord. Il n'avait pas le temps de bricoler une bombe
incendiaire élaborée aussi retira-t-il le gros bouchon
du tuyau de remplissage du réservoir de carburant,
trouva de vieux chiffons graisseux et les attacha bout
à bout puis en enfonça une partie dans le réservoir,
l'imprégna de fuel et tira le reste sur le plancher de la
salle des machines. Ensuite, il arrangea les chiffons
en formant un petit cône qu'il remplit de fuel. Il
n'était pas très satisfait de son travail mais dans ces
circonstances, c'était ce qu'il pouvait faire de mieux.
Il retourna à la timonerie et fouilla les placards à la
recherche de ce qu'il savait y trouver. Chargeant le
pistolet à fusées éclairantes, il le posa sur le
comptoir à côté du téléphone, devant la barre. Alors
seulement il retira son couteau et saisit les rayons de
la roue.

Le yacht et le dock n'étaient qu'à 60 mètres. L'eau
s'engouffrait par les fissures des proues jumelles
ouvertes après le choc contre la rive et les remplissait rapidement, les tirant vers le fond. Pitt mit les
manettes des gaz à fond. Les hélices mordirent l'eau,
formant une masse d'écume, leur puissance arrachant les proues hors de l'eau. 15 nœuds, 18 puis 20.
Le catamaran disgracieux volait presque sur l'eau.
La barre vibrait sous les mains de Pitt tandis que la
silhouette du yacht grandissait dans le pare-brise. Il
fit faire un large mouvement au catamaran jusqu'à
ce que ses coques visent le yacht par le travers
bâbord.

Quand la distance ne fut plus que de 20 mètres, presque 18, Pitt passa en courant la porte de la timonerie, sauta sur la plate-forme arrière, dirigea le pistolet à fusées éclairantes, par une écoutille de la salle des machines, sur les chiffons trempés de fuel et appuya sur la détente.

Espérant avoir atteint son but, il sauta dans l'eau qu'il percuta à 20 nœuds avec une telle force qu'elle lui arracha son gilet stabilisateur.

Quatre secondes plus tard retentit un bruit de bois brisé quand le catamaran percuta la coque du yacht, puis celui d'une explosion qui remplit le ciel nocturne de débris enflammés. Le catamaran noir, qui avait joué le rôle du justicier, s'était désintégré. Il n'en restait qu'une tache d'huile brillante et ardente. Presque aussitôt le feu sortit de chaque hublot et de chaque porte vernie du yacht. Pitt fut étonné de la vitesse à laquelle le navire se transforma en torche. Il contourna en nageant sur le dos la poupe du navire en feu, se dirigeant vers la cabane sur pilotis au bout du quai, sans quitter des yeux les salons luxueux qui s'effondraient sous les flammes. Lentement, très lentement, le yacht s'enfonça dans les eaux froides du lac au milieu d'un nuage de vapeur sifflante, jusqu'à ce qu'il ne reste plus à la surface que la partie supérieure d'une antenne radar.

Le temps de réaction des gardes, comme Pitt l'avait estimé plus tôt, fut assez lent. Il avait déjà atteint la cabane flottante quand ils sortirent en courant de la propriété, se hâtant de rejoindre le quai sur leurs vélos sales. Le quai lui-même avait pris feu et s'embrasait rapidement. Pour la seconde fois en une heure, il fit surface à l'intérieur de la cabane. Il entendit le bruit de pieds courant dans le passage. Il claqua la porte mais, n'y trouvant pas de serrure, coinça son fidèle couteau entre le chambranle et le bord de la porte, la verrouillant effectivement.

Habitué depuis longtemps à conduire un canot à moteur, il sauta dans le plus proche et enclencha le démarreur. Il appuya à fond sur la manette des gaz et le moteur répondit aussitôt. Le canot bondit en avant, percuta la porte de contreplaqué, la réduisant en petit bois, avant de filer vers l'autre rive du lac. Frigorifié, mouillé et souffrant de la blessure de sa hanche, Pitt eut pourtant l'impression d'avoir gagné le gros lot de la loterie, le sweepstake et fait sauter la banque à Monte-Carlo. Mais juste le temps nécessaire pour atteindre la rive près de sa cabine.

Alors seulement il regarda les choses en face. Il sut que le pire n'allait pas tarder.

9

Lo Han, frappé de stupeur devant les écrans du véhicule de sécurité, regardait l'image du catamaran noir parcourant un vaste cercle autour du lac et venant s'écraser contre le yacht. Il le vit démolir le magnifique navire en percutant son flanc. L'explosion qui suivit fit trembler le véhicule, éteignant un instant le système de surveillance. Il courut à l'extérieur jusqu'à la rive pour voir le désastre de ses propres yeux.

« Tout cela va se payer très cher », pensa-t-il en regardant le yacht couler dans un nuage de vapeur. Qin Shang n'était pas homme à pardonner facilement. Il ne serait pas content du tout en apprenant la destruction de l'un de ses quatre navires de plaisance. Lo Han cherchait déjà mentalement le moyen de rejeter le blâme sur Chu Deng, cet imbécile.

Après qu'il eut ordonné à Chu Deng d'enquêter sur la mystérieuse lumière, il n'y avait eu aucune communication cohérente entre le bateau noir et son équipage de gardes. Il fallait croire qu'ils étaient ivres et même ivres morts. Quelle autre explication pouvait-il y avoir ? Pourquoi se seraient-ils volontairement suicidés ? Il ne vint pas à l'idée de Lo Han qu'une source extérieure pouvait être à l'origine de ce désastre.

Deux de ses gardes arrivèrent en courant. Lo Han les reconnut. Ils appartenaient à sa patrouille du lac.

— Lo Han, dit en haletant l'un des deux hommes qui venaient de couvrir 50 mètres en courant, ayant pris le passage depuis la hutte flottante dans un sens puis dans l'autre.

Lo Han les fusilla du regard.

— Wang Hui, Li San, pourquoi n'êtes-vous pas sur le lac avec votre canot?

— Nous n'avons pas pu atteindre les canots, expliqua Wang Hui, la porte était verrouillée. Avant que nous ayons pu la forcer, la cabane était en feu et nous avons dû nous échapper en reprenant le tunnel, autrement nous aurions brûlé vifs.

— La porte était verrouillée! hurla Lo Han. C'est impossible! J'ai personnellement exigé qu'on n'y mette aucune serrure.

— Je vous jure, Lo Han, dit Li San, la porte était fermée de l'intérieur.

— Elle s'est peut-être bloquée lors de l'explosion, suggéra Wang Hui.

— Ridicule!

Lo Han se tut lorsqu'une voix l'appela sur son portable.

— Oui, qu'y a-t-il? aboya-t-il.

La voix calme et compétente de son second, Kung Chong, parvint à son oreille.

— Les deux hommes qui étaient en retard pour relever la garde des cellules...

— Et alors, qu'est-ce qu'ils ont?

— On les a trouvés attachés et battus dans le local vide du deuxième étage du bâtiment.

— Attachés et battus? explosa Lo Han. Ce n'est pas une erreur?

— On dirait l'œuvre d'un professionnel, dit sèchement Kung Chong.

— Voulez-vous insinuer qu'on a infiltré notre sécurité?

— On le dirait bien.

— Lancez une recherche immédiate dans tout le secteur, exigea Lo Han.

— J'en ai déjà donné l'ordre.

Lo Han glissa le portable dans sa poche et contempla le quai toujours en flammes d'un bout à l'autre. « Il y a sans aucun doute un rapport entre l'agression des deux hommes dans le bâtiment de détention et cette collision insensée entre le yacht et le catamaran », se dit-il.

Ignorant encore que Pitt avait sauvé les immigrants condamnés à la noyade, Han ne pouvait se résoudre à croire que des agents américains de répression aient pu envoyer une patrouille pour contrer secrètement les activités de Qin Shang. Il élimina cette pensée, tout à fait irréaliste étant donné la situation. Cela voudrait dire qu'ils étaient responsables des meurtres de Chu Deng et de son équipage. Ce qui serait invraisemblable de la part d'agents du FBI et de l'INS. Non, si les enquêteurs américains avaient un tant soit peu deviné les activités secrètes qui se déroulaient sur le lac Orion, il y aurait déjà une brigade d'assaut partout sur les terres de Qin Shang. Lo Han réalisa que, hélas, il ne s'agissait pas d'une intrusion bien mise au point par une armée d'agents entraînés. Cette opération était l'œuvre d'un homme seul, deux hommes au plus.

Mais pour qui donc travaillaient-ils ? Qui les payait ? Certainement pas une bande rivale de passeurs, ni aucun syndicat criminel bien établi. Ils ne seraient pas assez bêtes pour entamer une guerre de territoire, pas avec le soutien que recevait Qin Shang de la République populaire de Chine.

Lo Han laissa errer son regard du quai en flammes aux navires coulés puis à la cabane de l'autre côté du lac. Il se figea soudain en se rappelant l'arrogant pêcheur qui montrait sa prise, la veille. Peut-être n'était-il pas ce qu'il paraissait être. Pas un vrai pêcheur, pas non plus un homme d'affaires en vacances, se dit Lo Han. Pourtant, il ne s'était pas comporté comme un agent des services de l'Immigration ou du FBI. Quels que soient ses motifs, ce pêcheur était le seul suspect de Lo Han à 100 kilomètres à la ronde.

Satisfait d'avoir éliminé le pire scénario, Lo Han commença à respirer plus librement. Il prit son portable et appela un numéro. La voix de Kung Chong répondit aussitôt.

— Les véhicules ont-ils discerné quelque chose de suspect ?

— Les routes et le ciel sont vides, assura Kung Chong.

— Aucune activité inhabituelle de l'autre côté du lac ?

— Nos caméras révèlent quelques mouvements parmi les arbres, derrière la cabine mais aucun signe de l'occupant à l'intérieur.

— Je veux un raid sur la cabine. Je dois savoir à qui nous avons affaire.

— Il va falloir du temps pour organiser un raid.

— Gagnez du temps en envoyant un homme saboter sa voiture. Comme ça, il ne pourra pas s'échapper.

— Si quelque chose tournait mal, ne risquerions-nous pas des problèmes avec les autorités policières locales ?

— C'est le cadet de mes soucis. Si mon instinct ne me trompe pas, l'homme est dangereux et représente une menace pour notre employeur qui nous paye et qui nous paye bien.

— Voulez-vous qu'on l'élimine ?

— Je pense que c'est la solution la plus sûre, dit Lo Han en hochant la tête. Mais attention ! Pas d'erreur ! Ce n'est pas le moment de déclencher la colère de Qin Shang.

— Monsieur Pitt ?

Le murmure de Julia Lee était à peine audible dans l'obscurité.

— Oui ?

Pitt avait amarré le canot à moteur dans une petite

anse ouvrant sur le lac à côté de la cabine et s'approchait sous les arbres vers Julia et ses protégés. Il
s'assit lourdement sur un tronc d'arbre à terre et
commença à retirer sa combinaison de plongée.

— Tout le monde va bien ?

— Ils sont vivants, répondit-elle d'une voix douce
un peu enrouée. Mais on ne peut pas dire qu'ils
aillent bien. Ils sont trempés et gelés. Tous ont
besoin de vêtements et de soins médicaux.

Pitt toucha du bout du doigt la blessure de sa
hanche.

— Moi aussi.

— Pourquoi ne peuvent-ils pas entrer dans votre
cabane pour se réchauffer et manger quelque chose ?

Il secoua la tête.

— Ce ne serait pas une bonne idée. Il y a près de
deux jours que je ne suis pas allé en ville et mon placard est vide. Il vaut mieux les conduire au hangar à
bateaux. Je leur apporterai tout ce que je pourrai
trouver à manger et toutes les couvertures que je
trouverai.

— Ça n'a pas de sens, dit-elle sèchement. Ils
seraient plus à leur aise dans la cabine que dans un
hangar malodorant.

« Elle est têtue, cette fille, pensa Pitt, et indépen-
dante aussi. »

— Ai-je oublié de mentionner les caméras de surveillance et les micros qui poussent comme des
champignons dans presque toutes les pièces ? Je
crois qu'il vaut mieux que vos amis du bout du lac ne
voient personne d'autre que moi. Si d'un seul coup
ils distinguaient les fantômes des gens qu'ils croient
avoir noyés en train de regarder la télévision en siro-
tant ma tequila, ils débarqueraient en force avec
toutes les armes dont ils disposent avant que les
nôtres n'arrivent. Inutile de les faire venir avant
l'heure.

— Ils vous surveillent depuis l'autre côté du lac ?
demanda Julia, perplexe.

— Il y a là-bas quelqu'un qui pense que mon

regard n'est pas franc et qu'on ne peut pas me faire confiance.

Elle le dévisagea, essayant de distinguer ses traits mais l'obscurité l'en empêcha.

— Qui êtes-vous, monsieur Pitt?

— Moi? dit-il en retirant ses pieds de la combinaison de plongée. Je suis juste un type ordinaire venu au lac pour me détendre et pêcher le saumon.

— Vous êtes loin d'un type ordinaire, fit-elle doucement en regardant derrière elle les flammes mourantes du dock. Aucun type ordinaire n'aurait accompli ce que vous avez fait cette nuit.

— Et vous, mademoiselle Lee? Pourquoi une jeune femme aussi intelligente que vous et parlant un anglais parfait est-elle associée à une bande d'immigrés clandestins jetés dans un lac avec une boule de plomb autour des chevilles?

— Vous savez qu'ils sont clandestins?

— S'ils ne le sont pas, ils le cachent mal.

Elle haussa les épaules.

— Je suppose qu'il est inutile de prétendre être ce que je ne suis pas. Je ne peux pas vous montrer ma carte mais je suis un agent secret des services d'Immigration et de Naturalisation. Et je vous serais très reconnaissante si vous me trouviez un téléphone.

— J'ai toujours été une pâte molle entre les mains des femmes!

Il se leva et alla chercher le téléphone qu'il avait caché dans les branches.

— Appelez vos supérieurs et dites-leur ce qui se passe ici, conseilla-t-il. Dites-leur que la propriété sur le lac est une prison pour clandestins. Pourquoi? Je n'en sais rien. Dites-leur que le fond du lac est couvert de centaines, peut-être même de milliers de cadavres. Pourquoi? Je n'en sais rien. Dites-leur que les services de sécurité sont de premier choix et que les gardes sont lourdement armés et dites-leur de faire vite avant que les preuves soient fusillées, noyées ou brûlées. Et dites-leur d'appeler l'amiral

James Sandecker à l'Agence Nationale Marine et Sous-Marine et de l'informer que son directeur des projets spéciaux voudrait bien qu'on lui envoie un taxi pour rentrer chez lui.

Julia regarda le visage de Pitt dans la pâle lueur des étoiles, essayant d'y lire quelque chose, les yeux écarquillés et interrogateurs. Elle murmura :

— Vous êtes un homme surprenant, Dirk Pitt. Un directeur de la NUMA. Je n'aurais jamais deviné. Depuis quand entraîne-t-on des scientifiques à assassiner et à mettre le feu ?

— Depuis minuit, dit-il brièvement en se retournant pour se diriger vers la cabine. Et je ne suis pas scientifique mais ingénieur. Maintenant, passez ce coup de fil et dépêchez-vous. Aussi sûr que le soleil se couche à l'ouest, nous allons avoir très bientôt de la compagnie.

Dix minutes plus tard, Pitt revint de la maison chargé d'une petite caisse de nourriture et de dix couvertures. Il avait aussi revêtu des vêtements plus pratiques. Il n'entendit pas les deux balles qui, tirées avec un silencieux, percèrent le radiateur de sa voiture de location. Il vit seulement la tache d'antigel s'étaler par terre sous le pare-chocs avant lorsqu'elle réfléchit les lumières qu'il avait laissées allumées sur le porche de la cabine.

— Voilà, dit-il tranquillement à Julia qui distribuait le peu de nourriture dont il disposait, plus question de prendre la voiture pour filer d'ici.

Il passa les couvertures aux Chinois frissonnants.

— Que voulez-vous dire ? demanda-t-elle.

— Vos copains ont crevé mon radiateur. On n'atteindrait pas l'autoroute avant que le moteur chauffe et que les roulements cèdent.

— J'aimerais que vous cessiez de les appeler mes copains !

— C'est juste une façon de parler.

— Je ne vois pas où est le problème. Le lac va regorger d'agents de l'INS et du FBI dans moins d'une heure.

— Trop tard, dit sérieusement Pitt. Les hommes de Shang seront ici bien avant. En mettant ma voiture en panne, ils se sont donné du temps pour organiser une razzia. Ils sont probablement en train de barrer les routes et d'installer une nasse autour de la cabine en ce moment même.

— Vous ne croyez tout de même pas que ces pauvres gens vont parcourir des kilomètres dans les bois en pleine nuit ? dit Julia. Ils n'en peuvent plus. Il doit y avoir un autre moyen de les mettre en sécurité. Il faut que vous trouviez quelque chose.

— Pourquoi est-ce que ça doit toujours être moi ?

— Parce que vous êtes notre dernier espoir.

« La logique féminine ! pensa Pitt. Comment font-elles ? »

— Êtes-vous disposée à une petite romance ?

— Une romance ? répéta-t-elle, démontée. En un moment pareil ? Vous êtes fou !

— Non, pas vraiment, dit Pitt d'un ton détaché. Mais vous devez admettre que c'est une belle nuit pour une promenade en bateau sous les étoiles.

Ils arrivèrent pour tuer Pitt avant l'aurore. Tranquillement, délibérément, encerclant et approchant la cabine en une opération bien calculée et bien organisée. Kung Chong parlait doucement dans sa radio portative, coordonnant les mouvements de ses hommes. Il avait l'habitude de conduire des descentes dans les maisons des dissidents lorsqu'il était agent des services de renseignements de la République populaire de Chine.

Ce qu'il vit dans la cabine, depuis la forêt, ne lui plut pas du tout. Les lumières extérieures étaient allumées sur le porche, ce qui gênait la vision nocturne des assaillants. Les lumières étaient aussi allumées dans toutes les pièces et la radio hurlait de la country music.

Son équipe de vingt hommes avait convergé vers la cabine par la route et par la forêt après que son éclaireur eut annoncé avoir percé le radiateur de la voiture des occupants. Kung Chong était sûr que toutes les voies de retraite étaient coupées et que personne n'avait pu passer à travers son cordon. Quiconque vivait dans cette cabine devait être là. Et pourtant Kung Chong sentait que les choses ne se passeraient pas comme prévu.

D'abondantes lumières autour d'un bâtiment sombre indiquaient généralement une embuscade et des gens prêts à faire feu. Une cour violemment éclairée rendait inutiles les lunettes à vision nocturne. Mais la situation était différente. Les pièces illuminées dans la maison et la musique hurlante rendaient Kung Chong perplexe. Il paraissait impossible de surprendre les locataires. Jusqu'à ce que ses hommes aient pu atteindre la sécurité relative des murs de la cabine et enfoncer les portes, ils serviraient de cibles à quiconque aurait une arme automatique pendant qu'ils traverseraient la partie découverte. Il se déplaça d'une position à une autre autour de la cabine, regarda à la jumelle par les fenêtres, notant un homme seul assis devant la table de la cuisine, la seule pièce que les caméras de surveillance espions ne pouvaient pas filmer. L'homme portait une casquette de base-ball et des lunettes. Il était penché et paraissait lire un livre. Une cabine ruisselante de lumière. La radio à fond. Un homme tout habillé, lisant un livre à 5 h 30 du matin ? Kung Chong renifla une mise en scène.

Il envoya chercher un de ses hommes armé d'un fusil à lunette avec un long dispositif antiparasite sur le canon.

— Vous voyez l'homme assis dans la cuisine ? demanda-t-il à voix basse.

Le tireur fit signe qu'il le voyait.

— Tuez-le !

A moins de 30 mètres, c'était un jeu d'enfant. Un bon tireur au pistolet aurait touché la cible. Le tireur ignora la lunette et visa l'homme assis avec seulement le point de mire de son arme. Le coup résonna comme un claquement de mains suivi d'un bruit de verre brisé. Kung Chong regarda à la jumelle. La balle avait fait un petit trou dans le carreau mais l'homme était toujours assis à sa table comme s'il ne s'était rien passé.

— Imbécile! grogna-t-il. Vous l'avez manqué.

Le tireur fit non de la tête.

— A cette distance, il est impossible de manquer la cible.

— Tirez encore!

Le tireur haussa les épaules, visa et appuya sur la détente. L'homme assis resta immobile.

— Ou ce type est déjà mort ou il est dans le coma. Je l'ai atteint au-dessus du nez. Voyez vous-même.

Kung Chong régla ses jumelles sur le visage de l'homme. Il y avait en effet un trou net et rond au-dessus du nez et des lunettes et il ne saignait pas.

— Maudit chien! hurla Kung Chong.

Abandonnant toute prudence, il hurla vivement en direction de la clairière devant la cabine:

— Allez-y! Entrez!

Des hommes vêtus de noir sortirent de l'ombre des arbres et coururent en terrain découvert, passèrent près de la voiture et se précipitèrent dans la maison. Ils envahirent les pièces comme une marée violente, les armes prêtes à tirer au moindre soupçon de résistance. Kung Chong fut le cinquième à entrer au salon. Bousculant ses hommes, il pénétra au pas de charge dans la cuisine.

— Quelle sorte de chien est-il? marmonna-t-il en saisissant le mannequin assis sur la chaise et en le jetant au sol.

La casquette de base-ball tomba et les lunettes se cassèrent, révélant un visage hâtivement fabriqué avec du journal mouillé et peint sans art avec de la peinture végétale.

Le second de Kung Chong s'approcha de lui.

— La maison est vide. Aucune trace de notre gibier.

Les lèvres serrées, il hocha la tête. La nouvelle ne le surprenait pas. Il toucha le bouton de transmission de sa radio et prononça un nom. La voix de Lo Han répondit aussitôt.

— J'écoute.

— Il s'est échappé, dit simplement Kung Chong.

Il y eut un instant de silence puis Lo Han dit avec colère :

— Comment a-t-il pu semer vos hommes ?

— Rien de plus gros qu'un rat n'aurait pu échapper à notre cordon. Il ne peut pas être loin.

— Voilà qui est étrange. Il n'est pas dans la cabine, il n'est pas dans la forêt, alors où a-t-il pu aller ?

Kung Chong vit par la fenêtre le hangar que fouillaient ses hommes.

— Le lac ! répondit-il. Il ne peut être que sur le lac.

Repoussant le mannequin par terre, il se précipita par la petite porte de derrière, traversa le porche et longea la jetée. Écartant ses hommes, il entra dans le hangar à bateaux. Le voilier était attaché à son berceau, les kayaks et le canoë toujours à leur place. Il en resta muet, conscient de l'énormité de sa bourde, de l'incroyable facilité avec laquelle il avait été trompé. Il aurait dû savoir, ou du moins deviner, comment l'homme de la cabine lui avait filé entre les doigts.

Le vieux bateau, le Chris-Craft que Kung Chong avait vu un peu plus tôt, après avoir personnellement fouillé la maison et le hangar, ce bateau-là manquait.

A près de deux milles plus loin, on avait une vue à fouetter le sang des gens heureux vivant dans le passé. La magnifique coque d'acajou était revêtue de ce que les anciens appelaient une poupe en muraille de navire, gracieusement recourbée de la barre d'arcasse avant à la salle des machines, installée entre les postes de pilotage avant et arrière. Malgré une charge de 12 adultes et 2 enfants répartis dans les deux postes de pilotage, le moteur Chrysler de 125 chevaux, malgré ses 67 ans, souleva la proue et lança le bateau sur l'eau à près de 30 milles à l'heure, projetant deux murs liquides sur les côtés et creusant un sillage en queue de paon derrière lui. Pitt était à la barre du petit Chris-Craft 1933 de Foley, le petit garçon chinois sur les genoux tandis que l'embarcation planait presque au-dessus des eaux de la rivière Orion, se dirigeant vers Grapevine Bay.

Après avoir expliqué son idée à Julia, Pitt avait rapidement confié à deux Chinois âgés la tâche de siphonner l'essence de la voiture et de la transférer dans le réservoir du canot. Comme le gros moteur Chrysler marin n'avait pas tourné depuis plusieurs mois, Pitt y avait aussi installé la batterie de sa voiture. Tandis que Julia Lee traduisait, il avait demandé aux immigrants de prendre les pagaies des kayaks et du canoë et leur avait montré la meilleure façon de faire sortir le Chris-Craft sans faire de bruit avec les rames. Si l'on considérait la fatigue des plus âgés et la difficulté de travailler dans l'obscurité, l'entreprise s'était remarquablement passée.

Soudain, Pitt s'était retourné et était sorti en courant du hangar.

— Où allez-vous ? avait crié Julia.

— J'ai presque oublié mon meilleur copain ! avait répondu Pitt en courant du dock à la cabine.

Il était revenu deux minutes plus tard, un petit paquet enroulé dans une serviette sous le bras.

— C'est ça, votre meilleur copain ? avait demandé Julia.

— Je ne pars jamais sans lui.

Sans plus d'explication, il aida tout le monde à s'installer dans le bateau. Quand les immigrants, fatigués et les traits tirés, furent casés dans les étroits postes de pilotage, Pitt ouvrit la porte du hangar et donna à voix basse l'ordre de pagayer. Ils avaient à peine couvert 500 mètres, restant bien à l'ombre le long de la rive que déjà les Chinois clandestins commencèrent à abandonner, morts de fatigue. Pitt continua, lui, jusqu'à ce que le hors-bord soit au moins pris par le courant de la rivière. Alors seulement il posa sa rame et reprit son souffle un moment. La chance était avec eux. On ne les avait pas encore découverts. Il attendit d'être suffisam-

ment engagé sur la rivière, hors de portée des
oreilles de quiconque aurait pu être sur le lac avant
d'essayer de mettre le moteur en marche. Il amorça
les deux carburateurs que Foley avait installés pour
régler le collecteur d'admission. Puis il fit une prière
aux étoiles et appuya sur le bouton du starter sur le
tableau de bord.

Le gros Chrysler à huit cylindres en ligne se mit à
tourner lentement jusqu'à ce que l'huile circule puis
augmenta ses révolutions. En amorçant à nouveau
ses carburateurs, il aurait pu jurer que chacun, sur le
bateau, retenait son souffle. Au deuxième essai, deux
des cylindres reprirent vie, puis deux autres et enfin
le moteur tourna avec les huit. Pitt mit le levier en
marche avant et laissa le bateau au ralenti. Il le dirigea avec le petit garçon chinois sur les genoux. Il ne
venait toujours pas de cris de la berge, pas de projecteurs balayant le lac. Il regarda la cabine, derrière
lui. Il aperçut de minuscules silhouettes sortir de la
forêt et courir vers les lumières qu'il avait laissées
allumées.

Les premiers rayons du soleil apparurent autour
des montagnes, à l'est, quand Pitt se tourna vers
Julia, assise près de lui, les bras autour de la jeune
Chinoise. Son regard s'attarda sur son visage, qu'il
voyait pour la première fois en plein jour, choqué
par les blessures qu'on avait infligées à ses traits
apparemment délicats. Il appréciait son courage et
la volonté qu'elle mettait à survivre à ses épreuves.

Il sentit la colère l'envahir.

— Mon Dieu ! Ces salauds ne vous ont pas loupée !

— Je ne me suis pas vue dans une glace mais je
présume que je ne pourrai pas me montrer en public
pendant un bon moment.

— Si vos supérieurs distribuent des médailles,
vous en méritez tout une caisse !

— Je me contenterai d'un bon certificat dans mon
dossier.

— Dites à tout le monde de tenir bon, conseilla-
t-il. Nous arrivons aux rapides.

— Que se passera-t-il quand nous aurons atteint l'embouchure ? demanda-t-elle.

— Selon mes calculs, un lieu appelé Grapevine Bay [1] doit avoir des vignes et qui dit vignes dit travailleurs. Plus il y en aura, mieux ça vaudra. Les chiens enragés de Shang n'oseront pas nous attaquer sous les yeux d'une centaine de citoyens américains.

— Il vaudrait mieux que je rappelle les agents de l'INS pour leur dire que nous avons quitté la zone et leur indiquer où nous allons.

— C'est une bonne idée, dit Pitt en ralentissant le Chris-Craft d'une main et en lui tendant le téléphone de l'autre. Ils peuvent concentrer leurs forces sur notre retraite au lieu de se faire du souci pour nous à la cabine.

— Avez-vous des nouvelles des gens de la NUMA ? demanda Julia en haussant la voix pour se faire entendre dans le bruit du moteur.

— Ils sont supposés me prendre après que nous ayons atteint Grapevine Bay.

— Est-ce qu'ils volent dans un avion peint en jaune ?

Il leva la tête.

— Les avions et les hélicoptères de la NUMA sont tous de couleur turquoise. Pourquoi ?

Julia tapa sur l'épaule de Pitt et montra, à l'arrière du Chris-Craft, un ULM jaune qui tentait de les rattraper.

— S'ils ne sont pas des amis, ils doivent être nos ennemis.

1. Baie des vignobles.

10

Pitt jeta un rapide coup d'œil par-dessus son épaule à l'avion qui se rapprochait rapidement du sillage du hors-bord. Il vit qu'il s'agissait d'un ultra-léger avec un moteur à hélice propulsive, un monoplan à ailes hautes, avec un train d'atterrissage à trois roues et des sièges pour deux personnes. Le pilote était à l'avant, en plein air, son passager derrière, sur un siège un peu surélevé. L'avion était en tube d'aluminium entretoisé de câble fin. Entraîné par un moteur de 50 chevaux démultiplié, très léger, il était capable de très grande vitesse. Pitt supposa qu'il pouvait atteindre 190 kilomètres à l'heure.

Le pilote volait juste au centre de la rivière, à environ 12 mètres au-dessus de l'eau. Pitt admit qu'il pilotait bien. L'air passait dans l'étroit canyon en fortes rafales mais le pilote compensait et gardait l'ULM en ligne droite, sans à-coups. Il suivait le hors-bord de façon déterminée et comme s'il savait exactement ce qu'il allait faire. Aucune hésitation. Il savait pertinemment qui allait perdre ce combat inégal. Et Pitt ne doutait pas non plus de l'issue en voyant l'homme installé derrière le pilote, un gros pistolet automatique dans la main.

— Obligez tout le monde à s'aplatir au fond, dit Pitt à Julia.

Elle traduisit l'ordre en chinois mais les passagers du hors-bord étaient si serrés dans les petits postes de pilotage qu'ils ne pouvaient guère bouger. Ils se firent aussi petits que possible sur les sièges de cuir et rentrèrent leurs têtes dans leurs épaules.

— Oh! Mon Dieu! dit Julia. Il y en a deux autres à environ 1 500 mètres derrière le premier !

— J'aurais préféré que vous ne me le disiez pas, dit Pitt, penché sur la roue de gouvernail, souhaitant que le bateau aille plus vite. Ils n'ont pas l'intention de nous laisser échapper pour aller raconter ce que nous savons sur leurs activités.

L'avion de tête ronronnait si près du Chris-Craft, maintenant, que la vitesse des pales des hélices faisait voler un nuage d'écume qui retombait sur les occupants du hors-bord. Pitt s'attendait au claquement des balles, à voir des trous se creuser dans l'acajou lisse et verni, mais l'avion les dépassa sans attaquer. Il redressa brusquement, les trois roues de son train manquant le pare-brise du hors-bord d'à peine 1,50 mètre.

Kung Chong, attaché sur le siège arrière de l'ULM, considérait avec satisfaction le hors-bord qui filait au-dessous de lui. Il parla dans le micro monté sur son casque.

— Nous avons repéré le bateau.

— Avez-vous commencé l'attaque ? demanda Lo Han depuis le véhicule mobile de sécurité.

— Pas encore. L'avion de tête rapporte que notre proie n'est pas seule.

— Comme nous le supposions, ils sont deux.

— Pas deux, dit Kung Chong. Plutôt dix ou douze. Le bateau paraît plein de vieillards et d'enfants.

— Ce salopard a dû trouver une famille campant près de la rivière et l'aura obligée à monter à bord pour lui servir d'otages. Il semble que notre adversaire ne recule devant rien pour sauver sa peau !

Kung Chong leva d'une main une paire de jumelles et observa les passagers entassés dans les deux parties du Chris-Craft.

— Je crois que nous avons un problème inattendu, Lo Han.

— Nous n'avons que des problèmes depuis douze heures. Qu'y a-t-il maintenant ?

— Je n'en suis pas sûr mais il semble que les occupants du bateau soient des immigrants.

— Impossible, les seuls étrangers amenés à terre sont soit enfermés dans les cales du navire qui les a amenés, soit morts.

— Je peux me tromper.

— Je l'espère bien ! dit Lo Han. Pouvez-vous vous

approcher suffisamment pour vous assurer de leur nationalité ?

— Pour quoi faire ? Je dois éliminer ce démon responsable de la destruction du yacht de Qin Shang et qui a eu le culot de mettre le nez dans les cellules des étrangers. Alors, ceux qui l'accompagnent doivent mourir. Quelle différence qu'ils soient chinois ou américains ?

— Vous avez raison, Kung Chong, reconnut Lo Han. Faites ce que vous devez pour protéger l'entreprise.

— Je vais donner l'ordre de lancer l'attaque.

— Assurez-vous qu'il n'y ait pas de témoins aux alentours.

— Il n'y a aucun bateau sur la rivière et personne sur les berges.

— Très bien. Ouvrez l'œil. Nous ne pouvons pas nous permettre d'avoir des témoins.

— A vos ordres, dit Kung Chong. Mais le temps passe. Si nous ne détruisons pas ce hors-bord et ses occupants dans les minutes qui viennent, nous n'en aurons plus l'occasion.

— Pourquoi n'a-t-il pas tiré ? demanda Julia, éblouie par le soleil matinal à la surface de la rivière.

— J'ai dérangé leur projet d'assassinat. Ils croyaient que j'étais seul. Il a dû faire un rapport à son patron et lui dire que j'étais chargé jusqu'au bord de passagers.

— A quelle distance est Grapevine Bay ?

— Au moins 12 ou 13 milles.

— Ne pouvons-nous pas accoster et nous cacher sous les arbres ou dans les rochers ?

— Ce ne serait pas une bonne idée, dit-il. Il leur suffirait d'atterrir dans la carrière la plus proche et de nous tomber dessus. La rivière est notre seule chance, aussi maigre soit-elle. Vous et les autres devez baisser la tête. Qu'ils se demandent où j'ai ramassé mes passagers. S'ils regardent de près, ils verront vos yeux bridés et comprendront très vite que vous n'êtes pas des Européens en route pour un pique-nique.

Le vieux Chris-Craft couvrit encore deux milles sur la rivière avant que l'avion de tête ne descende assez bas, augmentant sa vitesse et pointant le nez vers le hors-bord en un geste menaçant.

— Aucune intention pacifique, remarqua calmement Pitt. Cette fois, il a l'intention d'agir. Êtes-vous bonne au tir au pistolet ?

— Mes résultats sont meilleurs que ceux de la plupart des agents que je connais, dit-elle aussi tranquillement que si elle parlait de sa dernière mise en plis.

Il sortit de dessous son siège le paquet qu'il avait apporté, dénoua la serviette de toilette et lui tendit son vieux pistolet automatique.

— Vous avez déjà tiré avec un Colt .45 ?

— Non. Quand c'est nécessaire, la plupart des agents de l'INS emportent un Beretta automatique calibre 40.

— Voilà deux chargeurs de rechange. Ne gâchez pas vos balles à tirer dans le moteur ou le réservoir. Comme cible, c'est trop petit sur un avion qui passe au-dessus de votre tête à plus de 75 kilomètres à l'heure. Visez le pilote et le tireur. Si vous les touchez, ou ils s'écraseront ou ils rentreront chez eux.

Elle prit le .45, se tourna sur son siège, enleva le cran de sécurité et arma le pistolet...

— Il est presque sur nous, dit-elle à Pitt.

— Le pilote va virer et venir sur nous un peu sur le côté pour donner au tireur une vue dégagée vers le bas, expliqua Pitt. Au moment où il visera, criez-moi de quel côté il passe, à gauche ou à droite, pour que je puisse zigzaguer sous l'avion.

Sans discuter les ordres de Pitt, Julia saisit le vieux Colt à deux mains, leva le canon et visa les deux hommes perchés au-dessus des ailes et du moteur qui se précipitaient vers la rivière. Le visage de la jeune femme était plus concentré qu'apeuré tandis que ses doigts se refermaient sur la détente.

— A gauche ! cria-t-elle.

Pitt envoya vivement le hors-bord à gauche, restant juste au-dessous de l'avion. Il entendit le staccato d'une arme automatique avec un silencieux. Le son se mêla au coup de tonnerre du vieux Colt et Pitt vit les balles déchirer l'eau à moins d'un mètre de la coque tandis qu'il repassait sous l'ULM pour cacher le bateau à la vue du tireur.

Lorsque l'avion le dépassa, Pitt ne vit aucun signe de blessure sur le pilote ou le copilote. Ils avaient l'air de bien s'amuser.

— Raté! cria-t-il.

— J'aurais juré avoir fait mouche, répondit-elle, furieuse.

— Avez-vous déjà entendu parler de la déviation d'un tir? Il faut tenir compte du fait que la cible bouge. Vous n'avez jamais chassé le canard?

— Je n'ai jamais tiré sur un oiseau sans défense, répondit-elle avec hauteur en changeant d'une main experte le chargeur du Colt.

« Encore cette logique féminine, pensa Pitt. Elle ne peut pas tirer sur un animal mais elle n'hésite pas à exploser la tête d'un homme. »

— S'il revient à la même vitesse et à la même altitude, visez au moins 3 mètres en avant du pilote.

L'ULM fit un virage sur 360 degrés pour attaquer à nouveau pendant que l'autre avion gardait sa distance à l'arrière. Le bourdonnement du moteur se répercutait sur les murs de rochers du canyon. Le pilote descendit en piqué au-dessus de la rive, le souffle des hélices fouettant le haut des arbres. La rivière calme et pittoresque et les pentes couvertes d'arbres du canyon n'étaient pourtant pas l'endroit rêvé pour ce combat à mort. Les eaux vertes longeaient les rives plantées d'arbres remontant le long des flancs de la montagne jusqu'au sommet. L'avion jaune ressortait sur cette verdure comme une pierre précieuse colorée, une opale mexicaine sur un ciel bleu saphir.

« Tout bien considéré, se dit Pitt, c'est un bel endroit pour mourir. »

L'ULM reprit son assiette et fonça vers la proue du

Chris-Craft. Pitt avait maintenant un champ de vision dégagé et voyait lui-même l'angle de la trajectoire du tireur. Il se dit qu'à moins que le pilote soit un vrai crétin, il n'allait pas choisir la même tactique. Pitt allait donc devoir fouiller dans son sac à malices pour anticiper. Il maintint sa direction jusqu'à la dernière seconde possible, se sentant comme un hareng faisant la nique à un requin.

Julia leva le Colt au-dessus du pare-brise. Elle était presque drôle, la tête légèrement penchée en visant, l'œil à demi fermé. Le pilote de l'avion se penchait vers la rive pour donner un peu de temps au tireur pour ajuster son tir et un plus large champ. Il connaissait son affaire et n'allait pas se faire avoir deux fois. Il serra la rive pour ne pas laisser à Pitt l'occasion de se cacher sous son cockpit. Le pilote aussi se montrait plus prudent. Certaines balles de Julia avaient frappé son aile et il avait compris que sa proie pouvait mordre.

Pitt savait au fond de lui qu'ils allaient être touchés. Aucune ruse ne pourrait les sauver, cette fois. A moins que Julia ne fasse un carton, ils étaient tous virtuellement morts. Il surveilla l'ULM dont la silhouette grossissait dans le pare-brise. On aurait dit un train express qui se précipitait vers eux.

Et puis il avait la certitude désespérante que même s'ils réussissaient à descendre le premier appareil, ils n'étaient pas encore à l'abri. Le deuxième et le troisième avion suivaient, gardant leurs distances, loin des balles, en attendant leur tour. Qu'ils en abattent un et les deux autres étaient prêts à le remplacer. Ce moment d'inquiétude cessa quand les balles du tireur frappèrent l'eau. La ligne qu'elles traçaient sur la rivière se rapprochait inexorablement du bateau.

Pitt donna une poussée au volant et fit un grand demi-cercle sur la droite. Le tireur compensa mais trop tard. Pitt passa ensuite à gauche, le privant de sa ligne de mire. Il feinta encore mais le tireur suivit le mouvement en S de son arme. Alors, comme s'il avait appuyé sur un bouton, Julia commença à tirer.

C'était le moment. Lorsque les balles creusèrent un sillon sur la luxueuse proue d'acajou du Chris-Craft, Pitt prit à deux mains le levier de changement de vitesse et le poussa vivement pendant que le hors-bord était en pleine vitesse. Il y eut un horrible bruit de métal, la boîte de vitesses hurlant une protestation. L'aiguille du compte-tours passa au rouge et le hors-bord s'arrêta brusquement. Puis il bondit en arrière en un arc serré. Plusieurs balles frappèrent le pare-brise mais par miracle personne ne fut touché. Alors une tempête de balles, comme un orage soudain, éclata derrière le bateau. Julia traqua sa cible et tira jusqu'à ce que le chargeur soit vide.

Pitt jeta un coup d'œil derrière lui et ce qu'il vit lui plut beaucoup. L'ULM n'était plus contrôlable, son moteur criant comme une sirène tandis que des fragments d'hélice tournoyaient et partaient dans toutes les directions. Il aperçut le pilote tentant vainement de garder le contrôle, son avion suspendu en l'air comme attaché à une ficelle. Puis le nez s'abaissa et il plongea, sans vie, au milieu de la rivière en un cratère de violent éclaboussement, remonta un instant à la surface et s'enfonça enfin puis disparut.

— Joli coup! complimenta Pitt. Wyatt Earp [1] serait fier de vous.

— J'ai eu de la chance, dit modestement Julia sans avouer qu'elle avait visé le pilote.

— Vous avez flanqué la peur de leur vie aux pilotes des deux autres appareils. Ils ne sont pas prêts à faire la même erreur que leur copain. Ils resteront hors de portée de votre Colt, prendront leur temps et nous tireront dessus d'une altitude plus raisonnable.

— Dans combien de temps sortirons-nous du canyon?

— Quatre milles, peut-être cinq.

Ils échangèrent un regard, elle découvrant la

---

1. Héros de westerns américains incarné au cinéma par Kevin Costner.

détermination implacable dans ses yeux, lui voyant sa tête et ses épaules s'affaisser de fatigue physique et morale. Inutile d'être médecin pour voir que Julia était à moitié morte de manque de sommeil. Elle n'avait tenu jusque-là que sur les nerfs, avait donné tout ce qu'elle avait de courage mais là, elle n'en pouvait plus. Elle se tourna légèrement et regarda les traces de balles sur la proue du Chris-Craft.

— Nous n'allons pas réussir, n'est-ce pas ? murmura-t-elle.

— Mais bien sûr que si ! répondit-il comme s'il le croyait vraiment. Je n'ai pas interrompu mes vacances et fait tout ce que j'ai pu pour vous sauver tous pour laisser tomber maintenant.

Elle regarda longuement son visage sombre et taillé à la serpe puis secoua la tête, vaincue.

— Je ne pourrai pas tirer droit si l'ULM reste à plus de 300 mètres de nous. A cette distance, il est impossible d'atteindre une cible mouvante depuis un bateau qui saute sans arrêt.

— Faites de votre mieux.

Ce n'était pas brillant comme encouragement, Pitt en avait conscience, mais il avait autre chose à penser en contournant de gros rochers sortant de la rivière.

— Encore dix minutes et nous serons à l'abri.

— Et s'ils arrivent tous les deux en même temps ?

— Vous pouvez compter là-dessus. Prenez votre temps et partagez votre tir, deux coups à l'un puis deux coups à l'autre. Faites-leur voir qu'on résiste, juste assez pour les empêcher d'être trop confiants et de se rapprocher trop. Plus ils resteront loin et plus leurs tireurs auront du mal à viser juste. Je vais jeter le hors-bord dans tous les sens pour les empêcher de nous tenir dans leur ligne de mire.

Pitt avait bien compris ce que pensait Kung Chong. Le Chinois ordonna à ses pilotes d'attaquer de plus haut.

— J'ai perdu un avion et deux hommes de valeur, annonça-t-il à Lo Han.

— Comment ? demanda simplement celui-ci.

— Un tir du hors-bord.

— Il fallait se douter que des professionnels auraient des armes automatiques.

— J'ai honte de vous l'avouer, Lo Han, mais le feu défensif venait d'une femme, avec un pistolet automatique.

— Une femme !

Kung Chong n'avait jamais entendu tant de colère dans la voix de Lo Han.

— Nous avons tous les deux perdu la face. Terminez cette malheureuse opération et tout de suite !

— Oui, Lo Han. Je vais exécuter fidèlement vos ordres.

— J'attends avec impatience que vous m'annonciez une victoire.

— Bientôt, très bientôt, dit Kung Chong avec confiance. La victoire ou la mort. Je vous promets l'un ou l'autre.

Pendant les 5 kilomètres suivants, la tactique réussit. Les deux avions restant attaquèrent vivement, se déportant violemment d'un côté et de l'autre pour éviter les tirs pathétiques envoyés dans leur direction mais rendant en même temps presque impossible la tâche de leurs mitrailleurs. A 120 mètres du Chris-Craft, ils se séparèrent et prirent en chasse le hors-bord des deux côtés. C'était une manœuvre osée qui leur permettait de faire converger leurs tirs.

Julia prit son temps et tira chaque fois qu'elle voyait une occasion tandis que Pitt tournait le volant et faisait zigzaguer le hors-bord d'une rive à l'autre pour essayer d'échapper aux tirs spasmodiques des balles qui allaient s'écraser dans l'eau autour d'eux. Il se raidit quand il entendit le bruit sourd d'une rafale frapper derrière lui l'écoutille d'acajou au-dessus du compartiment moteur entre les deux cockpits. Mais le ronronnement grave du gros moteur Chrysler ne se relâcha pas. D'instinct, ses yeux contrôlèrent le tableau de bord et il nota avec angoisse que l'aiguille tombait soudainement dans la zone rouge.

« Sam Foley va être fou de rage quand je lui rendrai son bateau », pensa-t-il.

Encore deux milles à couvrir. Une mauvaise odeur d'huile chaude commençait à monter du compartiment moteur. Celui-ci perdait la vitesse de ses révolutions et Pitt voyait mentalement le frottement des pièces métalliques qui manquaient de plus en plus d'huile. Dans quelques minutes, maintenant, les roulements allaient chauffer et le moteur s'arrêterait. Tout ce que les pilotes des ULM auraient à faire serait de tourner au-dessus du hors-bord et de le canarder. Il frappa le volant, frustré, tandis que les avions s'approchaient, presque aile contre aile.

Ils arrivaient sans hésiter, beaucoup plus bas, cette fois, sachant que le temps pressait, que le hors-bord et ses occupants allaient pénétrer dans la baie où il y aurait des témoins pour raconter les meurtres.

Soudain, comme par magie, le pilote de l'avion de gauche s'affaissa sur son siège, les bras ballants. Une des balles de Julia l'avait frappé à la poitrine, en plein cœur. L'avion fit une violente embardée, le bout de son aile frôla l'eau puis il roula lourdement dans le sillage du bateau avant de disparaître dans la rivière.

Ils n'eurent pas le temps de fêter la réussite phénoménale de Julia. Leur situation allait de mal en pis tandis qu'elle tirait sa dernière cartouche. Le pilote du dernier avion, voyant le hors-bord ralentir, de la fumée sortant du compartiment moteur, envoya la prudence par-dessus les moulins et vint sur eux à moins de deux mètres au-dessus de l'eau.

Le Chris-Craft avançait péniblement à moins de 15 kilomètres à l'heure. La course à la survie était terminée. En levant les yeux, Pitt aperçut le mitrailleur, les yeux cachés derrière de luxueuses lunettes de soleil, les lèvres étirées en un sourire mauvais. Il salua le hors-bord de la main et leva son arme, le doigt sur la détente.

Dans un dernier geste de défi, Pitt secoua le poing,
le majeur levé. Puis il jeta son corps sur ceux de Julia
et des deux enfants dans ce qu'il savait être un vain
effort pour leur servir de bouclier. Il se tendit, attendant que les balles lui déchirent le dos.

11

La vieille femme à la faux décida, au grand soulagement de Pitt, soit qu'elle avait une affaire plus
urgente ailleurs, soit qu'il ne valait pas qu'elle
s'occupe de lui et le renvoya à ses occupations. Les
balles qu'il s'attendait à sentir dans sa chair n'arrivèrent pas car elles ne furent jamais tirées.

Il croyait fermement que le dernier son qu'il
entendrait dans cette vie serait le claquement doux
d'un pistolet automatique. Au lieu de cela, ce fut le
battement rapide de lames d'un rotor qui frappa son
oreille, se réverbérant sur les parois du canyon, des
lames de rotor sifflant bruyamment, noyant le bruit
du moteur et les bruits déplaisants émanant de
l'intérieur du gros Chrysler.

En même temps qu'un grondement assourdissant
accompagné d'une énorme rafale de vent qui aplatit
ses cheveux, une ombre immense s'étendit sur le
Chris-Craft. Avant que quiconque ait compris ce qui
se passait, un gros hélicoptère turquoise avec, sur la
poutre queue, les lettres NUMA, balaya la rivière au-
dessus de l'ULM jaune, comme un aigle vengeur fon-
dant sur un canari.

— Oh! Mon Dieu! Non! murmura Julia.

— N'ayez pas peur, cria Pitt d'un ton joyeux.
Celui-là est de notre côté.

Il reconnaissait l'Explorer McDonnell Douglas, un
hélicoptère rapide sans rotor de queue, avec deux
moteurs et capable d'une vitesse de pointe de

270 kilomètres à l'heure, ce que Pitt avait déjà expérimenté. Le fuselage avant ressemblait à celui de la plupart des appareils à rotors mais la poutre de queue, avec ses deux stabilisateurs verticaux, s'étirait jusqu'au bout comme un cigare cubain.

— D'où arrive-t-il ?

— Chez nous, les carabiniers arrivent au bon moment, dit Pitt, jurant de coucher le pilote sur son testament.

Sur le hors-bord comme dans l'ULM, tous les regards étaient tournés vers le nouveau venu qui approchait rapidement. On apercevait deux silhouettes à travers le pare-brise de l'hélicoptère. Le copilote portait une casquette de base-ball, la visière sur la nuque, et des lunettes à monture de corne. Le pilote était coiffé d'un chapeau de paille comme en portent les femmes sur les plages tropicales et vêtu d'une chemise hawaïenne. Un cigare gargantuesque était fiché entre ses dents.

Kung Chong ne souriait plus. Son visage reflétait le choc et une peur panique. Il comprit rapidement que le champion qui venait d'arriver sur le terrain de jeu n'était pas prêt à se retirer. D'un coup d'œil, il nota que le hors-bord, malgré la lenteur de sa course, allait bientôt atteindre l'embouchure de la rivière et la baie de Grapevine. De l'altitude où il se trouvait, il apercevait une petite flotte de bateaux de pêche se dirigeant vers la mer, au-delà du dernier coude. Il y avait des maisons sur les faubourgs d'une ville perchée le long de la côte. Des gens marchaient sur les rives. Ses chances d'en finir avec les immigrants en fuite et le démon responsable du chaos sur le lac Orion s'étaient envolées. Kung Chong n'avait d'autre choix que d'ordonner à son pilote de cesser l'attaque. Pour échapper à son attaquant, l'ULM remonta vivement et vira si serré que son aile se mit à la verticale.

Le pilote de l'hélicoptère de la NUMA en avait vu d'autres. Il comprit facilement l'intention de son adversaire. Sans une ombre de pitié ou d'indécision, le visage inexpressif, il vira sans effort sur les traces de l'ULM et avala rapidement la distance qui l'en séparait. Puis on entendit un craquement lorsque les patins d'atterrissage de l'hélicoptère déchirèrent l'aile légère de l'avion.

Les hommes assis dans l'ULM se glacèrent en voyant leur appareil se tordre en un mouvement fou, cherchant désespérément mais en vain à s'accrocher au ciel. Puis l'aile déchirée se plia par le milieu et le petit appareil s'écrasa sur la berge semée de gros rochers. Il n'y eut pas d'explosion, rien qu'un petit nuage de poussière et de débris qui volèrent çà et là. Il n'en resta qu'une masse tordue d'épave avec deux corps littéralement fondus au milieu de morceaux d'entretoises et de tubes d'aluminium.

L'hélicoptère fit du surplace au-dessus du Chris-Craft en panne tandis que le pilote et son compagnon se penchaient par les fenêtres de l'appareil en faisant de grands signes des bras.

Julia leur rendit leur salut et leur envoya des baisers.

— Qui que soient ces hommes merveilleux, ils nous ont sauvé la vie.

— Ils s'appellent Al Giordino et Rudi Gunn.

— Des amis à vous ?

— Depuis de très longues années, dit Pitt avec un sourire éclatant.

Le vieux moteur Chrysler au bord de l'asphyxie les emmena presque au bout de leur harassant voyage mais pas tout à fait. Ses roulements et ses pistons cédèrent finalement au manque d'huile et il s'arrêta à 60 mètres seulement du quai longeant la rue principale du village de Grapevine. Un adolescent remorqua avec son canot à moteur le Chris-Craft à bout de souffle et ses passagers épuisés jusqu'à la jetée où attendaient deux hommes et une femme. Aucun touriste, aucun villageois pêchant par-dessus la rambarde du quai n'aurait pu imaginer que ces trois personnes, vêtues comme tout le monde, debout à l'extrémité du quai, étaient des agents de l'INS sur le point de recueillir un groupe d'immigrants clandestins.

— Ce sont vos collègues ? demanda Pitt à Julia.

— Oui. Lui, je ne l'ai jamais rencontré mais je suppose que l'un des trois doit être le directeur régional des enquêtes.

Pitt prit dans ses bras le petit garçon, lui fit une grimace amusante dont il fut récompensé par un sourire.

— Que va-t-il arriver à ces gens, maintenant ?

— Ce sont des étrangers clandestins. Aux termes de la loi, on doit les renvoyer en Chine.

Il la regarda et fronça les sourcils.

— Après ce qu'ils ont enduré, ce serait un crime de les renvoyer !

— Je suis d'accord, dit Julia, mais j'ai les mains liées. Je pourrais remplir tous les papiers nécessaires et recommander qu'on les autorise à rester, mais la décision finale ne dépend pas de moi.

— Les papiers ! dit Pitt en crachant le mot. Vous pouvez faire mieux que cela ! A la seconde où ils remettront les pieds dans leur pays, les hommes de Shang les tueront et vous le savez. Ils seraient morts si vous n'aviez pas abattu ces avions. Vous connaissez la règle : si vous sauvez la vie de quelqu'un, vous devenez responsable à jamais de cette vie. Vous ne pouvez pas vous laver les mains de leur destin.

— Mais leur destin m'intéresse, protesta Julia.

Elle regarda Pitt comme les femmes regardent généralement un homme quand elles le prennent pour l'idiot du village.

— Je n'ai pas l'intention de me laver les mains de leur sort. Et parce qu'il est en effet possible, comme vous l'avez suggéré, qu'ils se fassent tuer s'ils retournent en Chine, il va sans dire qu'on leur donnera toutes les chances d'obtenir l'asile politique. Il y a des lois, monsieur Pitt, que ça vous plaise ou non.

Elles ont un rôle à jouer et il faut les respecter. Je vous promets que s'il est humainement possible de faire quelque chose pour que ces gens deviennent citoyens américains, je le ferai.

— Je veillerai à ce que vous teniez cette promesse, dit-il sans élever la voix.

— Croyez-moi, dit-elle sincèrement, je ferai tout ce qui est en mon pouvoir pour les aider.

— Si vous rencontrez des difficultés, appelez-moi à la NUMA. J'ai quelque influence politique et je m'arrangerai pour que le Sénat soutienne leur cause.

Elle le regarda avec scepticisme.

— Comment un ingénieur océanographe de la NUMA peut-il avoir une influence quelconque sur le Sénat ?

— Cela vous aiderait-il si je vous disais que mon père est le sénateur de Californie George Pitt ?

— Oui, murmura-t-elle, très impressionnée. Je vois que vous pouvez être utile.

Le garçon dans son canot à moteur lança une amarre et le Chris-Craft vint heurter les piliers du quai. Les immigrants chinois étaient tout sourire, heureux de ne pas risquer d'être fusillés et ravis d'avoir enfin atteint la sécurité du territoire américain. Pour l'instant, ils ne songeaient pas à leur avenir. Pitt passa le petit garçon et la fillette aux agents de l'INS puis se retourna pour aider leurs parents à atteindre le quai à leur tour.

Un homme jovial aux yeux vifs s'approcha de Julia et passa un bras autour des épaules de la jeune femme. Son regard exprimait sa compassion devant les blessures de son visage enflé et les traces de sang autour de sa lèvre éclatée.

— Mademoiselle Lee, je suis George Simmons.

— Oui, vous êtes l'adjoint du directeur régional. Je vous ai parlé au téléphone depuis la cabine.

— Vous n'imaginez pas combien je suis heureux de vous voir vivante, ni combien je vous remercie de vos renseignements.

— Pas autant que moi ! dit-elle avec une grimace de douleur en essayant de sourire.

— Jack Farrar, le directeur régional, aurait aimé vous accueillir lui-même mais il dirige l'opération de nettoyage du lac Orion.

— Elle a commencé ?

— Nos agents y ont débarqué en hélicoptère il y a huit minutes.

— Les prisonniers dans la propriété ?

— Ils sont tous vivants mais ils ont besoin de soins médicaux.

— Les gardes ?

— Ils se sont rendus sans combattre. D'après un premier rapport, il ne nous reste qu'à appréhender leur chef. Mais il devrait être bientôt entre nos mains.

Julia se tourna vers Pitt qui aidait les derniers des vieux immigrants à sortir du bateau.

— Monsieur Simmons, puis-je vous présenter M. Dirk Pitt, de la NUMA, qui a rendu votre mission possible.

Simmons tendit la main à Pitt.

— Mlle Lee n'a pas eu le temps de me donner les détails, monsieur Pitt, mais j'ai cru comprendre que votre action avait été remarquable.

— Ça s'appelle seulement être au bon endroit au bon moment, dit Pitt en serrant la main de l'agent de l'INS.

— Je dirais plutôt qu'il fallait se trouver là où ça compte le plus, répondit Simmons. Si cela ne vous dérange pas, j'aimerais avoir un rapport sur vos activités de ces deux derniers jours.

Pitt accepta d'un hochement de tête et montra les Chinois que rassemblaient les autres agents de l'INS en les faisant monter dans un autocar garé au bout du quai.

— Ces gens viennent de vivre la pire expérience qu'on puisse imaginer. J'espère qu'on les traitera humainement.

— Je peux vous affirmer, monsieur Pitt, qu'on s'occupera d'eux avec toute la considération possible.

— Merci, monsieur Simmons, j'apprécie votre gentillesse.

Simmons s'adressa à Julia.

— Si vous en avez encore la force, mademoiselle Lee, mon patron aimerait que vous le retrouviez à la propriété pour servir d'interprète.

— Je pense pouvoir rester éveillée encore un petit moment, dit-elle vaillamment.

Se retournant, elle regarda Pitt, debout près d'elle.

— Je suppose que nous devons nous dire au revoir.

— Désolé que notre rendez-vous ait été aussi minable, dit-il en souriant.

Ignorant la douleur, elle sourit à son tour.

— Je ne peux pas dire qu'il ait été très romantique mais je ne me suis pas ennuyée une seconde.

— Je vous promets de faire preuve de plus de galanterie la prochaine fois.

— Rendez-vous à Washington ?

— Je n'ai pas encore reçu ma feuille de route, répondit-il, mais je suppose que mes amis Giordino et Gunn l'ont apportée. Et vous ? Où les besoins du service vont-ils vous emmener ?

— Mon bureau est à San Francisco. Je suppose que c'est là qu'on aura besoin de moi.

Il s'approcha, la prit dans ses bras et l'embrassa doucement sur le front.

— La prochaine fois que nous nous rencontrerons, dit-il d'une voix douce en caressant du bout d'un doigt ses lèvres coupées et enflées, j'ai bien l'intention d'embrasser vos lèvres en grand style.

— Êtes-vous doué pour les baisers ?

— Les filles viennent de très loin pour m'embrasser.

— S'il y a une prochaine fois, murmura-t-elle, je vous rendrai votre baiser.

Puis elle s'éloigna avec Simmons vers la voiture qui les attendait. Pitt resta seul à côté du Chris-Craft abandonné et regarda la voiture disparaître au coin de la rue.

Il y était encore quand Giordino et Gunn, traversant le quai, arrivèrent en criant comme des fous. Ils étaient restés en l'air jusqu'à ce que le bateau soit amarré au quai de la ville. Apercevant un hélicoptère de l'INS parqué dans un champ à environ 1 500 mètres au nord de la ville, Giordino n'avait pas voulu se ranger à côté de lui. Il avait garé l'appareil de la NUMA dans un parking, à moins d'un pâté de maisons du quai, ce qui avait beaucoup ennuyé les deux policiers qui avaient menacé de l'arrêter. Giordino les avait calmés en disant qu'il était là pour chercher des endroits où tourner pour des pontes de Hollywood et en promettant qu'il recommanderait Grapevine comme étant le décor rêvé pour le film d'horreur à très gros budget qu'on allait y faire. Charmé par l'artiste le plus renommé de la NUMA, le policier avait insisté pour conduire lui-même Giordino et Gunn jusqu'au dock.

Giordino ne mesurait que 1,62 mètre mais avait des épaules presque aussi larges. Il souleva Pitt avec la délicatesse d'un ours amoureux.

— Mais comment fais-tu ? dit-il, soulagé de voir son ami vivant. Chaque fois que je ne te surveille pas, tu fonces en plein dans les ennuis.

— Un penchant naturel, je suppose, grogna Pitt, écrasé contre la vaste poitrine de Giordino.

Gunn montra plus de modération. Il posa simplement une main sur l'épaule de Pitt.

— Content de te voir, Dirk.

— Tu m'as manqué, Rudi, dit Pitt en reprenant son souffle.

— Qui étaient ces types dans les ULM ? demanda Giordino.

— Des passeurs d'immigrés clandestins.

Giordino regarda les trous faits par les balles dans le Chris-Craft.

— Tu as bousillé un bateau superbe.

Pitt regardait lui aussi le pare-brise abîmé, l'écoutille du moteur cassée, les trous parsemés dans la proue, le filet de fumée noire qui s'échappait encore du compartiment moteur.

— Si tu étais arrivé deux secondes plus tard, l'amiral Sandecker aurait eu la corvée d'écrire mon oraison funèbre.

— Quand nous avons survolé la cabine de Foley, l'endroit grouillait de types déguisés en ninjas. Naturellement, nous avons imaginé le pire alors j'ai mis les gaz et nous sommes partis à ta recherche. Quand on t'a vu mitraillé par une bande de sauvages en ULM, on s'est évidemment mêlés à la bagarre.

— Et vous avez sauvé des dizaines de vies, compléta Pitt. Mais d'où diable veniez-vous ? La dernière fois qu'on m'a parlé de vous, toi, Al, tu étais à Hawaii et toi, Rudi, à Washington.

— Une chance pour toi, dit Rudi. Le Président a imposé à l'amiral Sandecker un projet prioritaire. Bien que ça lui ait brisé le cœur d'interrompre ton repos et ta convalescence, il nous a ordonné, à Giordino et à moi, de retourner à Seattle. Nous y sommes arrivés tous les deux hier soir et nous avons emprunté un hélicoptère au centre de la NUMA de Bremerton pour venir te chercher. Après ton appel à l'amiral, ce matin, quand tu lui as dit ce que tu avais découvert et que tu faisais un tour jusqu'à la rivière, Al et moi avons décollé et traversé l'Olympic Peninsula en tout juste 40 minutes.

— Ce vieux loup de mer machiavélique vous a fait parcourir des milliers de kilomètres rien que pour me remettre au travail ? dit Pitt, à peine étonné.

Gunn sourit.

— Il m'a dit qu'il était à peu près sûr que, s'il t'avait appelé lui-même, tu aurais prononcé au téléphone des phrases irréparables.

— Le vieux renard me connaît bien, admit Pitt.

— Tu as passé des moments difficiles, dit Gunn avec sympathie. Je pourrais peut-être le persuader de te laisser te reposer quelques jours de plus ?

— Ce n'est pas une mauvaise idée, ajouta Giordino. Tu ressembles à un rat noyé.

— Tu parles de vacances ! soupira Pitt. J'espère ne jamais en avoir d'autres comme ça. Je suis content qu'elles soient terminées.

Giordino montra le bout du quai.

— L'hélicoptère n'est pas loin. Tu crois que tu pourras y arriver ?

— Il y a quelques petites choses dont j'aimerais m'occuper avant que tu m'emmènes, dit Pitt, le regard glacé. D'abord, je voudrais emmener le Chris-Craft de Sam Foley au chantier de réparation le plus proche pour qu'on le répare, ainsi que le moteur. Deuxièmement, j'aimerais trouver un médecin qui ne poserait pas trop de questions et qui s'occuperait de la blessure par balle que j'ai à la hanche. Et troisièmement, je suis affamé. Je n'irai nulle part avant d'avoir avalé un solide petit déjeuner.

— Tu es blessé ? dirent les deux hommes d'une seule voix.

— Rien de mortel mais je n'aimerais pas que la gangrène s'y mette.

Sa petite prestation obstinée fut très efficace. Giordino fit un signe à Gunn.

— Toi, tu trouves un médecin pour Dirk, moi, je m'occupe du bateau. Après quoi nous chercherons un restaurant. Je crois que le coin doit être épatant pour le crabe bouilli.

— Il y a encore une petite chose, dit Pitt.

Les deux hommes le regardèrent avec attention.

— J'aimerais qu'on me dise quel est ce projet urgent pour lequel je dois tout abandonner.

— Ça concerne une enquête sous-marine dans un étrange port de pêche près de Morgan City, en Louisiane, répondit Gunn.

— Qu'a-t-il de si étrange, ce port de pêche ?

— Il est construit dans un marécage, et d'un. Ça, plus le fait que le promoteur est à la tête d'un empire international d'immigration clandestine sur une très grande échelle.

— Dieu du ciel ! dit pieusement Pitt en joignant les mains. Dites-moi que ce n'est pas vrai !

— Tu as un problème ? s'inquiéta Giordino.

— Je suis dans l'immigration clandestine jusqu'au-dessus des oreilles depuis douze heures, c'est ça, mon problème.

— C'est vraiment incroyable, cette façon que tu as de ramasser des informations sur le tas, avec tant de facilité !

Pitt adressa à ses amis un regard sans joie.

— Je suppose que notre divin gouvernement pense que ce port est utilisé pour faire passer des clandestins ?

— L'installation est bien trop élaborée pour ne servir qu'à ça, répondit Gunn. On nous a confié la tâche de découvrir à quoi il sert vraiment.

— Qui a construit et développé ce port ?

— Une société appelée Qin Shang Maritime Limited, de Hong Kong.

Pitt n'eut pas d'attaque d'apoplexie. Il ne cilla même pas. Mais il était clair que la nouvelle lui avait donné un coup au creux de l'estomac. Son visage prit l'expression d'un homme jouant dans un film d'horreur qui découvre que sa femme vient de partir avec le monstre. Ses doigts s'enfoncèrent profondément dans la chair du bras de Gunn.

— Tu as bien dit Qin Shang ?

— C'est exact, dit Gunn en se demandant comment il allait expliquer ce bleu à son professeur de gymnastique. Il dirige un empire d'activités criminelles. Il doit avoir la quatrième fortune du monde. On dirait que tu le connais ?

— Nous ne nous sommes jamais rencontrés mais je ne crois pas me tromper en disant qu'il me hait à mort.

— Tu plaisantes ? dit Giordino.

— Qu'est-ce qu'un type qui a plus de fric que la banque de New York peut avoir contre un type fauché ordinaire comme toi ? demanda Gunn, étonné.

— Entre autres choses, dit Pitt avec un sourire de requin, le fait que j'aie brûlé son yacht.

Kung Chong n'ayant pas fait de rapport sur la destruction du hors-bord et toute tentative pour le joindre par radio se révélant vaine, Lo Han comprit que son fidèle second et les cinq hommes qui volaient avec lui avaient trouvé la mort. Il réalisa par la même occasion que le démon qui avait causé tant de problèmes s'était échappé.

Il s'assit, immobile, dans le véhicule de sécurité, essayant de se faire une idée du désastre. Le regard perdu dans le vide, il avait une expression tendue et glacée. Kung Chong l'avait informé qu'il y avait des immigrants dans le bateau. C'était un mystère puisque tous les prisonniers étaient au complet dans les cellules. Puis une idée explosa dans sa tête. Chu Deng! Cet imbécile sur le catamaran avait dû laisser échapper les clandestins désignés pour mourir. Il n'y avait pas d'autre explication possible. L'homme qui les avait sauvés était sans aucun doute un agent du gouvernement américain.

Alors, comme pour confirmer cette révélation, son regard se posa sur les écrans vidéo et il aperçut les deux gros hélicoptères qui se posaient en ce moment même sur la pelouse du bâtiment principal. En un assaut synchronisé, deux voitures blindées passèrent les barrières menant à la route principale. Des hommes sortirent des hélicoptères et des voitures et se précipitèrent vers le bâtiment. Il n'y eut pas de pause, pas de demande aux gardiens de poser leurs armes et de se rendre gentiment. Les assaillants se ruèrent dans le bâtiment-prison avant que les gardes de Lo Han aient compris ce qui se passait. On aurait dit que les agents de l'INS savaient que les prisonniers seraient tués en cas de descente de police. Ils avaient été informés, c'était évident, par quelqu'un qui avait reconnu les lieux.

Réalisant très vite que toute résistance à une telle force armée de représentants de la loi était inutile, les gardes de Lo Han se soumirent sans se battre, individuellement et par groupes. Anéanti par la défaite, Lo Han se pencha sur son fauteuil et composa une série de codes sur le système de communication par satellite et attendit la réponse de Hong Kong.

Une voix répondit en chinois.

— Vous êtes sur Lotus II.

— Ici Bambou VI, dit Lo Han. L'opération Orion a été compromise.

— Répétez !

— L'opération Orion est en train d'être démantelée par des agents américains.

— Voilà une nouvelle désagréable, dit la voix chinoise.

— Je regrette que nous n'ayons pu mener cette opération à bien jusqu'au bout.

— Les prisonniers ont-ils été éliminés pour les empêcher de parler ?

— Non, l'assaut a été mené à une vitesse étonnante.

— Notre président ne va pas apprécier votre échec !

— J'accepte le blâme pour mes erreurs.

— Pouvez-vous vous échapper sans danger ?

— Non, c'est trop tard, dit Lo Han d'une voix métallique.

— Vous ne pouvez pas être arrêté, Bambou VI. Vous le savez. Vos subordonnés non plus. Il ne faut pas que les Américains puissent trouver une piste à suivre.

— Ceux de mes associés qui connaissaient nos activités sont morts. Mes gardes ne sont que des mercenaires, loués pour ce travail, rien d'autre. Ils ignorent qui les paye.

— Vous êtes donc le seul lien, dit la voix, sans émotion.

— J'ai perdu la face et je dois en payer le prix.

— Ceci est notre dernière conversation.

— Je n'ai plus qu'une chose à faire, dit calmement Lo Han.

— Ne la manquez pas, dit froidement la voix.

— Adieu, Lotus II.

— Adieu, Bambou VI.

Lo Han regarda les écrans qui montraient un groupe d'hommes se précipitant vers le véhicule de sécurité. Ils attaquaient la portière fermée lorsqu'il sortit du tiroir de son bureau un petit revolver à la crosse en nickel poli. Il plaça le canon dirigé vers le haut dans sa bouche. Son doigt se raidissait déjà sur la détente lorsque le premier agent de l'INS ouvrit la porte à toute volée. Le coup de feu surprit l'agent qui s'immobilisa, son arme en position de tir, les yeux pleins de surprise. Lo Han s'effondra sur la chaise puis sa tête et ses épaules tombèrent sur le bureau, et le revolver par terre.

DEUXIÈME PARTIE

LE DERNIER DES LÉVRIERS

L'United States

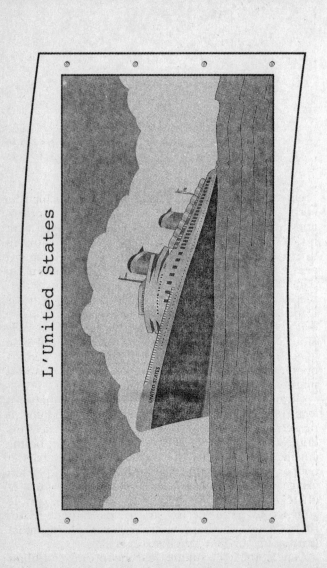

12

Qin Shang n'avait pas l'apparence d'un sociopathe corrompu et dépravé ayant assassiné sans discrimination des milliers d'innocents anonymes. Il n'avait ni les crocs d'un dragon, ni des yeux verticaux, ni une langue fourchue et agitée. Il ne dégageait aucune aura de malveillance. Assis à son bureau dans l'appartement luxueux du cinquantième et dernier étage de la tour de verre du Qin Shang Maritime Limited, il ressemblait à n'importe quel homme d'affaires chinois travaillant au centre financier de Hong Kong. Comme la plupart des responsables de génocides de l'Histoire, il n'avait rien de remarquable et personne ne se retournait sur lui quand il marchait dans la rue.

Grand pour un Asiatique, avec son 1,80 mètre, il avait une taille épaisse et pesait environ 105 kilos. Il ne semblait pas massif mais soufflé, à cause sans doute de son goût et de son appétit pour la bonne cuisine chinoise. Ses cheveux noirs étaient épais et coupés court, avec une raie au milieu, sa tête et son visage étroits, presque félins, ses mains longues et effilées. La bouche, curieusement pour qui le connaissait, arborait un sourire permanent. Extérieurement, Qin Shang ne paraissait pas plus menaçant qu'un vendeur de chaussures.

Cependant, quiconque le rencontrait n'oubliait jamais ses yeux. Ils avaient la teinte du jade le plus

pur et une profondeur sombre qui démentait sa bon-
homie affichée. Ils brûlaient d'un degré effrayant de
malveillance et le regard était si pénétrant que ses
interlocuteurs juraient qu'ils transperçaient les
crânes et pouvaient lire les dernières cotations de la
Bourse.

Mais à l'intérieur, l'homme caché derrière ces yeux
était bien différent. Qin Shang était aussi sadique et
sans scrupule qu'une hyène de Serengeti. Il s'épa-
nouissait chaque fois qu'il pouvait manipuler
quelqu'un pourvu que cela pût ajouter à sa richesse
et à son pouvoir. Orphelin mendiant dans les rues de
Kowloon, en face du port Victoria de Hong Kong, il
avait développé un talent étonnant pour soutirer de
l'argent aux passants. A l'âge de dix ans, il avait assez
économisé pour acheter un sampan qu'il utilisait
pour transporter des gens ou des marchandises
chaque fois qu'il pouvait persuader les marchands
de lui en confier.

En deux ans, il s'était constitué une flotte de dix
sampans. Avant d'atteindre dix-huit ans, il vendit sa
prospère flottille pour acheter un petit steamer afin
de transporter des passagers d'une côte à l'autre. Ce
vieux rafiot rouillé et fatigué fut le premier maillon
de l'empire maritime de Qin Shang. La flotte de fret
prospéra au cours des dix années suivantes parce
que ses concurrents avaient une fâcheuse tendance à
quitter le droit chemin tandis que leurs navires disparaissaient mystérieusement en mer sans qu'on
puisse jamais retrouver la trace de leurs équipages.
Lorsque leurs marges bénéficiaires tombaient dans
le rouge, les propriétaires des navires maudits trouvaient toujours un acheteur pour reprendre le reste
de leur flotte et de leurs affaires en déroute. Opérant
hors du Japon, la société acheteuse avait pour nom
Yokohama Ship Sales & Scrap Corporation[1]. En
réalité, il ne s'agissait que d'une façade dont les liens
allaient, par la mer de Chine, jusqu'à la Qin Shang
Maritime Limited.

---

1. Société de vente et de démolition de navires Yokohama.

Au fil du temps, Qin Shang orienta différemment ses affaires par rapport à ses concurrents qui, eux, faisaient affaire avec les institutions financières européennes et les sociétés d'import-export d'Occident. Avec beaucoup d'audace, il tourna son intérêt vers la République populaire de Chine, liant des amitiés avec des gens haut placés du gouvernement, en attendant le jour où ils reprendraient le contrôle de Hong Kong que les Britanniques devaient abandonner. Il négocia secrètement avec Yin Tsang, le chef de cabinet du ministre des Affaires internes de Chine, un obscur département du gouvernement s'occupant de toutes sortes de choses, depuis l'espionnage de la technologie scientifique étrangère jusqu'au transport international mais souterrain d'émigrés clandestins pour diminuer la surpopulation du pays. En échange de ces services, Qin Shang était autorisé à enregistrer ses navires en Chine sans payer les taxes exorbitantes afférentes.

Ce partenariat se révéla incroyablement profitable pour Qin Shang. Le transport clandestin et le commerce d'étrangers sans papiers, en même temps que le commerce tout à fait légitime de produits chinois et de pétrole sur ses cargos et ses pétroliers, apportèrent des centaines de millions de dollars pendant des années dans les divers comptes bancaires cachés du monde entier lui appartenant.

Qin Shang amassa bientôt plus d'argent qu'il ne pouvait en dépenser en un millier de vies. Ce qui n'empêchait pas son esprit sinistre de chercher sans cesse à gagner toujours plus de richesses, plus de puissance. Après avoir établi la plus grande flotte du monde de transport de passagers et de marchandises, il n'avait plus de défi à relever et ses affaires morales et légitimes commencèrent à le lasser. Mais il était toujours aussi passionné par le côté secret et illégal de ses opérations. La montée d'adrénaline et l'ivresse des risques à prendre le mettaient au comble de l'excitation. Peu de ses complices, en

République populaire de Chine, savaient qu'il trafiquait aussi de la drogue et des armes en plus des émigrés clandestins. C'était un à-côté très lucratif dont il utilisait les bénéfices pour construire son installation portuaire en Louisiane. Jouer les extrémités contre le centre lui donnait des heures glorieuses de satisfaction.

Qin Shang était le parangon de l'égocentrique, doué d'un fol optimisme à un niveau monumental. Il croyait dur comme fer que le jour où il faudrait rendre des comptes ne viendrait jamais. Et même s'il venait, il était trop riche, trop puissant pour être brisé. Il payait toujours d'énormes pots-de-vin aux fonctionnaires de haut niveau de la moitié des gouvernements du monde. Aux États-Unis, plus de cent personnes au sein de toutes les agences du gouvernement fédéral figuraient sur la liste de ses paiements. Pour lui, l'avenir était nimbé d'un épais brouillard qui ne se matérialisait jamais complètement. Mais juste pour s'offrir une assurance supplémentaire, il entretenait une petite armée de gardes du corps et d'assassins professionnels qu'il avait débauchés dans les agences de renseignements les plus efficaces d'Europe, d'Israël et d'Amérique.

La voix de sa réceptionniste résonna dans le petit haut-parleur du bureau.

— Un visiteur arrive par votre ascenseur privé.

Qin Shang quitta immédiatement son immense bureau en bois de rose, aux pieds délicatement sculptés en forme de pattes de tigre. Il traversa l'immense pièce pour s'approcher de la porte de l'ascenseur. Son bureau ressemblait, en beaucoup plus vaste, à la cabine du commandant d'un ancien navire à voile. Le sol était recouvert d'un parquet de chêne. Des poutres épaisses supportaient le plafond éclairé a giorno, avec des panneaux de teck entre les poutres. Des modèles réduits importants des bateaux de la Qin Shang Maritime Limited, disposés sur des mers de plâtre dans des vitrines de verre, décoraient l'un des côtés de la pièce, l'autre exposant une collection d'anciens scaphandres avec leurs bottes de plomb et leurs casques de cuivre suspendus aux tuyaux de respiration, comme s'ils contenaient toujours les corps de leurs propriétaires.

Qin Shang s'arrêta devant l'ascenseur au moment où les portes s'ouvraient. Il accueillit son visiteur, un homme petit aux épais cheveux gris et aux yeux protubérants sur des joues bouffies et cuivrées. Il sourit en s'avançant pour serrer la main tendue de Qin Shang.

— Qin Shang, dit-il avec un petit sourire tendu.

— Yin Tsang, c'est toujours un honneur de vous recevoir, dit gracieusement l'hôte des lieux. Je ne vous attendais pas avant jeudi prochain.

— J'espère que vous me pardonnerez cette impardonnable intrusion, dit Yin Tsang, le ministre chinois des Affaires internes, mais je voulais vous entretenir en privé d'une affaire assez délicate.

— Je suis toujours disponible pour vous, mon vieil ami. Venez vous asseoir. Voulez-vous un peu de thé ?

— Votre mélange spécial ? Rien ne me ferait plus plaisir.

Qin Shang appela sa secrétaire particulière et commanda le thé.

— Bon. Quelle est donc cette affaire délicate qui vous amène à Hong Kong avec une semaine d'avance ?

— Des nouvelles préoccupantes sont arrivées à Pékin à propos de votre opération du lac Orion, dans l'État de Washington.

Qin Shang haussa les épaules avec dédain.

— Oui, un accident regrettable, hors de mon contrôle.

— D'après mes sources, le centre de détention des immigrants a été démantelé par les services de l'Immigration et de la Naturalisation.

— En effet, admit Qin Shang. Mes meilleurs hommes ont été tués et nos gardes capturés en une descente éclair totalement inattendue.

Yin Tsang planta son regard dans le sien.

— Comment est-ce arrivé? Je ne peux pas croire que vous ayez omis de vous préparer à une telle éventualité. Vos agents de Washington ne vous ont-ils pas alerté?

Qin Shang secoua la tête.

— J'ai appris depuis que le raid n'avait pas été préparé au quartier général national de l'INS. Ce fut une opération spontanée menée par le directeur régional du coin qui a pris sur lui de lancer cet assaut contre le centre de détention. Je n'ai été alerté par aucun de mes agents au sein du gouvernement américain.

— Toute votre opération en Amérique du Nord est désormais compromise. Les Américains ont maintenant un maillon de la chaîne qui leur permettra sûrement de remonter jusqu'à vous.

— Ne vous inquiétez pas, Yin Tsang, dit calmement Qin Shang. Les enquêteurs américains n'ont aucune preuve me reliant directement au trafic d'immigrants clandestins. Ils ont peut-être des soupçons, pauvres et insignifiants d'ailleurs, mais rien de plus. Mes autres sites de débarquement le long des côtes américaines fonctionnent toujours et peuvent facilement absorber les débarquements futurs prévus à l'origine sur le lac Orion.

— Le président Lin Loyang et mes collègues ministres seront heureux d'apprendre que vous contrôlez les événements, dit Yin Tsang. Mais j'ai des doutes. Quand les Américains verront qu'il y a une fissure dans votre organisation, ils lâcheront la meute sur vous implacablement.

— Avez-vous peur?

— Je suis inquiet. Il y a trop de choses en jeu pour permettre à un homme que le profit intéresse plus que les buts de notre groupe de garder le contrôle.

— Que suggérez-vous?

Yin Tsang regarda Qin Shang sans ciller.

— Je vais proposer au président Lin Loyang d'obtenir que vous démissionniez de l'opération d'immigration clandestine au profit de quelqu'un d'autre.

— Et pour ce qui concerne mon contrat pour le transport de l'ensemble des marchandises et des passagers chinois ?

— Révoqué.

Si Yin Tsang attendait une réaction de surprise et de colère, il en fut pour ses frais. Qin Shang ne montra pas le moindre signe de contrariété. Il se contenta de hausser les épaules avec indifférence.

— Pensez-vous qu'on puisse si facilement me remplacer ?

— Quelqu'un ayant vos qualifications spéciales a déjà été choisi.

— Quelqu'un que je connais ?

— L'un de vos concurrents, Quan Ting, le président des China & Pacific Lines, a accepté de prendre votre place.

— Quan Ting ? dit Qin Shang dont les sourcils se levèrent d'un millimètre. Ses navires sont à peine meilleurs que des péniches rouillées.

— Il sera bientôt en mesure de lancer de nouveaux navires.

Les mots suggéraient que Quan Ting serait financé par le gouvernement chinois avec l'aval et la bénédiction de Yin Tsang.

— C'est une insulte à mon intelligence. Vous vous servez de cet incident du lac Orion comme d'une excuse pour rompre mon association avec la République populaire de Chine afin de prendre sournoisement votre part des bénéfices, en ratissant large.

— Vous n'êtes pas un enfant de chœur dans ce domaine, Qin Shang. Vous feriez la même chose à ma place.

— Et mon nouveau port en Louisiane ? Vais-je perdre cela aussi ?

— On vous remboursera la moitié de vos investissements, naturellement.

— Naturellement, ironisa Qin Shang d'un ton acide, sachant pertinemment qu'il ne recevrait pas

un sou. Naturellement, on en fera cadeau à mon suc-
cesseur et à vous, son partenaire silencieux.

— C'est ce que je conseillerai à la prochaine réunion à Pékin.

— Puis-je vous demander avec qui vous avez déjà
discuté de mon expulsion?

— Seulement avec Quan Ting, répondit Yin
Tsang. J'ai pensé qu'il valait mieux garder le silence
avant le moment choisi.

La secrétaire particulière entra et s'approcha du
coin salon avec la grâce d'une danseuse balinaise,
qu'elle était d'ailleurs jusqu'à ce que Qin Shang
l'engage et lui fasse suivre des cours de secrétariat.
Elle n'était que l'une des nombreuses beautés au service de Qin Shang. Il faisait plus confiance aux
femmes qu'aux hommes. Célibataire, Shang avait
environ une douzaine de maîtresses, dont trois
vivant dans son appartement, mais il avait pour
principe de ne jamais accorder trop d'intimité aux
femmes, surtout en ce qui concernait ses affaires.

Il fit un signe à la jeune femme qui posa le plateau
avec deux tasses et deux théières sur une table basse
près des deux hommes.

— La théière verte contient votre mélange spécial,
dit-elle à Qin Shang d'une voix douce. Dans la bleue,
c'est du thé au jasmin.

— Jasmin? grogna Yin Tsang. Comment pouvez-
vous boire un thé qui sente un parfum de femme
alors que votre mélange spécial est tellement meilleur?

— Pour le changement, sourit Qin Shang.

Pour se montrer courtois, il servit le thé. Se déten-
dant sur sa chaise, la tasse fumante entre ses mains,
il surveilla Yin Tsang finissant son thé. Puis, poliment, il lui en servit une nouvelle tasse.

— Vous réalisez, bien sûr, que Quan Ting n'a
aucun navire capable de transporter des passagers?

— On peut en acheter ou en louer à d'autres compagnies maritimes, dit Yin Tsang avec un geste
décontracté. Regardons les choses en face. Vous

avez fait d'énormes bénéfices au cours de ces der-
nières années. Vous n'êtes pas au bord de la faillite.
Il vous sera très facile de diversifier les Qin Shang
Maritime Limited dans les marchés occidentaux.
Vous êtes un homme d'affaires réputé, Qin Shang.
Vous survivrez sans la bienveillance de la Répu-
blique populaire de Chine.

— L'aigle ne saurait voler avec les ailes d'un moi-
neau, philosopha Qin Shang.

Yin Tsang posa sa tasse et se leva.

— Je dois vous quitter, maintenant. Mon avion
m'attend pour me ramener à Pékin.

— Je comprends, dit sèchement Qin Shang. En
tant que ministre des Affaires internes, vous êtes un
homme très occupé qui doit prendre beaucoup de
décisions.

Yin Tsang saisit la nuance de mépris mais ne dit
rien. Sa tâche déplaisante accomplie, il s'inclina
sobrement et entra dans l'ascenseur. Dès que les
portes furent refermées, Qin Shang revint à son
bureau et dit à l'interphone :

— Envoyez-moi Pavel Gavrovich.

Cinq minutes plus tard, un homme grand, à la car-
rure moyenne et aux traits slaves surmontés d'épais
cheveux noirs peignés en arrière, sans raie, sortit de
l'ascenseur. Il traversa la pièce et s'approcha du
bureau de Qin Shang. Celui-ci leva les yeux sur le
chef de sa garde qui avait été autrefois le meilleur et
le plus implacable agent secret de toute la Russie.
Assassin professionnel, inégalé aux arts martiaux,
Qin Shang lui avait offert un salaire exorbitant pour
quitter son importante situation auprès du ministre
russe de la Défense et travailler pour lui. Gavrovich
avait mis moins d'une minute à accepter.

— Un de mes concurrents, propriétaire d'une
compagnie maritime bien inférieure à la mienne, est
en train de se montrer très désagréable. Il s'appelle
Quan Ting. Débrouillez-vous pour qu'il ait un
accident.

Gavrovich fit un simple signe d'acquiescement,

tourna les talons et reprit l'ascenseur sans avoir prononcé une parole.

Le lendemain matin, Qin Shang, assis seul dans sa salle à manger, lisait plusieurs journaux chinois et étrangers. Il eut le plaisir de découvrir deux articles dans le *Hong Kong Journal*. Le premier disait :

Quan Ting, président directeur général de la China & Pacific Shipping Line, et sa femme ont été tués, hier soir, dans un accident. Sa voiture a été heurtée de plein fouet par un gros camion transportant des câbles électriques au moment où M. Quan et sa femme sortaient de l'hôtel Mandarin après un dîner avec des amis. Leur chauffeur a également trouvé la mort dans l'accident. Le chauffeur du camion a disparu et la police le recherche activement.

Le second article du journal disait :

Le gouvernement chinois a annoncé aujourd'hui à Pékin la mort de Yin Tsang. Le ministre des Affaires internes est récemment décédé d'une crise cardiaque dans l'avion qui le ramenait à Pékin. Sa mort est aussi soudaine qu'inattendue. Bien qu'il n'ait jamais présenté d'insuffisance cardiaque, tous les efforts pour le ranimer ont été vains. On a annoncé sa mort dès l'arrivée de l'appareil à l'aéroport de Pékin. Le vice-ministre Lei Chau a été pressenti pour succéder à Yin Tsang.

« Quel dommage, se dit méchamment Qin Shang. Mon mélange spécial n'a pas dû réussir à l'estomac de Yin Tsang. »

Il nota mentalement de faire envoyer par sa secrétaire des condoléances au président Lin Loyang et de préparer une entrevue avec Lei Chau, qu'il avait déjà arrosé des pots-de-vin nécessaires et qui avait la réputation d'être moins avare que son prédécesseur.

Il posa les journaux et finit sa tasse de café. En public, il buvait du thé mais préférait, en privé, le café à l'américaine, avec de la chicorée, comme dans le Sud. Un léger tintement l'avertit que sa secrétaire était sur le point d'entrer dans la salle à manger. Elle s'approcha et posa près de lui un porte-documents en cuir.

— Voici les renseignements que vous avez demandés à votre agent du FBI.

— Attendez une seconde, Su Zhong. J'aimerais avoir votre avis sur quelque chose.

Il ouvrit le porte-documents et commença à en étudier le contenu. Il découvrit la photographie d'un homme, debout près d'une voiture de collection. L'homme portait des vêtements confortables, pantalon de toile et polo de golf sous une veste de sport. Un petit sourire en coin, presque timide, étirait ses lèvres dans un visage bronzé. Les yeux avec, aux coins, des rides, étaient fixés sur l'objectif. On sentait la curiosité dans son regard, un peu comme s'il se mesurait avec le photographe. La photo était en noir et blanc aussi ne pouvait-on définir la couleur exacte des iris. Qin Shang supposa à tort qu'ils étaient bleus.

La chevelure était épaisse et ondulée, vaguement indomptée, les épaules larges, la taille fine, les hanches étroites. D'après les données accompagnant la photo, il mesurait 1,90 mètre et pesait 92 kilos. Il avait des mains de campagnard, avec de larges paumes et un tas de petites cicatrices et de cals, les doigts longs. On disait sur sa fiche que ses yeux étaient verts et non bleus.

— Vous avez un sens inné des hommes, Su Zhong. Vous savez discerner des choses que des gens comme moi ne voient pas. Regardez cette photo. Regardez à l'intérieur de cet homme et dites-moi ce que vous voyez.

Su Zhong rejeta en arrière sa longue chevelure noire et se pencha sur l'épaule de Qin Shang pour regarder la photographie.

— Il est bel homme mais avec une sorte de rudesse. Je sens qu'il dégage un grand magnétisme. Il a l'air d'un aventurier, un homme qui aime explorer l'inconnu, surtout ce qui se passe sous l'eau. Pas de bague au doigt, ce qui signifie qu'il n'est pas prétentieux. Il attire les femmes. Elles ne le perçoivent pas comme une menace. Il aime leur compagnie. Il a une aura de gentillesse et de tendresse. C'est un homme à qui on peut faire confiance. D'après ce que je vois, un bon amant. Il est sentimental, adore les objets anciens et les collectionne probablement. Sa vie est vouée à l'exploit. Il a fait fort peu de choses pour un bénéfice personnel. Il aime relever des défis. C'est un homme qui n'aime pas la défaite mais qui sait l'accepter s'il a donné tout ce qu'il pouvait pour réussir. Il a aussi une dureté froide dans les yeux. Il est capable de tuer. Pour ses amis, il est extrêmement loyal. Pour ses ennemis, extrêmement dangereux. En résumé, il s'agit d'un homme étrange qui aurait dû vivre à une autre époque.

— Êtes-vous en train de me dire que c'est un homme qui appartient au passé ?

Elle fit oui de la tête.

— Il se serait senti à l'aise sur le pont d'un navire de pirates ou au cœur des croisades ou encore grimpé sur une diligence dans les déserts de l'ancien Ouest américain.

— Merci, ma chère, de votre extraordinaire perspicacité.

— Je suis ravie de vous servir, dit Su Zhong.

Elle fit un petit salut et quitta silencieusement la pièce en fermant la porte derrière elle.

Qin Shang posa la photo et se mit à lire les données du dossier, notant avec amusement que l'homme et lui étaient nés le même jour de la même année. Là s'achevait toute similitude.

Le sujet était le fils du sénateur de Californie George Pitt. Sa mère s'appelait Barbara Knight et elle était morte. Il avait étudié à Newport Beach High School, en Californie, puis à l'académie de l'Air Force au Colorado. Intellectuellement, il était au-dessus de la moyenne, arrivant trente-cinquième de sa promotion. Il avait fait partie de l'équipe de football et gagné plusieurs trophées en athlétisme. Après un entraînement de pilote, il avait eu une belle carrière militaire lors des derniers mois de la guerre du Viêt-nam. Nommé commandant, il était passé de l'Air Force à la NUMA et par la suite avait été promu lieutenant-colonel.

Collectionneur d'automobiles et d'avions anciens, il les avait rassemblés dans un vieux hangar aux abords de l'aéroport national de Washington. Il habitait un appartement juste au-dessus de sa collection. Tout ce qu'il avait réalisé en tant que directeur des projets spéciaux de la NUMA, sous les ordres de son patron, l'amiral James Sandecker, aurait pu faire l'objet de romans d'aventures. Depuis la direction d'un projet consistant à renflouer le *Titanic* [1] jusqu'à la découverte d'objets d'art provenant de la Bibliothèque d'Alexandrie, perdus depuis longtemps [2] en passant par la découverte d'une marée rouge envahissant les océans et qu'il avait arrêtée, empêchant la destruction de toute vie sur terre [3]. Au cours des quinze dernières années, le sujet avait été directement responsable de missions qui avaient sauvé de nombreuses vies [4] ou avaient été d'un inestimable bénéfice pour l'archéologie [5] ou l'environnement. La liste des missions qu'il avait dirigées et menées à bien couvrait près de 20 pages. L'agent de Qin Shang avait également noté une liste d'hommes que Pitt avait tués. Qin Shang fut sidéré en reconnaissant certains de ces noms. Il s'agissait d'hommes riches et puissants mais tous criminels de droit commun et meurtriers professionnels. Su Zhong avait parfaitement évalué cet homme. Il pouvait être un ennemi extrêmement dangereux.

Une heure plus tard, Qin Shang rangea les documents et reprit la photographie. Il regarda longuement la silhouette près de la vieille voiture, se demandant ce qui motivait cet homme. Il savait avec certitude que leurs chemins se croiseraient.

1. Voir *Renflouez le Titanic !* Éditions Laffont, 1977, J'ai Lu, 1979.
2. Voir *Cyclope*, Éditions Grasset, 1987.
3. Voir *Sahara*, Éditions Grasset, 1992.
4. Voir *Dragon*, Éditions Grasset, 1991.
5. Voir *L'Or des Incas*, Éditions Grasset, coll. « Grand Format », 1995.

— Ainsi, monsieur Dirk Pitt, c'est vous le responsable du désastre du lac Orion, dit-il en s'adressant à
la photo comme si Pitt était dans la pièce avec lui.
Vos raisons pour démolir ma station d'immigrants et
mon yacht sont encore un mystère pour moi, mais je
tiens à vous dire ceci : vous avez des qualités que je
respecte mais vous venez d'atteindre la fin de votre
carrière. La prochaine donnée portée à votre dossier
sera le post-scriptum, votre oraison funèbre.

13

Les ordres de Washington obligeaient l'agent spécial Julia Lee à quitter immédiatement Seattle pour
San Francisco où on la plaça à l'hôpital pour des
soins médicaux et une période d'observation. L'infirmière qui s'occupa d'elle eut un haut-le-cœur
lorsqu'elle se déshabilla devant le médecin. Elle
n'avait pas un centimètre carré de peau qui ne soit
couvert de bleus et de cicatrices rougeâtres.
L'expression de l'infirmière fit comprendre à Julia
que son visage était encore enflé et bizarrement
coloré, ce qui renforça sa décision de ne pas se
regarder dans un miroir pendant au moins une
semaine.

— Savez-vous que vous avez trois côtes cassées ?
demanda le médecin, un homme rond et jovial, la
tête chauve et le menton couvert d'une courte barbe
grise.

— Je l'ai deviné à la douleur fulgurante que j'ai
ressentie chaque fois que je me suis assise ou remise
debout en allant aux toilettes, dit-elle. Devez-vous
me plâtrer la poitrine ?

Le médecin se mit à rire.

— Il y a belle lurette qu'on ne plâtre plus les côtes
cassées. Elles se réparent toutes seules. Ça ne sera

pas très confortable, surtout si vous faites des mouvements brusques pendant quelques semaines mais ça disparaîtra bientôt.

— Et pour le reste, est-ce réparable?

— J'ai déjà remis votre nez en place et les médicaments vont bientôt réduire les parties enflées. Quant aux traces de coups, elles disparaîtront assez rapidement. Je parie que d'ici un mois, on vous élira reine du service.

— Toutes les femmes devraient avoir un docteur comme vous, le complimenta Julia.

— C'est curieux, dit-il en souriant, ma femme ne me dit jamais ça.

Il lui serra la main pour la rassurer.

— Si vous vous en sentez capable, vous pourrez rentrer chez vous après-demain. A propos, il y a deux personnes importantes de Washington qui ont prévenu la réception qu'elles montaient vous voir. Elles devraient sortir de l'ascenseur en ce moment même. Dans les films, on dit toujours aux visiteurs de ne pas rester trop longtemps mais, selon moi, se replonger dans le travail accélère la guérison. N'en faites pas trop, c'est tout.

— Sûrement pas et merci pour votre gentillesse.

— Je vous en prie. Je passerai vous voir ce soir.

Le médecin salua de la tête les deux hommes sombres qui entraient dans la chambre, un attaché-case à la main.

— Vous êtes des officiels du gouvernement et vous voulez parler à Mlle Lee en privé. Je me trompe?

— C'est exact, docteur, dit le patron de Julia, Arthur Russell, directeur du bureau régional de l'INS à San Francisco.

Russell avait des cheveux gris et un corps assez mince grâce à une pratique quotidienne du sport. Souriant, il regarda Julia avec sympathie.

Julia ne connaissait pas l'autre homme aux cheveux blonds peu fournis et aux yeux vifs derrière des lunettes sans monture. Son regard ne trahissait aucune sympathie. On aurait presque pu croire qu'il s'apprêtait à lui vendre une police d'assurance.

— Julia, dit Russell, permettez-moi de vous présenter Peter Harper. Il arrive de Washington pour entendre votre rapport.

— Oui, bien sûr, dit Julia en essayant de s'asseoir, grimaçant sous la douleur qui déchirait sa poitrine. Vous êtes le commissaire adjoint aux opérations sur le terrain. Je suis heureuse de vous connaître. Votre réputation est légendaire dans tout le service.

— J'en suis flatté !

Harper serra la main tendue, surpris de la trouver si ferme.

— On dirait que vous avez passé un mauvais quart d'heure, dit-il.

— Le commissaire Monroe vous adresse ses félicitations et ses remerciements. Il m'a chargé de vous dire que le service est fier de ce que vous avez fait.

« On dirait qu'il prononce un discours après une représentation », pensa Julia.

— Sans l'aide d'un homme, je ne serais pas ici à écouter vos compliments.

— Oui, nous y viendrons tout à l'heure. Pour le moment, je voudrais entendre votre rapport sur cette mission d'infiltration des agissements des passeurs.

— Nous n'avions pas l'intention de vous faire reprendre le harnais aussi vite, interrompit Russell. Le rapport écrit de vos activités peut attendre que vous soyez remise. Mais pour l'instant, nous aimerions que vous nous disiez tout ce que vous avez appris sur les passeurs et leur façon de procéder.

— Depuis le moment où je suis devenue Ling T'ai et où j'ai payé mon passage aux passeurs à Pékin ? demanda Julia.

— Depuis le début, dit Harper en sortant de sa serviette un magnétophone qu'il posa sur le lit. Commencez par votre entrée en Chine. Nous souhaitons tout savoir.

Julia regarda Harper et commença.

— Comme peut vous le dire Arthur, j'ai fait le

voyage jusqu'à Pékin avec un groupe de touristes canadiens. Dès notre arrivée en ville, j'ai quitté les touristes pendant une promenade à pied dans la cité. Comme je suis originaire de Chine et que je parle la langue, je n'ai pas eu de mal à me fondre parmi la foule dans les rues. Après avoir enfilé des vêtements plus appropriés, j'ai commencé à me renseigner discrètement sur les moyens d'émigrer à l'étranger. Il se trouve que les journaux impriment des récits et même des publicités pour promouvoir l'émigration hors des frontières chinoises. J'ai répondu à une de ces annonces d'une société appelée International Passages. Leurs bureaux, curieusement, occupaient le troisième étage d'un immeuble moderne appartenant à la Qin Shang Maritime Limited. Le prix pour passer en douce aux États-Unis représente l'équivalent de 30 000 dollars américains. Quand j'ai essayé de marchander, on m'a fait comprendre que je devais payer ou laisser tomber. J'ai payé.

Ensuite, Julia raconta sa terrible épreuve après l'embarquement sur le navire extérieurement luxueux mais dont l'intérieur était un véritable enfer. Elle raconta la cruauté inhumaine, le manque de nourriture et d'hygiène, la brutalité des gardes, son interrogatoire et les coups reçus, le transfert de ceux qui pouvaient encore se tenir debout dans des bateaux qui les emmenaient, sans qu'ils s'en doutent, vers une vie d'esclaves à terre tandis que ceux qui avaient quelques richesses étaient enfermés dans la prison du lac Orion et mis dans des cages jusqu'à ce qu'on ait pu leur extorquer davantage d'argent ; comment les très jeunes, les plus âgés et ceux qui n'auraient pas pu supporter une vie de servitude, étaient tranquillement assassinés par noyade dans le lac.

Elle raconta dans les moindres détails toute l'organisation criminelle, calmement, sans émotion apparente, ne négligeant rien, décrivant chaque centimètre du bateau mère et dessinant le plus petit, utilisé pour transporter les clandestins à terre, aux

États-Unis. Appliquant ce qu'elle avait appris au cours de son entraînement, elle décrivit les traits du visage et la taille approximative de chacun des passeurs avec lesquels elle avait été en contact, donnant leurs noms quand elle les avait entendus.

Elle raconta comment elle-même, les clandestins âgés et la famille avec les deux enfants avaient été mis de force dans la cabine étroite du catamaran noir, comment on leur avait attaché aux chevilles des poids de fonte avant de les précipiter par une trappe dans le lac. Elle dit comment un homme en combinaison de plongée noire était miraculeusement apparu et avait coupé leurs liens, les empêchant ainsi de se noyer. Puis elle décrivit comment il avait rassemblé tout le monde pour les conduire à la relative sécurité de la plage, comment il les avait réconfortés et nourris dans sa petite maison de bois sur la rive et comment il leur avait trouvé un moyen de fuir quelques minutes avant l'arrivée des forces de sécurité des passeurs. Elle expliqua comment cet homme courageux et solide avait tué cinq des gardes décidés à assassiner les clandestins, comment il avait reçu une balle dans la hanche mais avait continué comme si de rien n'était. Elle raconta comment il avait fait exploser le dock et le yacht près de la propriété, la bataille épuisante sur la rivière jusqu'à Grapevine Bay, comment elle avait descendu les deux ULM à coups de pistolet et l'indomptable courage de l'homme, au volant du hors-bord, qui avait protégé de son corps les deux enfants quand il avait cru qu'ils allaient tous exploser dans l'eau.

Julia leur raconta tout ce dont elle avait été témoin depuis qu'elle avait quitté la Chine. Mais elle n'avait pu expliquer comment et pourquoi l'homme de la NUMA avait pu se trouver près du catamaran au moment précis où elle et ses compagnons avaient été jetés dans les eaux froides du lac, ni pourquoi il avait fait une reconnaissance du bâtiment de la prison de sa propre initiative. Elle ne savait pas ce qui l'y avait poussé. C'était comme si la participation de Pitt faisait partie d'un rêve. Autrement, comment expliquer sa présence et son action sur le lac Orion ?

Elle acheva son rapport en donnant son nom puis sa voix retomba dans le silence.

— Dirk Pitt, le directeur des projets spéciaux de la NUMA ? s'écria Harper.

Russell se tourna vers lui tandis qu'il regardait Julia avec incrédulité.

— C'est exact, Pitt est celui qui nous a fait savoir que la propriété cachait une prison et qui a donné aux agents de notre bureau de Seattle les informations nécessaires pour mener à bien le raid. Sans son intervention au bon moment et son courage exceptionnel, l'agent Lee serait morte et les assassinats en masse sur le lac Orion auraient continué indéfiniment. Grâce à lui, cette macabre organisation a pu être démantelée, ce qui nous permettra de fermer notre bureau régional de Seattle.

Harper regarda Julia sans broncher.

— Un homme apparaît soudain au milieu de l'eau, en pleine nuit. Il n'est ni un agent secret ni un membre des Forces spéciales mais un ingénieur océanographe de la NUMA et à lui tout seul, il tue l'équipage d'un bateau criminel, détruit un yacht et un dock tout entier. Ensuite, il vous tire d'une embuscade de passeurs qui mitraillent un canot plein d'immigrants clandestins depuis un ULM et vous fait parcourir la rivière sur un bateau vieux de 70 ans ! Le moins qu'on puisse dire, mademoiselle Lee, c'est que votre histoire est incroyable !

— Mais chaque mot en est exact, dit fermement Julia.

— Le commissaire Monroe et moi avons rencontré l'amiral Sandecker de la NUMA il y a quelques jours. Nous avons demandé son aide pour combattre les activités clandestines de Qin Shang. Il paraît inimaginable qu'ils aient pu agir aussi rapidement !

— Bien que nous n'ayons jamais eu le temps de comparer nos notes, je suis certain que Dirk a agi de sa propre initiative, sans ordre de son supérieur.

Lorsque Harper et Russell en eurent terminé avec leur barrage de questions et changé quatre fois la cassette du magnétophone, Julia avait presque perdu la bataille contre sa fatigue. Elle avait dépassé, et de loin, ce que son devoir exigeait d'elle et ne souhaitait plus que dormir. Quand son visage aurait repris un aspect normal, elle espérait voir sa famille, mais pas avant.

Dans un état second, elle se demanda comment Dirk aurait raconté ce qui s'était passé, s'il avait été là. Elle sourit, sachant qu'il aurait probablement fait une pirouette en ce qui concernait ses exploits, trouvant le moyen de rendre avec légèreté son action et sa participation.

« Comme c'est étrange, pensa-t-elle, que je puisse prédire ses pensées alors que je ne l'ai connu que quelques heures. »

— Vous en avez supporté beaucoup plus que n'importe lequel d'entre nous aurait le droit d'exiger de vous, dit Russell en voyant que Julia avait du mal à garder les yeux ouverts.

— Vous faites honneur au service, dit sincèrement Harper en arrêtant le magnétophone. C'est un excellent rapport. Grâce à vous, un maillon important du trafic d'immigrants est désormais anéanti.

— Ils relèveront probablement la tête ailleurs, dit Julia en étouffant un bâillement.

Russell haussa les épaules.

— Dommage que nous n'ayons pas assez de preuves pour faire condamner Qin Shang par un tribunal international.

Julia se redressa soudain.

— Qu'est-ce que vous venez de dire ? Pas assez de preuves ? Mais j'ai la preuve que le faux navire de croisière, rempli de clandestins, a été enregistré par la Qin Shang Maritime Limited. Rien que cela, plus les cadavres au fond du lac Orion, devrait suffire pour faire arrêter et condamner Qin Shang !

Harper secoua la tête.

— Nous avons vérifié. Le navire a été légalement

enregistré auprès d'une obscure compagnie maritime de Corée. Et bien que les représentants de Shang s'occupent de toutes les transactions immobilières, la propriété du lac Orion est au nom d'une holding de Vancouver, au Canada, du nom de Nanchang Investments. Il est très courant que des sociétés commerciales d'offshore soient représentées par des sociétés bidon conduisant à plusieurs pays. Cela rend difficile de remonter la piste de la compagnie principale et de ses propriétaires, directeurs et actionnaires. Aussi écœurant que cela puisse paraître, pas un tribunal international ne condamnerait Qin Shang.

Julia regarda d'un air vague par la fenêtre de sa chambre. Entre deux immeubles, elle distinguait à peine les bâtiments gris et effrayants d'Alcatraz, la fameuse prison désormais abandonnée.

— Alors, tout ça, dit-elle d'un ton dégoûté, le sacrifice d'innocents dans le lac, mes épreuves, les efforts héroïques de Pitt, la descente de police dans la propriété, tout ça n'a servi à rien ? Qin Shang doit bien rigoler dans son coin et il va pouvoir continuer ses activités criminelles comme si tout cela n'était qu'un incident sans importance.

— Au contraire, la rassura Harper. Vos renseignements sont précieux. Rien ne se fait facilement et ça prendra du temps mais un jour ou l'autre, nous mettrons Qin Shang et ses semblables hors d'état de nuire.

— Peter a raison, ajouta Russell. Nous avons gagné un épisode minuscule de la guerre mais nous avons coupé un important tentacule de la pieuvre. Nous avons aussi une idée plus précise de la façon de procéder des passeurs chinois. Notre travail en sera un peu facilité, maintenant que nous savons sur quelle voie cachée nous pouvons enquêter.

Harper referma sa serviette et se dirigea vers la porte.

— Nous allons vous laisser vous reposer.

Russell tapota gentiment l'épaule de Julia.

— J'aimerais pouvoir vous accorder une longue convalescence avec les compliments de l'INS mais le quartier général à Washington veut vous voir dès que vous irez mieux.

— J'aimerais vous demander une faveur, dit Julia avant que les deux hommes ne sortent.

— Allez-y! l'encouragea Russell.

— A part une courte visite que je ferai à mes parents, ici, à San Francisco, j'aimerais reprendre mon travail au début de la semaine prochaine. Je demande à rester officiellement sur l'enquête Qin Shang.

Russell regarda Harper puis sourit.

— Cela va sans dire, assura Russell. Pourquoi pensez-vous qu'ils veuillent vous voir à Washington? Qui, à l'INS, en sait plus que vous sur l'organisation criminelle de Qin Shang?

Quand ils furent sortis, Julia fit un dernier effort pour surmonter sa fatigue. Elle prit le téléphone et composa le numéro des renseignements longue distance. Puis elle appela le quartier général de la NUMA à Washington et demanda Dirk Pitt.

On lui passa sa secrétaire qui l'informa que M. Pitt était en vacances et n'avait pas encore réintégré le bureau. Julia raccrocha et se cala contre ses oreillers. Curieusement, elle se sentait transformée.

« Voilà que j'agis comme une aventurière, pensa-t-elle, en poursuivant un homme que je connais à peine. Pourquoi a-t-il fallu, de tous les hommes du monde, que ce soit Dirk Pitt qui entre dans ma vie? »

14

Pitt et Giordino ne réussirent pas à rentrer à Washington. Quand ils rapportèrent l'hélicoptère au laboratoire de la NUMA à Bremerton sous un violent orage, l'amiral Sandecker les y attendait. La plupart des gens occupant une situation comme celle de l'amiral auraient attendu bien au sec dans un bureau en buvant une tasse de café et convoqué leurs subordonnés. Mais Sandecker était d'une autre étoffe. Lui resta dehors sous la pluie battante, se protégeant d'un bras le visage des trombes de pluie tombant des rotors de l'hélicoptère. Il resta là jusqu'à ce que les pales s'immobilisent puis s'approcha de la porte. Il attendit patiemment que Gunn l'ouvre et saute à terre, suivi de Giordino.

— Je vous attends depuis plus d'une heure ! grogna-t-il.

— On ne nous a pas prévenus que vous seriez là, amiral, dit Gunn. La dernière fois que nous nous sommes parlé, vous aviez décidé de rester à Washington.

— J'ai changé d'avis, répondit Sandecker d'un ton bourru. N'avez-vous pas amené Dirk avec vous ?

— Il a dormi comme une pierre de Grapevine Bay jusqu'ici, expliqua Giordino sans le sourire qu'il affichait toujours. Il n'est pas au mieux de sa forme. Comme s'il n'en avait pas assez fait avant d'arriver au lac Orion, il a fallu qu'il se fasse encore tirer dessus.

— Tirer dessus ? se rembrunit Sandecker. Personne ne m'a dit qu'il était blessé. C'est sérieux ?

— Pas trop. Heureusement, la balle ne s'est pas logée dans son bassin et est ressortie en haut de sa fesse droite. On a vu un médecin à Grapevine qui l'a ausculté et soigné. Il a insisté pour que Dirk ne s'agite pas à courir partout mais bien sûr, ça l'a fait rire. Il a dit qu'une bonne tequila le remettrait en pleine forme.

— Et est-ce que deux verres de tequila ont fait l'affaire ?

— Il en a fallu quatre. Voyez vous-même, ajouta Giordino tandis que Pitt descendait de l'hélicoptère.

Sandecker leva les yeux et vit un homme habillé comme un coureur des bois, maigre et épuisé, comme s'il ne s'était nourri que de baies de la forêt. Ses cheveux étaient ébouriffés, son visage tendu et émacié mais éclairé d'un large sourire, les yeux clairs et intenses.

— Mais je rêve! C'est l'amiral! dit-il. Vous êtes la dernière personne que j'aurais imaginée là, debout sous la pluie!

Sandecker avait envie de rire mais se força à froncer les sourcils et à parler comme s'il était en colère.

— J'ai cru bon de venir vous montrer mes dispositions charitables et vous épargner un voyage de 7 000 kilomètres, répondit-il.

— Vous ne souhaitez pas que je retourne au bureau?

— Non. Al et vous partez pour Manille.

— Manille? s'étonna Pitt. C'est aux Philippines.

— Je n'ai pas entendu dire qu'on l'avait changé de place.

— Quand?

— Dans moins d'une heure.

— Dans moins d'une heure? répéta Pitt en le dévisageant.

— Je vous ai réservé deux places sur un vol commercial transpacifique. Et Al et vous avez intérêt à le prendre!

— Et que sommes-nous supposés faire en arrivant à Manille?

— Si vous voulez bien sortir de cette pluie avant que nous soyons tous noyés, je vous le dirai.

Après avoir obligé Pitt à boire deux tasses de café, Sandecker réunit sa meilleure équipe d'océanographes dans la solitude discrète d'un aquarium. Assis au milieu des caissons de verre remplis de tout ce qui vit dans le nord du Pacifique qu'étudiaient les biologistes de la NUMA, l'amiral raconta à Pitt et Giordino la réunion à laquelle les avait conviés le Président en même temps que les gros bonnets des services de l'Immigration et de la Naturalisation.

— Cet homme dont vous avez découvert les agissements criminels au lac Orion dirige un vaste empire voué au trafic d'immigrants clandestins dans presque tous les pays du monde. Il déverse littéralement des millions de Chinois en Amérique, en Europe et en Amérique du Sud. Dans le plus grand secret, il est soutenu et souvent financé par le gouvernement chinois. Plus ils peuvent faire sortir de Chinois de ce pays surpeuplé, plus ils peuvent en caser à des postes influents au-delà de leurs frontières et plus ils accroissent leurs chances d'installer des bases puissantes au niveau international, bases qui suivent les directives de la mère patrie. Il s'agit d'une conspiration à l'échelle mondiale qui pourrait avoir des conséquences incroyables si l'on n'arrive pas à arrêter Qin Shang.

— Cet homme est responsable des centaines de morts qui gisent au fond du lac Orion, dit Pitt avec colère. Et vous me dites qu'on ne peut pas l'accuser de génocide et le pendre ?

— L'accuser et le condamner, ce sera difficile, répondit Sandecker. Qin Shang a plus de barrières autour de lui qu'il n'y a de vagues arrivant sur les côtes. Le commissaire général de l'INS, Duncan Monroe, m'a dit que Qin Shang est si bien protégé, politiquement et financièrement, qu'il n'existe aucune preuve le reliant aux crimes du lac Orion.

— Il paraît imprenable, ajouta Gunn.

— Personne n'est imprenable, dit Pitt. Tout le monde a un talon d'Achille.

— Et comment coincerons-nous ce porc ? demanda Giordino.

Sandecker répondit partiellement en expliquant les deux objectifs que le Président avait fixés à la NUMA, à savoir enquêter sur l'ancien transatlantique *United States* et sur le port appartenant à Qin Shang à Sungari, en Louisiane.

— Rudi va réunir une équipe spéciale pour aller fouiner sous les eaux de Sungari. Dirk et Al, vous examinerez l'ancien transatlantique.

— Et où se trouve ce *United States* ? demanda Pitt.

— Il y a trois jours, il était encore à Sébastopol,

sur la mer Noire, où on le remet en état. Mais d'après
des photos du satellite de surveillance, il a quitté le
bassin de radoub et passé les Dardanelles, se dirigeant vers le canal de Suez.

— Ça fait un sacré voyage pour un navire de
55 ans, dit Giordino.

— Ce n'est pas inhabituel, répondit Pitt en
contemplant le plafond comme s'il cherchait un
vieux souvenir enfoui dans sa mémoire. Le *United
States* pourrait laisser tout le monde sur place. Il a
battu le *Queen Mary* de dix bonnes heures sur la traversée de l'Atlantique. Pour son voyage inaugural, il
a établi un record de vitesse entre New York et
l'Angleterre, avec 35 nœuds de moyenne, un record
qui n'a jamais été battu depuis.

— Il a dû être joliment rapide, dit Gunn. Cela
signifie environ 65 kilomètres à l'heure.

— En effet, confirma Sandecker, et il est toujours
plus rapide que n'importe quel navire de commerce
avant lui et depuis.

— Comment Qin Shang a-t-il mis la main dessus ?
demanda Pitt. J'avais cru comprendre que l'administration de la marine américaine refusait de le vendre
à moins qu'il ne batte pavillon américain.

— Qin Shang a rapidement réglé la question en le
faisant acheter par une compagnie américaine qui, à
son tour, l'a vendu à un acheteur représentant une
nation amie. Dans le cas précis, un homme d'affaires
turc. Les autorités américaines ont découvert trop
tard qu'un nationaliste chinois avait acheté le navire
en se faisant passer pour l'acheteur turc.

— Mais pourquoi Qin Shang voulait-il le *United
States* ? insista Pitt qui n'avait pas encore compris.

— Il est en affaires avec l'Armée de Libération
populaire de Chine, répondit Gunn. L'accord qu'il a
avec eux l'autorise à utiliser le navire, sans doute
pour passer des clandestins sous des dehors de
navire de croisière. Les militaires chinois, quant à
eux, avaient la possibilité de réquisitionner le navire
et de le convertir en transport de troupes.

— On se demande pourquoi le ministère de la Défense n'a pas pensé à faire la même chose il y a des années, dit Giordino. Il aurait pu transporter des divisions entières des États-Unis en Arabie Saoudite en moins de cinq jours au moment de la guerre du Golfe.

Sandecker se frotta la barbe d'un air pensif.

— De nos jours, on transporte les troupes par avion. Les navires servent surtout à transporter les fournitures et les équipements. Et de toute façon, cette ancienne gloire des océans n'était plus dans sa prime jeunesse.

— Alors, quel est notre boulot ? demanda Pitt dont la patience s'épuisait. Si le Président veut que nous empêchions le *United States* de faire entrer des clandestins dans ce pays, pourquoi ne donne-t-il pas l'ordre à un sous-marin nucléaire d'aller lancer discrètement une ou deux torpilles Mark XII dans ses flancs ?

— Et donner aux militaires chinois une excuse en béton pour nous rendre la monnaie de notre pièce en faisant sauter un navire américain plein de touristes ? répondit sèchement l'amiral. Je ne crois pas. Il y a des façons moins hasardeuses et plus pratiques de mettre Qin Shang à genoux.

— Comme quoi, par exemple ? demanda prudemment Giordino.

— Des réponses ! aboya Sandecker. Il faut déjà en trouver aux questions les plus confuses avant que l'INS puisse intervenir.

— Nous ne sommes pas des spécialistes des actions secrètes, dit Pitt que cette discussion ne semblait pas perturber. Qu'attend-il de nous ? Que nous prenions nos billets, réservions une cabine et envoyions des questionnaires au commandant et à l'équipage ?

— Je sais bien que vous trouvez cela peu inspirant, admit Sandecker qui se rendait compte du peu d'enthousiasme que marquaient Pitt et Giordino pour cette mission, mais je suis tout ce qu'il y a de plus sérieux en disant que les renseignements que vous obtiendrez seront essentiels au bien-être futur du pays. L'immigration clandestine ne peut pas continuer à ce rythme. Des salopards comme Qin Shang perpètrent une version moderne du commerce des esclaves.

Sandecker s'interrompit et regarda Pitt dans les yeux.

— On m'a dit que vous aviez pu voir de vos propres yeux un exemple de l'humanité de ces gens ?

— Oui, j'ai vu l'horreur, dit Pitt avec un imperceptible hochement de tête.

— Le gouvernement doit bien pouvoir faire quelque chose pour sauver ces gens de l'esclavage, non ?

— On ne peut pas protéger les gens qui vivent illégalement dans un pays s'ils disparaissent après y être entrés sans papiers, répondit Sandecker.

— Ne pourrait-on pas constituer une force pour les débusquer, les libérer puis les relâcher dans la société ? insista Gunn.

— L'INS a 1 600 enquêteurs répartis sur 50 États, sans compter ceux qui travaillent à l'étranger et qui ont fait plus de 300 000 arrestations d'immigrants clandestins engagés dans des activités criminelles. Il faudrait deux fois plus d'enquêteurs rien que pour garder cet équilibre.

— Combien de clandestins pénètrent-ils chaque année aux États-Unis ? demanda Pitt.

— Il n'y a aucun moyen de tenir un compte exact, répondit Sandecker. D'après les estimations, il y en a eu au moins deux millions venus de Chine et d'Amérique centrale l'an dernier.

Pitt contempla par la fenêtre les eaux calmes du Puget Sound. La pluie avait cessé et les nuages étaient moins serrés. Un arc-en-ciel se formait lentement au-dessus des docks.

— Quelqu'un a-t-il une idée de la façon dont tout ça va finir ?

— Par une sacrée surpopulation ! dit Sandecker. Le dernier recensement donne une population de

250 millions aux États-Unis. Avec l'accroissement des naissances et l'immigration, on arrivera à 360 millions vers 2050.

— Encore cent millions dans les cinquante ans à venir ! s'exclama Giordino. J'espère être mort avant.

— Difficile d'imaginer les changements qui se préparent dans ce pays, dit pensivement Gunn.

— Toutes les grandes nations, toutes les civilisations tombent à cause de la corruption de l'intérieur ou sont changées à jamais par l'immigration étrangère, dit Sandecker.

Le visage de Giordino exprimait l'indifférence. L'avenir ne l'intéressait que modérément. Contrairement à Pitt que le passé passionnait, Giordino ne vivait que dans le présent. Gunn, contemplatif à son habitude, regardait le plancher, essayant de réaliser les problèmes qu'une augmentation de 50 % de la population signifierait pour lui.

— Ainsi, le Président, dans son infinie sagesse, attend que nous comblions la digue de nos propres mains ? dit sèchement Pitt.

— Et comment sommes-nous supposés mener la croisade ? demanda Giordino en sortant un énorme cigare de son étui de cèdre et en en passant très lentement le bout sur la flamme de son briquet.

Sandecker regarda le cigare, rougissant en le reconnaissant comme l'un de sa réserve cachée personnelle.

— Quand vous arriverez à l'aéroport international de Manille, vous serez accueilli par un homme appelé John Smith [1]...

— Ça, c'est original, marmonna Giordino. J'ai toujours rêvé de rencontrer le type dont la signature précède si souvent la mienne sur les registres des hôtels.

Si un étranger avait écouté la discussion, il aurait pu croire que les membres de la NUMA n'avaient

---

1. John Smith est le nom le plus répandu dans les pays anglophones.

aucun respect mutuel et qu'il régnait entre eux une animosité permanente. Rien ne pouvait être plus loin de la vérité. Pitt et Giordino avaient pour Sandecker une admiration totale et sans limites. Ils se sentaient aussi proches de lui que de leurs propres pères. Ils avaient, en de nombreuses occasions, risqué leur vie pour sauver la sienne sans la moindre hésitation. Au cours des années, ce jeu d'échanges était devenu une habitude. Leur indifférence était feinte. Pitt et Giordino étaient trop indépendants pour accepter des ordres sans faire au moins semblant de se rebeller. Ils n'avaient pas la réputation de se mettre au garde-à-vous et de saluer, avec une ferveur religieuse, chaque fois qu'il ouvrait la porte de son bureau. Ils jouaient les marionnettes tirant les fils d'autres marionnettes avec un indéfectible sens de l'humour.

— Bon. On atterrit à Manille et on attend qu'un M. John Smith se présente, résuma Pitt. J'espère que le projet est plus étoffé que ça !

— Smith vous conduira dans la zone des docks, poursuivit Sandecker. Là, vous embarquerez sur un vieux navire marchand de cabotage. Comme vous le découvrirez, c'est un bateau plutôt inhabituel. Au moment où vous mettrez le pied sur le pont, le submersible *Sea Dog II* de la NUMA sera discrètement installé à bord. Votre mission, quand le moment sera opportun, consistera à inspecter et à photographier la coque du *United States* sous la ligne de flottaison.

Pitt secoua la tête avec une expression d'incrédulité.

— On tourne autour et on examine un navire aussi long que trois terrains de football. Ça nous prendra au moins 48 heures en plongée. Et naturellement, les copains de Qin Shang ne penseront pas à descendre des capteurs autour de la coque pour éviter précisément ce genre d'intrusion ! Qu'est-ce que tu en penses, Al ?

— C'est comme donner une tétine à un bébé, répondit Giordino. Mon seul problème est de savoir comment un submersible dont la vitesse max. est de quatre nœuds peut faire la course avec un navire qui en fait trente-cinq?

Sandecker jeta à Giordino un long regard noir puis répondit à sa question.

— Vous ferez votre inspection sous-marine pendant que le navire sera à quai au port. C'est évident!

— Et à quel port pensez-vous? demanda Pitt.

— Les informateurs de la CIA à Sébastopol affirment que le navire se dirige vers Hong Kong où l'on doit achever les travaux d'aménagement intérieur et mettre les équipements avant qu'il n'embarque des passagers pour des voyages dans et autour des villes portuaires des États-Unis.

— La CIA est sur le coup?

— Toutes les agences de renseignements de ce pays coopèrent avec l'INS jusqu'à ce qu'elles puissent, ensemble, contrôler la situation.

— Un navire marchand de cabotage, dit Pitt. Quel est le propriétaire et qui est le commandant?

— Je sais à quoi vous pensez, répondit Sandecker. Laissez tomber toute idée de liaison avec une agence de renseignements. Le navire appartient à un particulier. C'est tout ce que je peux vous dire.

Giordino souffla un gros nuage de fumée bleue vers un aquarium plein de poissons.

— Il doit bien y avoir un peu plus de 1 000 milles entre Manille et Hong Kong. Aucun des vieux rafiots que je connais ne fait plus de 8 ou 9 nœuds. Nous envisageons un voyage de presque cinq jours. Disposerons-nous du luxe d'un temps aussi long?

— Vous serez débarqués à Hong Kong à moins d'un quart de mille du *United States* et vous contemplerez sa quille 48 heures après avoir quitté les Philippines, répondit Sandecker.

— Voilà qui devrait se révéler passionnant, dit Giordino, les sourcils levés montrant son scepticisme.

15

Il était 11 heures du soir, aux Philippines, quand Pitt et Giordino descendirent du vol commercial venant de Seattle, passèrent la douane et pénétrèrent dans le terminal principal de l'aéroport international Ninoy Aquino. Un peu en retrait de la foule, ils aperçurent un homme portant une pancarte rudimentaire. En général, ce genre de pancarte porte les noms des passagers accueillis. Celle-là portait un seul nom : SMITH.

L'homme était grand et rustaud. Il aurait pu, en son temps, être un haltérophile olympique mais il s'était probablement laissé aller et son estomac avait pris les proportions d'un énorme melon d'eau. Il s'affaissait au-dessus d'un pantalon sale tenu par une ceinture de cuir trop courte d'au moins trois tailles. Son visage portait les traces de nombreuses bagarres, avec un grand nez si souvent cassé qu'il virait sur la joue gauche. Une barbe de plusieurs jours couvrait ses lèvres et son menton. Il avait les yeux rouges sans qu'on puisse deviner si c'était à cause de l'alcool ou du manque de sommeil. Ses cheveux noirs étaient collés à son crâne comme une casquette graisseuse, ses dents étaient jaunes et irrégulières. Comparés au reste de sa personne, ses biceps et ses avant-bras semblaient remarquablement musclés et tendus. Ils étaient couverts de tatouages. L'homme portait une casquette de yachtsman crasseuse et une combinaison militaire.

— Il me fiche les boules, murmura Giordino. On dirait le vieux Barbe Noire en personne.

Pitt s'approcha de ce déchet de l'humanité.

— C'est gentil à vous de nous accueillir, monsieur Smith, dit-il.

— Content de vous avoir à bord, répondit Smith avec un sourire aimable. Le commandant vous attend.

N'ayant emporté que quelques sous-vêtements,

objets de toilette et vêtements de travail achetés dans un bazar de Seattle, le tout entassé dans deux sacs de toile, Pitt et Giordino n'eurent pas besoin d'attendre l'arrivée des bagages. Ils suivirent Smith jusqu'au parking de l'aéroport. Il s'arrêta près d'un van Toyota qui semblait avoir passé sa vie en courses d'endurance autour de l'Himalaya. Presque toutes les vitres étaient cassées et remplacées par des planches de contreplaqué. La peinture n'était plus qu'un souvenir et les armatures des sièges rouillées. Pitt observa les pneus neufs aux sculptures profondes et écouta avec intérêt le ronflement profond du puissant moteur qui tourna dès que Smith toucha le démarreur.

Le van s'éloigna avec Pitt et Giordino inconfortablement installés sur les sièges de vinyle usés et déchirés. Pitt donna un léger coup de coude à son ami pour attirer son attention et parla assez haut pour que le chauffeur puisse entendre.

— Dites-moi, monsieur Giordino, est-il vrai que vous êtes très observateur ?

— Je le suis, répondit Giordino, comprenant immédiatement ce que Pitt avait en tête. Rien ne m'échappe. Et n'oublions pas que vous l'êtes aussi, monsieur Pitt. Vos pouvoirs de prédiction sont connus dans le monde entier. Accepteriez-vous de montrer vos talents ?

— Très volontiers !

— Alors, je vous pose une question. Que diriez-vous de ce véhicule ?

— Je dirais qu'il pourrait sortir d'un film de Hollywood et que même un hippie qui se respecte ne voudrait pas être vu dedans, même mort. Et pourtant, ses pneus sont impeccables et son moteur tourne comme une horloge et fait au moins 400 chevaux. C'est curieux, non ? Qu'en dites-vous ?

— Très astucieux, monsieur Pitt. C'est exactement mon avis.

— Et vous, monsieur Giordino, que dit votre remarquable instinct de notre chauffeur bon vivant ?

— Un homme obsédé par la chicane, le trafic et

les affaires louches. En un mot, un artiste de l'escro-
querie.

Giordino était dans son élément et disposé à en
faire trop.

— Avez-vous remarqué son estomac protubérant ?
poursuivit-il.

— Un coussin mal mis ?

— Exactement, s'exclama Giordino comme s'il
avait une révélation. Et puis il y a ces cicatrices sur
sa figure et son nez aplati.

— Un mauvais maquillage ? demanda innocem-
ment Pitt.

— On ne peut pas vous tromper, n'est-ce pas ?

Le vilain visage du conducteur se tordit en une grimace que les deux hommes saisirent dans le rétroviseur mais rien n'aurait pu arrêter Giordino.

— Et, bien sûr, vous avez noté la perruque noyée
de pommade ?

— Bien évidemment.

— Et que dites-vous des tatouages ?

— Faits à l'encre ? suggéra Pitt.

Giordino secoua la tête.

— Vous me décevez, monsieur Pitt. Ce sont des
décalcomanies. N'importe quel novice aurait vu ça.

— Je suis impardonnable.

Incapable de garder plus longtemps son calme, le
conducteur aboya par-dessus son épaule.

— Vous vous croyez malins, mes petits messieurs ?

— On fait ce qu'on peut, dit Pitt.

Ayant fait ce qu'ils croyaient devoir faire, c'est-
à-dire montré qu'ils n'étaient pas tombés dans le
panneau, Pitt et Giordino restèrent silencieux tandis
que le van empruntait la jetée d'un terminal maritime. Smith contourna d'énormes grues et des piles
de caisses puis s'arrêta en face d'une grille le long du
bord de la jetée. Sans un mot, il descendit du véhicule et se dirigea vers une rampe menant à une chaloupe amarrée à un petit dock flottant. Les deux
hommes de la NUMA embarquèrent avec lui sans
rien dire.

Le marin, debout près de la barre à l'arrière du bateau, était noir de la tête aux pieds : pantalon et tee-shirt, casquette enfoncée sur les oreilles malgré la chaleur tropicale et l'humidité.

La chaloupe se fraya un chemin entre les piles de bois et se dirigea vers un navire ancré à environ un kilomètre du terminal. Autour de lui brillaient les lumières d'autres navires attendant leur tour d'être chargés ou déchargés sous les grosses grues. L'air était clair comme du cristal et au loin, de l'autre côté de la baie de Manille, les feux colorés des bateaux de pêche étincelaient comme des pierres précieuses contre le ciel noir.

La silhouette du navire commença à se préciser dans la nuit et Pitt vit bientôt qu'il ne s'agissait pas d'un de ces steamers typiques qui labourent les mers du Sud, d'île en île. Comme il le vérifia plus tard, c'était un haleur de bois de la Côte Pacifique avec des cales vastes, sans superstructures latérales. La salle des machines était à l'arrière, sous les cabines de l'équipage. Une unique cheminée se dressait à l'avant de la timonerie avec, derrière, un mât élevé. Un second mât, plus petit, dominait le gaillard d'avant. Pitt devina que ce navire jaugeait entre 4 000 et 5 000 tonneaux et mesurait environ 90 mètres de long et 14 mètres de large. Un bateau de cette taille avait dû transporter au moins 9 000 tonnes de bois. Mais son époque était révolue depuis longtemps. Les navires de son âge qui avaient transporté les produits des scieries reposaient depuis un demi-siècle dans la vase des chantiers d'équarrissage, ayant laissé la place à des péniches et des remorqueurs modernes.

— Comment s'appelle ce navire ? demanda Pitt.

— L'*Oregon*.

— J'imagine qu'il a transporté pas mal de bois en son temps ?

Smith dévisagea Pitt.

— Comment un joli monsieur comme vous peut-il savoir ça ?

— Quand mon père était jeune, il commandait un navire de flottage. Il a fait des dizaines d'allers et retours entre San Diego et Portland avant de finir ses études. Il a une photo de ce bateau sur le mur de son bureau.

— L'*Oregon* a fait Vancouver San Francisco pendant près de 25 ans avant d'être mis à la retraite.

— Je me demande de quand il date.

— De bien avant votre naissance et la mienne, dit Smith.

Le barreur plaça la chaloupe le long de la coque, autrefois peinte en orange sombre maintenant décolorée par la rouille, comme le révélaient les lumières courant le long des mâts et le reflet du feu de navigation tribord. Il n'y avait pas d'échelle de coupée, rien qu'une échelle de corde avec des barreaux de bois.

— Après vous, joli cœur, dit Smith en montrant le pont.

Pitt monta le premier, suivi de Giordino. Tout en grimpant, il passa les doigts sur une large plaque de rouille. La plaque était lisse et aucune rouille ne resta sur ses doigts. Les écoutilles du pont étaient fermées et les plates-bandes de marchandises négligemment arrimées. Plusieurs grosses caisses de bois, entassées sur le pont, paraissaient avoir été attachées par des singes inexpérimentés. Selon toutes les apparences, l'équipage manœuvrait ce qu'on appelle souvent un navire mal tenu. Aucun marin n'était en vue et les ponts semblaient déserts. Seule une radio diffusant une valse de Strauss indiquait une vie à bord. La musique ne correspondait nullement à l'aspect général du navire. Pitt se dit qu'une ballade pour une poubelle aurait été plus appropriée. Il ne vit aucun signe du *Sea Dog II*.

— Notre submersible est-il arrivé ? demanda-t-il à Smith.

— Il est emballé dans une grande caisse juste derrière le gaillard d'avant.

— Par où est la cabine du commandant ?

La minable escorte leva une plaque sur le pont,

révélant une échelle menant à ce qui ressemblait à une cale.

— Vous le trouverez là, en bas.

— Les commandants de navire ne sont généralement pas cantonnés dans des compartiments cachés, dit Pitt en regardant la superstructure arrière. Sur tous les navires que j'ai connus, la cabine du commandant est sous la timonerie.

— En bas, joli cœur, répéta Smith.

— Mais dans quoi Sandecker nous a-t-il fourrés ? murmura Giordino, un peu inquiet en tournant le dos à Pitt et en adoptant instinctivement une position de combat.

Calmement, comme si c'était la chose la plus naturelle du monde, Pitt posa son sac de toile sur le pont, ouvrit la fermeture Éclair d'une poche et sortit son Colt .45. Avant que Smith ait compris ce qui arrivait, il sentit le canon de l'arme sous son menton.

— Excusez-moi de ne pas l'avoir dit avant, mais j'ai fait sauter la tête de la dernière personne qui m'a appelé joli cœur.

— D'accord, vieux, dit Smith sans la moindre trace de peur, je sais reconnaître un flingue quand j'en vois un. Il n'a pas l'air en très bon état mais on voit qu'il est bien utilisé. Pointez-le ailleurs, s'il vous plaît. Vous ne voudriez pas être blessé, hein ?

— Je ne crois pas que ce soit moi qui risque de l'être, dit calmement Pitt.

— Il vaudrait peut-être mieux regarder autour de vous.

C'était un truc vieux comme le monde mais Pitt n'avait rien à perdre. Il jeta un coup d'œil sur le pont et vit des hommes sortir de l'ombre. Pas deux ou trois mais six d'un coup, aussi crasseux que Smith, chacun avec une arme automatique pointée sur Pitt et Giordino. Des hommes silencieux, mal habillés et sales.

Pitt retira vivement le cran de sûreté et pressa un peu plus son Colt dans la chair de Smith.

— Cela changerait-il quelque chose si je disais que, si je saute, tu sautes aussi ?

— Et tu laisserais ton copain se faire descendre aussi? dit Smith avec un sourire béat. D'après ce que je sais, Pitt, vous êtes loin d'être idiot.

— Et que savez-vous de moi exactement?

— Rangez ce flingue et nous parlerons.

— Je vous entends parfaitement d'où je suis.

— Relax, les gars, dit Smith à ses hommes. Il faut faire preuve d'un peu de classe et traiter nos hôtes avec respect.

L'équipage de l'*Oregon*, contre toute attente, baissa les armes et se mit à rire.

— C'est bien fait, skipper [1], dit l'un des hommes. Vous nous aviez dit qu'ils seraient certainement des nunuches de la NUMA qui boivent du lait et ne mangent que des brocolis.

Giordino se glissa tranquillement dans le jeu.

— Hé! Les gars, vous n'auriez pas un peu de bière sur ce rafiot?

— Dix marques différentes, dit un marin en lui appliquant une tape dans le dos. Content d'avoir à bord des passagers qui ont un peu d'estomac.

Pitt baissa son arme et remit le cran de sûreté en place.

— J'ai l'impression qu'on s'est fait avoir!

— Désolé de vous avoir bousculés, dit Smith en riant, mais on ne peut pas baisser la garde une seconde.

Il se tourna vers ses hommes et ordonna :

— Levez l'ancre, les gars. C'est parti pour Hong Kong.

— L'amiral Sandecker nous avait prévenus que ce bateau était très inhabituel, dit Pitt en remettant le Colt dans son sac, mais il n'avait rien dit de l'équipage!

— Si on peut laisser tomber les masques, dit Smith, je vais vous montrer ce qui est en bas.

Il laissa tomber l'échelle par l'étroite écoutille et disparut. Pitt et Giordino le suivirent, se retrouvant

---

1. Nom familier du commandant.

dans une grande pièce très éclairée, avec une moquette et des murs peints de couleurs pastel. Smith ouvrit une porte vernie et leur fit signe d'entrer.

— Vous pourrez vous partager cette cabine. Posez vos affaires, installez-vous et je vous présenterai au commandant. Vous trouverez sa cabine derrière la quatrième porte, à bâbord avant.

Pitt entra et alluma la lumière. La cabine n'avait rien de spartiate. Elle était aussi chic que n'importe quelle cabine d'un paquebot de luxe. Bien décorée et superbement meublée, il n'y manquait que des portes coulissantes donnant sur une véranda privée. La seule chose pouvant évoquer le monde extérieur était un hublot peint sur le mur.

— Comment ? s'exclama Giordino. Il n'y a pas de corbeille de fruits ?

Pitt, fasciné, regarda autour de lui.

— Je me demande s'il faut porter un smoking pour dîner avec le commandant !

Ils entendirent le roulement métallique de la chaîne d'ancre qu'on remontait et sentirent, aux vibrations, que les moteurs se mettaient en marche sous leurs pieds. L'*Oregon* entamait son voyage, quittant la baie de Manille, vers Hong Kong.

Quelques minutes plus tard, ils frappaient à la porte de la cabine du commandant.

Si leur cabine ressemblait à un appartement luxueux, celle-ci aurait pu être confondue avec une suite royale. On aurait dit la vitrine d'un décorateur de Rodeo Drive [1] à Beverly Hill. Le mobilier était superbe et de bon goût. Les murs — ou les cloisons, comme on dit sur un bateau — étaient recouverts de riches panneaux et de tentures, le sol, de tapis épais et profonds. Sur deux des cloisons pendaient des tableaux splendides. Pitt s'approcha d'une huile et l'examina. Dans un cadre magnifique, une marine

1. Avenue prestigieuse où habitent les grands acteurs de Hollywood.

montrait un homme noir étendu sur le pont d'un petit sloop démâté, un banc de requins nageant autour de sa coque.

— C'est le *Gulf Stream* de Winslow Homes, dit Pitt. Je le croyais au musée de New York ?

— L'original y est, répondit l'homme debout près d'un très ancien bureau à rouleau. Les toiles que vous voyez ici ne sont que des copies. Avec le travail que je fais, aucune compagnie d'assurances n'accepterait de couvrir des originaux.

Un homme élégant d'environ 35 ans avec des yeux bleus et des cheveux blonds coupés court s'approcha et tendit une main soignée.

— Président Juan Rodriguez Cabrillo, à votre service, dit-il.

— Président comme président d'un conseil d'administration ?

— Une entorse à la tradition maritime, expliqua Cabrillo. Ce bateau est mené comme une société, une administration si vous préférez. Le personnel préfère être considéré comme des actionnaires.

— C'est dingue, ça ! dit Giordino. Laissez-moi deviner, votre premier officier est le directeur général ?

— Non, répondit Cabrillo, c'est le chef mécanicien qui est directeur général. Le premier officier est vice-président.

Giordino leva un sourcil.

— C'est la première fois qu'on m'explique que le Royaume d'Oz [1] possède un bateau.

— Vous vous y ferez, assura Cabrillo.

— Si je me rappelle bien l'histoire de cette nation, dit Pitt, votre famille a découvert la Californie vers l'an 1500.

— Mon père assure que ce Cabrillo-là était notre ancêtre, répondit Cabrillo en riant. Mais j'ai des doutes. Mes grands-parents venaient de Somara, au Mexique, et ont passé la frontière en 1931 pour deve-

1. Allusion au *Magicien d'Oz*.

nir américains cinq ans plus tard. A ma naissance,
ils ont insisté pour que mes parents me baptisent
comme cet illustre personnage historique de Californie.

— J'ai l'impression que nous nous sommes déjà
rencontrés, dit Pitt.

— Disons il y a une vingtaine de minutes, ajouta
Giordino.

— Votre imitation de clochard, président Cabrillo
alias M. Smith, était très professionnelle.

Cabrillo éclata de rire.

— Messieurs, vous êtes les premiers à avoir percé
mon déguisement de sac à vin et vieux loup de mer.

Contrairement au personnage qu'il avait joué,
Cabrillo était bien bâti et plutôt mince. Le nez cassé
avait disparu ainsi que les tatouages et l'estomac
proéminent.

— Je dois admettre que je vous ai cru jusqu'à ce
que je voie le van.

— Oui, notre voiture n'est pas tout à fait ce qu'elle
paraît être.

— Ce navire, dit Pitt, votre petite représentation,
cette façade, à quoi cela vous sert-il ?

Cabrillo leur fit signe de prendre place sur un sofa
de cuir et ouvrit un bar en teck.

— Un verre de vin ?

— Je préférerais une bière, dit Giordino.

Cabrillo lui en tendit une chope.

— Une San Miguel des Philippines, précisa-t-il.

Puis, tendant à Pitt un verre de vin :

— C'est un chardonnay Wattle Creek qui vient de
Alexander Valley, en Californie.

— Vous avez un goût excellent, le complimenta
Pitt. Et je suis sûr que c'est aussi vrai de votre cuisine.

— J'ai volé le chef d'un très grand restaurant de
Bruxelles, en Belgique. J'ajoute que si vous attrapez
une indigestion en goûtant ma cuisine, j'ai aussi un
excellent hôpital avec un chirurgien de première
classe doublé d'un dentiste.

— Je suis curieux de savoir, monsieur Cabrillo, quelle sorte de commerce exerce l'*Oregon* et pour qui vous travaillez exactement.

— Ce navire est un petit chef-d'œuvre servant à recueillir des renseignements, répondit Cabrillo sans hésiter. Nous allons là où les navires de la Navy ne peuvent pas aller, nous entrons dans les ports fermés à la plupart des navires de commerce et nous transportons des marchandises tout à fait secrètes sans éveiller les soupçons. Nous travaillons pour toutes les agences gouvernementales des États-Unis qui ont besoin de nos services très particuliers.

— Alors, vous ne dépendez pas de la CIA ?

— Bien que notre « équipage » soit composé de quelques anciens agents secrets, l'*Oregon* est manœuvré par un équipage d'élite d'anciens marins et officiers de marine, tous à la retraite.

— Je n'ai pas pu le voir dans l'obscurité mais sous quel pavillon naviguez-vous ?

— L'Iran, répondit Cabrillo avec un petit sourire. Le dernier pays qui pourrait faire croire aux autorités portuaires que nous avons un rapport avec les États-Unis.

— Si je ne me trompe, dit Pitt, vous êtes tous des mercenaires.

— Je peux dire honnêtement que nous travaillons pour de l'argent, oui. Nous sommes très bien payés pour accomplir toutes sortes de missions secrètes.

— Qui possède ce navire ? demanda Giordino.

— Chacun à bord est actionnaire de la société. Certains d'entre nous ont plus d'actions que d'autres mais il n'y a pas un membre de l'équipage qui n'ait au moins cinq millions de dollars investis à l'étranger.

— Est-ce que l'IRS [1] vous connaît ?

— Le gouvernement a des fonds secrets pour des missions comme les nôtres, expliqua Cabrillo. Nous avons des accords aux termes desquels ils paient nos

---

1. Service des Impôts des États-Unis.

taxes par l'intermédiaire d'un réseau de banques qui n'ouvrent pas leurs livres de comptes aux audits de l'IRS.

— Une belle organisation, dit Pitt en buvant une gorgée de vin.

— Mais qui n'exclut pas le danger et parfois le désastre. L'*Oregon* est notre troisième navire. Les autres ont été détruits par des forces peu amicales. Je pourrais ajouter qu'en treize ans de missions, nous avons perdu vingt hommes.

— Des agents étrangers qui vous ont attrapés ?

— Non, jusqu'à présent, nous n'avons jamais été démasqués. Il y a eu d'autres circonstances.

Quelles qu'elles aient pu être, Cabrillo ne les expliqua pas.

— Qui a autorisé ce voyage ? demanda Giordino.

— En confidence, notre ordre de mission émane de la Maison Blanche.

— On ne peut guère aller plus haut !

Pitt regarda le commandant.

— Pensez-vous pouvoir nous approcher suffisamment du *United States* ? Nous devons inspecter une grande surface de la coque et nous ne disposons que d'un temps limité en plongée à cause des batteries du *Sea Dog II*. Si vous devez ancrer l'*Oregon* à un mille ou plus de la cible, l'aller et le retour diminueront considérablement le temps d'inspection.

Cabrillo lui rendit son regard, confiant.

— Je vous laisserai assez près pour que vous fassiez voler un cerf-volant au-dessus des cheminées.

Il se servit un autre verre de vin et dit, en levant la main :

— Au succès de notre voyage !

16

Pitt monta sur le pont et regarda le feu du mât se balancer contre la voie lactée. S'appuyant au bastingage, il regarda au loin l'île de Corregidor tandis que l'*Oregon* sortait de la baie de Manille. Sa masse à peine définie se découpait dans la nuit, gardant l'entrée de la baie dans un silence de mort. Quelques lumières clignotaient à l'intérieur de l'île et l'on apercevait la lueur rouge de la tour de transmission. Pitt avait du mal à imaginer la tuerie et la destruction qui avaient ravagé ce petit coin de rochers pendant les années de guerre. Les morts, américains en 1942, japonais en 1945, se comptaient par milliers. Il y avait un petit village de huttes près du quai en ruine où le général Douglas MacArthur avait abordé le torpilleur du commandant Buckley au début de son voyage vers l'Australie et au retour.

Pitt sentit l'odeur âcre d'un cigare et se retourna. Un des marins s'approchait de lui et du bastingage. Dans les lumières changeantes, Pitt distingua un homme d'une bonne cinquantaine d'années. Il reconnut Max Hanley, à qui on l'avait présenté plus tôt non pas en tant qu'ingénieur mécanicien ou premier officier mais en tant que vice-président chargé des méthodes opérationnelles.

Dès qu'on avait atteint la sécurité de la pleine mer, Hanley comme le reste de l'équipage dévoué, s'était complètement transformé en enfilant des vêtements de sport plus appropriés sur un terrain de golf que sur un navire. Il portait des chaussures de tennis, un short blanc et un polo beige. Il tenait une tasse de café. Sa peau était rouge mais non bronzée, ses yeux bruns et vifs, son nez gros et une petite mèche de cheveux auburn lui balayait le front.

— Ce vieux rocher porte une sacrée page d'Histoire ! dit Hanley. Je viens toujours sur le pont quand nous le doublons.

— Il est plutôt calme, en ce moment, remarqua Pitt.

— Mon père est mort dessus en 42 quand le gros canon qu'il manœuvrait a été frappé en plein par les bombardiers japonais.

— Beaucoup d'hommes courageux sont morts avec lui.

— En effet, dit Hanley en regardant Pitt dans les yeux. C'est moi qui dirigerai la mise à l'eau de votre submersible. Si mes ingénieurs et moi-même pouvons faire quelque chose pour votre équipement et vos appareils électroniques, n'hésitez pas.

— Oui, il y a quelque chose.

— Allez-y.

— Est-ce que vous pourriez rapidement repeindre le *Sea Dog II* ? La couleur turquoise de la NUMA est extrêmement visible de la surface en eaux peu profondes.

— Quelle couleur voulez-vous ?

— Un vert moyen, expliqua Pitt, une teinte qui se fonde avec l'eau du port.

— Je vais faire ça tout de suite.

Hanley se retourna et appuya ses épaules au bastingage, regardant le filet de fumée sortant de la cheminée du navire.

— Il me semble qu'il aurait été beaucoup plus simple d'utiliser un de ces véhicules robots sous-marins.

— Ou un véhicule autonome sous-marin, ajouta Pitt en souriant. Mais ni l'un ni l'autre ne serait aussi efficace qu'un submersible pour inspecter le bas de la coque d'un navire aussi vaste que le *United States*. Le bras articulé du submersible peut aussi s'avérer très utile. Il existe des missions au cours desquelles l'œil humain est supérieur aux caméras vidéo. Et c'est le cas pour cette mission.

Hanley regarda le cadran de sa vieille montre gousset dont la chaîne était attachée à sa ceinture.

— Il est temps de programmer les moteurs et la navigation. Maintenant que nous avons atteint la haute mer, le président va vouloir que l'on triple la vitesse.

— On ne doit pas être loin de 9 à 10 nœuds, en ce moment, remarqua Pitt, sa curiosité éveillée.

— Juste pour les curieux, dit Hanley. Quand le vieil *Oregon* peut être vu du port ou quand il y a des navires autour, on fait comme s'il avait de très vieux moteurs et que ses boulons avaient du mal à rester en place. Il doit ressembler à un vieux rafiot. En réalité, on l'a modifié en lui mettant deux hélices propulsives avec des moteurs à turbines diesels qui peuvent lui faire atteindre plus de 40 nœuds.

— Mais à pleine charge, votre coque s'enfonce dans l'eau et devient difficile à tirer ?

Hanley pencha la tête vers les écoutilles des cales et les caisses de bois arrimées sur le pont.

— Tout est vide. Nous naviguons avec la coque enfoncée grâce à des réservoirs à ballast qui nous donnent l'apparence d'un navire lourdement chargé. Quand on les vide, le navire remonte de 1,80 mètre et file quatre fois plus vite qu'à l'époque de sa construction.

— Un déguisement futé comme un renard !

— Et les dents qui vont avec. Demandez au président Cabrillo de vous montrer comment on mord quand on est attaqué !

— Je n'y manquerai pas.

— Bonne nuit, monsieur Pitt.

— Bonne nuit, monsieur Hanley.

Dix minutes plus tard, Pitt sentit le bateau reprendre vie lorsque la vibration des moteurs augmenta de façon spectaculaire. Le sillage passa d'une cicatrice blanche à un chaudron bouillonnant. La poupe s'enfonça de près d'un mètre, la proue s'éleva d'autant et se teinta de blanc. L'eau se mit à courir le long de la coque, comme poussée par un balai géant. La mer frissonna sous l'auvent des étoiles que soulignait un petit troupeau de nuages d'orage à l'horizon. Cela ressemblait à une carte postale d'un soir sur la mer de Chine du Sud, avec un ciel orange, làbas, à l'ouest.

L'*Oregon* approcha des alentours du port de Hong Kong deux jours plus tard, au coucher du soleil. Il avait couvert la distance depuis Manille en un temps remarquable. Deux fois, au moment de croiser d'autres bateaux, en plein jour, Cabrillo avait donné l'ordre de réduire la vitesse. Plusieurs marins passaient alors leurs vieux vêtements sales, se rassemblaient sur le pont et regardaient dans le vague entre les deux bâtiments. Cabrillo appelait cela un spectacle de figurants. Selon une vieille tradition en mer, les équipages de navires se dépassant ou se croisant ne montraient jamais la moindre animation. Seuls leurs yeux bougeaient et clignaient. Les passagers se font de grands signes mais les marins de navires de commerce font toujours semblant d'être mal à l'aise en regardant l'équipage d'un autre navire. En général, ils se contentent d'un petit geste raide de la main par-dessus le bastingage avant de disparaître dans le ventre de leur bateau. Dès que le navire étranger était à bonne distance du sillage de l'*Oregon*, Cabrillo ordonnait que l'on reprenne la vitesse rapide de la traversée.

On fit visiter à Pitt et Giordino ce remarquable bâtiment. La timonerie au-dessus de la cabine avant était volontairement laissée sale et noire pour tromper les officiels des ports ou les remorqueurs. Les cabines non utilisées des officiers et de l'équipage sous la timonerie restaient aussi en permanence en désordre pour les mêmes raisons. Cependant, on ne pouvait se permettre de laisser la salle des machines dans le même état de crasse. Le vice-président Hanley ne voulait pas en entendre parler. Si des douaniers ou des inspecteurs venus à bord voulaient voir ses moteurs, Hanley barbouillait la coursive d'assez d'huile usée et de vidange sur le sol et contre les cloisons pour décourager l'officier le plus zélé d'entrer. Personne ne réalisa jamais que l'écoutille au bout de ce couloir donnait sur une salle des machines aussi immaculée que la salle d'opération d'un hôpital.

Les véritables cabines des officiers et de l'équipage étaient cachées derrière les cales du fret. Pour se défendre, l'*Oregon* regorgeait d'armes. Comme les brigands allemands des deux guerres et les navires de quarantaine anglais de la Première Guerre mondiale, dont les flancs s'ouvraient pour découvrir des canons de 6 pouces et de sinistres lance-torpilles, la coque de l'*Oregon* cachait une batterie de lance-missiles mer-mer et mer-air. Le navire était remarquablement différent de tous ceux que Pitt avait vus jusque-là. C'était un chef-d'œuvre de tromperie et d'invention. Il ne devait pas avoir son pareil à la surface des mers.

Il dîna rapidement avec Giordino avant d'aller dans la timonerie discuter avec Cabrillo. On lui présenta le chef du navire, Marie du Gard, une jeune femme belge dont les références auraient pu mettre à genoux n'importe quel propriétaire d'hôtels et de restaurants pour la supplier de travailler pour eux. Elle était à bord de l'*Oregon* parce que Cabrillo lui avait fait une offre impossible à refuser. Elle investissait intelligemment les sommes considérables qu'elle recevait en tant que chef de ce navire afin de pouvoir s'acheter un restaurant en plein Manhattan après deux années encore de missions secrètes.

Le menu était extraordinaire. Giordino avait des goûts simples aussi choisit-il le bœuf mode, braisé avec un aspic et des légumes glacés. Pitt opta pour des ris de veau au beurre noir servis avec des têtes de champignons fourrées au crabe et un artichaut à la sauce hollandaise. Il laissa le chef choisir pour lui un Ferrari-Carano de 1992 mis en bouteilles dans le comté de Somona. Pitt ne se rappelait pas avoir goûté un repas plus savoureux et en tout cas, jamais sur un navire tel que l'*Oregon*.

Après un expresso, Pitt et Giordino prirent une coursive jusqu'à la timonerie. Là, les tuyaux et les installations métalliques étaient tachés de rouille. La peinture des cloisons, des chambranles et des fenêtres s'écaillait. Le plancher était franchement sale et brûlé de cigarettes. Très peu d'appareils paraissaient modernes. Seul le cuivre de l'habitacle et du vieux télégraphe démodé brillait sous les lampes à l'ancienne équipées d'ampoules de 60 watts.

Le président Cabrillo se tenait sur une aile de pont, une pipe entre les dents. Le navire venait d'entrer dans le chenal de West Lamma, menant au port de Hong Kong. Le trafic était dense et Cabrillo fit mettre en vitesse lente afin de se préparer à prendre le pilote du port. Ses réservoirs à ballast remplis 20 milles avant, l'*Oregon* ressemblait à n'importe quel vieux navire marchand chargé à bloc qui entrait dans le port animé. Les lumières rouge rubis sur les antennes de télévision et de micro-ondes au sommet du mont Victoria clignotaient pour avertir les avions qui avaient tendance à voler trop bas. Les milliers d'ampoules décorant le superbe Jumbo Floating Restaurant près d'Aberdeen, sur l'île de Hong Kong, se reflétaient dans l'eau comme autant de petits nuages de lucioles.

Il y avait peut-être des risques et des dangers liés à la mission secrète projetée mais en tout cas, les hommes et les officiers réunis dans la timonerie avaient l'air de ne pas y penser le moins du monde. La salle des cartes et le pont autour de la barre étaient devenus une salle de conférences. On y discutait des divers placements et actions en Asie. Ils étaient tous des investisseurs confirmés et suivaient le marché avec plus d'intérêt qu'ils n'en accordaient à la mission secrète qu'ils allaient mener sur le *United States*.

Cabrillo, venant de l'aile de pont, s'approcha de Pitt et de Giordino.

— Mes amis de Hong Kong m'ont fait savoir que le *United States* était amarré au dock de la Qin Shang Maritime, à Kuai Chung, au nord de Kowloon. Tous les officiels du dock ont reçu des pots-de-vin. On nous a attribué un amarrage dans le chenal, à environ 150 mètres du paquebot.

— Ça fait une promenade de 300 mètres en tout pour le submersible, calcula Pitt.

— Les batteries du *Sea Dog II* — combien de temps pouvez-vous les faire tenir ? demanda Cabrillo.

— Quatorze heures si on les traite gentiment, répondit Giordino.

— Peut-on vous tracter avec une chaloupe pendant que vous serez sous l'eau et hors de portée des curieux ?

— Un tractage à l'aller et un au retour nous permettrait une heure de plus sous la coque du paquebot, dit Pitt. Mais je dois vous avertir que le submersible pèse lourd. Peut-être trop lourd pour une petite chaloupe.

Cabrillo eut un sourire confiant.

— Vous ne connaissez pas la puissance des moteurs qui équipent nos chaloupes et nos canots de sauvetage.

— Et je ne vais même pas le demander, dit Pitt, mais je suis sûr qu'ils pourraient gagner la coupe de n'importe quelle course sur l'eau.

— Nous vous avons donné assez des secrets techniques de l'*Oregon* pour que vous écriviez un livre à son sujet, dit Cabrillo en regardant par la fenêtre du pont le bateau pilote sortir du port, virer à 180 degrés et se ranger près de son navire.

On descendit l'échelle et le pilote grimpa à bord alors que les deux bateaux étaient encore en mouvement. Il monta directement sur le pont, salua Cabrillo et prit la barre.

Pitt descendit sur l'aile de pont pour admirer l'incroyable carnaval de couleurs de Kowloon et de Hong Kong tandis que le navire glissait dans le chenal jusqu'à son poste d'amarrage, au nord-ouest du port central. Le long de la rive du port de Victoria, les gratte-ciel étaient illuminés comme une forêt de sapins de Noël. Apparemment, la ville avait peu changé depuis que la République populaire de Chine en avait repris possession en 1997. Pour la plupart des habitants, la vie continuait comme avant. Seuls les riches et les sociétés géantes avaient émigré, vers la côte Ouest des États-Unis surtout.

Giordino rejoignit son ami tandis que le bateau passait le long du terminal de Qin Shang. Le grand transatlantique qui avait été autrefois la gloire de la flotte américaine paraissait gigantesque. Pendant le vol jusqu'à Manille, Giordino et Pitt avaient étudié en détail un long rapport sur le *United States*. Conçu par le célèbre architecte William Francis Gibbs, il avait été construit à Newport News, aux chantiers des Ship Building & Dry Docks Company qui avaient posé sa quille en 1950. Gibbs, un vrai génie et un personnage très franc, était aux ingénieurs et architectes de marine ce que Frank Lloyd Wright était à l'architecture immobilière. Il rêvait de créer le plus beau et le plus rapide paquebot jamais construit. Il avait réalisé son rêve et son chef-d'œuvre avait été la fierté et l'orgueil de l'Amérique pendant toute l'époque des grands paquebots. Et il représentait vraiment le comble de l'élégance, du raffinement et de la vitesse. Gibbs était obnubilé par le poids et la résistance au feu. Il avait donc fait utiliser l'aluminium chaque fois que c'était possible. Des 1,2 million de rivets enfoncés dans sa coque jusqu'aux canots de sauvetage et leurs rames, aux meubles de cabine et aux installations des salles de bains, chaises hautes des bébés et même les portemanteaux et les cadres des tableaux, tout était en aluminium. Le seul bois utilisé dans tout le bâtiment, c'était le piano Steinway traité contre le feu et le bloc de boucherie du chef. En tout, Gibbs avait réduit le poids de la superstructure de 2 500 tonnes. Le résultat était un navire d'une remarquable stabilité. Énorme pour l'époque — et encore maintenant — il avait un tonnage de 53 329 tonneaux, mesurait 270 mètres de long et 31 mètres de large mais n'était pas le plus grand de son espèce. A l'époque de sa construction, le *Queen Mary* pesait 30 000 tonnes de plus et le *Queen Elizabeth* était plus long de 22,30 mètres. Les rois de la Cunard Line avaient probablement plus d'ornements et une atmosphère plus baroque mais le navire américain, s'il avait moins de panneaux de bois et de

riches décors, était d'un meilleur goût. Sa vitesse et
sa sécurité plaçaient le *United States* au-dessus de ses
contemporains. Contrairement aux paquebots étrangers rivaux, le *Gros U* comme l'appelait affectueusement son équipage, offrait à ses passagers
694 cabines luxueuses et l'air conditionné. 19 ascen-
seurs menaient les passagers d'un pont à l'autre. En
plus des habituelles boutiques de cadeaux, ils disposaient aussi de trois bibliothèques et de deux cinémas ainsi que d'une chapelle. Mais ses deux plus
gros avantages étaient, à l'époque de sa construction,
un secret militaire. On ne sut que bien des années
plus tard qu'on pouvait le transformer en transporteur militaire capable d'emmener 14 000 soldats en
quelques semaines. Actionné par huit énormes chaudières créant une vapeur surchauffée, il avait quatre
turbines à engrenages fournissant 240 000 CV,
60 000 pour chacun de ses quatre arbres d'hélices,
qui lui permettaient de fendre l'eau à près de
50 milles à l'heure [1].

C'était l'un des rares transatlantiques à pouvoir
traverser le canal de Panama et à traverser le Pacifique jusqu'à Singapour et retour sans avoir à refaire
du carburant.

En 1952, le *United States* gagna le prestigieux
Ruban Bleu [2] accordé aux navires les plus rapides
pour traverser l'Atlantique. Aucun autre paquebot ne
l'a gagné depuis.

Dix ans après avoir quitté son chantier de
construction, il était déjà anachronique. L'avion
commençait à faire concurrence aux lévriers des
mers. Dès 1969, l'augmentation des frais de fonctionnement et le désir du public de voyager le plus
vite possible — et par avion — sonnèrent le glas du
plus grand paquebot d'Amérique. On le mit à la
retraite pendant trente ans à Norfolk, en Virginie,
avant qu'il ne parte enfin pour la Chine.

1. 80 km/h.
2. Entre New York et l'Angleterre.

Empruntant une paire de jumelles, Pitt étudia l'énorme navire depuis le pont de l'*Oregon*. On avait peint sa coque en noir, sa superstructure en blanc et ses deux magnifiques cheminées en rouge, blanc et bleu. Il paraissait aussi beau que le jour où il avait gagné le record transatlantique.

Pitt fut étonné de voir qu'il brillait de toutes ses lumières. Il bruissait d'activité dont l'écho parvenait jusqu'à lui. Il était étrange que les équipes des chantiers de Qin Shang travaillent vingt-quatre heures par jour sans chercher à se cacher. Puis, curieusement, tous les bruits, toute l'activité cessèrent d'un seul coup.

Le pilote fit un signe à Cabrillo qui lança le vieux donneur d'ordres sur « stoppez les machines ». Ce qu'ignorait le pilote, c'est que l'appareil ne fonctionnait pas et que Cabrillo passa l'ordre à voix basse dans sa petite radio portative. Les vibrations moururent et l'*Oregon* devint aussi silencieux qu'une tombe et se glissa silencieusement en avant par la seule vitesse acquise. Puis l'ordre vint de ralentir l'arrière, suivi de « stoppez tout ».

Cabrillo donna l'ordre de jeter l'ancre. On entendit le bruit métallique de la chaîne puis un grand bruit d'éclaboussement quand l'ancre frappa l'eau. Il serra la main du pilote après avoir signé les papiers habituels et l'autorisation de s'amarrer. Il attendit que le pilote ait regagné son bateau avant de faire signe à Pitt et Giordino.

— Rejoignez-moi dans la chambre des cartes. Nous allons préparer le programme de demain.

— Pourquoi attendre vingt-quatre heures ? demanda Giordino.

— Demain à la tombée de la nuit suffira amplement, dit le président en secouant la tête. Nous allons recevoir des officiers des douanes. Inutile de leur mettre la puce à l'oreille.

— Je crois que nous avons un problème de communication, dit Pitt.

— Quel problème ?

— Nous devons partir de jour. La nuit, nous n'aurons pas de visibilité.

— Ne pourrez-vous utiliser les lampes sous-marines ?

— Dans l'eau, la nuit, la moindre lumière brille comme un fanal. Nous serions découverts en moins de dix secondes.

— On ne nous verra pas quand nous serons sous la quille, ajouta Giordino. Mais quand nous inspecterons les flancs sous la ligne de flottaison, nous serons vulnérables à toute détection d'en haut.

— Que faites-vous de l'obscurité provoquée par l'ombre de la coque ? demanda Cabrillo. Et que ferez-vous si la visibilité dans l'eau est mauvaise ?

— Il faudra en effet compter sur la lumière artificielle mais elle serait discernable pour quiconque regarderait par-dessus le bord du dock et qui aurait le soleil au-dessus de la tête.

Cabrillo hocha la tête.

— Je comprends votre dilemme. Dans les romans, on dit que c'est avant l'aube qu'il fait le plus sombre. Nous vous descendrons avec votre submersible et on vous remorquera tout près du *United States* juste avant le lever du soleil.

— Ça me paraît parfait, dit Pitt avec reconnaissance.

— Puis-je vous poser une question, monsieur le président ? demanda Giordino.

— Allez-y.

— Si vous ne transportez aucune marchandise, comment justifiez-vous votre entrée et votre sortie du port ?

Cabrillo eut un sourire rusé.

— Les caisses vides que vous voyez sur le pont et celles qui sont dans les cales au-dessus de nos cabines cachées sont des leurres. Nous les déchargeons sur le dock puis elles sont remises à un agent qui travaille pour moi et transportées jusqu'à un entrepôt. Après un temps raisonnable, les caisses seront marquées différemment, reviendront au dock et seront rechargées à bord. Pour les Chinois, nous aurons déchargé une marchandise et en aurons rechargé une autre.

— Votre organisation ne cessera jamais de m'étonner, admit Pitt.

— On vous a montré notre salle d'ordinateurs à l'avant du navire, dit Cabrillo. Vous savez donc que 90 % des manœuvres sont faites par le système automatique informatisé. Nous ne sommes en manuel que lorsque nous entrons ou sortons d'un port.

Pitt tendit les jumelles à Cabrillo.

— Vous êtes un vieux professionnel des activités furtives et secrètes. Ne trouvez-vous pas bizarre que Qin Shang transforme le *United States* en transporteur de clandestins de luxe sans se cacher, sous les yeux de quiconque passe par ici ? Des équipages de navires marchands, des passagers des ferries et des bateaux de touristes ?

— C'est vrai que ça paraît bizarre, admit Cabrillo.

Il baissa les jumelles, tira sur sa pipe et regarda de nouveau.

— Il est également étrange que toutes les activités à bord aient l'air de s'être arrêtées. Et pas de signe de surveillance rapprochée non plus !

— Ça vous dit quelque chose ? demanda Giordino.

— Ça me dit que soit Qin Shang est curieusement négligent, soit qu'il s'est montré plus malin que nos excellentes agences de renseignements, répondit Cabrillo.

— Nous en saurons davantage quand nous aurons inspecté le fond de son bateau, conclut Pitt. S'il a l'intention de faire passer des clandestins dans les pays étrangers sous le nez des officiers de l'immigration, il doit avoir une technique pour les faire sortir du navire sans qu'on les voie. Cela ne peut signifier qu'une sorte de sas étanche sous la ligne de flottaison jusqu'à la côte ou peut-être même un sous-marin.

Cabrillo vida sa pipe en frappant le bastingage et regarda les cendres tournoyer jusqu'à l'eau du port.

Puis il considéra d'un air pensif l'ancienne vedette des paquebots américains, sa superstructure et ses deux superbes cheminées illuminées comme un plateau de cinéma.

— Vous comprenez, je suppose, dit-il lentement et gravement, que si quelque chose va de travers, un contretemps mineur, un détail oublié et que vous vous fassiez épingler pour ce qui sera considéré par la République populaire de Chine comme un acte d'espionnage, vous serez traités comme des espions?

— Torturés et fusillés, c'est ça? demanda Giordino.

Cabrillo acquiesça.

— Et personne, au sein de notre gouvernement, ne lèvera le petit doigt pour arrêter l'exécution.

— Al et moi sommes parfaitement au courant des conséquences, dit Pitt. Mais vous-même avez le triste privilège de risquer votre équipage et votre navire. Je ne vous en voudrais pas une seconde si vous décidiez de nous planter là et de repartir dans le soleil couchant.

Cabrillo sourit d'un air rusé.

— Êtes-vous sérieux? Vous planter là? Ça ne me traverserait même pas l'esprit. Même pour la somme énorme qu'un certain fond secret du gouvernement nous paie, l'équipage et moi. En ce qui me concerne, cette opération présente bien moins de risques que le braquage d'une banque.

— C'est un nombre à sept chiffres? demanda Pitt.

— Plutôt à huit, répondit Cabrillo, suggérant une rémunération de plus de dix millions de dollars.

Giordino adressa à Pitt un regard triste.

— Quand je pense à notre salaire mensuel pitoyable à la NUMA, je ne peux m'empêcher de me demander où nous nous sommes trompés!

17

Cachés par l'obscurité d'avant l'aube, le submersible *Sea Dog II* avec Pitt et Giordino à l'intérieur, fut tiré de sa caisse par une grue, balancé par-dessus le flanc du navire et lentement descendu dans l'eau. Un marin debout sur le submersible décrocha le câble et fut ramené à bord. Puis la chaloupe de l'*Oregon* vint se ranger contre le petit véhicule et y attacha un câble de remorquage. Giordino se tenait dans l'écoutille ouverte, 90 centimètres au-dessus de l'eau, tandis que Pitt continuait la vérification des instruments et de l'équipement.

— Prêt quand vous voudrez, annonça Max Hanley depuis la chaloupe.

— On va descendre à 10 pieds, dit Giordino. A ce niveau-là, vous pourrez y aller.

— Compris.

Giordino ferma l'écoutille et s'étendit près de Pitt dans le submersible qui avait l'apparence d'un gros cigare siamois avec des ailes trapues de chaque côté, courbées à la verticale aux bouts. Le véhicule, long de 6 mètres et large de 2,5 mètres, pesait 1 600 kilos. Il aurait pu paraître disgracieux à la surface mais, sous l'eau, il plongeait et virait avec la grâce d'un baleineau. Il était mû par trois propulseurs dans la queue double qui poussaient l'eau par une prise d'admission à l'avant et la renvoyait par l'arrière. Par un léger contrôle des deux poignées, l'une contrôlant le tangage et la plongée, l'autre la profondeur et les virages, en plus du levier de vitesse, le *Sea Dog II* pouvait glisser sans à-coups à quelques pieds sous la surface de la mer ou plonger à deux milles en quelques minutes.

Les pilotes, couchés sur le ventre, la tête et les épaules tournées vers l'avant en verre transparent, jouissaient d'une vue bien plus large que dans la plupart des submersibles qui ne disposent que de petits hublots pour voir devant eux.

La visibilité sous la surface était presque nulle. L'eau enveloppa le submersible comme une épaisse couverture. En regardant devant eux et au-dessus, ils distinguaient à peine la silhouette sombre de la chaloupe. Puis ils entendirent un sourd grondement lorsque Cabrillo augmenta la puissance du gros moteur Rodex, de 8 832 cm^3 et 1 500 CV qui animaient la chaloupe à double poupe. L'hélice déchira l'eau, l'arrière s'enfonça et la chaloupe parut se tendre avant de bondir en entraînant derrière elle le submersible. Comme une locomotive qui tire un long train de wagons pour franchir une pente, la chaloupe lutta pour prendre de l'élan, augmentant enfin sa vitesse jusqu'à ce qu'elle puisse tirer le poids mort du submersible à la vitesse respectable de 8 nœuds. Ce que Pitt et Giordino ne virent pas, c'est que Cabrillo n'était qu'au tiers de la puissance que pouvait développer son puissant moteur.

Pendant le bref voyage entre l'*Oregon* et le *United States*, Pitt régla le programme d'analyse de l'ordinateur embarqué qui devait décider automatiquement du niveau d'oxygène, régler les systèmes électroniques et le contrôle de profondeur. Giordino activa le bras de transmission en lui faisant faire une série de manœuvres.

— Est-ce que l'antenne de communication est déployée ? lui demanda Pitt.

Allongé près de lui, Giordino hocha brièvement la tête.

— J'ai laissé le câble sorti à une longueur maximum de 18 mètres dès que nous sommes entrés dans l'eau. Il flotte à la surface derrière nous.

— Comment l'as-tu planqué ?

Giordino haussa les épaules.

— C'est encore un des tours secrets du grand Albert Giordino. Je l'ai enroulé dans un melon rond évidé.

— Volé au chef, évidemment ?

Giordino lança à Pitt un regard ulcéré.

— Pas vu, pas pris. De toute façon, il était trop mûr et elle l'aurait jeté.

Pitt parla dans un petit micro.

— Président Cabrillo, vous m'entendez?

— Comme si vous étiez à côté de moi, monsieur Pitt, répondit immédiatement le président.

Comme ses cinq compagnons dans la chaloupe, il portait le costume d'un pêcheur local.

— Dès que nous atteindrons notre zone de largage, je libérerai l'antenne relais de communication pour que nous restions en contact après que vous serez retournés sur l'*Oregon*. Quand je lâcherai l'antenne, son câble lesté s'installera dans la vase et servira de bouée.

— De quelle distance disposez-vous?

— Sous l'eau, nous pouvons émettre et recevoir jusqu'à 1 300 mètres.

— Compris, dit Cabrillo. Restez en ligne, nous ne sommes plus loin de la poupe du paquebot. Je ne pourrai m'approcher à plus de 45 mètres.

— Aucun signe de gardes?

— Le navire et le quai ont l'air aussi morts qu'une crypte en hiver.

— Je reste en ligne.

Cabrillo fit mieux que ce qu'il avait dit. Il ralentit la chaloupe presque jusqu'à l'arrêt et la fit virer juste en dessous de la poupe du *United States*. Le soleil se levait lorsqu'un plongeur passa par-dessus le bord et descendit le long du câble de remorquage jusqu'au submersible.

— Le plongeur est en bas, annonça Cabrillo.

— Nous le voyons, répondit Pitt en regardant par l'avant transparent.

Il regarda le plongeur détacher le mécanisme monté sur le dessus du submersible entre les tubes jumeaux et fit un signe familier signifiant « OK » d'une main avant de disparaître en regrimpant le long du câble.

— Nous sommes lâchés.

— Virez de 40 degrés sur tribord, dit Cabrillo. Vous n'êtes qu'à 24 mètres à l'ouest de la poupe.

Giordino montra, dans la profondeur boueuse,

l'ombre immense qui donnait l'impression de passer au-dessus d'eux. La silhouette apparemment interminable était soulignée par la lumière du soleil filtrant entre le quai et la gigantesque coque.

— On le voit.

— Vous êtes seuls, maintenant. Rendez-vous à 4 h 30. Un plongeur vous attendra au point de chute de votre antenne.

— Merci, Jim, dit Pitt, se sentant autorisé à utiliser pour la première fois le prénom du président. Nous n'aurions rien pu faire sans vous et votre équipage exceptionnel.

— Je n'aurais pas voulu que ça se passe autrement, répondit Cabrillo d'une voix chaude.

Giordino regardait, fasciné, le monstrueux gouvernail au-dessus d'eux et pressa le bouton qui ferait tomber l'antenne dans la vase du fond. De là où ils étaient, la coque semblait se prolonger indéfiniment.

— On dirait qu'il est mouillé haut. Tu te rappelles son tirant?

— Je ne peux que le deviner, dit Pitt. Quelque chose comme 12 mètres, à un cheval près.

— Si j'en juge par ce que je vois, tu peux y ajouter au moins 2 mètres.

Pitt corrigea sa course comme Cabrillo le lui avait conseillé et fit plonger le *Sea Dog II* en eau plus profonde.

— Je ferais bien de me méfier ou nous allons nous cogner la tête.

Pitt et Giordino avaient fait équipe pour d'innombrables plongées dans les abysses et manié toutes sortes de submersibles au cours de diverses missions pour la NUMA. Sans avoir à se parler, chacun accomplissait la tâche pour laquelle il était bien entraîné. Pitt pilotait tandis que Giordino surveillait l'écran des systèmes, s'occupait de la caméra vidéo et actionnait le bras de transmission.

Pitt appuya doucement le levier des gaz vers l'avant, dirigeant le submersible en obliquant et en basculant les trois propulseurs avec les contrôles manuels, sous le gouvernail géant en virant autour des deux hélices tribord. Comme un avion volant de nuit, le submersible tourna autour des hélices de bronze à trois pales qui s'étalaient dans l'eau glauque comme de magnifiques éventails incurvés. Le *Sea Dog II* poursuivit sa course silencieuse dans une eau qui prenait une teinte verte et fantomatique.

Le fond paraissait une terre distante vue à travers le brouillard. Toutes sortes de saletés tombaient des bateaux et des quais au fil des années et tout cela s'enfonçait peu à peu dans la vase. Ils passèrent au-dessus d'une grille de pont rouillée qui servait d'abri à un banc de calmars qui s'amusaient à entrer et sortir des ouvertures carrées. Pitt supposa qu'elle avait été tout simplement jetée depuis longtemps par des ouvriers. Il arrêta les propulseurs et posa l'appareil sur le fond souple au-dessous de la poupe du paquebot. Un petit nuage de boue s'éleva comme une vapeur brune, leur ôtant pour un instant toute vue par le pare-brise avant.

Au-dessus d'eux, la coque du *United States* s'étirait dans l'eau bistre comme un linceul de mauvais augure. Le fond désolé dégageait une impression de solitude. Le vrai monde, là-haut, n'existait plus.

— Je crois que nous devrions prendre quelques minutes de réflexion, dit Pitt.

— Ne me demande pas pourquoi, dit Giordino, mais je repense à une vieille plaisanterie idiote de mon enfance.

— Laquelle ?

— Celle du poisson rouge qui a rougi quand il a vu le derrière du *Queen Mary* [1].

Pitt fit la grimace.

— Histoire simplette d'un esprit simplet ! Tu devrais rôtir au purgatoire pour avoir ressorti cette vieille ânerie !

Giordino fit mine de ne pas entendre.

— Ce n'est pas pour changer de sujet mais je me demande si ces clowns ont pensé à descendre des capteurs de sons autour de la coque.

---

1. Jeu de mots : en anglais les navires sont féminins d'où « le derrière de la reine Mary ».

— On ne le saura que si on en bouscule un.

— Il fait encore trop sombre pour repérer les détails.

— Je pense que nous pourrions envoyer un rayon de lumière sur la partie la plus basse et commencer à inspecter la quille. Je ne crois pas qu'on puisse nous repérer à une pareille profondeur sous la coque.

— Et dès que le soleil sera plus haut, nous pourrons remonter vers la ligne de flottaison.

— Oui. Ce n'est pas un plan brillant mais c'est le meilleur étant donné les circonstances.

— Alors il vaudrait mieux se bouger si nous ne voulons pas épuiser nos réserves d'oxygène.

Pitt remit les propulseurs en marche et le submersible s'éleva doucement jusqu'à 1,20 mètre en dessous de la quille. Il s'efforça de garder le *Sea Dog II* bien en équilibre, regardant sans cesse le moniteur de positionnement pour garder une course droite tandis que Giordino cherchait des yeux, au-dessus de lui, la moindre irrégularité pouvant indiquer une écoutille d'entrée ou de sortie rivetée au fond de la coque, filmant à la vidéo la moindre pièce suspecte. Après quelques minutes, Pitt choisit d'ignorer le moniteur pour suivre plus simplement les joints horizontaux entre les plaques de la coque.

A la surface, les rayons du soleil perçaient les profondeurs et augmentaient la visibilité. Pitt éteignit les lumières extérieures. Les plaques d'acier, noires tout à l'heure dans l'obscurité, prenaient maintenant une teinte rouge sombre, comme si la peinture de protection devenait plus visible. Il y avait un léger courant causé par la marée descendante mais Pitt tenait le submersible aussi stable que possible pour continuer l'inspection.

Pendant deux heures, ils longèrent le navire d'avant en arrière et d'arrière en avant, comme pour tondre une pelouse. Tous deux demeuraient étrangement silencieux, concentrés sur leur tâche.

Soudain, la voix de Cabrillo brisa le silence.

— Voulez-vous nous dire où vous en êtes, messieurs?

— Nous n'avons rien à raconter, répondit Pitt. Encore un balayage et nous aurons inspecté tout le fond de la coque. Ensuite, nous passerons aux flancs jusqu'à la ligne de flottaison.

— Espérons que votre nouvelle peinture vous rend difficiles à repérer de la surface.

— Max Hanley et son équipe ont mis un vert plus foncé que celui auquel je pensais, dit Pitt. Mais si personne ne regarde dans l'eau, ça devrait aller.

— Le navire paraît toujours désert.

— Je suis heureux de l'apprendre.

— On se voit dans 2 heures et 18 minutes, dit gaiement Cabrillo. Essayez de ne pas être en retard.

— On y sera, promit Pitt. Al et moi n'avons pas l'intention de traîner par ici plus longtemps qu'il n'est nécessaire.

— On reste à l'écoute. A plus tard.

Pitt tourna la tête vers Giordino.

— Où en es-tu de ton oxygène ?

— Ça va, dit brièvement Giordino. La puissance des batteries est régulière mais l'aiguille se dirige lentement vers le rouge.

Ils avaient fini d'inspecter la quille. Pitt fit monter le petit appareil vers la partie bombée de la coque. L'heure suivante passa trop lentement. Ils ne découvrirent rien sortant de l'ordinaire. La marée tourna et commença à venir de la mer, apportant de l'eau plus claire et augmentant la visibilité à presque 9 mètres. Se balançant autour de la proue, ils commencèrent à inspecter le flanc tribord, celui contre lequel le navire était amarré, évitant de monter à plus de 3 mètres de la surface.

— Il reste combien de temps ? demanda Pitt, tendu, sans prendre le temps de regarder sa montre de plongée Doxa.

— 57 minutes pour le rendez-vous avec la chaloupe de l'*Oregon*.

— Ce cirque ne valait pas l'effort que nous avons fait. Si Qin Shang se sert du *United States* pour passer des clandestins, ce n'est pas par un passage sous la coque ni par un bateau de type sous-marin.

— Il ne les ferait tout de même pas sortir par en haut, à la vue de tous ! dit Giordino. Ou alors en petit nombre, pas assez pour que ça paye. Les agents de l'immigration repéreraient la manœuvre moins de dix minutes après que son navire serait au port.

— On ne peut plus rien faire ici. On remballe et on rentre.

— Ça risque de présenter un problème !

Pitt jeta un regard rapide à Giordino.

— Comment ça ?

Giordino montra du menton le pare-brise.

— Nous avons des visiteurs.

Devant le submersible, trois plongeurs venaient d'apparaître et nageaient vers eux comme de dangereux démons dans leurs combinaisons de plongée noires.

— A ton avis, à combien se monte l'amende pour violation de propriété dans le coin ?

— Je ne sais pas mais je parie que c'est plus qu'une tape sur les doigts.

Giordino observa les plongeurs qui s'approchaient, l'un au centre, les deux autres venant en contournant le flanc du navire.

— Curieux qu'ils ne nous aient pas repérés plus tôt, bien avant notre dernière incursion juste sous la ligne de flottaison.

— Quelqu'un a dû regarder par-dessus la rambarde et parlé d'un gros monstre vert, plaisanta Pitt.

— Je suis sérieux. On dirait qu'ils sont restés à nous observer jusqu'à la dernière minute.

— Ont-ils l'air furieux ?

— En tout cas, ils n'ont apporté ni fleurs ni bonbons.

— Des armes ?

— On dirait des fusils sous-marins Mosby.

Le Mosby est une arme très désagréable qui tire des balles explosives dans l'eau. Bien qu'elles soient dévastatrices sur le corps humain, Pitt ne croyait pas qu'elles puissent causer de sérieux dommages à un submersible capable de supporter la pression des profondeurs.

— Le pire que nous risquions, c'est quelques rayures sur la peinture et quelques bosses.

— Ne te réjouis pas si vite, dit Giordino en regardant les plongeurs qui s'approchaient comme un médecin étudiant une radiographie. Ces types conduisent un assaut coordonné. Leurs casques contiennent peut-être des radios miniaturisées. Notre coque pressurisée peut encaisser quelques coups mais un tir réussi dans les roues de pompe de nos propulseurs et nous finirons en petits morceaux.

— On peut les semer, dit Pitt avec confiance.

Il fit virer le *Sea Dog II* sur un angle serré, mit les propulseurs à la vitesse maximale et contourna la proue du transatlantique.

— Ce bateau peut faire six bons nœuds de plus que n'importe quel plongeur encombré par ses bouteilles.

— La vie est injuste, marmonna Giordino, plus ennuyé qu'apeuré lorsqu'ils aperçurent en face d'eux sept autres plongeurs en cercle sous les hélices géantes du navire, bloquant la voie par laquelle ils auraient pu s'échapper.

— On dirait que la déesse des plongées sereines nous a tourné le dos !

Pitt ouvrit son micro et appela Cabrillo par radio.

— Ici le *Sea Dog II*. Nous avons un total de dix ennemis qui nous poursuivent dangereusement.

— Je vous entends, *Sea Dog*, et je fais le nécessaire. Inutile de me recontacter.

— Ça ne va pas, dit Pitt avec une grimace. On peut en éviter deux ou trois mais le reste peut s'approcher suffisamment pour nous abîmer sérieusement. A moins que...

Une idée lui était venue.

— A moins que quoi ?

Pitt ne répondit pas. Manœuvrant les commandes manuelles, il mit le *Sea Dog II* en plongée puis le redressa à moins de 30 centimètres du fond et entama un quadrillage de recherche. En dix secondes, il trouva ce qu'il cherchait. La grille qu'il avait aperçue auparavant sortait de la vase.

— Peux-tu retirer ce truc de la boue avec le bras?

— Le bras peut soulever le poids mais je ne sais pas quelle est la force de la succion. Ça dépend de la profondeur à laquelle est la grille.

— Essaie.

Giordino acquiesça sans rien dire et glissa les mains sur les contrôles en forme de balles du bras mécanique sur lesquels il referma les doigts.

Avec délicatesse, il fit tourner les boules comme on bouge la souris d'un ordinateur. Il étendit le bras articulé comme le coude et le poignet d'un bras humain. Ensuite, il plaça sa poignée mécanique sur le haut de la grille et serra sa proie.

— J'ai la grille en main, annonça-t-il. Donne-moi toute la poussée verticale que tu as dans le ventre.

Pitt poussa les propulseurs en montée et utilisa toute la puissance restant dans ses batteries tandis que les gardes de Qin Shang se rapprochaient à 6 mètres. Pendant quelques longues secondes, il ne se passa rien. Puis la grille commença à sortir de la vase, dégageant un gros nuage de boue tandis que le submersible la libérait du fond.

— Tourne le bras jusqu'à ce que la grille soit en position horizontale, ordonna Pitt. Puis place-la devant les prises d'eau des propulseurs.

— Ils peuvent toujours nous envoyer un explosif à l'arrière.

— Seulement s'ils ont un radar capable de voir dans la boue, dit Pitt, inversant les propulseurs vers le sol pour que leur échappement se fasse vers le fond, ce qui déclencha de gros nuages tourbillonnants de vase.

— Un coup je te vois, un coup je ne te vois pas, ajouta-t-il.

Giordino approuva d'un sourire.

— Une carcasse blindée, un écran de fumée, que pouvons-nous demander de plus? Et maintenant, on se tire!

Pitt n'avait nul besoin de persuasion. Il envoya le submersible frotter le fond, augmentant le tourbillon de vase. Il avançait, aussi aveugle que les plongeurs dans le sédiment agité mais bien moins confusément car il avait l'avantage du système acoustique qui le guidait vers la bouée de l'antenne. Il n'avait parcouru qu'une faible distance quand le submersible résonna bruyamment.

— Ils nous ont touchés ? demanda-t-il.

— Non, dit Giordino, je crois que tu peux compter l'un de nos attaquants parmi les victimes des accidents de la route. Tu l'as presque décapité avec l'aile tribord.

— Il ne sera pas la seule victime s'ils tirent sans visibilité. Ils risquent de s'entre-tuer...

Pitt fut interrompu par le bruit d'une explosion qui secoua le *Sea Dog II*, suivie de deux autres, presque immédiates. La vitesse du submersible fut réduite d'un tiers.

— C'était ce tir à l'aveuglette dont je te parlais, dit Giordino sur le ton de la conversation. Ils ont dû se faufiler sous la grille.

Pitt jeta un coup d'œil aux instruments.

— Ils ont eu le propulseur bâbord.

Giordino posa une main sur le nez transparent qui présentait une série de petites craquelures étoilées à la surface.

— Et ils ont salement abîmé le pare-brise aussi.

— Où le missile a-t-il frappé ?

— Impossible de voir dans cette purée de pois mais je suppose que le stabilisateur vertical de l'aile tribord est fichu.

— C'est ce que je pense aussi, dit Pitt. Il tire à tribord.

Ils ignoraient que la troupe des dix plongeurs était réduite à six hommes. En plus de celui que Pitt avait heurté, les autres, tirant sans visibilité dans la boue brune, avaient abattu trois des leurs. Rechargeant leurs fusils sous-marins Mosby aussi vite qu'ils pouvaient introduire leurs charges explosives, les plongeurs n'avaient pas pris garde au danger. L'un d'eux fut frôlé par le submersible qui passait près de lui et tira à l'aveuglette.

— Un autre coup, rapporta Giordino. Cette fois, ils ont touché le carter de la batterie.

Il se recroquevilla dans l'espace restreint pour inspecter derrière lui la partie tribord de la coque.

— Ces têtes explosives Mosby doivent être plus puissantes qu'on ne me l'avait dit.

Giordino sursauta quand une nouvelle explosion se produisit sur le cadre entre la coque côté tribord et le pare-brise. De l'eau commença à gicler à l'endroit où le métal et le verre s'assemblaient.

— Ces machins font plus que rayer la peinture, remarqua Giordino. Je peux en témoigner.

— Les propulseurs perdent de la vitesse, dit Pitt sans se départir de son calme. Ce dernier coup a dû causer un court-circuit dans le système. Laisse tomber la grille, elle devient trop dure à tirer.

Giordino manipula les contrôles et lâcha la grille. Dans le nuage de vase, il vit que les charges explosives avaient creusé des trous dans le fer rouillé. Il regarda la grille tomber jusqu'au fond boueux.

— Salut à toi, dit-il, tu nous as bien servis.

Pitt regarda brièvement le petit moniteur de navigation.

— 60 mètres jusqu'à l'antenne. Ça nous fait presque passer sous les hélices du transatlantique.

— Pas de tirs depuis une minute, remarqua Giordino. Nous avons dû semer nos coléreux amis quelque part dans le brouillard. Je te suggère de couper les propulseurs pour conserver le peu d'énergie qui reste dans les batteries.

— Il n'y a plus rien à conserver, répondit Pitt en montrant le cadran indiquant la puissance de la batterie. On est à un nœud et l'aiguille est dans le rouge.

Giordino eut un sourire tendu.

— Ça me ferait rudement plaisir que les plongeurs de Shang se soient perdus et abandonnent la chasse.

— Nous allons bientôt le savoir, dit Pitt. Je vais virer pour remonter et sortir du nuage de vase. Dès que nous atteindrons l'eau claire, regarde derrière et dis-moi ce que tu vois.

— S'ils sont toujours dans le coin et qu'ils nous voient boiter à moins d'un nœud, ils nous tomberont dessus comme un essaim de guêpes en colère.

Pitt ne répondit pas. Le *Sea Dog II* sortit de l'orage de boue. Il plissa les yeux, essayant de percer l'eau verte comme un velours, cherchant le câble de l'antenne et le plongeur de Cabrillo. Une vague silhouette faisait des signes à 25 mètres en avant et un peu sur bâbord. Il se tenait dans la chaloupe qui roulait et tanguait dans les vagues, de l'autre côté du port.

— Nous sommes presque arrivés, s'exclama Pitt dont le moral remonta à cette vue.

— Ces démons sont rudement têtus, grommela Giordino. Il y en a cinq derrière qui nous suivent comme des requins.

— Ils sont doués, pour réagir aussi vite. Ils ont dû laisser un homme en eau claire pour surveiller. Dès qu'il nous a vus sortir de la gadoue, il a alerté ses copains par radio.

Une charge explosive s'écrasa encore sur les stabilisateurs arrière du *Sea Dog II* et le fit voler en morceaux. Une seconde charge manqua de peu la partie arrondie du nez. Pitt lutta pour garder le contrôle, mettant toute sa volonté à tenir le submersible en ligne droite vers la chaloupe.

Au moment où il aperçut du coin de l'œil un des plongeurs de Shang qui les rattrapait et arrivait sur le flanc du submersible, il sut que tout était presque fini. Sans batterie et sans l'aide de Cabrillo, ils ne pouvaient pas s'échapper.

— Si près et pourtant si loin, murmura Giordino en regardant, là-haut, la quille de la chaloupe en attendant, impuissant mais imperturbable, l'inévitable assaut final.

Soudain, une série de secousses se réverbérèrent tout autour du submersible. Pitt et Giordino furent projetés dans l'intérieur comme des rats dans un tuyau qui roule. Autour d'eux, l'eau jaillit en une masse de bulles et d'écume dans toutes les directions

avant de remonter vers la surface. Les plongeurs, sur
le point de s'abattre sur le *Sea Dog II*, moururent instantanément, leurs corps transformés en chair à pâté
comme sous le coup d'un marteau piqueur. Les deux
hommes, dans le submersible, furent ahuris et
assourdis par les détonations sous-marines. Ils ne
furent sauvés de graves blessures que par la coque
pressurisée.

Il fallut un bon moment à Pitt pour comprendre
que Cabrillo, averti de la chasse dont ils faisaient
l'objet, avait attendu que le submersible et ses attaquants soient assez proches de l'*Oregon* pour lancer
des grenades explosives dans l'eau. Malgré sa quasi-
surdité, Pitt entendit que quelqu'un appelait par
radio.

— Ça va, en bas? demandait la voix, très bienvenue, de Cabrillo.

— Mes reins ne seront plus jamais les mêmes,
répondit Pitt, mais on se tient bien.

— Et les attaquants?

— Ils sont réduits à l'état de gelée, répondit Giordino.

— S'ils nous ont attaqués sous l'eau, dit Pitt à
Cabrillo, il y a toutes les chances pour qu'ils s'en
prennent à vous en surface.

— C'est drôle que vous disiez ça, dit Cabrillo. A
cette minute même, il y a un petit cruiser qui vient
vers nous. Rien dont nous ne puissions nous
débrouiller, remarquez. Ne bougez pas. J'envoie
mon plongeur vous accrocher au câble de remorquage dès que nous aurons accueilli nos visiteurs.

— Ne bougez pas! répéta Giordino avec aigreur.
On n'a pas de puissance, on est en plein dans l'eau. Il
doit croire que nous sommes au milieu d'un parc
d'attraction sous-marin, ma parole!

— Il fait de son mieux, dit Pitt en soupirant tandis
que la tension s'apaisait dans le submersible.

Il resta immobile, les mains relâchant les poignées
des contrôles qui ne fonctionnaient plus, regardant
par le pare-brise le fond de la chaloupe et se demandant quels atouts Cabrillo allait sortir de sa manche.

— Ils ont l'air d'être sérieux, dit Cabrillo à Eddie Seng, l'ancien agent de la CIA de l'*Oregon* qui avait été pendant près de vingt ans leur correspondant à Pékin avant d'être contraint de rentrer très vite aux États-Unis et de prendre sa retraite.

Cabrillo regarda à la lunette le petit cruiser approcher rapidement. Son allure faisait penser à un bateau de sauvetage des garde-côtes américains sauf que celui-ci n'avait pas pour mission de sauver des vies.

— Ils ont tout organisé quand ils ont repéré le submersible mais ils ne peuvent pas être sûrs que nous y sommes mêlés avant de venir à bord et d'enquêter.

— Combien en voyez-vous ? demanda Seng.

— Cinq, je crois, et tous armés sauf le barreur.

— Y a-t-il des armes lourdes montées sur le bateau ?

— Je n'en vois aucune. Ils font officiellement une expédition de pêche et ne cherchent pas d'ennuis. Ils vont laisser deux hommes à bord pour nous tenir en respect tandis que les autres monteront à bord.

Cabrillo se tourna vers Seng.

— Dites à Pete James et à Bob Meadows de se faufiler du côté de la chaloupe où ils ne voient pas. Ils sont tous deux d'excellents nageurs. Quand le bateau nous accostera, dites-leur de nager sous la chaloupe et de rester dans l'eau entre les deux embarcations. Si mon plan marche, les deux gardes restant sur leur bateau réagiront instantanément à une situation inattendue. Il faut qu'on les prenne tous les cinq sans armes. Rien qui fasse du bruit. Il y aura assez de regards curieux sur le dock et sur le navire comme ça. Il nous faut seulement nous en sortir sans tambours ni trompettes.

James et Meadows glissèrent dans l'eau à l'abri d'une toile goudronnée et attendirent le signal de nager sous la chaloupe. Le reste de l'équipage de Cabrillo s'étendit sur les ponts comme s'il dormait. Un ou deux hommes firent semblant de pêcher à l'arrière.

Maintenant, Cabrillo voyait parfaitement que les gardes de la Qin Shang Maritime portaient des uniformes voyants, marron foncé, qui auraient été plus adaptés pour jouer une opérette. Quatre serraient contre eux des pistolets automatiques dernier modèle, fabriqués en Chine. Le commandant du bateau arborait l'expression dure et impénétrable des officiers chinois.

— Restez où vous êtes ! cria-t-il en mandarin. Nous venons à bord.

— Que voulez-vous ? demanda Seng en criant aussi.

— Sécurité des docks. Nous voulons inspecter votre bateau.

— Vous n'êtes pas la patrouille du port, dit Seng, indigné. Vous n'avez aucune autorité sur nous.

— Vous avez trente secondes pour obéir ou nous tirons, insista le commandant.

— Vous tireriez sur de malheureux pêcheurs ? dit amèrement Seng. Vous êtes fous ! (Il se tourna vers les autres et haussa les épaules.) Il vaut mieux faire ce qu'ils disent. Ils sont assez fous pour mettre leurs menaces à exécution. Très bien, ajouta-t-il à l'intention du commandant de la sécurité de la Qin Shang Maritime. Venez à bord. Mais sachez que je ferai un rapport aux autorités de la République populaire de Chine.

Cabrillo était penché sur la barre, cachant son visage sous un chapeau de paille pour que les gardes ne voient pas ses traits occidentaux. Il jeta avec désinvolture quelques pièces de monnaie par-dessus bord pour indiquer à James et Meadows qu'il était temps de nager sous la chaloupe. Lentement, une de ses mains glissa jusqu'au levier des propulseurs. Puis, au moment où le commandant du bateau de la sécurité et ses hommes étaient en train de sauter l'étroit espace entre les embarcations, Cabrillo mit les moteurs en marche et les arrêta aussitôt, élargissant soudain la distance entre les bateaux.

Comme dans une comédie bien rodée, le commandant et ses deux hommes tombèrent à l'eau entre les deux coques. Agissant d'instinct comme l'avait prévu Cabrillo, les deux hommes restés sur le croiseur lâchèrent leurs armes et s'agenouillèrent, tendant les bras à leur supérieur pour tenter de l'aider à sortir de l'eau. Leur tentative avorta tandis que deux paires de bras sortaient de l'eau, les attrapaient tous deux à la gorge et les tiraient par-dessus bord dans un grand éclaboussement. Alors, tirant chacun un homme par les pieds, James et Meadows les firent passer sous la chaloupe jusqu'à l'autre côté où une petite tape pas trop gentille sur la tête les rendit inconscients. Après quoi on les tira à bord et on les enferma dans un petit compartiment réservé au fret.

Cabrillo observa la poupe du *United States*, cherchant sur le quai s'il y avait des témoins. Il ne vit que trois ou quatre dockers qui avaient cessé leur activité pour regarder les deux bateaux. Personne ne paraissait vraiment intéressé. La cabine du cruiser avait caché la scène aux ouvriers et à quiconque avait pu regarder depuis le transatlantique. Tout cela pouvait passer pour une enquête de routine des forces de sécurité. Tout ce qu'on pouvait voir, c'était les marins de Cabrillo, les uns dormant, les autres pêchant à l'arrière de la chaloupe. Les dockers reprirent bientôt leurs activités sans montrer le moindre signe d'alarme.

James et Meadows regrimpèrent à bord et, aidés par Eddie Seng, déshabillèrent rapidement le commandant et deux de ses hommes. Quelques minutes plus tard, tous trois reparurent sur le pont revêtus des uniformes des hommes de la sécurité.

— Ça ne me va pas mal, dit Eddie en jouant les mannequins, si l'on considère que ce costume est mouillé comme une soupe.

— Le mien est au moins quatre tailles trop petit, grommela Meadows, qui était un homme assez gros.

— Bienvenue au club, dit James en tendant les bras pour montrer que les manches dépassaient à peine ses coudes.

— Vous n'avez pas besoin de descendre la passe-relle comme pour un défilé de mode, dit Cabrillo en allant ranger la chaloupe près du bateau de la sécurité. Sautez et prenez la barre. Dès que nous aurons mis le câble au submersible, suivez notre sil-lage comme si vous nous escortiez jusqu'au quai de la Patrouille du port de Hong Kong. Dès que nous serons hors de vue du chantier de Qin Shang, nous tournerons autour jusqu'à ce qu'il fasse nuit. Ensuite nous retournerons sur l'*Oregon* et nous coulerons le bateau de la sécurité.

— Et que ferons-nous des cinq rats mouillés qui sont dans la cale? demanda Seng.

Cabrillo se retourna avec un sourire mauvais.

— Nous aurons le plaisir de voir leurs têtes quand ils reviendront à eux et découvriront qu'on les a abandonnés sur une île au large des Philippines.

**

N'ayant plus assez d'oxygène pour rester sous l'eau, le *Sea Dog II* fut remonté à la surface, son écoutille supérieure partiellement ouverte. Pitt et Giordino restèrent à l'intérieur tandis que le cruiser naviguait à ses côtés et le cachait à la vue d'éventuels bateaux de passage et de la rive.

Trente minutes plus tard, on les remonta rapide-ment sur le pont de l'*Oregon*. Cabrillo aida Pitt et Giordino à sortir du submersible. Les muscles raides d'avoir passé plusieurs heures dans l'étroit véhicule, ils furent heureux qu'on les assiste.

— Je suis désolé de vous avoir laissés enfermés comme ça mais, comme vous le savez, nous avons eu quelques petites difficultés.

— Dont vous vous êtes très bien sortis, le compli-menta Pitt.

— Quant à vous, vous avez fait un beau boulot en combattant ces méchants tout seuls.

— Mais nous serions toujours au fond si vous n'aviez pas lancé ces grenades.

— Qu'avez-vous trouvé ? demanda Cabrillo.

Pitt eut un geste découragé.

— Rien, absolument rien ! La coque, sous la ligne de flottaison, est propre. Aucune modification, aucune écoutille cachée, aucune porte sous pression. Le fond a été frotté et recouvert de peinture protectrice. Il paraît aussi impeccable qu'au jour de son lancement. Si Qin Shang a un truc pour faire sortir les clandestins et les amener à terre sans qu'on les voie, ce n'est pas en passant sous la ligne de flottaison.

— Alors, où cela nous mène-t-il ?

Pitt regarda Cabrillo sans ciller.

— Il faut qu'on pénètre dans le navire. Pouvez-vous nous aider ?

— En tant que Grand Chef résident, oui, je crois que je peux me débrouiller pour vous faire faire un tour dans le paquebot. Mais attention ! Nous avons une, peut-être deux heures devant nous avant qu'on découvre l'absence des gardes que nous avons kidnappés. Le chef de la sécurité de Qin Shang n'est pas un idiot et va vite comprendre que les intrus venaient de l'*Oregon*. Il se demande sûrement déjà pourquoi dix de ses plongeurs sont portés manquants. Dès qu'il aura alerté la marine chinoise, ils se mettront à notre poursuite, aussi vrai que deux et deux font quatre. En partant avant, l'*Oregon* peut distancer à peu près n'importe quel navire de la flotte chinoise. Mais s'ils lancent des avions à nos trousses avant que nous soyons sortis de leurs eaux territoriales, nous sommes morts.

— Vous êtes bien armés, remarqua Giordino.

Cabrillo pinça les lèvres.

— Mais pas immunisés contre des navires de guerre armés de gros canons ni contre des avions lançant des missiles. Plus vite nous quitterons Hong Kong pour la haute mer, mieux nous nous porterons.

— Alors vous levez l'ancre et vous quittez le coin ? dit Pitt.

— Je n'ai pas dit ça.

Il regarda Seng qui s'était changé.

— Qu'en dis-tu, Eddie? Veux-tu remettre l'uniforme du chef de la sécurité de Qin Shang et parader dans le chantier naval comme un professeur sur le campus?

Seng lui fit un grand sourire.

— J'ai toujours rêvé de visiter l'intérieur d'un grand paquebot sans payer, dit-il.

— Alors, on marche comme ça, dit Cabrillo à Pitt. Allez-y maintenant. Voyez ce que vous avez à voir et revenez le plus vite possible. Autrement, nous regretterons tous de ne jamais connaître nos petits-enfants.

18

— Vous ne croyez pas qu'on en fait un peu trop? demanda Pitt, moins d'une heure plus tard.

Seng haussa les épaules sans lâcher le volant.

— Qui suspecterait que des espions arrivent à la grille de la sécurité dans une Rolls Royce? dit-il d'un air innocent.

— N'importe qui ne souffrant ni de cataracte ni de glaucome, répondit Giordino sombrement.

Collectionneur de voitures anciennes, Pitt appréciait la magnifique finition de la Rolls.

— Le président directeur général Cabrillo est un homme étonnant.

— Et le meilleur profiteur en affaires, ajouta Seng en freinant à côté de la grille principale du chantier de la Qin Shang Maritime Limited. Il a passé un accord avec le concierge du meilleur hôtel cinq étoiles de Hong Kong. Ils utilisent la Rolls pour accueillir et ramener les célébrités à l'aéroport.

Le soleil de fin d'après-midi était encore haut sur

l'horizon. Deux gardes sortirent de leur casemate pour admirer la Rolls Royce Silver Dawn de 1955, carrossée par Hooper. Ses lignes élégantes étaient un bel exemple du style classique « fil du rasoir » si populaire chez les carrossiers anglais des années 1950. Le pare-chocs avant s'incurvait avec grâce jusqu'aux quatre portes pour rejoindre le pare-chocs arrière, bien assorti au toit en pente à l'arrière et au coffre en « courbe à la française » que Cadillac allait copier à la fin des années 1980.

Seng montra rapidement la carte d'identification qu'il avait prise au commandant du bateau de la sécurité. Les deux hommes auraient pu passer pour des cousins mais il ne tenait pas à ce que les gardes étudient de trop près la photo de la carte.

— Han Wan-Tzu, commandant de la sécurité des docks, annonça-t-il en chinois.

L'un des gardes se pencha par la fenêtre arrière et dévisagea les deux passagers vêtus de très classiques costumes bleu marine à fines rayures des hommes d'affaires. Ses yeux se plissèrent légèrement.

— Qui êtes-vous ?

— MM. Karl Mahler et Erich Grosse. Ce sont de respectables ingénieurs maritimes appartenant à la firme allemande de construction navale Voss & Heibert. Ils sont ici pour inspecter et consulter les moteurs à turbines du grand transatlantique.

— Je ne les vois pas sur la liste des visiteurs attendus, dit le garde en vérifiant les noms de son bloc.

— Ces messieurs sont ici à la demande personnelle de Qin Shang. Si cela pose un problème, appelez-le. Voulez-vous le numéro de sa ligne directe ?

— Non, non, bégaya le garde. Puisque vous les accompagnez, leur entrée doit être autorisée.

— Ne contactez personne, recommanda Seng. On attend les services de ces messieurs immédiatement mais leur présence ici est un secret de la plus haute importance. Vous m'avez compris ?

Le garde acquiesça avec empressement et alla lever la barrière en leur faisant signe d'emprunter la route menant à la zone des docks. Seng conduisit la luxueuse voiture le long de plusieurs entrepôts, dépôts de pièces et sous les hauts portiques dominant les squelettes de navires en construction. Il n'eut pas de problème pour trouver le *United States*. Ses cheminées dominaient presque tous les bâtiments alentour. La Rolls s'arrêta silencieusement à l'une des nombreuses allées menant à la coque du navire. Celui-ci paraissait étrangement désert. Il n'y avait apparemment ni marins, ni ouvriers, ni gardes de sécurité nulle part. Les coursives étaient vides et non gardées.

— Étrange, murmura Pitt. Toutes les chaloupes ont été enlevées.

Giordino leva la tête vers le filet de fumée sortant des cheminées.

— Si je ne savais pas que c'est impossible, je dirais qu'il est prêt à quitter le quai.

— Il ne peut pas prendre de passagers sans canots de sauvetage !

— Le mystère s'épaissit, dit Giordino en contemplant le navire silencieux.

— Rien ne ressemble à ce qu'on nous a préparés à attendre, ajouta Pitt en hochant la tête.

Seng vint ouvrir la portière.

— Je ne peux pas aller plus loin. Maintenant, vous êtes seuls. Bonne chance. Je serai de retour dans 30 minutes.

— Trente minutes ? se plaignit Giordino. Vous plaisantez !

— Il nous faut deux fois plus de temps pour inspecter un paquebot de la taille d'une petite ville, protesta Pitt.

— C'est ce que je peux faire de mieux. Ce sont les ordres du président Cabrillo. Plus vite nous filerons d'ici, moins nous risquerons de nous faire pincer. En plus, il va bientôt faire nuit.

Pitt et Giordino descendirent de la voiture et montèrent une passerelle menant, par deux portes ouvertes, à l'intérieur du navire. Ils passèrent ce qui

leur parut être la pièce de réception du commissaire
de bord. Tout y était curieusement vide, sans
meubles, sans le moindre signe de vie.

— Ai-je mentionné, dit Giordino, que je ne sais
pas prendre l'accent allemand ?

— Tu es italien, non ? demanda Pitt.

— Mes grands-parents l'étaient mais qu'est-ce que
ça a à voir ?

— Si on te parle, réponds avec les mains. Personne ne verra la différence.

— Et toi, comment as-tu l'intention de passer
pour un Allemand ?

— Je répondrai *ja* à tout ce qu'on me dira, dit Pitt
avec un haussement d'épaules.

— On ne dispose pas de beaucoup de temps. Nous
couvrirons plus de surface en nous séparant.

— D'accord. Je vais jeter un œil au pont des
cabines et toi, tu inspectes la salle des machines. Et
pendant que tu y es, vois un peu la cuisine.

— La cuisine ? s'étonna Giordino.

— On reconnaît une maison à sa cuisine, expliqua
Pitt avec un petit sourire.

Il s'éloigna à la hâte, montant un escalier circulaire jusqu'au pont supérieur où étaient autrefois
installés la salle à manger des premières classes, les
salons, les boutiques et le cinéma.

On avait enlevé les portes en verre taillé donnant
sur la salle à manger. Les murs, avec leur décor spartiate des années 50 et le plafond voûté, montaient la
garde sur une pièce vide. Et c'était pareil partout où
il passa, ses pas résonnant sur le plancher du salon
dont la moquette avait disparu. Les 352 sièges du
cinéma avaient aussi disparu. Les boutiques étaient
vides de rayonnages et de vitrines. Idem pour les
deux salons. La salle de bal, où les riches célébrités
d'autrefois avaient dansé pendant les traversées,
n'étaient plus que quatre murs nus.

Il parcourut rapidement la coursive menant aux
cabines de l'équipage et à la timonerie. Là encore,
c'était le vide. Aucun signe de mobilier, aucune présence humaine dans les cabines.

— C'est une coquille vide ! murmura Pitt à voix basse. Tout le navire n'est qu'une coquille vide !

Dans la timonerie, c'était autre chose. La pièce était bourrée du sol au plafond d'une montagne d'équipements électroniques et informatiques dont les lumières multiples et colorées et les interrupteurs étaient pour la plupart en position de fonctionnement. Pitt s'arrêta une minute pour étudier le système de contrôle automatique très sophistiqué du paquebot. Il trouva bizarre que la barre aux rayons de cuivre soit la seule pièce d'origine de l'équipement.

Il regarda sa montre. Il ne lui restait que dix minutes. Il n'avait vu ni un ouvrier, ni un marin. Comme si le navire n'était plus qu'un cimetière. Il descendit vivement l'escalier menant au pont des cabines de première classe et traversa en courant les coursives séparant les salons. C'était la même chose. Là où les passagers dormaient du temps des New York Southampton et retour, il n'y avait qu'un vide de maison hantée. On avait même retiré les portes de leurs gonds. Ce qui frappa Pitt fut l'absence d'ordures ou de débris. Les pièces vides étaient curieusement impeccables, comme si tout l'intérieur avait été soumis à un aspirateur géant.

Quand il atteignit la porte d'entrée du bureau du commissaire de bord, Giordino l'attendait déjà.

— Qu'as-tu trouvé ? demanda Pitt.

— Sacrément peu. Les cabines de seconde et les cales sont complètement vides. La salle des machines est aussi parfaite qu'au jour de son voyage inaugural. Magnifiquement soignée, la vapeur pleine et le bateau prêt à partir. Tout le reste a été vidé.

— Es-tu allé dans la zone où on range les bagages et dans celle où on parque les voitures des passagers ?

Giordino fit non de la tête.

— Les portes en étaient fermées. De même que les entrées et les sorties des quartiers de l'équipage, sur le pont inférieur. On a dû les vider aussi.

— Pareil pour moi, dit Pitt. Tu as eu des ennuis ?

— Ça, c'est le plus étrange. Je n'ai pas rencontré âme qui vive. Si quelqu'un travaillait dans la salle des machines, c'était un muet invisible. Et toi, tu as rencontré quelqu'un ?

— Même pas un cadavre.

Soudain, le pont se mit à trembler sous leurs pieds. Les gros moteurs du navire reprenaient vie. Pitt et Giordino descendirent la passerelle au galop jusqu'à l'allée où les attendait la Rolls Royce. Eddie Seng se tenait près de la portière ouverte.

— Vous vous êtes bien amusés ?

— Vous ne savez pas ce que vous avez manqué, dit Giordino. La nourriture, le show musical, les girls...

Pitt montra les ouvriers qui larguaient les énormes aussières des bollards en fonte du quai. Les grosses grues sur rails remontèrent les passerelles et les posèrent sur le sol.

— Notre timing a été parfait. Il s'en va.

— Comment est-ce possible ? murmura Giordino. Il n'y a personne à bord.

— On ferait bien de filer aussi, remarqua Seng en refermant sur eux les portières.

Il contourna la Rolls, passant devant le bouchon de radiateur en forme de victoire ailée, et sauta derrière le volant. Cette fois, ils passèrent les grilles de sécurité avec un simple salut de la tête. A 3 kilomètres du chantier naval, Seng regarda dans le rétroviseur pour voir si on les suivait. Il prit une route non goudronnée et s'arrêta dans un champ, derrière une école déserte. Un hélicoptère violet et argent sans marques extérieures les attendait au milieu de la cour de récréation, ses pales tournant lentement.

— On ne rentre pas sur l'*Oregon* par mer ? demanda Pitt.

— Trop tard. Le président Cabrillo a cru plus raisonnable de lever l'ancre et de mettre autant de distance que possible entre le navire et Hong Kong avant le départ du feu d'artifice. L'*Oregon* devrait passer le chenal de West Lamma et entrer dans la mer de Chine en ce moment même. D'où l'hélicoptère.

— Est-ce que Cabrillo a aussi un accord pour l'hélico ? demanda Giordino.

— L'ami d'un ami dirige un service de charters.

— Il ne doit pas être très porté sur la publicité, observa Pitt en cherchant vainement un nom sur la queue de l'appareil.

Seng fit un grand sourire.

— Sa clientèle préfère voyager incognito.

— Si sa clientèle est dans notre genre, ça ne m'étonne pas.

Un jeune homme en uniforme de chauffeur s'approcha de la Rolls et ouvrit la portière. Seng le remercia et glissa une enveloppe dans sa poche. Puis il fit signe à Pitt et à Giordino de le suivre dans l'appareil. Ils attachaient leurs ceintures au moment où le pilote décolla et s'éleva de 6 mètres seulement pour passer sous un ensemble de lignes électriques, comme s'il faisait cela tous les jours. Il se dirigea ensuite vers le sud et traversa les eaux du port, passant au-dessus d'un vieux pétrolier à 30 mètres à peine de ses cheminées.

Pitt regarda avec envie l'ancienne colonie de la Couronne dans le lointain. Il aurait donné cher pour parcourir ses rues sinueuses et pour visiter la multitude de petites boutiques où l'on vendait de tout, du thé aux meubles superbement sculptés, pour goûter la cuisine chinoise dans une suite de l'hôtel Peninsula dominant les lumières du port, en compagnie d'une belle femme élégante et en vidant une bouteille de Veuve Cliquot-Ponsardin...

Sa rêverie fut détruite comme l'image d'un kaléidoscope quand Giordino s'écria soudain :

— Seigneur, qu'est-ce que je donnerais pour un taco et une bonne bière !

Le soleil s'était couché et, à l'ouest, le ciel était d'un gris bleuté quand l'hélicoptère rattrapa l'*Oregon* et se posa sur une des écoutilles de ses cales. Cabrillo les attendait dans la cuisine avec un verre de vin pour Pitt et une bouteille de bière pour Giordino.

— Vous avez dû avoir une rude journée, tous les deux, dit-il, alors notre chef vous a préparé un repas spécial.

Pitt enleva la veste prêtée et desserra sa cravate.

— Une rude journée mais très peu productive.

— Avez-vous découvert quelque chose d'intéressant à bord ?

— Rien qu'un navire étripé de la proue à la poupe, répondit Pitt. Tout l'intérieur est vide sauf la salle des machines opérationnelle et une timonerie remplie d'appareils de navigation automatique et de systèmes de contrôle.

— Le navire a quitté le port. Il doit être mené par un équipage de fantômes.

— Il n'y a pas d'équipage, ajouta Pitt. Si, comme vous le dites, il est en train de sortir du port, c'est sans l'aide d'aucune main humaine. Tout le paquebot fonctionne par ordinateur et par radio-commande.

— Je peux assurer qu'il n'y a pas de trace de nourriture dans la cuisine, dit Giordino. Pas de fourneaux, pas de réfrigérateurs, même pas un couteau ou une fourchette. Si quelqu'un doit faire un voyage à son bord, il mourra probablement de faim.

— Aucun navire ne peut traverser la mer sans équipage dans la salle des machines et sans marin pour actionner les systèmes de navigation, protesta Cabrillo.

— J'ai entendu dire que la marine des États-Unis essaie des navires sans équipage, dit Giordino.

— Un navire sans équipage pourrait à la limite traverser l'océan Pacifique mais il lui faudrait tout de même un commandant à bord pour accueillir le pilote et payer les taxes aux officiers panaméens pour traverser le canal jusqu'à la mer Caraïbe.

— Ils pourraient mettre un équipage temporaire et un commandant avant que le navire n'atteigne Panama...

Pitt s'arrêta et regarda Cabrillo.

— Comment savez-vous que le *United States* se dirige vers Panama ?

— C'est le dernier renseignement de mon informateur local.

— C'est chic de savoir que vous avez un homme dans l'organisation de Qin Shang et qu'il vous tient au courant des derniers événements, dit Giordino d'un ton aigre. Dommage qu'il n'ait pas pris la peine de vous dire que le navire fonctionnait comme un modèle réduit radio-commandé. Il aurait pu nous éviter un tas d'ennuis.

— Je n'ai personne *dans* l'organisation, expliqua Cabrillo. J'aimerais bien ! C'est l'agent pour Hong Kong de la Qin Shang Maritime Limited qui me l'a dit. Les arrivées et les départs des navires de commerce ne sont pas classés top secret.

— Quelle est la destination finale du *United States* ? demanda Pitt.

— Le port de Qin Shang à Sungari.

Pitt contempla son verre de vin en silence.

— Pour quoi faire ? demanda-t-il enfin. Pourquoi Qin Shang enverrait-il un transatlantique complètement robotisé et sans rien dans ses flancs traverser l'océan jusqu'à un port de pêche avorté en Louisiane ? Qu'est-ce qu'il peut bien avoir en tête ?

Giordino finit sa bière et trempa un morceau de tortilla dans un bol de sauce.

— Il pourrait aussi bien l'envoyer autre part.

— Possible, mais il ne peut pas le cacher. Pas un navire de cette taille. Les satellites de reconnaissance le repéreraient tout de suite.

— Croyez-vous qu'il ait l'intention de le remplir d'explosifs et de faire sauter quelque chose ? proposa Cabrillo. Le canal de Panama, par exemple ?

— Surtout pas le canal de Panama ni aucune entreprise portuaire, dit Pitt. Ses bateaux ont besoin d'accéder aux ports des deux océans comme n'importe quelle autre compagnie maritime. Non. Qin Shang doit avoir autre chose en tête, un autre motif, sûrement aussi menaçant et aussi meurtrier.

19

Le navire se fraya facilement un chemin dans les vagues, se balançant doucement sous un ciel que la pleine lune illuminait si brillamment qu'on aurait pu lire le journal sous ses rayons. La scène présentait un calme trompeur. Cabrillo n'avait pas demandé que le navire aille à sa vitesse maximale aussi voguait-il à 8 nœuds jusqu'à ce qu'il soit bien au-delà du continent chinois. Le murmure de la proue coupant l'eau et l'arôme du pain fraîchement cuit venant de la cuisine aurait pu tromper l'équipage de n'importe quel autre navire marchand traversant la mer de Chine mais pas les hommes entraînés de l'*Oregon*.

Pitt et Giordino se tenaient dans la salle de contrôle, de surveillance et de mesures défensives, dans le gaillard d'avant surélevé du navire, en simples observateurs. Cabrillo et son équipe de techniciens suivaient attentivement les relevés du radar de détection et des systèmes d'identification.

— Il prend son temps, dit l'analyste de surveillance, une femme du nom de Linda Ross, assise devant un écran d'ordinateur qui affichait en trois dimensions l'image d'un navire de guerre.

Ross était une autre des vedettes que Cabrillo avait dénichées en cherchant son personnel de premier plan. Elle avait été officier supérieur de tirs à bord d'un croiseur lance-missiles AEGIS de la marine des États-Unis, avant de tomber sous le charme de Cabrillo et de ses propositions pécuniaires incroyables, bien plus importantes que tout ce qu'elle avait pu espérer gagner dans la Navy.

— Avec sa vitesse maximale de 34 nœuds, il nous rattrapera dans une demi-heure.

— Comment est-il? demanda Cabrillo.

— Sa configuration indique qu'il s'agit d'un Luhu type 052, de la classe des grands escorteurs lancés à la fin des années 90. Il déplace 4 200 tonneaux. Deux moteurs à turbines à gaz qui développent 55 000 CV.

Il porte deux hélicoptères Harbine à l'arrière. 230 hommes dont 40 officiers.

— Des missiles ?

— Huit missiles mer-mer et un lanceur de huit missiles mer-air.

— Si j'étais son commandant, je ne me fatiguerais pas à envoyer des missiles frapper un vieux rafiot impotent comme l'*Oregon*. Des canons ?

— Deux canons de 100 mm sur une tourelle à l'avant, dit l'analyste. Huit 37 mm montés par paires. Il transporte aussi 6 torpilles en deux tubes triples et 12 lanceurs de mortiers anti-sous-marins.

Cabrillo s'essuya le front avec son mouchoir.

— Pour un Chinois, c'est un navire de guerre impressionnant !

— D'où vient-il ? demanda Pitt.

— Pas de chance pour nous, dit Cabrillo. Il se trouve qu'il croisait notre route quand les officiers du port ont déclenché l'alarme et prévenu leur marine. J'ai calculé notre départ pour que nous soyons dans le sillage d'un navire marchand australien et d'un minéralier bolivien pour tromper les radars chinois. Les deux autres ont probablement été arrêtés et fouillés par une patrouille d'intervention rapide avant qu'on les laisse continuer leur route. Nous avons la malchance de précéder un escorteur lourd.

— Qin Shang a le bras long, pour obtenir ce genre de coopération de son gouvernement !

— J'aimerais bien avoir son influence auprès de notre Congrès.

— N'est-il pas contraire aux lois internationales qu'une nation militaire arrête et fouille des navires étrangers hors de ses eaux territoriales ?

— Plus depuis 1996. A cette date, Pékin a fait adopter une loi dite de Traité maritime aux Nations unies qui augmente les eaux territoriales chinoises de la limite de 20 km à celle de 320 km.

— Ce qui nous place en plein dedans !

— Environ 220 km en plein dedans, précisa Cabrillo.

— Si vous avez quatre missiles, dit Pitt, pourquoi ne pas faire exploser l'escorteur avant que nous soyons à portée de ses canons ?

— Nous avons en effet une petite version, plus ancienne, du missile mer-mer Harpoon assez puissant pour faire sauter un bateau d'attaque léger ou un patrouilleur hors de l'eau mais il faudrait une chance incroyable, au premier tir, pour détruire un escorteur de 42 000 tonnes suffisamment chargé pour couler toute une flotte. Nous sommes désavantagés. Nos quatre missiles pourraient démolir leurs lanceurs. Et nous pouvons péter leur coque avec deux torpilles MARK 46. Mais ça lui laisse encore assez de 37 et de 100 mm pour nous envoyer au cimetière de bateaux le plus proche.

Pitt regarda Cabrillo dans les yeux.

— Des tas de gens vont mourir dans les heures qui viennent. N'y a-t-il aucun moyen d'éviter ce massacre ?

— Nous ne pouvons pas tromper une équipe qui vient à bord, dit sévèrement Cabrillo. Nos déguisements ne les tromperont pas deux minutes. Vous avez l'air d'oublier, monsieur Pitt, que pour des Chinois, moi et tout le monde à bord sommes des espions. Et comme tels, nous pouvons être exécutés en un clin d'œil. Et aussi, quand ils auront mis la main sur l'*Oregon* et réalisé son potentiel, ils n'hésiteront pas à l'utiliser pour des opérations d'espionnage contre d'autres pays. Dès que les Chinois mettront le pied sur notre pont, les dés seront jetés. On se bat ou on meurt.

— Alors il ne nous reste que l'effet de surprise.

— Le truc, c'est de ne pas constituer une menace aux yeux du commandant de cet escorteur chinois, expliqua Cabrillo. Si vous étiez à sa place, debout sur votre pont, en train de nous regarder avec vos jumelles à infrarouge, est-ce que vous auriez la trouille en nous apercevant ? J'en doute. Il pourrait pointer le 100 mm sur notre pont ou l'un de ses deux 37 mm sur le premier marin qui se montre. Mais quand il verra ses marins monter à bord et commencer à saisir le navire, il se détendra et annulera l'alerte pour le cas où il en aurait décrété une.

— A vous entendre, c'est aussi carré qu'une bataille de boules de neige, osa dire Giordino.

Cabrillo le regarda d'un air fatigué.

— Une bataille de quoi ?

— Pardonnez à Al un trait d'humour déplacé, dit Pitt. Il est toujours un peu déboussolé quand les choses ne vont pas comme il le voudrait.

— Vous êtes aussi bizarre que lui, grogna Cabrillo. Est-ce que rien ne vous déboussole jamais, vous deux ?

— Je crois que c'est un moyen de faire face à une situation difficile, répondit Pitt aussi doucement qu'il put. Vous et votre équipage êtes entraînés et préparés à la lutte.

— Nous aurons besoin de l'aide de tous ceux, hommes et femmes, qui sont sur ce bateau avant que la nuit s'achève.

Pitt étudia l'image de l'écran par-dessus l'épaule de Linda Ross.

— Si vous me permettez de vous poser une question, comment exactement avez-vous l'intention de démolir un grand escorteur ?

— Mon plan, aussi rudimentaire soit-il, est de stopper l'*Oregon* quand on lui en donnera l'ordre. Ensuite ils exigeront de monter à bord et de nous inspecter. Une fois qu'on les aura roulés en restant à courte distance, nous jouerons les marins innocents et pas commodes pendant qu'ils nous regarderont de près. Quand l'équipe chinoise montera à bord, on entubera encore mieux le commandant en abaissant notre drapeau iranien et en envoyant le drapeau de la République populaire de Chine.

— Vous avez un drapeau chinois ? s'étonna Giordino.

— Nous avons des drapeaux de tous les pays du monde.

— Après votre apparence de soumission, que ferez-vous ? demanda Pitt.

— Nous le frapperons avec tout ce que nous avons en espérant que, lorsque nous en aurons fini, ils n'auront plus rien à nous envoyer.

— C'est mieux qu'un duel à longue portée avec des missiles, que nous ne pourrons pas gagner, dit Max Hanley, assis à côté d'un spécialiste de l'électronique étudiant des données tactiques.

Comme un entraîneur de football dans les vestiaires avant le coup d'envoi, Cabrillo révisait soigneusement son plan avec ses joueurs. Le moindre imprévu devait être envisagé, détaillé, rien ne pouvait être laissé au hasard ou à la chance. On ne sentait aucune tension chez ces hommes et ces femmes qui faisaient ce qu'ils avaient à faire comme des employés, un lundi matin ordinaire. Leurs yeux étaient clairs, sans l'ombre de peur qu'on aurait pu attendre d'y voir.

La revue de détail terminée, Cabrillo demanda si quelqu'un avait une question à poser. Sa voix était basse et profonde, avec une petite pointe d'accent espagnol. Bien qu'il eût trop d'expérience et de perspicacité pour ne pas accepter la peur, son visage et son attitude n'en laissaient rien paraître. Il hocha la tête en constatant que personne ne souhaitait intervenir.

— Très bien, nous sommes d'accord. Bonne chance à vous tous. Et quand cette petite bagarre sera terminée, nous ferons la plus grande nouba que l'*Oregon* ait jamais connue.

Pitt leva une main.

— Vous avez dit avoir besoin de tout le monde. Comment Al et moi pouvons-nous vous aider ?

— Vous nous avez montré, l'autre soir, qu'une petite bagarre ne vous faisait pas peur. Allez à l'armurerie prendre une ou deux armes automatiques. Vous aurez besoin de quelque chose de plus puissant que votre joujou. Trouvez-vous aussi des gilets pare-balles. Et puis aussi, dans le placard des costumes, de vieux vêtements sales. Ensuite, joignez-vous à l'équipage. Vos talents seront utiles pour arrêter les marins chinois une fois qu'ils seront à bord. Je ne dispose que de quelques hommes pour des besognes moins importantes alors vous risquez d'être un peu dépassés par le nombre. Ils ne vont probablement pas en envoyer plus d'une dizaine, pas assez pour nous importuner puisque vous aurez l'avantage de la surprise. Si vous gagnez, et j'y compte bien, vous pourrez nous donner un coup de main pour voir s'il y a des dommages. Et vous pouvez être sûrs qu'il y en aura pas mal !

— Sera-t-il absolument nécessaire de descendre les hommes qui vont nous aborder sans sommation ? demanda Linda Ross.

— N'oubliez pas que ces gens n'ont pas l'intention de laisser quiconque sur ce navire atteindre le port, lui répondit sèchement Cabrillo. Parce qu'ils sont parfaitement au courant de la part que nous avons prise dans l'inspection du *United States*, il est évident qu'ils chercheront à nous envoyer dormir avec les poissons avant l'aube.

Pitt considéra longuement Cabrillo, cherchant un signe de regret à la pensée que ce qu'ils étaient sur le point d'accomplir était une erreur colossale mais il ne vit rien de tel.

— Avez-vous pensé que nous nous trompons peut-être sur leurs intentions et que nous risquons de commettre un acte de guerre ?

Cabrillo tira sa pipe d'une poche de poitrine et en nettoya le fourneau.

— Je ne crains pas d'admettre que ceci me préoccupe un peu, dit-il. Mais nous ne pouvons pas échapper à leur force aérienne, aussi n'avons-nous d'autre choix que de nous en sortir en bluffant. Et, si ça ne marche pas, en combattant.

Comme un fantôme gris glissant sur l'eau noire zébrée par la pleine lune, le gros escorteur chinois rattrapa l'*Oregon* avec la malveillance d'un orque se jetant sur un lamantin amical. Mais à part son disgracieux déploiement de navigation, ses systèmes de recherche marine et aérienne et de mesures défensives, perchés sur ses vilaines tours, le navire aurait pu avoir une allure assez pure. Tel qu'il se présentait, on aurait pu le croire assemblé par un enfant ne sachant pas trop la place de chaque pièce.

Hali Kasim, le vice-président de l'*Oregon* chargé des communications, appela par l'interphone Cabrillo qui observait l'escorteur à la jumelle à infrarouge.

— Monsieur Cabrillo, ils viennent de nous ordonner de mettre en panne.

— Dans quelle langue?

— En anglais.

— Un essai d'amateur pour nous faire céder. Répondez-leur en arabe.

Il y eut un court silence.

— Ils nous ont eus, monsieur. Ils ont quelqu'un à bord qui parle arabe.

— Tenez-les un moment. Nous ne devons pas paraître trop impatients de les calmer. Demandez-leur pourquoi nous devrions leur obéir dans des eaux internationales.

Cabrillo alluma sa pipe et attendit. Il regarda, en bas, le pont sur lequel Pitt, Giordino et trois marins s'étaient rassemblés, tous armés pour faire le coup de poing ou pour une bagarre qui traînerait en longueur.

— Ils ne veulent pas discuter, reprit la voix de Kasim. Ils disent que si nous ne stoppons pas immédiatement, ils nous enverront par le fond.

— Ont-ils préparé un brouillage pour le cas où nous enverrions un SOS?

— Vous pouvez en être sûr. Si nous envoyons un message, il sera illisible pour qui le recevra.

— Quelles chances avons-nous qu'un navire de guerre ami passe dans le coin, comme par exemple un sous-marin nucléaire?

— Aucune, dit la voix de Linda Ross depuis la salle de surveillance et de défense. Le seul navire à cent milles à la ronde est un transporteur japonais de voitures.

— Très bien, soupira Cabrillo. Signalez-leur que nous allons obéir et mettre en panne. Mais informez-les que nous protesterons auprès du Conseil maritime international et du Conseil mondial du commerce.

Cabrillo ne pouvait plus qu'attendre en regardant l'escorteur chinois émerger des ténèbres. En plus de ses yeux fixes, le grand navire de guerre était visé par deux missiles Harpoon cachés au centre de la coque de l'*Oregon*, les deux torpilles Mark 46 dans leurs lance-torpilles sous la surface de l'eau, et par les gueules de deux canons Oerlikon de 30 mm qui pouvaient tirer chacun 700 coups par minute.

Tout ce que l'on pouvait faire pour se préparer avait été fait. Cabrillo était fier de son équipe bien soudée. S'il y avait un sentiment de malaise, aucun n'en faisait montre. Au contraire, chacun affichait sa détermination, un grand sourire satisfait, sachant que tous allaient se confronter à des ennemis deux fois plus nombreux, dix fois plus armés mais qu'ils iraient jusqu'au bout. Pas question de présenter l'autre joue après un coup. Ils avaient dépassé le point de non-retour et l'intention de frapper les premiers.

L'escorteur mit en panne à 200 mètres au plus de l'*Oregon*. Dans ses jumelles de nuit, Cabrillo pouvait distinguer les grands chiffres blancs peints près de la poupe. Il appela Ross.

— Pouvez-vous me donner l'identification d'un escorteur chinois numéro 116 ? Je répète : 116.

Il attendit la réponse en regardant un canot que l'on mettait à l'eau au centre du navire après l'avoir décroché de son portemanteau. Des marins y montèrent et le canot s'éloigna de l'escorteur, parcourut l'espace entre les deux navires et vint se ranger contre celui qui ressemblait à un vieux cargo marchand tout simple, en une dizaine de minutes.

Il nota avec satisfaction que les deux canons de 100 mm de la proue étaient les seuls pointés sur l'*Oregon*. Les lance-missiles paraissaient abandonnés et au repos. Les gueules des canons de 37 mm étaient braquées vers l'avant et l'arrière de l'escorteur.

— J'ai votre identification, annonça la voix de Ross. Le numéro 116 s'appelle le *Chengdo*. C'est ce que la marine chinoise fait de plus gros et de meilleur. Il est commandé par un certain Yu Tien. Avec un peu de temps, je peux vous donner sa biographie.

— Merci, Ross, laissez tomber. J'aime bien connaître le nom de mon ennemi. Restez près des armes pour tirer.

— Toutes les armes sont prêtes à tirer, monsieur le président, répondit calmement Ross.

L'échelle d'embarquement pendait le long du flanc et les marins chinois, menés par un enseigne de vaisseau et un capitaine de vaisseau, grimpèrent bientôt sur le pont. Les nouveaux venus paraissaient très gais, affichant la satisfaction de boy-scouts en grande sortie plutôt que le sérieux de rudes combattants menant une mission importante.

— Merde! grommela Cabrillo en constatant que les Chinois étaient deux fois plus nombreux qu'il ne l'avait escompté et tous armés jusqu'aux dents.

Il était désespéré de ne pouvoir réserver davantage d'hommes pour la bataille à venir sur le pont principal. Il regarda Pete James et Bob Meadows, les plongeurs du navire, anciens membres des SEALs [1], et Eddie Seng, tous trois appuyés à la rambarde, leurs pistolets-mitrailleurs cachés sous leurs vestes. Puis il aperçut Pitt et Giordino qui faisaient face aux officiers chinois, les mains en l'air.

La réaction immédiate de Cabrillo fut celle de la colère. Si Pitt et Giordino se rendaient sans combattre, les trois autres marins n'auraient pas une chance contre plus de 20 marins chinois bien entraînés. Les Chinois les repousseraient sans ménagement et envahiraient le navire en quelques minutes.

— Espèces de lâches! explosa-t-il en montrant le poing à Pitt et Giordino. Espèces de sales traîtres!

1. Commandos d'élite de la marine des États-Unis.

— Combien en comptes-tu ? demanda Pitt à Giordino quand le dernier Chinois eut pris pied à bord.

— Vingt et un, répondit Giordino. Quatre contre un. Ce n'est pas exactement ce que j'appellerais « légèrement dépassé par le nombre ».

— Je suis d'accord avec ta cote.

Ils se tenaient gauchement, vêtus de longs manteaux d'hiver, les mains levées au-dessus de la tête, en position de reddition. Eddie Seng, James et Meadows regardaient d'un air sombre les marins chinois comme un équipage irrité par l'interruption de leur travail de routine à bord. L'effet eut le résultat que Pitt escomptait. Les marins chinois, voyant le manque de résistance qu'on leur opposait, se détendirent et tinrent leurs armes de façon moins menaçante, ne s'attendant à aucune réaction de la part de l'équipage loqueteux d'un navire minable. L'officier, arrogant et regardant avec dégoût la troupe hétéroclite qui l'accueillait, s'approcha de Pitt et exigea, en anglais, de savoir où il pouvait trouver le commandant. Sans paraître le moins du monde insolent, le regard allant de l'enseigne au capitaine, Pitt demanda poliment :

— Lequel d'entre vous est Laurel et lequel est Hardy ?

— Qu'avez-vous dit ? éructa l'enseigne de vaisseau. Si vous ne voulez pas être abattu, menez-moi à votre commandant.

Le visage de Pitt prit une expression de terreur pure.

— Hein ? Vous voulez le commandant ? Il fallait le dire !

Il se tourna légèrement et fit un vague signe de tête vers Cabrillo sur l'aile du pont, qui se consumait d'une rage froide.

Par pur réflexe, toutes les têtes et tous les regards suivirent le geste de Pitt vers l'homme qui hurlait.

Alors, de l'endroit où il était, Cabrillo comprit soudain clairement ce que préparaient les deux hommes de la NUMA et contempla, comme hypnotisé, la lutte

soudaine qui éclata sous ses yeux. Il vit avec stupéfaction Pitt et Giordino sortir comme par magie une
autre paire de mains de sous leurs manteaux, des
mains qui serraient des pistolets-mitrailleurs, les
doigts serrés sur la détente. Ils lancèrent une rafale
mortelle sur les marins chinois qui furent pris totalement au dépourvu. Les deux officiers tombèrent les
premiers, suivis par les six hommes les plus proches
d'eux. Rien, absolument rien n'avait pu les préparer
à une tuerie aussi vicieuse, et sûrement pas l'attitude
effrayée et lâche des hommes de l'*Oregon*. En une
fraction de seconde, cette attaque inattendue avait
inversé la cote à un peu plus de deux contre un. La
confrontation pleine de morgue tourna rapidement
au chaos sanglant et déchaîné.

Seng, James et Meadows, avertis avant l'action de
la manœuvre des faux bras, tirèrent immédiatement
leurs armes et ouvrirent le feu moins d'une seconde
après Pitt et Giordino. Ce fut un vrai ramdam. Les
hommes tombaient un peu partout, essayant frénétiquement de jeter l'autre à terre. Les marins chinois
étaient de véritables professionnels et ils étaient
braves. Ils reprirent vite leurs esprits et tinrent bon
sur le pont maintenant encombré des cadavres de
leurs camarades et rendirent coup pour coup.

En un temps record, les chargeurs de tous les pistolets furent vides en même temps. Seng fut frappé
et tomba à genoux. Meadows avait pris une balle
dans l'épaule mais se servait de son fusil comme
d'une batte de base-ball. N'ayant pas le temps de
recharger, Pitt et Giordino lancèrent leurs armes
contre huit marins chinois qui combattaient encore
et se jetèrent dans la bataille. Pourtant, malgré le
combat qui faisait rage entre ces deux troupes lancées l'une contre l'autre en hurlant, Pitt entendit le
cri de bataille de Cabrillo sur le pont.

— Tirez ! Pour l'amour du ciel, tirez !

Une partie de la coque de l'*Oregon* s'ouvrit en un
clin d'œil et les deux missiles Harpoon s'éjectèrent de
leurs tubes presque en même temps que les torpilles

Mark 46 sortaient des leurs. Une seconde plus tard, les deux Oerlikons s'ouvrirent, se pointèrent et tirèrent sous le commandement du centre de contrôle de combat, envoyant un orage d'obus contre le *Chengdo* et ses lance-missiles, démolissant tous ses systèmes avant même que le navire chinois ait pu tenter de démolir un adversaire à sa portée. Le temps parut s'arrêter lorsque le premier missile de l'*Oregon* déchira la coque de l'escorteur sous la grosse cheminée et explosa dans sa salle des machines. Le second Harpoon frappa la tour de communication du *Chengdo*, le réduisant au silence et empêchant tout appel au secours vers le commandement de sa flotte.

Puis vinrent les torpilles plus lentes, explosant à 9 mètres les unes des autres, déclenchant deux formidables geysers à côté du *Chengdo*, le faisant presque basculer sur ses barrots. Il reprit son équilibre pendant un moment puis gîta sur tribord tandis que l'eau envahissait les deux gros trous aussi larges que des portes de grange.

Le commandant Yu Tien du *Chengdo*, un homme généralement prudent, tomba dans le panneau lorsqu'il vit à la jumelle le vieux navire apparemment innocent. Il observa ses marins l'aborder sans le moindre signe de résistance. Il regarda le drapeau iranien vert, blanc et rouge, que l'on amenait pour hisser à sa place celui de la République populaire de Chine avec ses cinq étoiles d'or. Puis soudain, le commandant Yu Tien fut paralysé par le choc et l'incrédulité. Un instant, son navire presque invincible prenait possession de ce qui paraissait n'être qu'un vieux rafiot rouillé et, l'instant suivant, le vieux rafiot rouillé lui infligeait des dommages horribles avec une précision hautement perfectionnée.

Frappé par des missiles, des torpilles et une pluie d'obus tirés presque simultanément, son navire fut instantanément blessé à mort. Il pensa qu'il était inimaginable qu'un innocent navire de commerce puisse posséder une telle puissance de feu.

Yu Tien se raidit en voyant la mort et le déshonneur fondre sur lui, par les ventilateurs, les écoutilles et les coursives arrivant des entrailles de son navire. Ce qui avait commencé par quelques bouffées blanches, quelques étincelles orange, devint bientôt un torrent de feu rouge et de fumée noire sortant des ruines de ce qui avait été une salle des machines et n'était plus qu'un four crématoire pour les hommes qui n'avaient pu s'en échapper.

— Feu ! cria-t-il. Détruisez ces chiens immondes !

— Rechargez ! hurla Cabrillo par le téléphone du bord. Dépêchez-vous ! rechargez !...

Ses ordres furent interrompus par un terrible rugissement suivi de chocs répétés tout autour de lui. Les gros canons de l'escorteur tirant depuis la tourelle avant encore intacte envoyaient un déluge de feu et de missiles hurlants sur l'*Oregon*.

Le premier siffla entre les grues et explosa contre la base du mât avant, le coupant net et l'envoyant s'écraser sur le pont de cale dans une pluie de métal chauffé à blanc et de bois partant dans tous les sens, allumant plusieurs petits incendies mais sans causer de dommages irréparables. Dans une autre explosion, le second obus s'encastra dans la poupe de l'*Oregon* et la déchira, laissant un grand trou dans l'étambot. Le coup était sévère mais pas catastrophique.

Cabrillo rentra machinalement la tête dans les épaules lorsqu'un orage d'obus de 37 mm tirés par les canons plus légers déferla sur l'*Oregon*, du gaillard d'avant à la poupe déchirée. Presque immédiatement, il fut hélé par Ross qui dirigeait les systèmes de contrôle de feu du navire.

— Monsieur, les canons légers du Chinois ont abîmé les mécanismes de mise à feu du lance-missiles. J'ai horreur d'apporter de mauvaises nouvelles, mais nous n'avons plus de punch de ce côté-là.

— Et les torpilles ?

— Il faut trois minutes pour qu'on puisse les tirer.

— Dites aux hommes de le faire en une minute.

Hanley! cria Cabrillo par l'interphone à la salle des machines.

— Je suis là, Juan, répondit la voix calme de Hanley.

— Pas de dommages aux moteurs?

— Quelques tuyaux fuient. Mais rien que nous ne puissions contrôler.

— Donnez-moi la vitesse maximale, chaque nœud que vos moteurs pourront cracher! On fiche le camp d'ici avant que l'escorteur ne nous mette en pièces.

— A vos ordres.

C'est alors que Cabrillo réalisa que les Oerlikons étaient silencieux. Immobile, il regarda les canons jumeaux, sans vie au centre de leur grande caisse de bois dont les quatre parois avaient été arrachées. Leurs gueules impuissantes visaient l'escorteur, leurs contrôles électroniques coupés par les obus de 37 mm. Il comprit que sans tir de couverture, leurs chances de survie étaient réduites à néant. Trop tard, il sentit que la poupe de l'*Oregon* s'enfonçait et que sa proue s'élevait tandis que les gros moteurs de Hanley poussaient le navire en avant. Pour la première fois il ressentit la peur et l'impuissance en regardant les gueules des canons de 100 mm de l'escorteur qui n'attendaient que de couler son navire et son équipage dévoué.

Ayant momentanément oublié la lutte à mort qui se déroulait sur le pont au milieu de la destruction, il cilla et regarda le pont inférieur. Des corps ensanglantés étaient éparpillés comme un chargement de cadavres abandonnés par des camions en pleine rue. Il sentit la bile lui monter à la gorge. Cet abominable carnage avait pris moins de deux minutes, une tuerie épouvantable qui n'avait épargné personne, les vivants étant couverts de blessures. Du moins le pensa-t-il.

Puis, comme dans un fondu enchaîné au cinéma, il aperçut une silhouette se mettre debout en chancelant et traverser le pont comme un homme ivre, se dirigeant vers les Oerlikons.

Bien que protégés par leurs gilets pare-balles, James et Meadows étaient tous deux allongés, les jambes blessées. Seng avait pris deux balles dans le bras droit. Assis, appuyé contre le bastingage, il déchira la manche de sa chemise et en fit un tampon qu'il pressa sur ses blessures pour arrêter le flot de sang. Giordino était couché près de lui, à peine conscient. L'un des marins chinois l'avait assommé avec la crosse de son arme au moment où Giordino lui enfonçait d'un coup de poing l'estomac presque jusqu'aux vertèbres. Les deux hommes étaient tombés ensemble, le marin tremblant de douleur et tentant de reprendre son souffle. Giordino s'était effondré, évanoui.

Pitt, voyant que son ami n'était pas sérieusement blessé, enleva le manteau avec les bras factices et se dirigea péniblement vers les Oerlikons.

— Deux fois ! marmonna-t-il. Qui le croirait ? Deux fois au même endroit !

Il appuya d'une main sur la blessure ouverte un centimètre à peine au-dessus de celle, encore bandée, que lui avait faite la balle du lac Orion. De l'autre main, il serrait un pistolet-mitrailleur chinois arraché à un marin mort.

De son point d'observation sur l'aile du pont, Cabrillo regardait, médusé, Pitt qui dégageait avec mépris les débris et la poussière que les obus de 37 mm du *Chengdo* avaient semés sur le pont cargo de l'*Oregon*. Le feu crépitait autour de lui comme de la pluie, avalant les caisses de bois empilées sur le pont. Il entendait le sifflement des balles autour de sa tête et sentait même l'air qu'elles déplaçaient à quelques centimètres de son visage et de son cou. Miraculeusement, aucune ne le frappa tandis qu'il se frayait un chemin jusqu'aux Oerlikons.

Le visage de Pitt n'était pas beau à voir. Cabrillo avait l'impression de contempler un masque de rage impie, les yeux verts brillant d'une furieuse détermination. Ce visage, Cabrillo ne l'oublierait pas de sa vie. Jamais il n'avait vu personne faire preuve d'un tel mépris pour la mort.

Enfin, réalisant ce qui paraissait impossible, Pitt leva le pistolet automatique et tira sur ce qui restait du câble menant à la salle de contrôle du tir, rendant ainsi aux deux canons leur liberté de mouvement. Puis il passa derrière et en prit le contrôle manuel, saisissant de la main droite le levier de la détente qui y avait été installé mais jamais utilisé.

Ce fut comme si l'*Oregon* reprenait vie, comme un lutteur salement touché qui se relève avant d'être compté neuf et reprend le combat. Son but n'était pas celui auquel pensait Cabrillo. Au lieu de tirer sur le *Chengdo* et ses canons de 37 mm, Pitt déchaîna le feu des Oerlikons et ses 1 400 coups par minute contre la tourelle, où les canons de 100 mm étaient sur le point de dévaster le navire adverse.

Cela aurait pu paraître un inutile geste de défi — l'ouragan de petits obus s'écrasait et ricochait sur la tourelle blindée — mais Cabrillo comprit ce qu'essayait de faire Pitt. « Une vraie folie, pensa-t-il, une folle tentative de l'impossible. » Même avec un support solide pour appuyer le tube du canon, seul un tireur d'élite aurait pu placer un obus dans la gueule d'un des deux canons depuis un navire ne cessant de rouler et de tanguer sur les vagues de l'océan. Mais Cabrillo oubliait la terrible puissance de feu des Oerlikons entre les mains de Pitt, ne réalisant pas que la loi du nombre était de son côté. Trois obus, les uns derrière les autres, entrèrent dans la gueule du canon central et descendirent le long de son tube, se heurtèrent à l'obus que le servant venait de charger dans sa culasse et firent sauter sa tête à l'instant précis où il était projeté.

En une seconde volée à l'enfer, le gros obus de 100 mm éclata, causant une explosion terrible qui ouvrit la tourelle comme se déchirent les gros pétards du 14-Juillet et la transformant en un carnage d'acier déchiqueté. Enfin, comme répondant à un signal, les deux dernières torpilles de l'*Oregon* s'écrasèrent sur la coque du *Chengdo*, l'une d'elles entrant par miracle dans un trou déjà ouvert par un coup précédent. L'escorteur trembla sur sa quille tandis qu'une monstrueuse explosion se déchaînait dans ses entrailles et soulevait sa coque presque au-dessus de l'eau. Une énorme boule de feu s'épanouit tout autour du navire puis, comme un animal mortellement blessé, il frissonna et mourut. Trois minutes plus tard, il avait coulé dans un grand sifflement et une colonne de fumée noire qui monta en spirale et se fondit dans le ciel nocturne en cachant les étoiles.

La vague de choc fonça sur l'*Oregon* et les vagues suivantes, plus faibles, qui naquirent de l'escorteur coulé, le balancèrent comme s'il était pris au milieu d'un tremblement de terre. Sur le pont, Cabrillo n'avait pas assisté à l'agonie du *Chengdo*. Quelques secondes avant que Pitt ne dirige habilement son tir mortel, les canons légers de l'escorteur convergèrent sur le pont et le submergèrent d'une pluie de débris et de verre brisé. Le pont était comme frappé par mille marteaux piqueurs. Cabrillo avait senti l'air se déchirer autour de lui dans un concert d'explosions. Il agita les bras au moment où il fut touché et poussé à la renverse du pont jusque dans la timonerie. Il tomba, ferma les yeux et s'accrocha des deux bras à l'habitacle de cuivre. Un obus avait frappé sa jambe droite en dessous du genou mais Cabrillo ne ressentait aucune douleur. C'est alors qu'il entendit une sorte de violente éruption et sentit un furieux souffle d'air, suivi par un silence presque effrayant.

Sur le pont inférieur, Pitt lâcha le levier de détente et couvrit le chemin en sens inverse sur le pont couvert de débris du pont cargo. S'approchant de Giordino, il le mit debout. Celui-ci passa un bras autour de la taille de Pitt pour reprendre son équilibre puis, le retirant, regarda sa main tachée de sang.

— Dis donc, on dirait que tu as une fuite !

— Ouais, il faut que je pense à la reboucher, dit Pitt avec un sourire tendu.

Assuré que la blessure de son ami n'était pas grave, Giordino montra Seng et les autres.

— Ces types sont sérieusement blessés, dit-il. Il faut les aider.

— Fais ce que tu peux pour les installer confortablement en attendant que le chirurgien puisse s'occuper d'eux.

Il regarda les ruines de ce qui avait été le pont et qui n'était plus qu'une masse de débris métalliques entremêlés.

— Si Cabrillo est vivant, je vais essayer de l'aider.

L'échelle menant à l'aile du pont était tordue et démolie et Pitt dut escalader la masse d'acier trouée d'obus et toute froissée qui avait été la superstructure avant pour atteindre la timonerie. Un silence de mort régnait à l'intérieur, très abîmé. On n'entendait que le bruit des moteurs à fond et le chuintement de l'eau le long de la coque. Le navire, malgré ses blessures, s'éloignait à toute vitesse du lieu de la bataille et cette fuite rehaussait en quelque sorte le silence fantomatique qui régnait là.

Lentement, Pitt pénétra dans un enfer de déchets métalliques, marchant au milieu des gravats.

Il ne vit pas les corps du timonier ni de l'officier en second. Tous les systèmes de tir avaient été commandés depuis le centre de contrôle, sous le gaillard d'avant. Cabrillo avait observé et dirigé seul la bataille depuis le pont rarement utilisé. Au bord de l'inconscience, le président vit s'approcher une forme vague qui écartait les morceaux de bois éclatés de la porte. Il tenta maladroitement de s'asseoir. L'une de ses jambes répondit, l'autre non. Ses pensées s'agitaient dans une sorte de brouillard. Il eut vaguement conscience que quelqu'un s'agenouillait près de lui.

— Votre jambe en a pris un sacré coup, dit Pitt.

Il déchira sa chemise et en fit un garrot au-dessus de la blessure pour arrêter l'hémorragie.

— Comment va le reste de votre personne ?

Cabrillo montra sa pipe cassée.

— Ces salauds ont bousillé ma meilleure pipe de bruyère !

— Vous avez de la chance que ce ne soit pas votre crâne !

Cabrillo agrippa le bras de Pitt.

— Vous avez réussi ! J'ai bien cru que vous y trouveriez la mort.

— Personne ne vous a donc prévenu que j'étais indestructible ? dit-il en souriant. C'est grâce à ce gilet pare-balles que vous m'avez conseillé de mettre.

— Le *Chengdo* ?

— Il repose au fond de la mer de Chine.

— Y a-t-il des survivants de l'escorteur ?

— Hanley fait tourner ses moteurs à leur vitesse de pointe. Je ne crois pas qu'il ait envie de ralentir ni de faire demi-tour pour voir s'il y en a.

— Avons-nous été gravement touchés ? demanda Cabrillo dont le regard reprenait vie.

— En dehors du fait que ce navire semble avoir été piétiné par Godzilla, il n'a rien qu'un petit séjour de quelques semaines au chantier naval ne puisse réparer.

— Des blessés ?

— Environ cinq, peut-être six, vous compris, répondit Pitt. A ma connaissance, ni morts ni blessés graves.

— Je tiens à vous remercier, dit Cabrillo.

Il sentait qu'il allait s'évanouir à cause du sang qu'il avait perdu et tenait à aller jusqu'au bout.

— Vous nous avez bien eus, moi et les Chinois, avec vos fausses mains en l'air. Si vous n'aviez pas sorti les vraies, le sort de la bataille aurait été différent.

— J'ai été aidé par quatre hommes formidables, dit Pitt en posant un tourniquet sur le garrot de Cabrillo.

— Il a fallu un courage exceptionnel pour traverser le pont balayé d'obus et aller faire fonctionner les Oerlikons.

Pitt avait fait tout ce qu'il pouvait avant que Cabrillo soit transporté à l'hôpital du navire. Il s'assit et regarda le président.

— Je crois que ça relève plutôt d'un accès de folie passagère.

— Peut-être, dit Cabrillo d'une voix faible, mais vous avez sauvé le navire et tout le monde à bord.

Pitt lui adressa un sourire fatigué.

— Est-ce que la compagnie me votera une récompense lors du prochain conseil d'administration ?

Cabrillo commença une phrase mais s'évanouit juste au moment où Giordino, deux hommes et une femme entrèrent dans la timonerie ravagée.

— Comment va-t-il ? demanda Giordino.

— Sa jambe ne tient qu'à un fil. Si le chirurgien du bord est aussi doué et aussi professionnel que tous les membres de ce navire, je parie qu'il la rattachera.

Giordino regarda le sang qui inondait le pantalon de Pitt à la hauteur de la hanche.

— Tu devrais peut-être te dessiner une cible sur les fesses, dit-il.

— Pourquoi faire ? répondit Pitt avec un clin d'œil. Personne ne le louperait, de toute façon.

20

La plupart des visiteurs ignorent que Hong Kong a une grande banlieue composée de 235 îles. Considérée comme l'autre visage de la région trépidante des affaires, en face de Kowloon, les vieux villages de pêcheurs et la campagne pacifique sont agrémentés de fermes pittoresques et de temples anciens. La plupart des îles sont moins accessibles que Cheung Chau, Lamma et Lantau dont la population varie de 8 000 à 25 000 âmes. Beaucoup sont encore inhabitées.

A 4 milles de la ville d'Aberdeen, sur la baie de

Repulse, l'île de Tia Nan émerge des eaux du chenal d'East Lamma, de l'autre côté d'un étroit canal venant de la péninsule Stanley. Elle est toute petite, à peine un mille de diamètre. Sur son point le plus haut, saillant d'un promontoire de 60 mètres au-dessus de la mer, s'élève un monument à la richesse et au pouvoir, manifestation d'un ego suprême.

A l'origine, c'était un monastère taoïste construit en 1789 dédié à Ho Hsie Ku, un des immortels du taoïsme. Le temple principal entouré de trois autres plus petits, a été abandonné en 1949. Qin Shang l'acheta en 1990, voulant à tout prix créer un état grandiose capable d'en mettre plein la vue à tous les hommes d'affaires et politiciens influents du sud-est de la Chine.

Protégés par de hauts murs et des grilles bien gardées, les jardins étaient artistiquement dessinés et plantés d'arbres et de fleurs les plus rares du monde. On y trouvait les répliques des motifs floraux les plus anciens. Des artisans étaient venus de toute la Chine pour remodeler le monastère et en faire une vitrine magnifique de la culture chinoise. L'architecture harmonieuse était à la fois retenue et rehaussée pour mettre en valeur les immenses collections de trésors artistiques de Qin Shang. Pendant 30 ans, il avait chassé et rassemblé des objets d'art allant de la préhistoire chinoise à la fin de la dynastie Ming, en 1644. Il n'avait cessé de supplier, cajoler et corrompre les fonctionnaires de la République populaire de Chine pour qu'on lui vende ces antiquités et ces œuvres d'art inestimables, tous les trésors culturels sur lesquels il pouvait mettre la main.

Ses agents écumaient les plus grandes salles des ventes d'Europe et d'Amérique ainsi que toutes les collections privées de tous les continents pour acheter d'exquis objets chinois. Qin Shang achetait, achetait, avec un fanatisme qui étonnait ses rares amis et associés d'affaires. Après un délai approprié, ce qu'il ne pouvait acheter était volé et se retrouvait dans ses collections. Ce qu'il ne pouvait exposer par manque

de place, ou ce qui provenait trop évidemment de
vols, était entassé dans des entrepôts à Singapour et
non à Hong Kong car il ne se fiait pas aux fonctionnaires chinois qui pouvaient décider un beau jour de
confisquer ses trésors à leur profit.

Contrairement à la plupart de ses richissimes
contemporains, Qin Shang ne s'installa jamais dans
le mode de vie des « riches et célèbres ». Depuis le
jour où il avait économisé sa première pièce jusqu'à
celui où il avait acquis son troisième milliard, il ne
cessa jamais de s'activer pour étendre son florissant
commerce maritime et pour amasser chaque jour
davantage, poussé par un désir maniaque et sans
limites, les richesses culturelles de la Chine.

Quand il avait acheté le monastère, le premier projet de Qin Shang avait été d'agrandir et de paver le
chemin sinueux reliant les temples à un petit port
pour que les matériaux de construction et, plus tard,
les œuvres d'art et les meubles puissent être transportés en haut de la colline raide par des camions.

Il voulait plus que reconstruire et remodeler le
temple, beaucoup plus. Il voulait créer un effet
époustouflant, jamais atteint pour une résidence privée ou tout autre édifice voué comme le sien à
l'accumulation d'art culturel par un seul individu. A
l'exception, peut-être, du palais de Hearst [1] à San
Simeon, en Californie.

Il lui fallut cinq ans en tout pour que les terres
intérieures soient richement paysagées et le décor
terminé dans les temples. Six mois passèrent encore
avant la mise en place des objets d'art et du mobilier.
Le temple principal devint sa résidence et son lieu de
distraction, avec une salle de billard richement décorée et une vaste piscine chauffée, couverte et découverte, qui occupait un grand cercle de plus de
30 mètres. Le complexe offrait aussi deux courts de
tennis et un petit terrain de golf de neuf trous. Les
trois autres temples, plus petits, furent convertis en

1. Richissime patron de presse et amateur d'art américain.

somptueuses maisons d'invités. A la fin, Qin Shang la baptisa la Maison de Tin Hau, patronne et déesse des marins.

Dans le domaine de la perfection, Qin Shang était un extrémiste. Il ne cessa jamais de fignoler ses temples adorés. L'ensemble était en état de perpétuelle activité car il redessinait sans arrêt, ajoutait de coûteux détails pour enrichir sa création.

Les dépenses étaient colossales mais il avait bien plus d'argent qu'il n'était nécessaire pour satisfaire sa passion. Tous les musées du monde lui enviaient ses 14 000 objets d'art. Il ne cessait de recevoir des offres de galeries et de collectionneurs. Mais Qin Shang achetait seulement. Il ne vendait jamais.

Quand elle fut enfin achevée, la Maison de Tin Hau était un magnifique chef-d'œuvre, dominant la mer comme un spectre gardant les secrets de son propriétaire.

C'était toujours avec le plus grand plaisir que les princes d'Asie et d'Europe, les grands de ce monde, les financiers de haut vol et les stars de cinéma acceptaient une invitation à visiter la Maison de Tin Hau. Les hôtes arrivaient généralement à l'aéroport international de Hong Kong où les attendait un hélicoptère de luxe pour les mener au terrain d'atterrissage installé près du complexe. Les hauts personnages politiques ou les gens faisant partie d'une élite très spéciale faisaient la traversée par mer sur l'incroyable palais flottant de 60 mètres de long de Qin Shang. Ce navire, qui avait la taille d'un petit navire de croisière, avait été conçu et réalisé dans son propre chantier naval. En arrivant, les invités étaient accueillis par toute une équipe de domestiques qui les conduisaient en luxueuses limousines jusqu'à leurs suites. Là, ils disposaient de femmes de chambre et de valets personnels pour la durée de leur séjour. On les informait des heures des repas pour lesquels ils pouvaient choisir leurs mets et leurs vins préférés.

Impressionnés par l'étendue et la splendeur des

temples reconstruits, les invités se détendaient dans
les jardins, nageaient dans la piscine ou travaillaient
dans la bibliothèque où ils disposaient de secrétaires
très professionnelles, pouvaient consulter les publi-
cations les plus récentes et disposaient d'ordinateurs
et de systèmes de communications dernier cri. Ainsi,
les officiels gouvernementaux et les grands hommes
d'affaires pouvaient rester en contact avec leurs
bureaux.

Les dîners étaient toujours cérémonieux. Les invités se réunissaient dans un immense salon décoré en
jardin tropical avec des cascades et des étangs remplis de poissons colorés. Une brume parfumée tombait d'installations au plafond. Les femmes, pour
protéger leurs coiffures, s'asseyaient sous des para-
pluies de soie artistiquement peints. Après les apéri-
tifs, ils se retrouvaient dans le grand hall du temple
qui servait de salle à manger, où les attendaient des
chaises massives sculptées de dragons exotiques
dont les pattes servaient d'accoudoirs. On pouvait
choisir ses couverts — des baguettes pour les Orientaux, des couverts plaqués or pour les Occidentaux.
A la place de la longue table rectangulaire dont l'hôte
occupait le haut, Qin Shang préférait une immense
table ronde où ses invités disposaient d'une place
confortable. Une aile étroite avait été taillée dans
une section de la table où de superbes Chinoises
minces, vêtues de magnifiques robes moulantes
ouvertes haut sur les cuisses, servaient une multitude de plats nationaux, de l'intérieur. L'esprit créa-
tif de Qin Shang avait imaginé ce moyen plus pratique que la méthode traditionnelle consistant à
servir les invités par-dessus leurs épaules.

Quand tout le monde était assis, Qin Shang faisait
son apparition dans un ascenseur creusé dans le
plancher. Il portait généralement une de ces
tuniques de soie hors de prix de seigneur mandarin
et s'asseyait dans un ancien trône placé cinq centimètres au-dessus des chaises de ses invités.

Peu intéressé par le statut ou la nationalité de ses

invités, il agissait comme si chaque repas était l'occasion d'une cérémonie dont il était l'empereur.

En fait, les invités de marque adoraient chaque seconde de ces dîners de grand style qui étaient en réalité plus que de simples fêtes. Après le repas, Qin Shang les emmenait dans un théâtre superbe où on leur passait les derniers films parus dans le monde entier. Assis dans des fauteuils de velours confortables, chacun disposait d'écouteurs lui permettant d'entendre les dialogues dans sa propre langue.

A la fin du programme, il était presque minuit. On servait un léger buffet et les invités pouvaient bavarder entre eux tandis que Qin Shang disparaissait dans son salon privé avec un ou deux hôtes de marque, pour discuter des marchés mondiaux ou négocier des affaires.

Ce soir-là, Qin Shang réclama la présence de Zhu Kwan, le savant septuagénaire qui était l'historien le plus respecté de Chine. Kwan était un petit homme au visage minuscule et souriant, aux yeux sombres sous de lourdes paupières. Il fut invité à s'asseoir sur les épais coussins d'une chaise en bois sculpté de lions. On lui offrit un alcool de pêche dans une ravissante tasse de porcelaine Ming.

Qin Shang lui adressa un sourire.

— Je tiens à vous remercier d'être venu, Zhu Kwan.

— Je vous remercie de votre invitation, répondit aimablement Zhu Kwan. C'est un grand honneur pour moi d'être votre hôte dans cette magnifique demeure.

— Vous êtes la plus haute autorité de ce pays sur l'Histoire et la culture de la Chine ancienne. Je vous ai demandé de venir parce que je souhaitais, en plus du plaisir de vous rencontrer, discuter avec vous d'une possible collaboration.

— Je dois conclure que vous souhaitez que je fasse des recherches ?

— En effet.

— En quoi puis-je vous être utile ?

— Avez-vous bien examiné certains de mes trésors?

— Bien entendu. C'est une occasion rare pour un historien d'étudier sur pièce certaines des plus belles œuvres d'art de notre pays. J'ignorais qu'il existait encore tant d'objets de notre passé. Les magnifiques brûle-parfums de bronze incrustés d'or et de pierres précieuses de la dynastie Chou, le chariot de bronze avec ses cavaliers grandeur nature et ses quatre chevaux de la dynastie Han...

— Des faux, des copies, interrompit Qin Shang, le visage ravagé de rage. Ce que vous considérez comme des chefs-d'œuvre de nos ancêtres ont été recréés à partir des photos ou des dessins des originaux.

Zhu Kwan fut à la fois étonné et déçu.

— Ils ont l'air si parfaits, j'ai été complètement trompé.

— Vous ne l'auriez pas été si vous aviez eu le temps de les étudier en laboratoire.

— Vos artisans sont extraordinaires. Aussi doués que ceux d'il y a mille ans. Sur le marché d'aujourd'hui, vos copies doivent valoir une fortune.

Qin Shang était lourdement assis sur une chaise face à Zhu Kwan.

— C'est vrai, mais les reproductions ne sont pas sans prix comme le sont les originaux. C'est pourquoi je suis ravi que vous ayez accepté mon invitation. J'aimerais que vous fassiez un inventaire des trésors artistiques dont on est sûr qu'ils existaient avant 1948 et qui ont disparu depuis.

Zhu Kwan le regarda sans ciller.

— Êtes-vous prêt à payer une grosse somme pour cette liste?

— Je le suis.

— Alors, vous aurez un inventaire complet avec toutes les pièces artistiques connues qui ont disparu au cours des 50 ou 60 dernières années, d'ici la fin de la semaine. Voulez-vous que je vous l'adresse à votre bureau de Hong Kong?

Qin Shang lui lança un regard étonné.

— C'est un engagement tout à fait exceptionnel. Êtes-vous sûr de pouvoir répondre à ma demande en si peu de temps?

— J'ai déjà fait une description sommaire de ces trésors sur une période de trente ans, expliqua Zhu Kwan. Je l'ai faite avec amour et pour ma satisfaction personnelle. Je ne demande que quelques jours pour la classer en ordre lisible. Et je vous la donnerai gratuitement.

— C'est extrêmement aimable à vous mais je ne suis pas homme à demander des faveurs sans compensations.

— Je n'accepterai pas d'argent mais j'y mets une condition.

— Acceptée d'avance.

— Je vous demande humblement d'utiliser vos énormes moyens pour essayer de localiser les trésors perdus afin qu'ils soient rendus au peuple chinois.

Qin Shang hocha la tête avec solennité.

— Je promets d'utiliser tous les moyens dont je dispose. Bien que je n'aie consacré que quinze ans, alors que vous en avez passé trente, à la recherche, j'ai le regret de vous dire que je n'ai pas beaucoup progressé. Le mystère est aussi profond que celui de la disparition du squelette de l'Homme de Pékin.

— Vous n'avez trouvé aucune piste? demanda Zhu Kwan.

— La seule clef vers une possible solution que mes agents aient découverte est un navire nommé *Princesse Dou Wan*.

— Je me le rappelle bien. J'ai navigué dessus avec mes parents jusqu'à Singapour quand j'étais petit. C'était un beau navire. Si je me souviens bien, il appartenait aux Canton Lines. J'ai moi-même cherché des indices de sa disparition, il y a quelques années. Mais quel rapport y a-t-il avec le trésor perdu?

— Peu après que Tchang Kaï-Chek eut dévalisé les musées nationaux et les collections privées de nos ancêtres, le *Princesse Dou Wan* est parti pour une destination inconnue. Il ne l'a jamais atteinte. Mes agents n'ont trouvé aucun témoin oculaire. Il semble que la plupart aient disparu dans des circonstances mystérieuses. Ils sont sûrement enterrés quelque part sous des dalles sans noms, grâce à Tchang Kaï-Chek qui souhaitait que les Communistes ne trouvent aucune piste des secrets de ce bateau.

— Vous pensez que Tchang Kaï-Chek a essayé de faire disparaître les trésors sur le *Princesse Dou Wan* ?

— Les coïncidences et d'étranges événements me le font croire.

— Cela répondrait à bien des questions. Les seules données que j'aie pu trouver sur le *Princesse Dou Wan* laissent penser qu'il s'est perdu sur des écueils en allant à Singapour.

— En réalité, sa trace disparaît quelque part dans la mer de l'ouest du Chili, où on a enregistré un signal de détresse reçu d'un navire prétendant s'appeler le *Princesse Dou Wan* avant qu'il ne coule avec tout son équipage dans un violent orage.

— Vous avez bien travaillé, Qin Shang, dit Zhu Kwan. Peut-être pouvez-vous maintenant résoudre le puzzle ?

Qin Shang eut un mouvement de tête découragé.

— Plus facile à dire qu'à faire. Il a pu couler n'importe où dans une zone de 400 milles carrés. En Amérique, on dit que c'est chercher une aiguille dans une meule de foin.

— Ce n'est pas une recherche qu'on peut abandonner parce qu'elle est trop difficile. Il faut faire des recherches. Il faut retrouver nos inestimables trésors nationaux.

— Je suis d'accord. C'est pourquoi j'ai fait construire un bateau d'exploration. Mon équipage de recherche d'épaves passe le site au crible depuis six ans et n'a trouvé aucun signe d'une épave, au fond de l'eau, répondant à la taille et à la description du *Princesse Dou Wan*.

— Je vous supplie de ne pas abandonner, dit solennellement Zhu Kwan. Si vous retrouvez et rendez au peuple les objets d'art que l'on mettra dans des musées et des galeries, votre nom sera immortel.

— C'est pour cela que je vous ai fait venir ici ce soir. Je veux que vous fassiez tout votre possible pour trouver un indice concernant le lieu où le navire a coulé. Je vous paierai bien tout nouveau renseignement que vous découvrirez.

— Vous êtes un grand patriote, Qin Shang.

Mais si Zhu Kwan pensait que Qin Shang faisait une action noble pour le peuple de Chine, il fut rapidement déçu.

— J'ai amassé une grande fortune et atteint un grand pouvoir mais je ne cherche pas l'immortalité. Je le fais parce que je ne veux pas mourir insatisfait. Je ne trouverai le repos que lorsque ces trésors seront retrouvés et récupérés.

Le voile recouvrant les intentions mauvaises de Qin Shang venait de se déchirer. S'il avait la chance de trouver le *Princesse Dou Wan* et son inestimable fret, il était fermement décidé à le garder pour lui. Chaque objet, quelle que soit sa taille, viendrait grossir la collection cachée pour son unique et égoïste satisfaction.

Qin Shang était allongé sur son lit et étudiait des rapports financiers concernant son immense empire quand le téléphone placé sur sa table de nuit se mit à sonner. Contrairement à beaucoup de célibataires dans sa position, il dormait généralement seul. Il admirait les femmes et en convoquait de temps en temps quand il en ressentait l'envie mais sa vraie passion, c'était la finance et les affaires. Il pensait que fumer et boire n'était que perte de temps et la séduction aussi. Il avait trop de discipline pour se plier à une amourette commune. Il n'avait que mépris pour les hommes de pouvoir et de richesse qui se laissaient aller à la débauche et à la dissipation.

Il saisit le récepteur.

— Oui?

— Vous m'avez demandé de vous appeler à n'importe quelle heure, dit la voix de sa secrétaire Su Zhong.

— Oui, oui, coupa-t-il impatiemment, ses pensées interrompues. Quel est le dernier rapport sur le *United States*?

— Il a quitté le dock à 19 heures. Tous les systèmes automatiques fonctionnent normalement. S'il ne rencontre pas de gros orages, il devrait atteindre Panama en un temps record.

— Un équipage est-il prêt à aborder pour lui faire passer le canal?

— Tout a été préparé, répondit Su Zhong. Dès que le navire entrera dans les Caraïbes, l'équipage embrayera les systèmes automatiques pour son voyage jusqu'à Sungari et quittera le bord.

— Du nouveau sur les intrus du chantier naval?

— Seulement qu'il s'agit d'une opération très professionnelle utilisant un submersible extrêmement sophistiqué.

— Et mon équipe de sécurité sous-marine?

— On a retrouvé leurs cadavres. Aucun survivant. La plupart semblent avoir succombé à une commotion. Le patrouilleur a été retrouvé près du quai des autorités portuaires mais son équipage avait disparu.

— Le navire battant pavillon iranien qui avait mouillé non loin du chantier naval a-t-il été investi et fouillé?

— Il s'appelle l'*Oregon*. Il a quitté le port un peu avant le *United States*. Selon les informations du commandant naval, il a été rattrapé à votre demande par le commandant Yu Tien, de l'escorteur *Chengdo*. Son dernier message indique que le cargo a été arrêté et qu'il envoyait une patrouille de marins pour l'intercepter.

— Rien de nouveau du commandant Yu Tien depuis?

— Rien que le silence.

— Peut-être ses marins ont-ils trouvé des preuves graves et ont-ils saisi le navire et l'équipage dans le plus grand secret?

— C'est très probablement ce qui a dû se passer, admit Su Zhong.

— Qu'avez-vous d'autre à me dire?

— Vos agents interrogent aussi le garde de la grille principale qui prétend que trois hommes, dont l'un portait l'uniforme d'un officier de la sécurité et a présenté des papiers volés, sont entrés dans le chantier naval en Rolls Royce. On suppose qu'ils sont allés directement au *United States* mais on ne peut pas le vérifier puisqu'on avait ordonné à tous les gardes de quitter les docks juste avant son départ.

— Je veux des réponses! aboya Qin Shang en colère. Je veux savoir quelle organisation est responsable de cet espionnage de mes opérations. Je veux savoir qui est derrière l'intrusion et la mort de mes gardes de sécurité.

— Voulez-vous que Pavel Gavrovich dirige l'enquête? demanda Su Zhong.

Qin Shang réfléchit un instant.

— Non. Je veux qu'il se concentre sur l'élimination de Dirk Pitt.

— Aux dernières nouvelles, Pitt était à Manille.

— Aux Philippines? s'exclama Qin Shang dont le sang-froid s'effritait. Pitt était aux Philippines, à deux heures d'avion de Hong Kong? Pourquoi n'en ai-je pas été informé?

— Gavrovich nous en a avertis il y a une heure. Il a suivi Pitt au port de Manille où lui et son partenaire, Albert Giordino, ont été vus monter à bord d'un cargo iranien.

La voix de Qin Shang se fit trop calme et malveillante.

— Le même cargo iranien qui a approché le *United States*?

— On ne peut encore l'affirmer, dit Su Zhong. Mais tout semble indiquer qu'il s'agit bien de celui-là.

— D'une façon ou d'une autre, Pitt est mêlé à cette affaire. En tant que directeur des projets spéciaux de l'Agence Nationale Marine et Sous-marine, il est évident qu'il sait faire fonctionner un submersible. Mais quel intérêt la NUMA peut-elle avoir à connaître mes agissements ?

— Il semble que ce soit par hasard qu'il ait été mêlé aux événements du lac Orion, dit Su Zhong. Mais peut-être travaille-t-il maintenant pour une autre agence de renseignements américaine, comme l'INS ou la CIA ?

— C'est très possible, admit Qin Shang d'une voix toujours hostile. Ce démon s'est avéré bien plus destructeur que j'aurais pu l'imaginer.

Il laissa le silence s'installer quelques secondes. Puis il reprit :

— Informez Gavrovich qu'on lui accorde une autorité totale et un budget illimité pour mettre au jour et arrêter toute opération secrète contre la Qin Shang Maritime.

— Et Dirk Pitt ?

— Dites à Gavrovich de différer jusqu'à son retour l'élimination de Dirk Pitt.

— A Manille ?

Qin Shang respirait plus vite, la bouche resserrée et blanche.

— Non. Quand il rentrera à Washington.

— Comment pouvez-vous être sûr qu'il se rendra directement dans la capitale américaine ?

— Contrairement à vous, Su Zhong, qui pouvez connaître les gens d'après leurs photographies, j'ai étudié l'histoire de cet homme depuis sa naissance jusqu'au moment où il a anéanti mon opération du lac Orion. Faites-moi confiance quand j'affirme qu'il rentrera chez lui à la première occasion.

Su Zhong frissonna légèrement, sachant ce qui allait suivre.

— Vous parlez du hangar d'aviation où il habite et garde sa collection de voitures anciennes ?

— Exactement. Pitt, poursuivit-il d'une voix sifflante, va pouvoir assister avec horreur à l'incendie total de ses précieuses automobiles. Je prendrai peut-être même le temps de le regarder brûler avec elles.

— Votre emploi du temps n'inclut pas un voyage à Washington la semaine prochaine. Vous avez une série de réunions avec vos directeurs de sociétés à Hong Kong et les officiels du gouvernement à Pékin.

— Annulez tout ça, dit Shang avec un geste indifférent de la main. Organisez des réunions avec mes amis du Congrès. Arrangez aussi une rencontre avec le Président. Il est temps que j'apaise la rancœur qu'il pourrait avoir à propos de Sungari.

Il se tut un moment, les lèvres s'étirant en un sourire sinistre.

— En plus de ça, reprit-il, je crois qu'il serait bon que je sois disponible quand Sungari deviendra le premier port commercial d'Amérique du Nord.

21

Le soleil se levait. L'*Oregon* naviguait sur une mer calme, sous un ciel clair, à 30 nœuds. Ses réservoirs à ballast vides, la coque était haute sur l'eau pour réduire la force de traînée. Le navire avait une étrange allure avec son arrière profondément enfoncé dans la vague où il creusait de ses puissantes hélices un large sillon blanc, son avant relevé au point de toucher à peine l'eau qu'il rejetait de part et d'autre à chaque nouveau rouleau.

Pendant la nuit, le pont cargo avait été débarrassé de ses débris tandis que le chirurgien du bord avait œuvré sans repos pour panser les blessures et opérer ceux qui avaient été plus sérieusement touchés. L'*Oregon* n'avait perdu qu'un homme qui avait reçu en pleine tête plusieurs fragments d'un obus de

100 mm après qu'il se fut frayé un passage en traversant la partie supérieure de la poupe. Aucun des blessés n'était dans un état critique. Le chirurgien avait également sauvé tous les marins chinois sauf six. Les deux officiers morts avaient été jetés par-dessus bord avec ceux de leurs hommes tombés au combat.

Les femmes qui servaient à bord de l'*Oregon* devinrent rapidement des anges de miséricorde, assistant le chirurgien et pansant les blessures. La malchance poursuivait Pitt. Au lieu d'une ravissante infirmière pour soigner la plaie de sa hanche, il se retrouva entre les mains vigoureuses d'un quartier-maître (dois-je dire « maîtresse » ? pensa-t-il) dont le titre exact sur les rôles de Cabrillo était « coordinateur de fournitures et de logistique ». Mesurant au moins 1,82 mètre et pesant environ 100 kg, elle s'appelait Monica Crabtree et se révéla aussi vive et pleine de ressources qu'on peut l'être.

Quand elle eut fini, elle donna une grande claque sur le postérieur dénudé de Pitt.

— Voilà, ça y est. Et permettez-moi de vous dire que vous avez un joli petit cul !

— Comment se fait-il, gémit Pitt en remettant son caleçon, que les femmes abusent toujours de moi ?

— Parce que nous sommes assez malignes pour percer votre carapace et pour voir qu'en dessous bat le cœur d'un plouc romantique.

— Lisez-vous les lignes de la main ou devrais-je dire celles des fesses ?

— Non, mais je suis super aux tarots. Venez dans ma carrée ce soir, ajouta Crabtree avec un sourire en coin. Je vous ferai une séance.

Pitt préféra prendre la tangente.

— Désolé mais connaître l'avenir risque de me démolir l'estomac.

Pitt entra en boitant dans la cabine du Président. Il n'y avait pas de couchette mais un grand lit avec une tête sculptée balinaise et des draps vert pâle. Des flacons de perfusion contenant des liquides clairs se déversaient lentement par des tubes, un peu partout dans ses bras. Considérant ce qu'il avait enduré, il avait l'air raisonnablement en bonne santé. Appuyé contre des oreillers, il lisait les rapports des dommages subis en fumant sa pipe. Pitt fut navré de constater qu'on l'avait amputé de la jambe juste en dessous du genou. Le moignon reposait sur un coussin et une tache rouge marquait le bandage.

— Désolé pour votre jambe, dit Pitt. J'avais espéré que le chirurgien aurait pu la remettre en état.

— Une pieuse pensée, dit Cabrillo avec un cran extraordinaire. L'os a été trop abîmé pour que le toubib puisse le recoller.

— Je suppose qu'il est idiot de vous demander si ça va. Votre corps a l'air de tourner rond.

Cabrillo fit un geste du menton vers sa jambe absente.

— Ça ne va pas trop mal. Au moins est-ce sous le genou. A votre avis, à quoi ressemblerai-je avec une jambe de bois ?

Pitt baissa les yeux et haussa les épaules.

— Je n'arrive pas à imaginer le président directeur général du conseil d'administration arpenter le pont en faisant résonner son pilon comme n'importe quel boucanier lubrique.

— Pourquoi pas ? C'est pourtant ce que je suis !

— Il est évident, dit Pitt en souriant, que vous n'avez pas besoin qu'on vous plaigne.

— Ce dont j'ai besoin, c'est d'une bonne bouteille de beaujolais pour remplacer le sang que j'ai perdu.

Pitt s'assit sur une chaise près du lit.

— J'ai appris que vous aviez donné l'ordre de passer au large des Philippines ?

— C'est exact. Tout l'enfer doit s'y être déclaré quand les Chinois ont appris que nous avions coulé un de leurs escorteurs avec tout son équipage. Ils ont probablement utilisé tous les coups tordus de leur arsenal diplomatique pour que nous soyons arrêtés et le navire saisi à la seconde même où nous accosterons à Manille.

— Dans ce cas, quelle est notre destination ?

— Guam, répondit Cabrillo. Nous serons en sécurité en territoire américain.

— Je suis profondément désolé pour le mort et les blessés de votre équipage et pour les dommages subis par votre navire, dit Pitt avec sincérité. J'en porte le blâme sur mes épaules. Si je n'avais pas insisté pour fouiller le paquebot, l'*Oregon* s'en serait sorti indemne.

— Le blâme ? répondit sèchement Cabrillo. Vous croyez être la cause de ce qui est arrivé ? Ne vous flattez pas. Ce n'est pas Dirk Pitt qui m'a ordonné de fouiller le *United States* mais un contact du gouvernement des États-Unis. Toutes les décisions concernant cette fouille ont été mes décisions et uniquement les miennes.

— Votre équipage et vous avez payé le prix fort.

— Peut-être mais ma société a été rudement bien payée pour ça. En fait, on nous a déjà garanti un sacré bénéfice.

— Pourtant...

— Pourtant rien du tout ! La mission aurait été un échec si vous et Giordino n'aviez pas appris ce que vous avez appris. Cette information, pour quelqu'un, quelque part au fin fond de nos agences de renseignements, sera considérée comme vitale pour les intérêts de la nation !

— Tout ce que nous avons appris, dit Pitt, c'est qu'un ancien transatlantique, vide de tout ce qui n'est pas essentiel et possédé par un criminel de haut vol, navigue sans équipage vers un port des États-Unis appartenant à ce même criminel de haut vol.

— Je dirais que cela représente une belle brassée de renseignements.

— A quoi ça sert si l'on n'a pas la moindre idée de ses motivations ?

— Je vous fais confiance. Vous devinerez la réponse quand vous rentrerez aux États-Unis.

— Nous n'apprendrons probablement rien de valable jusqu'à ce que Qin Shang paie ses employés.

— Le Vieux Marin [1] et le Hollandais volant avaient des équipages fantômes.

— Peut-être mais ce sont des héros de fiction.

Cabrillo posa sa pipe dans un cendrier. Il commençait à paraître fatigué.

— Ma théorie à propos du *United States* explosant dans le canal de Panama aurait pu tenir si vous aviez découvert des tonnes d'explosifs dans ses cales.

— Comme le vieil escorteur prêté à bail pendant un raid de commando à Saint-Nazaire, en France, au cours de la Seconde Guerre mondiale ? dit Pitt.

— Le *Campbeltown*, oui, je m'en souviens. Les Britanniques l'avaient envoyé avec plusieurs tonnes d'explosifs percuter le bassin de radoub du chantier de Saint-Nazaire afin que les nazis ne puissent pas l'utiliser pour remettre en état le *Tirpitz*. Avec un excellent retardateur, il a explosé quelques heures plus tard, détruisant le bassin et tuant plus de cent nazis qui étaient venus le regarder.

— Il faudrait plusieurs chargements d'explosifs pour couler un navire de la taille du *United States* et tout ce qui se trouve alentour.

— Qin Shang est capable de tout, ou presque. Qui sait s'il n'a pas mis la main sur une bombe nucléaire ?

— Supposons qu'il en ait une, suggéra Pitt. A quoi cela lui servirait-il ? Qui gâcherait une bonne bombe nucléaire à moins d'avoir un but absolument extraordinaire ? Que gagnerait-il à mettre à plat San Francisco, New York ou Boston ? Pourquoi dépenser des millions à reconvertir un transatlantique de 300 mètres de long alors qu'il pourrait faire la même chose avec l'un de ses vieux navires obsolètes ? Non, Qin Shang n'est pas un terroriste fanatique défendant une cause. Sa religion est la domination et le profit. Quel que soit son dessein, il faut qu'il soit tor-

---

1. Allusion à l'œuvre du poète anglais Coleridge, *The Rime of the Ancient Mariner* (1797) où le marin est poursuivi par un vaisseau fantôme pour avoir tué un albatros.

tueux et brillant, un projet auquel ni vous ni moi ne penserions, même en un million d'années.

— Vous avez raison, soupira Cabrillo. Dévaster une ville, tuer des milliers de gens n'est pas dans les habitudes d'un homme aussi riche. Surtout si l'on considère que l'on pourrait remonter la trace du porteur de bombe jusqu'à la Qin Shang Maritime.

— A moins que... ajouta Pitt.

— A moins que quoi?

— A moins que le projet ne demande qu'une faible quantité d'explosifs, acheva Pitt avec un regard lointain.

— Pour quoi faire?

— Pour faire exploser le fond du *United States* et le couler.

— Ça, ce n'est pas idiot, dit Cabrillo qui avait du mal à garder les yeux ouverts. Je crois bien que vous avez mis le doigt sur quelque chose.

— Cela pourrait expliquer pourquoi Al a trouvé toutes les portes des quartiers de l'équipage et de la soute hermétiquement fermées.

— Il ne nous manque qu'une boule de cristal pour savoir quand il a l'intention de le couler... murmura Cabrillo.

Sa voix mourut et il s'endormit.

Pitt commença à dire quelque chose, vit que Cabrillo dormait et sortit de la cabine dont il ferma doucement la porte.

Trois jours plus tard, l'*Oregon* accueillit le pilote du port, pénétra dans le chenal et alla s'amarrer le long du dock du terminal marchand du port de Guam. A part le moignon du mât et sa poupe en morceaux, le navire n'avait pas l'air plus vilain que d'habitude.

Une rangée d'ambulances attendait sur le quai pour prendre les blessés et les conduire à l'hôpital de la station navale de l'île. On emmena d'abord les marins chinois puis les membres de l'équipage. Cabrillo fut le dernier blessé à quitter le bord. Après avoir dit au revoir aux marins, Pitt et Giordino obligèrent les porteurs de la civière à leur laisser la place et lui firent descendre la passerelle eux-mêmes.

— J'ai l'impression d'être le sultan de Bagdad, dit le président.

— Vous recevrez notre facture par la poste, répondit Giordino.

Ils atteignirent l'ambulance et déposèrent doucement la civière sur le quai avant de la glisser dans le réceptacle du véhicule. Pitt s'agenouilla et regarda Cabrillo dans les yeux.

— J'ai été très honoré de vous connaître, monsieur le président.

— Ce fut un privilège de travailler avec vous, monsieur le directeur des projets spéciaux. Si jamais vous décidez de quitter la NUMA et que vous cherchez un boulot qui vous emmènerait sur les sept mers et dans les ports les plus exotiques, envoyez-moi votre CV.

— Je ne voudrais pas avoir l'air ingrat mais je ne peux pas dire qu'une croisière sur votre bateau soit une très bonne chose pour ma santé.

Pitt se tut un instant et contempla les flancs rouillés de l'*Oregon*.

— C'est bizarre, ajouta-t-il, mais ce vieux rafiot va me manquer.

— A moi aussi, dit Cabrillo.

Pitt lui jeta un regard étonné.

— Vous allez guérir et retourner à bord en un rien de temps.

— Non, pas après ce voyage. La prochaine destination de l'*Oregon*, c'est le chantier de démolition.

— Pourquoi? demanda Giordino. Est-ce que ses cendriers sont pleins?

— Il n'a plus d'utilité, maintenant.

— Je ne comprends pas, dit Pitt. Il a l'air parfaitement sain.

— Il est « brûlé » comme on dit dans le jargon de

l'espionnage, expliqua Cabrillo. Les Chinois connaissent sa façade. Dans quelques jours, tous les services de renseignements du monde vont se mettre à le chercher. Non, j'ai bien peur que ses jours de collecteur caché de renseignements ne soient comptés.

— Cela signifie-t-il que vous allez dissoudre la société?

Cabrillo se redressa, les yeux brillants.

— Il n'en est pas question! Notre gouvernement reconnaissant a déjà offert d'armer un nouveau navire avec la technologie de pointe, des moteurs plus gros et plus puissants et un armement plus lourd. Il nous faudra peut-être accomplir quelques missions spéciales pour payer l'hypothèque mais les actionnaires et moi-même ne sommes nullement prêts à fermer boutique.

Pitt serra la main du président.

— Je vous souhaite toute la chance du monde. Peut-être pourrons-nous remettre ça un jour?

— Oh! Mon Dieu! Non! J'espère que non! dit Cabrillo en roulant les yeux.

Giordino prit l'un de ses magnifiques cigares et le glissa dans la poche de poitrine de Cabrillo.

— Tenez, un petit quelque chose au cas où vous seriez las de fumer votre vieille pipe puante.

Ils attendirent que les infirmiers installent Cabrillo sur une civière spéciale et le mettent dans l'ambulance. Et ils attendirent que le véhicule disparaisse au coin d'une rue bordée de palmiers. C'est alors qu'un homme s'approcha d'eux.

— Messieurs Pitt et Giordino?

— C'est nous, répondit Pitt en se retournant.

L'homme avait un peu plus de 60 ans, des cheveux gris et une barbe. Il leur tendit une carte d'identification avec un badge dans un étui de cuir. Vêtu d'un short blanc et d'une chemise fleurie, il était chaussé de sandales.

— Mes supérieurs m'envoient pour vous conduire à l'aéroport. Un avion vous attend pour vous mener à Washington.

— N'êtes-vous pas un peu vieux pour jouer aux agents secrets? demanda Giordino en lisant la carte d'identification.

— Nous autres, les vieux mais encore bons à quelque chose, pouvons passer plus inaperçus que bien des jeunes!

— Où se trouve votre voiture? demanda Pitt.

L'homme montra une petite camionnette Toyota peinte aux couleurs vives des taxis locaux.

— Votre carrosse vous attend.

— J'ignorais que la CIA avait fait de telles coupes sombres dans son budget, remarqua Giordino.

— On fait avec ce qu'on a!

Ils s'entassèrent dans la camionnette et, vingt minutes plus tard, embarquaient dans un jet militaire. Tandis que l'avion roulait sur la piste de la base militaire de Guam, Pitt regarda par le hublot et vit le vieil agent secret appuyé contre sa camionnette, comme pour confirmer que Pitt et Giordino avaient bien quitté l'île. Une minute après, ils survolaient cette île paradisiaque du Pacifique avec ses montagnes volcaniques, ses glorieuses cascades en pleine jungle et ses kilomètres de plages de sable blanc agrémentées de palmiers ondoyants. Les hôtels étaient pleins de Japonais mais les Américains n'étaient guère nombreux. Pitt continua à regarder le paysage tandis que l'avion survolait une mer turquoise et le récif de corail entourant l'île et ouvrant sur la mer.

Tandis que Giordino somnolait, il repensa au *United States* qui voguait quelque part sur l'océan en dessous de lui. Il se préparait quelque chose de terrible, une menace qu'un seul homme pouvait éviter. Mais Pitt savait, il était absolument certain, que rien, sauf peut-être la mort, ne pourrait détourner Qin Shang de son but.

Le monde est un endroit où les politiciens honnêtes, les buffles blancs, les rivières non polluées, les saints et les miracles sont rares mais où les salopards pullulent. Quelques-uns, comme les tueurs en série, peuvent tuer 20 ou 100 innocentes victimes. Mais si on leur en donne les moyens matériels, ils peuvent en tuer bien davantage. Ceux qui, comme Qin Shang, possèdent une énorme influence, peuvent demeurer au-dessus des lois et payer des imbéciles meurtriers pour faire le sale boulot à leur place. L'abominable milliardaire n'était pas un général capable d'éprouver des remords pour avoir sacrifié mille hommes dans une bataille afin d'obtenir la victoire. Qin Shang était un psychopathe au sang froid, un assassin capable de boire une coupe de champagne et d'apprécier un bon dîner après avoir condamné des centaines d'immigrants clandestins, dont des femmes et des enfants, à une mort horrible dans les eaux glacées du lac Orion.

Pitt se devait d'arrêter Qin Shang quelles que soient les conséquences, quel que soit le prix, voire même de le tuer si l'occasion s'en présentait. Il était trop impliqué pour limiter les dégâts. Il essaya de s'imaginer à quoi pourrait ressembler leur rencontre. Quelles en seraient les circonstances ? Que dirait-il à cet assassin de masse ?

Il resta longtemps immobile, contemplant le plafond de la cabine de l'avion. Apparemment, rien ne ressemblait à rien. Quel que soit le plan de Qin Shang, il devait être fou. Et maintenant, l'esprit de Pitt tournait à toute vitesse.

« Il n'y a rien à faire, pensa-t-il enfin. Rien d'autre que de dormir pour oublier tout ça et voir les choses avec des yeux neufs en arrivant à Washington. »

TROISIÈME PARTIE

LE CANAL VERS NULLE PART

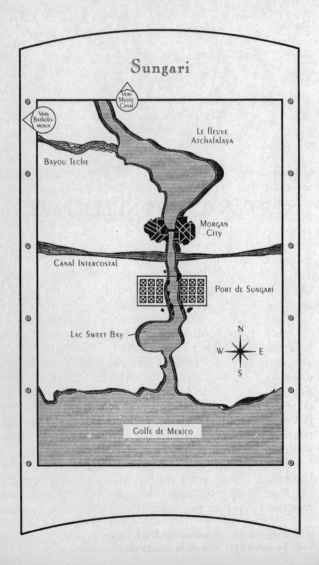

Sungari

VERS
Mystic
CANAL

VERS
Batholo-
MEAUX

Le fleuve
Atchafalaya

Bayou Teche

Morgan
City

Canal Intercostal

Port de Sungari

Lac Sweet Bay

N
W   E
S

Golfe de Mexico

22

L'un des plus grands fleuves du monde, le Nil, jette un charme romantique sur le passé le plus ancien. L'Amazone éveille des images d'aventure et de danger, tandis que le Yang-Tsé pénètre l'âme des mystères de l'Orient. Des images de pharaons sur leurs barques royales longeant les pyramides au rythme de leurs cent rameurs... Les conquistadores se battant et mourant dans un enfer vert... Des jonques chinoises et des sampans naviguant en grand nombre sur l'eau jaunâtre où flotte la vase. Mais c'est le Mississippi qui capture vraiment l'imagination.

Grâce aux histoires de Mark Twain et des gros bateaux poussés par leurs roues à aubes qui sortent aux sons de leurs sirènes des méandres du fleuve, dépassant les radeaux de Huckleberry Finn et Tom Sawyer [1], grâce aux batailles fameuses tout au long de son cours entre les cuirassés de l'Union et ceux de la Confédération [2] pendant la guerre de Sécession, le passé du Mississippi paraît si proche qu'il suffit de soulever un voile léger pour le retrouver.

« Père des Fleuves », comme l'appelaient les Indiens, le Mississippi est le seul fleuve d'Amérique du Nord faisant partie des dix plus grands du monde. Troisième par la longueur, troisième au plan

1. Personnages de roman de Mark Twain.
2. Le Nord et le Sud de la guerre de Sécession.

de l'hydrographie, cinquième par le volume, il s'étend des sources, dans le Montana, de son plus long affluent, le Missouri, sur 5 574 km au sud du golfe du Mexique.

Presque aussi fluide que le mercure, cherchant toujours le chemin de moindre résistance, le Mississippi a changé de cours bien des fois au cours des 5 000 dernières années, à la fin de l'ère glacière. Entre 1900 et 700 avant J.-C., il roulait presque à 6,5 km plus à l'ouest que son cours actuel. Avec agitation, le fleuve s'est déplacé un peu partout dans l'État de Louisiane, creusant des lits avant d'émigrer et d'en creuser de nouveaux. Presque la moitié de la Louisiane s'est formée grâce aux énormes dépôts alluvionnaires de limon et d'argile transportés au nord jusqu'au Minnesota et au Montana.

— Les eaux ont l'air calme, aujourd'hui, dit l'homme sur son siège haut depuis la cabine de pilotage du *George B. Larson*, une unité des Ingénieurs militaires.

Debout près de la console de contrôle, le commandant du navire Lucas Giraud se contenta de hocher la tête tandis que son bâtiment longeait la rive du Mississippi au sud de la Louisiane où broutaient des troupeaux.

C'était le pays cajun, le dernier avant-poste de la culture acadienne française. Des camions à bestiaux, garés sous les arbres aux larges branches, voisinaient avec des cabanes sur pilotis aux murs de toile goudronnée. Non loin de là, de petites églises baptistes s'élevaient dans le paysage humide avec, rangés autour de leurs murs de bois à la peinture écaillée, des cimetières dont les tombes étaient vieillies par le temps. Là poussaient du soja et du maïs car le sol était riche entre les petits étangs creusés par l'homme qui y élevait des poissons-chats. Des bazars minuscules, où l'on vendait aussi bien des outils que de la nourriture, bordaient des routes étroites où des garages semblaient dormir près de vieilles voitures rouillées, à demi enfouies sous des buissons dont les

branches vertes s'insinuaient jusque dans les portières.

Le général Frank Montaigne contemplait le paysage tandis que le gros navire hydrographe descendait le fleuve recouvert d'une légère brume matinale.
La cinquantaine tardive, il portait un costume gris
clair et une chemise rayée de bleu ornée d'une cravate bordeaux. Sous la veste ouverte, on apercevait
un gilet sur lequel brillait une grosse chaîne de
montre en or. Son panama authentique était posé de
guingois sur ses cheveux gris acier rejetés en arrière
aux tempes. Ses sourcils demeurés noirs s'arrondis-
saient au-dessus de ses yeux gris-bleu au regard lim-
pide. Il dégageait une élégance raffinée, polie par
une dureté invisible mais bien réelle. Une canne de
saule qu'il ne quittait jamais, au pommeau de cuivre
en forme de grenouille bondissante, était posée sur
ses genoux.

Montaigne connaissait bien la nature capricieuse
du Mississippi. Pour lui, c'était un monstre
condamné à se mouvoir pour l'éternité dans un
espace trop étroit pour lui. Il dormait la plupart du
temps mais se déchaînait parfois, inondant ses rives
et causant des dégâts désastreux. C'était précisément
la mission du général Montaigne et du corps des
Ingénieurs militaires qu'il représentait, de contrôler
le monstre et de protéger les millions de gens vivant
près de ses rives.

En tant que président de la Commission du Mississippi, Montaigne avait la tâche d'inspecter les
ouvrages de contrôle des inondations une fois par
an, sur un remorqueur militaire aussi luxueux et
confortable qu'un navire de croisière. Au cours de
ces voyages, il était accompagné par un essaim
d'officiers de haut rang et par son personnel civil.
Faisant étape dans les nombreuses villes et ports le
long du fleuve, il tenait des réunions avec les résidents pour écouter leurs informations et leurs récri-
minations à propos de la façon dont le fleuve affec-
tait leurs vies.

Montaigne détestait les dîners arrosés avec les officiels locaux qu'entourait la pompe de sa fonction. Il préférait de beaucoup les inspections surprises qu'il accomplissait à bord de l'hydrographe banal où il était seul à bord avec le commandant Giraud et son équipage. Sans être dérangé, il pouvait étudier par lui-même l'état des revêtements disposés le long des rives pour réduire l'érosion, l'état des rives elles-mêmes, des jetées de rochers et les écluses gardant les entrées et les sorties du fleuve.

Pourquoi le corps des Ingénieurs militaires doit-il mener cette guerre perpétuelle contre l'inondation ? Ils avaient organisé leur première attaque pour mater le fleuve au début du XIXᵉ siècle. Après avoir construit des fortifications pendant la guerre de 1812 le long du fleuve pour contenir les Anglais, il leur avait paru opportun de mettre leur expérience au service des civils et l'Académie militaire de West Point était la seule école d'ingénieurs du pays. Aujourd'hui, cet organisme paraît un peu anachronique si l'on considère que les civils qui travaillent pour le corps des Ingénieurs de l'Armée sont 140 fois plus nombreux que les militaires.

Frank Montaigne (François d'après son certificat de naissance) était un vrai cajun de la paroisse de Plaquemines, au sud de La Nouvelle-Orléans, et avait passé son enfance dans le monde français de l'Acadie de la Louisiane du Sud. Son père était pêcheur ou plus exactement langoustier et avait construit de ses propres mains une maison sur pilotis dans le marécage et gagné beaucoup d'argent au fil des années, tirant lui-même ses prises qu'il vendait directement aux restaurants de La Nouvelle-Orléans. Et, comme presque tous les cajuns, ne dépensant pas ses bénéfices, il mourut riche.

Montaigne parlait français avant même d'apprendre l'anglais et ses condisciples de l'Académie l'appelaient Pot-Pourri parce qu'il mélangeait souvent les deux langues en parlant. Après une carrière où il se distingua au Viêt-nam et lors de la guerre du Golfe comme officier du génie, Montaigne fut rapidement promu après avoir réussi plusieurs examens pendant ses heures de loisir, y compris une maîtrise d'hydrologie. Il avait 55 ans quand on le nomma à la tête de toute la vallée du Mississippi, du golfe jusqu'au point où le Missouri rejoint le Mississippi, près de Saint Louis. Il était fait pour ce travail. Montaigne aimait le fleuve autant qu'il aimait sa femme, cajun elle aussi et sœur de son meilleur ami d'enfance, et ses trois filles. Mais en même temps que cet amour pour les eaux roulantes du fleuve, il ressentait la crainte qu'un jour Mère Nature se fasse violente et anéantisse ses efforts en envoyant le Mississippi démolir les levées naturelles et inonder des milliers d'hectares tout en se creusant un nouveau lit vers le golfe.

Plus tôt dans la matinée, juste avant l'aurore, le *Larson,* qui portait le nom d'un ingénieur militaire mort depuis longtemps, était entré dans les écluses construites par les ingénieurs militaires pour contrôler les crues du fleuve et empêcher l'Atchafalaya de capturer le Mississippi. Des structures de contrôle géantes qui sont en fait des barrages avec des passes déversoirs étaient érigées 80 km au-dessus de Baton Rouge sur un ancien coude du fleuve où, 170 ans plus tôt, la Red River s'était un jour jetée dans le Mississippi et où l'Atchafalaya avait débouché. Plus tard, en 1831, un entrepreneur de bateaux à vapeur, le commandant Henry Shreve, creusa un canal dans le centre du méandre. Maintenant la Red River passait au large du Mississippi en empruntant ce qui restait du coude puis changeait de nom pour devenir l'Old River. Presque comme une sirène tentant de séduire un marin novice, l'Atchafalaya, avec seulement 227 km jusqu'au golfe contre les 504 du Mississippi, tente d'attirer le fleuve principal dans ses bras impatients.

Montaigne était passé sur le pont tandis que les portes se refermaient pour empêcher l'entrée des eaux du Mississippi. Il regardait les murs de l'écluse qui semblaient encore s'élever vers le ciel tandis que l'hydrographe descendait jusqu'à l'Atchafalaya. Il fit un signe de la main à l'éclusier qui lui rendit son salut. Les eaux de l'Atchafalaya coulent à 4,50 mètres en dessous du niveau du Mississippi mais il ne fallut que dix minutes pour que s'ouvrent les portes ouest et que le *Larson* pénètre dans le canal menant au sud de Morgan City et, plus loin, au golfe.

— A quelle heure estimez-vous notre rendez-vous avec le navire de recherche de la NUMA au sud de Sungari ? demanda-t-il au commandant du *Larson*.

— Environ 3 heures, à quelque chose près, répondit Giraud sûr de lui.

Montaigne montra un gros remorqueur poussant un train de péniches vers l'aval.

— On dirait un chargement de bois, dit-il à Giraud.

— Il doit se diriger vers ce nouveau complexe industriel près de Melville.

Giraud ressemblait à l'un des trois mousquetaires avec ses traits français aquilins et sa moustache noire cirée et remontée aux pointes. Comme Montaigne, Giraud avait grandi en pays cajun mais lui ne l'avait jamais quitté. Grand, le ventre toujours plein de bière Dixie, il était doué d'un humour grinçant connu tout au long du fleuve.

Montaigne observa un petit canot de vitesse que quatre adolescents lançaient imprudemment autour de l'hydrographe en coupant juste devant les péniches, suivis par quatre de leurs copains aux commandes de deux canots à moteur.

— Quels crétins, ces gosses! marmonna Giraud. Si l'un d'eux perd ses moteurs devant les barges, le remorqueur ne pourra pas arrêter son erre et leur rentrera dedans.

— Je faisais la même chose avec le bateau de pêche en aluminium de mon père. Un petit engin de 5,40 mètres avec un moteur hors-bord de 25 CV. Et je suis toujours vivant.

— Pardonnez-moi de vous le dire, général, mais vous êtes même plus fou qu'eux.

Montaigne savait que Giraud n'était pas irrespectueux. Il savait que le pilote avait été témoin de nombreux accidents au cours de sa carrière, lorsqu'il dirigeait des navires et des remorqueurs sur le Mississippi. Les bateaux heurtant accidentellement les rives, les fuites de pétrole, les collisions, les incendies, il avait tout vu et, comme la plupart des pilotes, était extrêmement prudent. Nul mieux que lui ne savait à quel point le Mississippi pouvait se montrer impitoyable.

— Dites-moi, Lucas, croyez-vous qu'un jour le Mississippi s'engouffrera dans l'Atchafalaya ?

— Il suffirait d'une grande crue pour que le fleuve brise les digues et se précipite dans l'Atchafalaya, répondit Giraud. Dans un an, dix ans, vingt peut-être, un jour ou l'autre ce fleuve ne coulera plus le long de La Nouvelle-Orléans. Ce n'est qu'une question de temps.

— Le corps des Ingénieurs mène une rude bataille pour le garder sous contrôle.

— L'homme ne peut pas dicter bien longtemps sa conduite à la nature. J'espère seulement être là pour voir ça.

— Ce ne sera pas beau à voir, dit Montaigne. Les effets d'un tel désastre seront monstrueux. La mort, une inondation gigantesque, une destruction massive. Pourquoi souhaitez-vous être témoin d'un tel désastre ?

Giraud quitta la barre des yeux et regarda le général avec une expression sérieuse.

— Le chenal charrie déjà le flot de la Red River et de l'Atchafalaya. Imaginez un peu quel puissant fleuve traversera le sud de la Louisiane quand le Mississippi tout entier brisera ses chaînes et ajoutera sa masse aux deux autres. Ce sera un spectacle inoubliable !

— Oui, dit Montaigne, un spectacle inoubliable mais j'espère bien, moi, ne pas vivre assez vieux pour le voir.

23

Il était 2 h 55 cet après-midi-là. Lucas Giraud poussa les gros diesels du Caterpillar en quatrième tandis que le *Larson* longeait Morgan City sur la partie la plus basse de l'Atchafalaya. Après avoir traversé le canal intercostal et laissé derrière lui le port de Sungari appartenant à la Qin Shang Maritime Limited, le navire arriva dans les eaux calmes comme un miroir du lac Sweet Bay, à 9,5 km du golfe du Mexique. Il le fit virer vers un navire de recherche de couleur turquoise sur lequel se détachait le mot NUMA, peint en grosses lettres au centre de la coque. C'était un navire sérieux, professionnel, comme le nota Giraud. A mesure que le *Larson* s'approchait, il put lire un nom sur la proue, *Marine Denizen*. De toute évidence, ce navire n'en était pas à sa première mission. Environ 25 ans, estima-t-il, ce qui est beaucoup pour un navire en exercice.

Le vent soufflait du sud-est à 25 milles à l'heure et l'eau présentait des vagues légères. Giraud ordonna à un marin de laisser tomber les pare-battage pardessus bord. Puis il laissa le *Larson* s'approcher du *Marine Denizen*. Il y eut un choc léger et il rangea l'hydrographe contre le navire de recherche, juste assez près pour que son passager puisse franchir la rampe qu'on avait installée pour l'accueillir.

A bord du *Marine Denizen*, Rudi Gunn leva ses jumelles dans la lumière qui coulait par le hublot du navire de la NUMA. Il plissa les yeux et se demanda si les lentilles étaient sales. Il n'y vit aucune poussière, remit la monture en place et ajusta ses écouteurs. Puis il étudia le diorama en trois dimensions du port maritime de Sungari qui s'étalait sur une surface horizontale, dispensé par un projecteur holographique. L'image était composée de quarante photographies aériennes ou davantage, prises à basse altitude par un hélicoptère de la NUMA.

Construit sur une terre récemment récupérée sur les marécages le long des deux rives de l'Atchafalaya avant qu'il aille se jeter dans le golfe du Mexique, le port était considéré comme le plus moderne et le plus efficace des terminaux maritimes du monde. Couvrant 8 hectares et s'étendant sur plus de 1 600 mètres des deux côtés de l'Atchafalaya, il offrait une profondeur navigable de 10 mètres. Le port de Sungari incluait plus de 10 000 m² d'entrepôts, deux silos à céréales avec stations de chargement, un terminal pour liquides en vrac d'une capacité de 600 000 tonneaux [1] et trois terminaux de chargement de fret général pouvant charger et décharger vingt navires à conteneurs à la fois. Les docks à surface métallique sur les deux rives consolidées du chenal du fleuve permettaient un mouillage de 3 600 mètres de long, suffisamment profond pour accueillir tous les navires à l'exception des supertankers lourdement chargés.

Ce qui rendait Sungari différent de la plupart des ports était son architecture. Là, pas de bâtiments de béton gris en forme d'austères rectangles. Les entrepôts et les bureaux avaient la forme de pyramides recouvertes de matériau galvanisé doré qui brillait de mille feux quand le soleil les frôlait. L'effet était saisissant, surtout pour les avions qui les survolaient et leurs reflets se voyaient à plus de 40 milles dans le golfe du Mexique.

On frappa légèrement à la porte de Gunn. Il traversa la salle de conférences du navire qui servait aux réunions des scientifiques et des techniciens du bord, et il ouvrit la porte. Le général Frank Montaigne se tenait dans la coursive, pimpant dans son costume gris, appuyé sur sa canne.

— Merci d'être venu, général. Je suis Rudi Gunn.

— Commandant Gunn, dit aimablement le général, il y a longtemps que je souhaitais vous connaître. Depuis que les officiels de la Maison Blanche et de

---

1. 1 tonneau = 2,83 m³ (unité internationale de volume).

l'INS m'ont contacté, je suis ravi de constater que je ne suis pas le seul à penser que Qin Shang représente une menace et qu'il est dangereusement malin.

— On dirait que nous sommes de plus en plus nombreux à partager cette opinion.

Gunn fit asseoir le général près de l'image tridimensionnelle de Sungari. Montaigne se pencha sur la projection en diorama, la main et le menton appuyés sur la grenouille de sa canne.

— Je vois que la NUMA utilise aussi l'imagerie holographique pour montrer ses projets maritimes.

— On m'a dit que le corps des Ingénieurs militaires se sert de la même technologie.

— C'est pratique pour convaincre le Congrès d'augmenter nos budgets. La seule différence, c'est que notre unité doit montrer des mouvements de fluides. Quand nous expliquons nos problèmes aux divers comités de Washington, nous aimons bien les impressionner en leur montrant les horreurs que représenterait une inondation majeure.

— Que pensez-vous de Sungari ? demanda Gunn.

Montaigne paraissait perdu dans l'image.

— C'est comme si une culture d'un autre monde arrivait de l'espace et construisait une ville au milieu du désert de Gobi. C'est tellement futile et inutile ! Ça me rappelle le vieux dicton « on se met sur notre trente et un mais on ne sait pas où aller ».

— Ça ne vous impressionne pas ?

— En tant que port maritime, je le trouve aussi utile qu'un second nombril sur mon front.

— Il est difficile de croire que Qin Shang a eu toutes les autorisations et les permis de construire une aussi vaste entreprise sans bénéfices futurs assurés, constata Gunn.

— Il a soumis un projet de développement extrêmement complet qui a été approuvé par les autorités de l'État de Louisiane. Naturellement, les politiciens sautent sur tous les projets industriels dont ils pensent qu'ils augmenteront les emplois et apporteront des revenus qu'on n'aura pas à prendre dans la

poche des contribuables. Puisqu'il n'y a pas
d'inconvénient visible, qui pourrait les en blâmer ?
Les Ingénieurs militaires ont également donné les
autorisations de dragage parce qu'ils n'ont vu
aucune interruption du flux naturel de l'Atchafalaya.
Les défenseurs de l'environnement ont hurlé, bien
sûr, à cause de la destruction virtuelle d'une vaste
zone de marécages. Mais leurs objections, comme
celles de mes propres ingénieurs concernant l'altéra-
tion future du delta de l'Atchafalaya, ont été rapidement balayées quand le lobby des amis de Qin Shang
a cajolé le Congrès pour qu'il autorise la totalité du
projet. Je n'ai encore jamais rencontré un analyste
financier ou un commissaire aux installations portuaires capable de réaliser que Sungari est une
erreur avant que ses plans soient sortis de l'ordinateur.

— Et pourtant, tous les permis ont été approuvés,
remarqua Gunn.

— Ce sont les huiles de Washington qui ont donné
leur bénédiction, à commencer par le Président Wallace qui lui a préparé le chemin, admit Montaigne.
La plupart des acceptations reposent sur les nouveaux accords commerciaux avec la Chine. Les
membres du Congrès n'ont pas voulu les mettre en
péril quand les représentants chinois ont inclu Sungari dans leurs propositions. Et bien sûr, il a dû y
avoir pas mal de dessous de table payés par la Qin
Shang Maritime, à bien des niveaux.

Gunn alla regarder par le hublot le complexe réel
situé à 3 km en amont du fleuve par rapport au
Marine Denizen. Les bâtiments dorés prenaient une
teinte orangée sous le soleil couchant. A part deux
navires, les docks étaient déserts.

— Nous n'avons pas affaire à un homme qui parie
sur un cheval sans être sûr de gagner. Il doit y avoir
une certaine méthode à la folie de Qin Shang pour
qu'il dépense plus d'un milliard de dollars pour
construire un port de commerce international dans
un lieu aussi peu approprié.

— J'aimerais bien que quelqu'un m'explique de quoi il s'agit, dit Montaigne, parce que je n'en ai pas la moindre idée.

— Et en plus, Sungari dispose d'un accès à l'autoroute 90 et à la ligne de chemins de fer du Southern Pacific, remarqua Gunn.

— Faux, rétorqua Montaigne. Pour le moment, il n'y a pas d'accès. Qin Shang a refusé de construire un raccord à la ligne principale de chemins de fer et une bretelle d'accès à l'autoroute. Il dit en avoir fait suffisamment. Il a prétendu que c'était à l'État et au gouvernement fédéral de faire construire les accès à son réseau de transport. Mais à cause de la réticence des électeurs et des nouvelles restrictions budgétaires, les fonctionnaires traînent les pieds.

Gunn se tourna vers Montaigne.

— Il n'y a pas de moyen de transport terrestre pour entrer et sortir de Sungari ? C'est dingue !

Montaigne montra l'image holographique.

— Regardez bien votre joli petit tableau. Voyez-vous une route quelconque dirigée au nord vers l'autoroute 90 ou des rails allant se connecter à ceux du Southern Pacific ? Le chenal intercostal s'étend quelques kilomètres au nord mais il est surtout utilisé par des bateaux de plaisance et un nombre limité de péniches.

Gunn étudia l'image de près et constata qu'en effet, le seul accès des marchandises de l'Atchafalaya vers le nord ne se faisait que par péniches. Tout le port était entouré de marécages.

— C'est fou ! Comment a-t-il construit un complexe aussi vaste sans que les matériaux de construction soient amenés par camions ou par chemin de fer ?

— Les matériaux ne sont pas venus des États-Unis. Virtuellement, tout ce que vous voyez est arrivé d'outre-mer par les navires de la Qin Shang Maritime. Les matériaux de construction, les équipements, tout est venu de Chine, de même que les ingénieurs, les contremaîtres et les ouvriers. Aucun

Américain, aucun Japonais, aucun Européen n'a mis la main à la pâte pour la construction de Sungari. Le seul matériau qui ne soit pas venu de Chine est la terre de remblayage qui vient d'une excavation à 60 milles au nord de l'Atchafalaya.

— N'aurait-il pu trouver quelque chose de plus proche ?

— C'est un mystère, assura Montaigne. Les constructeurs de Qin Shang ont fait venir par péniches des millions de mètres cubes de terre et pour cela ont creusé dans les marécages un canal qui ne mène nulle part.

Gunn eut un soupir exaspéré.

— Mais comment diable espère-t-il faire un jour des bénéfices ?

— Jusqu'à présent, les marchandises chinoises qui sont arrivées à Sungari ont été transportées par péniches et par remorqueurs, expliqua Montaigne. Même s'il cédait et acceptait de construire un réseau de transport pour entrer et sortir de son port chéri, qui d'autre y viendrait que des Chinois ? Les installations portuaires sur le Mississippi ont un accès bien plus pratique pour rejoindre n'importe quel autoroute, chemin de fer ou aéroport international. Aucun responsable de compagnie maritime ne serait assez stupide pour diriger les navires de sa flotte marchande de La Nouvelle-Orléans à Sungari.

— Pourtant il transporte son fret par péniche de l'Atchafalaya et de la Red River jusqu'à un centre de transport plus au nord ?

— Ce serait ridicule, répondit Montaigne. L'Atchafalaya est peut-être une voie navigable intérieure mais il est loin d'avoir le flux du Mississippi. Il est considéré comme une artère peu profonde et le trafic des péniches y est limité, au contraire du Mississippi qui peut être emprunté par de gros remorqueurs de 10 000 CV poussant jusqu'à 50 péniches à la fois, en colonnes de près de 400 mètres. L'Atchafalaya est traître. Il peut avoir l'air calme et pacifique mais c'est un masque qui cache son vrai visage, bien plus désagréable. Il attend comme un crocodile qui ne montre que ses yeux et son nez, prêt à frapper le pilote inattentif ou le plaisancier sorti pour une petite croisière du dimanche. Si Qin Shang avait l'intention de se construire un empire maritime et de transporter des marchandises d'un bout à l'autre de l'Atchafalaya ou le long du chenal intercostal, il s'est mis le doigt dans l'œil. Ni l'un ni l'autre n'est capable de soutenir un transport massif de péniches.

— La Maison Blanche et les services d'Immigration soupçonnent que le but principal de Sungari est de servir de plaque tournante au trafic d'immigrés clandestins, de drogue et d'armes.

Montaigne haussa les épaules.

— C'est ce qu'on m'a dit. Mais pourquoi investir des monceaux de fric dans une installation capable de recevoir des navires marchands de plusieurs millions de tonnes et ne s'en servir que pour de la contrebande ? Je ne saisis pas la logique de tout cela.

— On peut se faire beaucoup d'argent rien qu'avec le trafic d'immigrants, dit Gunn. Mille clandestins amenés dans un seul navire et transportés par ferry dans tous les pays, à raison de 30 dollars par tête, voyez ce que ça rapporte.

— Très bien, en supposant que Sungari soit véritablement une couverture pour le trafic de clandestins, admit Montaigne, j'aimerais savoir comment Qin Shang va faire passer les clandestins d'un point A à un point B sans une sorte de système de transport caché. Les douanes américaines et les services de l'Immigration passeront au peigne fin tous les navires arrivant à Sungari. Tout le trafic par péniches est soigneusement surveillé. Il serait impossible à des étrangers sans papiers de leur filer entre les doigts.

— C'est pour ça que la NUMA est ici.

Gunn prit une pointe métallique et tapa sur le point qui, sur l'image de l'Atchafalaya, divisait Sungari est de Sungari ouest.

— Puisqu'il n'y a aucun moyen d'envoyer des

hommes ou des marchandises par terre ou par eau, il doit les envoyer sous la surface.

Montaigne, assis très droit, regarda Gunn avec incrédulité.

— Pas des sous-marins, tout de même ?

— Des sous-marins capables de transporter un grand nombre de passagers et de fret, c'est une possibilité que nous n'avons pas le droit de rejeter.

— Pardonnez-moi de vous dire ça, mais il n'y a aucune possibilité de faire naviguer un sous-marin dans l'Atchafalaya. Les bas-fonds et les méandres sont déjà un cauchemar pour les pilotes expérimentés en navigation fluviale. Naviguer sous la surface et remonter le fleuve à contre-courant, c'est tout simplement impensable !

— Alors les ingénieurs de Shang ont peut-être creusé des systèmes sous-marins dont nous ne savons rien.

Montaigne secoua la tête.

— Il n'y a aucune façon de creuser un réseau de tunnels sans être découvert. Les experts en construction du gouvernement surveillaient chaque centimètre carré du site pendant la construction pour s'assurer que l'on respecte à la lettre les plans approuvés. Les entrepreneurs de Qin Shang se sont montrés tout à fait coopératifs. Ils ont pris en compte toutes nos critiques et pour parole d'évangile, sans discuter, toutes les suggestions que nous leur avons faites. En fait, on aurait pu dire que nous avons tous participé à l'élaboration du projet. Si Qin Shang a fait creuser un tunnel au nez et à la barbe des hommes et des femmes que je considère comme les meilleurs ingénieurs et les meilleurs inspecteurs du Sud, alors il doit être capable de se faire élire pape.

Gunn prit un pichet et un verre.

— Voulez-vous un verre de thé glacé ?

— Vous n'auriez pas, par hasard, une bouteille de bourbon quelque part ?

— L'amiral Sandecker suit les traditions de la

marine, dit Gunn en souriant. Il interdit l'alcool sur les navires de recherche. Cependant, en l'honneur de votre visite, je crois savoir qu'une bouteille de Jack Daniel Black Label a pu, je ne sais comment, se faufiler à bord.

— Vous êtes un saint, cher monsieur, dit Montaigne, les yeux brillants.

— De la glace ? demanda Gunn en versant le whisky.

— Jamais !

Montaigne prit le verre, en étudia la couleur ambrée puis en renifla le parfum comme il le ferait pour un vin de prix avant d'en boire une gorgée.

— Étant donné qu'on n'a rien remarqué de suspect à la surface, on m'a dit que vous alliez tenter votre chance avec une recherche sous-marine ?

— En effet, je vais envoyer un véhicule sous-marin autonome dès demain matin faire une recherche exploratoire. Si les caméras relèvent quelque chose de bizarre, nous enverrons des plongeurs.

— L'eau est sale et pleine de limon. Je doute que vous y voyiez quelque chose.

— Avec leur haute résolution et leur enrichissement digital de l'image, nos caméras peuvent distinguer des objets dans l'eau boueuse jusqu'à 20 pieds. Ma seule crainte, c'est la sécurité sous-marine de Qin Shang.

Montaigne rit.

— S'il s'agit de la même sécurité que celle qu'il a installée autour du port, n'y pensez pas ! Il y a une barrière de trois mètres de haut autour du périmètre mais une seule grille qui ne donne sur rien dans le marécage et qui n'est du reste pas gardée. N'importe quel bateau qui passe, surtout les bateaux de pêche en provenance de Morgan City, est autorisé à s'amarrer le long d'un quai. Et il y a un excellent terrain d'atterrissage d'hélicoptères avec un petit terminal sur la partie nord. Je n'ai jamais entendu dire que la sécurité de Shang ait viré quelqu'un venu visiter les lieux. Ils font même tout ce qu'ils peuvent pour rendre l'endroit accessible.

— Ça semble ne ressembler en rien à ce que vous me racontez des opérations ordinaires de Qin Shang.

— C'est ce qu'on m'a dit.

— En tant que port, poursuivit Gunn, Sungari doit avoir des bureaux de douanes et des agents de l'Immigration.

— Ce sont les hommes les plus solitaires de la ville, dit Montaigne en riant.

— Enfin, merde! s'écria soudain Gunn, tout ceci ne peut être qu'une gigantesque magouille! Qin Shang a construit Sungari pour y mener des activités criminelles. J'en mettrais ma main au feu!

— Si j'étais à sa place et si j'avais l'intention de poursuivre des activités illégales, je n'aurais jamais donné au port une situation qui le rend aussi évident qu'un casino de Las Vegas.

— Moi non plus, concéda Gunn.

— Maintenant que j'y pense, dit pensivement Montaigne, il y a une petite construction qui a rendu perplexes les inspecteurs des travaux.

— De quoi s'agit-il?

— L'entrepreneur de Shang a construit le niveau supérieur des docks à au moins 9 mètres plus haut qu'il n'était nécessaire de la surface de l'eau. Au lieu de descendre une passerelle pour aller du bateau au quai, il faut en réalité monter une pente légère.

— Pourrait-il s'agir d'un moyen de se protéger des ouragans ou d'une inondation importante de l'aval du fleuve?

— Oui, mais ils ont surmultiplié la menace. Oh! bien sûr, il y a eu des niveaux de montée des eaux du Mississippi qui ont atteint des hauteurs énormes mais pas celles de l'Atchafalaya. Le niveau du sol, à Sungari, a été remonté à un niveau bien supérieur à ce que la nature pourrait lui opposer.

— Qin Shang ne serait pas ce qu'il est s'il avait parié sur la clémence des éléments.

— Je suppose que vous avez raison, admit Montaigne en finissant son Jack Daniel. Et voilà où s'étend ce grand édifice à la gloire de l'ego d'un

homme, ajouta-t-il en montrant l'image de Sungari.
Regardez de l'autre côté de l'eau. Deux navires pour
un port construit pour en accueillir cent. Est-ce ainsi
qu'on fait des bénéfices ?

— Je ne vois pas comment, dit Gunn.

Le général se leva.

— Il faut que je m'en aille. Il va bientôt faire nuit.
Je crois que je vais demander à mon pilote de
remonter le fleuve jusqu'à Morgan City et de nous
amarrer là pour la nuit avant de rentrer à La Nouvelle-Orléans.

— Merci, général, dit Gunn avec sincérité. Je vous
remercie d'avoir pris le temps de venir me voir. Je
vous en prie, ne vous sentez pas étranger chez nous.

— Pas du tout, répondit Montaigne en souriant.
Maintenant que je sais où aller pour me faire offrir
un bon whisky, rassurez-vous, je reviendrai. Chaque
fois que vous aurez besoin des services du corps des
Ingénieurs militaires, n'hésitez pas, appelez-moi.

— Merci, je n'y manquerai pas.

Longtemps après que Montaigne eut regagné son
navire de surveillance, Gunn regardait toujours
l'image holographique de Sungari, cherchant mentalement des réponses qui se dérobaient.

— Si vous craignez que leurs services de surveillance nous cherchent des noises, dit Frank Stewart,
le commandant du *Marine Denizen*, nous pouvons
mener nos recherches du milieu du fleuve. Ils sont
peut-être propriétaires des terres et des bâtiments de
part et d'autre de l'Atchafalaya mais les lois maritimes nous assurent le libre passage entre le golfe et
Morgan City.

Stewart, les cheveux blancs courts et soigneusement peignés autour d'une raie impeccable, était un
marin de la vieille école. Il calculait encore sa route
en fixant le soleil de son sextant et notait la latitude
et la longitude à la manière ancienne alors qu'un
simple regard à l'ordinateur aurait pu lui indiquer à
un mètre près sa position géographique. Grand et

mince avec des yeux bleus enfoncés, c'était un célibataire dont la maîtresse était la mer.

Gunn se tenait près de la barre et regardait par la
fenêtre le port désert.

— On serait aussi visibles qu'une guêpe sur le nez
d'une star de cinéma si nous jetions l'ancre au milieu
du fleuve, entre leurs docks et leurs entrepôts. Le
général Montaigne dit que la surveillance autour de
Sungari n'est pas plus importante que celle de
n'importe quel autre port des côtes est et ouest. S'il a
raison, je ne vois pas de raison de nous cacher. Nous
n'aurons qu'à appeler le chef du port et demander un
emplacement pour effectuer quelques réparations.
Comme ça, nous jouerons dans leur propre cour.

Stewart approuva et appela le chef du port au téléphone par satellite qui avait pratiquement remplacé
les appels par radio bateau-port.

— Ici le navire de recherche *Marine Denizen* de la
NUMA. Nous demandons un emplacement à quai
pour faire quelques réparations sur notre gouvernail.

Le chef du port se montra tout à fait sympathique.
Il dit se nommer Henry Pang et accorda immédiatement l'autorisation demandée.

— Bien sûr, maintenez votre position, je vous
envoie un bateau pour vous conduire au dock 17 où
vous pourrez mouiller. S'il y a quelque chose dont
nous ne manquons pas, c'est bien des postes de
mouillage !

— Merci, monsieur Pang, dit Stewart.

— Est-ce que vous cherchez des poissons
bizarres ? demanda Pang.

— Non, nous étudions les courants du golfe. On a
heurté un bas-fond qui ne figurait pas sur les cartes
du large de la côte et abîmé notre gouvernail. Il
répond encore mais il ne donne pas tout son développement.

— Profitez bien de votre séjour, dit poliment
Pang. Si vous avez besoin d'un mécanicien ou de pièces de rechange, faites-le-moi savoir.

— Merci, répondit Stewart. Nous attendons votre
guide.

— Le général Montaigne avait raison, dit Gunn. Leur sécurité rapprochée, c'est pas ça !

Une série de grains tomba tout au long de la nuit. Au matin, les ponts du *Marine Denizen* brillaient sous les premiers rayons du soleil. Stewart avait fait descendre par deux marins une petite plate-forme au-dessus du gouvernail pour faire croire qu'ils y faisaient vraiment des réparations. Mais cette représentation était à peine nécessaire. Les docks et les grues étaient aussi déserts qu'un stade de football en milieu de semaine. Les deux cargos chinois que Gunn avait observés la veille avaient quitté les lieux pendant la nuit. Le *Marine Denizen* avait tout le port pour lui tout seul.

Dans la partie centrale de la coque du *Denizen* se trouvait un compartiment sombre comme une caverne, appelé le bassin de lune. Deux plaques coulissantes s'y ouvraient comme des portes d'ascenseur horizontales et permettaient à l'eau de s'engouffrer dans le bassin de lune jusqu'à une hauteur de 1,80 mètre. C'était le cœur du navire de recherche. Là, les plongeurs entraient dans l'eau sans se soucier des vagues, là les submersibles pouvaient être descendus pour explorer les profondeurs, là les équipements scientifiques qui contrôlaient et capturaient la vie marine pouvaient être remontés pour étudier les relevés dans les laboratoires du navire.

Endormis par l'atmosphère de cimetière de Sungari, l'équipage et les scientifiques prirent un petit déjeuner tranquille avant de se rassembler autour des plates-formes de travail, dans le bassin de lune. Un véhicule sous-marin autonome Benthos pendait sur un berceau au-dessus de l'eau. Ce véhicule avait trois fois la taille de l'AUV compact que Pitt avait utilisé dans le lac Orion. Sans raffinement mais profilé aérodynamiquement, avec deux propulseurs horizontaux, il pouvait filer jusqu'à 5 nœuds. Sur le plan de l'imagerie, il possédait une caméra Benthos sensible à une faible lumière mais avec une haute résolution. L'AUV possédait aussi une caméra digitale et un radar pénétrant le sol, capable de détecter une cavité à travers des plaques d'acier et indiquant les passages possibles. Un plongeur vêtu d'une combinaison isothermique, simplement pour se protéger des méduses, flottait paresseusement sur le dos en attendant que l'on descende l'AUV.

Stewart regarda Gunn depuis la porte. Celui-ci était assis devant un ordinateur sous un grand écran vidéo.

— Quand vous voudrez, Rudi.

— Allez-y, descendez-le, dit Gunn avec un geste de la main.

Le treuil attaché au berceau ronronna et l'AUV descendit lentement dans l'obscurité perpétuelle du fleuve. Le plongeur désattela le berceau, nagea jusqu'à une échelle et grimpa sur la plate-forme de travail.

Stewart entra dans le petit compartiment empli du sol au plafond d'équipement électronique. Il s'assit près de Gunn qui dirigeait l'AUV à partir d'une console d'ordinateur et surveillait ses mouvements sur l'écran vidéo. L'image ne révélait qu'un long mur gris de plaques d'acier qui s'allongeait dans l'obscurité.

— Franchement, tout cela me paraît beaucoup de bruit pour rien.

— Ce n'est pas moi qui vous contredirai, dit Gunn. L'ordre de faire une enquête sur Sungari en profondeur vient directement de la Maison Blanche.

— Pensent-ils vraiment que Qin Shang organiserait ses trafics de clandestins par des passages sous-marins reliés à la coque de leurs navires?

— Une grosse tête de Washington doit le penser. C'est pour ça que nous sommes ici.

— Voulez-vous que je fasse venir du café?

— J'en prendrais bien une tasse, dit Gunn sans quitter l'écran des yeux.

L'aide-cuisinier apporta un plateau avec des tasses et un pichet de café. Trois heures plus tard, le pot et les tasses étaient vides, aussi vides que les résultats de leur inspection. L'écran ne montrait rien d'autre qu'un mur apparemment interminable de plaques d'acier profondément enfoncées dans la vase pour servir de barrière à l'éboulement de terres et qui servait de fondation aux docks et aux bâtiments du port. Enfin, juste avant midi, Gunn se tourna vers Stewart.

— Bon, pour l'ouest du port, il n'y a rien, dit-il d'un ton las en frottant ses yeux fatigués. C'est sacrément fatigant de regarder des plaques grises et sans forme pendant des heures.

— Aucun soupçon de porte menant à un passage ?

— Même pas une fissure ou une charnière.

— On peut faire traverser le chenal à l'AUV et, avec un peu de chance, finir d'inspecter la côte est avant la nuit, proposa Stewart.

— Plus vite on en aura fini, mieux ça sera.

Gunn tapa un ordre sur le clavier qui envoya l'AUV vers la côte opposée du port. Puis il s'appuya au dossier de sa chaise pour se détendre.

— Vous êtes sûr que vous ne voulez pas vous arrêter pour manger un sandwich ? demanda Stewart.

Gunn fit non de la tête.

— Je veux surveiller ça jusqu'au bout. Je me remplirai la panse au dîner.

Il ne fallut que dix minutes à l'AUV pour traverser le fond du fleuve vers la rive est. Gunn le programma pour longer jusqu'au bout le mur de soutènement, du nord au sud. L'AUV n'avait couvert que 180 mètres quand le téléphone sonna.

— Vous pouvez le prendre ? demanda Gunn à Stewart.

Le commandant du *Marine Denizen* prit le récepteur mais le tendit à Gunn.

— C'est Dirk Pitt.

— Pitt ?

Il prit l'appareil.

— Dirk ?

— Salut, Rudi, dit la voix familière. Je t'appelle d'un avion quelque part au-dessus du désert du Nevada.

— Comment s'est passée ton inspection sous-marine du *United States* ?

— Ça a été un peu duraille un moment mais Al et moi n'avons trouvé qu'une coque lisse, une quille lisse et aucune ouverture.

— Si nous ne trouvons rien de notre côté dans les heures qui viennent, nous vous rejoindrons.

— Vous utilisez un submersible ?

— Pas nécessaire, dit Gunn. Un AUV fait un aussi bon boulot.

— Surveille-le de près ou les gardes sous-marins de Qin Shang le voleront sous ton nez. Ce sont de sacrés faux jetons.

Gunn hésita avant de répondre, se demandant ce que Pitt voulait dire. Il allait le lui demander quand Stewart revint.

— On sert le déjeuner, Rudi. Je te parlerai dès que nous serons rentrés à Washington. Bonne chance et fais mes amitiés à Frank Stewart.

Et la ligne s'interrompit.

— Comment va Dirk ? demanda Stewart. Je ne l'ai pas vu depuis que nous avons travaillé ensemble sur le *Lady Flamborough*, il y a quelques années, au large de la Terre de Feu.

— Aussi grincheux que d'habitude. Il m'a donné un étrange avertissement.

— Un avertissement ?

— Il a dit que les gardes de sécurité sous-marine de Qin Shang pourraient voler l'AUV, répondit Gunn, un peu déboussolé.

— Quelle sécurité sous-marine ? demanda Stewart d'un ton moqueur.

Gunn ne répondit pas. Les yeux soudain élargis, il montra l'écran vidéo.

— Mon Dieu ! Regarde !

Le regard de Stewart suivit l'index pointé de Gunn. Il se raidit.

Un visage caché par un masque de plongée remplissait l'écran. Ils regardèrent, stupéfaits, le plongeur enlever son masque, révélant un visage aux

traits indubitablement chinois. Le nageur leur
adressa un large sourire et fit un geste de la main,
comme un bébé qui dit au revoir.

Puis l'image redevint sombre, remplacée par une
série de stries irrégulières, noires et blanches. Gunn
ordonna frénétiquement à l'AUV de rentrer sur le
Marine Denizen mais n'obtint pas de réponse. L'AUV
avait disparu comme s'il n'avait jamais été lancé.

24

Pitt sut que quelque chose allait de travers au
moment même où le chauffeur de la NUMA arrêta la
voiture. Une petite sonnerie d'alarme résonna dans
sa tête et envoya un frisson dans sa nuque. Quelque
chose n'était pas normal.

Il n'avait même pas envisagé une situation mettant
sa vie en danger pendant le vol depuis la base
Andrews de l'Air Force, où le jet de la NUMA avait
atterri, jusqu'à sa maison, au coin le plus éloigné de
l'aéroport national de Washington. L'obscurité était
tombée sur la ville mais il ignorait l'océan de
lumières illuminant les bâtiments. Il avait essayé de
se détendre et de laisser son esprit vagabonder mais
il ne cessait de penser au lac Orion. Il trouvait
étrange que les journaux ne se soient pas emparés de
cette histoire.

De l'extérieur, l'ancien hangar de maintenance
aérienne construit en 1937, l'année de la disparition
d'Amelia Earhart [1], paraissait désert et abandonné.
Des herbes folles poussaient jusque sur ses murs
métalliques rouillés, dont la peinture avait disparu
après des dizaines d'années d'attaques du froid vif et

1. Aviatrice australienne disparue dans le Sahara. (Voir
Sahara, op. cit.)

des chaleurs brûlantes du climat de Washington. Bien que le hangar eût été condamné à être démoli pour sa laideur et son inutilité, Pitt avait très vite compris le parti qu'il pourrait en tirer. Intervenant à la dernière minute, il avait battu la bureaucratie américaine en gagnant une bataille pour le faire inscrire au registre des monuments historiques. Ayant empêché sa destruction, il l'avait acheté ainsi que 4 000 m² autour et s'était mis au travail. Il avait refait l'intérieur en le remodelant pour en faire pour moitié son appartement et pour moitié un hangar pour abriter sa collection d'avions et de voitures anciennes.

Le grand-père de Pitt avait amassé une petite fortune en développant le patrimoine immobilier de Californie du Sud. A sa mort, il avait laissé à son petit-fils un héritage considérable. Après en avoir payé les droits, Pitt avait choisi d'investir son argent dans les vieux avions et les voitures anciennes plutôt qu'en bons du Trésor. En vingt ans, il avait rassemblé une collection absolument unique.

Plutôt que de noyer le hangar de flots de lumières, Pitt avait préféré lui laisser un aspect vide et désolé. Une petite lampe en haut d'un poteau électrique dispensait une vague lueur jaune. C'est tout ce qui éclairait la rue non pavée finissant à sa propriété. Il se tourna et regarda, par la fenêtre de la voiture, le haut du poteau. La petite lampe rouge de la caméra de surveillance aurait dû être allumée. Elle ne l'était pas. C'était pour lui un signe aussi évident que si un signal lui indiquait un danger imminent.

Le système de surveillance de Pitt avait été conçu et installé par un de ses amis appartenant à une agence de renseignements, le meilleur de sa profession. Seul un professionnel très doué aurait pu réussir à briser le code et l'anéantir. Il regarda autour de lui le paysage désolé et aperçut l'ombre d'une camionnette, à peine visible à 50 mètres sous la lumière que réfléchissait la ville au-delà du Potomac. Pitt comprit immédiatement qu'une ou plusieurs

324 *Raz de marée*

personnes avaient pénétré dans le hangar et attendaient à l'intérieur pour l'accueillir.

— Comment vous appelez-vous ? demanda-t-il au
chauffeur.

— Sam Greenberg.

— Sam, avez-vous un téléphone portable ?

— Oui, monsieur.

— Contactez l'amiral Sandecker et dites-lui que
j'ai des visiteurs intempestifs et qu'il veuille bien
envoyer une équipe de sécurité le plus vite possible.

Greenberg était jeune, pas plus de 20 ans. Il était
étudiant en océanographie à l'université locale et
gagnait son argent de poche en suivant un programme d'éducation de la marine auprès de la
NUMA, créé par l'amiral Sandecker.

— Ne vaudrait-il pas mieux appeler la police ?

« Le gamin est malin, pensa Pitt, il a tout de suite
saisi la situation. »

— Ceci ne concerne pas la police locale. Passez ce
coup de fil dès que vous serez assez loin du hangar.
L'amiral saura quoi faire.

— Y allez-vous tout seul ? demanda l'étudiant en
voyant Pitt sortir de la voiture et prendre son sac de
voyage dans la malle arrière.

Pitt sourit au jeune homme.

— Un hôte bien élevé divertit toujours ses invités.

Il attendit de voir les feux de la voiture de la
NUMA disparaître dans la poussière de la route. Puis
il ouvrit la fermeture Éclair du sac et sortit son vieux
Colt .45 avant de se rappeler qu'il n'avait plus de cartouches depuis que Julia Lee avait vidé le dernier
chargeur dans l'ULM du lac Orion.

— Vide ! murmura-t-il entre ses dents.

Debout dans la nuit, il se demanda s'il n'avait pas
le cerveau dérangé de façon permanente. Il ne lui
restait qu'à jouer les idiots et entrer dans le hangar
comme s'il n'avait rien vu puis essayer d'atteindre
une de ses voitures de collection où il avait caché un
fusil de chasse dans un petit coffre de noyer destiné,
à l'origine, à ranger un parapluie.

Il sortit de sa poche un émetteur et siffla les premières notes de « Yankee Doodle [1] ». C'était le signal qui fermait électroniquement les systèmes de sécurité et ouvrait une petite porte latérale apparemment en mauvais état et qui semblait close depuis 1945. Une lumière verte sur l'émetteur clignota trois fois. Elle aurait dû clignoter quatre fois, comme il le remarqua. Quelqu'un de très doué pour neutraliser les systèmes de sécurité avait percé son code. Il ferma les yeux, resta quelques secondes immobile et prit une profonde inspiration. Dès que la porte s'ouvrit, il se laissa tomber à quatre pattes, se dirigea vers le chambranle et alluma les lumières intérieures. Dans le hangar, les murs, le sol et le toit incurvé étaient peints en blanc brillant qui accentuait l'arc-en-ciel de couleurs vives des trente voitures impeccables disposées dans tout l'espace disponible. L'effet était éblouissant et c'est là-dessus que Pitt comptait pour aveugler celui ou ceux qui l'attendaient dans l'obscurité pour lui tendre un piège. Il se rappela que la voiture à la caisse orange et aux pare-chocs bruns, une conduite intérieure décapotable Duesenberg de 1929, contenant le fusil, était la troisième à partir de la porte.

Les intrus n'étaient pas venus faire une visite de politesse. Ses soupçons furent rapidement confirmés quand il entendit ce qui ressemblait à une série de bruits secs assourdis et il pressentit plutôt qu'il ne le sentit un torrent de balles voler vers la porte. Les dispositifs antiparasites sur les armes des tueurs changeaient le caractère des coups de feu au point qu'il était difficile de les identifier. Ils utilisaient des silencieux, bien qu'il n'y eût pas une âme alentour.

Tendant à nouveau le bras, il éteignit les lumières et rampa comme un serpent sous la pluie de projectiles, contourna la porte et se glissa sous les deux premières voitures, une Stultz de 1932 et une Cord L-29 de 1931, bénissant les deux véhicules

---

1. Hymne des Sudistes de la guerre de Sécession.

d'être si hauts au-dessus du sol. Il atteignit, indemne,
la Duesenberg, sauta par-dessus la portière et
retomba sur le siège arrière. Presque dans le même
mouvement, il ouvrit le coffret sous le siège avant,
retira le fusil Aserma calibre 12 Bulldog auto-éjec-
teur à onze cartouches. L'arme compacte et mortelle
n'avait pas de crosse mais comportait un dispositif
permettant un tir en rafales.

   L'intérieur du garage était sombre comme un
caveau. Pitt se dit que si ces types étaient des professionnels, ce dont on ne pouvait douter, pas plus que
de leur entraînement, ils utilisaient probablement
des viseurs à infrarouge. Jugeant à l'oreille de la trajectoire des balles qui sifflaient dans la porte, Pitt
devina qu'il y avait deux tueurs sans doute armés de
mitraillettes totalement automatiques. L'un était
quelque part au rez-de-chaussée, l'autre sur le balcon de son appartement, 9 mètres au-dessus d'un
des coins du hangar. Quiconque souhaitait sa mort
s'était assuré que, si l'un des assassins le manquait,
l'autre prendrait le relais.

   Inutile de tenter de sortir. Les tueurs savaient qu'il
était entré et se cachait quelque part sur le sol du
garage. S'ils comprenaient que leur proie était volontairement entrée dans le piège, ils deviendraient plus
dangereux et plus prudents.

   Ne pouvant se réfugier nulle part, Pitt entrouvrit
les deux portières arrière de la Duesenberg, tenta de
percer l'obscurité et attendit que ses assaillants
fassent la prochaine manœuvre.

   Il essaya de ralentir sa respiration pour écouter le
moindre son furtif mais ses oreilles n'entendaient
que les battements de son propre cœur. Il ne ressentait aucune peur, aucun désespoir, seulement un
vague sentiment de crainte. Il n'aurait pas été
humain s'il n'avait éprouvé une certaine peur en
étant la cible de deux tueurs professionnels. Mais il
était chez lui tandis que les assassins agissaient en
terrain étranger. S'ils devaient accomplir leur mission et le tuer, il leur fallait d'abord trouver leur cible

dans le noir, au milieu de trente vieilles automobiles et quelques avions. Quelques avantages qu'ils aient pu avoir avant que Pitt pénètre dans les lieux, ils ne les avaient plus maintenant. Et de plus, ils ignoraient qu'il était armé, et rudement. Pitt n'avait donc qu'à rester assis dans le noir en attendant qu'ils commettent une faute.

Il commença à se demander qui ils étaient et qui les avait envoyés. Le seul ennemi auquel il pensait, qu'il eût pu se mettre à dos au cours des dernières semaines et qui fût encore vivant devait être Qin Shang. Il ne voyait personne d'autre qui pût souhaiter sa mort. Le milliardaire chinois, c'était évident, nourrissait contre lui une forte haine.

Il posa le fusil contre sa poitrine, mit ses mains en coupe autour de ses oreilles et écouta. Le hangar était aussi silencieux qu'une tombe à minuit au milieu d'un cimetière. Ces types étaient forts. Il n'y avait pas le moindre petit bruit de pas — en chaussettes ou nu-pieds — mais le raisonnement était idiot car, en chaussettes ou nu-pieds sur le ciment, ça ne s'entend pas si le marcheur fait attention. Ils prenaient probablement leur temps, eux aussi tendant l'oreille. Il décida de ne pas faire le geste idiot qu'on voit dans les films et qui consiste à lancer quelque chose contre un mur pour attirer une réaction. Des assassins professionnels sont trop malins pour indiquer leur position en tirant au hasard.

Une minute s'écoula, puis deux, puis trois et le temps paraissait immobile. Il leva les yeux et aperçut le rayon rouge d'un laser balayer le pare-brise de la Duesenberg puis continuer. Il supposa que ses ennemis commençaient à se demander s'il avait pu se glisser hors du hangar et échapper au piège. Il n'avait aucun moyen de savoir quand l'amiral Sandecker, soutenu par une équipe de fonctionnaires fédéraux, entrerait en action. Mais il était prêt à attendre toute la nuit si nécessaire, assis là, guettant un son qui trahirait un mouvement.

Un plan commença à prendre forme dans sa tête.

Normalement, il enlevait toujours les batteries de ses voitures de collection à cause du danger d'incendie provoqué par un court-circuit. Mais comme il avait envisagé de conduire la Duesenberg à son retour du lac Orion, il s'était arrangé pour que le chef mécanicien de la NUMA, qu'il autorisait à entrer dans le hangar, charge la batterie et l'installe sur la voiture. Il se dit soudain que, si l'occasion s'en présentait, il pourrait utiliser les phares de la Duesenberg pour illuminer le sol de l'entrepôt.

Gardant prudemment les yeux sur les rayons laser qui balayaient le hangar comme les feux minuscules d'un mirador de prison dans les vieux films, il roula silencieusement par-dessus le dossier et s'allongea sur les sièges avant. Prenant avec lui-même un pari calculé, il dirigea la manette des phares, située sous le déflecteur extérieur du ventilateur à côté du volant, vers le haut jusqu'à ce que les phares eux-mêmes soient dans la direction du balcon extérieur de son appartement. Puis il leva le fusil au-dessus du pare-brise et alluma les phares.

Le rayon brillant éclaira la silhouette vêtue de noir comme un ninja avec une cagoule couvrant la tête et le visage, tapie contre la grille du balcon, serrant une mitraillette. La main de l'assassin se leva instinctivement pour protéger ses yeux de la lueur éblouissante inattendue. Pitt eut à peine le temps de viser avant de tirer deux coups et d'éteindre les phares, replongeant les lieux dans l'obscurité. La double explosion de son tir avait résonné comme un coup de canon dans le hangar aux murs de métal. Un frisson de satisfaction le parcourut lorsqu'il entendit l'écrasement d'un corps contre le sol de béton. Supposant que le second assassin penserait qu'il allait se cacher en se jetant sous la voiture, il s'étendit sur le marche-pied et attendit une pluie de balles.

Mais elle ne vint pas. Le second tueur ne réagit pas car il cherchait Pitt à l'intérieur d'un vieux wagon parqué d'un côté du hangar sur ses rails. Ce wagon avait autrefois fait partie d'un train express d'élite appelé le *Manhattan Limited* qui reliait New York à Québec, au Canada, entre 1912 et 1914. Pitt l'avait acquis après l'avoir trouvé dans une caverne. Le tueur perçut à peine le rapide éclair de lumière par une des fenêtres du wagon avant d'entendre l'explosion du double coup de feu. Le temps qu'il se précipite sur la plate-forme arrière du wagon, le hangar était à nouveau plongé dans l'obscurité. Il n'eut pas le temps d'entendre tomber le corps de son complice ni de savoir où était cachée sa cible. Il s'accroupit derrière une grosse Daimler décapotable et balaya de son rayon laser tout autour et en dessous de la masse des voitures garées. Tandis qu'il regardait dans la jumelle reliée à une lentille unique, attachée sur sa tête par des sangles, ce qui lui donnait l'allure d'un cyclope robot, l'intérieur sombre du hangar lui apparut comme baigné d'une lumière verdâtre faisant ressortir le contour des objets. A dix mètres de lui, il aperçut le corps de son complice ratatiné sur le sol froid et dur et la tache de sang qui s'élargissait autour de sa tête. S'il s'était demandé pourquoi la proie s'était volontairement jetée dans le piège, il ne se posait plus de question maintenant. Il réalisa que Pitt avait une arme. On ne les avait pas prévenus. On leur avait bien dit que Pitt était un homme dangereux et cependant, ils l'avaient sacrément sousestimé.

Pitt devait absolument agir pendant qu'il avait l'avantage et agir aussi vite que possible avant que le tueur restant découvre où il était. Il n'essaya pas de se dissimuler. Seule comptait la vitesse. Il fonça autour de l'avant des voitures vers la porte d'entrée, gardant la tête et les épaules aussi basses que possible et utilisant les roues et les pneus pour protéger son mouvement de la vue du viseur nocturne qui fouillait le sol. Il atteignit la porte, l'ouvrit à la volée et se laissa tomber derrière une voiture tandis que les balles sifflaient dans l'ouverture et se perdaient dans la nuit, à l'extérieur. Puis il rampa le long du mur du hangar jusqu'à ce qu'il puisse se blottir contre la roue d'une berline Mercedes-Benz 540-K de 1939.

Le mouvement était téméraire et imprudent mais il ne lui coûta pas trop cher. Il sentit le sang couler de son avant-bras gauche où la chair avait été déchirée par une balle. Si l'assassin restant avait pu disposer de cinq longues secondes pour deviner les intentions de Pitt, il ne se serait jamais précipité la tête la première vers la porte, certain que sa proie avait essayé de se sauver.

Pitt entendit le bruit léger des semelles de caoutchouc sur le ciment. Puis une silhouette vêtue de noir de la tête aux pieds se dessina dans le chambranle, dans la clarté diffuse de l'ampoule du poteau électrique. « En amour comme à la guerre, tous les coups sont permis », se dit Pitt en appuyant sur la détente. Le tueur reçut la balle dans le dos, juste au-dessus de l'épaule droite.

L'homme agita les bras, sa mitraillette tomba par terre sur le passage devant le hangar. Il resta là un moment, enleva ses lunettes de vision nocturne et se retourna lentement. Il regarda sans y croire le visage de Pitt tandis que le chassé s'approchait du chasseur. Puis il vit le canon du fusil pointé sur sa poitrine. Réalisant soudain sa bévue et la certitude de sa mort prochaine, il parut plus en colère que terrifié. L'expression amère et stupéfaite que Pitt lut dans ses yeux lui fit froid dans le dos. Ce n'était pas le regard d'un homme craignant la mort mais celui, désespéré, d'un soldat ayant failli à sa mission. Il chancela en direction de Pitt en un geste futile de résistance. Les lèvres à peine visibles dans l'ouverture de sa cagoule noire s'étirèrent en une hideuse grimace tachée de sang.

Pitt ne tira pas une seconde balle dans le corps de l'assassin. Il ne le frappa pas non plus d'un coup de crosse. Il s'approcha de lui et lui décocha un coup de pied dans les tibias qui le fit tomber lourdement sur le sol.

Ramassant l'arme du tueur, Pitt ne vit pas immédiatement qu'elle était fabriquée en Chine. Mais il fut impressionné par sa modernité : un corps de plastique avec électro-optique intégrée, un chargeur de 50 cartouches ayant les propriétés balistiques des cartouches de carabine. C'était une arme faite pour le XXIe siècle.

Il rentra dans le hangar et ralluma les lumières. Malgré la rude épreuve qu'il venait de subir, il se sentait étrangement détaché. Il longea l'allée séparant les voitures et arriva sous le balcon de son appartement. Là, il considéra le corps du second agresseur. Le partenaire de l'homme tombé devant la porte était mort comme un rat pris dans un piège à ressort. L'un des coups de feu de Pitt l'avait manqué mais l'autre lui avait fracassé la tête. Ce n'était pas un spectacle auquel repenser en se mettant à table.

Fatigué, il grimpa l'escalier métallique et entra dans son appartement. Inutile d'appeler le 911 [1]. Il attendait les policiers fédéraux qui devaient arriver d'un instant à l'autre. Méthodiquement, il rinça un verre, l'égoutta et en plongea le bord dans un bol de sel. Puis il ajouta de la glace pilée, une tranche de citron vert et y versa deux doses de tequila Don Julio. Assis sur un divan de cuir, il se détendit en savourant sa boisson comme un bédouin assoiffé arrivant enfin dans une oasis.

Cinq minutes et une autre tequila plus tard, l'amiral Sandecker arriva avec une équipe d'agents fédéraux. Pitt descendit les accueillir, son verre à la main.

— Bonsoir, amiral, je suis heureux de vous voir.

Sandecker grogna une phrase de circonstance puis montra du menton le corps sous le balcon.

— Il faudrait vraiment que vous appreniez à faire le ménage !

La voix était caustique mais il ne pouvait dissimuler l'inquiétude de son regard. Pitt sourit et haussa les épaules.

---

1. Numéro de la police américaine.

— Le monde a autant besoin d'assassins qu'il a besoin du cancer.

Sandecker remarqua la tache de sang sur le bras de Pitt.

— Vous avez pris une balle ?

— Rien qu'un morceau de sparadrap ne pourra réparer.

— Racontez-moi toute l'histoire, demanda Sandecker pour qui les préliminaires suffisaient. D'où venaient-ils ?

— Je n'en ai pas la moindre idée. Ils m'attendaient.

— C'est vraiment un miracle qu'ils ne vous aient pas tué.

— Ils n'avaient pas prévu que je serais préparé après avoir remarqué qu'on avait bousillé mon système d'alarme.

Sandecker lança à Pitt un regard prudent.

— Vous auriez pu attendre que j'arrive avec les policiers.

Pitt montra par la porte ouverte la route et le terrain désert devant le hangar.

— Si j'étais parti en courant, ils m'auraient abattu avant que j'aie parcouru 50 mètres. Il valait mieux prendre l'offensive. J'ai senti que ma seule chance était d'agir vite et de les prendre au dépourvu.

Sandecker dévisagea Pitt avec perspicacité. Il savait que son directeur des projets spéciaux ne tentait jamais rien sans une bonne raison. Son regard se posa sur le chambranle criblé de balles.

— J'espère que vous connaissez un bon charpentier.

A cet instant, un homme en civil vêtu d'un anorak par-dessus un gilet pare-balles, un Smith & Wesson modèle 442-38 glissé dans un holster, s'approcha d'eux. Il portait dans une main la cagoule du tueur que Pitt avait abattu près de la porte.

— Il ne va pas être facile de les identifier, dit-il. Ils ont dû être amenés ici pour faire ce coup.

Sandecker fit les présentations.

— Dirk, voici M. Peter Harper, commissaire adjoint aux opérations sur le terrain des services de l'Immigration et de la Naturalisation.

Harper serra la main de Pitt.

— Ravi de vous connaître, monsieur Pitt. On dirait que vous avez reçu un accueil inattendu.

— Une surprise douteuse et imprévisible.

Pitt n'était pas certain que Harper lui fût sympathique. Le vice-commissaire de l'INS lui parut le type d'homme à faire de l'algèbre pendant ses heures de loisir. Bien qu'il portât une arme, Harper paraissait plutôt doux et intellectuel.

— Il y a une camionnette garée non loin du hangar.

— Nous l'avons inspectée, dit Harper. Elle appartient à une société de location. Le nom du contrat est faux.

— Et qui pensez-vous qui soit derrière tout ceci ? demanda Sandecker.

— C'est le nom de Qin Shang qui me vient d'abord à l'esprit, dit Pitt. Il paraît qu'il adore se venger.

— Le choix est évident, admit Sandecker.

— Il ne va pas être content quand il saura que ses tueurs ont raté leur coup, ajouta Harper.

Sandecker eut soudain une expression rusée.

— Je pense qu'il serait bon que Dirk le lui annonce personnellement.

L'intéressé fit non de la tête.

— Je ne crois pas que ce soit une bonne idée. Je ne suis pas persona grata à Hong Kong.

Sandecker et Harper échangèrent un regard.

— Qin Shang vous a évité le voyage, dit enfin Sandecker. Il vient d'arriver à Washington pour faire en sorte qu'on ne trouve aucun rapport entre lui et le lac Orion. A propos, il donne une réception à sa résidence de Chevy Chase pour faire du charme aux membres du Congrès et à leurs états-majors. Si vous vous dépêchez d'aller vous habiller, vous aurez juste le temps d'y participer.

Pitt se sentit piégé.

— J'espère que vous plaisantez !

— Je n'ai jamais été aussi sérieux.

— Je crois que l'amiral a raison, dit Harper. Qin Shang et vous devez vous rencontrer face à face.

— Pourquoi ? Pour qu'il puisse encore mieux me décrire à la prochaine équipe qu'il enverra pour me tuer ?

— Non, dit sévèrement Harper. Pour qu'il sache que malgré ses richesses et sa puissance, il ne peut pas se moquer du gouvernement des États-Unis. Cet homme n'est pas infaillible. Si ça peut lui faire un choc de vous voir, il ne fera sûrement pas savoir que vous êtes vivant avant que vous ne soyez dans la pièce à côté de lui. Le choc le rendra peut-être assez furieux pour qu'il fasse une faute prochainement. Alors ce sera à nous de jouer.

— En bref, vous voulez que je fasse un trou dans son armure ?

— Exactement, dit Harper en hochant la tête.

— Vous réalisez, bien sûr, que ce que vous me proposez va compromettre ma participation ultérieure à l'enquête sur ses activités illégales ?

— Pensez à vous comme à un moyen de le distraire, dit Sandecker. Plus Qin Shang se concentrera sur vous en tant que menace contre ses transactions, plus il sera facile à l'INS et aux autres services de renseignements de l'épingler.

— Distraction, mon œil ! Ce que vous voulez, c'est une chèvre.

Harper haussa les épaules.

— On peut appeler ça comme on veut. Une rose, par exemple.

Pitt fit mine d'être ennuyé par cette proposition qui, en réalité, l'intriguait. Il pensa aux cadavres étendus au fond du lac Orion et la colère monta en lui comme un raz de marée incontrôlable.

— Je ferai ce qu'il faudra pour pincer ce sale meurtrier.

Harper eut un soupir de soulagement mais Sandecker n'avait pas douté un seul instant que Pitt accepterait. L'amiral n'avait jamais vu Pitt refuser un défi, même s'il paraissait impossible à relever. Certains hommes sont indifférents, passifs et il est difficile de savoir ce qu'ils pensent. Mais pas Pitt. Sandecker le comprenait comme personne, mis à part Al Giordino. Pour les femmes, il gardait son mystère, il était un homme qu'elles pouvaient atteindre, toucher, mais jamais retenir. Il savait qu'il y avait deux Dirk Pitt, l'un qui pouvait être tendre, drôle et l'autre aussi froid et impitoyable qu'un orage d'hiver. Toujours compétent au point d'être brillant. Sa perception des événements et des gens était inquiétante, Pitt ne faisait jamais d'erreur consciente. Il avait le don de faire exactement ce qu'il fallait dans les circonstances les plus difficiles et ce don le rendait presque inhumain.

Harper était incapable de comprendre Pitt. Il ne voyait en lui qu'un ingénieur de marine qui avait tué de façon incroyable deux tueurs professionnels venus l'assassiner.

— Alors vous allez le faire ?

— Je vais aller voir Qin Shang mais j'aimerais bien qu'on m'explique comment je vais pouvoir entrer sans invitation.

— Tout cela a déjà été arrangé, expliqua Harper. Un bon agent a toujours des contacts avec la société qui imprime les invitations.

— Vous étiez sacrément sûrs de réussir !

— Non, j'avoue que je ne l'étais pas. Mais l'amiral m'a assuré que vous ne refuseriez jamais une occasion de boire et de manger gratuitement.

Pitt lança à Sandecker un regard irrité.

— L'amiral a toujours su élever les représailles au rang des beaux arts !

— J'ai même pris la liberté de vous faire donner une escorte, poursuivit Harper. Une dame très jolie qui vous aidera en cas de pépin.

— Une baby-sitter, marmonna Pitt en levant les yeux au ciel. Pouvez-vous au moins me rassurer en me disant si elle a déjà participé à un vrai combat ?

— On m'a dit qu'elle avait abattu deux avions et qu'elle vous avait sauvé la mise sur la rivière Orion.

— Julia Lee ?

— Elle-même.

Pitt eut un large sourire.

— On dirait que la soirée ne sera pas aussi désastreuse que ça, après tout !

25

Pitt frappa à la porte à l'adresse que lui avait donnée Peter Harper. Ce fut Julia elle-même qui vint ouvrir. Elle était radieuse dans une robe blanche en cachemire et soie qui lui arrivait juste sous les genoux et découvrait ses épaules avec un décolleté profond dans le dos et un mince ruban autour du cou. Ses cheveux noirs étaient retenus en une haute queue de cheval sur le dessus de sa tête. Pour tout bijou, elle portait une mince chaîne d'or autour de la taille et un bandeau d'or au cou. Elle avait les jambes nues dans des sandales dorées.

Elle ouvrit de grands yeux en le voyant.

— Dirk ! Dirk Pitt ! murmura-t-elle.

— J'espère bien, répondit-il avec un sourire ravageur.

Après la surprise de voir Pitt en chair et en os devant elle, superbe dans un smoking avec gilet et chaîne de montre en or, elle retrouva ses esprits et se jeta contre lui en mettant ses bras autour de son cou. Il en fut si surpris qu'il eut du mal à s'empêcher de tomber en arrière sur les marches. Impétueusement, elle l'embrassa sur les lèvres. Ce fut au tour de Pitt d'écarquiller les yeux. Il ne s'était pas attendu à une réception aussi spontanée.

— Je croyais avoir dit que ce serait moi qui vous embrasserais sur la bouche lors de notre prochaine rencontre !

A contrecœur, il prit Julia par les épaules et la repoussa gentiment.

— Accueillez-vous toujours ainsi les hommes inconnus avec qui vous avez rendez-vous ?

Soudain, elle baissa timidement ses yeux gris tourterelle.

— Je ne sais pas ce qui m'a pris. Ça m'a fait un choc de vous voir. On ne m'avait pas dit que ce serait vous qui m'accompagneriez chez Qin Shang. Peter Harper m'a juste dit qu'un homme grand, brun et très élégant me servirait de garde du corps.

— Le sale petit serpent m'a laissé entendre que *vous* me serviriez de garde du corps. Il aurait dû être producteur de théâtre. Je parie qu'il se frotte déjà les mains en imaginant la tête de Qin Shang quand il verra les deux personnes qui ont fait capoter son opération du lac Orion se mêler sans invitation à ses invités.

— J'espère que vous n'êtes pas déçu de devoir m'escorter. Sans tout ce maquillage, je suis encore affreuse.

Il lui leva gentiment le menton pour pouvoir regarder au fond de ses yeux brumeux. Il aurait pu dire quelque chose de spirituel mais jugea que ce n'était pas le moment.

— Je suis aussi déçu qu'un homme qui vient de découvrir une mine d'or.

— J'ignorais que vous pouviez dire des choses gentilles à une femme.

— Vous n'imaginez pas les hordes de femmes que ma parole d'argent a pu séduire !

— Menteur ! dit-elle doucement avec un sourire.

— Assez de paroles affectueuses, dit-il en la relâchant. Nous ferions mieux de filer avant qu'il n'y ait plus rien à manger.

Quand Julia eut pris son sac et son manteau, Pitt la conduisit jusqu'à la voiture imposante et majestueuse garée devant la belle maison qu'elle habitait avec une vieille religieuse de collège. Elle regarda avec surprise la grosse automobile, ses enjoliveurs chromés et ses pneus aux flancs blancs.

— Seigneur! s'écria-t-elle, quelle sorte de voiture est-ce là?

— Une Duesenberg de 1929. Puisque nous devons nous introduire dans une réception où seront réunis les hommes les plus riches du monde, j'ai pensé qu'il serait approprié de le faire avec style.

— Je ne suis jamais montée dans une voiture aussi luxueuse, dit Julia pleine d'admiration en se glissant sur le siège de cuir souple.

Elle s'émerveilla devant le capot qui paraissait aussi long que le pâté de maisons. Pitt ferma la portière et vint s'asseoir au volant.

— Et je n'ai jamais entendu parler d'une Duesenberg.

— Les Duesenberg modèle J étaient autrefois ce que les fabricants de voitures américains faisaient de mieux, expliqua Pitt. Elles ont été construites de 1928 à 1936 et de nombreux connaisseurs les considèrent encore comme les plus belles voitures jamais fabriquées. On n'a sorti que 480 châssis et moteurs qu'on a envoyés aux meilleurs carrossiers du pays qui en ont fait des merveilles. Celle-ci a été carrossée par Watts M. Murphy, à Pasadena, en Californie. Il en a fait une berline décapotable. Elles n'étaient pas bon marché. Elles valaient 20 000 dollars à l'époque où la Ford modèle A se vendait 400 dollars. Mais elles appartenaient à des gens riches et célèbres en ce temps-là, surtout des acteurs de Hollywood qui achetaient une Duesenberg pour l'esbroufe et le prestige. Quand on conduisait une Duesy, c'est qu'on avait réussi.

— Elle est magnifique, dit Julia en admirant ses lignes fluides. Elle doit être rapide.

— Ce moteur est une version améliorée des moteurs de course Duesenberg. C'est un 8 cylindres en ligne de 7 850 cm³ qui développe 265 CV alors que la plupart des moteurs de l'époque en faisaient moins de 70. Bien que ce moteur ne possède pas la suralimentation des modèles plus récents, j'y ai apporté quelques modifications quand je l'ai restaurée. Dans de bonnes conditions, elle peut atteindre 225 kilomètres à l'heure.

— Je vous crois sur parole, inutile de faire une démonstration.

— Dommage que nous ne puissions pas baisser la capote mais il fait frais et je l'ai baissée pour protéger la coiffure de madame.

— Les femmes adorent les hommes prévenants.

— J'espère toujours plaire aux dames.

Elle regarda le tableau de bord plat et remarqua un petit trou qui étoilait le coin de la vitre.

— Un coup de feu ?

— Un souvenir laissé par deux des larbins de Qin Shang.

— Il a envoyé des hommes vous tuer ? s'étonna Julia en regardant le trou, fascinée. Où est-ce arrivé ?

— Ils sont venus dans le hangar d'aviation où j'habite cet après-midi, répondit Pitt d'une voix tranquille.

— Qu'est-il arrivé ?

— Eh bien, ils ne se sont pas montrés très sociables, alors, je les ai virés.

Pitt démarra et le puissant moteur se mit à ronronner doucement avant que les huit cylindres prennent vie et envoient un mugissement harmonieux dans le gros pot d'échappement. Les vitesses vrombirent quand Pitt passa de la première à la troisième. La longue voiture de sport qui n'avait jamais été égalée roula dans les rues de Washington, royale et majestueuse.

Julia comprit qu'il était inutile d'essayer d'obtenir plus de précisions. Elle se détendit sur le large siège de cuir et apprécia la promenade et le regard envieux des autres conducteurs et des passants.

Peu après avoir remonté Wisconsin Avenue en sortant du District de Columbia, Pitt s'engagea dans une rue résidentielle sinueuse que le printemps revêtait de petites feuilles vert pâle. Il atteignit la grille

donnant sur l'allée menant à la résidence de Chevy
Chase de Qin Shang. Les grilles de fer étaient déco-
rées de monstrueux dragons chinois entrelaçant les
barreaux. Deux gardes chinois vêtus d'uniformes
recherchés regardèrent bizarrement l'énorme voiture un long moment avant de s'approcher pour
demander à voir les invitations. Pitt les leur passa
par la vitre ouverte et attendit que les gardes
pointent leurs noms sur la liste des invités. Satisfaits
de les avoir trouvés, ils saluèrent et composèrent le
code de la télécommande ouvrant les grilles. Pitt leur
fit un rapide salut et conduisit la Duesenberg le long
de l'allée. Il s'arrêta sous le portique à l'entrée de la
maison éclairée comme un stade de football.

— Rappelez-moi de féliciter Harper, dit-il. Non
seulement il nous a procuré des invitations mais il
s'est débrouillé pour faire inscrire nos noms sur la
liste des invités.

Julia avait l'air d'une jeune fille approchant le Taj
Mahal.

— Je n'ai jamais assisté à une réception de la
haute société de Washington. J'espère que je ne vous
causerai pas d'embarras.

— Certainement pas, la rassura Pitt. Dites-vous
qu'il ne s'agit que d'un théâtre strictement social.
L'élite de Washington organise ce genre de réceptions snobs parce qu'elle a quelque chose à vendre.
Tout cela se résume à des gens qui tournent en rond,
se rincent le gosier, prennent l'air important et
échangent des cancans mêlés de renseignements
explicites. Pour la plupart, ce sont des gens de la ville
qui commentent les événements stupides de leurs
petits mondes politiques insignifiants.

— On dirait que vous y avez déjà assisté.

— Comme je vous l'ai dit sur le quai de Grapevine
Bay, mon père est sénateur. Au cours de ma jeunesse
de bon vivant, je m'y mêlais souvent pour essayer de
séduire quelques belles représentantes du Congrès.

— Et vous réussissiez ?

— Presque jamais.

Une rangée de limousines déversait les nombreux invités de Qin Shang dont beaucoup se tournèrent pour admirer la Duesenberg. Des valets chargés de garer les voitures apparurent comme si on les avait appelés. Ils n'étaient pas impressionnés par les luxueuses voitures, étrangères pour la plupart, mais celle-ci les frappa d'admiration. Presque avec révérence, ils ouvrirent les portières.

Pitt aperçut un homme debout un peu à l'écart qui semblait s'intéresser de près aux nouveaux arrivants et à leurs moyens de transport. Soudain, il fit demi-tour et entra dans la maison. A n'en pas douter, se dit Pitt, pour prévenir son patron de l'arrivée d'invités ne correspondant pas à la norme.

Tandis qu'ils montaient, bras dessus bras dessous, l'élégante colonnade de l'entrée, Julia murmura à l'oreille de Pitt :

— J'espère que je ne vais pas me dégonfler quand je rencontrerai ce salaud meurtrier et que je lui cracherai à la figure.

— Dites-lui seulement à quel point vous avez apprécié la croisière sur son bateau et combien vous êtes impatiente d'en faire une autre.

— Ça, je n'y manquerai pas ! dit-elle, les yeux pleins de feu.

— Et n'oubliez pas, ajouta-t-il, qu'en tant qu'agent important de l'INS, vous êtes ici en mission.

— Et vous ?

— Moi, je n'y suis que pour le plaisir, répondit Pitt en riant.

— Comment pouvez-vous être si détaché ? Qui sait si nous aurons la chance de repartir d'ici avec nos têtes ?

— Nous ne risquerons rien tant que nous serons dans la foule. Les problèmes commenceront quand nous serons sortis.

— Ne vous inquiétez pas, le rassura Julia. Peter a fait le nécessaire pour qu'un groupe de gardes se tienne devant la maison en cas de problème.

— Si Qin Shang devient méchant, devrons-nous envoyer des fusées de détresse ?

— Nous serons en contact permanent. J'ai une radio dans mon sac.

Pitt regarda le petit sac d'un air sceptique.

— Et aussi un pistolet ?

— Non, pas de pistolet, dit-elle avec un sourire espiègle. Vous oubliez que je vous ai vu en action. Je compte sur vous pour me protéger.

— Doux Jésus ! Alors vous êtes en danger !

Ils traversèrent le vestibule et entrèrent dans un vaste hall rempli d'objets d'art chinois. Au centre était un brûle-parfum en bronze de 2,60 mètres de haut, incrusté d'or. La partie supérieure formait des flammes s'élevant vers le ciel au milieu desquelles des femmes, les bras levés, présentaient des offrandes. Des bâtons d'encens enveloppaient les flammes de nuages dansants qui parfumaient toute la maison.

Pitt s'approcha du chef-d'œuvre de bronze et l'étudia de près, examinant les motifs d'or qui décoraient la base.

— C'est beau, n'est-ce pas ? dit Julia.

— Oui, répondit Pitt, le travail est unique.

— Mon père en possède une version plus petite qui n'est pas aussi ancienne.

— Le parfum est un peu entêtant.

— Pas pour moi. J'ai grandi environnée de culture chinoise.

Pitt prit le bras de Julia et la conduisit dans une pièce immense où se pressait tout ce que Washington compte de riches et puissants. La scène lui rappela un banquet romain dans un film de Cecil B. DeMille : des femmes minces habillées par de grands couturiers, des représentants du Congrès et de l'aristocratie, des hommes de loi de la ville, des membres de groupes de pression et de puissants agents de change essayant tous de paraître distingués et raffinés dans leurs costumes de soirée. Il y avait un tel océan de tissus, entre les invités et les meubles, que la pièce était étrangement silencieuse malgré les centaines de voix parlant toutes à la fois.

Si le mobilier avait coûté moins de 20 millions de dollars, c'était que Qin Shang avait dû l'acheter dans les magasins discount du New Jersey. Les murs et les plafonds étaient couverts de sculptures compliquées avec des panneaux de séquoia, dont étaient aussi faits les meubles. Le tapis à lui seul avait dû prendre la vie de vingt jeunes filles rien que pour le tisser. Il ressemblait à un océan bleu et or au coucher du soleil et la texture profonde de ses poils donnait l'impression qu'il fallait nager pour le traverser. Les rideaux auraient fait honte à ceux de Buckingham Palace. Julia n'avait jamais vu tant de soie dans une seule pièce. Les tapisseries opulentes des chaises et des sofas auraient été plus à leur place dans un musée.

Il y avait au moins vingt serveurs alignés derrière le buffet dont les montagnes de langoustes, crabes et autres fruits de mer avaient dû dévaliser toutes les prises des pêcheurs du coin. On ne servait que le meilleur champagne français, les vins les plus prestigieux dont aucun ne datait d'après 1950. Dans un coin de la pièce surchargée, un orchestre à cordes jouait les thèmes les plus connus du cinéma. Bien que Julia vienne d'une riche famille de San Francisco, elle n'avait jamais rien vu de semblable. Elle était éblouie et son regard se portait partout. Finalement, elle se reprit assez pour dire :

— Je vois ce que voulait dire Peter quand il a affirmé que les invitations de Qin Shang étaient les plus désirées à Washington après celles de la Maison Blanche.

— Franchement, je préfère l'ambiance des réceptions de l'ambassade de France. Elles sont plus élégantes, plus raffinées.

— Je me sens tellement... tellement quelconque au milieu de toutes ces femmes si bien habillées !

Pitt regarda Julia avec affection et lui prit la taille.

— Cessez de vous diminuer. Vous avez une élégance naturelle. Il faudrait être aveugle pour ne pas remarquer que tous les hommes présents vous dévorent des yeux.

Julia rougit sous la flatterie, gênée de constater qu'il avait raison. Les hommes la contemplaient ouvertement et, du reste, certaines femmes aussi. Elle aperçut une dizaine d'exquises Chinoises vêtues de robes de soie traditionnelles se mêlant aux invités mâles.

— Il semble que je ne sois pas la seule ici à avoir des ancêtres chinois.

Pitt jeta un coup d'œil aux femmes dont parlait Julia.

— Des filles de joie!

— Je vous demande pardon?

— Des putains.

— Que voulez-vous dire?

— Qin Shang les paie pour s'occuper des hommes qui viennent sans leurs épouses. On peut considérer ça comme une forme subtile de patronage politique. Quand il ne peut pas acheter leur influence, il passe par la porte de derrière en leur offrant des cadeaux sexuels.

Julia semblait stupéfaite.

— J'ai encore beaucoup à apprendre sur les groupes d'influence du gouvernement!

— Elles sont exotiques, vous ne trouvez pas? Je suis heureux d'être accompagné par quelqu'un qui les surpasse tellement. Autrement, je ne sais pas si j'aurais pu résister à la tentation.

— Vous n'avez rien qui puisse intéresser Qin Shang, dit insolemment Julia. Peut-être serait-il temps de le trouver et de lui faire connaître notre présence.

Pitt la regarda en faisant mine d'être choqué.

— Comment? Et manquer tout ce qu'on nous offre gratuitement à boire et à manger? Rien à faire! Les priorités d'abord. Allons au bar boire du champagne et nous gaver au buffet. Après, nous apprécierons un bon cognac avant de nous faire connaître du plus grand brigand de l'Orient.

— Je crois que vous êtes l'homme le plus fou, le plus complexe et le plus intrépide que j'aie jamais connu, dit Julia.

— Vous avez oublié le charme et la douceur.

— Je ne peux pas imaginer qu'une femme vous supporte plus de vingt-quatre heures.

— Me connaître, c'est m'aimer.

Les petites rides autour de ses yeux se plissèrent et il désigna le bar de la tête.

— Tout ce bavardage me donne soif.

Ils se faufilèrent parmi la foule et burent tranquillement le champagne offert. Puis ils s'approchèrent du buffet et remplirent leurs assiettes. Pitt fut très surpris de trouver un grand plat d'un crustacé presque disparu, l'oreille de mer. Il trouva une table libre près de la cheminée et s'y installa. Julia ne pouvait s'empêcher de détailler la foule de l'immense pièce.

— Je vois plusieurs Chinois mais je ne saurais dire lequel est Qin Shang. Peter ne me l'a pas décrit.

— Pour un agent de renseignements, dit Pitt entre deux bouchées de homard, votre puissance d'observation laisse à désirer.

— Vous connaissez son apparence ?

— Je ne l'ai jamais vu mais si vous jetez un coup d'œil par la porte ouverte sur le mur ouest, gardée par un géant habillé comme un ancien empereur, vous verrez la salle d'audience privée de Qin Shang. A mon avis, c'est là qu'il est et qu'il tient sa cour.

Julia commença à se lever.

— Alors finissons-en.

Pitt la retint.

— Pas si vite. Je n'ai pas encore bu mon cognac.

— Vous êtes impossible !

— Les femmes ne cessent de me le dire.

Un serveur prit leurs assiettes et Pitt laissa Julia un moment pour aller au bar d'où il revint quelques minutes plus tard avec deux verres de cristal contenant un cognac cinquantenaire. Lentement, très lentement, comme s'il n'avait d'autre souci au monde, il savoura d'abord l'odeur délicate du breuvage. Tandis qu'il portait le verre à ses lèvres, il vit dans le reflet du cristal un homme s'approcher de lui.

— Bonsoir, dit l'homme d'une voix douce. J'espère que vous passez une bonne soirée. Je suis votre hôte.

Julia se glaça en regardant le visage souriant de Qin Shang. Il n'était pas du tout comme elle l'avait imaginé. Ni grand, ni gros. Son visage ne semblait pas celui d'un meurtrier cruel et de sang-froid doté d'un immense pouvoir. Elle ne sentit aucune autorité derrière le ton amical et pourtant il y avait une certaine froideur sous-jacente. Il était très élégant dans un smoking blanc magnifiquement coupé, brodé de tigres dorés.

— Oui, merci, dit Julia, à peine capable de rester polie. C'est une très belle réception.

Pitt se leva lentement, faisant visiblement de son mieux pour ne pas paraître condescendant.

— Puis-je vous présenter Mlle Julia Lee?

— Et vous, monsieur? demanda Qin Shang.

— Je m'appelle Dirk Pitt.

Et ce fut tout. Pas de fusées, pas de roulements de tambour. Ce type avait du panache, Pitt devait lui reconnaître ça. Il continua à sourire. S'il avait été surpris de voir que Pitt était bien vivant, Qin Shang ne le montra pas. La seule réaction fut un petit mouvement des yeux. Pendant de longues secondes, les yeux vert jade et les yeux vert opale restèrent accrochés, aucun des deux hommes ne voulant céder le premier. Pitt savait que c'était stupide et n'y voyait rien d'autre que sa propre satisfaction. Peu à peu, son regard remonta aux sourcils de Qin Shang, puis au front, s'y arrêta un instant avant de se poser sur ses cheveux. Alors il écarquilla les yeux comme s'il y avait trouvé quelque chose et ses lèvres se tendirent en un léger sourire.

La ruse fonctionna. La concentration de Shang était brisée. Il leva involontairement les yeux.

— Puis-je vous demander ce que vous trouvez de si amusant, monsieur Pitt?

— Je me demandais juste qui était votre coiffeur, répondit Pitt d'un ton innocent.

— C'est une dame chinoise qui me coiffe une fois

par jour. Je vous donnerais bien son nom mais c'est une de mes employées personnelles.

— Je vous envie. Mon coiffeur est un Hongrois atteint de la danse de Saint-Guy.

Il sentit le regard glacé de son hôte.

— La photo de vous qui est dans mon dossier ne vous rend pas justice.

— J'admire les hommes qui font leurs devoirs.

— Puis-je vous parler un moment en privé, monsieur Pitt ?

— Seulement si Mlle Lee assiste à l'entretien.

— Je crains que notre conversation ne présente pas d'intérêt pour cette charmante personne.

Pitt réalisa que Qin Shang ignorait qui était Julia.

— Au contraire. Je vous prie d'excuser ma grossièreté en oubliant de préciser que Mlle Lee était un agent des services de l'Immigration et de la Naturalisation. Elle a aussi été passagère sur l'un de vos navires à bestiaux et a eu la malchance de profiter de votre hospitalité au lac Orion. Vous connaissez le lac Orion, je suppose ? C'est dans l'État de Washington.

Pendant un instant, il y eut comme un éclair rouge dans les yeux vert jade mais il disparut rapidement. Qin Shang demeura aussi impénétrable qu'un bloc de marbre. Lorsqu'il parla, ce fut d'une voix calme et sereine.

— Voulez-vous avoir tous deux l'amabilité de me suivre ?

Il fit demi-tour et s'éloigna, sachant pertinemment que Pitt et Julia le suivraient.

— Je crois que le moment est arrivé, dit Pitt en aidant Julia à se lever.

— Vous êtes un petit malin, murmura-t-elle. Vous saviez depuis le début qu'il viendrait nous trouver.

— Shang n'est pas arrivé où il est sans une bonne dose de curiosité.

Ils suivirent docilement leur hôte à travers la foule de ses invités jusqu'à la porte où se trouvait le géant déguisé. Ils entrèrent dans une pièce bien différente de celle, lourdement meublée, qu'ils venaient de quitter. Celle-ci était modeste et austère, avec des murs simplement peints en bleu clair. Pour tout mobilier, il n'y avait qu'un divan, deux chaises et un bureau dont la surface était vide à l'exception d'un téléphone. Il leur fit signe de s'asseoir sur le divan et prit place devant son bureau. Pitt s'amusa de constater que le bureau et la chaise étaient légèrement surélevés pour que Qin Shang puisse regarder ses visiteurs de haut.

— Pardonnez-moi de le mentionner, dit Pitt, très décontracté, mais ce brûle-parfum de bronze, dans l'entrée principale, je crois qu'il est de la dynastie Liao ?

— Mais oui, c'est tout à fait exact.

— Je suppose que vous savez que c'est un faux ?

— Vous êtes très observateur, monsieur Pitt, dit Shang sans s'offenser. Ce n'est pas vraiment un faux, c'est une copie. L'original a disparu en 1948 pendant la guerre, quand l'Armée du Peuple de Mao Tsé-Tung a enfoncé les forces de Tchang-Kaï-Chek.

— Le brûle-parfum est-il toujours en Chine ?

— Non. Il était sur un bateau, avec de très nombreux autres trésors anciens volés par Tchang à mon pays. Ils ont disparu en mer.

— Et l'endroit où a coulé le navire est un mystère ?

— Un mystère que j'essaye de découvrir depuis de nombreuses années. Trouver le navire et sa cargaison est le désir le plus passionné de ma vie.

— J'ai l'habitude des épaves et je sais par expérience qu'une épave ne se retrouve jamais avant qu'elle ne décide d'être découverte.

— C'est très poétique, dit Qin Shang en prenant le temps de regarder sa montre. Je dois retourner m'occuper de mes invités aussi serai-je bref avant que mes gardes vous reconduisent à la porte. Voulez-vous m'expliquer la raison de votre présence indésirable ?

— Je pensais que c'était transparent, répondit Pitt sur le ton de la conversation. Mlle Lee et moi voulions rencontrer l'homme que nous pendrons bientôt.

— Vous êtes très concis, monsieur Pitt. J'apprécie cela chez un adversaire. Mais c'est vous qui perdrez la vie dans cette guerre.

— De quelle guerre s'agit-il ?

— La guerre économique entre la République populaire de Chine et les États-Unis. Une guerre qui donnera un pouvoir extraordinaire et une richesse incroyable au gagnant.

— Je n'ai aucune ambition sur ce terrain-là.

— Oui, mais moi si. C'est la différence entre nous deux et entre nos compatriotes. Comme la plupart de la populace d'Amérique, vous manquez de détermination et de ferveur.

Pitt haussa les épaules.

— Si l'avidité est votre dieu, alors vous n'avez pas beaucoup de vraies valeurs.

— Vous me prenez pour un homme cupide ? demanda Shang d'un ton amusé.

— Je n'ai pas vu grand-chose de votre style de vie qui me persuade du contraire.

— Tous les grands hommes de l'Histoire ont été conduits par l'ambition. Ça va main dans la main avec le pouvoir. Contrairement à ce que pensent les gens, le monde n'est pas partagé entre le bien et le mal mais entre ceux qui agissent et ceux qui ne font rien, les visionnaires et les aveugles, les réalistes et les rêveurs. Il ne tourne pas avec de bonnes actions et de bons sentiments, monsieur Pitt, mais avec des réalisations.

— Qu'espérez-vous gagner à la fin, à part une magnifique pierre tombale ?

— Vous ne m'avez pas compris. Mon but est d'aider la Chine à devenir la plus grande nation que le monde ait jamais connue.

— Pendant que vous-même deviendrez encore plus riche que vous l'êtes déjà ? Où tout cela se terminera-t-il, monsieur Shang ?

— Il n'y a pas de fin, monsieur Pitt.

— Préparez-vous à une belle bagarre si vous pensez que la Chine peut surpasser les États-Unis.

— Mais les dés sont déjà jetés, dit Qin Shang. Votre pays se meurt de mort lente en tant que puissance mondiale tandis que mon pays ne cesse de s'élever. Nous avons déjà dépassé les États-Unis pour devenir la plus grande puissance économique du monde. Nous avons déjà dépassé votre commerce extérieur avec le Japon. Votre gouvernement est impuissant malgré son arsenal nucléaire. Bientôt, il deviendra impensable que vos leaders interviennent quand nous assumerons le contrôle de Taïwan et des autres nations asiatiques.

— Et en quoi cela est-il important ? demanda Pitt. Il vous faudra plus de cent ans pour rattraper notre niveau de vie.

— Le temps est de notre côté. Non seulement nous userons l'Amérique de l'extérieur mais, avec l'aide de vos propres compatriotes, nous finirons par la ruiner de l'intérieur. Et pour ne parler que de cela, les divisions et les guerres raciales internes scelleront votre destin de grande nation.

Pitt commençait à voir où Qin Shang voulait en venir.

— Aidé et soutenu par votre doctrine de l'immigration clandestine, n'est-ce pas ?

Qin Shang regarda Julia.

— Votre INS estime que près d'un million de Chinois entrent légalement et illégalement en Amérique et au Canada chaque année. En réalité, le chiffre est plus proche de deux millions. Pendant que vous concentrez vos forces à contenir vos voisins du Sud, un raz de marée de mes compatriotes est venu par la mer et a pénétré vos côtes. Un jour, plus tôt que vous ne le pensez, vos États côtiers et les provinces canadiennes ne seront que des provinces chinoises.

Pour Pitt, ce projet était inconcevable.

— Je vous accorde 20/20 pour l'imagination mais 5 à peine pour le sens pratique.

— Ce n'est pas aussi ridicule que vous le pensez, dit patiemment Qin Shang. Regardez comme les frontières d'Europe ont changé au cours des cent dernières années. Au cours des siècles, les migrations ont ébranlé les vieux empires et en ont construit de nouveaux, qui se sont effondrés à leur tour sous les vagues de nouvelles migrations.

— C'est une théorie intéressante, dit Pitt, mais une théorie seulement. Pour que votre scénario devienne une réalité, il faudrait que le peuple américain se couche et fasse le mort.

— Vos compatriotes dorment depuis les années 1990, répliqua Shang d'une voix profonde et menaçante. Quand ils se réveilleront enfin, ce sera dix ans trop tard.

— Vous peignez une bien sombre image de l'humanité, intervint Julia, visiblement choquée.

Pitt demeura silencieux. Il n'avait rien à répondre et n'était pas Nostradamus. Sa raison lui disait que les prophéties de Qin Shang pourraient bien se réaliser. Mais son cœur refusait de perdre l'espoir. Il se leva et fit signe à Julia.

— Je crois que nous avons assez entendu les sornettes de M. Shang. Il est évident qu'il aime s'écouter parler. Quittons cette monstruosité architecturale et son décor bidon et allons respirer un peu d'air frais.

Qin Shang se leva vivement.

— Vous osez vous moquer de moi ? gronda-t-il.

Pitt s'approcha du bureau et se pencha jusqu'à ce que son visage soit à quelques centimètres de celui de Qin Shang.

— Me moquer de vous, monsieur Shang ? C'est un euphémisme. Je préférerais n'avoir que de la bouse de vache pour Noël que d'écouter plus longtemps votre philosophie attardée sur le monde à venir. Allez, sortons d'ici, ajouta-t-il en prenant la main de Julia.

Celle-ci ne fit aucun effort pour bouger. Elle paraissait hébétée. Pitt dut la tirer derrière lui. A la porte, il se retourna :

— Merci, monsieur Shang, pour cette soirée très provocante. J'ai beaucoup apprécié votre cham-

pagne et vos fruits de mer, surtout les oreilles de
mer.

Le visage du Chinois était tendu et froid, tordu en
un masque de méchanceté.

— Aucun homme ne peut parler à Qin Shang de
cette façon !

— Désolé pour vous, Shang. Apparemment, vous
êtes fabuleusement riche et puissant mais, sous la
surface, vous n'êtes qu'un self-made man qui adore
son inventeur.

Qin Shang lutta pour reprendre le contrôle de ses
émotions. Quand il parla, sa voix parut venir à travers un brouillard arctique.

— Vous avez commis une erreur fatale, monsieur
Pitt.

Pitt eut un sourire amusé.

— J'allais dire la même chose des deux crétins que
vous avez envoyés cet après-midi pour me tuer.

— Un autre jour, ailleurs, vous n'aurez peut-être
pas la même chance !

— Pour que nous restions sur un plan d'égalité,
dit Pitt froidement, je vous informe que j'ai engagé
une équipe de tueurs professionnels pour en finir
avec vous, monsieur Shang. Avec un peu de chance,
nous ne nous rencontrerons plus jamais.

Avant que Qin Shang ait pu répondre, Pitt et Julia
traversaient la foule des invités et se dirigeaient vers
la sortie. Julia ouvrit discrètement son sac, l'approcha de son visage comme si elle y cherchait son pou-
drier et parla dans sa petite radio.

— Ici Dragon Lady. Nous rentrons.

— Dragon Lady ? dit Pitt. Est-ce ce que vous avez
trouvé de mieux comme code ?

Les yeux gris tourterelle se posèrent sur lui comme
s'il était un peu demeuré.

— Ça me va très bien, dit-elle simplement.

Si les tueurs de Qin Shang avaient envisagé de
suivre la Duesenberg et de tuer ses occupants au premier feu rouge, ils furent rapidement obligés de
changer d'avis lorsque deux camionnettes non

immatriculées intégrèrent le convoi derrière la grosse voiture.

— J'espère qu'ils sont de notre côté, dit Pitt.

— Peter Harper est très consciencieux. L'INS fait protéger les siens par des spécialistes n'appartenant pas au service. Les gens de ces camionnettes appartiennent à un service de sécurité peu connu qui procure des équipes de gardes du corps chaque fois que des branches gouvernementales le leur demandent.

— C'est bien dommage !

Elle le regarda avec surprise.

— Qu'avez-vous dit ?

— Avec tous ces chaperons armés qui surveillent tous nos mouvements, il m'est difficile de vous emmener chez moi boire un dernier verre.

— Êtes-vous sûr de ne penser qu'à un dernier verre ? demanda-t-elle d'un ton provocant.

Une main de Pitt lâcha le volant et lui tapota le genou.

— Les femmes ont toujours été une énigme pour moi. J'avais espéré que vous oublieriez un instant que vous êtes un agent du gouvernement et que vous jetteriez votre bonnet par-dessus les moulins.

Elle se rapprocha de lui jusqu'à le toucher et passa un bras sous le sien. Elle trouvait sensuel le ronronnement du moteur et l'odeur de cuir des banquettes.

— Je me suis mise en vacances au moment même où nous avons quitté cette affreuse maison, dit-elle amoureusement. Mon temps vous appartient.

— Comment nous débarrasser de vos amis ?

— N'y pensez pas. Ils sont avec nous pour la soirée.

— Dans ce cas, pensez-vous qu'ils se fâcheraient si je faisais un détour ?

— Probablement, dit-elle en souriant. Mais je suis sûre que vous le ferez de toute façon.

Pitt garda le silence, passa les vitesses et la Duesenberg se faufila sans effort dans le flot de la circulation, regardant dans le rétroviseur avec un peu d'orgueil les camionnettes lutter pour garder la distance.

— J'espère qu'ils ne vont pas tirer dans mes pneus. Ils ne sont pas donnés pour une voiture comme celle-ci.

— Avez-vous dit la vérité quand vous avez prétendu avoir engagé des tueurs pour éliminer Qin Shang ?

Pitt eut un petit sourire de loup.

— C'est un gros bluff mais il l'ignore. J'adore tourmenter les hommes comme Qin Shang qui ont trop l'habitude de la servilité des gens. Ça lui fera du bien de regarder le plafond la nuit en se demandant s'il n'y a pas un rôdeur n'attendant que de lui loger une balle dans la tête.

— Alors comment allez-vous faire ?

— Je crois avoir trouvé la faille dans l'armure de Qin Shang, son talon d'Achille, si vous me pardonnez le cliché. Malgré le mur apparemment inviolable qu'il a élevé autour de sa vie personnelle, il a une fissure vulnérable qu'on peut élargir comme on veut.

Julia serra son manteau autour de ses jambes nues pour les protéger de la fraîcheur du soir.

— Vous avez dû deviner, dans ce qu'il a dit, quelque chose qui m'a échappé.

— Si je me rappelle bien, il a dit « le désir le plus passionné de ma vie ».

Elle le regarda sans comprendre mais les yeux de Pitt ne quittaient pas la route.

— Il parlait d'un vaste chargement de trésors artistiques chinois qui a disparu sur un bateau.

— C'est exact.

— Il possède plus de richesses et d'antiquités chinoises que quiconque en ce monde. Pourquoi s'intéresserait-il à un bateau contenant quelques objets historiques ?

— Ce n'est pas un simple intérêt, ravissante créature. Qin Shang est obsédé, comme tous les hommes au cours des siècles passés qui ont cherché à retrouver des trésors perdus. Quelles que soient les richesses et la puissance qu'il aura pu accumuler, il ne mourra pas heureux avant de pouvoir remplacer toutes ses copies par des originaux. Posséder ce qu'aucun homme, aucune femme au monde ne possède, c'est l'ultime satisfaction de Qin Shang. J'ai connu des hommes comme lui. Il donnerait trente ans de sa vie pour retrouver l'épave et ses trésors.

— Mais comment peut-on chercher un bateau disparu il y a 50 ans ? demanda Julia. Où doit-on commencer à chercher ?

— Pour commencer, dit Pitt d'un ton désinvolte, on frappe à une porte à quelques centaines de mètres d'ici.

26

Pitt vira et la grosse Duesenberg s'engagea dans une rue étroite entre deux séries de maisons protégées par des murs de brique, recouverts de lierre grimpant. Il arrêta la voiture devant une ancienne écurie précédée d'une vaste cour entièrement recouverte.

— Qui habite ici ? demanda Julia.

— Un personnage très intéressant, répondit Pitt en montrant un gros heurtoir de cuivre en forme de voilier sur la porte. Allez-y, frappez si vous pouvez.

— Si je peux ? (Elle avança une main hésitante.) Y a-t-il une astuce ?

— Pas ce que vous pensez. Allez-y, essayez de frapper.

Mais avant que Julia ait saisi le heurtoir, la porte s'ouvrit, révélant un personnage très enveloppé vêtu d'un pyjama de soie bordeaux sous une robe de chambre assortie. Julia poussa un petit cri et recula d'un pas, se heurtant à Pitt qui éclata de rire.

— Il ne rate jamais !

— Il ne rate jamais quoi? demanda le gros homme.

— D'ouvrir la porte avant que le visiteur ait le temps de frapper.

— Oh! Ça! Il y a une cloche qui sonne chaque fois que quelqu'un s'arrête ici.

— St. Julien, dit Pitt, pardonnez-moi cette visite tardive.

— Ne dis pas de bêtise, dit l'homme qui pesait au moins 200 kilos. Tu es toujours le bienvenu à toute heure du jour ou de la nuit. Qui est cette ravissante jeune femme?

— Julia Lee, puis-je vous présenter St. Julien Perlmutter, gourmet, collectionneur de vins et possédant la plus grande bibliothèque sur les épaves.

Perlmutter salua aussi bas que le lui permettait sa corpulence et baisa la main de Julia.

— C'est toujours un plaisir de rencontrer une amie de Dirk.

Il se releva avec un grand geste du bras qui fit claquer comme un drapeau dans la brise la soie de sa manche.

— Ne restez pas là dans l'obscurité. Entrez, entrez. J'étais sur le point d'ouvrir une bouteille de porto Barros de 40 ans d'âge. Venez la partager avec moi.

Julia entra dans la cour fermée où l'on avait autrefois harnaché les chevaux tirant de luxueux carrosses et regarda, enthousiasmée, les milliers de livres entassés sur chaque centimètre carré d'espace disponible dans la maison. Beaucoup étaient nettement rangés sur des rayonnages interminables, d'autres s'empilaient le long des murs, sur les marches de l'escalier et sur les balcons. Dans les chambres, les salles de bains, les placards, il y en avait même dans la cuisine et la salle à manger. Il restait à peine assez de place pour traverser l'entrée tant elle était encombrée de livres.

Pendant environ cinquante ans, Perlmutter avait accumulé la plus belle et la plus complète collection d'ouvrages historiques concernant les bateaux qu'on puisse trouver en un seul lieu. Sa bibliothèque faisait l'envie de toutes les archives maritimes du monde car nulle n'en avait d'aussi complète. Les livres et les souvenirs qu'il ne pouvait posséder, il les recopiait assidûment. Craignant le feu et la destruction, ses amis chercheurs le suppliaient de mettre son immense collection à l'abri sur ordinateur mais il préférait la laisser sur le papier.

Il en faisait généreusement profiter, gratuitement, quiconque venait frapper à sa porte, à la recherche de renseignements précis sur un naufrage particulier. Depuis qu'il le connaissait, Pitt ne l'avait jamais vu renvoyer quelqu'un faisant appel à son immense savoir.

Si cet énorme amas de livres ne représentait pas un spectacle extraordinaire, Perlmutter, lui, en était un. Julia le contemplait ouvertement. Son visage, cramoisi par des années d'excès de nourriture et de boisson, se voyait à peine sous la masse ondulée de ses cheveux gris et sa barbe épaisse. Le nez, sous les yeux bleu clair, n'était qu'un petit bouton rouge. Les lèvres épaisses se cachaient sous une moustache aux extrémités relevées.

Il n'était pas obèse mais débordant et pas flasque du tout. Massif comme une sculpture de bois. La plupart des gens qui le voyaient pour la première fois pensaient qu'il était sans doute plus jeune qu'il n'en avait l'air. Mais St. Julien Perlmutter avait 71 ans et était aussi solide qu'on peut l'être.

Ami très proche du père de Pitt, le sénateur George Pitt, Perlmutter connaissait Dirk depuis sa naissance. Au fil des années s'était établi un lien solide entre eux au point que Perlmutter était devenu une sorte d'oncle préféré.

Il fit asseoir Pitt et Julia autour d'une énorme porte d'écoutille restaurée et laquée qui lui servait de table de salle à manger. Il posa devant eux des verres de cristal qui avaient autrefois agrémenté la salle à manger des premières classes de l'ancien transatlantique italien de luxe, l'*Andrea Doria*.

Julia admira l'image gravée du navire sur son verre dans lequel Perlmutter versa un porto hors d'âge.

— Je croyais que l'*Andrea Doria* reposait au fond de l'océan.

— Il y repose en effet, dit Perlmutter en tortillant le bout de sa moustache grise. Dirk a remonté un coffret de verres à vin au cours d'une plongée qu'il a faite il y a cinq ans sur l'épave et me les a gentiment offerts. Dites-moi ce que vous pensez de ce porto.

Julia fut flattée que ce fin connaisseur lui demande son avis. Elle but une gorgée du liquide rubis et prit une expression ravie.

— Il a un goût merveilleux !

— Bon, bon. (Il lança à Pitt le regard qu'il aurait adressé à un clochard abandonné sur un banc.) A toi, je ne te demande pas ton avis car ton goût va plutôt vers le banal.

Pitt fit semblant de se sentir insulté.

— Vous ne reconnaîtriez pas un bon porto même si vous vous noyiez dedans ! Tandis que moi, c'est avec ça que j'ai été baptisé.

— Je vais regretter de t'avoir laissé entrer ! grogna Perlmutter.

Mais Julia ne fut pas dupe.

— Vous faites toujours ce genre de comédie, vous deux ?

— Seulement quand nous nous retrouvons, avoua Pitt en riant.

— Qu'est-ce qui vous amène à cette heure tardive ? demanda Perlmutter en faisant un clin d'œil à Julia. Ce n'est sûrement pas pour ma conversation spirituelle ?

— Non, admit Pitt. C'est pour savoir si vous avez entendu parler d'un bateau qui a quitté le port vers 1948 avec un chargement d'objets d'art chinois historiques et qui a disparu.

Perlmutter leva son verre à la hauteur de ses yeux et fit tourner le porto. Il prit une expression pensive comme si son esprit encyclopédique fouillait les cellules de son cerveau.

— Je crois me rappeler que ce navire s'appelait le *Princesse Dou Wan*. Il a disparu avec tout son équipage quelque part au large de l'Amérique centrale. On n'a jamais rien retrouvé ni du navire ni de son équipage.

— Existe-t-il une trace écrite de ce qu'il transportait ?

Perlmutter secoua la tête.

— On dit qu'il transportait une riche cargaison d'objets anciens mais qu'il n'y a pas de liste précise. Rien que de vagues rumeurs, en réalité. Et rien qui puisse prouver que cette histoire soit vraie.

— Comment appelez-vous ça ? demanda Pitt.

— Un autre des mystères de la mer. Je ne peux pas te dire grand-chose sauf que le *Princesse Dou Wan* était un navire de passagers qui avait connu de meilleurs jours et qui était promis au chantier de démolition. Un beau bateau dans sa jeunesse. On l'appelait « la perle de la mer de Chine ».

— Alors comment a-t-il fini par se perdre au large de l'Amérique centrale ?

Perlmutter haussa les épaules.

— Comme je te le disais, c'est un des mystères de la mer.

Pitt secoua vigoureusement la tête.

— Je ne suis pas d'accord. S'il y a une énigme, elle a été montée par des hommes. Un navire ne disparaît pas comme ça, à 5 000 milles de l'endroit où il est supposé se trouver.

— Attends, je vais sortir ce que j'ai sur le *Princesse*. Je crois que c'est dans un livre rangé sur le piano.

Il souleva sa lourde carcasse et sortit de la salle à manger. En moins de deux minutes, Pitt et Julia l'entendirent s'exclamer depuis une autre pièce :

— Ah ! Voilà !

— Avec tous ces livres, il sait exactement où se trouve ce qu'il cherche ? s'étonna Julia.

— Il pourrait vous nommer tous les livres qui sont dans cette maison, l'endroit exact où chacun se

trouve et quelle place il occupe dans la pile, en haut
ou en bas, à gauche ou à droite de son rayonnage.

Pitt avait à peine fini sa phrase que Perlmutter
revenait. Lorsqu'il passa la porte, ses épaules frot-
tèrent le chambranle. Il tenait un gros volume relié
de cuir au titre frappé à la feuille d'or : « Histoire des
lignes maritimes de l'Orient. »

— C'est le seul récit officiel que j'aie jamais lu sur
le *Princesse Dou Wan* qui donne le détail de ses
années de service.

Perlmutter s'assit, ouvrit le livre et commença à
lire.

— Il a été construit et lancé la même année, 1913,
par les chantiers Harland et Wolff de Belfast pour les
lignes à vapeur Singapore Pacific. A l'origine, il
s'appelait le *Lanai*. En gros, il jaugeait un peu moins
de 11 000 tonneaux, mesurait 150 mètres de long et
30 mètres de large. C'était un assez beau navire pour
l'époque.

Il s'arrêta pour leur montrer une photo du bateau
naviguant sur une mer calme, avec un filet de fumée
s'élevant de son unique cheminée. La photo était en
couleurs et montrait la traditionnelle coque noire,
une superstructure blanche surmontée d'une haute
cheminée verte.

— Il pouvait transporter 510 passagers dont 55 en
première classe, poursuivit Perlmutter. A l'origine, il
fonctionnait au charbon mais, en 1920, il est passé
aux moteurs à essence. Vitesse maximum 17 nœuds.
Il a fait son voyage inaugural en décembre 1913, de
Southampton à Singapour. Jusqu'en 1931, la plupart
de ses trajets se sont faits entre Singapour et Hono-
lulu...

— Ça devait être confortable et reposant de traverser les mers du Sud à cette époque-là, remarqua
Julia.

— Les passagers n'étaient pas aussi stressés et
occupés il y a 80 ans, dit Pitt. Quand le *Lanai* est-il
devenu le *Princesse Dou Wan* ? demanda-t-il à Perlmutter.

— Il a été vendu aux Canton Lines de Shanghai en 1931. De cette date jusqu'à la guerre, il a transporté des passagers et des marchandises aux ports du sud de la mer de Chine. Pendant la guerre, il a servi de transport de troupes pour les Australiens. En 1942, alors qu'il débarquait des troupes et leurs équipements en Nouvelle-Guinée, il a été attaqué par l'aviation japonaise et sévèrement endommagé mais il est retourné à Sydney malgré son état pour y être réparé. Son dossier est impressionnant pendant la guerre. De 1940 à 1945, il a transporté plus de 80 000 hommes en zones dangereuses, esquivant l'aviation ennemie, les sous-marins et les navires de guerre et subissant de gros dommages au cours de sept attaques successives.

— Cinq années à naviguer sur les eaux infestées de Japonais, remarqua Pitt. C'est un miracle qu'il n'ait pas été coulé !

— Quand la guerre s'acheva, le *Princesse Dou Wan* fut rendu aux Canton Lines et à nouveau remis en état pour le transport de passagers. Il a alors repris du service entre Hong Kong et Shanghai. Puis, à la fin de l'automne 1948, on l'a mis à la retraite et envoyé aux chantiers de démolition de Singapour.

— Démolition ? releva Pitt. Vous avez dit qu'il avait coulé au large de l'Amérique centrale ?

— Son destin devient vague, admit Perlmutter en sortant plusieurs feuilles volantes du livre. J'ai rassemblé toutes les informations que j'ai pu trouver et j'en ai fait un résumé. Tout ce dont on est sûr, c'est qu'il n'est jamais allé au chantier de démolition. Le dernier rapport vient d'un opérateur radio d'une station navale de Valparaiso, au Chili. Selon le rapport de cet opérateur, un navire du nom de *Princesse Dou Wan* a émis une série de signaux de détresse, disant qu'il prenait l'eau et gîtait sérieusement sous un violent orage, à 200 milles à l'ouest. Les demandes de renseignements restèrent sans réponse. Puis sa radio cessa d'émettre et on n'entendit plus jamais parler de lui. On a fait des recherches mais on n'a trouvé aucune trace du navire.

— Se peut-il qu'il y ait eu un autre *Princesse Dou Wan* ? demanda Julia.

Perlmutter fit non de la tête.

— Le Registre international des Navires n'a qu'un seul *Princesse Dou Wan* entre 1950 et aujourd'hui. Mais le signal a pu être émis comme un leurre par un autre navire chinois.

— D'où vient le bruit que des objets d'art chinois étaient à bord ? demanda Pitt.

Perlmutter leva les mains en signe d'ignorance.

— Un mythe, une légende, la mer en est pleine. Mes seules sources viennent de travailleurs des docks peu crédibles et de soldats nationalistes chinois qui soi-disant chargèrent le navire. L'un d'eux a prétendu qu'une caisse s'était brisée pendant qu'on la montait à bord et qu'il a vu un cheval caracolant en bronze.

— Comment avez-vous obtenu ces renseignements ? s'étonna Julia, émerveillée par la connaissance qu'avait Perlmutter des désastres maritimes.

— Par un ami chercheur chinois, répondit l'historien en souriant. J'ai dans le monde entier des sources de renseignements auxquelles je me fie. On m'envoie des livres et toutes sortes d'informations ayant trait aux naufrages chaque fois qu'il paraît quelque chose. Les informateurs savent que je paie largement tout article concernant des théories nouvelles et des faits découverts. L'histoire du *Princesse Dou Wan* m'a été communiquée par un vieil ami qui est, en Chine, un historien réputé et un chercheur de premier plan. Il s'appelle Zhu Kwan. Il y a des années que nous correspondons et échangeons des informations maritimes. C'est lui qui a mentionné la légende qui entoure ce navire et son trésor supposé.

— Zhu Kwan a-t-il pu vous donner la liste des objets d'art transportés ? demanda Pitt.

— Non, il dit seulement que ses recherches le poussent à croire qu'avant que les troupes de Mao ne prennent Shanghai, Tchang-Kaï-Chek a nettoyé tous les musées, galeries d'art et collections privées de

Chine. La liste des objets anciens avant la Seconde Guerre mondiale est assez rudimentaire, c'est le moins qu'on puisse dire. Tout le monde sait qu'après la prise de pouvoir par les Communistes, on n'a trouvé que fort peu d'objets anciens. Tout ce qu'on peut voir actuellement en Chine a été découvert au cours de fouilles réalisées depuis 1948.

— On n'a jamais retrouvé aucun des trésors perdus ?

— Pas que je sache, admit Perlmutter. Et Zhu Kwan ne le croit pas non plus.

Pitt finit son verre de porto.

— Ainsi, une grande partie de l'héritage de la Chine repose peut-être au fond de l'eau ?

Julia eut l'air étonné.

— Tout ceci est très intéressant mais je ne vois pas ce que ça a à voir avec les opérations illégales de Qin Shang et son commerce d'immigrants clandestins.

Pitt lui prit la main et la serra.

— Votre service de l'INS, la CIA et le FBI peuvent frapper Qin Shang et son empire pourri de front et sur les côtés. Mais son obsession des antiquités chinoises perdues ouvre une porte par laquelle la NUMA pourrait bien le frapper par-derrière, là où il s'y attend le moins. St. Julien et moi allons devoir mettre les bouchées doubles. Mais nous sommes très forts à ce petit jeu. Ensemble, nous formons une équipe de chercheurs bien supérieure à toutes celles que Qin Shang pourra rassembler.

Pitt se tut un instant et son visage se détendit.

— Maintenant, tout ce que nous avons à faire, c'est de trouver le *Princesse Dou Wan* avant Qin Shang.

27

La nuit était jeune encore quand Pitt et Julia quittèrent l'ancienne écurie de St. Julien Perlmutter. Pitt fit faire demi-tour à la Duesenberg et sortit de la ruelle sur l'avenue. Il s'arrêta avant de se plonger dans la circulation. Les deux camionnettes Ford conduites par les gardes du corps spéciaux de la société de protection engagés par Peter Harper n'étaient pas garées le long du trottoir pour attendre leur retour. Apparemment, elles n'étaient nulle part.

— On dirait que nous avons été abandonnés, remarqua Pitt, le pied fermement appuyé sur la pédale de frein.

Julia parut étonnée.

— Je ne comprends pas. Je ne vois aucune raison pour laquelle ils nous auraient laissés tomber.

— Peut-être nous ont-ils trouvés barbants et sont-ils partis dans un bar voir un match de basket à la télévision.

— Ce n'est pas drôle ! dit sèchement Julia.

— Alors, c'est du déjà vu et ça recommence, nota Pitt avec un calme trompeur.

Il se pencha par-dessus Julia, plongea la main dans la poche de la portière et en retira le vieux Colt .45 qu'il avait rechargé. Il le lui tendit.

— J'espère que vous n'avez pas perdu la main depuis notre escapade au lac Orion.

Elle secoua vivement la tête.

— Vous exagérez le danger !

— Certainement pas. Il y a quelque chose de résolument anormal. Prenez le Colt et, si nécessaire, tirez.

— Il doit y avoir une explication simple à la disparition des camionnettes.

— Écoutez la nouvelle manifestation du don de double vue de Pitt. Les poches de l'INS ne sont pas aussi profondes que celles de la Qin Shang Maritime Limited. Je subodore que les gardes spéciaux de

Harper ont été payés le double pour ramasser leurs billes et rentrer chez eux.

Julia sortit vivement l'émetteur de son sac.

— Ici Dragon Lady. A vous, Ombre, donnez-moi votre position.

Elle attendit patiemment une réponse qui ne vint pas. Elle répéta quatre fois le message sans plus de succès.

— C'est inexcusable ! dit-elle d'un ton rageur.

— Pouvez-vous joindre quelqu'un d'autre avec votre émetteur ?

— Non, il ne porte qu'à trois kilomètres.

— Alors il est temps de...

Pitt ne finit pas sa phrase. Les deux camionnettes venaient d'apparaître au coin de la rue et de se positionner de chaque côté de la Duesenberg, toujours arrêtée au bout de l'allée. Elles laissaient à peine assez de place aux larges pare-chocs pour se faufiler entre elles. Leurs phares étaient éteints, seuls luisaient les feux de parking. Les silhouettes, dans les cabines, étaient vagues à travers les vitres teintées.

— Je savais bien qu'il n'y avait rien d'anormal, dit Julia en lançant à Pitt un regard entendu.

Elle reprit l'émetteur.

— Ombre, ici Dragon Lady. Pourquoi avez-vous quitté votre position près de la villa ?

Cette fois, la réponse fut immédiate.

— Désolés, Dragon Lady. Nous avons cru bon de faire le tour du pâté de maisons pour voir s'il n'y avait pas de véhicule suspect. Si vous êtes prêts à partir, donnez-nous votre destination.

— Je ne marche pas, dit Pitt, vérifiant la distance entre les camionnettes tout en jaugeant la circulation de la rue. Une camionnette aurait dû rester en position pendant que l'autre faisait sa ronde. Vous êtes un agent, dois-je vous le rappeler ?

— Peter n'aurait jamais engagé des irresponsables, dit fermement Julia. Il ne travaille pas comme ça.

— Ne répondez pas tout de suite, dit sèchement

Pitt. (Le danger, comme une petite lampe rouge, cli-
gnotait déjà dans sa tête.) On nous a doublés. Je vous
parie ce que vous voudrez que ces types-là ne sont
pas ceux que Harper a engagés.

Pour la première fois, le regard de Julia refléta une
certaine appréhension.

— Si vous avez raison, qu'est-ce que je leur dis?

Pitt ne montra pas qu'il croyait leurs vies en danger. Son visage resta calme mais son esprit tournait
vite.

— Dites que nous allons chez moi à l'aéroport
national de Washington.

— Vous habitez dans un aéroport?

— Depuis près de vingt ans. En réalité, j'habite
sur la périphérie.

Julia haussa les épaules et, sans chercher à
comprendre, transmit l'information aux chauffeurs
tandis que Pitt sortait un téléphone cellulaire de dessous le siège.

— Maintenant, appelez Harper. Expliquez-lui la
situation et dites-lui que nous nous dirigeons vers le
Lincoln Memorial. Dites-lui que je vais tenter de
retarder notre arrivée pour qu'il ait le temps d'organiser une interception.

Julia composa un numéro et attendit qu'on lui
réponde. Après avoir donné son numéro d'identification, elle eut Peter Harper qui était chez lui et se
détendait en famille. Elle lui communiqua le message de Pitt, écouta en silence puis coupa la ligne.
Elle regarda Pitt sans expression.

— L'aide est en route. Peter vous fait dire qu'étant
donné ce qui s'est passé dans votre hangar cet après-
midi, il regrette de n'avoir pas été plus attentif à
l'éventualité de problèmes.

— Est-ce qu'il envoie des policiers au Memorial
pour les intercepter?

— Il les contacte en ce moment même. Vous ne
m'avez pas dit ce qui était arrivé dans votre hangar.

— Ce n'est pas le moment.

Julia commença à dire quelque chose, se ravisa et
dit simplement :

— N'aurions-nous pas dû attendre ici qu'on vienne nous chercher?

Pitt considéra les camionnettes garées tranquillement mais de façon inquiétante le long du trottoir.

— Je ne peux pas rester ici à attendre un créneau dans la circulation ou nos copains vont penser que je mijote quelque chose. Quand nous aurons rejoint Massachusetts Avenue et que nous aurons plongé dans le flot principal de la circulation, nous serons relativement tranquilles. Ils ne se risqueront pas à nous attaquer devant une centaine de témoins.

— Vous pourriez appeler le 911 sur votre téléphone portable et leur demander d'envoyer une voiture de patrouille dans le coin.

— Si vous étiez standardiste, est-ce que vous avaleriez une histoire pareille? Prendriez-vous la responsabilité d'envoyer des voitures de patrouilles au Lincoln Memorial pour chercher une Duesenberg de 1920 rouge et marron poursuivie par des tueurs?

— Je suppose que non, admit Julia.

— Mieux vaut laisser Harper appeler le détachement.

Il baissa le gros levier de vitesse en première et entra dans l'avenue en accélérant, tourna à gauche pour que les camionnettes perdent du temps à faire la même chose pour les suivre. Il gagna près de 100 mètres avant d'apercevoir les feux de la camionnette de tête remonter vers son pare-chocs arrière. Deux pâtés de maisons plus loin, il pénétra à toute vitesse dans Massachusetts Avenue et commença à zigzaguer dans le flot nocturne des voitures.

Julia se raidit lorsqu'elle vit l'aiguille du compteur de vitesse osciller autour de 105 km/h.

— Cette voiture n'a pas de ceintures de sécurité?

— On n'y avait pas pensé en 1929.

— Vous roulez terriblement vite!

— Je ne connais pas de meilleur moyen d'attirer l'attention que de dépasser la vitesse limite dans une voiture vieille de 70 ans pesant au moins 4 tonnes.

— J'espère que vous avez de bons freins!

Julia se résignait à la poursuite, l'esprit encore confus.

— Ils ne sont pas aussi sensibles que les freins modernes mais si j'écrase la pédale assez fort, ils fonctionneront très bien.

Julia serra le Colt mais n'enleva pas le cran de sûreté. Elle avait du mal à accepter l'affirmation de Pitt et à penser que leurs vies étaient en danger. Que les gardes du corps les aient laissés tomber lui paraissait trop incroyable.

— Pourquoi moi ? grognait Pitt en pilotant son monstre autour de Mount Vermont Square.

Les freins hurlaient, les têtes se tournaient sur les trottoirs où on les regardait avec incrédulité.

— Me croirez-vous si je vous dis que c'est la seconde fois cette année qu'avec une jolie femme, je dois échapper à des requins qui me pourchassent dans les rues de Washington ?

— Ça vous est déjà arrivé ? dit-elle en ouvrant de grands yeux.

— L'autre fois, je conduisais une voiture de sport, ce qui était beaucoup plus facile [1].

Pitt mit le bouchon de radiateur luisant dans la ligne de New Jersey Avenue avant de virer à angle droit dans First Street puis accéléra vers le Capitole et son Mall. Lorsque des voitures le gênaient, il les effrayait à grands coups de Klaxon qu'amplifiaient deux gros cornets sous les phares massifs. Il manipulait violemment l'épais volant et filait à toute vitesse au milieu de la circulation importante de la rue.

Les camionnettes étaient toujours sur sa piste. Comme elles avaient plus d'accélération que lui, elles s'étaient rapprochées au point que leurs reflets emplissaient le rétroviseur en haut et au centre du pare-brise. Bien que la Duesenberg eût été capable de les semer sur une rue assez longue et droite, ce n'était pas une voiture capable de battre des records sur courte distance. Pitt devait sans cesse passer de

1. Voir *Onde de choc, op. cit.*

seconde en troisième et la boîte de vitesses criait comme une sirène.

Le moteur géant avec son double arbre à cames en tête tournait sans effort et très vite. La circulation diminua un peu et Pitt put faire donner à la Duesenberg tout ce dont elle était capable. Il ralentit un peu pour prendre le sens giratoire autour du monument à la Paix derrière l'immeuble du Capitole. Puis, avec un autre rapide coup de volant, la Duesenberg se jeta des quatre roues autour du Garfield Monument, contourna Reflecting Pool et fila dans Maryland Avenue vers le musée de l'Air et de l'Espace.

Derrière eux, malgré le grondement du pot d'échappement, ils entendirent le bref sifflement saccadé d'une mitraillette. Le rétroviseur latéral au-dessus du cache-pneu de secours sur l'aile avant gauche vola en éclats. Le tireur régla rapidement son angle et un déluge de balles mit en pièces l'encadrement supérieur du pare-brise, faisant éclater la vitre qui gicla comme de la grêle sur le capot de la voiture. Pitt se baissa derrière le volant, saisissant de la main droite Julia par les cheveux et l'obligeant à se coucher sur le siège de cuir.

— Voilà qui conclut la partie la plus amusante du programme, murmura-t-il. Et maintenant, on abandonne les manœuvres de dégonflés.

— Oh ! Mon Dieu ! Vous aviez raison ! lui cria Julia à l'oreille. Ils sont bien là pour nous tuer !

— Je vais rouler tout droit pour que vous puissiez tirer sur eux.

— Pas avec une telle circulation ! Pas dans ces rues ! répondit-elle. Je ne pourrais plus me regarder en face si je frappais un enfant innocent !

Pour toute réponse, il donna à la voiture un mouvement brusque de côté tout en traversant Third Street comme une fusée. Il heurta le bord du trottoir central et atterrit sur l'herbe de Capitol Mall. Les gros pneus de 750 × 17 pouces de large n'eurent guère de réaction au choc. Des touffes d'herbe volèrent sous le patinage des roues arrière et rejaillirent autour des ailes arrière comme des obus. Julia fit ce que toute femme aurait fait dans de telles circonstances. Elle hurla.

— Vous ne pouvez pas rouler au milieu du Mall! cria-t-elle.

— Bien sûr que si, nom de Dieu, et j'ai bien l'intention de continuer aussi longtemps que je vivrai pour le raconter!

Sa manœuvre, qui semblait follement et totalement inattendue, eut le résultat escompté. Le conducteur de la camionnette de tête chassa avec ténacité la Duesenberg, montant à son tour sur le terre-plein herbeux du Mall et y laissa ses quatre pneus. Le choc de la barre de béton fut si violent qu'ils éclatèrent avec une série de claquements. Les pneus des camionnettes, beaucoup plus petits et plus modernes, ne pouvaient encaisser le choc avec l'aisance des gros pneumatiques de la Duesenberg à accouplement élastique.

Le conducteur de la seconde camionnette choisit la discrétion, vérifia sa vitesse, freina et monta plus doucement sur le terre-plein sans abîmer ses pneus. Les occupants du premier véhicule — ils étaient deux — abandonnèrent à toute allure la camionnette et sautèrent par la portière latérale de l'autre. Puis, avec entêtement, ils reprirent la chasse, poursuivant la Duesenberg sur le terre-plein du Mall à l'étonnement des centaines de témoins qui rentraient chez eux après un concert en plein air d'un orchestre de la marine au Navy Memorial. L'expression choquée de ces gens allait de l'incompréhension totale à la stupéfaction en voyant l'énorme voiture aux lignes si harmonieuses dévaler le Mall entre le musée de l'Air et de l'Espace et la National Gallery of Art. Des groupes de promeneurs ou de joggers, sur les trottoirs du Mall, se mirent soudain à essayer de rattraper en courant les véhicules qui roulaient comme des fous, certains qu'ils allaient assister à un accident.

La Duesenberg accélérait toujours, le pied de Pitt à fond sur la pédale. La longue voiture traversa

Seventh Street, se faufilant autour des véhicules, Pitt
luttant tenacement avec le volant. Sa voiture répondait incroyablement bien. Plus elle allait vite, plus
elle paraissait stable. Tout ce qu'il avait à faire,
c'était de lui indiquer où il voulait aller et elle obéis-
sait. Il poussa un bref soupir de soulagement en
voyant que le croisement de Fourteenth Street était
dégagé. Les rétroviseurs latéral et central avaient été
mis en pièces par la précédente salve de mitraillette
et il ne pouvait se permettre de jeter un coup d'œil en
arrière pour voir si la camionnette de ses poursuivants se rapprochait suffisamment pour commencer
à tirer.

— Jetez un coup d'œil par-dessus le siège et dites-
moi à quelle distance ils sont, cria-t-il à Julia.

D'un coup de pouce, elle ôta le cran de sûreté du
Colt et en dirigea le canon vers l'arrière, en
s'appuyant sur le dossier du siège.

— Ils ont ralenti quand ils ont heurté le terre-plein
des deux derniers croisements. Mais ils regagnent du
terrain. Je peux presque voir le blanc de l'œil du
conducteur.

— Alors vous pouvez commencer à tirer sur eux.

— Nous ne sommes pas en pleine nature comme
au lac Orion. Il y a des piétons partout. Je ne peux
pas risquer d'atteindre quelqu'un d'une balle perdue.

— Alors attendez d'être sûre de ne pas les manquer.

Les hommes qui tiraient par les fenêtres de la
camionnette n'avaient pas autant de scrupules. Ils
déversèrent une nouvelle salve sur la Duesenberg,
perçant la grosse malle arrière. Le claquement des
balles se mêlait à celui qu'elles faisaient en sortant
des canons des armes.

Pitt tirait vivement sur son volant, tâchant d'éviter
la fusillade et les balles sifflant sur le côté droit de la
voiture.

— Ces types n'ont pas votre sensibilité vis-à-vis de
leur prochain, dit-il, heureux d'avoir pu éviter les
voitures qui croisaient son chemin.

Pitt aurait bien voulu posséder une baguette magique pour arrêter la circulation. Il traversa en trombe Fifteenth Street, manquant de peu un camion de presse. La Duesenberg glissa des quatre roues pour éviter une berline noire Ford modèle Crown Victoria qui avait remplacé la plupart des limousines attribuées aux membres du gouvernement. Il se demanda un instant quel personnage important se trouvait à l'intérieur. Il se sentait momentanément réconforté en sachant que la camionnette devait ralentir pour négocier les bords des trottoirs.

L'imposant Washington Monument se dressa soudain sur le chemin de la voiture. Pitt contourna l'obélisque illuminé et enfila la rue légèrement en pente qui partait en face. Julia était toujours incapable de viser correctement tandis que Pitt se concentrait pour faire passer le Monument à la Duesenberg sans perdre le contrôle sur l'herbe glissante. Ils se dirigeaient maintenant vers le Lincoln Memorial, au bout du Mall.

Quelques secondes plus tard, ils arrivaient à la Seventeenth Street. Grâce au ciel, il y avait une interruption du flot de la circulation que Pitt put traverser sans mettre d'autres voitures en danger. Malgré la fantastique poursuite dans les avenues de Washington et le long du Mall, il ne vit aucun feu rouge clignotant, n'entendit aucune sirène indiquant que des voitures de police s'étaient mêlées à la poursuite. S'il avait essayé de faire la même chose en toute autre occasion, il aurait été arrêté pour conduite dangereuse avant d'avoir parcouru cent mètres.

Pitt eut un bref moment de répit tandis qu'il longeait à toute vitesse Reflecting Pool et les jardins de la Constitution. Presque droit devant lui, un peu plus loin, le Potomac. Par-dessus son épaule, il regarda la camionnette qui rattrapait son retard sur la Duesenberg. Ses phares étaient si proches qu'on aurait pu lire le journal. La lutte était par trop inégale. La Duesenberg avait beau être une magnifique automobile comparée à toutes les autres, c'était comme si un chasseur de gros gibier poursuivait un éléphant dans un véhicule de brousse. Il savait que ses poursuivants savaient qu'il allait manquer d'espace. S'il tournait à droite vers Constitution Avenue, ils pourraient facilement lui couper la route. A sa gauche, le long Reflecting Pool s'étendait presque jusqu'au Memorial de marbre blanc. La barrière d'eau semblait infranchissable. Mais au fait, l'était-elle vraiment?

Il poussa vivement Julia hors du siège, sur le plancher.

— Baissez-vous et tenez-vous bien!

— Qu'allez-vous faire?

— Une promenade sur l'eau.

— Vous n'êtes pas seulement dérangé, vous devenez fou furieux!

— C'est rare comme combinaison, dit calmement Pitt.

Son visage était concentré, les yeux brillants comme ceux d'un aigle tournoyant au-dessus d'un lièvre. Avec un curieux air de détachement. Pour Julia, qui le regardait d'en bas sous le tableau de bord, il semblait aussi implacablement déterminé qu'un écumeur des mers fonçant vers une plage. Puis elle le vit tourner vivement le volant sur la gauche, envoyant la Duesenberg glisser latéralement dans l'herbe à plus de 100 kilomètres à l'heure. Les grosses roues arrière patinèrent follement, arrachant l'herbe comme des meules géantes et manquant de justesse les grands arbres espacés de 7 mètres le long du bassin.

Après ce qui parut une éternité, les pneus creusèrent et adhérèrent au sol meuble, envoyant la voiture au-delà d'un point de non-retour. Son immense masse fit une embardée et plongea dans le bassin.

Le lourd châssis d'aluminium, poussé par toute la force de son puissant moteur, déclencha une gerbe d'eau en une énorme explosion blanche devant elle et sur ses flancs comme les chutes du Niagara inversées. Le choc monstrueux fit hurler la Duesenberg d'un pare-chocs à l'autre tandis qu'elle s'enfonçait lourdement, poussant ses pneus énormes vers le fond en béton où les sculptures de ses pneus rebondirent et poussèrent la voiture en avant comme une grosse baleine chargeant dans la mer une femelle en chaleur.

L'eau fut soulevée, passa au-dessus du capot, envahit par le pare-brise cassé l'intérieur de la voiture, inondant Pitt et noyant Julia. Ignorant les intentions exactes de Pitt, elle fut pétrifiée de se trouver soudain au centre d'un déluge. Quant à Pitt, frappé par la force du torrent, il lui sembla plonger dans une vague déferlante que seul un surfeur pouvait apprécier.

Il n'y avait aucune herbe au fond du bassin. Les services des Parcs le drainaient et le nettoyaient régulièrement. La distance entre la surface de l'eau et le haut de la bordure n'était que de 20 cm, le fond du bassin incurvé ne mesurait que 30 cm autour des murs et au maximum 75 cm au centre. Et 50 cm séparaient le fond du sommet du muret du tour.

Pitt pria pour que le moteur ne soit pas noyé. Il savait que l'allumage était à 1,20 mètre au-dessus du sol. Là, il ne devait pas y avoir de problème. Mais il était inquiet pour les bougies. Elles se trouvaient entre les arbres à cames à 90 cm sur le nez.

Le Reflecting Pool mesurait exactement 48 mètres de large. Il semblait impossible que la Duesenberg puisse passer un pareil obstacle. Pourtant elle traversa comme un bulldozer cette vallée ouverte, son moteur produisant bravement le couple nécessaire aux roues arrière et ce sans se noyer. Elle avait parcouru près de 10 mètres vers le bord opposé du bassin quand soudain l'eau autour d'elle explosa en un nuage de petits geysers.

— Saloperie de mules entêtées! murmura-t-il.

Il serra si fort le volant que ses jointures blanchirent. La camionnette des poursuivants s'était arrêtée au bord du bassin et ses occupants, descendus en vitesse, tiraient en rafales sur la grosse voiture dans l'eau. Le choc et l'incrédulité leur avaient fait perdre une bonne minute, ce qui avait presque permis à Pitt d'atteindre l'autre bord. Réalisant que c'était leur dernière chance, ils canardaient la Duesenberg barbotante, apparemment sourds aux sirènes et aux gyrophares qui convergeaient vers eux de la Twenty-Third Street et de Constitution Avenue. Ils se rendirent compte trop tard de leur situation difficile. A moins de suivre Pitt de l'autre côté du bassin, ce qui était à peu près aussi inimaginable que d'avoir soudain des ailes et s'envoler vers la lune, étant donné leurs roues plus petites et plus modernes, il ne leur restait que l'alternative d'échapper le plus vite possible aux voitures de police. Sans perdre de temps à se consulter, ils sautèrent dans la camionnette et virèrent sur 180 degrés pour retraverser le Mall vers Washington Monument.

La Duesenberg grimpait maintenant le fond de la pente du bassin vers le bord. Pitt ralentit la voiture, jaugeant la hauteur du muret par rapport à la taille de ses pneus avant. Il passa en première. Les engrenages de la boîte à trois vitesses non synchronisées protestèrent en hurlant mais se mirent finalement en place. Puis, trois mètres avant d'arriver au muret, il enfonça la pédale de l'accélérateur aussi fort qu'il put, profitant de la pente du bassin pour soulever l'avant de la voiture.

— Allez! Vas-y! supplia-t-il, passe par-dessus ce muret!

Comme si elle avait bien un esprit et un cœur mécaniques, la vieille Duesenberg répondit par une brusque accélération qui lui fit lever l'avant, permettant tout juste au pare-chocs avant de passer par-dessus le bord du bassin, suivi par les roues qui se retrouvèrent enfin sur le sol plat.

La Duesenberg avait environ 30 cm de garde au sol mais cela ne suffisait pas pour que le bas de son châssis passe sans encombre. Elle s'inclina en pente raide puis on entendit un choc suivi d'un raclement à fendre l'âme et un bruit de métal déchiré. Pendant un instant, la voiture parut suspendue puis son élan la projeta en avant et elle sauta comme si elle mettait toute sa force à sortir du bassin de béton jusqu'à ce que ses quatre roues soient à nouveau sur l'herbe du Mall.

Ce n'est qu'à ce moment que le moteur commença à avoir des ratés. Presque comme un chien de chasse sortant d'une rivière avec un gibier d'eau dans la gueule, la Duesenberg frissonna, se secoua comme pour rejeter l'eau qui avait envahi sa carrosserie puis repartit tant bien que mal. Après une centaine de mètres, le ventilateur derrière le radiateur et la chaleur du moteur agirent ensemble pour sécher l'eau qui avait éclaboussé et presque noyé ses quatre bougies. Bientôt, ses huit cylindres reprirent vie comme si rien ne s'était passé.

Julia se redressa en crachotant et regarda par la vitre arrière la camionnette qui tentait d'échapper aux quatre voitures de police qui la poursuivaient. Elle secoua le bas de sa robe trempée et passa une main dans ses cheveux pour tenter de se rendre présentable.

— Je ne sais pas à quoi je ressemble. Ma robe et mon manteau sont fichus.

Elle lança à Pitt un regard furieux puis son expression s'adoucit.

— Si vous ne m'aviez pas sauvé la vie pour la seconde fois en deux semaines, je vous obligerais à m'acheter un nouvel ensemble.

Il se tourna vers elle et sourit en conduisant la Duesenberg vers le bas d'Independance Avenue, traversa le Memorial Bridge vers l'aéroport national de Washington et son hangar.

— Je vais vous dire quelque chose. Si vous êtes bien gentille, je vous emmènerai chez moi, je ferai sécher vos vêtements et je vous réchaufferai d'une bonne tasse de café.

Les yeux gris ne cillèrent pas. Elle posa une main sur son bras et murmura :

— Et si je ne suis pas gentille ?

Pitt rit, en partie parce qu'il venait d'échapper à un nouveau piège mortel et en partie à cause de l'apparence dépenaillée de Julia qui essayait sans succès de cacher les parties de son corps que révélait le tissu mouillé.

— Continuez comme ça et vous n'aurez pas de café !

28

Le soleil glissait lentement sur le rebord des toits quand Julia émergea lentement des brumes du sommeil. Elle avait l'impression de flotter, son corps ne pesait plus rien. Elle ouvrit les yeux, reprit ses esprits et commença à étudier ce qui l'entourait. Elle était seule sur un très grand lit au milieu d'une pièce qui ressemblait à la cabine du commandant d'un vieux voilier. Il n'y manquait rien, ni les murs recouverts de panneaux d'acajou, ni la petite cheminée. Tous les meubles, de la commode aux vitrines, venaient de vieux bateaux.

Comme la plupart des femmes, Julia était curieuse et les appartements des célibataires l'intriguaient. Elle pensait qu'on pouvait connaître le sexe opposé en étudiant son environnement. Certains hommes, comme le supposent les femmes, vivent comme des rats, ne rangent jamais rien et créent des formes de vie tout à fait personnelles dans leurs salles de bains et leurs réfrigérateurs. Faire un lit est pour eux aussi inimaginable que fabriquer des fromages de chèvre. Leur linge sale s'empile sur leurs machines à laver ou par terre près de leurs séchoirs dont le mode d'emploi reste attaché au bouton de mise en service.

Et puis il y a les maniaques de l'ordre qui vivent dans un environnement tel que seuls les spécialistes de l'asepsie peuvent apprécier. Ils éliminent furieusement et énergiquement les poussières, les épluchures et les taches de pâte dentifrice. Chaque meuble, chaque bibelot est posé à un endroit précis dont il ne bouge jamais. Leur cuisine peut passer avec succès l'inspection en gants blancs du plus difficile des professeurs d'hygiène.

L'appartement de Pitt se situait entre ces deux extrêmes. Bien rangé, sans désordre, il avait cet aspect d'indifférence masculine qui attire les femmes qui les visitent plus par hasard que fréquemment. Julia découvrait que Pitt était un homme préférant vivre dans le passé. Il n'y avait rien de moderne dans tout l'appartement. Même la plomberie de cuivre, dans la salle de bains et la cuisine, paraissait venir d'un vieux transatlantique.

Elle roula sur le flanc et regarda par la porte ouverte le living room où les étagères couvrant les murs étaient pleines de modèles réduits des épaves que Pitt et son équipe de la NUMA avaient découvertes et étudiées. Sur les autres murs figuraient des coupes de navires venant des ateliers des constructeurs et quatre marines de Richard De Rosset, un artiste contemporain américain, représentant des navires à vapeur du XIXᵉ siècle. L'appartement dégageait un sentiment de confort très différent du côté grandiose que laisse derrière lui un décorateur à la mode.

Julia se rendit vite compte que l'appartement de Pitt ne devait rien à une quelconque main féminine. C'était le sanctuaire d'un homme intensément personnel, adorant et admirant les femmes mais refusant de les laisser contrôler sa vie. Tout à fait le genre d'homme vers lequel les femmes se sentent attirées, celui qui avait avec elles des aventures débridées et des histoires de cœur mais qui ne les épousait jamais.

Elle sentit l'odeur du café venant de la cuisine mais ne vit aucun signe de Pitt. Elle s'assit puis posa ses pieds nus sur le plancher. Sa robe et ses sous-vêtements étaient pendus dans un placard ouvert, séchés et repassés. Elle alla dans la salle de bains et sourit à son reflet dans le miroir en découvrant un plateau portant une brosse à dents neuve, un démaquillant, un gel de bain, de l'huile pour le corps, des accessoires de maquillage et un assortiment de brosses à cheveux. Elle ne put s'empêcher de se demander combien de femmes s'étaient tenues là avant elle, se regardant dans ce même miroir. Elle prit une douche dans ce qui ressemblait à un réservoir de cuivre puis s'essuya et se sécha les cheveux avec un séchoir électrique. Quand elle fut habillée, elle alla dans la cuisine vide, se servit une tasse de café et passa sur le balcon.

Pitt était en bas, en bleu de travail, en train de remplacer le pare-brise cassé de la Duesenberg. Avant de lui dire bonjour, elle regarda les voitures impeccables rangées dans l'immense hangar au-dessous d'elle.

Elle ne connaissait pas les marques de ces vieilles automobiles soigneusement rangées en lignes régulières, ni celle de l'avion trimoteur Ford, ni le Messerschmitt 262 à réaction posés l'un à côté de l'autre au fond du hangar. Il y avait aussi un vieux wagon de luxe très ancien posé sur des rails et, derrière, une sorte de baignoire avec un moteur hors-bord, perché sur une plate-forme à côté d'un objet bizarre qui ressemblait à la partie supérieure d'un voilier qu'on aurait attaché aux tubes de flottabilité d'un canot de survie. Un mât s'élevait au milieu avec des voiles de palmes tressées [1].

— Bonjour ! cria-t-elle.

Il leva les yeux et lui adressa un sourire provocant.

— Bonjour à vous, paresseuse !

— J'aurais pu rester couchée toute la journée.

— Aucune chance. L'amiral Sandecker a appelé pendant que vous dormiez. Votre patron et lui exigent notre présence dans une heure.

1. *Ibid.*

— Chez vous ou chez moi? demanda-t-elle d'un ton léger.

— Chez vous, dans les bureaux de l'INS.

— Comment avez-vous fait pour nettoyer et repasser ma robe de soie?

— Je l'ai plongée dans l'eau froide après que vous soyez endormie hier soir et je l'ai mise à sécher sur un cintre. Après, je l'ai repassée légèrement avec une pattemouille sèche en coton. A mon avis, elle est comme neuve.

— Vous êtes un sacré bonhomme, Dirk Pitt! Je n'ai jamais connu d'homme aussi prévenant ni aussi novateur que vous. Est-ce que vous faites la même chose pour toutes les filles qui restent dormir ici?

— Seulement pour les dames exotiques de lignée chinoise, répondit-il.

— Puis-je préparer le petit déjeuner?

— Bonne idée! Vous trouverez tout ce qui est nécessaire dans le frigo et dans le placard en haut à droite. J'ai déjà fait le café.

Elle hésita tandis que Pitt commençait à retirer le rétroviseur latéral cassé.

— Je suis désolée pour la voiture, dit-elle avec sincérité.

Pitt haussa les épaules.

— Il n'y a aucun dégât que je ne puisse réparer.

— Vraiment, c'est une voiture superbe.

— Heureusement, les balles n'ont atteint aucune partie vitale.

— A propos des brutes de Qin Shang...

— Ne vous inquiétez pas. Il y a suffisamment de gardes qui patrouillent là-dehors pour monter un coup d'État dans un pays du tiers-monde.

— Je suis très embarrassée.

Pitt vit en levant les yeux que Julia, penchée sur la rampe du balcon, avait vraiment rougi de contrariété.

— Pourquoi?

— Mes supérieurs de l'INS et mes collègues doivent savoir que j'ai passé la nuit ici et vont pro-

bablement faire des remarques déplaisantes derrière
mon dos.

Pitt la regarda et sourit.

— Je raconterai à quiconque me le demandera
que, pendant que vous dormiez, j'ai passé la nuit à
travailler sur un arrière-train.

— Ce n'est pas drôle, dit-elle d'un ton fâché.

— Désolé, je voulais dire sur un différentiel
arrière.

— J'aime mieux ça, dit Julia en se retournant.

D'un coup de tête, elle rejeta en arrière sa longue
chevelure d'ébène et se dirigea vers la cuisine, ravie
que Pitt se soit gentiment moqué d'elle.

Accompagnés de deux gardes du corps dans une
berline blindée, Pitt et Julia furent conduits jusqu'à
l'appartement de la jeune femme dans la communauté religieuse où elle put se changer et mettre
quelque chose de plus conforme à sa fonction
d'agent du gouvernement. Puis on les conduisit au
Chester Arthur Building, très austère, sur North-
west I Street qui abritait le quartier général des services de l'Immigration et de la Naturalisation. Ils
pénétrèrent l'immeuble de sept étages en pierre
beige aux fenêtres noircies, depuis le parking souterrain jusqu'à un ascenseur qui les mena à la Division
des Enquêtes. Là, ils furent accueillis par la secrétaire de Peter Harper qui les conduisit jusqu'à une
salle de conférences.

Six hommes les y avaient précédés : l'amiral Sandecker, le commissaire principal Duncan Monroe et
Peter Harper, de l'INS, Wilbur Hill, un des directeurs
de la CIA, Charles Davis, adjoint spécial du directeur
du FBI, et Al Giordino. Tous se levèrent quand Pitt et
Julia entrèrent. Tous sauf Giordino qui se contenta
d'un salut silencieux mais adressa à Julia un sourire
contagieux. Les présentations furent faites très vite
et chacun s'installa autour de la longue table de
chêne.

— Bien, dit Monroe à Pitt. On m'a dit que
Mlle Lee et vous avez passé une soirée intéressante.

Le ton suggérait un double sens indubitable.

— Navrante serait plus approprié, répondit très vite Julia, pimpante dans un tailleur bleu marine éclairé d'un chemisier blanc et dont la jupe s'arrêtait juste au-dessus de ses genoux.

Pitt regarda Harper sans ciller.

— Tout se serait bien mieux terminé si les gardes du corps que vous avez engagés n'avaient pas essayé de nous envoyer à la morgue.

— Je regrette vivement cet incident, dit sérieusement Harper. Mais les circonstances ont échappé à notre contrôle.

Pitt remarqua que Harper n'avait pas du tout l'air penaud.

— Je serais ravi de savoir ce qui s'est passé exactement, répondit-il d'un ton cassant.

— Les quatre hommes que Peter a engagés pour vous protéger ont été assassinés, révéla Davis, du FBI.

Il était grand et dépassait les participants d'une tête. Il avait les yeux d'un saint-bernard qui vient de quitter la poubelle d'un restaurant.

— Oh! Mon Dieu! murmura Julia. Tous les quatre?

— Oui. Ils regardaient avec tant d'attention la résidence de M. Perlmutter qu'ils se sont laissé assaillir sans s'en rendre compte.

— Je regrette leur mort, dit Pitt, mais ils ne semblent pas avoir agi en vrais professionnels.

Monroe se racla la gorge.

— On est en train de faire une enquête sérieuse, évidemment. L'analyse initiale laisse penser qu'ils ont été approchés et tués par des hommes de Qin Shang qui se sont fait passer pour des officiers de police vérifiant les véhicules à l'allure suspecte dans le voisinage.

— Vous avez des témoins?

Davis hocha la tête.

— Un voisin habitant en face de M. Perlmutter dit avoir vu un véhicule de patrouille et quatre policiers en uniforme entrer dans les camionnettes et partir avec.

— Après avoir tué les gardes du corps avec des pistolets munis de silencieux, ajouta Harper.

— Pouvez-vous identifier les hommes qui m'ont attaqué au hangar ? lui demanda Pitt.

Harper regarda Davis qui leva les mains d'un geste d'impuissance navrée.

— Il semble que leurs cadavres aient disparu sur le chemin de la morgue.

— Comment est-ce possible ? explosa Sandecker.

— Ne me dites pas qu'une enquête est en cours ! ajouta Giordino d'un ton moqueur.

— Cela va sans dire, répondit Davis. Tout ce que nous savons, c'est qu'ils ont disparu après qu'on les eut sortis des ambulances, à la morgue. On a cependant eu la chance d'avoir un fait. Un des internes lui a retiré un gant pour essayer de lui prendre le pouls. La main du cadavre était ouverte sur le plancher poli de votre hangar et y a laissé trois empreintes. Les Russes l'ont identifié comme étant un certain Pavel Gavrovich, un ancien agent de haut niveau du ministère de la Défense et un tueur à gages. Pour un ingénieur de la marine auprès de la NUMA, dégager un professionnel de cette classe, monsieur Pitt, un homme qui a tué à notre connaissance au moins 22 personnes, c'est un brillant exploit.

— Professionnel ou pas, dit Pitt, Gavrovich a fait l'erreur de sous-estimer sa proie.

— Je trouve incroyable que Qin Shang puisse se moquer aussi facilement du gouvernement des États-Unis, dit Sandecker d'une voix acide.

Pitt s'appuya au dossier de sa chaise et baissa les yeux comme s'il observait quelque chose à la surface de la table.

— Il n'aurait pas pu, à moins d'avoir l'aide de quelqu'un au sein du ministère de la Justice et de quelques agences du gouvernement fédéral.

Wilbur Hill, de la CIA, prit la parole pour la première fois. C'était un homme blond avec une moustache, des yeux bleu pâle très écartés, donnant l'impression de pouvoir observer ce qui se passait sur les côtés.

— J'aurai sûrement des ennuis en disant ceci mais nous soupçonnons sérieusement Qin Shang d'avoir de l'influence à l'intérieur même de la Maison Blanche.

— Pendant que nous parlons, ajouta Davis, un comité du Congrès et de représentants du ministère public étudient les dizaines de millions de dollars que la République populaire de Chine a frauduleusement versés, par l'intermédiaire de Qin Shang, pour financer la future campagne électorale du Président.

— Quand nous avons rencontré le Président, dit Sandecker, il a eu l'air de dire que les Chinois étaient le plus grand fléau de ce pays depuis la guerre de Sécession. Et maintenant, vous me dites qu'il a les doigts dans le portefeuille de Qin Shang.

— Comment voulez-vous ne pas sous-estimer la morale des politiciens? ricana Giordino.

— Quoi qu'il en soit, dit gravement Monroe, l'éthique des politiciens ne concerne en rien l'INS. Notre seul souci pour le moment est le nombre incalculable de Chinois qui entrent illégalement dans ce pays grâce à la Qin Shang Maritime Limited avant d'être tués ou réduits à l'esclavage par des syndicats criminels.

— Le commissaire Monroe a tout à fait raison, approuva Harper. Le travail de l'INS est de faire cesser ce flux, pas de poursuivre les meurtriers.

— Je ne peux pas parler au nom de M. Hill et de la CIA, dit Davis, mais le Bureau [1] a pris une part importante dans l'enquête sur les crimes de Qin Shang contre le peuple américain depuis trois ans.

— Nos enquêtes à nous sont davantage concentrées sur ses opérations outre-mer, interrompit Hill, de la CIA.

— Une bataille difficile sur tous les fronts, ajouta

1. FBI.

pensivement Pitt. Si Shang a des appuis au sein de notre gouvernement, des appuis qui travaillent à contrer nos efforts, cela rendra votre tâche encore plus difficile.

— Personne ici ne pense que ce sera du gâteau, dit Monroe.

Julia se mêla enfin à la discussion.

— Est-ce qu'on n'oublie pas un peu le fait qu'en plus d'être un passeur international de clandestins, Qin Shang est surtout un tueur sur une grande échelle ? J'en ai fait personnellement l'expérience. Personne ne peut se faire une idée du nombre de morts, des enfants innocents morts à cause de son avidité. Les atrocités que ses suppôts ont commises sur ses ordres sont tout simplement monstrueuses. Son activité, c'est le crime contre l'humanité. Nous devons mettre un terme à ce massacre, et vite !

Personne ne parla pendant une longue minute. Tous les hommes autour de la table savaient quelles horreurs Julia avait subies et vues. Finalement, Monroe brisa le silence.

— Nous comprenons tous vos sentiments, mademoiselle Lee, mais nous travaillons en fonction des lois et des règlements auxquels nous devons nous plier. Je vous promets que nous faisons tout ce qui peut être fait pour arrêter Qin Shang. Tant que je serai à la barre de l'INS, nous n'aurons de cesse que ses opérations soient anéanties et que lui-même soit arrêté et condamné.

— J'ajoute qu'il en va de même pour M. Hill et moi-même, dit Davis.

— Cela ne suffit pas, lança tranquillement Pitt qui s'attira le regard de chacun.

— Doutez-vous de notre résolution ? demanda Monroe, indigné.

— Non, mais je désapprouve totalement vos méthodes.

— C'est la politique du gouvernement qui dicte nos actes, dit Davis. Chacun d'entre nous doit travailler suivant la ligne fixée par le système judiciaire américain.

Le visage de Pitt s'assombrit comme un ciel d'orage.

— J'ai vu de mes propres yeux une marée de cadavres au fond du lac Orion. J'ai vu des pauvres bougres enfermés dans des cellules. Quatre hommes sont morts en tentant de nous protéger, Julia et moi...

— Je sais où vous voulez en venir, monsieur Pitt, interrompit Davis. Mais nous n'avons aucune preuve permettant de relier Qin Shang à ces crimes. En tout cas pas assez pour exiger une arrestation.

— Ce type est malin, dit Harper. Il s'est mis à l'abri de toute implication directe. Sans preuve solide de sa responsabilité, nous ne pouvons pas le coincer.

— Étant donné qu'il s'est fichu de vous à chaque étape de votre enquête, répondit Pitt, qu'est-ce qui vous fait croire qu'il va d'un seul coup jouer les imbéciles et tomber dans vos bras?

— Personne ne peut défier indéfiniment les enquêtes poussées de notre gouvernement, dit honnêtement Hill. Je vous promets qu'il sera jugé, reconnu coupable et condamné très prochainement.

— Ce type est un ressortissant étranger, intervint Sandecker. Si vous l'arrêtez n'importe où aux États-Unis, le gouvernement chinois déclenchera l'enfer à la Maison Blanche et dans tous les ministères. On nous menacera de boycott, de sanctions économiques et de tout ce que vous voudrez. Ils ne nous laisseront jamais mettre leur *golden boy* hors circuit.

— D'après ce que je comprends, monsieur Hill, dit Giordino, il vous suffit de siffler une de vos équipes de choc pour éliminer Qin Shang purement et simplement. Problème résolu!

— En dépit de ce que pensent bien des gens, la CIA n'assassine personne, grogna Hill, vexé.

— C'est de la folie, murmura Pitt. Supposez que les tueurs aient réussi, hier soir, à nous tuer, Julia et moi. Est-ce que vous seriez là, assis, à clamer que vous n'avez pas assez de preuves pour inculper l'homme qui a ordonné notre assassinat?

— Malheureusement c'est comme ça, admit Monroe.

— Qin Shang n'a pas l'intention de s'arrêter là, dit Julia, frustrée. Il veut tuer Dirk. Il l'a dit très clairement hier soir au cours de sa soirée.

— Et je l'ai informé que, bien sûr, nous suivrions les mêmes règles, ajouta Pitt. Pour l'heure, il pense que j'ai engagé une équipe de tueurs pour lui faire la peau.

— Vous avez menacé Qin Shang en face ? s'étonna Harper, incrédule. Comment avez-vous osé ?

— Très facilement, dit Pitt sans hausser le ton. Malgré sa richesse et sa puissance, il met son pantalon comme moi, une jambe après l'autre. J'ai pensé qu'il serait agréable de savoir qu'il regarde souvent par-dessus son épaule comme toutes ses victimes.

— Vous plaisantez, bien sûr, dit Monroe d'un ton méprisant. Vous ne conspirez pas vraiment pour tuer Shang ?

Pitt répondit d'une voix douce.

— Oh ! Mais si ! Comme on dit dans les vieux westerns, c'est lui ou moi et la prochaine fois, j'ai bien l'intention de tirer le premier.

Monroe paraissait inquiet. Il regarda Hill et Davis de l'autre côté de la table. Puis il se tourna vers Sandecker.

— Amiral, j'ai organisé cette réunion dans l'espoir d'enrôler M. Pitt pour qu'il coopère à notre opération. Mais il semble qu'il soit devenu un pétard mouillé. Puisqu'il est sous vos ordres, je vous suggère de le mettre en congé. Peter se débrouillera pour le faire protéger dans une maison sûre sur la côte du Maine.

— Et Julia ? demanda Pitt. Comment avez-vous l'intention de la protéger de toute nouvelle attaque ?

— Mlle Lee est un agent de l'INS, dit Harper avec hauteur. Elle continuera à travailler sur cette affaire. Une équipe de nos hommes veillera sur sa sécurité. Je vous garantis qu'elle ne risquera rien.

Pitt regarda Sandecker à l'autre bout de la table.

— Comment appelez-vous ça, amiral ?

Sandecker caressa sa barbe rousse à la Van Dyck. Seuls Pitt et Giordino comprirent la lueur sauvage qui s'alluma dans ses yeux.

— Il semble que nous n'ayons guère le choix. Une « maison sûre » est sans doute le meilleur endroit pour vous jusqu'à ce que Qin Shang et ses activités criminelles soient enfin arrêtés.

— Bon, je suppose que je n'ai rien à dire, admit sobrement Pitt. Allons-y pour une « maison sûre ».

Sandecker ne se laissa pas prendre un instant à l'acceptation de Pitt. Il savait que son directeur des projets spéciaux n'avait pas la moindre intention de quitter la place comme un agneau.

— Alors c'est réglé.

Soudain, il éclata de rire.

— Puis-je savoir ce que vous trouvez si drôle, amiral ? demanda sèchement Monroe.

— Désolé, monsieur Monroe. Mais je suis tellement soulagé de savoir que ni l'INS, ni le FBI, ni la CIA n'ont plus besoin de la NUMA !

— C'est exact. Après que vos agents ont saboté leur enquête sous-marine aux docks de la Qin Shang Maritime à Hong Kong et à Sungari, je vois qu'il ne sert à rien de demander son aide à votre agence.

Les paroles cinglantes de Monroe ne déclenchèrent ni fureur, ni violence, pas même la plus infime marque de colère. Pitt et Giordino restèrent assis sans montrer aucune émotion. Sandecker réussit tout juste à ne pas répondre aux remarques insultantes du commissaire. Il cacha ses poings serrés de colère sous la table.

Pitt se leva, suivi de Giordino.

— Je comprends très vite quand ma présence est indésirable. (Il sourit à Sandecker.) Je vous attends dans la voiture.

Puis il prit une main de Julia dans la sienne et la porta à ses lèvres.

— Vous êtes-vous déjà étendue sur la plage de Mazatlan pour regarder le soleil se coucher sur la mer de Cortes ? murmura-t-il à son oreille.

Elle regarda d'un air gêné les visages autour de la table et rougit.

— Je ne suis jamais allée au Mexique.

— Vous irez, promit-il, vous irez.

Sur quoi il lâcha sa main et sortit tranquillement de la salle de conférences, suivi de Giordino et de Sandecker.

Contrairement à la plupart des directeurs des agences gouvernementales américaines, qui exigent d'être transportés dans des limousines à Washington et alentour, l'amiral Sandecker préférait conduire lui-même. Après avoir quitté l'immeuble du quartier général de l'INS, il se mit au volant de la Jeep turquoise, l'un des véhicules du parc automobile de la NUMA, et longea la rive est du Potomac, sur la côte du Maryland. A plusieurs kilomètres au sud de la ville, il quitta la route principale et arrêta la Jeep dans un parking, près d'une petite marina. Fermant les portières, il s'engagea sur le ponton de bois et s'approcha d'un baleinier d'une soixantaine d'années qui avait servi de navire côtier à l'amiral Bull Halsey pendant la guerre du Pacifique. Il tourna la manivelle qui mit en marche le moteur diesel Buda à quatre cylindres pendant que Pitt et Giordino larguaient les amarres. Dès qu'ils sautèrent à bord, la petite embarcation s'éloigna sur le fleuve.

— J'ai pensé que nous pourrions avoir une petite discussion avant de rentrer à la NUMA, dit Sandecker en tenant la longue barre de la proue sous le bras. Aussi ridicule que cela puisse paraître, j'ai éprouvé une certaine réticence à converser dans mon propre bureau.

— C'est vrai qu'il y a de quoi être méfiant, sachant que Qin Shang peut acheter — et a acheté — la moitié de la ville, dit Pitt.

— Ce type a plus de tentacules que dix pieuvres siamoises, ajouta Giordino.

— Contrairement aux Russes, qui payaient avec un élastique les secrets pendant la guerre froide, Qin

Shang se fiche de lâcher des millions de dollars pour
acheter des gens et des renseignements.

— Soutenu par le gouvernement chinois, dit Pitt,
ses fonds sont inépuisables.

Giordino s'assit sur un banc en face de Sandecker.

— Quel lapin allez-vous sortir de votre chapeau,
amiral ?

— Quel lapin ?

— Je vous connais depuis trop longtemps pour
savoir que vous n'êtes pas du genre à avaler sans rien
dire le mépris et le ridicule. Votre esprit machiavélique a dû concocter quelque chose.

Pitt sourit.

— Je soupçonne que l'amiral et moi sommes sur
la même longueur d'onde. Nous n'allons pas laisser
la NUMA en dehors de la course pour pendre Qin
Shang à la branche la plus proche.

Les lèvres de Sandecker s'étirèrent en un petit sourire tandis qu'il éloignait le bateau de la route d'un
voilier qui virait de bord en amont.

— Je déteste que mes employés lisent dans mes
pensées.

— Sungari ? suggéra Pitt.

Sandecker fit signe qu'il avait raison.

— J'ai laissé Rudi Gunn et le *Marine Denizen* sur
place à quelques milles au sud du port de la Qin
Shang Maritime, sur l'Atchafalaya. J'aimerais que
vous deux alliez le rejoindre. Après quoi, vous atten-
drez l'arrivée du *United States*.

— Où est-il en ce moment ? demanda Giordino.

— Le dernier rapport le situe à 200 milles au large
du Costa Rica.

— Ça devrait le faire arriver à Sungari dans trois
jours, calcula Pitt.

— Vous aviez raison en ce qui concerne l'équipage. Il est monté à bord pour lui faire traverser le
canal de Panama.

— Y est-il resté ?

— Non. Après la traversée du canal, il a débarqué.
Le *United States* poursuit sa route sous radio-
commande.

— Un navire robot, murmura pensivement Giordino. Il est difficile de croire qu'un bateau de la taille du *United States* puisse traverser les mers sans personne à bord.

— La Navy a développé le concept d'un navire robot, il y a dix ans déjà, expliqua Sandecker. Les concepteurs et les constructeurs maritimes ont mis au point un navire d'arsenal qui est en fait un missile flottant capable de lancer au moins 500 missiles radiocommandés depuis un autre navire, un avion ou un port à des milliers de kilomètres de là, ce qui est un progrès radical par rapport aux porte-avions actuels qui exigent un équipage de 5 000 hommes. C'est le concept le plus nouveau depuis les sous-marins nucléaires lance-missiles. Les navires de guerre avec bombardiers incorporés ne devraient pas tarder à voir le jour.

— Quoi que Qin Shang ait en tête pour le *United States,* dit Giordino, ce n'est pas une plate-forme lance-missiles. Dirk et moi l'avons fouillé de fond en comble. Il ne contient aucun lance-missiles.

— J'ai lu votre rapport, dit Sandecker. Vous n'avez rien trouvé non plus qui laisse penser qu'il s'en servira pour faire passer des clandestins.

— C'est exact, reconnut Pitt. Quand on regarde de près les opérations de Shang, on a l'impression qu'elles ont été mises au point par un génie doublé d'un sorcier mais si on gratte un peu, on trouve une explication logique. Il a un dessein spécial pour ce navire, vous pouvez en être sûrs.

Sandecker remit les gaz et le baleinier prit de la vitesse.

— Ainsi, nous ne sommes pas plus avancés qu'il y a deux semaines.

— Sauf si ma théorie est bonne et que Shang ait bien l'intention de le saborder.

Sandecker parut en douter.

— Pourquoi saborder un transatlantique en parfait état après avoir dépensé des millions pour le remettre à flot ?

— Je ne connais pas la réponse, admit Pitt.

— Et c'est cette réponse que je veux que vous trouviez. Occupez-vous des affaires courantes et faites-vous emmener à Morgan City sur un jet de la NUMA. Je vais appeler Rudi pour lui annoncer votre arrivée.

— Maintenant que nous travaillons sans l'aval de l'INS et des autres agences d'investigation, jusqu'où pouvons-nous aller? demanda Pitt.

— Faites ce qu'il faut sans vous faire tuer, répondit fermement Sandecker. J'en prends la responsabilité et je répondrai de vos actes quand Monroe et Harper se rendront compte que nous n'avons pas disparu dans le brouillard et que nous ne sommes pas rentrés chez nous comme des petits garçons obéissants.

Pitt étudia l'expression de Sandecker.

— Pourquoi faites-vous tout ça, amiral? Pourquoi mettez-vous en danger votre poste de directeur de la NUMA pour arrêter Qin Shang?

L'amiral rendit à Pitt son regard avec un brin de ruse.

— Al et vous êtes prêts à agir derrière mon dos pour abattre Qin Shang, n'est-ce pas?

Giordino haussa les épaules.

— Je crois que oui.

— Au moment où Dirk a joué au lion froussard et a prétendu se soumettre aux exigences de Monroe et accepté de se mettre à l'abri, j'ai parfaitement compris que vous alliez vous remettre en chasse. En fait, je ne fais que me plier à l'inévitable.

Pitt avait depuis longtemps appris à connaître le personnage de Sandecker.

— Pas vous, amiral. Vous ne pliez jamais devant un événement non plus que devant quiconque.

Le regard de Sandecker brilla un instant puis s'apaisa.

— Si vous voulez le savoir, ces énergumènes autour de la table m'ont tellement agacé que je compte sur vous et sur Rudi Gunn pour jouer de toutes les ressources de la NUMA et attraper Qin Shang avant eux.

— Nous allons nous heurter à une sacré compétition ! remarqua Pitt.

— Peut-être, admit Sandecker, mais la Qin Shang Maritime opère sur l'eau et là, c'est nous qui avons l'avantage.

Quand la réunion s'acheva, Harper escorta Julia jusqu'à son bureau dont il ferma la porte. Il la fit asseoir et prit place derrière son bureau.

— Julia, j'ai pour vous une mission difficile. Mais il faut que vous soyez volontaire. Je ne suis pas sûr que vous soyez tout à fait à la hauteur pour le moment.

La curiosité de Julia était piquée.

— Je peux toujours écouter de quoi il s'agit.

Harper lui tendit un dossier. Elle l'ouvrit et étudia la photo d'une femme de son âge qui regardait l'objectif sans expression. A part une cicatrice au menton, Julia et elle auraient pu passer pour des sœurs.

— Elle s'appelle Lin Wan Chu. Elle a grandi dans une ferme de la province de Jiangsu dont elle s'est enfuie quand son père a voulu lui faire épouser un homme assez âgé pour être son grand-père. Elle a d'abord travaillé à la cuisine d'un restaurant du port de Qingdao puis elle est devenue chef de cuisine. Il y a deux ans, elle a signé un contrat de cuisinière avec la Qin Shang Maritime et travaille depuis sur un navire à conteneurs nommé le *Sung Lien Star*.

Julia reprit le dossier de la femme et nota qu'il émanait de la CIA. Elle commença à le lire tandis que Harper attendait patiemment qu'elle ait fini.

— Il y a en effet une ressemblance entre nous, dit-elle. Nous avons la même taille et le même poids. Et je n'ai que quatre mois de plus que Lin Wan Chu.

Le dossier ouvert sur ses genoux, elle regarda Harper.

— Vous voulez que je prenne sa place ? C'est ça, la mission ?

— C'est exact.

— Mes papiers ont été faits sur l'*Indigo Star*.
Grâce à un agent double à la solde de Qin Shang, ses
hommes ont sur moi un dossier d'un kilomètre.

— Le FBI pense avoir trouvé de qui il s'agissait et
le surveille de près.

— Je ne vois pas comment je pourrais prendre
l'identité de Lin Wan Chu sans me faire pincer, dit
Julia. Surtout pendant un long voyage.

— Vous n'aurez à être Lin Wan Chu que quatre,
peut-être cinq heures au plus. Juste le temps de vous
glisser dans la routine et tenter de savoir comment
Qin Shang s'y prend pour débarquer les clandestins.

— Vous êtes sûr du fait que le *Sung Lien Star*
cache des immigrés clandestins à son bord ?

— Un agent secret de la CIA à Qingdo a fait savoir
qu'il a vu plus de cent hommes, femmes et enfants
avec des bagages descendre d'autocars au plus fort
de la nuit et se diriger vers un entrepôt sur le quai où
était amarré le navire. Deux heures plus tard, le *Sung
Lien Star* a pris la mer. Au lever du jour, l'agent a
trouvé l'entrepôt vide. Plus de cent personnes ont
mystérieusement disparu.

— Et il pense qu'elles ont été clandestinement
embarquées ?

— Le *Star* est un grand navire à conteneurs. Il a la
capacité de cacher plus de cent personnes. Sa destination est le port de Sungari, en Louisiane. Il semble
peu douteux qu'il s'agisse bien d'un de ces navires
qui transportent les Chinois clandestins de Qin
Shang.

— Qu'ils m'attrapent cette fois, dit gravement
Julia, et je servirai d'appât aux requins en moins de
temps qu'il n'en faut pour le dire.

— Il n'y a pas autant de risques que vous le pensez, assura Harper. Vous ne travaillerez pas seule,
comme ce fut le cas sur l'*Indigo Star*. Vous aurez un
émetteur et vous serez guidée en permanence. Les
secours ne seront jamais à plus d'un kilomètre.

Quand il s'agissait de défier l'inconnu, Julia était

aussi courageuse que n'importe quel homme et parfois plus que la plupart. Son adrénaline commençait à monter à l'idée de faire de la corde raide.

— Il y a juste un problème, dit-elle d'une voix calme.

— Lequel ?

Une petite grimace tordit sa jolie bouche rouge.

— Mes parents m'ont appris la cuisine bourgeoise. Je n'ai jamais préparé la tambouille de base en quantité à ce jour.

29

La matinée était brillante, le ciel bleu clair avec seulement quelques petits nuages vaporeux comme du pop-corn sur un tapis bleu lorsque Pitt, aux commandes d'un petit hydravion à coque Skyfox, survola les bâtiments et les docks du port de Sungari. Il tourna en rond et fit plusieurs passages, rasant à moins de 100 pieds les flèches des grosses grues enlevant des caisses en bois des cales du seul transporteur amarré aux quais par ailleurs déserts. Le navire marchand était pris en sandwich entre le quai et une barge avec un remorqueur.

— Ça doit être un jour calme côté business, observa Giordino depuis le siège du copilote.

— Un seul navire déchargeant des marchandises dans un port construit pour accueillir toute une flotte ! remarqua Pitt.

— Le livre des pertes et profits de la Qin Shang Maritime doit être couvert de rouge !

— Que penses-tu de la barge ? demanda Pitt.

— Moins que rien. On dirait que l'équipage jette des sacs de plastique dans la barge comme si c'était le jour de ramassage des ordures.

— Tu vois des gardes ?

— Cet endroit est au milieu des marécages, dit Giordino en regardant autour de lui. Tout ce que des gardes pourraient faire serait de repousser les alligators de passage. On m'a dit qu'il y en avait plein par ici.

— Ça rapporte gros, dit Pitt. On utilise leur peau pour faire des chaussures, des bottes et des sacs. Heureusement, on ne va pas tarder à édicter une loi pour empêcher la chasse aux alligators avant que l'espèce ne soit en danger de disparaître.

— Ce pousseur de péniches et la barge d'ordures commencent à s'éloigner de la coque du cargo. Passe au-dessus quand ils atteindront la haute mer.

— Ce n'est pas un pousseur de péniche, c'est un remorqueur.

— Le mot est mal approprié. Pourquoi les appelle-t-on des remorqueurs alors qu'ils poussent au lieu de tirer les péniches dans les voies fluviales de l'île ?

— Quand il y a plusieurs péniches les unes derrière les autres, ça s'appelle un train de péniches et on les tracte, d'où le remorqueur.

— On devrait dire un pousseur de péniches, grommela Giordino.

— Je présenterai ta proposition au prochain pilote de rivière que je rencontrerai lors du bal annuel de la haute mer. Tu gagneras peut-être un aller gratuit sur un ferry.

— J'en ai déjà gagné un la dernière fois que j'ai acheté 50 litres de gasoil.

— On fait demi-tour.

Pitt bougea légèrement le levier de commande, inclinant l'avion à réaction Skyfox de Lockheed à deux places et le redressant sur une centaine de mètres avant de survoler le remorqueur haut comme un immeuble de cinq étages, avec son avant carré collé contre la poupe de la péniche unique. Un homme sortit de la timonerie du remorqueur et fit signe avec colère à l'avion de s'éloigner. Tandis que le Skyfox passait en rasant au-dessus du remorqueur, Giordino aperçut le regard torve et inamical de l'homme méfiant.

— Le commandant joue les paranoïaques quand tu le regardes de trop près.

— On devrait peut-être lui envoyer un mot pour lui demander le chemin de l'Irlande, plaisanta Pitt en préparant le Skyfox pour un autre survol.

Autrefois appareil d'entraînement militaire, l'avion avait été acheté par la NUMA et transformé en hydravion capable de se poser sur l'eau, avec une coque imperméable et des flotteurs rétractables. Avec ses deux moteurs à réaction montés derrière les ailes et le cockpit, le Skyfox était souvent utilisé par le personnel de la NUMA quand il était inutile de prendre un appareil plus important et aussi parce qu'il pouvait décoller sur l'eau, ce qui était très pratique pour les transports offshore.

Cette fois, Pitt passa à 9 mètres au plus de la cheminée du remorqueur et de son équipement électronique dressé au-dessus du toit de la timonerie. Pendant qu'ils surveillaient le bateau et la péniche, Giordino vit deux hommes se jeter à plat ventre au milieu des sacs d'ordures.

— Il y a deux types qui portent des mitraillettes. Ils ont essayé de se rendre invisibles mais c'est raté, annonça-t-il calmement, comme s'il citait les invités d'un dîner. Quelque chose me dit qu'il y a de la magouille dans l'air.

— Nous avons vu tout ce que nous pouvions voir, dit Pitt. Il est temps de rejoindre Rudi et le *Marine Denizen*.

Après un large virage, il reprit la direction de Sweet Bay en survolant l'Atchafalaya. Le navire de recherche apparut bientôt. Pitt abaissa les volets et les flotteurs pour se préparer à se poser. Il fit son approche en arrondi pour permettre à l'avion de venir embrasser l'eau calme en douceur et ne déclencha qu'une petite gerbe d'écume sous les flotteurs. Puis il s'approcha du navire de recherche et coupa les moteurs.

Giordino releva la verrière et fit un grand signe à Rudi Gunn et au commandant Frank Stewart, debout près du bastingage. Stewart se tourna pour crier un ordre. La pointe de flèche de la grue tourna jusqu'à se trouver au-dessus du Skyfox. Le câble descendit et Giordino attacha le crochet et les élingues aux extrémités des ailes et sur le fuselage avant d'attraper les cordes de retenue lancées par l'équipage. Au signal, on mit en marche le moteur de la grue et le Skyfox commença à s'élever.

L'eau tomba en cascade de la coque et des flotteurs tandis que l'équipage des garde-côtes levait l'hydravion à la bonne hauteur. Dès que ce fut possible, la grue vira et posa l'appareil sur l'aire d'atterrissage du pont arrière, à côté de l'hélicoptère de bord. Pitt et Giordino sortirent du cockpit et serrèrent la main de Gunn et de Stewart.

— On vous a regardés à la jumelle, dit Stewart. Si vous aviez tourné un peu plus bas au-dessus de Sungari, vous auriez pu visiter tout l'endroit en touristes.

— Avez-vous vu quelque chose d'intéressant ? demanda Gunn.

— C'est drôle que vous en parliez, dit Giordino. J'ai l'impression que nous avons peut-être vu quelque chose que nous n'étions pas supposés voir.

— Alors vous en avez vu plus que nous, soupira Stewart.

Pitt suivit des yeux un pélican qui pliait ses ailes et plongeait dans l'eau pour en ressortir avec un petit poisson dans son bec en forme de pelle.

— L'amiral nous a dit que vous n'aviez trouvé aucune ouverture dans les remblais sous les quais avant que les gardes vous piquent votre AUV.

— Même pas une fissure, admit Gunn. Si Qin Shang a l'intention de faire passer des immigrants clandestins par Sungari, ce n'est pas en les faisant sortir d'un bateau et passer par un tunnel souterrain jusqu'aux entrepôts du port.

— Vous nous avez prévenus qu'ils pouvaient se montrer malins, dit Stewart. Et nous avons vu comment. Maintenant, la NUMA a perdu un appareil hors de prix et nous n'osons pas demander qu'on nous le rende.

— Nous n'avons eu aucun résultat positif, dit Gunn d'un ton amer. Ces dernières 48 heures, nous n'avons fait que contempler des quais vides et des immeubles déserts.

Pitt mit la main sur l'épaule de Gunn.

— Allez, courage, Rudi. Pendant que nous sommes là à nous lamenter, un navire plein d'immigrants chinois se dirige vers Sungari et va bientôt y arriver pour débarquer sa cargaison quelque part sur la terre ferme.

Gunn regarda Pitt et vit dans son regard un éclat particulier.

— Allez, dis-nous ce que vous avez vu.

— Le remorqueur et les péniches qui ont quitté Sungari il n'y a pas longtemps, répondit Pitt. Al a aperçu deux types à bord des péniches et ils étaient armés. Quand nous les avons survolés, ils ont essayé de se cacher.

— Il n'y a rien de suspect à ce que l'équipage d'un remorqueur soit armé, remarqua Stewart. C'est habituel quand on transporte des marchandises de valeur.

— De valeur ? s'étonna Pitt en riant. La marchandise consistait en sacs d'ordures lancés du navire qui les avait accumulés au cours de son long voyage en mer. Les hommes n'étaient pas armés pour protéger les ordures mais pour empêcher leur chargement humain de s'enfuir.

— Comment sais-tu tout cela ? demanda Gunn.

— Par élimination. (Pitt commençait à se sentir bien. Il était sur la bonne voie.) En ce moment, la seule façon d'entrer et de sortir de Sungari, c'est sur un navire ou sur une péniche. Les navires débarquent les immigrants mais il n'y a aucun moyen de les transporter secrètement quelque part où ils attendront d'être envoyés partout dans le pays. Et vous avez la preuve qu'on ne les fait pas passer des navires aux entrepôts par des passages secrets. Alors il faut bien que ce transport se fasse par péniche.

— Ce n'est pas possible, décréta Stewart. Les douanes et les services de l'immigration arrivent à bord dès que le navire est à quai et ils le fouillent de fond en comble. Toutes les marchandises doivent être débarquées et mises dans les entrepôts pour inspection. Chaque sac d'ordures est examiné. Comment les gens de Qin Shang peuvent-ils tromper les inspecteurs ?

— Je crois que les clandestins sont secrètement massés dans un sous-marin sous la coque du navire qui les transporte depuis la Chine. Quand le navire arrive au port, on fait passer d'une façon ou d'une autre le sous-marin sous la péniche amarrée à côté pour recevoir les ordures et les agents de l'immigration font leur boulot mais ne trouvent pas les clandestins. Ensuite, les péniches vont jusqu'à un remblai en amont de l'Atchafalaya pour déposer les ordures. Elles s'arrêtent quelque part dans un endroit isolé et débarquent les étrangers.

Gunn ressemblait à un aveugle qui recouvrerait soudain la vue.

— Tu as compris tout ça rien qu'en survolant une péniche de ramassage d'ordures ?

— C'est seulement une théorie, dit modestement Pitt.

— Mais une théorie qu'on peut facilement vérifier, souligna Stewart.

— Alors nous perdons notre temps à bavarder, dit Gunn, très excité. On met un canot à l'eau et on suit le train de péniches. Al et toi garderez un œil dessus depuis l'avion.

— C'est le pire que nous puissions faire, coupa Giordino. Nous les avons déjà mis sur leurs gardes en survolant la péniche. Le commandant du remorqueur verra qu'il est suivi. Je propose que nous nous fassions oublier un moment et que nous soyons discrets.

— Al a raison, dit Pitt. Leur mystérieux informateur de Washington a peut-être déjà envoyé aux gardes de Sungari des photos de tout le monde à bord du *Marine Denizen*. Il vaut mieux que nous prenions notre temps et que nous soyons aussi discrets que possible dans nos recherches.

— Ne devrions-nous pas au moins prévenir l'INS ? demanda Stewart.

Pitt fit non de la tête.

— Pas avant d'avoir des preuves sérieuses.

— Il y a un autre problème, ajouta Giordino. Dirk et moi sommes interdits de séjour à vos côtés.

Gunn eut un sourire entendu.

— L'amiral me l'a dit. Vous êtes supposés vous être évadés d'un endroit secret dans le Maine appartenant au gouvernement.

— Ils ont probablement déjà un bulletin détaillé sur moi depuis que j'ai passé les frontières de l'État.

— Laissez le *Marine Denizen* ancré ici pour l'instant, conseilla Pitt. Quand les gardes de Qin Shang vous ont volé l'AUV, vous avez perdu votre couverture d'innocents chercheurs de la NUMA. Observez Sungari du mieux que vous pouvez en restant à l'ancre.

— S'ils sont après vous, ne vaudrait-il pas mieux aller un peu plus loin en aval vers le golfe ?

De nouveau Pitt fit signe que non.

— Je ne crois pas. Restez près d'eux. Je parie qu'ils sont plus que confiants et pensent que leur tactique et leur stratégie pour faire passer les clandestins sont indécelables et infaillibles. Qin Shang se croit intouchable. Qu'il continue à croire que les Chinois sont plus malins et que les Américains ne sont que des idiots de village. Pendant ce temps, Al et moi monterons une petite opération secrète de notre cru en amont et nous trouverons le lieu de transit. Les agents de l'immigration voudront savoir où les clandestins sont débarqués et détenus avant de monter dans les cars qui les emmènent aux quatre coins du pays. Des questions ? Des commentaires ?

— Si tu as découvert le modus operandi de Qin Shang, dit Stewart, ravi, nous avons fait la moitié du boulot.

Raz de marée

— Ça me paraît un bon plan, dit Gunn. Comment devons-nous procéder ?

— Le subterfuge sera à l'ordre du jour, expliqua Pitt. Al et moi irons nous installer à Morgan City. On se mêlera aux indigènes et on louera un bateau de pêche. Ensuite, direction l'Atchafalaya, que nous remonterons en cherchant le lieu de transit.

— Vous aurez sans doute besoin d'un guide, dit Stewart. Il y a des milliers d'anses, des marécages et des bayous entre ici et les écluses du canal au-dessus de Baton Rouge. Quand on ne connaît pas bien le fleuve, on risque de perdre du temps et de faire des efforts inutiles.

— Bonne idée, approuva Giordino. Je n'ai aucune intention de périr dans un bourbier et de devenir un mythe comme Amelia Earhart.

— Pas de danger que ça t'arrive, dit Stewart en souriant.

— Nous ne devrions avoir besoin que de cartes topographiques détaillées, dit Pitt au commandant du *Marine Denizen*. Nous vous tiendrons au courant de notre arrivée et de nos progrès par mon téléphone satellite. Vous nous préviendrez du prochain départ de péniches et du remorqueur après que le prochain navire aura atteint le port.

— Ça ne vous tuera pas de nous informer aussi de ce que devient le *United States*, ajouta Giordino. J'aimerais être dans le coin quand il arrivera à Sungari.

Gunn et Stewart échangèrent un regard gêné.

— Le *United States* ne viendra pas à Sungari, dit Gunn.

Les yeux verts de Pitt se plissèrent et ses épaules se raidirent légèrement.

— L'amiral Sandecker ne m'en a rien dit. Où avez-vous appris cela ?

— Dans le journal local, répondit Stewart. Nous envoyons un canot chaque jour à Morgan City pour acheter ce dont nous avons besoin. Celui qui y va rapporte le journal. L'histoire a fait grand bruit en Louisiane.

— Quelle histoire ? demanda Pitt.

— On ne vous a rien dit ? s'étonna Gunn.

— Qu'est-ce qu'on ne nous a pas dit ?

— Le *United States*, murmura Gunn. Il doit remonter le Mississippi jusqu'à La Nouvelle-Orléans où on va en faire un hôtel avec un casino.

Pitt et Giordino avaient l'air d'hommes à qui on vient d'annoncer que leurs économies se sont envolées. Giordino fit une grimace.

— On dirait, vieux frère, qu'on nous a laissés sur la touche !

— En effet, on s'est bien fait avoir.

La voix de Pitt se fit glaciale et son sourire ne présageait rien de bon.

— Mais tu sais, ajouta-t-il, les choses ne sont pas toujours ce qu'elles semblent être.

30

Plus tard le même après-midi, le *Weehawken*, le cotre des garde-côtes, caracolait avec aisance sur les vagues fines à peine soufflées par la brise. Il ralentit lorsque l'ordre vint de la timonerie de réduire la vitesse. Le commandant Duane Lewis regarda à la jumelle le gros porte-conteneurs qui approchait, venant du sud, à moins d'un mille. Calme et détendu, la casquette un peu rejetée en arrière sur ses cheveux blonds épars, il baissa les jumelles, révélant des yeux brun clair profondément enfoncés. Il se tourna et adressa un petit sourire à la femme qui se tenait près de lui sur l'aile de pont, vêtue de l'uniforme des garde-côtes des États-Unis.

— Voilà votre bateau, dit-il d'une belle voix de basse. Il arrive aussi discrètement qu'un loup déguisé en agneau. Et il a l'air, ma foi, assez innocent.

Julia Lee regarda par-dessus le bastingage le *Sung Lien Star* qui arrivait.

— C'est un leurre. Dieu sait combien de souffrances humaines se cachent dans ses flancs.

Elle ne portait aucun maquillage et une cicatrice factice lui traversait le menton. Elle avait coupé court sa magnifique chevelure noire et portait maintenant une coiffure très masculine que recouvrait une casquette de base-ball. Au début, elle n'avait pas été très enthousiaste pour accepter de prendre la place de Lin Wan Chu mais sa haine brûlante de Qin Shang et la confiance en sa réussite l'avaient poussée à accepter le défi. Elle ressentit un regain d'optimisme à la pensée qu'elle n'était pas seule pour accomplir cette mission.

Lewis dirigea ses jumelles vers la rive plate et verte et l'embouchure de l'Atchafalaya inférieur, à trois milles seulement. A part quelques bateaux de pêche à la langouste, l'eau était déserte. Il fit un signe au jeune officier qui se trouvait près de lui.

— Lieutenant Stowe, faites signe à ce navire de mettre en panne et de se tenir prêt à une visite d'inspection.

— A vos ordres, dit Stowe en se dirigeant vers la salle radio.

Bronzé, blond et grand, Jefferson Stowe avait l'allure d'un jeune professeur de tennis.

Le *Weehawken* prit une légère bande en réponse au mouvement de son gouvernail tandis que l'homme de barre amenait le cotre sur une course parallèle à celle du porte-conteneurs qui naviguait sous pavillon de la République populaire de Chine. Sur ses ponts étaient empilés quantité de conteneurs et pourtant il était étrangement haut au-dessus de l'eau, nota Lewis.

— Ont-ils répondu ? demanda-t-il assez fort pour être entendu de la timonerie.

— Ils ont répondu en chinois, répondit Stowe depuis la salle radio.

— Voulez-vous que je traduise ? proposa Julia.

— C'est une combine. La moitié des navires à qui nous demandons de mettre en panne ont l'habitude de jouer les idiots. La plupart de leurs officiers parlent mieux l'anglais que nous.

Lewis attendit patiemment tandis que le canon Mark 75 de 76 mm télécommandé et à tir rapide situé sur la proue pivotait pour diriger son sinistre tube vers le porte-conteneurs.

— Veuillez informer le commandant, *en anglais*, d'avoir à stopper ses machines ou je me verrai contraint de tirer sur son pont.

Stowe revint sur l'aile de pont, un large sourire aux lèvres.

— Le commandant a répondu en anglais, dit-il. Il annonce qu'il se met en panne.

Comme pour souligner son obéissance, l'écume que soulevait l'avant du navire retomba tandis que le gros porte-conteneurs s'arrêtait peu à peu. Lewis regarda Julia avec affection.

— Prête, mademoiselle Lee ?

— Aussi prête qu'on peut l'être, répondit-elle en hochant la tête.

— Vous avez vérifié votre radio ?

C'était à peine une question.

Julia regarda la minuscule radio attachée par un ruban adhésif entre ses seins, sous son soutien-gorge.

— Elle fonctionne parfaitement.

Sans qu'il la voie, elle serra ses jambes l'une contre l'autre pour sentir le petit pistolet automatique calibre 25 attaché à l'intérieur contre sa cuisse droite. Un couteau court Smith & Wesson modèle First Response, dont la lame pouvait s'ouvrir en un clin d'œil et assez solide pour trouer une feuille de métal, était attaché, lui, à son biceps, sous la manche de son uniforme.

— Gardez votre émetteur ouvert pour que nous puissions saisir chacune de vos paroles, dit Lewis. Le *Weehawken* restera assez près pour capter votre radio jusqu'à ce que le *Shang Lien Star* s'amarre à

Sungari et que vous nous informiez de ce que vous êtes prête à revenir. J'espère que la substitution ira aussi bien que prévu mais si vous rencontrez un problème après avoir pris l'identité de la cuisinière, appelez et nous viendrons vous chercher. Notre hélicoptère et un équipage resteront en l'air prêts à atterrir sur le pont.

— Je vous remercie de votre intérêt, commandant.

Julia se tut, se tourna légèrement et fit un signe à un homme corpulent avec une moustache à la gauloise dont les yeux gris profond la regardaient sous le bord de sa casquette de base-ball.

— Ce fut un rêve de travailler avec le chef Cochran pendant nos entraînements pour faire l'échange.

— Le chef Mickey Cochran a été baptisé de toutes sortes de noms, dit Lewis en riant, mais jamais traité de rêve.

— Je suis désolée d'avoir donné tant de mal à tant de monde, ajouta doucement Julia.

— Chacun, à bord du *Weehawken,* se sent responsable de votre sécurité. L'amiral Ferguson m'a donné l'ordre très strict de vous protéger, quelles que soient les conséquences. Je ne vous envie pas, mademoiselle Lee. Mais je vous promets que nous ferons tout ce qui est en notre pouvoir pour vous éviter des ennuis.

Elle détourna la tête, le visage impassible malgré les larmes qui se formaient aux coins de ses yeux.

— Merci, dit-elle simplement. Remerciez-les tous pour moi.

Stowe donna l'ordre de lancer le canot du cotre et le commandant regarda Julia.

— C'est l'heure. Dieu vous garde et bonne chance, ajouta-t-il en lui serrant le bras.

Le commandant Li Hung-chang, du *Sung Lien Star,* ne fut pas particulièrement ennuyé d'être obligé de s'arrêter pour accueillir à bord les garde-côtes américains. Il s'y attendait depuis longtemps.

Les directeurs de la Qin Shang Maritime l'avaient prévenu que les agents de l'Immigration redoublaient d'effort pour endiguer le flot des clandestins en constante augmentation. Il se sentait indifférent à toute menace. L'inspection la plus diligente ne découvrirait jamais la seconde coque attachée sous les cales et la quille de son navire qui abritait trois cents immigrants. Malgré les conditions insoutenables et la promiscuité, il n'en avait perdu aucun. Hung-chang était sûr que le généreux Qin Shang le récompenserait d'un bonus bien gras lorsqu'il rentrerait en Chine, comme par le passé. C'était son sixième voyage et il combinait le transport très légal du fret et le passage d'immigrants. Grâce à ses gains, il avait déjà fait construire une belle maison pour sa famille dans le quartier le plus huppé de Pékin.

Le visage calme et détendu, il regarda la vague de l'étrave retomber devant le cotre des garde-côtes. Hung-chang n'avait pas encore cinquante ans et pourtant ses cheveux commençaient à grisonner à cause du soleil, bien que sa mince moustache fût encore noire. Il avait un regard d'ambre sombre de bon grand-père et des lèvres minces à force de rester silencieuses. Un canot fut mis à l'eau et commença à s'approcher du *Sung Lien Star*. Il fit un signe à son second.

— Allez à l'échelle d'abordage accueillir nos hôtes. Il y en a une dizaine d'après ce que je vois. Secondez-les de votre mieux et laissez-leur un libre accès sur tout le navire.

Puis, aussi calme que s'il était assis dans le jardin de sa maison, le commandant Li Hung-chang se fit apporter une tasse de thé et regarda les envoyés du *Weehawken* prendre pied sur le pont et commencer leur inspection.

Le lieutenant de vaisseau Stowe présenta ses respects au commandant Hung-chang sur le pont puis demanda à voir les papiers du navire et le manifeste [1]. L'équipage du cotre des garde-côtes commença à se séparer, quatre allant fouiller les cabines du navire, trois examinant les conteneurs et trois autres allant voir les quartiers de l'équipage. Les Chinois parurent indifférents à l'intrusion et ne prêtèrent guère attention aux trois garde-côtes apparemment plus intéressés par le mess et en particulier par les cuisines que par leurs cabines individuelles.

Il n'y avait que deux marins dans la salle à manger du *Sung Lien Star*. Tous deux portaient l'uniforme blanc et le bonnet des cuisiniers. Assis autour d'une table, l'un lisait un journal chinois, l'autre mangeait un bol de soupe. Aucun ne protesta quand le chef Cochran, parlant par signes, leur demanda de passer dans la coursive pendant qu'on fouillait la salle à manger.

Habillée comme les membres de l'équipe de garde-côtes, Julia se dirigea directement vers la cuisine où elle trouva Lin Wan Chu vêtue d'un pantalon et d'une veste blanche. Elle tournait, dans une vaste marmite de cuivre, des crevettes dans de l'eau bouillante. Avertie par son commandant qu'elle devait coopérer avec les inspecteurs des garde-côtes, elle leva la tête et fit un grand sourire amical. Puis, sans plus s'occuper de Julia qui vint se poster derrière elle, elle continua son travail, les yeux fixés sur ses crevettes.

Lin Wan Chu ne sentit pas l'aiguille de la seringue entrer dans la chair de son dos. Après quelques secondes, ses yeux prirent une expression étonnée tandis que la vapeur lui paraissait soudain plus dense, s'épaississant en un gros nuage. Puis l'obscurité tomba sur elle. Beaucoup plus tard, lorsqu'elle revint à elle à bord du *Weehawken*, sa première pensée fut pour ses crevettes, qui étaient peut-être trop cuites.

En moins d'une minute et demie et grâce à l'entraînement au cours duquel elle avait répété

---

1. Liste de colisage des marchandises transportées.

maintes fois l'exercice, Julia avait revêtu l'uniforme blanc de la cuisinière tandis que Lin Wan Chu, allongée sur le pont, portait celui des garde-côtes américains. Trente secondes passèrent pendant que Julia coupait très court les cheveux de la cuisinière et lui mettait sur la tête la casquette de base-ball portant l'insigne du *Weehawken*.

— Emmenez-la, dit Julia à Cochran qui avait surveillé la porte pendant l'opération.

Cochran et les autres membres des garde-côtes saisirent rapidement la cuisinière chinoise, un de chaque côté, et passèrent un de ses bras sur leurs épaules de sorte que sa tête retombe sur sa poitrine, rendant son identification difficile. On baissa la casquette de base-ball au maximum sur son visage avant que Julia décide que c'était parfait. Elle murmura, si doucement qu'elle fut la seule à entendre :

— J'espère que vous jouerez votre rôle comme il faut.

Puis, la tirant et la portant à la fois, ils l'amenèrent sur le canot.

Julia reprit la cuiller de bois et continua à tourner l'eau des crevettes comme si elle n'avait fait que cela tout l'après-midi.

— Il semble qu'un de vos hommes se soit blessé, dit le commandant Hung-chang en voyant les Américains ramener un corps évanoui sur le canot.

— L'imbécile n'a pas fait attention où il mettait les pieds et s'est cogné la tête contre un tuyau, expliqua Stowe. Il doit avoir une belle bosse.

— Avez-vous trouvé quelque chose d'intéressant à bord de mon bateau ? demanda Hung-chang.

— Non, votre navire est sain, monsieur.

— Je suis toujours ravi d'obliger les autorités américaines, dit Hung-chang avec condescendance.

— Vous allez à Sungari ?

— Comme l'indiquent mes ordres et les documents fournis par la Qin Shang Maritime.

— Vous pouvez repartir dès que nous serons descendus, dit Stowe en saluant courtoisement le commandant chinois. Je regrette d'avoir dû vous retarder.

Vingt minutes après que le canot des garde-côtes se fut éloigné, le bateau pilote arriva de Morgan City et vint se ranger le long du *Sung Lien Star*. Le pilote monta à bord et se dirigea vers le pont. Bientôt, le navire porte-conteneurs traversa le chenal profond de l'Atchafalaya inférieur et le lac Sweet Bay en direction des docks de Sungari.

Le commandant Hung-chang se tenait sur l'aile de pont à côté du pilote cajun lorsque celui-ci prit la barre pour guider d'une main experte le navire dans les marécages. Par curiosité, Hung-chang regarda à la jumelle le bateau turquoise ancré juste à l'extérieur du chenal. De grosses lettres sur la coque indiquaient que le petit bâtiment était un navire de recherche appartenant à l'Agence Nationale Marine et Sous-Marine. Hung-chang les avait souvent vus faire des expériences scientifiques pendant ses voyages autour du monde. Il se demanda paresseusement quelles expériences ils étaient en train de faire, ici, sur l'Atchafalaya, au sud de Sungari.

En suivant de ses jumelles le pont du navire de recherche, il s'arrêta soudain pour regarder un homme de haute taille, aux cheveux épais noirs et ondulés, qui le regardait lui aussi dans ses propres jumelles. Ce que Li Hung-chang trouva bizarre, c'est que le marin du vaisseau de recherche ne considérait pas le navire porte-conteneurs lui-même.

Il paraissait surveiller le sillon laissé par sa poupe.

31

Julia eut du mal à déchiffrer les menus et les recettes de Lin Wan Chu. Bien que le chinois han fût la langue la plus parlée au monde, il y a plusieurs dialectes que reflètent des différences régionales. La mère de Julia lui avait appris à lire, écrire et parler le mandarin, le plus important de ces dialectes, quand elle était petite. Elle avait étudié la plus répandue des trois versions du mandarin, appelée le dialecte de Pékin. Mais Lin Wan Chu avait grandi dans la province du Jiangsu et donc écrivait et parlait une autre de ces variantes, le dialecte de Nankin. Heureusement, il y avait assez de similitudes pour que Julia puisse le comprendre. En travaillant devant la cuisinière, elle garda la tête baissée et légèrement tournée afin que personne ne puisse la voir de trop près.

Ses deux aides, un aide-cuisinier et un homme à tout faire, de la vaisselle au nettoyage de la cuisine, ne montrèrent aucun signe de soupçon. Ils firent ce qu'ils avaient à faire, ne parlant que de ce qui concernait le repas du soir, sans bavardage ni commentaire sur l'équipage. Julia pensa que le boulanger la regardait bizarrement mais quand elle lui ordonna de cesser de la dévisager et de retourner à ses woutons [1], il rit, fit une remarque grivoise et reprit ses occupations.

Les fours, les casseroles bouillantes et les friteuses que l'on tournait vigoureusement transformèrent bientôt la cuisine en un vrai bain de vapeur. Julia ne se rappelait pas avoir jamais transpiré à ce point. Elle but quantité de verres d'eau pour compenser. Elle fit une petite prière d'action de grâce en voyant son aide prendre des initiatives et commencer à préparer une soupe au cresson et du poulet aux germes de soja. Julia réussit parfaitement le porc rôti aux nouilles et le riz aux crevettes.

Le commandant Hung-chang fit une rapide visite aux cuisines pour avaler un feuilleté aux grains de sésame dès que le *Sung Lien Star* fut amarré au quai de Sungari. Puis il retourna sur le pont pour accueillir les douanes américaines et les officiels du service

1. Plat chinois frit dans l'huile.

412 Raz de marée

de l'Immigration. Il regarda Julia bien en face mais ses yeux ne trahirent aucun signe d'étonnement. Pour lui, pas de doute, elle était bien Lin Wan Chu.

Julia rejoignit les autres membres de l'équipage qui devaient les uns après les autres montrer leur passeport aux agents de l'Immigration montés à bord. Généralement, c'était le commandant qui présentait les passeports pour que l'équipage puisse continuer à travailler mais l'INS était particulièrement stricte en ce qui concernait les navires entrant dans le port appartenant à la Qin Shang Maritime. Un agent examina le passeport de Lin Wan Chu que Julia avait trouvé dans la cabine de la cuisinière. Il ne la regarda même pas. « Tout est carré et très professionnel », pensa-t-elle. En regardant son visage, l'officier aurait pu montrer qu'il la reconnaissait, même si son expression était passée inaperçue.

Dès que l'équipage en eut fini avec les services de l'Immigration, il descendit dîner. La cuisine était située entre le carré des officiers et le mess des marins. En tant que chef de cuisine, Julia servit les officiers pendant que ses aides s'occupaient des marins. Elle était impatiente de se promener sur le navire mais, jusqu'à ce que l'équipage ait dîné, elle devait jouer son rôle pour ne pas éveiller des soupçons.

Elle resta tranquille pendant tout le repas, s'occupant dans la cuisine, adressant de temps à autre un sourire à un marin qui la complimentait sur la qualité de la nourriture et demandant à être resservi. Elle n'agissait pas seulement comme Lin Wan Chu. Pour tout le monde à bord, elle _était_ Lin Wan Chu. Il n'y eut aucun soupçon, aucune incrédulité. Personne ne remarqua les petites différences de comportement, d'apparence ou de langage. Pour eux, c'était la même cuisinière qui avait préparé leurs repas à bord du _Sung Lien Star_ depuis qu'ils avaient quitté Qingdao.

Point par point, elle repassa mentalement les étapes de sa mission. Jusqu'à présent, tout s'était bien passé mais il restait un point difficile à expliquer. S'il y avait à bord 300 clandestins, comment les nourrissait-on ? Certainement pas avec sa cuisine. D'après le menu et les recettes de Lin Wan Chu, elle ne préparait de nourriture que pour 30 marins. Il était idiot de penser qu'il pouvait y avoir une autre cuisine à bord pour nourrir les passagers. Elle vérifia les placards et les chambres froides où l'on entreposait les denrées. Elle n'y trouva que ce qui était prévu pour les repas de l'équipage du *Sung Lien Star* pendant le voyage de Chine à Sungari. Elle commença à se demander si les gens qui renseignaient Peter Harper, à l'agence de la CIA à Qingdao, ne s'étaient pas trompés ou s'ils n'avaient pas confondu les noms des navires.

Calmement, elle s'assit dans le petit bureau de Lin Wan Chu et fit semblant de préparer les menus du lendemain. Du coin de l'œil, elle surveilla son assistant qui rangeait dans un réfrigérateur les restes du dîner et l'homme qui nettoyait les tables avant de se mettre à la vaisselle.

Avec naturel, elle quitta le bureau et se dirigea vers le carré des officiers puis dans la coursive, soulagée de voir que les deux hommes ne paraissaient pas remarquer son départ. Elle grimpa une échelle et sortit sur le pont, sous la timonerie et les ailes de pont. Déjà les grandes grues du quai se mettaient en position pour décharger les conteneurs empilés sur le pont de fret.

Elle regarda par-dessus bord et vit un remorqueur pousser un train de péniches le long du navire. Tous les marins semblaient chinois. Deux d'entre eux commençaient à lancer dans une péniche des sacs de plastique bourrés d'ordures par une écoutille. L'action était surveillée par un agent des stupéfiants qui sondait et examinait chaque sac avant qu'on le jette sur la péniche.

Toute la scène paraissait totalement innocente de toute activité illégale. Julia ne vit rien qui puisse poser problème. Le navire avait été fouillé par les garde-côtes, les douanes et les officiers de l'Immigration et ils n'avaient trouvé ni clandestin, ni drogue, ni rien d'illégal. Les conteneurs étaient remplis de matériel commercial manufacturé dont des vêtements, des chaussures de plastique et de caoutchouc, des jouets, des radios et des téléviseurs, tous fabriqués par la main-d'œuvre chinoise à bas salaire, au détriment des milliers de travailleurs américains qui avaient perdu leurs emplois.

Elle retourna à la cuisine et remplit un seau de gâteaux au sésame (des échalotes et des graines de sésame en chaussons) dont elle savait que le commandant Hung-chang était friand. Puis elle se mit à se promener dans les entrailles du navire, vérifiant les cabines et les compartiments en dessous de la ligne de flottaison. La plupart des marins travaillaient au-dessus, à décharger les conteneurs. Ceux, peu nombreux, qui étaient restés en bas parurent ravis de la voir distribuer les galettes de son seau. Elle longea la salle des machines, certaine qu'on n'y cachait aucun clandestin. Aucun chef mécanicien digne de ce nom ne permettrait qu'on mette des passagers près de ses chers moteurs.

Le seul moment où elle fut proche de la panique fut lorsqu'elle se perdit dans le grand compartiment contenant les réservoirs de carburant du navire. Elle fut surprise par un marin qui entra derrière elle et exigea de savoir ce qu'elle faisait là. Julia sourit, lui offrit des galettes et lui dit que c'était l'anniversaire du commandant qui souhaitait que tout le monde en profite. Le marin, qui n'avait aucune raison de soupçonner la cuisinière du bord, accepta les galettes avec plaisir et lui sourit.

Après une recherche stérile dans tous les coins du *Sung Lien Star* où on aurait pu cacher et nourrir des dizaines de passagers, n'ayant rien trouvé de suspect, elle reprit le chemin du pont ouvert tribord. Debout devant le bastingage comme si elle rêvait de faire un tour à terre et s'étant assurée que personne ne pouvait l'entendre, elle mit un petit écouteur dans son oreille et commença à parler dans l'émetteur caché entre ses seins.

— Je regrette de vous le dire mais ce navire paraît sain. J'ai fouillé tous les ponts et je n'ai trouvé aucune trace de clandestins.

Le commandant Lewis, à bord du *Weehawken*, répondit sans délai.

— Êtes-vous en sécurité ?

— Oui, on m'a acceptée sans réserve.

— Souhaitez-vous débarquer ?

— Pas encore. J'aimerais rester encore un moment.

— Tenez-moi au courant, s'il vous plaît, dit Lewis. Et soyez prudente.

Les dernières paroles de Lewis arrivèrent un peu assourdies, tandis que l'air tremblait soudain d'un bruit assourdissant suivi par le grondement des moteurs de l'hélicoptère du *Weehawken* qui résonna au-dessus du quai. Julia retint à temps un salut de la main. Elle resta tranquillement penchée sur le bastingage, regardant l'appareil avec une curiosité apparemment indifférente. Elle ressentit une vague de plaisir à l'idée qu'elle était surveillée et protégée par deux garde-côtes américains agissant comme des anges gardiens.

Elle était à la fois soulagée d'avoir achevé sa mission et frustrée de n'avoir trouvé aucune activité criminelle. D'après ce qu'elle avait vu, encore une fois Qin Shang s'était montré plus malin que tout le monde. Si elle était raisonnable, elle appellerait Lewis pour lui dire de venir la chercher ou elle sauterait par-dessus bord dans les bras du premier agent de l'Immigration qu'elle trouverait. Mais elle ne pouvait se résoudre à quitter le navire par défaut. Il devait y avoir une réponse et Julia était bien décidée à la trouver.

Elle se promena sur la poupe, descendit sur le pont bâbord le plus bas jusqu'à avoir une vision directe sur la péniche, maintenant à moitié remplie de sacs de plastique. Elle resta un long moment accoudée au bastingage, étudiant la péniche et le remorqueur tandis que son commandant mettait en marche les puissants moteurs pour s'éloigner du *Sung Lien Star*. Le remous des hélices jumelles commença à battre l'eau calme et brunâtre qui se couvrit d'écume.

Julia se sentait frustrée. Aucun groupe d'immigrants n'était entassé dans des conditions sordides à bord du *Sung Lien Star*. De cela, elle était certaine. Cependant, elle ne doutait pas vraiment de la véracité des dires de l'agent de la CIA à Qingdao. Qin Shang était un chien retors. Il avait probablement trouvé un moyen capable de tromper les meilleurs enquêteurs du gouvernement.

Il n'y avait aucune réponse évidente ou immédiate. S'il existait une solution, elle était sans doute en rapport avec le remorqueur et la péniche qui maintenant s'éloignaient du navire. Julia ne voyait pas d'alternative. Elle devait admettre son échec. Son insuffisance la submergea et elle se sentit en colère contre elle-même. Elle savait, elle était sûre, qu'il lui fallait agir.

Un rapide coup d'œil lui confirma que la porte des cales avait été fermée et qu'aucun marin ne travaillait plus le long de la coque face au quai. Le commandant du remorqueur était occupé à la barre tandis qu'un marin servait de vigie sur l'aile de pont et un autre se tenait à l'avant, tous deux fixant l'eau devant le bateau. Personne ne regardait vers l'arrière.

Tandis que le remorqueur passait devant elle, elle regarda son pont arrière. Une longue corde était enroulée à l'arrière de la cheminée. Elle en estima la longueur à 3 mètres et grimpa par-dessus le bastingage. Elle n'avait pas le temps d'appeler Lewis pour expliquer ce qu'elle allait faire. Elle rejeta toute hésitation. Julia était une femme de décision rapide. Elle prit une profonde inspiration et sauta.

Personne ne vit le saut de Julia dans la péniche, en

tout cas personne du *Sung Lien Star*. Mais Pitt, à bord du *Marine Denizen,* ancré à l'entrée du port, ne le manqua pas. Depuis une heure, assis sur le fauteuil du commandant sur l'aile de pont, sans s'occuper du soleil ou des petites ondées rapides, il avait observé à la jumelle l'activité bruissante autour du navire porte-conteneurs. Il s'était particulièrement intéressé à la péniche et au remorqueur. Il avait intensément suivi le passage des sacs d'ordures accumulés pendant le long voyage depuis la Chine. Les sacs, soigneusement fermés, étaient lancés par une écoutille ouverte dans la coque du navire jusqu'à la péniche en dessous. Quand le dernier sac fut jeté et l'écoutille refermée, Pitt était sur le point de porter son attention aux conteneurs que les grues enlevaient pour les poser sur le quai quand soudain il aperçut une silhouette enjamber le bastingage et se laisser tomber sur le toit du remorqueur.

— Mais qu'est-ce qu'il fout ? explosa-t-il.

Rudi Gunn, debout près de lui, se raidit.

— Tu as vu quelque chose d'intéressant ?

— J'ai vu quelqu'un plonger du navire sur le remorqueur.

— Probablement un marin.

— Ça ressemblait au cuisinier du navire, dit Pitt en gardant ses jumelles fixées sur le remorqueur.

— J'espère qu'il ne s'est pas blessé, dit Gunn.

— Je crois qu'un rouleau de corde a amorti sa chute.

— As-tu découvert quelque chose qui confirme l'existence d'un machin sous-marin quelconque pouvant passer du fond du navire à celui de la péniche ?

— Rien qui puisse tenir devant un tribunal, admit Pitt.

Ses yeux vert opaline parurent s'assombrir tandis qu'une vague étincelle s'y allumait.

— Mais ça pourrait bien changer dans les quarante-huit heures, murmura-t-il.

32

Le petit bateau à réaction du *Marine Denizen* traversa vivement le chenal intercostal puis ralentit
devant les quais de Morgan City. La ville était protégée des débordements du fleuve par une jetée de
béton de 2,50 mètres de haut et une digue gigantesque haute de 6 mètres qui faisait face au golfe.
Deux ponts autoroutiers et un pont de chemin de fer
enjambaient l'Atchafalaya jusqu'à Morgan City, les
éclats blancs des phares et rouges des feux arrière les
illuminant comme un collier de perles glissant entre
les doigts d'une femme. Les lumières des bâtiments
se reflétaient dans l'eau, tremblantes sous le remous
des bateaux de passage.

Avec une population de 15 000 âmes, Morgan City
était la plus grosse communauté de la paroisse de St.
Mary (les divisions civiles de Louisiane s'appellent
des paroisses et non des comtés, comme dans la plupart des États).

La ville présente son côté ouest à la large pente de
l'Atchafalaya qui porte là le nom de Berwick Bay. Au
sud, le bayou Bœuf encercle la cité comme une vaste
douve qui se jette dans le lac Palourde.

Morgan City est la seule ville sise sur les rives de
l'Atchafalaya. Elle est assez basse, ce qui la rend vulnérable aux inondations et aux très hautes marées,
surtout pendant les ouragans, mais les résidents ne
prennent jamais la peine de regarder vers le sud
pour voir si le golfe amène de menaçants nuages
noirs. La Californie a ses tremblements de terre, le
Kansas ses tornades, le Montana ses tempêtes de
neige, « alors pourquoi nous en faire ? » pensent les
riverains.

La communauté est un peu plus urbaine que la
plupart des autres villes et bourgades du pays des
bayous de Louisiane. Elle sert de port de mer, de lieu
de ravitaillement pour les pêcheurs, les compagnies
pétrolières et les constructeurs maritimes et pour-

tant elle a le charme d'une ville de rivière comme celles qui bordent le Missouri et l'Ohio. La plupart des bâtiments font face au fleuve.

Une procession de bateaux de pêche passa. Les embarcations aux proues pointues, avec leurs francs-bords et leurs cabines montées très à l'avant, leurs mâts et leurs flèches à filets de pêche sur la proue, se dirigeaient vers les eaux profondes du golfe. Celles qui restaient en eaux moins profondes avaient des fonds plats pour assurer moins de tirant, des francs-bords moins hauts, des proues arrondies et des mâts situés en avant tandis que les cabines, plus petites, se tenaient sur la poupe. Tous pêchaient la crevette. Les ostréiculteurs formaient une autre race. Étant donné que la plupart travaillaient dans les eaux de l'intérieur, ils n'avaient pas de mât.

L'un fut un peu secoué par le bateau de la NUMA, ses ponts presque à la surface de l'eau et une petite montagne d'huîtres encore non écalées de 1,80 mètre à 2 mètres de haut.

— Où dois-je vous laisser ? demanda Gunn, assis à la barre du runabout sans hélice.

— Le bar du bord de mer le plus proche me paraît le lieu idéal pour rencontrer les gens du fleuve, répondit Pitt.

Giordino montra une vieille construction de bois en mauvais état s'étirant le long du quai. Une enseigne au néon annonçait « Chez Charlie, fruits de mer et boissons ».

— Ça m'a l'air un endroit pour nous.

— Ce doit être dans l'entrepôt d'à côté que les pêcheurs apportent leurs prises, remarqua Pitt. Ce lieu en vaut un autre pour poser des questions sur les allées et venues inhabituelles sur le fleuve.

Gunn ralentit l'embarcation pour s'arrêter au bas d'une échelle de bois.

— Bonne chance, dit-il en souriant tandis que Pitt et Giordino commençaient à monter sur le quai. N'oubliez pas d'écrire.

— On reste en contact, assura Pitt.

Gunn fit un geste d'adieu, s'éloigna du quai et lança le petit bateau turquoise vers le *Marine Denizen*.

Le quai sentait le poisson et l'odeur était d'autant plus âcre que l'humidité du soir tombait. Giordino montra une colline de coquilles d'huîtres, presque aussi haute que le toit du bar sur le quai.

— Une bière Dixie et une douzaine de ces succulentes huîtres du golfe, c'est exactement ce dont j'ai envie en ce moment, dit-il en les savourant d'avance.

— Je parie que les gambas sont aussi de première.

Passer la porte de chez Charlie était comme remonter dans le temps. Le vieux climatiseur avait depuis longtemps perdu la bataille contre la sueur des hommes et les fumées de tabac. Le plancher de bois était usé par les bottes des pêcheurs et balafré par des centaines de mégots. On avait fabriqué les tables avec des écoutilles de vieux bateaux et elles aussi portaient des traces de brûlures de cigarettes. Les vieilles chaises paraissaient avoir été raccommodées et recollées après des années de bagarres de bar. Les murs étaient couverts de vieilles publicités métalliques allant de la Ginger Ale de Tante Bea au whisky du Vieux Sud et au Bait Shack de Goober. Toutes étaient marquées de traces de balles plus ou moins anciennes. On n'y voyait aucune de ces affiches modernes vantant des bières comme on en trouve dans la plupart des bars du pays. Les étagères, derrière le bar, étaient bourrées d'une centaine de marques de liqueurs différentes, certaines distillées localement. On les aurait dit clouées au mur au hasard à l'époque de la guerre de Sécession. Le bar lui-même avait été taillé dans le pont d'un bateau de pêche depuis longtemps abandonné et aurait eu grand besoin d'être calfaté.

La clientèle était composée de pêcheurs, d'employés du port et des chantiers de construction ainsi que d'ouvriers des plates-formes pétrolières offshore. Tous étaient des hommes rudes. On était en pays cajun et plusieurs bavardaient en français. Il y avait au moins trente hommes dans le bar et pas une seule femme, pas même une serveuse. Le patron se chargeait du service. La bière ne se buvait pas dans un verre mais à la bouteille ou à la canette. Seule la liqueur avait droit à un verre craquelé et ébréché. Un serveur, qui semblait participer aux séances de lutte des jeudis soir dans les arènes locales, servait la nourriture.

— Qu'est-ce que tu en penses ? demanda Pitt.

— Maintenant, je sais où vont mourir les vieux cafards.

— N'oublie pas de sourire et de dire « monsieur » à toutes ces brutes s'ils te demandent l'heure.

— C'est le dernier endroit où je déclencherais une bagarre, assura Giordino.

— Heureusement que nous ne sommes pas habillés comme des touristes tout juste descendus de leurs yachts, remarqua Pitt en regardant les vêtements de travail sales et rapetassés que les marins du *Marine Denizen* leur avaient dégottés. Encore que je ne sais pas si ça ferait une différence. Ils savent que nous ne sommes pas des leurs à notre odeur de propre.

— Je savais bien que je n'aurais pas dû prendre un bain le mois dernier, plaisanta Giordino.

Pitt salua et montra une table libre.

— On dîne ?

— D'accord, répondit Giordino en s'inclinant à son tour.

Il tira une chaise et s'assit.

Après vingt minutes pendant lesquelles personne n'avait fait mine de prendre leur commande, Giordino bâilla.

— On dirait que le serveur est plus doué que les autres pour faire semblant d'ignorer notre table, dit-il.

— Il a dû t'entendre, dit Pitt en souriant. Le voilà.

Le serveur portait un jean coupé en short et un

tee-shirt orné de l'image d'un longhorn [1] en train de descendre à skis une colline brune et de la légende « Si Dieu avait voulu que les Texans fassent du ski, il aurait fait la bouse de vache blanche ».

— J'peux vous apporter quelque chose à manger ? dit-il d'une voix curieusement haut perchée.

— Est-il possible d'avoir une douzaine d'huîtres et une bière Dixie ? demanda Giordino.

— C'est comme si c'était fait, dit le serveur. Et vous ?

— Une assiette de vos célèbres gambas.

— J'savais pas qu'elles étaient célèbres mais c'est vrai qu'elles sont bonnes. Qu'est-ce que vous boirez ?

— Vous avez de la tequila, derrière le bar ?

— Sûr, on a plein de pêcheurs d'Amérique centrale, ici.

— Alors une tequila avec des glaçons et du citron vert.

Le serveur se dirigea vers la cuisine, les rassurant d'un « J'reviens tout de suite ».

— J'espère qu'il ne se prend pas pour Arnold Schwarzenegger, murmura Giordino.

— Relaxe, dit Pitt. Profite de la couleur locale, de l'ambiance et de la fumée.

— Je pourrais en profiter pour en rajouter un peu, dit Giordino en allumant un de ses cigares exotiques.

Pitt fit des yeux le tour de la pièce, cherchant quelqu'un à qui il pourrait arracher quelques renseignements. Il élimina un groupe de « pétroliers » rassemblés autour du bar en train de jouer aux cartes. Peut-être les dockers, quoiqu'ils n'aient pas l'air très ouverts aux étrangers. Il commença à porter son attention sur les pêcheurs. Quelques-uns étaient assis à une table commune et jouaient au poker. Un homme plus âgé, soixante-cinq ans environ, pensa Pitt, avait tiré une chaise près d'eux mais ne jouait pas. Il avait l'air d'un solitaire mais un éclat d'humour et de sympathie brillait dans ses yeux

_____
1. Bœuf aux longues cornes du Texas.

bleu-vert. Il avait des cheveux gris et une moustache assortie qui rejoignait la barbe autour de son menton. Il regardait les autres poser leurs mises sur la table de poker comme un psychologue en train d'étudier le comportement de souris de laboratoire.

Le serveur apporta leurs boissons, sans plateau, un verre dans une main et une bouteille dans l'autre.

— Quelle marque de tequila a le patron ?

— Pancho Villa, je crois.

— Si je m'y connais bien, la Pancho Villa est en bouteille de plastique ?

Le serveur tordit ses lèvres comme s'il essayait de se rappeler quelque chose qu'il avait vu des années auparavant. Puis son visage s'éclaira.

— Ouais, vous avez raison. C'est bien en bouteille de plastique. C'est un bon remontant pour ce que vous avez.

— Je n'ai rien pour le moment, dit Pitt.

Giordino eut un petit sourire satisfait.

— Combien y en a-t-il dans la bouteille et combien ça coûte ?

— J'ai acheté une bouteille dans le désert de Sonoran pendant la mission sur l'or des Incas [1] pour 1,67 dollar, dit Pitt.

— Et ça se boit sans danger ?

Pitt leva le verre dans la lumière avant d'en avaler une bonne gorgée. Puis il s'amusa à loucher et dit :

— N'importe quel port dans une tempête !

Le serveur revint de la cuisine avec les huîtres de Giordino et les gambas de Pitt. Ils décidèrent de manger aussi une assiette de poisson-chat. Les huîtres du golfe étaient si grosses que Giordino dut les couper comme un steak. Quant aux gambas, il y en avait assez pour apaiser l'appétit d'un lion. Après s'être calé l'estomac, ils commandèrent une autre bière et une autre tequila et défirent un cran de leurs ceintures.

Pendant tout le repas. Pitt avait à peine quitté des

---

1. Voir *L'Or des Incas, op. cit.*

yeux le vieil homme qui regardait les joueurs de poker.

— Qui est ce vieux bonhomme là-bas, à cheval sur sa chaise? demanda-t-il au serveur. Je suis sûr de le connaître mais je ne peux pas me rappeler où je l'ai vu.

Le serveur chercha dans la salle et son regard se posa sur le vieil homme.

— Oh! Lui! Il possède une flottille de bateaux de pêche. Ils ramassent surtout des crabes et des crevettes. Il a aussi un gros élevage de poissons-chats. On ne dirait pas en le voyant mais il est très riche.

— Vous ne savez pas s'il loue des bateaux?

— J'sais pas. Faudra lui demander.

Pitt regarda Giordino.

— Pourquoi n'irais-tu pas au bar voir si tu peux apprendre quelque chose sur l'endroit où les remorqueurs de la Qin Shang Maritime jettent les sacs d'ordures?

— Et toi?

— Je vais me renseigner sur les opérations de dragage en amont.

Giordino approuva silencieusement et se leva. Peu après, il plaisantait avec plusieurs pêcheurs, les régalant des histoires un peu exagérées de ses pêches au large de la Californie. Pitt s'approcha du vieux pêcheur et se tint debout près de lui.

— Excusez-moi, monsieur, mais j'aimerais vous parler un instant.

L'homme à la barbe grise et aux yeux bleu-vert examina Pitt, de la boucle de sa ceinture à ses cheveux noirs ondulés. Puis il fit un signe de tête, se leva et précéda Pitt jusqu'à une place à l'écart dans un coin du bar. Après s'être assis et avoir commandé une autre bière, le pêcheur demanda:

— Que puis-je faire pour vous, monsieur...?

— Pitt.

— Monsieur Pitt. Vous ne venez pas du pays bayou.

— Non. J'appartiens à l'Agence Nationale Marine et Sous-Marine, à Washington.

— Vous faites de la recherche marine?

— Pas cette fois-ci, dit Pitt. Mes collègues et moi travaillons avec les services de l'Immigration pour tenter d'arrêter le flux des immigrants clandestins.

Le vieil homme tira un bout de cigare de la poche de son vieux coupe-vent et l'alluma.

— Comment puis-je vous aider?

— J'aimerais louer un bateau pour inspecter une excavation en amont du fleuve...

— Le canal creusé par Qin Shang pour construire Sungari? l'interrompit le pêcheur.

— Exactement.

— Il n'y a pas grand-chose à voir. Sauf un gros fossé, là où coulait autrefois le Mystic Bayou. Maintenant on l'appelle le Mystic Canal.

— Je ne peux pas croire qu'il ait fallu tant de remblais pour construire le port, dit Pitt.

— Tout ce qu'ils ont dragué dans le canal et qu'ils n'ont pas utilisé pour remblayer, ils l'ont jeté dans la mer et dans le golfe, répondit le pêcheur.

— Y a-t-il une communauté dans le coin?

— Autrefois, il y avait une ville nommée Calzas au bout du bayou, pas très loin du Mississippi. Mais elle a disparu.

— Calzas n'existe plus? s'étonna Pitt.

— Les Chinois ont fait savoir qu'ils rendaient service aux habitants en leur accordant un accès à l'Atchafalaya. Mais en vérité, ils ont acheté les propriétaires. Ils les ont payés trois fois plus que ne valaient leurs terres. Ce qui est encore debout est une ville fantôme. Le reste a été détruit au bulldozer et jeté dans les marécages.

Pitt ne comprenait plus.

— Mais à quoi cela a-t-il servi de creuser un canal en cul-de-sac alors qu'ils auraient pu creuser plus facilement des remblais n'importe où dans la vallée de l'Atchafalaya?

— Tout le monde se le demande, d'un bout à l'autre du fleuve, dit le pêcheur. Le problème, c'est que des amis à moi qui pêchent dans ce bayou depuis trente ans n'y sont plus les bienvenus. Les Chinois ont installé une chaîne en travers du nouveau canal et ne permettent plus aux pêcheurs d'y aller. Aux chasseurs non plus, d'ailleurs.

— Est-ce qu'ils utilisent le canal pour faire passer des péniches ?

— Si vous pensez qu'ils font passer leurs clandestins par ce canal, oubliez ça. Les seuls trains de péniches qui remontent le fleuve en sortant de Sungari virent au nord-ouest en haut du bayou Teche et s'arrêtent près d'un moulin à sucre abandonné à environ 15 km de Morgan City. La Qin Shang Maritime l'a acheté pendant la construction de Sungari. La ligne de chemin de fer qui longeait le moulin a été restaurée par les Chinois.

— Où se connecte-t-elle ?

— A la ligne principale de la Southern Pacific.

Les eaux boueuses commençaient à s'éclaircir. Pitt resta un long moment silencieux, les yeux dans le vague. Le sillage qu'il avait observé derrière le *Sung Lien Star* faisait un rouleau inhabituel et pourtant bien marqué sous la surface bouillonnante qui n'était pas normale étant donné la forme originale de la coque du navire marchand. Il lui semblait que la coque déplaçait plus d'eau qu'il n'était naturel pour sa forme ou bien qu'elle portait une seconde coque extérieure. Mentalement, il commença à visualiser un bateau séparé, peut-être un sous-marin, attaché à la quille du porte-conteneurs. Finalement il demanda :

— Y a-t-il un nom attaché à cet appontage ?

— Autrefois, on l'appelait Bartholomeaux, du nom du constructeur du moulin en 1909.

— Pour arriver assez près pour inspecter Bartholomeaux sans éveiller les soupçons, je vais avoir besoin de louer une sorte de bateau de pêche.

Le vieux pêcheur regarda Pitt dans les yeux, haussa légèrement les épaules et sourit.

— Je peux faire mieux que ça. Ce dont vous avez besoin, c'est d'un bateau genre péniche aménagée.

— Péniche aménagée?

— On appelle ça parfois des péniches de camping. Les gens les utilisent pour visiter les rivières, ils s'amarrent dans les bayous à côté des villes ou des fermes avant de repartir plus loin. Souvent, ils restent amarrés au même endroit et les utilisent comme des caravanes de camping. Mais il n'y a plus grand monde pour vivre dessus de façon permanente.

— Autrement dit, une péniche aménagée, dit Pitt.

— Sauf qu'une péniche ne voyage généralement pas de façon autonome, dit le pêcheur. Mais j'ai un bateau habitable avec un bon moteur rangé dans la coque. Il est à vous si ça vous convient. Et puisque vous voulez l'utiliser pour le bien du pays, je vous le laisse gratuitement. À condition que vous me le rapportiez dans l'état où je vous le laisse.

— Je crois que monsieur nous fait une offre que nous ne pouvons pas refuser, dit Giordino qui s'était rapproché et avait entendu leur conversation.

— Merci, dit chaleureusement Pitt, nous acceptons.

— Vous trouverez la péniche à un mille environ en amont sur l'Atchafalaya. Elle est attachée sur la rive gauche, au lieu-dit Wheeler's Landing. À côté, il y a un petit chantier de réparation et une épicerie que tient mon vieil ami et voisin Doug Wheeler. Vous pourrez acheter vos provisions chez lui. Je vais m'assurer que le réservoir sera plein. Si quelqu'un vous interroge, vous n'avez qu'à dire que vous êtes des copains de Bayou Kid. C'est comme ça que certaines personnes m'appellent dans le coin. À part mon vieux copain de pêche Tom Straight, le tenancier du bar. Lui, il m'appelle encore par mon nom.

— Le moteur est-il assez puissant pour remonter le fleuve contre le courant? demanda Pitt.

— Je crois que vous verrez qu'il peut très bien faire ça.

Pitt et Giordino étaient ravis et reconnaissants envers le vieil homme et l'aide importante qu'il leur apportait.

— Nous ramènerons votre péniche dans l'état où nous l'aurons trouvée, promit Pitt.

Giordino se pencha pour serrer la main du pêcheur. Quand il parla, ce fut d'une voix inhabituellement humble.

— Je ne crois pas que vous puissiez imaginer le nombre d'hommes qui vont bénéficier de votre gentillesse.

Le pêcheur passa une main dans sa barbe et fit un geste de modestie.

— Je suis heureux de pouvoir vous aider. Je vous souhaite bonne chance, les gars. Le commerce de contrebande, surtout lorsqu'il s'agit d'êtres humains, est une façon dégoûtante de se faire du fric !

Il suivit des yeux Pitt et Giordino lorsqu'ils quittèrent le bar de Charlie puis finit sa bière. La journée avait été longue et il était fatigué.

— As-tu appris quelque chose au bar ? demanda Pitt pendant qu'ils quittaient le quai en descendant une rue fréquentée.

— Les riverains ne portent pas vraiment la Qin Shang Maritime dans leur cœur, répondit Giordino. Les Chinois refusent d'embaucher les gens du coin ou leurs compagnies maritimes. Tout le trafic de remorqueurs et de péniches au sortir de Sungari est dirigé par des bateaux et des marins chinois qui habitent au port et ne viennent jamais à Morgan City. Il y a une sorte de colère rentrée qui pourrait bien exploser en une guerre à l'échelle locale si Qin Shang ne montre pas très vite plus de respect aux résidents de la paroisse St. Mary.

— Je ne crois pas que Qin Shang ait jamais appris à traiter les paysans, commenta Pitt en souriant.

— Quel est le plan ?

— D'abord on se trouve un endroit où dormir. Puis, dès le lever du soleil, on embarque sur la péniche, on remonte le fleuve et on explore le canal qui ne va nulle part.

— Et Bartholomeaux? insista Giordino. Tu n'es pas curieux de voir si c'est là que les péniches déposent leur chargement humain?

— Curieux, oui. Impatient, non. Nous n'avons pas de date limite. Nous pourrons inspecter Bartholomeaux après avoir inspecté le canal.

— Si tu veux inspecter sous l'eau, il nous faudra des équipements de plongée, dit Giordino.

— Dès que nous serons installés, j'appellerai Rudi et je lui demanderai de nous faire apporter nos équipements là où nous resterons.

— Et Bartholomeaux? répéta Giordino. Si nous arrivons à prouver que le vieux moulin à sucre sert de relais pour les immigrés clandestins, que se passera-t-il ensuite?

— On refilera le bébé aux agents de l'INS mais pas avant d'avoir donné à l'amiral Sandecker la satisfaction de mettre Peter Harper au courant du fait que la NUMA a découvert une autre des opérations illégales de Qin Shang sans son aide.

— Je suppose que c'est ce que tu appelles une justice poétique?

Pitt sourit à son ami.

— Et maintenant vient la partie la plus difficile.

— La plus difficile?

— Ouais. Trouver un taxi.

Debout au bord du trottoir, Giordino regarda par-dessus son épaule le bar qu'ils venaient de quitter.

— Est-ce que le vieux pêcheur ne t'a pas paru familier?

— Maintenant que tu me le dis, il a quelque chose qui me rappelle quelqu'un.

— Il ne nous a pas dit son nom.

— La prochaine fois que nous le verrons, dit Pitt, il faudra lui demander si nous nous sommes déjà rencontrés.

De retour au bar de Charlie, le vieux pêcheur entendit le patron l'appeler, depuis l'autre extrémité de la pièce.

— Hé! Cussler! Tu veux une autre bière?

— Pourquoi pas? fit le vieil homme en hochant la tête. Ça ne me fera pas de mal avant de reprendre la route.

33

— Notre maison loin de la maison, soupira Giordino en voyant pour la première fois la péniche que Pitt et lui empruntaient au vieux pêcheur. C'est à peine plus grand qu'une cabane de chasse du Nord Dakota.

— Ce n'est pas très luxueux mais c'est fonctionnel, dit Pitt en payant le chauffeur de taxi.

Il étudia le vieux bateau amarré au bout d'un quai branlant prolongeant la rive sur des pilotis de bois. A l'intérieur du dock, plusieurs petits bateaux de pêche en aluminium se balançaient sur l'eau verte, leurs moteurs hors-bord montrant des signes de rouille et de graisse dus à un usage rude et prolongé.

— Tu parles d'un confort à la dure, grogna Giordino en sortant du coffre du taxi leurs équipements de plongée. Pas de chauffage central ni d'air conditionné! Je parie qu'il n'y a ni eau courante ni électricité dans cette baignoire flottante et que ce sera tintin pour la lumière et la télévision.

— Tu n'as pas besoin d'eau courante, dit Pitt, tu peux te baigner dans la rivière.

— Et pour les toilettes?

— Fais preuve d'imagination!

Giordino montra une petite antenne parabolique sur le rouf.

— Un radar! murmura-t-il avec incrédulité. Il y a un radar!

La coque de la péniche était large et plate avec des pentes douces comme une petite barge. La peinture noire, très écaillée, montrait que le bateau s'était mille fois cogné contre les piles du quai et contre d'autres bateaux mais le fond, ou ce qu'on en voyait au-dessus de la ligne de flottaison, était propre et sans coquillages ni plantes marines. Une boîte carrée avec des fenêtres et des portes, c'est l'effet que donnait la partie habitable. Elle mesurait environ 2,10 mètres de haut et sa peinture bleue ternie par les intempéries détonnait par rapport aux flancs de la coque. Des chaises longues étaient rangées sous une petite véranda. Au-dessus, au centre du toit de la cabine, comme si on avait jugé bon de l'ajouter, s'élevait une petite construction, un peu comme un pont à claire-voie, et une timonerie de dimensions réduites. Sur le rouf reposait un petit canot dont les rames étaient retournées à l'intérieur. Le tuyau noir de la cheminée à bois d'un poêle ventru s'élevait à l'arrière de la cabine.

Giordino secoua tristement la tête.

— J'ai dormi sur des banquettes de bus qui avaient plus de classe que ce truc. File-moi un coup de pied la prochaine fois que je râlerai à propos d'une chambre de motel.

— Oh! Homme de peu de foi, arrête de geindre. Et dis-toi que ce truc, comme tu dis, ne nous a rien coûté.

— Je dois admettre qu'il a du caractère.

Pitt poussa le rouspéteur chronique vers la péniche.

— Va poser l'équipement et jette un coup d'œil au moteur. Moi, je vais à l'épicerie acheter de quoi manger.

— Je suis impatient de voir ce moteur, râla encore Giordino. Je te parie qu'il ne vaut pas mieux qu'un batteur électrique.

Pitt traversa une plate-forme menant jusqu'à la rive et, plus loin, dans l'eau. Un ouvrier était en train de passer une nouvelle couche de peinture antiparasites sur la coque et la quille d'un bateau de pêche en bois posé sur un ber. Un peu plus loin, Pitt arriva à une cabane au-dessus de laquelle une enseigne annonçait : « Wheeler's Landing. » Un long porche

courait autour de la cabane, soutenu par des rangées
de petits piliers. Les murs étaient peints en vert brillant et des volets jaunes encadraient les fenêtres. A
l'intérieur, Pitt trouva incroyable que tant de marchandises puissent être entassées dans un espace
aussi restreint. D'un côté, des pièces de bateau, de
l'autre, des fournitures pour la pêche et la chasse. Le
centre était réservé à l'épicerie. Un gros réfrigérateur
plein de cinq fois plus de bières que d'autres boissons et de produits laitiers était appuyé contre un
mur.

Pitt prit un panier et se débrouilla très bien, choi-
sissant assez de nourriture pour tenir, Giordino et
lui, trois ou quatre jours. Comme la plupart des
hommes, il acheta sans doute plus qu'il ne pourrait
manger, surtout des spécialités et des condiments.

Posant le panier surchargé sur le comptoir près de
la caisse enregistreuse, il se présenta au corpulent
propriétaire du magasin occupé à ranger des produits en boîte.

— Monsieur Wheeler, je m'appelle Dirk Pitt. Mon
ami et moi avons loué la péniche de Bayou Kid.

Wheeler aplatit son épaisse moustache d'une
légère pression du doigt et tendit la main.

— Je vous attendais. Le Kid a dit que vous seriez
ici dans la matinée. La péniche est prête à partir. On
a rempli le réservoir, chargé la batterie et fait le plein
d'huile.

— Merci d'avoir pris cette peine. Nous devrions
être de retour dans quelques jours.

— J'ai appris que vous alliez remonter jusqu'au
canal que les Chinois ont construit.

— Les nouvelles vont vite, dit Pitt en hochant la
tête.

— Vous avez les cartes du fleuve ?

— J'espérais que vous pourriez me les fournir.

Wheeler se retourna et vérifia les étiquettes collées
sur un petit classeur pendu au mur, contenant des
cartes nautiques roulées des diverses voies d'eau
locales et des cartes topographiques des marécages

environnants. Il en sortit plusieurs et les étala sur le comptoir.

— Cette carte montre les profondeurs du fleuve et quelques coins de la vallée de l'Atchafalaya. Et une de celles-ci montre la zone autour du canal.

— Ça m'aidera beaucoup, monsieur Wheeler, dit sincèrement Pitt. Merci beaucoup.

— Je suppose que vous savez que les Chinetoques ne vous laisseront pas passer sur le canal. Ils y ont installé des chaînes.

— Y a-t-il un autre chemin pour y entrer?

— Ouais, au moins deux. (Wheeler prit un crayon et commença à marquer les cartes.) Vous pouvez prendre soit le bayou Hooker, soit le bayou Mortimer. Tous deux sont parallèles au canal et s'y jettent à environ 8 milles de l'Atchafalaya. Vous verrez que le Hooker est plus facile à naviguer avec une péniche.

— Est-ce que la Qin Shang Maritime est également propriétaire des terrains autour du bayou Hooker?

Wheeler fit signe que non.

— Ils ne possèdent que 100 mètres de chaque côté du canal.

— Qu'arrive-t-il si on passe sur leur propriété?

— De temps en temps, des pêcheurs et des chasseurs du coin s'y aventurent. La plupart du temps, ils se font prendre et se font virer par une belle salve d'armes automatiques des Chinetoques qui patrouillent sur le canal.

— Alors la surveillance est serrée?

— Moins la nuit. Vous pourrez sûrement y entrer et voir ce que vous avez à voir étant donné que les deux prochaines nuits, il y aura de la lune. Vous pourrez alors vous tirer avant qu'ils aient remarqué votre présence.

— Est-ce que quelqu'un a dit avoir vu quelque chose de bizarre dans le canal ou autour?

— Rien qui vaille la peine d'écrire un roman. Personne ne comprend pourquoi ils font un tel cirque pour empêcher les gens d'entrer dans un fossé au milieu d'un marécage.

— Y a-t-il des allées et venues de péniches ?

A nouveau Wheeler fit non de la tête.

— Aucune. La barrière en fer qu'ils ont mise en place ne peut pas s'ouvrir sauf si vous la faites sauter au TNT.

— Est-ce que le canal a un nom ?

— Autrefois, c'était le bayou Mystic. Et un joli bayou que c'était, ouais, avant qu'ils le creusent comme l'enfer. Il y avait des tas de daims, de canards et d'alligators à chasser. Des poissons-chats, des brèmes et des perches à pêcher. Le bayou Mystic était un paradis pour les chasseurs. Maintenant, tout ça a disparu et ce qui en reste est hors des limites.

— Avec un peu de chance, mon ami et moi aurons les réponses à tout ça dans les 48 heures à venir, dit Pitt en rangeant ses provisions dans un grand carton offert par Wheeler.

Le propriétaire traça plusieurs chiffres sur le coin d'une des cartes.

— Si vous avez des problèmes, appelez-moi sur mon portable, dit-il. Vous avez compris ? Je m'arrangerai pour que vous ayez très vite de l'aide.

Pitt fut touché par la gentillesse et l'intelligence des gens du sud de la Louisiane qui lui avaient offert leur aide et leurs conseils. C'étaient des contacts à garder précieusement. Il remercia Wheeler et porta ses achats sur la péniche. Quand il arriva sur la véranda, Giordino était près de la porte et hochait la tête avec étonnement.

— Tu ne vas pas croire ce que tu vas voir ici, dit-il.

— Est-ce pire que ce que tu pensais ?

— Pas du tout. L'intérieur est propre et spartiate. C'est le moteur et notre passager qui sont ahurissants.

— Quel passager ?

Giordino tendit à Pitt la note qu'il avait trouvée épinglée sur la porte.

Monsieur Pitt et Monsieur Giordino. J'ai pensé que puisque vous vouliez ressembler aux gens du coin partis pêcher, vous deviez avoir besoin d'un compagnon. Alors je vous ai prêté Romberg pour embellir votre image d'hommes du fleuve. Il mange tout le poisson qu'on lui donne.

Bonne chance,

Le Bayou Kid.

— Qui est Romberg? demanda Pitt.

Giordino passa la porte et, sans commentaire, montra à l'intérieur un limier couché sur le dos, les pattes en l'air, ses grandes oreilles flottantes étalées sur les côtés, la langue à demi pendante.

— Il est mort?

— Il pourrait aussi bien l'être vu l'enthousiasme qu'il a montré à mon égard, dit Giordino. Il n'a pas bougé ni même cillé depuis que je suis monté à bord.

— Et qu'y a-t-il de si inhabituel à propos du moteur?

— Il faut que tu voies ça!

Giordino traversa devant lui l'unique pièce servant à la fois de living-room, de chambre et de cuisine jusqu'à une trappe dans le plancher qu'il releva pour montrer la salle des machines compacte dans la coque.

— Un Ford V8 de 7 litres à carburateurs double corps. Un vieux machin mais bon. Il doit faire environ 400 CV.

— Probablement même 425, dit Pitt en admirant le puissant moteur qui paraissait en excellent état. Le vieux a dû bien rigoler quand je lui ai demandé si le moteur pourrait tirer le bateau contre le courant!

— Aussi gros que puisse être ce rafiot, dit Giordino, je crois que nous pourrions faire du 25 milles à l'heure en cas de besoin.

— Fais-le tourner lentement. Il ne faut pas qu'on pense que nous sommes pressés.

— A quelle distance sommes-nous du canal?

— Je n'ai pas mesuré mais je dirais environ 60 milles.

— Il faudra y arriver un peu avant le coucher du soleil, dit Giordino en calculant mentalement une vitesse de croisière tranquille.

— Je vais appareiller. Prends la barre et dirige-toi vers le chenal pendant que je range les provisions.

Giordino n'avait pas besoin d'encouragement. Il était impatient de mettre en marche le gros moteur Ford 7 litres et de découvrir son couple. Il tira le starter et le moteur démarra avec un grognement chiche et désagréable. Il le laissa tourner au ralenti un moment, appréciant le son. Il ne tournait pas très rond mais par à-coups. « C'était trop beau », se dit-il. Il était mal réglé. On l'avait modifié et réglé pour la course. « Mon Dieu, murmura-t-il, il est bien plus puissant que nous ne le pensions ! »

Sachant sans l'ombre d'un doute que Giordino allait bientôt se laisser aller et pousserait le moteur à fond, Pitt rangea les provisions pour qu'elles ne se retrouvent pas par terre. Puis il enjamba Romberg qui dormait toujours, sortit sur la véranda et se détendit dans une chaise longue mais en prenant soin de caler ses pieds contre le pavois et de se tenir au bastingage.

Giordino attendit que l'Atchafalaya soit dégagé et qu'il n'y ait plus de bateaux en vue. Il déplia une carte nautique du fleuve fournie par Doug Wheeler et étudia la profondeur en amont. Puis, comme l'avait deviné Pitt, il augmenta la vitesse de la vieille péniche jusqu'à ce que sa proue aplatie soit à trente bons centimètres au-dessus de l'eau et sa poupe enfoncée, taillant un large sillon sur la surface de l'eau. La vue de ce rafiot disgracieux fonçant à plus de 35 milles à l'heure vers l'amont avait de quoi surprendre. Sur la véranda, le vent et l'angle de la proue collèrent Pitt contre la paroi de la cabine avec une telle force qu'il se sentit incapable de bouger.

Finalement, après environ 5 km pendant lesquels il dressa derrière le bateau un mur d'écume de près d'un mètre de haut et déchira le tapis vert immobile de jacinthes d'eau étalé sur le chenal du fleuve, Giordino remarqua deux petits bateaux de pêche qui approchaient, se dirigeant vers Morgan City. Il ralentit et ramena la péniche à une vitesse très basse. La jacinthe d'eau est une très jolie plante mais c'est un désastre dans les canaux où elle pousse de façon prolifique et étouffe les cours d'eau et les bayous. Elle flotte en surface grâce à ses tiges pleines de vessies remplies d'air. Les jacinthes font des fleurs d'un rose lavande ravissant mais, contrairement à la plupart des plantes aquatiques, dégagent une odeur d'engrais chimique quand on les arrache.

Avec la sensation d'avoir fait un tour de montagnes russes, Pitt rentra dans la cabine, prit la carte topographique et commença à étudier les méandres du fleuve et à se familiariser avec le réseau des bayous marécageux et des petits lacs entre Wheeler's Landing et le canal creusé par la Qin Shang Maritime. Il suivit et compara les points de repère et les coudes du fleuve avec ceux figurant sur la carte. C'était agréable d'être assis confortablement à l'ombre du surplomb de la véranda et de ressentir l'impression délicieuse de voyager doucement sur ces eaux sans âge qu'on ne connaît que sur un bateau. La végétation des rives variait d'un lieu à l'autre. D'épaisses forêts de saules, de cotonniers et de cyprès s'émaillaient de buissons de baies et de vignes sauvages qui laissaient lentement la place aux marécages humides et vierges, une prairie de roseaux se balançant dans la brise légère venant de l'horizon. Il vit des hérons marchant sur leurs longues pattes fines comme des brindilles le long des rives, leurs cous sinueux cherchant à gober la nourriture dans la boue.

Pour un chasseur en kayak ou pagayant dans un canoë dans les marécages de Louisiane du Sud, le truc était de trouver un petit morceau de terre sur lequel planter une tente pour la nuit. Les lentilles d'eau et les jacinthes flottent sur presque toute la surface de l'eau. Les forêts poussent sur les boues saumâtres, pas sur la terre sèche. Pitt avait du mal à imaginer que toute cette eau venait d'aussi loin que l'Ontario et le Manitoba, le Dakota du Nord et le Minnesota et de tous les États du Sud. Ce n'est que dans la sécurité de milliers de kilomètres de digues naturelles que les gens cultivent leurs fermes et construisent les villes et les villages. Ce paysage ne ressemblait à rien de ce qu'il avait vu auparavant.

La journée était agréablement fraîche avec juste assez de brise pour créer de petites vagues à la surface de l'eau. Les heures passaient comme si le temps était aussi illimité que l'espace. Mais aussi idyllique que pût paraître cette croisière paresseuse vers l'amont du fleuve, ils étaient chargés d'une affaire sérieuse qui pouvait bien s'achever par la mort. Ils n'avaient droit à aucune faute, aucune erreur dans la préparation de cette reconnaissance du mystérieux canal.

Quelques minutes après midi, Pitt apporta un sandwich au salami et une bière à Giordino dans la timonerie sur le rouf. Il proposa de le remplacer à la barre mais Giordino ne voulut pas en entendre parler. Il s'amusait trop. Pitt retourna donc à sa chaise longue sous la véranda.

Bien que le temps ne semblât pas avoir de sens, Pitt ne s'accordait ni repos ni oisiveté. Il vérifia les équipements de plongée, régla les contrôles de leur petit AUV, celui-là même dont il s'était servi sur le lac Orion. Enfin il sortit de leur boîte les lunettes de vision nocturne et les posa sur les coussins d'un vieux sofa usé.

Peu après 17 heures, Pitt entra dans la cabine et se tint au pied de l'échelle menant à la timonerie.

— Deux kilomètres avant l'embouchure du canal, cria-t-il à Giordino. Avance sur environ 800 mètres jusqu'au prochain bayou. Ensuite, vire sur tribord.

— Comment s'appelle ce bayou ? demanda Giordino.

— Le bayou Hooker mais ne te fatigue pas à chercher une pancarte à l'intersection. Va jusqu'à environ 9,5 km de l'endroit où la carte indique un dock abandonné près d'un puits de pétrole avec sa tour de forage. On s'amarrera là et on dînera en attendant la nuit.

Giordino contourna un long train de péniches poussé vers l'aval par un gros remorqueur. Le commandant du remorqueur fit résonner sa sirène en le croisant, pensant sans doute que le propriétaire était à bord du bateau de camping. Pitt, retourné à sa chaise longue, le salua de la main. A la jumelle, il étudia le canal en croisant son embouchure. On l'avait creusé en parfaite ligne droite sur presque 400 mètres de large et il paraissait se dérouler comme un tapis vert jusqu'à l'horizon. Une chaîne rouillée en barrait l'entrée, attachée à des piliers de béton. De grandes pancartes annonçaient, en lettres rouges sur fond blanc : « Entrée interdite. Tout contrevenant pris sur la propriété de la Qin Shang Maritime Ltd fera l'objet de poursuites. »

« Pas étonnant que les gens du cru détestent Qin Shang », se dit Pitt. Il doutait que le shérif local prenne la peine d'arrêter des amis et des voisins pour avoir chassé et pêché sur la propriété d'un étranger.

Quarante minutes plus tard, Giordino diminua la vitesse et fit tourner la lourde péniche de l'étroit chenal du bayou Hooker et s'arrêta lentement près des restes d'un quai de béton, poussant la proue plate et rayée vers la rive basse. Il restait des traces de lettres sur les piliers de béton où l'on pouvait encore lire : « Compagnie pétrolière Cherokee, Baton Rouge, Louisiane. » Le bateau n'avait pas d'ancre aussi prirent-ils de longues perches attachées aux passavants pour cet usage et les enfoncèrent solidement dans la boue. Puis ils attachèrent les amarres de la péniche à ces perches. Enfin ils posèrent une planche entre le bateau et la rive pour aller à terre.

— J'ai un contact sur le radar. Quelque chose traverse le marécage en provenance du sud-est, annonça calmement Giordino.

— Ça vient du Mystic Canal.

— Et ça arrive vite, ajouta Giordino.

— Les gardes de Shang n'ont pas perdu de temps pour nous repérer.

Pitt entra dans la pièce et revint avec un grand filet carré muni de supports verticaux qu'il avait trouvé à l'arrière de la véranda.

— Sors Romberg jusqu'ici et va te chercher une bouteille de bière.

Giordino examina le filet.

— Tu crois que tu vas nous pêcher des crabes pour le dîner ?

— Non, dit Pitt en jetant un coup d'œil à la lueur que le soleil couchant allumait sur quelque chose, au loin, dans l'océan d'herbes. Le truc, c'est de faire croire que je sais ce que je fais.

— Un hélicoptère, dit Giordino, ou un ULM comme à Washington.

— Trop bas. Je dirais plutôt un hydroglisseur.

— Sommes-nous sur la propriété de Qin Shang ?

— D'après la carte, nous sommes à 300 mètres au moins de sa propriété. Ils nous rendent sans doute une visite de politesse pour voir qui nous sommes.

— Quel est le scénario ?

— Je vais jouer au pêcheur de crabes, toi, tu fais le copain plein de bière et Romberg joue Romberg.

— Pas facile pour un Italien de prétendre être un Français cajun.

— Mâche du gombo.

Le chien coopéra quand on l'eut sorti de la véranda, non par obéissance mais par nécessité. Il traversa lentement la planche de bois et fit ses besoins. Giordino se dit qu'il avait une vessie en fer pour avoir tenu si longtemps. Puis soudain, Romberg parut se réveiller, aboya après un lapin qui traversait l'herbe comme une flèche et le prit en chasse.

— Tu ne seras pas nominé aux Césars, Romberg ! cria Giordino au chien qui prenait un chemin le long de la rive.

Puis il se laissa tomber sur une chaise longue, enleva ses tennis et ses chaussettes et appuya ses pieds nus contre le bastingage, une bouteille de bière Dixie à la main.

Prêts pour le premier acte, Pitt avait mis son vieux

Colt .45 dans un seau à ses pieds et posé un chiffon dessus, et Giordino avait caché le fusil de chasse Aserma calibre 12 venant du hangar de Pitt sous la toile de sa chaise longue. Ils regardèrent le point noir qu'était l'aéroglisseur grossir en traversant le maré-cage, créer du remous et écarter les plantes de sur-face. C'était un canot amphibie qui pouvait avancer dans l'eau et sur terre. Mû par deux moteurs d'avion avec des hélices à l'arrière, l'aéroglisseur avançait sur un coussin d'air contenu dans une structure de caoutchouc et produit par un moteur plus petit atta-ché à un ventilateur horizontal. Le contrôle se faisait grâce à une série de gouvernails un peu semblables à ceux utilisés sur un avion. Pitt et Giordino le regar-dèrent avancer vite et sans effort sur les marécages et les plaques de boue.

— Il est rapide, commenta Pitt. Il peut faire au moins 50 milles à l'heure. Je dirais qu'il mesure 6 mètres de long avec sa petite cabine. A mon avis, il doit pouvoir tenir six personnes.

— Et pas une qui sourie, marmonna Giordino tandis que l'aéroglisseur approchait de la péniche et ralentissait.

Soudain, Romberg bondit, venant de l'herbe des marais et se mit à aboyer furieusement.

— Brave vieux Romberg, dit Pitt. Juste au bon moment !

L'aéroglisseur s'arrêta à 3 mètres d'eux, sa coque protégée comme appuyée sur le bayou. Les moteurs n'émirent plus qu'un vague murmure. Les cinq hommes à bord portaient des armes sur l'épaule mais pas de pistolets. Ils avaient les mêmes uni-formes des gardes de Qin Shang que Pitt avait vus au lac Orion. Leurs yeux bridés étaient bien ceux d'Asia-tiques. Ils ne souriaient pas et leurs visages bronzés étaient mortellement sérieux. De toute évidence, ils avaient l'intention de les intimider.

— Que faites-vous ici ? demanda un individu au visage dur, en un anglais parfait.

Il portait à l'épaule et sur sa casquette un insigne

de commandement et paraissait du genre à aimer enfoncer des épingles dans des insectes vivants, un type qui serait ravi d'avoir l'occasion de tirer sur un autre être humain. Il regarda Romberg avec une lueur méchante dans les yeux.

— On s'amuse, dit tranquillement Pitt. C'est quoi, vot'problème ?

— Ceci est une propriété privée, répondit froidement le commandant de l'aéroglisseur. Vous ne pouvez pas amarrer ici.

— Y s'trouve que j'sais que la terre autour du bayou Hooker appartient à la Compagnie pétrolière du Cherokee, dit Pitt qui, en fait, ignorait à qui appartenait le lieu mais supposait que c'était bien à la compagnie pétrolière.

Le commandant se tourna vers ses hommes et leur parla en chinois. Puis il se tint sur le côté de l'aéroglisseur et annonça :

— Nous montons à bord.

Pitt se raidit, prêt à saisir son Colt. Puis il comprit que cette demande d'abordage était une erreur. Mais Giordino ne le prit pas sous cet angle.

— Ben j'voudrais bien voir ça ! dit-il d'un ton menaçant. Vous n'en avez pas le pouvoir. Maintenant, tirez vos fesses d'ici avant qu'on appelle le shérif.

Le commandant regarda la vieille péniche abîmée et les vêtements misérables de Pitt et Giordino.

— Vous avez une radio ou un téléphone cellulaire à bord ?

— Une fusée éclairante, dit Giordino en grattant un bouton imaginaire entre les orteils d'un de ses pieds. On tire des fusées et les flics arrivent en courant.

Le commandant chinois fronça les sourcils.

— Je ne le crois pas !

— Ça ne vous servira à rien de vous montrer pompeux envers des gens intellectuellement impeccables, dit soudain Pitt avec hauteur.

Le commandant se raidit.

— Qu'est-ce que c'est que ça ? Qu'avez-vous dit ? demanda-t-il.

— Il a dit tirez-vous, répondit Giordino d'une voix traînante. On fait d'mal à personne.

Il y eut un nouveau conciliabule entre le commandant et ses hommes. Puis il montra Pitt du doigt.

— Je vous préviens, n'entrez pas dans la propriété de la Qin Shang Maritime !

— Qui est-ce qui voudrait y entrer ? dit méchamment Giordino. Vous aut' avez bousillé le marais, tué les poissons et fait disparaître la vie sauvage avec vos dragages. Y a plus d'raisons d'y aller, de toute façon.

Le commandant tourna le dos avec arrogance et les congédia tandis que les premières gouttes d'une averse commençaient à s'écraser sur le rouf de la péniche. Il lança un regard meurtrier à Romberg qui aboyait toujours et dit quelque chose à son équipage. Les moteurs se remirent à ronfler et l'aéroglisseur prit la direction du canal. Une minute plus tard, il disparaissait dans la pluie aveuglante qui tombait maintenant à verse.

Giordino s'assit avec plaisir sous la pluie qui éclaboussait ses pieds nus reposant sur le bastingage. Il eut un mouvement de recul quand Romberg, secouant sa fourrure mouillée, envoya de l'eau voler dans toutes les directions.

— Pas mauvais comme performance, sauf quand tu as essayé de jouer les chiens de salon.

— Un peu de bonne humeur agitée venue du fond du cœur ne manque jamais de faire son effet, dit Pitt en riant.

— Tu aurais pu nous trahir.

— Je l'ai fait exprès. Je voulais qu'ils se rappellent notre arrogance. As-tu remarqué la caméra vidéo au-dessus de la cabine ? En ce moment, nos photos sont envoyées par satellite au quartier général de Qin Shang à Hong Kong pour identification. Dommage qu'on ne puisse voir la tête de Qin Shang quand on lui apprendra que nous fouillons un autre de ses projets sensibles !

— Alors nos copains reviendront?

— Tu peux parier ce que tu veux là-dessus.

— Romberg nous protégera, plaisanta Giordino.

Pitt chercha le chien du regard et le trouva roulé en boule dans la péniche. Il avait déjà repris son état catatonique.

— Ça, j'en doute fort!

34

Quand l'averse fut passée et avant que les derniers rayons du soleil aient disparu derrière les marécages de l'Ouest, Pitt et Giordino firent entrer la péniche dans un étroit affluent du bayou Hooker et l'amarrèrent sous un immense cotonnier pour le soustraire au radar de l'aéroglisseur. Puis ils la camouflèrent avec des roseaux et des branches mortes de cotonnier. Romberg ne reprit vie que lorsque Pitt lui prépara une gamelle de poisson. Giordino lui offrit un peu de son hamburger mais le chien n'y toucha pas, se contentant de se lécher les babines de plaisir en mangeant son poisson.

Après avoir fermé les volets et tendu des couvertures devant les fenêtres et les portes pour cacher toute lumière de l'intérieur, Pitt étala la carte topographique sur la table et prépara un plan d'action.

— Si les gardes de Qin Shang sont aussi bien organisés que je le pense, ils auront établi un poste de commandement quelque part le long des rives du canal, probablement au centre pour pouvoir couvrir très vite les deux côtés contre les intrus locaux.

— Un canal, c'est un canal, dit Giordino. Qu'est-ce qu'on cherche exactement?

— Je n'en sais pas plus que toi, répondit Pitt en haussant les épaules.

— Des cadavres comme ceux que tu as trouvés au lac Orion?

— Seigneur ! J'espère que non ! Mais si Qin Shang fait entrer ou sortir en douce des clandestins en passant par Sungari, tu peux être sûr qu'il y a un cimetière quelque part dans le coin. Les corps sont faciles à cacher dans les marécages. Mais d'après Doug Wheeler, il n'y a pratiquement pas de trafic maritime de la rivière au canal.

— Qin Shang n'a pas dragué un canal de 18 milles pour s'amuser.

— Pas lui, dit Pitt. Le truc, c'est qu'il aurait suffi de creuser deux milles pour avoir le remblai dont il avait besoin pour construire Sungari. Et la question est, pourquoi en avoir creusé seize ?

— On commence par quoi ? demanda Giordino.

— On prend la yole parce qu'elle sera plus difficile à détecter par les systèmes de sécurité. Quand nous aurons chargé l'équipement, nous ramerons pour remonter le bayou Hooker jusqu'à l'endroit où il se jette dans le canal. Ensuite, on continue vers l'est jusqu'à Calzas. Quand on aura vu s'il y a quelque chose d'intéressant, on reviendra à l'Atchafalaya et à la péniche.

— Ils doivent avoir installé des systèmes de détection pour repérer les intrus.

— J'espère qu'ils utilisent le même système technologique limité qu'au lac Orion. S'ils ont des détecteurs laser, les rayons doivent pouvoir balayer la surface de l'herbe des marécages. Les chasseurs avec des véhicules de marais ou les pêcheurs debout dans leurs barques pour lancer un filet sont visibles à des kilomètres. Si on se couche au fond du youyou et qu'on rase les rives, on pourra rester en dessous du balayage du laser.

Giordino écouta le plan de Pitt et resta silencieux quelques instants après qu'il eut fini. Les traits étrusques de son visage se tordirent en une expression sévère, un peu semblable à celle d'un masque vaudou. Puis il bougea lentement la tête à droite et à gauche, visualisant les longues et pénibles heures où il allait devoir ramer dans la yole.

— Bon, dit-il enfin, le fils de Mme Giordino aura sans doute très mal au bras avant que la nuit soit finie.

La prédiction de Doug Wheeler à propos de la lune s'avéra. Laissant à Romberg endormi la tâche de garder la péniche, ils commencèrent à pagayer en remontant le bayou, trouvant facilement leur chemin dans les coudes et les méandres sous la lumière lunaire. Étroite et de lignes gracieuses, la yole avança sans qu'ils aient beaucoup d'efforts à faire.

Chaque fois qu'un nuage passait devant le mince croissant de lune, Pitt se fiait aux lunettes de vision nocturne pour guider leur course dans le bayou qui rétrécissait jusqu'à n'avoir plus que 1,50 mètre de large.

Les marécages reprenaient vie la nuit. Des escadrons de moustiques envahissaient l'air nocturne à la recherche d'une cible juteuse. Mais Pitt et Giordino, protégés par leurs combinaisons humides et une bonne couche de crème anti-insectes sur la figure, le cou et les mains, les ignorèrent. Les grenouilles coassaient par milliers en crescendo puis se taisaient soudain en un silence total avant de reprendre en chœur comme dirigé par un chef invisible. L'herbe des marais fut bientôt décorée de millions d'insectes lumineux dont la lueur intermittente ressemblait aux dernières étincelles d'un feu d'artifice mourant. Une heure et demie plus tard, Pitt et Giordino sortaient en pagayant du bayou Hooker et pénétraient dans le canal.

Le poste de surveillance était illuminé comme un stade de football. Des projecteurs disposés autour d'un hectare de terre sèche éclairaient une ancienne maison de planteur abritée par des grands chênes sur une pelouse envahie de mauvaises herbes qui s'étendait en pente douce jusqu'à la rive du canal. Haute de trois étages avec un balcon branlant tenant à peine aux poutres qui le soutenaient par quelques clous rouillés, la bâtisse rappelait un peu celle du film *Psychose* [1] mais sans être en aussi bon état. Plusieurs des volets pendaient sur leurs gonds rouillés et la fenêtre du grenier était cassée. Des piliers de bois s'élevaient encore en formation sur le porche en ruine, soutenant de leurs corniches un long toit en pente.

L'air était imprégné d'une odeur de cuisine chinoise. On distinguait des hommes en uniforme par les fenêtres sans rideaux. De la musique chinoise, un supplice pour les oreilles occidentales, chantée par une femme criant comme si elle accouchait, grinçait au-dessus des marécages. Le salon du vieux manoir était envahi par une forêt d'antennes de communication et d'appareils de surveillance. Comme au lac Orion, aucun garde ne patrouillait les terres du centre de commandement. Ils ne craignaient aucune attaque et se fiaient entièrement aux systèmes électroniques.

L'aéroglisseur était attaché à un petit quai flottant sur des bidons d'huile vides. Il n'y avait personne à bord.

— Dirige-toi vers la rive d'en face et pagaye très doucement, murmura Pitt. Bouge au minimum.

Giordino hocha silencieusement la tête et enfonça sa rame très doucement dans l'eau qu'il poussa comme au ralenti. Comme des sirènes glissant dans l'eau, ils traversèrent les ombres des rives du canal, dépassèrent le poste de commandement et remontèrent le canal sur 100 mètres avant que Pitt ne décrète un bref arrêt pour se reposer. Ils n'avaient pas choisi d'être discrets. C'était une nécessité absolue car ils n'avaient pas apporté leurs armes dans la yole déjà surchargée.

— D'après ce que j'ai vu de leur service de sécurité, dit Pitt, cet endroit est plus négligé que celui du lac Orion. Leur réseau de détection est en place mais la surveillance laisse un peu à désirer.

— Ils nous sont pourtant tombés dessus rudement vite, cet après-midi, rappela Giordino.

1. Film d'Alfred Hitchcock avec Anthony Perkins.

— Ce n'est pas difficile de repérer une péniche de
3 mètres de haut sur un marais plat herbeux à
5 milles. Si nous étions sur le lac Orion, ils auraient
repéré chacun de nos mouvements cinq secondes
après que nous eûmes mis le pied sur le canot. Pourtant, ici, on bouge juste sous leur nez comme si
c'était du gâteau.

— Ça commence à ressembler à Noël, remarqua
Giordino. Il n'y a pas de cadeaux sous l'arbre qui
contient de lourds et noirs secrets. Mais il faut se
réjouir parce qu'ils nous laissent passer librement.

— Allez, on se bouge, dit Pitt. Rien de prometteur
ici. On a un sacré territoire à couvrir. Les gardes
sont peut-être détendus la nuit mais il faudrait qu'ils
soient aveugles pour ne pas nous repérer si nous ne
sommes pas à la péniche avant le lever du jour.

Avec une confiance renforcée, ils rejetèrent toute
notion de prudence et commencèrent à ramer vigoureusement pour remonter le canal. La pâle lueur de
la lune tombait sur le bayou et se reflétait sur l'eau
comme une route qui se rétrécit jusqu'à n'être plus
qu'un petit point à l'horizon. Le bout du canal
paraissait impossible à atteindre, aussi évanescent
qu'un nuage dans le désert. Giordino pagayait facilement, puissamment. Chaque coup de rame faisait
avancer la yole d'un bon mètre alors que ceux de Pitt
en faisaient beaucoup moins.

L'air de la nuit était embaumé mais humide. Sous
leurs combinaisons humides, ils transpiraient
comme des homards dans une marmite mais
n'osaient pas les enlever. Leur peau claire quoique
bronzée se révélait sous les rayons mouvants de la
lune comme les visages peints des hommes d'autrefois en costumes de velours noir. Devant eux, des
nuages se découpaient comme éclairés par une
source lumineuse invisible. On distinguait aussi les
phares des voitures et des camions balayant une
autoroute lointaine.

Sur les deux rives se dressaient les immeubles
déserts de la ville fantôme de Calzas car le canal

l'avait coupée en deux. Les maisons étaient blotties comme des spectres en grappes déchiquetées sur un grand terrain au-dessus des marais. L'endroit semblait hanté par les anciens habitants qui jamais plus ne reviendraient. Le vieil hôtel de ville se dressait, silencieux et lugubre, en face d'une station d'essence dont les pompes étaient encore debout face à des bureaux et des ateliers de mécanique. Une église solitaire et vide côtoyait le cimetière où les tombes jouxtaient les chapelles battues et blanchies par les vents. La ville abandonnée se perdit bientôt dans le sillage de la yole.

Enfin ils sortirent du canal. Tout dragage avait cessé là où une digue menait à une route importante. A la base du remblai de la digue, sortant de l'eau dans le canal, ils aperçurent une structure de béton qui ressemblait à l'entrée d'un immense bunker souterrain. Il était hermétiquement fermé par une porte en acier massif.

— Que crois-tu qu'ils gardent ici ? demanda Giordino.

— Rien dont ils puissent avoir besoin en vitesse, répondit Pitt en étudiant la porte avec ses lunettes de vision nocturne. Il faudrait au moins une heure rien que pour l'ouvrir.

Il observa aussi un conduit électrique qui courait depuis la porte jusqu'à la base du canal où il disparaissait. Il enleva ses lunettes et montra l'étançon.

— Viens, garons le canot et grimpons jusqu'à la route.

Giordino jeta un regard spéculatif vers le haut du remblai et hocha la tête. Ils pagayèrent jusqu'à la berge et tirèrent la yole au sec. La pente du remblai n'était pas très raide mais plutôt longue et douce. Ils atteignirent le sommet et enjambèrent un rail de sécurité. Ils furent presque rejetés au bas de la pente par un camion remorque géant qui passa avec un bruit de tonnerre. Embelli par le croissant de lune, le paysage était baigné d'un océan de lumières.

La vue n'était pas tout à fait celle à laquelle ils

s'attendaient. Les phares de la circulation défilaient tout au long de la route comme des perles fluorescentes sur un serpent, entourant une grande surface d'eau. Tandis qu'ils se tenaient là, un énorme remorqueur de la taille d'un immeuble passa près d'eux, poussant vingt péniches qui s'étiraient sur presque 400 mètres. Au-dessus et au-dessous d'une grande ville sur la rive opposée, ils apercevaient les citernes blanches très éclairées d'une raffinerie de pétrole et des usines pétrochimiques.

— Eh bien, dit Giordino sans expression particulière dans la voix, je crois que c'est le moment de chanter « Old Man River ».

— Le Mississippi, murmura Pitt. C'est Baton Rouge, là-bas, au nord, sur la rive d'en face. La fin de la ligne. Pourquoi creuser un canal jusqu'à cet endroit précis ?

— Qui sait quelle obscure machination germe dans la tête de Qin Shang ? dit Giordino. Il a peut-être décidé d'avoir un accès à l'autoroute ?

— Pour quoi faire ? Il n'y a pas d'embranchement. La bretelle est à peine assez large pour une voiture. Non, il doit y avoir une autre raison.

Pitt s'assit sur le rail de sécurité et regarda pensivement la rivière. Puis il dit lentement :

— La route est droite comme une flèche, par ici.

Giordino le regarda, les sourcils levés.

— Qu'y a-t-il d'extraordinaire à ce qu'une route soit linéaire ?

— Est-ce par coïncidence ou délibérément que le canal s'arrête à l'endroit exact où la rivière tourne vers l'ouest et bouche presque la route ?

— Quelle différence ? Les ingénieurs de Shang auraient pu faire finir le canal n'importe où.

— Ça fait une grosse différence, comme je commence à le réaliser. Une énorme différence, en fait !

Giordino n'était pas sur la même longueur d'onde. Il regarda le cadran de sa montre de plongée à la lueur des phares d'un camion qui approchait.

— Si nous voulons faire le travail avant qu'il fasse jour, je propose que nous pagayions gentiment vers l'aval et surtout qu'on fasse vite.

Ils avaient encore les 18 milles du canal à fouiller en utilisant le véhicule sous-marin autonome. Après avoir redescendu la pente jusqu'au canot, ils sortirent l'AUV de sa boîte, le mirent à l'eau et le regardèrent disparaître sous la surface sombre. Puis, tandis que Giordino pagayait, Pitt mit en marche la télécommande, actionnant les moteurs de l'AUV, allumant ses lumières et le fixant à 1,50 mètre du fond boueux du canal. Étant donné la quantité d'algues hautes dans l'eau, qui limitaient la visibilité à 90 cm, il y avait le risque que l'AUV frappe un objet submergé avant qu'il puisse l'en éloigner.

Giordino ramait à longs coups réguliers qui ne ralentirent pas un instant pendant que passaient les précieuses heures, ce qui permit à Pitt de coupler la vitesse de l'AUV à celle de la yole. Ce ne fut que lorsqu'ils atteignirent le bord de la frange lumineuse autour de la vieille maison où se trouvait le quartier général des gardes de Qin Shang qu'ils avancèrent plus discrètement le long de la rive opposée, à la vitesse d'un escargot.

A cette heure de la nuit, la plupart des gardes auraient dû dormir mais la maison bruissait soudain d'activité. Des gardes traversèrent la pelouse en courant jusqu'au petit quai où était amarré l'aéroglisseur. Pitt et Giordino se fondirent dans l'ombre et regardèrent les hommes charger le bateau d'armes automatiques. Deux Chinois hissèrent sur l'aéroglisseur un lourd objet long et tubulaire.

— Ma parole, ils vont à la chasse à l'ours, murmura Giordino. Si je ne me trompe pas, c'est un lance-roquettes.

— Tu ne te trompes pas, dit Pitt sur le même ton. Je crois bien que le chef des gardes de Shang nous a identifiés et a fait savoir que nous semions la merde en mettant notre nez dans une des affaires véreuses de son patron.

— La péniche! Il est évident qu'ils ont l'intention de la faire sauter avec tout ce qu'il y a dedans.

— Ça ne serait pas poli de notre part de les laisser détruire le bien de Bayou Kid. Et puis il faut penser à Romberg. La Société protectrice des animaux nous mettrait sur sa liste noire si nous laissions le pauvre vieux Romberg aller au paradis des chiens sous le coup d'une bombe.

— Deux bons vivants sans armes contre une horde de barbares armés jusqu'aux dents, marmonna Giordino. Nos chances ne sont pas lourdes, qu'en dis-tu?

Pitt passa son masque de plongée et prit ses bouteilles.

— Il faut que je traverse le canal avant qu'ils démarrent. Prends le canot et attends-moi 100 mètres au-delà de la plantation.

— Laisse-moi deviner... Tu vas prendre ton petit couteau de plongée et te déchaîner contre la jupe gonflable de l'aéroglisseur?

— Si elle fuit, dit Pitt en souriant, elle ne les portera pas.

— Et l'AUV?

— Garde-le en plongée. Ça vaut peut-être le coup de savoir quelles sortes d'ordures ils jettent dans le canal devant leurs quartiers.

Pitt disparut en moins de dix secondes. Il entra dans l'eau sans un bruit, sans une vague, tout en attachant ses bouteilles. Il avait déjà battu vingt fois des palmes quand il inséra l'embout dans sa bouche et commença à respirer sous l'eau. Il prit son niveau et son allure et traversa le canal vers les lumières qui scintillaient sur l'eau en face de la plantation. La boue du fond paraissait sombre et menaçante et l'eau elle-même était tiède. Pitt nagea avec agressivité, les bras étendus en forme de V pour réduire la résistance de l'eau, battant des pieds et des palmes aussi vite et aussi vigoureusement que le lui permettaient ses muscles.

Un bon plongeur sent l'eau comme un animal sent les changements de temps ou la présence d'un prédateur. L'eau saumâtre du canal lui parut chaude et amicale, bien différente de la force sinistre et maligne qui se dégageait de celle, terriblement froide, du lac Orion. Sa seule crainte pour le moment était que l'un des gardes jette un coup d'œil au canal et ne voie ses bulles d'air. Mais cette possibilité n'était pas très vraisemblable car ils étaient très occupés à préparer l'attaque de la péniche et n'avaient guère le temps d'étudier la surface au-dessus de Pitt, même pendant une demi-seconde.

La lumière se fit plus vive sous l'eau tandis qu'il approchait de sa source. Bientôt l'ombre sinistre de l'aéroglisseur fut au-dessus de lui. Il était sûr qu'il était chargé et que l'équipage avait maintenant pris place pour lancer la recherche et l'attaque. Seul le silence lui fit comprendre que les moteurs n'étaient pas encore en marche. Il nagea plus fort, résolu à arrêter l'aéroglisseur avant qu'il quitte le quai.

De son point d'observation de l'autre côté du canal, Giordino commença à douter que Pitt puisse atteindre l'aéroglisseur à temps. Il se maudit de ne pas s'être dépêché davantage pendant le trajet du retour, ce qui leur aurait permis d'arriver plus tôt. Mais comment aurait-il pu deviner que les gardes prépareraient l'assaut de la péniche avant le lever du soleil ? Il resta bien dans l'ombre et pagaya lentement pour qu'aucun mouvement brusque ne puisse être perçu par les hommes, de l'autre côté du canal.

— Vas-y ! murmura-t-il comme si Pitt pouvait l'entendre. Vas-y !

Pitt sentit la fatigue gagner ses bras et ses jambes. Ses poumons lui faisaient mal. Il rassembla ses forces pour l'effort final, le dernier avant que son corps épuisé refuse de lui obéir. Il avait du mal à croire qu'il risquait la mort pour sauver un chien qui, il en était sûr, avait été piqué par une mouche tsé-tsé lorsqu'il n'était encore qu'un chiot et qui souffrait de léthargie chronique.

Tout d'un coup, la lumière disparut au-dessus de lui et il plongea dans un trou noir. Sa tête remonta à la surface juste à l'intérieur du manchon flexible qu'on appelle la jupe et qui contient le coussin d'air et suspend l'aéroglisseur au-dessus de l'eau. Il flotta un moment pour reprendre ses forces, la poitrine en feu, les bras trop engourdis pour bouger. Il étudia l'intérieur de la jupe. Des trois types pouvant être installés sur un aéroglisseur, celui-ci était une jupe sac faite d'un tube de caoutchouc encerclant la coque. Quand on la gonflait, elle servait à contenir le coussin d'air et assurait la portance. Il vit aussi que cet aéroglisseur utilisait une hélice d'aluminium comme ventilateur de portance pour gonfler le sac et pousser l'air dans le coussin.

Au moment où Pitt baissait le bras pour prendre le couteau de plongée attaché à sa jambe et déchirer le tissu caoutchouté, son moment de victoire lui échappa : les starters commençaient à tourner au-dessus des moteurs. Puis les lames des hélices se mirent en mouvement, leur vitesse augmentant à chaque révolution. La jupe commença à s'évaser et l'eau à l'intérieur à bouillonner comme un maelström. Trop tard pour déchirer le coussin de caoutchouc et empêcher l'embarcation d'avancer.

Par pur désespoir, il défit la boucle de son réservoir d'air dorsal, arracha l'embout du respirateur et passa le réservoir par-dessus sa tête. Puis, en un mouvement vif, il le jeta dans l'hélice de portance et plongea pour se réfugier sous la jupe qui commençait à gonfler. Les lames de l'hélice frappèrent la bouteille réservoir et se cassèrent. C'était un acte de désespoir. Pitt savait qu'il avait parié sans réfléchir et poussé sa chance un peu trop loin.

La désintégration de l'hélice dont les lames frappaient un objet solide et résistant fut suivie d'un ouragan de morceaux de métal qui déchirèrent les parois de la jupe comme des éclats d'obus. Puis se produisit une seconde explosion, plus massive, lorsque les parois du réservoir furent frappées à leur tour. Il explosa sous la poussée secondaire de 2 m^3 d'air sous une pression de 3 000 livres. Le réservoir de carburant, pour faire bonne mesure, ajouta au cataclysme, explosant en un incendie éclatant qui projeta un feu d'artifice de particules enflammées qui volèrent jusqu'au toit de la plantation dont la structure de bois s'embrasa immédiatement.

Giordino fut horrifié à la vue de l'aéroglisseur pratiquement soulevé puis retombant violemment en milliers de fragments ardents. Des corps volèrent comme des acrobates ivres et retombèrent dans l'eau en grands éclaboussements, avec la raideur inerte de mannequins tombant d'un hélicoptère. Les fenêtres de la vieille maison explosèrent en lançant partout du verre brisé. L'explosion se répercuta sur la surface du canal et frappa le visage de Giordino comme un coup de poing lancé par la main gantée de cuir d'un poids lourd. Une cascade d'essence en feu enveloppa l'aéroglisseur. Quand elle retomba plus loin et que l'écume se fut éparpillée dans la nuit, les restes brillants de l'aéroglisseur s'enfoncèrent au fond de l'eau du canal dans un grand sifflement de vapeur et une épaisse fumée noire s'éleva et alla se perdre dans le ciel sombre.

Envahi de crainte, Giordino pagaya de toutes ses forces vers l'épave. Atteignant le périmètre de débris brûlants, il attacha ses bouteilles et se laissa tomber dans le canal. Éclairée par le champ de flammes à la surface, l'eau avait une luminescence fantomatique, menaçante. Animé d'une frénésie qu'il tentait de refréner, il fouilla les restes inutiles de l'aéroglisseur, écartant les morceaux déchirés de la jupe pour chercher au-dessous. Il était encore étourdi par le choc et cherchait désespérément le corps de son ami. Il fouilla la scène du carnage que Pitt avait créé. Ses mains touchèrent les restes d'un homme dépouillé de ses vêtements, cadavre haché et éviscéré aux jambes arrachées. Un œil noir, grand ouvert et aveugle fut tout ce qu'il aperçut pour se persuader que ce n'était pas Pitt.

Il lutta contre la peur qui l'envahissait. Il lui semblait impossible que quelqu'un ait pu survivre à cet holocauste. Il chercha sans y croire, sans espoir, à trouver un corps vivant.

« Seigneur! Où est-il? » criait-il silencieusement. Il commençait à ressentir plus que de l'épuisement et était prêt à abandonner quand quelque chose sortit de la boue noire et saisit sa cheville. Giordino ressentit un frisson glacé qui se transforma bientôt en incrédulité lorsqu'il se rendit compte qu'il s'agissait de l'emprise d'un être humain. Il se tourna d'un bond et vit un visage grimaçant, des yeux verts plissés pour voir à travers les ténèbres liquides, le sang coulant de son nez et se diluant dans l'eau.

Comme s'il surgissait du royaume des morts, Pitt lui adressa un curieux petit sourire. Sa combinaison était en lambeaux, son masque lui avait été arraché mais il était vivant. Il fit le geste de remonter, lâcha la cheville de Giordino et donna un violent coup de palmes pour couvrir le mètre et demi le séparant de la surface. Ils sortirent la tête en même temps et Giordino serra les épaules de Pitt avec la tendresse d'un ours.

— Merde, alors! cria Giordino. Tu es vivant!

— Dieu me damne si je ne le suis pas, répondit Pitt en riant.

— Mais comment diable as-tu fait?

— Une chance insolente. Après avoir jeté mes bouteilles dans l'hélice de portance de l'aéroglisseur et plongé sous la jupe, ce qui était idiot de ma part, je l'avoue, j'ai eu le temps de parcourir deux mètres avant que le réservoir explose. L'explosion s'est faite vers le haut, comme celle du réservoir de carburant. Je n'ai pas été blessé jusqu'à ce que la secousse me rattrape. J'ai été projeté dans la boue du fond qui a amorti le choc. Un miracle que mes tympans n'aient pas éclaté. J'ai encore les oreilles qui sonnent. J'ai des douleurs dans des endroits dont j'ignorais l'existence. Chaque centimètre carré de mon corps doit être couvert de bleus. Puis tout est devenu vague et cotonneux. J'ai été assommé un moment mais j'ai vite récupéré. J'ai tiré sur mon respirateur mais j'ai découvert que je n'avalais que de l'eau saumâtre. Avec des haut-le-cœur, j'ai réussi à regagner la surface et j'ai flotté un moment en attendant de retrouver mes esprits jusqu'à ce que j'aperçoive des bulles d'air autour de moi.

— J'ai bien cru que tu y étais passé, cette fois, dit Giordino.

— Je l'ai bien cru aussi, convint Pitt en touchant délicatement son nez et sa lèvre coupée. Quelque chose m'a touché le visage quand j'étais enfoncé dans la boue du canal... (Il se tut et fit une grimace.) Cassé! Mon nez est cassé! C'est la première fois que ça m'arrive.

Giordino montra de la tête les lieux dévastés et la maison devenue un brasier infernal.

— As-tu réussi à déterminer de quel côté de ta famille tu as hérité cette manie de tout détruire autour de toi?

— Je ne crois pas avoir d'ancêtre pyromane.

Trois gardes vivaient encore. L'un s'éloignait en rampant de la maison, de la fumée s'échappant des trous fumants dans le dos de son uniforme. Le second était allongé, presque assommé, sur le bord de la rive, oscillant, les mains posées sur ses oreilles dont les tympans avaient éclaté. Quatre corps flottaient sur les eaux illuminées par les flammes. Le reste de la force de sécurité avait disparu. Le troisième garde vivant, choqué, regardait sans les voir les restes de l'épave de l'aéroglisseur. Une plaie lui déchirait la joue, le sang lui tombait dans le cou et teignait sa chemise d'une belle couleur cramoisie.

Pitt nagea jusqu'à la rive où il se hissa et fit quelques pas. Le garde regarda, les yeux écarquillés, l'apparition vêtue de noir qui sortait du canal comme une étrange créature des marais. Il chercha nerveusement le pistolet qui aurait dû se trouver dans le holster sur son flanc mais que les explosions lui avaient arraché. Il se retourna, essaya de courir, chancela après quelques pas et tomba. L'apparition, le nez en sang, se pencha sur lui.

— Vous parlez anglais, l'ami?

— Oui, dit le garde d'une voix enrouée par l'émotion. J'ai appris le vocabulaire américain.

— C'est bien. Dites à votre patron Qin Shang que Dirk Pitt aimerait savoir s'il se baisse toujours pour cueillir des bananes. Vous avez saisi?

Le garde bégaya plusieurs fois en répétant la phrase mais, avec l'aide de Pitt, finit par réussir. « Dirk Pitt aimerait savoir si l'estimable Qin Shang se baisse toujours pour cueillir des bananes. »

— C'est parfait, dit Pitt d'un ton jovial. Je vous nomme premier de la classe.

Sur quoi Pitt regagna le canal et nagea jusqu'à l'endroit où Giordino l'attendait dans la yole.

35

Julia fut soulagée de voir tomber la nuit. Avançant dans l'ombre le long du pont extérieur du remorqueur, elle se dirigea vers l'avant, se glissa par-dessus la rambarde sur la péniche et se cacha au milieu des sacs en plastique contenant les ordures. Elle n'appréciait guère la pâle lumière de la lune mais cela lui servait malgré tout à distinguer les mouvements des marins du remorqueur et à observer le paysage pour noter des repères géographiques. Elle suivit également la direction prise par l'embarcation en regardant toutes les minutes l'étoile polaire.

Contrairement au paysage uniforme de la vallée centrale de l'Atchafalaya, les rives herbeuses du bayou Teche étaient plantées d'épais baldaquins de grands chênes, de cyprès majestueux et de souples saules. Mais, comme le bord d'un échiquier, la ceinture d'arbres s'ouvrait tous les 1 500 mètres environ pour révéler les lumières de fermes et de champs plantés de nouvelles récoltes à peine éclairées par les rayons de lune. Derrière les prairies entourées de haies, Julia distinguait les formes de troupeaux de bovins occupés à brouter. Elle reconnut le chant de l'alouette et se prit à souhaiter avoir une famille et un foyer. Elle savait qu'un jour, pas très lointain, ses supérieurs à l'INS mettraient un terme à ses tentatives pour arrêter les passages de clandestins chinois pour la faire travailler derrière un bureau.

Le remorqueur et la péniche traversèrent ce qui lui parut un pittoresque village de pêcheurs dont elle apprendrait plus tard qu'il s'agissait de Patterson. Des quais s'étiraient le long des rives avec des bateaux de pêche blottis les uns contre les autres. Elle nota mentalement comment la ville était allongée le long du bayou tandis qu'elle disparaissait déjà dans la distance. Le commandant du remorqueur actionna sa sirène en arrivant à la hauteur d'un pont-levis. Le préposé répondit par un coup de sirène et leva le pont pour lui laisser le passage.

Quelques kilomètres après Patterson, le remorqueur ralentit et approcha lentement de la rive ouest. Jetant un coup d'œil par-dessus le bord de la péniche, Julia aperçut une grande construction de brique dans le style des entrepôts, entourée de plusieurs autres bâtisses disposées le long d'un long quai. Une barrière métallique et des barbelés sur les murs défendaient l'ensemble. Quelques lampes éparpillées, aux ampoules assez faibles, éclairaient la partie ouverte entre le dock et l'entrepôt. Le seul signe de vie que nota Julia fut un garde qui sortit d'une cabane. Il portait l'uniforme habituel des services de sécurité. Par la fenêtre de la hutte, elle aperçut le reflet d'images d'un poste de télévision.

Son cœur bondit en découvrant les rails d'un chemin de fer qui couraient le long d'un caniveau de béton sous le gros entrepôt. Elle se sentit de plus en plus certaine qu'il s'agissait là du principal centre de transit d'où les clandestins étaient envoyés vers les lieux qui avaient été choisis pour eux. Une fois arrivés, ils étaient soit mis en esclavage soit lâchés dans les villes déjà surpeuplées.

Elle se cacha sous les sacs lorsque l'équipage chinois monta à bord de la péniche et l'amarrèrent au quai. Quand ce fut fait, ils se dirigèrent vers le remorqueur. Aucune parole ne fut échangée entre le commandant, l'équipage et le garde derrière les grilles. Le commandant donna un violent coup de sirène pour faire connaître ses intentions à un petit bateau de pêche à la crevette sur le point de passer devant lui. Puis le remorqueur fit demi-tour pour s'éloigner de la péniche, virant sa poupe de 180 degrés, et son avant aplati se dirigea vers l'aval du bayou. De là, il fila, augmentant sa vitesse pour rentrer à Sungari.

Les vingt minutes suivantes passèrent dans un étrange silence qui commença à effrayer Julia. Non pour sa propre sécurité mais parce qu'elle craignait de s'être trompée. Le garde avait depuis longtemps regagné sa cabane et sa télévision. La péniche pleine d'ordures était amarrée au quai, oubliée et négligée.

Julia avait contacté le commandant Lewis à bord du *Weehawken* peu après avoir sauté sur le remorqueur et l'avait informé de sa folle entreprise. Lewis n'avait guère apprécié que la femme dont la sécurité reposait entre ses mains ait pris ce terrible risque. Le professionnel qu'il était fit de son mieux pour ignorer sa frustration et ordonna qu'un canot plein d'hommes armés, sous les ordres du lieutenant de vaisseau Stowe, suive le remorqueur et la péniche et qu'un hélicoptère surveille l'opération. Il demanda à Stowe de garder une distance respectable derrière le remorqueur et de ne pas éveiller les soupçons. Julia entendit le bruit des moteurs de l'hélicoptère et vit ses feux de navigation dans le ciel nocturne.

Elle savait quel sort lui serait réservé si les passeurs de Qin Shang la capturaient et elle eut chaud au cœur de savoir qu'elle était surveillée par des hommes prêts à mettre leurs vies en danger pour la sauver si les choses tournaient mal.

Elle avait depuis longtemps enlevé le costume de cuisinière de Li Wan Chu et l'avait caché dans un sac à ordures, non seulement parce qu'il était incongru maintenant mais surtout parce que le tissu blanc l'aurait rendue visible aux marins du remorqueur quand elle se levait pour regarder par-dessus le bastingage de la péniche pendant le voyage depuis Sungari. Elle portait en dessous un simple short et une blouse.

Pour la première fois depuis une heure, elle prit sa radio miniature et appela le lieutenant Stowe.

— Le remorqueur a laissé la péniche amarrée le long d'un quai, près de ce qui ressemble à un grand entrepôt.

Le lieutenant de vaisseau Jefferson Stowe, aux commandes du canot, répondit très vite grâce à l'émetteur-récepteur dont les écouteurs ne quittaient pas ses oreilles.

— Nous confirmons. Le remorqueur va nous croiser dans un instant. Quelle est votre situation ?

— Au moins aussi passionnante que de contempler la pétrification d'un arbre. A part un garde de l'autre côté d'une haute palissade, occupé à regarder la télévision dans sa cabane, il n'y a pas un chat en vue.

— Voulez-vous dire que votre enquête a fait chou blanc ?

— J'ai besoin d'un peu plus de temps pour fouiner, dit Julia.

— Pas trop, j'espère. Le commandant Lewis n'est pas un homme patient et l'hélicoptère n'a plus qu'une demi-heure de carburant. Et ce n'est que la moitié du problème.

— Quelle est l'autre moitié ?

— Votre décision de sauter sur le remorqueur a été prise si vite que ni mon équipage ni moi n'avons dîné.

— Vous plaisantez ?

— Pas quand il s'agit de faire sauter leur repas à des garde-côtes, plaisanta Stowe.

— Mais vous allez rester là, n'est-ce pas ? Vous n'allez pas me laisser tomber ?

— Bien sûr que non, répondit Stowe d'une voix dont toute trace d'humour avait disparu. J'espère seulement que le remorqueur n'a pas simplement garé la péniche pour la nuit en attendant de se débarrasser des ordures demain matin.

— Je ne crois pas que ce soit le cas, dit Julia. L'un des bâtiments a un chemin de fer qui permet d'y entrer et d'en sortir. Le lieu ferait une planque idéale pour transporter les clandestins partout dans le pays.

— Je vais demander au commandant Lewis de se renseigner auprès des Chemins de fer sur les transports de marchandises qui s'arrêtent à l'usine. Pendant ce temps, je vais conduire le canot dans une petite anse de l'autre côté du bayou, à environ 100 mètres de vous. On restera là jusqu'à ce qu'on nous dise d'en sortir... Mademoiselle Lee ?

— Oui ?

— Ne comptez pas trop sur la réussite. Je viens de repérer un vieux panneau abîmé, bizarrement penché sur la rive du bayou. Voulez-vous savoir ce qui y est écrit ?

— Oui, dites-le-moi, répondit Julia en s'efforçant de ne pas montrer son irritation.

— « Felix Bartholomeaux, Usine sucrière Numéro Un. Fondée en 1883. » Vous êtes apparemment amarrée devant une usine sucrière abandonnée depuis longtemps. De là où je suis, le complexe a l'air plus mort qu'un œuf de dinosaure fossilisé.

— Dans ce cas, pourquoi y mettre un garde ?

— Je ne sais pas, répondit honnêtement Stowe.

— Attendez ! dit soudain Julia. J'entends quelque chose !

Elle se tut et écouta tandis que Stowe s'abstenait de poser des questions. Comme très loin, elle entendit le claquement amorti d'un métal contre un autre. Elle crut d'abord que cela venait de quelque part dans l'usine de sucre déserte mais comprit bientôt que le son était amorti par l'eau, sous la barge. D'un geste vif, elle écarta les sacs de plastique et se fraya un passage jusqu'au sol au-dessus de la coque de la péniche. Puis elle posa l'oreille contre le métal humide et rouillé de la quille.

Cette fois, elle distingua des voix étouffées que les vibrations faisaient résonner sur l'acier. Elle ne put saisir les mots mais entendit des hommes crier durement. Julia refit le chemin en sens inverse, remonta sur la pile de sacs, vérifia que le garde était toujours occupé et se pencha sur le bord de la péniche, essayant de percer l'eau du regard. Il n'y avait aucune lumière révélatrice dans les profondeurs et il faisait trop sombre pour voir à plus de quelques centimètres sous la surface.

— Capitaine Stowe ? dit-elle doucement.

— Je suis là.

— Voyez-vous quelque chose dans l'eau entre le quai et la péniche ?

— Pas d'ici, mais je vous vois.

Julia se retourna instinctivement et regarda le bayou mais ne distingua que l'obscurité.

— Pouvez-vous suivre mes gestes ?

— Oui, grâce aux lunettes à vision nocturne. Je ne voulais pas que quelqu'un vous surprenne sans que vous le sachiez.

Brave et fidèle lieutenant Stowe. En d'autres circonstances, elle aurait pu éprouver de l'affection pour lui. Mais toute idée d'amour, même éphémère, la faisait penser à Dirk Pitt. Pour la première fois de sa vie, elle s'intéressait à un homme et son esprit indépendant n'était pas sûr de vouloir accepter la situation. Presque à contrecœur, elle s'obligea à se concentrer pour découvrir par quel moyen Qin Shang faisait passer ses clandestins.

— Je crois qu'il y a une autre embarcation ou un compartiment sous le fond de la péniche, dit-elle.

— Qu'est-ce qui vous le fait croire ?

— J'ai entendu des voix à travers la quille. Cela expliquerait comment les Chinois ont pu faire passer les immigrants par Sungari et subir sans encombre l'enquête de l'INS, des douanes et des garde-côtes.

— J'aimerais croire à votre théorie, mademoiselle Lee, mais un compartiment sous-marin transporté à travers deux océans puis installé sous une péniche pour remonter un bayou de Louisiane jusqu'à un terminal de chemin de fer dans une usine sucrière abandonnée, ça pourrait vous valoir un prix de la meilleure fiction littéraire mais ça ne tient pas la route auprès d'esprits pragmatiques.

— Je parierais ma carrière là-dessus, pourtant, affirma Julia.

— Puis-je savoir ce que vous avez l'intention de faire ?

— Entrer dans l'usine et chercher.

— Ce n'est pas très raisonnable. Mieux vaut attendre le matin.

— Ce sera peut-être trop tard. Les immigrants seront peut-être déjà partis à ce moment-là.

— Mademoiselle Lee, dit sévèrement Stowe, je vous prie fermement de chasser cette idée de votre esprit. Je vais traverser le bayou et venir vous chercher.

Julia se dit qu'elle n'avait pas fait tout ça pour abandonner si vite.

— Non, merci, capitaine Stowe. J'y vais. Si je trouve ce que j'espère trouver, vous et vos hommes pourrez venir en courant.

— Mademoiselle Lee, je dois vous rappeler que, même si vous êtes sous la protection des garde-côtes, nous ne faisons pas partie du ministère de la Justice. Mon avis, si vous voulez bien en tenir compte, est qu'il faut attendre le lever du jour, obtenir un mandat de perquisition d'un juge de la paroisse et envoyer le shérif local enquêter. Vos supérieurs vous accorderont une meilleure note si vous suivez cette procédure.

Julia prétendit ne pas avoir entendu.

— Veuillez demander au commandant Lewis de prévenir Peter Harper à Washington et le bureau de l'INS à La Nouvelle-Orléans. Bonne nuit, capitaine Stowe. Déjeunons ensemble demain, d'accord ?

Stowe essaya plusieurs fois de parler à Julia mais elle avait coupé sa radio. Il observa l'autre rive du bayou dans ses lunettes à vision nocturne. Il la vit sauter de la barge et courir le long du quai puis disparaître derrière un chêne couvert de mousse devant la palissade de métal.

Julia s'arrêta en atteignant le chêne et se cacha quelques instants sous la mousse qui pendait des branches. Son regard parcourut lentement les bâtiments apparemment déserts de la fabrique de sucre. On ne distinguait aucune lumière derrière les portes et les fenêtres, pas plus qu'à travers les fissures des vieux murs. Elle écouta mais n'entendit que la plainte rythmée et le crissement des cigales, ce qui montrait que l'été n'était pas loin. L'air parfumé était lourd et moite et aucune brise ne rafraîchissait sa peau humide de sueur.

Le bâtiment principal du complexe, massif et important, présentait trois étages. L'architecte avait dû être influencé par le style médiéval. Il y avait des remparts le long du toit et quatre tourelles où étaient autrefois installés les bureaux de la société. Les murs ne comportaient que le nombre de fenêtres nécessaires à éclairer l'intérieur mais, pour les hommes et les femmes qui avaient travaillé ici, le manque de ventilation avait dû créer des conditions de travail difficiles. Les briques d'argile rouge avaient bien supporté l'agression du temps mais la mousse et la vigne vierge envahissaient lentement les mortaises dont elles affaiblissaient les joints. Déjà, un grand nombre était tombé sur le sol de terre humide. Aux yeux de Julia, cet endroit sinistre, autrefois bruissant d'activité humaine, maintenant abandonné, avait l'air d'attendre les boules des démolisseurs qui auraient dû depuis longtemps s'occuper de la vieille usine.

Elle se fraya un chemin dans l'ombre des plantes poussant le long de la palissade jusqu'aux rails de chemin de fer qui menaient, en passant sous une grille lourdement verrouillée, dans le caniveau de béton et finissait devant une épaisse porte de bois donnant dans le sous-sol de l'entrepôt principal. Elle se pencha et étudia les rails éclairés par un poteau proche. L'acier en était brillant et sans la moindre trace de rouille. Sa conviction était faite.

Elle poursuivit sa reconnaissance, se glissant avec une agilité féline dans les buissons, et arriva à un petit tuyau de drainage de 60 cm de diamètre qui passait sous la palissade avant de se vider dans un fossé parallèle à la vieille sucrerie. Elle jeta un rapide coup d'œil autour d'elle pour s'assurer que personne ne la regardait et se mit à ramper dans le tuyau, les pieds les premiers pour pouvoir en ressortir s'il s'agissait d'un cul-de-sac.

Julia n'éprouvait aucun sentiment de fausse sécurité. Elle s'étonnait qu'un seul garde travaillât pour un service de sécurité autre que la Qin Shang Maritime. L'absence de gardes supplémentaires et d'un éclairage plus puissant tendait à prouver que cet endroit était peu important — peut-être même qu'il n'était rien d'autre que ce dont il avait l'air. Elle était trop professionnelle pour ne pas envisager que ses mouvements soient filmés par des caméras à infrarouge depuis le moment où elle avait sauté de la péniche. Mais elle était allée trop loin pour abandonner. Si cet endroit était bien le point de passage des clandestins, Qin Shang n'agissait pas avec sa manie habituelle de secret total et de sécurité maximum.

Un homme aux larges épaules n'aurait jamais pu emprunter ce tuyau de drainage mais Julia était mince. D'abord, en regardant entre ses pieds, elle ne vit que l'obscurité. Mais après avoir négocié un léger coude du tuyau, elle distingua un cercle de lumière jouant dans une flaque d'eau. Enfin elle atterrit dans un fossé de béton où reposaient quelques centimètres de boue, courant autour de l'entrepôt principal pour recueillir l'eau de pluie des gouttières du toit.

Elle resta immobile en regardant à droite et à gauche. Aucune sirène, aucun chien hurlant, aucun projecteur n'accueillirent son arrivée dans le bâtiment de l'usine sucrière. Heureuse de ce que sa présence n'ait pas été décelée, elle parcourut furtivement le bâtiment, cherchant un moyen pour entrer. Elle appuya son dos contre les murs de brique couverts de mousse, cherchant par où elle allait faire le tour de l'usine. Le côté où les rails partaient en pente douce vers le sous-sol était ouvert et baigné de la lumière du poteau électrique aussi choisit-elle le côté opposé qui offrait l'ombre d'un bosquet de cyprès. Elle avança aussi silencieusement que possible, attentive à ne pas tomber sur un objet abandonné par terre.

Un petit buisson épais lui coupa le chemin et elle rampa au-dessous. Ses doigts tendus touchèrent une marche de pierre puis une autre, menant vers le bas. Plissant les yeux, elle tenta de percer l'obscurité et découvrit un escalier descendant au sous-sol de l'usine. Les marches étaient couvertes de gravats aussi fit-elle très attention de les contourner ou de les enjamber. La porte, au bas de l'escalier, avait connu des jours meilleurs. Épaisse et taillée dans du chêne, elle aurait pu autrefois soutenir les assauts d'un bélier. Mais un siècle d'humidité avait rouillé ses gonds et Julia découvrit qu'il suffisait de la pousser un peu vigoureusement pour qu'elle s'entrouvre assez pour qu'elle puisse s'y glisser.

Elle hésita juste assez longtemps pour se rendre compte qu'elle se trouvait dans un couloir aux murs de béton. Une faible lueur provenait de l'autre extrémité, à une quinzaine de mètres. Le couloir, longtemps inutilisé, dégageait une odeur d'humidité. Le sol suintait et formait des mares aux endroits où l'eau de pluie était passée sous la porte extérieure. Des débris et des vieux meubles avaient été laissés dans le couloir lors de la fermeture de l'usine sucrière, ce qui rendait la progression difficile sans faire de bruit. Elle redoubla de prudence en atteignant la faible lumière qui brillait derrière la vitre sale d'une lourde porte de chêne qui bloquait le chemin. Elle tourna doucement la poignée rouillée. A sa grande surprise, le pêne glissa sans bruit. Alors elle entrouvrit la porte sans peine de quelques centimètres. Elle tourna sur ses gonds aussi silencieusement que si elle avait été huilée la veille.

Elle pénétra doucement dans la pièce avec le sentiment d'un danger proche. Elle se retrouva dans un bureau meublé de lourds meubles de chêne si populaires au début du xxᵉ siècle. L'endroit était impeccablement propre. Pas un brin de poussière, pas une toile d'araignée. Elle eut l'impression de pénétrer dans une capsule temporelle. En fait, elle venait de rentrer dans le piège.

Elle ressentit comme un coup de poing à l'estomac quand la porte de chêne se referma derrière elle. Trois hommes sortirent de derrière un paravent dissimulant un salon, au fond du bureau. Tous trois portaient des vêtements civils, deux avaient une serviette de cuir à la main, comme s'ils arrivaient d'une réunion de conseil d'administration.

Avant qu'elle puisse appeler au secours sur sa radio cachée, on lui saisit le bras et on colla un ruban adhésif sur sa bouche.

— Vous êtes une jeune femme très obstinée, Lin T'ai, ou devrais-je dire Julia Lee? dit Ki Wong, le chef des gardes de sécurité de Qin Shang avec un salut et un sourire éclatant. Vous n'imaginez pas combien je suis heureux de vous voir!

Stowe regarda longuement le bayou en pressant l'écouteur de son récepteur contre son oreille d'une main et en tenant de l'autre le micro de son émetteur devant sa bouche.

— Mademoiselle Lee, si vous m'entendez, répondez!

Il crut entendre quelques voix assourdies un moment avant que toute communication avec Julia soit coupée. Son premier mouvement fut de traverser le bayou et de forcer la grille du quai. Mais il ne pouvait être sûr que la situation de Julia soit dangereuse. En tout cas, pas assez pour risquer la vie de ses hommes dans un engagement. Il fut aussi retenu par le fait que, peut-être, il allait tomber dans une embuscade en territoire inconnu. Stowe choisit la solution que tout officier astucieux empruntait depuis que la première force militaire avait été formée. Il confia la responsabilité des événements à son officier supérieur.

— *Weehawken,* ici le lieutenant Stowe.

— Nous vous recevons, dit la voix du commandant Lewis.

— Monsieur, je crois que nous avons un problème.

— Expliquez-vous.

— Nous avons perdu le contact avec Mlle Lee.

Il y eut un instant de silence. Puis Lewis répondit :

— Restez sur votre position et continuez à surveiller l'usine de sucre. Rapportez toute information nouvelle. Je reprendrai contact avec vous.

Stowe, debout dans le canot, contempla de l'autre côté du bayou les bâtiments sombres et silencieux.

— Dieu vous aide si vous avez des ennuis, murmura-t-il, car moi, je ne peux pas.

36

Il n'y eut aucune hâte fiévreuse après que Pitt et Giordino eurent quitté l'aéroglisseur et le poste de commandement en flammes. Il semblait vraisemblable que toutes les communications entre les forces de sécurité et le quartier général de Qin Shang aient été coupées quand la maison de bois avait brûlé de fond en comble. Ils continuèrent leur mission et photographièrent le lit du canal avec l'AUV comme s'ils n'avaient jamais été interrompus. Ni l'un ni l'autre n'avait envie de bâcler le travail.

Ils atteignirent l'Atchafalaya, le bayou Hooker et la

péniche au moment où le ciel commençait à s'éclaircir à l'est, passant du noir au bleu gris. Romberg les
accueillit en ouvrant les yeux juste assez longtemps
pour les reconnaître avant de replonger au pays des
rêves canins.

Sans attendre, ils rangèrent leurs équipements de
plongée et l'AUV. Dès que le canot fut rangé à sa
place sur le rouf, Giordino remit en marche le gros
moteur Ford tandis que Pitt détachait les amarres
dans la vase sous le bateau. Le soleil n'était pas
encore levé quand la péniche fit demi-tour sur
l'Atchafalaya et se dirigea vers l'aval.

— Où allons-nous ? cria Giordino depuis le poste
de pilotage.

— Bartholomeaux, répondit Pitt en criant aussi
pour se faire entendre malgré le bruit du moteur.

Giordino ne fit pas de commentaire. Il y avait plus
de bateaux sur le fleuve qu'il ne s'y était attendu à
cette heure matinale. Les barques des pêcheurs
d'huîtres et de langoustes étaient déjà sorties et se
dirigeaient vers leurs lieux de pêche favoris. Des
remorqueurs poussaient des trains de péniches,
venant du sud après avoir passé l'écluse du canal de
la Vieille Rivière en provenance du Mississippi, et
empruntaient l'Atchafalaya au nord de Baton Rouge.
Il évita respectueusement les autres bâtiments mais,
dès qu'il le put, poussa le gros 427 à mi-course,
barattant l'eau à 25 milles à l'heure.

Dans la petite cabine, Pitt, assis sur le canapé,
visionnait le film pris par la caméra de l'AUV sur le
canal. Il regarda les vues prises de la route bordant le
Mississippi et se terminant à l'entrée de l'Atchafalaya. Du début à la fin, ce n'était que six heures
d'ennui profond. A part quelques poissons, une tor-
tue et un bébé alligator de 30 cm de long, le fond du
canal n'avait rien d'autre à montrer qu'un désert de
vase. Pitt fut soulagé de n'y voir aucun cadavre mais
n'en fut pas vraiment surpris. Il y avait une petite
faille au plan incroyablement compliqué de Qin
Shang. Le canal en était la clef et Pitt comprenait

maintenant à quoi il servait. Mais il était encore loin d'en avoir la preuve tangible. Rien qu'une vague théorie que même lui trouvait impossible à accepter.

Il éteignit le magnétoscope et s'appuya au dossier du canapé. Il n'osait pas fermer les yeux. Il aurait pu s'endormir facilement mais cela n'aurait pas été chic pour Giordino. Il y avait encore tant à faire ! Il prépara le petit déjeuner et appela Giordino pour partager avec lui des œufs brouillés et du jambon. Il avait fait du café dans la cafetière démodée et ouvert un pack de jus d'orange. Pour gagner du temps, il remplaça Giordino à la barre pendant que son ami déjeunait.

Il fit virer la péniche dans la baie de Berwick, à plusieurs kilomètres au nord de Morgan City, et descendit le canal Wax Lake, entra dans le bayou Teche juste au-dessus de Patterson, à 3 km seulement de la vieille usine sucrière de Bartholomeaux. Il repassa la barre à Giordino et s'assit sous la véranda sur une chaise longue, Romberg couché en rond près de lui.

Ils avaient fait vite et il n'était pas encore midi quand Giordino ralentit la péniche à un mille de l'usine abandonnée dans un coude du fleuve. Pitt observa à la jumelle les bâtiments et le quai qui s'étirait le long d'une digue de pierre. Un petit sourire étira ses lèvres en apercevant la péniche immobile toujours chargée de ses sacs d'ordures. Appuyé au bastingage de la véranda, il appela Giordino et lui montra le bayou.

— Ça doit être là. La barge amarrée au quai a l'air d'être celle que nous avons vue à Sungari.

Giordino prit le télescope de cuivre qu'il avait trouvé dans un tiroir près du gouvernail et le porta à son œil droit pour étudier le quai et les bâtiments.

— La barge est encore pleine. On dirait que personne n'est venu la vider.

— Contrairement à l'aspect délabré des bâtiments, le quai ne semble pas avoir plus d'un ou deux ans. Tu vois quelqu'un dans la cabane du garde à la grille ?

Giordino déplaça le télescope et le régla.

— Je vois un seul occupant assis devant sa télé.

— Rien qui puisse laisser croire à une embuscade?

— J'ai vu des cimetières plus animés que ce trou. Personne n'a dû encore raconter notre expédition sur le canal.

— Je vais plonger pour vérifier le fond de la péniche, dit Pitt. J'ai perdu mon équipement de plongée alors je vais emprunter le tien. Vas-y doucement, comme si tu avais des problèmes de moteur. Dès que je serai dans l'eau, amarre-toi au quai et donne au garde une de tes petites représentations théâtrales.

— Après avoir charmé des publics indifférents, pontifia Giordino, Romberg et moi pourrions former une troupe digne de Hollywood.

— Ne compte pas trop là-dessus.

Giordino cala la manette des gaz deux crans au-dessus du ralenti et tourna la clef de contact dans les deux sens pour simuler un ennui d'allumage du moteur. Dès qu'il vit Pitt revêtu de sa combinaison humide enjamber le bastingage de la péniche hors de la vue du garde, il tourna la roue du gouvernail pour s'approcher du quai. Quelques secondes plus tard, quand il le chercha des yeux, Pitt avait disparu.

Il regarda les bulles d'air de son ami s'approcher de la barge puis diminuer lorsqu'il plongea sous la coque. Il sembla à Giordino que Pitt allait de plus en plus profond. Enfin les bulles disparurent complètement du flanc du bateau.

Giordino leva lentement une main à ses yeux pour les protéger du soleil et tourna habilement sa péniche autour de la barge et le long des piliers sans égratigner la peinture de sa coque. Puis il descendit l'échelle jusqu'au pont, sauta sur le quai et commença à attacher des cordes à une paire de bittes rouillées.

Le garde sortit de sa cabane, déverrouilla la grille et courut jusqu'à la péniche. Il regarda avec méfiance Romberg qui paraissait heureux de le voir. L'homme ressemblait à un Asiatique mais parlait avec l'accent de la côte Ouest.

Il était plus grand que Giordino mais beaucoup plus mince. Il portait une casquette de base-ball et des lunettes de pilote de la Seconde Guerre mondiale.

— Vous devez partir. Ce quai est privé. Les propriétaires ne permettent à personne de s'amarrer ici.

— J'peux rien y faire, grogna Giordino. Mon moteur m'a lâché. Donnez-moi juste 20 minutes et j'le remets en marche.

Le garde n'avait pas l'intention de céder. Il commença à dénouer les amarres.

— Vous devez partir !

Giordino s'approcha et saisit le poignet du garde d'une main de fer.

— Qin Shang ne sera pas content quand je lui raconterai votre attitude envers un de ses inspecteurs.

Le garde lui adressa un regard étonné.

— Qin Shang ? Qui diable est Qin Shang ? J'ai été engagé par la Butterfield Freight Corporation.

Ce fut au tour de Giordino d'avoir l'air surpris. Il regarda machinalement par-dessus son épaule l'endroit où il avait vu disparaître les bulles de Pitt et se demanda s'ils n'avaient pas fait une grave erreur.

— Vous avez été engagé pour quoi faire ? Garder les récoltes de maïs ?

— Non, se défendit le garde, incapable de se dégager de la poigne de Giordino et se demandant s'il avait affaire à un fou et s'il devait sortir son revolver. La Butterfield utilise ces bâtiments pour remiser des meubles et des équipements de leurs bureaux dans tout le pays. Mon boulot, et celui des gardes qui me remplacent après mon service, c'est d'empêcher que des vandales entrent dans la propriété.

Giordino lâcha le bras du garde. Il était trop malin et trop cynique pour avaler ce mensonge. Au début, il avait pensé s'être trompé de piste mais maintenant, il était sûr qu'il y avait quelque chose de louche à propos de l'usine abandonnée.

— Dis-moi, l'ami, est-ce qu'une bouteille de Jack Daniel's Black Label me permettrait de rester ici le temps de réparer mon moteur ?

— Je ne crois pas, dit le garde têtu en se frottant le poignet.

Giordino reprit son accent paysan.

— Écoute, j'suis dans la merde. Si je reprends la rivière sans avoir réparé c'moteur, j'risque de m'faire couper en deux par un remorqueur.

— Ce n'est pas mon problème.

— Et deux bouteilles de whisky Jack Daniel's ?

— Quatre bouteilles.

— Banco !

Il montra la porte menant à l'intérieur de la cabine.

— Viens à bord et j'te les mettrai dans un sac.

Le garde jeta un regard d'appréhension à Romberg.

— Est-ce qu'il mord ?

— Seulement si tu mets ta main dans sa gueule et ton talon sur ses mâchoires.

Bêtement pris dans la toile d'araignée, le garde monta à bord, contourna Romberg et entra dans la cabine. Ce fut la dernière chose dont il se souvint quand il se réveilla quatre heures plus tard. Giordino le frappa sur la nuque. Pas comme au judo, mais d'un énorme coup de poing qui envoya le garde s'écraser lourdement sur le pont, KO pour le compte.

Dix minutes plus tard, Giordino, revêtu de l'uniforme du garde dont le pantalon et les manches avaient quelques centimètres de trop mais dont les boutons et les épaules tiraient fort aux coutures, sortit sur la véranda. Avec la casquette de base-ball rabattue sur les lunettes démodées, il alla tranquillement jusqu'à la grille qu'il referma derrière lui et fit semblant de verrouiller. Puis il entra dans la cabane du garde et s'assit devant la télévision tandis que son regard détaillait le terrain autour de l'usine, repérant les caméras de surveillance disséminées sur la propriété.

Pitt se laissa couler au fond avant de remonter à la nage sous le fond plat de la barge. Il fut surpris de rencontrer le lit du bayou à 9 mètres à côté du quai — beaucoup plus profond qu'il n'était nécessaire à un trafic de péniches. La profondeur avait dû être calculée pour accueillir les navires aux quilles plus longues.

Ce fut comme si un nuage passait devant le soleil. L'ombre de la barge occulta presque la moitié de la lumière de la surface. L'eau était d'un vert opaque et remplie de particules de plantes. Il nagea vite et était à peine passé sous la péniche qu'une forme vague apparut dans la pénombre et arrêta sa progression. Pendant de la quille de la barge, il vit un immense tube cylindrique aux extrémités effilées.

Pitt comprit immédiatement ce que c'était et son cœur se mit à battre plus vite d'excitation. La taille et la forme régulière étaient celles de la coque d'un sous-marin ancien. Il nagea le long de la coque, légèrement au-dessus. Il n'y avait pas de hublots visibles et il comprit que l'objet était attaché à la barge par un système de rails. Ils servaient à bouger le conteneur submergé du navire à la barge et vice versa.

Pitt estima que ce conteneur sous-marin mesurait 27 mètres de long et près de 4,50 mètres de diamètre sur 3 mètres de haut. Sans pouvoir regarder à l'intérieur, il réalisa qu'il pouvait abriter de 200 à 400 personnes, plus ou moins serrées à l'intérieur.

Rapidement, il nagea autour de l'engin, passa de l'autre côté, cherchant une écoutille le reliant à un passage sous-marin du bateau à l'intérieur de la digue qui tenait le quai. Il la trouva 9 mètres derrière la proue, un petit tunnel étanche juste assez large pour faire passer deux personnes en même temps.

Pitt ne put trouver aucun moyen d'entrer, en tout cas pas de l'extérieur. Il était sur le point d'abandon-

ner et de nager jusqu'à la péniche quand il aperçut
un petit portail rond enchâssé dans la digue de
pierre. Le portail était au-dessus de la surface de
l'eau mais juste au-dessous des planches du quai. Il
était couvert d'une porte de fer fermée par trois tourniquets à leviers. Il se demanda à quoi elle servait.
Une sorte d'égout? Un tuyau de drainage? Un tunnel
de maintenance? En y regardant de plus près, il vit
le texte apposé par le fabricant de la porte et
comprit.

Fabriqué par la Sté Acadia, Conduits de remblais
La Nouvelle-Orléans, Louisiane.

C'était un conduit utilisé, lorsque l'usine tournait
encore, pour charger le sucre brut sur les péniches.
Le vieux quai avait été démoli, on en avait construit
un autre, 1,50 mètre plus haut que l'ancien pour permettre le passage des clandestins sous l'eau afin
qu'on ne les aperçoive pas depuis la surface. Le nouveau quai surélevé était maintenant trente bons centimètres au-dessus de l'ancien conduit de chargement.

Les tourniquets à leviers étaient très rouillés et
n'avaient probablement pas été ouverts depuis 80
ans. Mais l'eau du bayou n'était pas salée comme
l'eau de mer. La corrosion n'était pas profonde. Pitt
saisit l'un des leviers à deux mains, positionna ses
pieds contre les planches du quai et tira.

A sa grande satisfaction, le levier céda et bougea
de quelques centimètres au premier essai. Puis de
dix centimètres et ensuite, il tourna plus facilement.
Il céda enfin complètement jusqu'à sa butée. Le
second céda un peu plus vite mais le troisième lui
résista plus longtemps. Haletant, Pitt se reposa une
minute avant d'ouvrir la porte. Elle aussi résista. Il
dut appliquer ses deux pieds contre la digue et tirer
de toutes ses forces.

Enfin la porte tourna en grinçant sur ses gonds
rouillés. En regardant à l'intérieur, Pitt ne vit rien

dans l'obscurité. Il fit demi-tour et remonta sur le quai, s'arrêtant juste avant d'atteindre la coque de sa péniche. Il appela à voix basse :

— Al ? Tu es là ?

La seule réponse fut celle de Romberg. Curieux, le chien passa sur le quai et renifla entre les planches juste au-dessus de la tête de Pitt.

— Pas toi ! C'est Giordino que j'appelle !

Romberg se mit à remuer la queue. Il étendit ses pattes de devant et s'allongea sur le quai puis essaya pour jouer de creuser les planches de bois.

Dans la cabane du garde, Giordino se tournait toutes les minutes pour regarder la péniche et voir si Pitt était de retour. Voyant Romberg gratter les planches pour attraper quelque chose, il s'étonna. Il repassa lentement la grille et s'arrêta à côté du chien.

— Qu'est-ce que tu renifles ? demanda-t-il.

— Moi, murmura Pitt entre les planches.

— Seigneur ! marmonna Giordino. J'ai cru une seconde que Romberg savait parler !

Pitt le regarda à travers les planches.

— Où as-tu trouvé cet uniforme ?

— Le garde a décidé de faire une petite sieste et, généreux comme je suis, j'ai offert de prendre son tour de garde.

— Même d'où je suis, je peux te dire que cet uniforme ne te va pas.

— Il t'intéressera peut-être d'apprendre, poursuivit Giordino en tournant le dos à l'usine et en frottant la barbe de deux jours couvrant son menton pour cacher le mouvement de ses lèvres, que cet endroit appartient à la Butterfield Freight Corporation et non à la Qin Shang Maritime. Et aussi que le garde a peut-être des ancêtres asiatiques mais qu'il a dû aller à l'école à Los Angeles ou à San Francisco.

— Butterfield doit être une couverture utilisée par Shang pour planquer le transfert d'immigrants. Il y a un véhicule sous-marin attaché au fond de la barge qui peut contenir près de 400 personnes.

— Alors nous avons trouvé la veine principale ?

— On le saura bientôt, après que j'y serai entré.

— Comment?

— J'ai trouvé un conduit qui servait à charger le sucre sur les péniches. Il a l'air de mener vers le bâtiment principal.

— Fais attention où tu mets les pieds et grouille-toi. Je ne sais pas combien de temps je vais tromper ceux qui me surveillent.

— Ils ont une caméra sur toi?

— J'en ai compté trois et je suppose qu'il y en a d'autres que je n'ai pas encore repérées.

— Peux-tu me passer mon .45 par-dessus bord? Je ne peux pas aller tout nu là-dedans.

— Je vais te le passer.

— Tu es un chic type, Al. Et je me fiche de ce qu'on peut dire de toi.

— Si j'entends un coup de feu, dit Giordino en se dirigeant vers la péniche, Romberg et moi arriverons au galop.

— Ça devrait être une scène à filmer!

Giordino entra dans la péniche, prit le Colt de Pitt et le fit glisser, attaché à une ficelle, par une fenêtre jusqu'à la surface de l'eau de l'autre côté du quai. Il retourna lentement jusqu'à la cabane du garde où il sortit de son holster l'impressionnant 357 Magnum Wesson Firearms qu'il avait pris au garde inconscient. Puis il attendit qu'il se passe quelque chose.

Pitt se débarrassa de ses bouteilles, de sa ceinture plombée et du reste de son équipement de plongée sous le fond de la péniche. Vêtu de sa seule combinaison et portant le Colt .45 au-dessus de sa tête pour ne pas le mouiller, il longea le quai par en dessous jusqu'à la porte du conduit et se glissa à l'intérieur. Il n'avait guère de place et dut se hisser quelques centimètres à la fois. Il plaça le Colt sous le col de sa combinaison contre sa poitrine afin de pouvoir, d'un simple mouvement du bras, le sortir très vite en cas de nécessité. A mesure qu'il grimpait, la lumière s'amenuisait, son corps bloquant son arrivée dans le conduit. Mais il voyait encore suffisamment pour distinguer tout obstacle éventuel devant lui. Il espéra vivement ne pas rencontrer de serpent venimeux. N'ayant pratiquement pas d'espace pour manœuvrer, il lui faudrait soit l'assommer avec la crosse du Colt, soit le tuer d'une balle. Dans le premier cas, il risquerait une morsure, dans le second, d'attirer l'attention des gardes.

Puis une crainte tardive le saisit. Que ferait-il si, en haut du conduit, il rencontrait une autre porte métallique ne s'ouvrant que de l'extérieur ? C'était une éventualité dont il fallait tenir compte. Il se dit que le jeu en valait la chandelle et qu'il devait tenter toute sa chance. Il continua son ascension jusqu'à ce que le conduit commence à s'élever en pente. Il lui devenait plus difficile d'avancer car la gravité jouait contre lui.

Il avait le bout des doigts à vif à force de s'agripper au métal rouillé du conduit mais il continua. Une imagination plus développée aurait pu susciter des visions de cauchemar, des monstres venus de l'espace s'agitant dans l'obscurité au-dessus de lui. La réalité, cependant, était tout autre. Il n'y avait là qu'un conduit vide. Lentement, presque imperceptiblement, le conduit s'élargissait comme s'il devenait la partie supérieure d'une cheminée géante. Puis soudain, sans qu'il ait pu s'y attendre, il se retrouva en train de ramper dans une large boîte de métal qui s'évasait sur les côtés. Le bord supérieur n'était plus qu'à 1,50 mètre de lui. Tant bien que mal, il continua sa progression.

L'automatique serré dans une main, à peine conscient de la curieuse sensation de picotement dans sa nuque, il entendit des voix résonnant dans le conduit, des voix qui ne s'exprimaient pas en anglais. Il commença aussi à prendre conscience de l'odeur lourde et écœurante de corps humains trop longtemps entassés dans un espace insuffisant. Pitt leva la tête jusqu'à ce que ses yeux puissent distinguer par-dessus le bord du conduit. Il découvrit,

3,50 mètres plus bas, une grande pièce à peine éclairée par une petite ampoule sale accrochée au plafond. Les murs étaient en briques minables et le plancher en béton.

Debout, allongés ou recroquevillés dans la pièce à l'air pollué, étaient entassés épaules contre épaules au point de pouvoir à peine bouger, plus de 300 personnes, hommes, femmes et enfants, atteints à des degrés divers de maladie, de malnutrition et de fatigue. Tous semblaient chinois. Pitt regarda autour de la pièce mais ne vit aucun garde. La masse humaine, au-dessous de lui, était enfermée dans une des salles où l'on stockait autrefois le sucre. La seule entrée était scellée par une épaisse porte de bois.

Tandis qu'il regardait, la porte s'ouvrit brusquement et un Asiatique, portant le même uniforme que celui que Giordino avait pris au garde sur le quai, poussa sans ménagement un homme dans la pièce surpeuplée. Une femme, dont Pitt devina qu'elle était l'épouse de l'homme qu'on venait d'amener, était fermement maintenue par un autre garde encore dans le couloir, à l'extérieur. La porte se referma avec un bruit sec qui se répercuta dans la pièce et l'homme, apparemment très secoué, la frappa à coups de poing. Il cria en chinois, de toute évidence suppliant le garde de ne pas emmener sa femme.

Sans appréhension et sans réfléchir aux risques qu'il prenait, Pitt sauta du conduit et tomba sur ses pieds entre deux femmes qui furent poussées contre leurs voisins pressés près d'elles, créant une vague dans la multitude. Les femmes le regardèrent, les yeux exorbités de surprise mais ne dirent rien. Personne, du reste, ne fit rien qui pût dénoncer son apparition soudaine.

Pitt ne perdit pas de temps à s'excuser. Il fendit rapidement la foule et s'approcha de la porte. Là, il poussa gentiment l'homme sanglotant puis frappa la porte avec le canon de son arme. Il le fit selon un rythme particulier, un coup long, quatre coups courts, deux longs, souvent utilisé par les familiers des occupants de l'autre côté. Après un deuxième essai, son effronterie fut récompensée. Comme il l'avait espéré, la curiosité du garde fut éveillée par cette série de coups incompréhensible qui tranchait sur la violence des coups du mari désespéré.

La serrure claqua et la porte s'ouvrit de nouveau mais, cette fois, Pitt était derrière. Un garde entra vivement, saisit le mari par le col et le secoua comme un prunier. L'autre garde était toujours dans le couloir, tenant vicieusement la femme par les bras tirés dans son dos. Il parla avec colère dans un anglais parfait.

— Dis à cet abruti pour la dernière fois qu'il ne récupérera sa femme que quand il nous aura donné dix mille dollars américains de plus.

Le bras de Pitt décrivit un arc de cercle et le canon de son Colt s'abattit sur la tête du premier garde qui tomba, inconscient, sur le sol de béton. Puis Pitt passa la porte ouverte, le pistolet pointé sur la tête du garde qui tenait la jeune femme.

— Désolé de me mêler de ça, mais je crois que vous détenez quelque chose qui ne vous appartient pas.

La mâchoire du garde, déjà ouverte lorsqu'il vit son collègue tomber par terre, totalement inanimé, commença à trembler violemment. Les yeux lui sortant de la tête, l'homme regarda l'apparition en combinaison de plongée noire.

— Qui êtes-vous ?

— J'ai été engagé par vos prisonniers pour leur servir d'agent, dit Pitt en souriant. Maintenant, lâchez cette femme.

Le garde avait du courage, Pitt dut l'admettre. Il leva un bras et le passa autour du cou de la jeune femme.

— Lâchez votre arme ou, par Dieu, je lui brise la nuque.

Pitt s'avança et leva son Colt jusqu'à ce que le canon soit à quelques centimètres de l'œil gauche du garde.

— Je vous fais sauter les yeux si vous faites ça.
C'est ce que vous voulez ? Passer le reste de vos jours
dans la peau d'un aveugle ?

Le garde fut assez intelligent pour comprendre
qu'il n'avait pas le dessus. Il regarda dans le couloir,
espérant y trouver de l'aide. Mais il était seul. Lentement, il fit semblant de relâcher un peu son étreinte
autour du cou de la jeune femme tandis que son
autre main s'avançait lentement vers l'arme rangée
dans le holster de sa hanche.

Pitt aperçut le mouvement et enfonça vivement le
canon du Colt dans l'œil du garde.

— Mauvais choix, l'ami !

Il sourit aimablement, ses dents luisant dans la
lumière pâle.

Le garde cria de douleur, lâcha la femme et porta
ses deux mains à son œil.

— Oh ! Mon Dieu ! Vous m'avez rendu aveugle !

— Tu n'auras pas cette chance, dit brièvement Pitt
en tirant le garde par le col à l'intérieur de la pièce.

Il n'eut pas besoin de donner un ordre à la femme.
Elle s'était déjà jetée dans les bras de son mari.

— Le pire qui puisse t'arriver, c'est un œil au
beurre noir pendant quelques jours.

Pitt ferma la porte d'un coup de pied, se baissa et
ôta rapidement les revolvers des gardes de leurs
holsters. Puis il les fouilla pour voir s'ils n'avaient
pas d'autres armes cachées. Celui qu'il avait
assommé portait un petit automatique calibre 32
dans le dos, attaché à sa ceinture. L'autre avait un
poignard de chasse dans l'une de ses bottes. Il les
regarda pour voir lequel était le plus proche de sa
taille. Tous deux étaient beaucoup plus petits mais
l'un avait à peu près sa corpulence.

Tout en changeant de vêtements, Pitt parla à la
foule silencieuse qui le considérait comme une sorte
de dieu.

— L'un d'entre vous parle-t-il anglais ?

Deux personnes s'approchèrent, un homme assez
âgé avec une longue barbe blanche, et une jolie jeune
femme d'environ 35 ans.

— Mon père et moi parlons anglais, dit-elle. Nous étions tous deux professeurs de langue à l'université de Tchen-Kiang.

Pitt montra la pièce de la main.

— Dites-leur, s'il vous plaît, d'attacher et de bâillonner ces hommes et de cacher leurs corps aussi loin que possible de la porte, quelque part où on ne les trouvera pas facilement.

Le père et la fille firent un signe d'assentiment.

— Nous comprenons, dit l'homme. Nous leur dirons aussi de rester silencieux.

— Merci, dit Pitt en enlevant sa combinaison de plongée. Ai-je raison de penser que vous avez tous été maltraités par les passeurs et qu'ils vous extorquent davantage d'argent ?

— Oui, répondit la femme, tout ce que vous dites est exact. Nous avons été soumis à des conditions indicibles pendant le voyage depuis la Chine. Quand nous sommes arrivés aux États-Unis, les gardes nous ont amenés ici de la Qin Shang Maritime où on nous a remis entre les mains d'un syndicat criminel chinois. Ce sont eux qui exigent de nous davantage d'argent en menaçant de nous tuer ou de faire de nous des esclaves si nous ne payons pas.

— Dites-leur à tous de reprendre courage, dit Pitt d'une voix grave. Ils vont bientôt recevoir de l'aide.

Il acheva de s'habiller, souriant en constatant que trois bons centimètres de socquette dépassaient entre les chaussures du garde — de deux tailles trop petites — et le bas du pantalon. Tandis qu'on traînait les gardes à l'autre extrémité de la pièce et qu'on les attachait, Pitt glissa l'un des revolvers et le Colt dans son pantalon et boutonna la chemise par-dessus. Ensuite il attacha le holster contenant le second revolver autour de sa taille. Puis, avec un rapide regard d'encouragement aux pauvres immigrants épuisés, il passa dans le couloir, ferma la porte et la verrouilla.

Six mètres à gauche de la porte, le couloir se terminait dans une masse mêlée de vieilles machines rouillées entassées du sol au plafond. Pitt tourna à droite et arriva devant un escalier menant à un couloir sur lequel s'ouvrait une série de pièces avec d'énormes marmites de cuivre recouvertes de vert-de-gris au cours des années.

Il entra dans ce qui avait probablement été une salle de cuisson du sucre de canne et regarda par une rangée de fenêtres poussiéreuses. En dessous s'étendait un vaste terminal d'entrepôts et de déchargement sur bateaux. Deux séries de rails couraient entre les quais d'embarquement et s'arrêtaient devant une barrière de béton. De larges portes à une extrémité du revêtement de sol étaient grandes ouvertes pour laisser le passage à trois wagons de marchandises poussés en arrière par une locomotive diesel-électrique peinte en bleu et orange, aux couleurs des Chemins de fer Louisiana & Southern.

Près du bâtiment le plus proche des rails, Pitt aperçut deux longues voitures blanches dont les chauffeurs bavardaient en regardant avec intérêt le train qui roulait à côté.

Pitt comprit que les immigrants qu'il venait de quitter allaient être embarqués dans les wagons de marchandises. L'estomac noué, il vit aussi que les quais d'embarquement étaient surveillés par une douzaine de gardes. Ayant vu tout ce qu'il y avait à voir, il s'assit sous la fenêtre, le dos au mur, et réfléchit à la situation.

Empêcher les passeurs d'embarquer les immigrants dans le train paraissait difficile. Il fallait gagner du temps mais à quoi servirait de repousser l'inévitable? Il pourrait sans doute éliminer quatre ou cinq gardes avant que, revenus de leur surprise, ils tirent sur lui, mais quel avantage y aurait-il? Il n'avait pratiquement aucun espoir d'empêcher le départ mais un petit tout de même de le retarder, au moins pour quelques heures.

Pitt sortit son petit arsenal et étudia les deux 357 Magnum, le poignard de chasse et son brave vieux Colt. Les deux revolvers de six coups lui permettraient de tirer douze fois. Il avait, des années auparavant, transformé son Colt pour lui permettre d'accepter un chargeur de douze balles. Les revolvers étaient chargés de cartouches creuses, avec un excellent effet d'impact, capable de produire de sérieux dommages superficiels mais pas très efficaces pour ce que Pitt avait en tête.

Son .45 tirait des Winchester Slivertip de 185 grains [1] qui étaient moins brutales sur la peau mais avaient une meilleure pénétration. Il avait 25 chances d'arrêter le départ du train. Seul un tireur chanceux y arriverait. Le problème, c'était que, bien qu'il ait assez de puissance pour tuer, il était tristement à court pour percer un métal. Son idée était de frapper une partie essentielle des moteurs diesels et des génératrices électriques pour enlever toute alimentation aux roues motrices.

Pitt soupira, se mit à genoux, prit un revolver dans chaque main et commença à tirer, visant les flancs à claire-voie de la locomotive.

37

Julia ignorait combien de temps elle était restée inconsciente. La dernière chose dont elle se souvenait était le visage doux d'une femme, une très belle femme, vêtue d'une robe fourreau rouge en soie orientale, fendue sur les côtés, qui avait déchiré la blouse de Julia depuis les épaules. Lorsque la brume de son cerveau se dissipa, elle eut conscience d'une brûlure ardente de tout son corps. Elle se rendit compte aussi que ses mains et ses pieds étaient entravés avec des chaînes qui entouraient également sa taille en passant autour des barreaux d'une grille.

---

1. Un grain = 0,065 g.

Les chaînes tiraient douloureusement ses bras qui semblaient se détacher de ses omoplates et ses pieds touchaient à peine le sol. Les chaînes étaient serrées et empêchaient le plus infime mouvement.

Seul l'air frais et humide frôlant sa peau nue soulageait un peu le feu fulgurant qui courait dans ses veines. Elle réalisa peu à peu que ses vêtements avaient disparu et qu'elle ne portait plus que son slip et son soutien-gorge.

La femme, apparemment eurasienne, contemplait Julia, assise sur une chaise à côté d'elle. Elle avait les jambes pliées sous elle et son sourire de chat fit frissonner Julia. Elle avait des cheveux noirs et brillants qui tombaient en cascade le long de son dos. Les épaules larges, la poitrine ronde, elle avait la taille fine et des hanches minces. Elle était maquillée avec soin et ses ongles étaient incroyablement longs. Mais ce furent ses yeux qui retinrent l'attention de Julia. En termes scientifiques, on les qualifierait d'hétérochromiques. L'un était presque noir, l'autre d'un gris clair. L'effet était hypnotique.

— Alors? dit-elle aimablement. Bienvenue au monde de la réalité.

— Qui êtes-vous?

— Je m'appelle May Ching. Je sers la Triade du Dragon.

— Pas Qin Shang?

— Non.

— Ce n'est pas très gentil de m'avoir droguée, murmura Julia avec colère en luttant contre le tourment brûlant qui irradiait son corps.

— Je suppose que vous en avez fait autant à Lin Wan Chu, la cuisinière du *Sung Lien Star*, dit May Ching. A propos, où est-elle?

— Quelque part où on la traite mieux que moi.

May Ching alluma une cigarette dont elle souffla la fumée vers Julia.

— Nous avons eu une très intéressante conversation, toutes les deux.

— On m'a interrogée? s'exclama Julia. Je ne m'en souviens pas.

— C'est normal. Nous avons employé le tout dernier sérum de vérité. Non seulement ça vous donne le cerveau d'un enfant de cinq ans mais ça vous brûle à l'intérieur comme si votre sang devenait de la lave fondue. Entre la folie et la douleur, aucun être humain, quelle que soit sa volonté, ne peut refuser de répondre aux questions les plus intimes. A propos, pour que vous ne vous sentiez pas trop embarrassée, c'est moi qui vous ai déshabillée et fouillée. Vous avez trouvé des cachettes très astucieuses pour votre petit automatique et pour votre poignard. La plupart des hommes n'auraient pas pensé à regarder entre vos jambes et sous vos biceps. Mais pour une femme, cependant, la radio était exactement où je m'y attendais.

— Vous n'êtes pas chinoise.

— Par ma mère seulement, répondit May Ching. Mon père était anglais.

Ki Wong entra alors dans la pièce avec un autre homme dont les traits étaient aussi eurasiens. Tous deux se plantèrent devant Julia, la détaillant de façon obscène. La peau jaunâtre de Wong était tirée et contrastait avec celle, bronzée, de son compagnon. Il semblait ressentir, à la regarder, une satisfaction perverse.

— Très bon travail, dit-il à May Ching. Vous avez obtenu un nombre incroyable de renseignements qui nous seront des plus utiles. Découvrir que Mlle Lee travaillait avec les garde-côtes qui surveillent nos installations depuis l'autre rive du bayou nous a donné le temps nécessaire pour faire partir tous les immigrants et effacer toute trace de leur présence avant que les autorités locales et les agents de l'immigration puissent rassembler leurs forces pour déclencher une descente.

— Dans un quart d'heure, ils ne trouveront plus ici que des ruines abandonnées, précisa l'autre homme.

Il avait des yeux noirs et fades, comme ceux d'un raton laveur. Des yeux de nécrophage, brillants mais sans chaleur. Il portait ses cheveux longs et noués en une queue de cheval qui lui tombait jusqu'aux reins. Son visage évoquait un habitué de la haute société, un joueur de style Las Vegas, un tombeur. Sa peau était tendue, sans doute à cause de nombreux liftings. Mais aucun chirurgien n'aurait pu cacher qu'il avait beaucoup plus de cinquante ans. Il était vêtu avec la recherche d'un habitué de Hollywood.

Il s'approcha de Julia, lui prit une poignée de cheveux et tira cruellement sa tête en arrière jusqu'à ce qu'elle regarde le plafond.

— Je m'appelle Jacky Loo, dit-il d'un ton glacial, et vous m'appartenez.

— Je n'appartiens à personne, réussit à crier Julia entre ses lèvres tendues par la douleur.

— Mais si, dit Wong. Les ordres de Qin Shang étaient de vous tuer mais M. Loo m'a fait une offre que je n'ai pas pu refuser. Pour une somme confortable, je vous ai vendue à lui.

— Vous n'êtes que des malades, lui lança Julia dont la peur commençait à se lire dans ses yeux.

— Ne rejetez pas tout le blâme sur moi, dit Wong comme s'il était blessé. Votre avenir est maintenant entre les mains de la Triade du Dragon. Disons qu'ils sont les associés de la Qin Shang Maritime dans le crime. Nous exportons et le Dragon importe. Nous passons, nous vendons et ils achètent, que ce soit de la drogue, des immigrants ou des armes. En retour, M. Loo, qui est leur patron, et ses associés fournissent à Qin Shang des automobiles de luxe volées, des yachts, des biens de consommation, de la haute technologie et de la fausse monnaie, des cartes de crédit et des documents officiels pour exporter en Chine.

— C'est un accord très satisfaisant pour tout le monde, ajouta Loo en tirant les cheveux de Julia jusqu'à ce qu'elle hurle.

Puis il la gifla durement sur les fesses et commença à défaire les chaînes.

— Nous allons tous les deux faire une belle et

longue promenade dans ma voiture. Quand nous arriverons à La Nouvelle-Orléans, nous serons devenus très intimes.

— Vous le paierez, murmura Julia, les poignets et les chevilles maintenant libres.

Incapable de se tenir debout, elle chancela et tomba dans les bras de Loo.

— Je suis un agent du gouvernement des États-Unis. Tuez-moi et ils n'auront de repos avant de vous avoir traînés devant la justice!

Wong rit de la menace.

— Vous ne devez vous en prendre qu'à vous-même de ce qui vous arrive. Qin Shang avait envoyé vingt hommes pour vous retrouver, vous et ce monsieur Pitt, et pour vous tuer. Ils ont perdu votre trace et ne s'attendaient sûrement pas que vous paraissiez ici à la grande porte.

— J'ai été stupide!

Wong haussa les épaules.

— Je suis d'accord. Une attitude aussi impulsive n'est pas digne d'un bon agent du gouvernement.

Wong fut soudain interrompu par le bruit d'une fusillade, quelque part à l'intérieur du bâtiment. Il regarda Loo qui tira un téléphone portable de la poche de sa veste de luxe.

— D'où vient cette fusillade? demanda-t-il. Y a-t-il une descente de police?

— Non, monsieur Loo, répondit le chef de sa sécurité depuis la salle de communication. Il n'y a pas de descente de police. Toutes les terres et les quais sont clairs. Les tirs viennent d'une pièce au-dessus du quai d'embarquement du chemin de fer. Nous ne savons pas encore qui est derrière ni pourquoi.

— Y a-t-il des blessés?

— Non, répondit le garde. Celui qui tire, quel qu'il soit, ne vise pas les gardes.

— Tenez-moi au courant, aboya Loo en faisant un signe à Wong. Il est temps de partir.

A peine avait-il fini de parler que la fusillade cessa.

— Qu'est-il arrivé? demanda-t-il en reprenant le portable.

— Nous l'avons probablement atteint, répondit le chef de la sécurité. J'envoie une équipe là-haut pour examiner le corps.

— Je me demande qui cela peut être, dit pensivement Wong.

— Nous le saurons bientôt, murmura Loo.

Il mit Julia sur son épaule comme si elle ne pesait pas plus qu'un coussin et serra la main de Wong.

— Je suis ravi de travailler avec vous, monsieur Wong. Je vous suggère de trouver un nouveau dépôt. Celui-ci n'est plus sûr.

Wong sourit sans montrer la moindre agitation.

— Dans trois jours, la nouvelle opération de la Qin Shang Maritime sera fermement établie et les Américains auront de plus gros problèmes à résoudre!

Wong en tête, ils quittèrent la pièce ensemble et descendirent rapidement un escalier circulaire. Celui-ci donnait sur un grand couloir passant devant un entrepôt et des salles vides, inutilisées depuis la fermeture de l'usine de sucre. Ils en avaient parcouru la moitié quand le téléphone de Loo se mit à sonner.

— Oui, de quoi s'agit-il? demanda-t-il impatiemment.

— Nos agents de sécurité stationnés un peu partout dans la paroisse de St. Mary rapportent qu'une petite flotte de bateaux des garde-côtes entre dans le bayou Teche et que deux hélicoptères du gouvernement survolent en ce moment Morgan City, venant dans notre direction.

— Dans combien de temps seront-ils ici?

— Pour les hélicoptères, quinze, peut-être seize minutes. Ajoutez une demi-heure pour les bateaux.

— Très bien, fermez tous les circuits et suivez le plan d'évacuation et de dispersion de tout le personnel.

— Je coupe maintenant.

— Nous devons être en voiture et sur la route dans moins de trois minutes, dit Loo en passant Julia d'une épaule à l'autre.

— Plus de temps qu'il ne nous en faut pour mettre une bonne distance entre l'usine et nous, affirma Wong.

Quand ils atteignirent la porte menant aux escaliers et au sous-sol du terminal d'embarquement, ils entendirent des cris mais pas le bruit qu'aurait dû faire la locomotive. Puis les voix se turent et il fut évident que quelque chose allait mal, très mal. Ils passèrent vivement une porte donnant sur un palier qui dominait le quai d'embarquement. Wong, à la tête du groupe, s'arrêta net, glacé d'effroi.

Les wagons de marchandises étaient pleins d'immigrants, leurs portes fermées et verrouillées. Mais la locomotive était inerte, une fumée bleue sortant des trous creusés par les balles sur les panneaux de protection des moteurs diesels et du compartiment de la génératrice. Les ingénieurs contemplaient les dommages, impuissants et déconcertés. Les gardes travaillant pour la Triade étaient déjà à bord d'un camion qui avait quitté les lieux vers la route dès que tous avaient embarqué.

Soudain Loo comprit pourquoi l'attaquant inconnu n'avait pas tiré sur les gardes. Il fut envahi de peur et de confusion en réalisant que le train n'irait nulle part. Trois cents immigrants et un chargement de marchandises illégales valant plus de 30 millions de dollars allaient tomber entre les mains des agents du gouvernement des États-Unis. Il se tourna vers Wong.

— Je suis navré, mon ami, mais étant donné que le transfert de marchandises n'a pu avoir lieu, je dois tenir Qin Shang pour responsable.

— Que dites-vous ? s'étonna Wong.

— C'est très simple, expliqua Loo. Je dis que la Triade du Dragon ne paiera pas ce chargement.

Si Loo et le Dragon se retiraient de l'affaire avec son patron, Wong savait que cela lui retomberait dessus. Un échec de cette amplitude signifiait la mort pour quiconque travaillait pour Qin Shang.

— Les marchandises et les immigrants ont été remis entre vos mains. Vous devez en prendre la responsabilité.

— Sans nous, Qin Shang ne peut pas faire d'affaires aux États-Unis, insista Loo. D'après ce que je vois, il ne peut rien faire d'autre que d'accepter cette perte.

— Il est beaucoup plus puissant que vous ne l'imaginez, dit Wong. Vous faites une grave erreur.

— Dites à Qin Shang que Jack Loo n'a pas peur de lui. On ne jette pas des amis influents comme on jette de vieux vêtements. Il est trop sage pour ne pas accepter une défaite mineure qu'il pourra compenser en une semaine.

Wong jeta à Loo un regard meurtrier.

— Dans ce cas, notre petite affaire concernant Mlle Lee est aussi annulée. Elle me revient de droit.

Loo parut réfléchir un instant puis éclata de rire.

— N'avez-vous pas dit que Qin Shang voulait sa mort ?

— Oui, c'est exact, admit Wong.

Loo leva Julia à deux mains au-dessus de sa tête.

— Il y a 9 mètres d'ici aux rails. Supposez que j'accomplisse le souhait de Qin Shang. On peut dire que je l'ai tuée en compensation de notre désaccord financier.

Wong jeta un coup d'œil aux rails d'acier juste en dessous, entre le dernier wagon de marchandises et la barrière de béton.

— Oui, vous marquez un point. Qin Shang sera peut-être apaisé par sa mort. Mais faites-le tout de suite. Nous ne pouvons pas nous permettre de perdre de temps. Il faut partir en vitesse.

Loo tendit les bras et se raidit. Julia hurla. Wong et May Ching attendaient avec une impatience sadique. Aucun d'eux ne remarqua l'homme aux cheveux bouclés vêtu d'un uniforme de garde trop petit pour sa haute taille qui avait silencieusement descendu l'escalier derrière eux.

— Pardonnez-moi de vous interrompre, dit Pitt en appuyant le canon de son Colt à la base du crâne de Loo, mais si quelqu'un touche à un seul cheveu de cette femme, j'enverrai sa cervelle à l'autre bout de cette paroisse.

Tous se retournèrent instinctivement vers la voix étrangère, chacun avec une expression différente sur le visage. Le teint bronzé de Loo pâlit, les yeux écarquillés d'incrédulité. Les traits de May Ching se tendirent de frayeur. Quant à Wong, il était plein de curiosité.

— Qui êtes-vous ? demanda-t-il.

Pitt l'ignora. Quand il parla, ce fut à Loo.

— Posez la dame doucement.

Pour appuyer son ordre, il poussa davantage le .45 dans la chair du cou de Loo.

— Ne tirez pas, je vous en prie, ne tirez pas, plaida Loo en posant doucement Julia sur ses pieds, ses yeux globuleux remplis de crainte.

Julia tomba à genoux. C'est alors que Pitt vit les terribles marques de ses chevilles et de ses poignets. Sans hésiter une seconde, il frappa violemment la tempe de Loo avec la crosse de son Colt, suivant d'un œil satisfait le directeur de la Triade tomber et dévaler l'escalier.

Incapable de croire que cette voix était celle de Pitt, Julia leva les yeux et croisa le regard vert opale au-dessus d'un sourire de loup.

— Dirk ! murmura-t-elle en se levant.

Elle toucha du bout des doigts le sparadrap sur son nez cassé.

— Oh ! Mon Dieu ! Oh ! Mon Dieu ! Vous êtes là ! Comment diable... ?

Pitt avait très envie de la relever et de la prendre dans ses bras mais il n'osait quitter Wong des yeux. Il comprit à son expression que le chef des gardes de Qin Shang était prêt à bondir comme un serpent. Il comprit également que May Ching n'avait plus rien à perdre maintenant que son patron n'était plus qu'un corps inerte au pied de l'escalier. Elle le regardait

avec une haine froide qu'aucune femme n'avait
encore jamais ressentie pour lui. Pitt ne la quitta pas
des yeux et dirigea son arme vers le front de Wong.

— Je passais par hasard et je suis venu dire bonjour.

— Vous vous appelez Dirk? dit Wong d'une voix
tendue. Dois-je conclure que vous êtes Dirk Pitt?

— J'espère bien. Et vous?

— Ki Wong, et cette dame est May Ching.
Qu'avez-vous l'intention de faire de nous?

Julia se montra astucieuse. Sans mettre en péril la
vigilance de Pitt, elle passa ses bras autour de sa
taille, par-derrière pour ne pas gêner ses mouvements.

— Il est le chef des gardes de Qin Shang, dit-elle
en tentant lentement de se relever. C'est lui qui interroge les immigrants et qui décide qui doit vivre et
qui doit mourir. C'est lui qui m'a torturée à bord de
l'*Indigo Star*.

— Vous n'êtes pas un type très sympa, n'est-ce
pas? dit Pitt sur le ton de la conversation. J'ai vu le
résultat de votre œuvre.

Sans prévenir, un garde surgit de nulle part. Trop
tard, Pitt perçut cette présence inattendue dans le
regard de May Ching qui passa de la haine au
triomphe en apercevant l'uniforme. Il se retourna
pour faire face à l'attaquant tandis que Wong se
jetait sur lui. May Ching hurla :

— Tuez-le! Tuez-le!

— Je respecte toujours les désirs des dames, dit
l'intrus sans émotion.

Le 357 Magnum qu'il tenait à la main cracha et le
son se répercuta sur le palier comme s'il sortait d'un
canon. Les yeux de Wong parurent jaillir de leurs
orbites quand la balle le prit de front, juste au-dessus
du nez. Il tomba à la renverse, les bras tendus, et
bascula par-dessus la rambarde. Son corps déjà
mort s'écrasa sur les rails, tout en bas.

Giordino considéra son œuvre avec modestie.

— J'espère que j'ai fait ce qu'il fallait.

— Et il n'était que temps, dit Pitt en espérant que les battements de son cœur allaient se calmer.

— Salauds! hurla May Ching en se précipitant vers Pitt, ses ongles longs cherchant les yeux.

Elle ne fit qu'un pas. Julia lui rentra dedans à la façon d'un bélier, frappant sa bouche, faisant éclater ses lèvres dont le sang se répandit sur sa robe de soie rouge.

— Putain! dit méchamment Julia. Ça, c'est pour m'avoir droguée.

Le coup suivant atteignit May Ching à l'estomac et envoya la dame de la Triade du Dragon sur les genoux, luttant pour reprendre son souffle.

— Et ça, c'est pour m'avoir laissée à demi nue devant des hommes lubriques.

— Rappelez-moi de ne jamais vous mettre en colère, dit Pitt avec un sourire.

Elle se massa le poing et le regarda, le visage triste et les traits tirés.

— Si seulement nous avions pu les prendre en train de transporter les immigrés. Dieu sait combien de vies nous aurions sauvées.

Pitt la serra tendrement en faisant attention à ses côtes cassées.

— Vous n'êtes pas au courant?

— Au courant? Au courant de quoi? dit-elle, perplexe.

Il montra le train en dessous.

— Ils sont plus de 300 enfermés dans des wagons de marchandises, là-bas.

Prise au dépourvu, elle se raidit comme si Pitt l'avait frappée. Elle regarda le train sans comprendre.

— Ils étaient là et je ne les ai pas vus!

— Comment êtes-vous entrée dans l'usine? lui demanda-t-il.

— Je me suis faufilée à bord de la péniche d'ordures quand elle a quitté le *Sung Lien Star*.

— Alors vous êtes passée au-dessus d'eux depuis Sungari. Ils ont traversé la mer depuis la Chine dans un conteneur sous-marin qui était installé, par un système de rails, sous la coque du *Sung Lien Star*, puis passé sous la péniche qui vous a amenée ici.

La voix de Julia se fit soudain dure.

— Il faut les libérer avant que le train s'en aille.

— Ne vous inquiétez pas, la rassura Pitt avec un sourire rusé. Même Mussolini ne pourrait faire partir ce train à l'heure.

Ils déverrouillaient les portes des wagons et aidaient les immigrés à sortir sur les quais d'embarquement quand les agents de l'INS arrivèrent et prirent le relais.

38

Le Président Dean Cooper Wallace quitta son fauteuil quand Qin Shang entra dans le Bureau Ovale de la Maison Blanche. Il lui tendit la main.

— Mon cher Qin Shang, dit-il, quelle joie de vous voir !

Qin Shang pressa la main du Président entre les siennes.

— C'est tellement aimable à vous de me recevoir malgré votre emploi du temps chargé.

— Mais pas du tout, je vous suis grandement redevable !

— Aurez-vous besoin de moi ? demanda Morton Laird qui avait escorté Qin Shang depuis la salle de réception.

— Restez, je vous en prie, Morton, dit le Président. J'aimerais que vous soyez présent.

Le Président fit asseoir Qin Shang dans l'un des deux fauteuils à l'autre bout de son bureau, devant une table basse, et s'assit dans l'autre.

— J'aimerais que vous exprimiez ma profonde reconnaissance à votre Premier ministre Wu Kwong pour sa généreuse contribution à ma campagne présidentielle. Et dites-lui, je vous prie, qu'il a ma promesse de coopération étroite entre nos deux gouvernements.

— Le Premier ministre Kwong sera heureux de l'apprendre, dit aimablement Qin Shang.

— Que puis-je faire pour vous, Qin Shang? demanda le Président en mettant la discussion sur une direction précise.

— Comme vous le savez, certains membres du Congrès ont traité mon pays d'esclavagiste et ont condamné ce qu'ils appellent des abus contre les droits de l'homme. Ils proposent en ce moment une loi tendant à rejeter le statut de plus favorisé pour notre nation. Le Premier ministre Wu Kwong craint qu'ils ne recueillent suffisamment de voix pour faire passer la loi.

— Rassurez-vous, dit le Président avec un sourire, j'ai l'intention de m'élever fermement contre tout projet de loi du Congrès qui mettrait en péril le commerce entre nos deux pays. J'ai également bien fait comprendre que les bénéfices commerciaux mutuels étaient la meilleure façon d'éliminer toute question sur les droits de l'homme.

— Ai-je votre parole sur ce sujet, monsieur le Président? demanda Qin Shang dont l'agressivité attira une expression négative sur le visage du chef du personnel Laird.

— Vous pouvez affirmer au Premier ministre Wu Kwong que je le lui assure personnellement.

Laird s'étonnait de l'atmosphère conciliante régnant entre le magnat du commerce maritime et le Président, alors que l'air aurait dû être électrique d'animosité.

— L'autre raison de ma visite est l'incessant tracas que vos garde-côtes et vos agents de l'Immigration ne cessent de faire subir à mes navires. Les patrouilles venant les fouiller sont sans cesse plus nombreuses et plus actives depuis quelques mois et les retards qui en découlent sont de plus en plus coûteux.

— Je comprends votre inquiétude, Qin Shang, dit nettement le Président. D'après les derniers rapports de l'INS, il y avait plus de 6 millions de gens vivant illégalement aux États-Unis, dont un gros pourcentage, toujours selon les dires des services d'Immigration et de Naturalisation, sont entrés clandestinement dans ce pays sur vos bateaux. Le fiasco du lac Orion n'est pas un événement facile à cacher. Normalement, j'aurais dû vous faire arrêter, aussi vrai que vous êtes dans mon bureau, et vous faire condamner pour meurtres massifs.

Qin Shang ne fit pas mine de s'indigner. Il regarda dans les yeux l'homme le plus puissant du monde sans ciller.

— Oui, selon vos lois, vous êtes parfaitement autorisé à le faire. Mais alors, vous prenez le risque qu'un certain nombre de renseignements très... délicats ? soient portés à la connaissance du peuple américain, comme vos accords secrets avec la Qin Shang Maritime et avec la République populaire de Chine.

— Menacez-vous de chantage le Président des États-Unis ? demanda Wallace, soudain inquiet.

— Pardonnez-moi, je vous en prie, dit très vite Qin Shang. Je souhaitais seulement rappeler certaines contingences au Président.

— Je ne fermerai pas les yeux sur les assassinats en masse.

— C'est un événement malheureux causé par des syndicats criminels de votre propre pays, contra Qin Shang.

— Sûrement pas d'après le rapport que j'en ai eu.

— Vous avez ma parole solennelle que les événements du lac Orion ne se reproduiront pas.

— En échange, vous voulez qu'on laisse vos bateaux tranquilles, c'est ça ?

— Je vous en serais très reconnaissant, acquiesça Qin Shang.

Wallace regarda Laird.

— Informez l'amiral Ferguson et Duncan Monroe que je souhaite voir les garde-côtes et l'INS mettre à l'inspection des navires de la Qin Shang Maritime la même courtoisie que pour n'importe quelle autre flotte maritime étrangère.

Laird haussa les sourcils d'incrédulité. Il s'assit calmement et ne répondit pas immédiatement à l'ordre du Président.

— Merci, monsieur le Président, dit courtoisement Qin Shang. Je parle au nom de mon conseil d'administration en disant que je suis très honoré de votre amitié.

— Vous ne vous démontez pas facilement, Qin Shang, dit Wallace. Veuillez informer votre Premier ministre de mes craintes concernant l'utilisation continuelle du travail forcé pour fabriquer vos marchandises commerciales. Si nous devons maintenir des liens étroits, son gouvernement doit accepter d'employer des ouvriers payés décemment, dans des usines décentes, et de refuser toute violation des droits de l'homme. Autrement, je me verrais dans l'obligation de cesser toute exportation d'engrais phosphatés vers la Chine.

Morton Laird sourit intérieurement. Enfin le Président frappait une corde sensible. La vente des engrais phosphatés dépassait le milliard de dollars. Ils étaient fabriqués par une société chimique du Texas qui était une filiale d'une énorme corporation chimique de la province de Jiangsu, dont les bureaux se trouvaient à Shanghai. Sans menacer de sanctions commerciales contre la Chine les exportations des tissus de coton, de chaussures, de jouets, de radios, de télévisions et de leurs pièces de rechange, pour un total de plus de 50 milliards de dollars annuels, Wallace était tombé pile sur l'article le plus essentiel de tous.

Les yeux verts de Qin Shang brillèrent brièvement de gêne.

— Je transmettrai votre conseil au Premier ministre Wu Kwong.

Wallace se leva, signifiant la fin de l'entretien.

— Merci, monsieur le Président. Ce fut un privilège de vous rencontrer de nouveau.

— Je vous raccompagne jusqu'à la salle de réception, dit aimablement Laird en cachant avec diplomatie son mépris pour le financier criminel.

Quelques minutes plus tard, Laird revint au Bureau Ovale. Wallace ne leva pas les yeux de la pile de projets de lois envoyés par le Congrès et qu'il devait signer.

— Alors, Morton, il m'a paru évident, au vu de votre expression amère, que vous n'avez guère apprécié ma performance.

— Non, monsieur, j'ai même été renversé que vous ayez seulement accepté de parler à ce meurtrier.

— Il n'est pas le premier vampire de l'enfer à entrer dans ce bureau depuis sa construction. Si ce n'était grâce à Qin Shang et à son influence auprès du gouvernement chinois, je ne serais peut-être pas assis où je suis.

— Vous avez été piégé, monsieur. Dupé par Qin Shang et son gouvernement d'un bout à l'autre de Pennsylvania Avenue. Pour des raisons et des intérêts politiques personnels, monsieur le Président, vous vous êtes creusé une tombe trop profonde pour que vous puissiez jamais en sortir.

— Nous avons affaire à un pays d'un milliard et demi d'habitants, insista Wallace. Il représente une possibilité incroyable de vendre pour des milliards de dollars de marchandises américaines. Si j'ai commis un péché, ça a toujours été dans l'intérêt de mon pays.

— Rien ne peut justifier que les Chinois volent les Américains comme dans un bois, dit honnêtement Laird. Le dernier rapport combiné de la CIA et du FBI cite au moins cent agents chinois ayant pénétré chaque niveau de notre gouvernement, de la NASA au Pentagone. Certains ont même obtenu des postes de haut niveau au Congrès et dans les ministères du Commerce et de l'Intérieur.

— Allons, Morton ! J'ai parcouru ce rapport. Je n'y ai rien vu de menaçant pour notre sécurité. La Chine n'a plus le désir fanatique de s'emparer de notre technologie nucléaire ni de nos secrets militaires.

— Pourquoi le ferait-elle? dit Laird d'une voix dure et basse. Sa priorité est maintenant l'espionnage politique et économique. En plus d'obtenir les secrets de nos affaires et de notre technologie, ils travaillent 24 heures par jour à influencer notre politique commerciale dans ce qu'elle influence leur expansion économique. Ils ont déjà dépassé le Japon en tant que partenaire commercial avec lequel nous avons le plus gros déficit. D'après les prévisions, leur économie dépassera la nôtre avant la fin de votre mandat.

— Et alors? Même si la Chine nous dépasse sur le plan économique, ses ressortissants n'auront jamais que le quart du revenu par tête d'un Américain moyen.

— Je vous ferai respectueusement remarquer, monsieur le Président, qu'il faudrait vous réveiller et sentir l'odeur du vent. Le surplus de leur balance commerciale, soit 45 milliards de dollars, est utilisé pour construire leur armée et pour leurs activités criminelles de contrebande à l'échelle mondiale, et tout cela en augmentant leur puissance économique en expansion constante.

— Vous avez pris une position particulièrement rude contre moi, Morton, dit froidement Wallace. J'espère que vous savez ce que vous faites.

— Oui, monsieur, dit Laird sans broncher. C'est exact car je crois sincèrement que vous avez vendu le pays pour votre seul bénéfice politique. Vous savez parfaitement à quel point je vous ai désapprouvé quand vous avez signé le traité commercial envers la nation la plus favorisée et que vous avez dit en même temps que votre décision ne dépendait plus des progrès des Droits de l'homme.

— Mon seul souci était les emplois des Américains, assura Wallace, maintenant debout derrière son bureau, le visage rouge de colère.

— Si c'est le cas, comment expliquez-vous qu'au

cours des quinze dernières années, plus de
800 000 travailleurs américains aient perdu leurs
emplois à cause d'une main-d'œuvre chinoise moins
chère dont une bonne partie était composée
d'esclaves ?

— N'allez pas trop loin, Morton, siffla Wallace, les
mâchoires serrées. Je n'ai rien fait qui ne rapporte
des dividendes au peuple américain.

Laird passa une main fatiguée sur ses yeux.

— Je vous connais depuis trop longtemps pour ne
pas savoir quand vous déformez la vérité.

— Me traitez-vous de menteur ?

— De menteur et plus encore, monsieur. Je dis
que vous êtes un traître. Et pour appuyer mes dires,
je déposerai ma démission de chef du personnel sur
votre bureau dans moins d'une heure. Je ne veux pas
être là quand les choses se retourneront contre vous.

Sur quoi Morton Laird sortit pour la dernière fois
du Bureau Ovale. Parfaitement conscient du fait que
son ancien ami ne manquerait pas de se venger, sa
femme et lui disparurent de l'avant-scène en allant
s'installer sur une île au large de la Grande Barrière
de Corail australienne où Laird commença à rédiger
ses Mémoires, racontant sa vie à Washington avec
une grande perspicacité et la longue période de travail aux côtés du Président Dean Cooper Wallace.

Su Zhong, la secrétaire particulière de Qin Shang,
était assise à un bureau dans le grand pullman
blindé où il entra après son entretien avec le Président. Dès qu'il eut pris place dans le fauteuil de
cuir derrière un bureau couvert d'une batterie de
téléphones et d'ordinateurs, elle lui tendit plusieurs
messages arrivés par fax et par satellite. Qin Shang
avait mis au point un code pour tromper tout agent
du gouvernement ou commercial qui tenterait
d'écouter ses communications d'affaires personnelles. Il passa les messages dans un scanner qui les
traduisit instantanément.

— Des nouvelles de Zhu Kwan ?

Su Zhong résuma une suite de rapports tandis que son patron scannait les traductions.

— Seulement qu'il essayait de trouver l'endroit où l'on murmure que le *Princesse Dou Wan* a coulé. Il dit que les pièces ne s'emboîtent pas comme prévu.

— Si quelqu'un peut trouver les coordonnées du navire, c'est Zhu Kwan, dit Shang avec confiance. Qu'avez-vous d'autre ?

— L'achat de quatre tankers russes a été conclu. Nos équipages volent en ce moment vers Sébastopol pour prendre livraison des navires. Ils devraient atteindre vos chantiers de Hong Kong pour les remettre en état au milieu du mois prochain.

— Comment avance le nouveau navire de croisière ?

— L'*Evening Star* ? dit Su Zhong. Il sera terminé dans quatre mois. Notre service publicitaire a préparé un projet de campagne pour le présenter comme le plus grand et le plus luxueux paquebot du monde.

— Et le *United States* ? Où en est-il ?

— Il vient de pénétrer Head of Passes à l'embouchure du Mississippi et est en transit pour La Nouvelle-Orléans. Cette partie de vos opérations avance comme prévu.

— Y a-t-il autre chose que je doive savoir ? demanda Qin Shang d'un ton fatigué.

Su Zhong fit non de la tête.

— Pas à Sungari.

Il devina à la façon dont elle évitait son regard que les nouvelles étaient mauvaises.

— Que se passe-t-il ?

— Des agents fédéraux ont fait une descente et fermé le dépôt relais de Bartholomeaux, en Louisiane. Ils ont appréhendé 342 immigrants.

— Et nos gens ?

— Ki Wong est mort. Jack Loo, de la Triade du Dragon, est mort. Son assistante May Ching est entre les mains des agents de l'INS.

Qin Shang se contenta de hausser les épaules.

— Ce n'est pas une grande perte. Jack Loo n'était qu'un rouage du syndicat américano-chinois. Sa mort et la rafle, dont sa stupidité et le manque de sérieux de son service de sécurité sont sûrement responsables, me donnent une excellente occasion de renégocier mes accords avec la Triade du Dragon.

— Des accords plus profitables pour vous, je suppose, dit Su Zhong.

— Bien entendu. De toute façon, j'avais l'intention de faire fermer Bartholomeaux dans 36 heures, après avoir atteint mon but et fait de Sungari le premier port commercial du golfe.

— Vous n'allez pas apprécier le dernier rapport, murmura Su Zhong avec gêne.

— Pas de compte rendu ?

— Vous devriez peut-être le lire vous-même, Qin Shang.

Elle montra un message contenant un rapport détaillé de la destruction du poste de sécurité de Mystic Canal.

A mesure qu'il lisait, l'expression de Qin Shang passa de la mauvaise humeur à la colère, surtout lorsqu'il arriva au message de Pitt.

— Ainsi M. Pitt se demande si je vais me baisser pour cueillir des bananes ! Il semble prendre un grand plaisir à se moquer de moi.

— On devrait arracher la langue à ce maudit démon ! dit Su Zhong avec loyauté.

— J'ai eu beaucoup d'ennemis dans ma vie, dit calmement Qin Shang. La plupart étaient des concurrents commerciaux. Mais aucun n'a été aussi provocateur que ce M. Pitt. Je dois avouer que je me délecte de ses pauvres tentatives à se montrer spirituel et sarcastique. Est-ce un opposant digne d'intérêt ? Non, pas vraiment. Mais un opposant à savourer, peut-être pas comme un bon caviar mais disons comme un hamburger américain — vulgaire, commun et primitif.

— Mais s'il savait où chercher, il pourrait voir les restes pitoyables de ceux qui vous ont voulu du mal et qui ont essayé de se mettre sur le chemin de vos ambitions.

— Pitt sera éliminé, dit Qin Shang d'un ton glacial. Jusqu'à présent, il n'a démoli qu'un ou deux projets mineurs qui seront facilement remis en état. Mon seul souci en ce qui le concerne, maintenant, c'est pourquoi il est en Louisiane alors que mes sources d'informations à Washington m'ont affirmé que la NUMA a été écartée des enquêtes concernant l'immigration clandestine. Sa persévérance têtue m'ennuie parce que je ne la comprends pas.

— Une malencontreuse vendetta contre vous, peut-être ?

— Pitt est ce que les Américains appellent un vertueux pilier de bonnes œuvres, dit Qin Shang avec un de ses rares accès d'humour. Et c'est là qu'est son talon d'Achille. Quand il fera une erreur — et il en fera une — sa mort viendra de ce qu'il a pris une route morale. Il n'a jamais compris que l'argent et le pouvoir, quand on sait s'en servir pour des desseins bien précis, ne peuvent échouer. (Il se tut un instant et lui tapota le genou.) Ne vous inquiétez pas à propos de Dirk Pitt, mon petit oiseau des îles, il mourra très bientôt.

QUATRIÈME PARTIE

OLD MAN RIVER [1]

1. Titre d'un negro spiritual désignant le Mississippi, rendu célèbre par le chanteur noir américain Paul Robson.

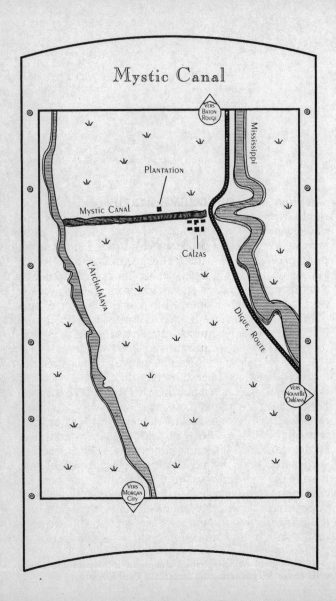

39

A vingt milles au sud de Head of Passes, cette partie du Mississippi inférieur qui se divise en trois chenaux majeurs menant au golfe du Mexique, deux gros hélicoptères se posèrent l'un après l'autre sur le pont arrière ouvert du *United States* et se déchargèrent de leurs passagers et de leurs équipements. Puis ils reprirent l'air et se dirigèrent, à l'est, vers le port de Sungari. L'opération n'avait pas duré plus d'un quart d'heure et le navire continua sa course à une vitesse de 15 nœuds, déterminée par les systèmes de contrôle automatisé.

Le peloton serré d'hommes lourdement armés des forces de sécurité personnelles de Qin Shang était conduit par un ancien colonel de l'Armée chinoise de Libération du Peuple. Tous portaient des vêtements de travail semblables à ceux que portent les hommes travaillant sur la rivière, et des armes automatiques et des lance-missiles portables. Ils se dispersèrent sur les quais tandis que les marins se dirigeaient vers la salle des machines et la timonerie où ils prirent les commandes manuelles du navire. Avant d'atteindre la Southwest Pass [1], le chenal le plus emprunté par les transatlantiques entrant sur le fleuve, le grand navire ralentit et fut accueilli par le bateau transpor-

---

1. Passe du sud-ouest.

tant le pilote qui devait l'aider à remonter le fleuve jusqu'à La Nouvelle-Orléans.

Le pilote était un homme massif au ventre de buveur de bière. Il suait beaucoup et portait sur sa tête chauve un bandana rouge. Il grimpa l'échelle de corde et entra dans la timonerie où il salua le commandant Li Hung-chang qui, jusqu'à l'avant-veille, commandait le *Sung Lien Star*.

— Comment ça va, commandant? Je m'appelle Sam Boone. J'ai eu le plaisir de toucher le gros lot en étant désigné pour conduire ce monstre jusqu'à La Nouvelle-Orléans, annonça-t-il en prononçant *Auwslans* pour Orléans.

— Cela ne sera pas nécessaire, dit Hung-chang sans prendre la peine de se présenter. Mon second fera ça très bien, ajouta-t-il en montrant le petit Chinois qui barrait le navire.

Boone regarda bizarrement Hung-chang.

— Vous vous fichez de moi, hein?

— Non. Nous sommes parfaitement capables de mener le navire à notre destination sous notre propre commandement.

Il fit un signe aux deux gardes qui se trouvaient là. Ils prirent Boone par les bras et commencèrent à l'évacuer.

— Hé! Une minute! grogna Boone en tentant de se dégager. Vous violez les lois maritimes. Vous allez droit à la catastrophe si vous êtes assez dingues pour naviguer tout seuls! Vous ne connaissez pas le fleuve aussi bien qu'un pilote expérimenté. Nous avons des normes très rigoureuses. Ça fait 25 ans que je fais remonter et descendre le delta à des navires. Ça peut vous paraître facile mais, croyez-moi, ça ne l'est pas du tout!

Hung-chang fit un nouveau signe aux gardes.

— Enfermez-le. Assommez-le si c'est nécessaire!

— Mais vous êtes malades! hurla Boone par-dessus son épaule tandis qu'on l'entraînait. Vous allez échouer ce navire, c'est sûr!

— A-t-il raison, Ming Lin? demanda Hung-chang au timonier. Allez-vous nous échouer?

Lin tourna la tête et fit un mince sourire.

— J'ai fait remonter le fleuve à ce navire plus de 200 fois sur le simulateur en trois dimensions.

— Et l'avez-vous jamais échoué?

— Deux fois, avoua Ming Lin sans quitter des yeux le chenal du fleuve. Les deux premières fois, jamais plus après.

Les yeux d'ambre sombre de Hung-chang brillèrent de satisfaction.

— Veuillez garder la vitesse dans les limites requises. Nous pouvons nous permettre d'éveiller la curiosité mais pas les soupçons au cours des heures à venir.

Hung-chang avait été choisi sur ordre personnel de Qin Shang pour commander le *United States* lors de son parcours vers La Nouvelle-Orléans. Non seulement il avait toute confiance en lui mais sa décision reposait également sur l'opportunisme. Il n'était pas vraiment nécessaire d'avoir à la barre un capitaine de vaisseau expérimenté sur les transatlantiques. Mais le choix d'un tel commandant et de son équipage, déjà sur place en Amérique et à une courte distance par hélicoptère du navire en approche, lui faisait gagner du temps et de l'argent en lui évitant d'envoyer un équipage de Hong Kong. Enfin, son motif principal était qu'il ne croyait pas qu'il y eût d'officiers plus expérimentés aussi faciles à remplacer que le commandant et l'équipage du *Sung Lien Star*.

Les fonctions de Hung-chang consistaient en fait à accueillir les inspecteurs des douanes et les officiers de l'immigration et aussi de jouer les héros conquérants devant les foules alignées sur les rives. Sa véritable fonction, en somme, était purement ornementale.

En plus des 20 hommes lourdement armés payés par Qin Shang, son équipage de 15 marins était surtout constitué d'experts en démolition et de quelques ingénieurs pour le cas où il y aurait des réparations d'urgence à effectuer si le navire était attaqué. Il préférait ne pas envisager cet aspect dangereux du voyage. 24 heures, c'est tout ce que Qin Shang avait exigé de ses services. Son évacuation, quand le moment serait venu, était parfaitement minutée et organisée. Des hélicoptères attendraient pour embarquer les combattants et l'équipage lorsque les charges auraient explosé et que le navire serait sabordé à l'endroit choisi. Qin Shang avait assuré Hung-chang qu'il serait un homme riche lorsqu'il rentrerait chez lui à condition, bien sûr, que l'opération se déroule comme prévu.

Il soupira. Tout ce qui l'inquiétait, maintenant, c'était de négocier les coudes serrés du fleuve, d'éviter les autres bateaux et de passer sous les six ponts qui l'attendaient après La Nouvelle-Orléans. Il y avait 95 milles entre Head of Passes et la ville. Bien que le chenal navigable pour le trafic des transatlantiques dans les parties les plus basses du fleuve soit en moyenne de 12 mètres de profondeur et de 300 mètres de large, aucun navire de la taille du *United States* n'avait encore emprunté le Mississippi. L'étroit chenal intérieur n'avait pas été creusé pour un bateau de sa masse énorme et de sa maniabilité restreinte.

Après avoir passé Venice, la dernière ville de la rive ouest accessible par la route, les digues étaient pleines de gens venus voir le superbe spectacle qu'était le passage d'un grand transatlantique remontant le fleuve. On avait autorisé les élèves à quitter l'école pour assister à cet événement qui ne s'était encore jamais produit et qui ne se produirait sans doute jamais plus. Des centaines de petits bateaux privés suivaient le sillage du gros navire, faisant retentir leurs sirènes. Deux bateaux des garde-côtes veillaient à ce qu'ils restent à bonne distance. Ces bateaux étaient apparus après que le *United States* fut sorti de Head of Passes et l'escortaient depuis.

La foule regardait, dans un silence respectueux pour certains, en criant et en faisant de grands gestes pour d'autres, tandis que le *United States* négociait les coudes aigus du fleuve, sa proue frottant la rive ouest du chenal, sa poupe et ses hélices au ralenti fouettant la rive est qui avançait dans les coudes. On était fin avril, presque en mai, et les eaux de printemps, loin au nord, arrivaient avec les affluents du Mississippi dont ils avaient fait monter la surface au-dessus de la base des digues. Hung-chang était satisfait de ces eaux supplémentaires entre la quille et le fond du fleuve. Cela augmentait sa marge de réussite.

Il régla à nouveau la courroie de ses jumelles, enfonça sa casquette sur sa tête et passa sur l'aile de pont. Il ignora le compas sur pied qui répondait au moindre changement de direction du navire sur le fleuve sinueux. Il était heureux que l'on ait interdit toute circulation en prévision de son passage. Ce serait différent après La Nouvelle-Orléans mais on verrait ça en temps utile.

Il regarda le ciel et vit avec satisfaction que le temps coopérait. La journée était tiède avec juste un soupçon de brise. Un vent de 20 milles à l'heure contre l'énorme coque du navire aurait pu causer un désastre en le poussant contre la rive lors du passage d'un méandre étroit. Le ciel bleu sans nuages et le reflet du soleil sur l'eau lui donnaient un aspect un peu vert et presque propre. Puisqu'il remontait le fleuve, les bouées vertes oscillaient sans but sur sa gauche et les bouées rouges roulaient sur sa droite.

Il rendit leur salut aux gens debout sur les digues au milieu d'une mer de voitures et de camions. De sa place, haute comme un immeuble de neuf étages au-dessus de l'eau, il plongeait le regard sur la foule et apercevait le marécage plat et, plus loin, les fermes. Li Hung-chang se sentait comme un spectateur regardant quelqu'un d'autre jouer son rôle dans la pièce.

Il commença à se demander quelle sorte de réception l'attendait le long du front de mer de La Nouvelle-Orléans et eut un petit sourire satisfait. Des

millions d'Américains allaient se rappeler cette journée, se dit-il, mais pas pour les raisons auxquelles ils
se seraient attendus.

40

Rudi Gunn attendait Pitt et Giordino quand ils
revinrent avec la péniche au quai de Doug Wheeler,
tard cet après-midi-là. Le manque de sommeil avait
rougi ses yeux car il avait passé la plus grande partie
de la nuit à lire les rapports sporadiques de Pitt. Il
portait un short kaki et un tee-shirt marqué dans le
dos *Paroisse de St. Mary. La bonne vieille hospitalité
du Sud.*

Après avoir remplacé le fioul utilisé et placé leurs
équipements dans le canot du *Marine Denizen*, Pitt et
Giordino dirent affectueusement adieu à Romberg
qui daigna lever la tête et leur adresser un petit
aboiement léthargique avant de se rendormir.

Quittant le dock, Giordino se tenait près de Gunn
à la barre.

— Je crois qu'un bon dîner et une bonne nuit de
sommeil ne nous feraient pas de mal.

— Je suis tout à fait de cet avis, bâilla Pitt.

— Je ne peux vous offrir qu'un Thermos de café à
la chicorée, annonça Gunn. L'amiral est arrivé avec
Peter Harper, des services de l'Immigration. Ils
veulent vous voir à bord du *Weehawken*, le cotre des
garde-côtes.

— La dernière fois que je l'ai vu, dit Pitt, il était
ancré au-dessus de Sungari.

— Il est maintenant au dock des garde-côtes près
de Morgan City, informa Gunn.

— Alors, pas de dîner? dit tristement Giordino.

— Pas le temps, répondit Gunn. Peut-être que si
vous êtes sages, vous trouverez quelque chose à gri-
gnoter dans la cuisine du *Weehawken*.

— Je promets d'être sage, assura Giordino, une expression roublarde dans le regard.

Pitt et Gunn échangèrent un coup d'œil incrédule.

— Cela n'est jamais arrivé, soupira Gunn.

— Pas depuis son lancement, confirma Pitt.

Peter Harper, l'amiral Sandecker, le capitaine de vaisseau Lewis et Julia Lee les attendaient dans le carré des officiers du *Weehawken* quand ils montèrent à bord. Il y avait également le major général Frank Montaigne, du corps des Ingénieurs militaires, et Frank Stewart, commandant du *Marine Denizen*. Lewis demanda cordialement s'il pouvait leur offrir quelque chose mais, avant que Giordino ait pu ouvrir la bouche, Gunn précisa :

— Nous avons pris un café en venant de Wheeler's Dock, merci.

Pitt serra la main à Sandecker et Harper avant de poser un baiser léger sur la joue de Julia.

— Depuis combien de temps ne nous sommes-nous vus ?

— Au moins deux heures !

— Cela me paraît une éternité, dit-il avec un sourire charmeur.

— Stop ! dit-elle en le repoussant. Pas ici.

— Je propose que nous commencions, dit impatiemment Sandecker. Nous avons beaucoup de choses à discuter.

— Des choses dont la moindre n'est pas les plates excuses que Duncan Monroe m'a chargé de vous présenter, dit Harper qui, pour montrer qu'il s'excusait aussi, serra les mains de Pitt et Giordino. Je tiens à exprimer à mon tour toute ma gratitude à la NUMA, messieurs, pour ne pas avoir tenu compte de nos ordres d'abandonner l'enquête. Sans votre intervention à Bartholomeaux, notre équipe d'assaut n'aurait rien trouvé qu'un agent de l'INS mort et une usine vide. Le seul point malheureux est la mort de Ki Wong.

— En y réfléchissant, je suppose que j'aurais dû lui tirer dans le genou, dit Giordino sans remords. Mais il n'était pas un type bien.

— Je comprends parfaitement que votre acte est justifié, admit Harper, mais maintenant que Ki Wong est mort, nous avons perdu un lien direct avec Qin Shang.

— Était-il essentiel à notre affaire ? demanda Lewis. Il me semble que nous avons assez de preuves pour pendre Qin Shang haut et court. Nous l'avons pris la main dans le sac en train de passer près de 400 clandestins à Sungari puis de leur faire remonter le bayou Teche jusqu'à Bartholomeaux. Le tout sur des navires de sa propre compagnie à l'aide de gens payés par lui. Que voulez-vous de plus ?

— Prouver que les ordres venaient directement de Qin Shang.

Sandecker semblait aussi perplexe que Lewis.

— Vous avez certainement toutes les preuves nécessaires pour l'inculper, maintenant ?

— Nous pouvons l'inculper, reconnut Harper, mais le faire condamner, c'est autre chose. Nous allons avoir une longue bataille juridique et il n'est pas certain que les procureurs fédéraux pourront la gagner. Qin Shang va contre-attaquer avec une armada d'avocats renommés de Washington. Il a le soutien du gouvernement chinois et d'un certain nombre de membres influents du Congrès et aussi, j'ai le regret de vous le dire, probablement de la Maison Blanche. Si l'on considère toutes les dettes politiques dont on demandera sûrement le remboursement, vous voyez que nous ne monterons pas sur le ring avec un poids plume mais plutôt avec un type très puissant et terriblement impliqué.

— Est-ce que les dirigeants du gouvernement chinois ne vont pas lui tourner le dos pour éviter un énorme scandale ? demanda Frank Stewart.

— Non, dit Harper. Ses services et son influence à Washington annulent toutes les responsabilités politiques qui pourraient en résulter.

— Mais nous avons assez de preuves contre Qin Shang pour fermer Sungari et empêcher tout commerce de la Qin Shang Maritime avec les États-Unis, non ? avança le général Montaigne, parlant pour la première fois.

— Oui, c'est en notre pouvoir, répondit Harper. Mais les milliards de dollars de marchandises chinoises qui sont déversés aux États-Unis sont transportés par les navires de la Qin Shang Maritime, subventionnés par leur gouvernement. Ils se couperaient eux-mêmes la gorge s'ils restaient là sans rien dire pendant que nous fermons la porte aux lignes maritimes de Qin Shang.

Il se tut et se massa les tempes. Harper n'était certes pas homme à apprécier sans se battre de perdre une bataille contre des forces qu'il ne pouvait pas contrôler.

— Pour l'instant, reprit-il, tout ce que nous pouvons faire, c'est éviter qu'il réussisse à poursuivre ses passages de clandestins et espérer qu'il fasse une grosse erreur.

On frappa à la porte et le lieutenant de vaisseau Stowe entra. Il tendit sans rien dire un message au capitaine de vaisseau Lewis et repartit tout aussi silencieusement. Lewis lut la note et regarda Frank Stewart.

— C'est une communication de votre second, commandant. Il dit que vous souhaitez être informé de tout ce qui concerne le vieux transatlantique de luxe *United States.*

Stewart fit un signe à Pitt.

— C'est Dirk qui surveille le passage du navire le long du Mississippi.

Lewis tendit le message à Pitt.

— Pardonnez-moi de ne pas le comprendre mais il dit simplement que le *United States* est passé sous Crescent City Connection et les plus grands ponts de La Nouvelle-Orléans et qu'il approche du front de mer commercial de la ville où il sera amarré comme hôtel flottant permanent et casino.

— Merci, commandant. Un autre projet incompréhensible autour duquel on retrouve les tentacules de Qin Shang.

— C'est une prouesse de remonter le fleuve depuis le golfe, dit Montaigne. C'est aussi fort que de faire passer une épingle dans une paille sans toucher les bords.

— Je suis heureux que vous soyez là, général, dit Pitt. Il y a un tas de questions qui me turlupinent et auxquelles vous seul, en tant qu'expert du fleuve, pouvez répondre.

— J'essaierai volontiers.

— J'ai une théorie folle. Je pense que si Qin Shang a construit Sungari là où il l'a fait, c'est parce qu'il a l'intention de détruire une partie du remblai et de détourner le Mississippi dans l'Atchafalaya pour en faire le port le plus important du golfe du Mexique.

Il serait exagéré de dire que les hommes et la femme assis dans la pièce acceptèrent sans protester le scénario fou de Pitt. Tous, sauf le général Montaigne. Il hocha la tête comme un professeur qui, ayant posé une question épineuse à un élève, reçoit une réponse correcte.

— Vous serez peut-être surpris d'apprendre, monsieur Pitt, que je pense à la même chose depuis six mois.

— Détourner le Mississippi, dit le capitaine de vaisseau Lewis d'une voix étouffée. Bien des gens, et moi le premier, diraient que c'est impossible.

— Impensable, peut-être, mais pas inimaginable de la part d'un homme à l'esprit aussi diabolique que Qin Shang, commenta Giordino.

Sandecker regardait dans le vide.

— Vous avez mis le doigt sur un raisonnement qui aurait dû être évident depuis le début de la construction de Sungari.

Tous les regards se tournèrent vers Montaigne quand Harper posa la question que chacun avait envie de poser.

— Est-ce possible, général ?

— Les Ingénieurs militaires combattent la nature depuis 150 ans pour l'empêcher d'accomplir ce même cataclysme, répondit-il. Nous vivons tous dans le cauchemar d'une grande inondation, plus importante que tout ce que l'on a vu depuis que les premiers explorateurs ont découvert ce fleuve. Quand ça arrivera, l'Atchafalaya deviendra le fleuve principal de l'État du Mississippi. Et cette partie de l'« Old Man River » qui court pour le moment de la frontière nord de la Louisiane jusqu'au golfe deviendra un estuaire ensablé avec des marées. C'est arrivé il y a très longtemps et ça arrivera encore. Si le Mississippi veut couler vers l'ouest, nous ne pourrons pas l'en empêcher. Ce n'est qu'une question de temps.

— Voulez-vous dire que le Mississippi change de cours à des dates précises ? demanda Stewart.

Montaigne reposa son menton sur le bec de sa canne.

— Pas des dates prévisibles à l'heure ou à l'année près, mais il est vrai qu'il a changé de cours plusieurs fois en Louisiane au cours des 6 000 dernières années. S'il n'y avait pas eu le travail des hommes, et tout spécialement des Ingénieurs de l'Armée, le Mississippi coulerait probablement déjà dans la vallée de l'Atchafalaya, sur les ruines englouties de Morgan City, et se jetterait dans le golfe à l'heure où nous parlons.

— Supposons que Qin Shang détruise les remblais et ouvre un vaste déversoir du Mississippi au canal qu'il a creusé jusqu'à l'Atchafalaya, proposa Pitt. Quel serait le résultat ?

— En un mot, catastrophique, répondit Montaigne. Poussé par un courant d'eaux de printemps de 7 milles à l'heure, un raz de marée violent de 6 mètres, peut-être même 9 mètres de haut s'abattrait sur le Mystic Canal et engloutirait la vallée. Cela mettrait en danger la vie des 200 000 résidents sur ses 1 200 kilomètres carrés. La plupart des marécages seraient inondés à tout jamais. La muraille d'eau balaierait des villes entières, faisant un massacre épouvantable. Des centaines de milliers d'animaux, vaches, chevaux, biches, lapins, chiens et chats disparaîtraient comme s'ils n'étaient jamais venus au monde. Les bancs d'huîtres et les élevages de crevettes et de poissons-chats seraient détruits par le changement soudain de salinité de l'eau dû à un surcroît d'eau douce. La plupart des alligators et toute la vie aquatique disparaîtraient.

— Vous décrivez un tableau bien sombre, général, remarqua Sandecker.

— Je suis encore en dessous de la réalité, dit Montaigne. Sur le plan économique, l'inondation fera s'effondrer la route et les ponts de chemin de fer qui traversent la vallée, coupant toute forme de transport de l'est à l'ouest. Les usines électriques et les lignes à haute tension seront probablement minées et détruites, interrompant le service électrique sur des milliers de kilomètres carrés. Le destin de Morgan City sera scellé. La ville cessera d'exister. Toutes les canalisations de gaz se briseront, interrompant l'approvisionnement en gaz naturel de tous les États, de Rhode Island et du Connecticut aux Carolines et à la Floride. Enfin, nous avons le dommage irréparable de ce qui reste du Mississippi, poursuivit-il. Baton Rouge deviendrait une ville fantôme. Tout trafic de bateaux et de péniches cesserait. La grande vallée américaine de la Ruhr, avec ses énormes raffineries industrielles, les usines pétrochimiques, les silos à grains, ne pourraient plus fonctionner efficacement, à côté d'une crique polluée. Sans eau douce, sans la possibilité qu'a le fleuve de creuser un chenal, ils seraient bientôt installés sur une terre inculte de vase. Isolée du commerce inter-États, La Nouvelle-Orléans deviendrait une autre Babylone, ou Angkor ou Pueblo Bonito. Et qu'on le veuille ou non, tout le commerce maritime passerait de La Nouvelle-Orléans à Sungari. Rien que la perte terrible au plan économique pourrait se mesurer par dizaines de milliards de dollars.

— Une idée qui donne la migraine, murmura Giordino.

— A propos de soulagement, dit Montaigne en regardant Lewis, je suppose que vous n'avez pas de whisky à bord ?

— Désolé, monsieur, répondit Lewis avec un petit mouvement de tête, l'alcool est interdit à bord des bateaux des garde-côtes.

— On peut toujours rêver.

— Quelle différence y aurait-il entre l'ancien fleuve et le nouveau ? demanda Pitt au général.

— Pour l'instant, nous contrôlons le courant du Mississippi au point de contrôle d'Old River Structure, situé à environ 45 milles en amont de Baton Rouge. Notre but est de maintenir une distribution de 30 % dans l'Atchafalaya et 70 % dans le Mississippi. Si les deux fleuves se fondaient, avec leur potentiel total de 100 % de courant, le long d'un chemin plus étroit à mi-distance du golfe, vous auriez, comparé au chenal qui traverse La Nouvelle-Orléans, un sacré bon sang d'énorme fleuve avec un courant roulant à une vitesse fantastique.

— Si cela devait arriver, y aurait-il un moyen de boucher le trou ? demanda Stewart.

Montaigne réfléchit un instant.

— Avec une préparation appropriée, le corps des Ingénieurs pourrait avoir un certain nombre de solutions. Mais plus il faut de temps pour mettre notre équipement en place, plus le flux élargit le trou dans le remblai. Notre seule chance de salut, c'est que le courant dominant du Mississippi continuerait à emprunter le chenal jusqu'à ce que le remblai soit assez érodé pour accepter la totalité du flux.

— Et combien de temps cela prendrait-il, à votre avis ?

— Difficile à dire. Peut-être deux heures, peut-être deux jours.

— Le processus serait-il accéléré si Qin Shang coulait des péniches en diagonale dans le Mississippi pour détourner le flux principal ? demanda Giordino.

A nouveau, Montaigne prit le temps de réfléchir.

— Même si un train de péniches suffisamment important bloquait toute la largeur du fleuve et s'il était possible de les placer et de les couler dans la bonne position, ce qui n'est pas une manœuvre facile même avec les meilleurs pilotes de remorqueurs, le courant principal passerait par-dessus les péniches à cause de leur profil bas. Posés sur le lit du fleuve, les roufs les plus hauts laisseraient encore 9 ou 10 mètres d'eau couler au-dessus d'elles. Comme pour un barrage de dérivation, le concept ne se révélerait pas très efficace.

— Pouvez-vous commencer à vous préparer pour l'effort maximum ? demanda Lewis. Et est-ce que vos hommes et vos équipements peuvent déjà se mettre en place pour le cas où Qin Shang détruirait le remblai ?

— Oui, c'est possible, répondit Montaigne. Ça coûtera un paquet de fric aux contribuables. Le problème auquel je suis confronté pour donner le coup d'envoi, c'est que nous ne nous basons que sur une hypothèse. Nous pouvons imaginer les motifs de Qin Shang mais, sans preuve absolue de ses intentions, j'ai les mains liées.

— Je crois vraiment, mesdames et messieurs, dit Pitt, que nous sommes en plein dans le syndrome de la porte de l'écurie fermée après que le cheval s'est échappé.

— Dirk a raison, dit Sandecker. Il vaudrait mieux arrêter l'opération de Qin Shang avant qu'elle n'ait lieu.

— Je vais contacter le bureau du shérif de la paroisse St. Mary et lui expliquer la situation, proposa Harper. Je suis sûr qu'il acceptera de coopérer et d'envoyer des policiers garder le remblai.

— Une bonne initiative, dit Montaigne. J'irai même un peu plus loin. Mon condisciple à West Point, le général Oskar Olson, commande la garde nationale de Louisiane. Il sera ravi d'envoyer quelques unités soutenir les policiers si je le lui demande personnellement.

— Les premiers hommes qui arriveront sur place devraient fouiller pour trouver et neutraliser les explosifs, dit Pitt.

— Il leur faudra des outils pour ouvrir la porte de métal menant au tunnel que Dirk et moi avons découvert et qui passe sous le remblai et la route, ajouta Giordino. C'est vraisemblablement dans ce tunnel que sont entreposés les explosifs.

— Si Qin Shang veut creuser une large brèche, dit Montaigne, il lui faut entasser des explosifs supplémentaires dans des tunnels latéraux sur au moins cent mètres.

— Je suis sûr que les ingénieurs de Qin Shang ont calculé combien il faut d'explosifs pour creuser un trou énorme dans le remblai, dit sombrement Pitt.

— Ça fait du bien d'avoir enfin la possibilité de saisir ce salaud par les couilles ! soupira Sandecker.

— Maintenant, tout ce qu'il nous faut savoir, c'est quand il doit agir, ajouta Giordino.

Le lieutenant de vaisseau Stowe entra à cet instant dans la pièce et tendit à Lewis une autre note. En la lisant, celui-ci fronça les sourcils puis regarda Pitt.

— Il semble que nous ayons mis la main sur les pièces qui manquaient au puzzle.

— Si le message me concerne, dit Pitt, veuillez le lire à haute voix pour que tout le monde l'entende.

Lewis approuva et commença la lecture.

— « A M. Dirk Pitt, NUMA, à bord du cotre des garde-côtes *Weehawken*. Nous vous informons que l'ancien transatlantique *United States* ne s'est pas arrêté à La Nouvelle-Orléans. Je répète : il ne s'est pas arrêté à La Nouvelle-Orléans. Sans tenir aucunement compte des procédures d'arrimage ni des cérémonies prévues, le navire a continué vers l'aval et vers Baton Rouge. Le commandant a refusé de répondre aux appels radio. » (Lewis leva les yeux.) Que pensez-vous de ça ?

— Qin Shang n'a jamais eu l'intention de transformer le *United States* en hôtel ou en casino, expliqua sèchement Pitt. Il va s'en servir pour faire un barrage de dérivation. Quand les 300 mètres de sa coque et ses 30 mètres de haut seront sabordés en diagonale du fleuve, ils bloqueront 90 % du flux du Mississippi et enverront un énorme raz de marée sur les ruines des digues et dans l'Atchafalaya.

— Très ingénieux, murmura Montaigne. Ensuite, il n'y aura plus rien à faire pour arrêter la force de la vague quand elle sera passée au travers. Rien au monde ne pourra plus l'arrêter.

— Vous connaissez le Mississippi mieux que quiconque ici, général, dit Sandecker. Combien de temps faudra-t-il, à votre avis, pour que le *United States* atteigne le Mystic Canal au sud de Baton Rouge ?

— Cela dépend. Il devra ralentir pour faire passer son immense coque dans plusieurs méandres serrés du fleuve mais il pourra parcourir les parties droites à sa vitesse maximale. De La Nouvelle-Orléans jusqu'à l'endroit où s'arrête Mystic Canal, juste avant la courbe du Mississippi au bayou Goula, il y a à peu près 100 milles.

— Étant donné que tout l'intérieur du navire est vide, remarqua Pitt, il navigue très haut sur l'eau, ce qui ajoute à sa vitesse potentielle. Si ses chaudières sont poussées au maximum, on peut s'attendre à ce qu'il file à 55 milles à l'heure.

— Une troupe d'anges serait impuissante à protéger toute péniche ou tout bateau de plaisance qui se prendrait dans son sillage, dit Giordino.

Montaigne se tourna vers Sandecker.

— Il peut arriver sur le site en moins de trois heures.

— Alors nous n'avons pas une minute à perdre. Il faut prévenir les services d'État de répandre l'alarme et de commencer à faire évacuer tous les habitants de la vallée de l'Atchafalaya, dit Lewis, le visage grave.

— Il est presque 5 h 30, dit Sandecker en regardant sa montre. Nous n'avons que jusqu'à 8 h 30 pour empêcher un désastre d'une amplitude incalculable. Si nous échouons, poursuivit-il en se frottant les yeux, des milliers de gens mourront, leurs corps seront jetés dans le golfe et on ne les retrouvera jamais !

Quand la réunion s'acheva, tout le monde ayant quitté la pièce, Pitt et Julia se retrouvèrent seuls.

— Il semble que nous soyons tout le temps en train de nous dire au revoir, dit-elle, les bras le long du corps, le front appuyé contre la poitrine de Pitt.

— Une mauvaise habitude dont nous devrions nous débarrasser, répondit-il d'une voix douce.

— J'aimerais bien ne pas avoir à rentrer à Washington avec Peter mais le commissaire Monroe m'a ordonné de travailler avec le détachement spécial pour inculper Qin Shang.

— Vous êtes une dame importante pour la cause du gouvernement !

— Je vous en prie, rentrez vite, murmura-t-elle tandis que des larmes se formaient aux coins de ses yeux.

Il la prit dans ses bras et la serra très fort.

— Vous pouvez habiter mon hangar. Entre mon système de sécurité et les gardes du corps qui vous protégeront, vous serez en sûreté jusqu'à ce que je revienne.

Ses yeux pétillèrent malicieusement à travers ses larmes.

— Puis-je conduire votre Duesenberg ?

— Quand avez-vous manœuvré un levier de vitesse pour la dernière fois ? demanda-t-il en riant.

— Jamais, répondit-elle. J'ai toujours conduit des voitures automatiques.

— Je vous promets que dès que je serai rentré, nous prendrons la Duesy pour aller en pique-nique.

— Ça me paraît merveilleux.

Il recula un peu et plongea son regard vert opale dans ses yeux.

— Essayez d'être sage.

Puis il l'embrassa et tous deux quittèrent la pièce, chacun de son côté, sans se retourner.

41

Les sons de la rivière étaient un peu assourdis par un léger brouillard flottant sur l'eau comme une couverture diaphane. Les aigrettes et les hérons qui parcouraient silencieusement les berges, leurs longs becs recourbés plongeant dans la vase à la recherche de nourriture, furent les premiers à comprendre que quelque chose qui n'appartenait pas à leur monde s'approchait dans la nuit. Cela commença par un léger tremblement dans l'eau qui augmenta en un soudain souffle d'air et un battement bruyant qui effraya tant les oiseaux qu'ils s'envolèrent avec de grands bruits d'ailes.

Les quelques témoins qui arpentaient le remblai après dîner et regardaient les feux des bateaux furent surpris par l'apparition soudaine d'une ombre monstrueuse. Alors le Léviathan se matérialisa, sortant de la brume, sa haute proue inclinée fendant l'eau avec une aisance incroyable pour un objet d'aussi énormes proportions. Bien que ses quatre hélices de bronze soient ralenties pour négocier les méandres du Nine Middle Point, il creusait un sillon massif qui éclaboussa jusqu'au haut du remblai et presque jusqu'aux routes courant à leur sommet, retombant lourdement sur les petits bateaux ancrés le long des berges et envoyant une dizaine de personnes plonger dans le fleuve. Ce n'est qu'après avoir terminé sa manœuvre et abordé une ligne droite que ses moteurs reprirent leur puissance et que le navire remonta le cours du fleuve à une vitesse incroyable.

A part une lumière blanche sur le moignon de son mât de misaine raccourci et les feux rouges et verts de navigation, on n'apercevait que la seule et pâle lueur sinistre émanant de sa timonerie. On ne voyait aucun mouvement sur ses ponts et quelques silhouettes vacillantes seulement sur les ailes de pont indiquaient qu'il y avait une vie à bord. Pendant les quelques minutes que dura son passage, on eut l'impression de voir un dinosaure colossal charger à travers un lac peu profond. Sa superstructure blanche paraissait fantomatique dans l'obscurité et sa coque noire restait invisible. Le navire n'avait pas de pavillon et ne pouvait être identifié que par les lettres de son nom, sur la proue et sur la poupe.

Avant que la brume l'enveloppe à nouveau, ses ponts parurent reprendre vie. Des hommes se hâtaient, réglant des postes de tir et armant un ensemble impressionnant de lance-missiles portables en prévision d'une attaque éventuelle de policiers américains. Il ne s'agissait pas de mercenaires étrangers ni de terroristes amateurs. Malgré leurs vêtements ordinaires, ces hommes étaient des combattants d'élite, impitoyables, bien entraînés et disciplinés pour cette mission. S'ils étaient capturés vivants, ils étaient prêts à se suicider ou à mourir en combattant. Si l'opération se déroulait comme prévu, ils seraient tous évacués par hélicoptère dès que le navire serait sabordé.

Le commandant Hung-chang avait eu raison à propos de la surprise et du choc ressentis par des milliers de spectateurs, alignés sur le front de mer de La Nouvelle-Orléans, venus applaudir le *United States*. Lorsqu'il eut passé à grande vitesse un navire à vapeur en acier avec une roue à l'arrière, appelé le *Natchez IX*, Hung-chang avait ordonné la vitesse maximale, regardant avec amusement le grand transatlantique laisser la ville derrière lui en écrasant un petit cabin cruiser et ses occupants qui avaient eu le malheur de naviguer devant sa proue acérée. Il avait ri en apercevant dans ses jumelles les visages des officiels venus le saluer, à savoir le gouverneur de Louisiane, le maire de La Nouvelle-Orléans et quelques autres dignitaires. Ils avaient l'air absolument abasourdis en réalisant que le navire passait sans s'arrêter, à toute vitesse, devant le quai où il aurait dû s'amarrer et être décoré et nanti de chambres somptueuses, de restaurants, de magasins de luxe et de tables de jeu.

Pendant les trente premiers milles, une flottille de yachts, de hors-bord et de bateaux de pêche suivirent le sillage du navire. Un cotre des garde-côtes le poursuivit aussi vers l'amont du fleuve tandis que le shérif et des voitures de patrouille de la police parcouraient la grand route, sirènes hurlantes et gyrophares allumés. Des hélicoptères avec, à bord, des journalistes de la télévision de La Nouvelle-Orléans volaient autour du navire, caméras braquées sur la scène extraordinaire qui se jouait en bas. Hung-chang ignora tous les ordres lui demandant de mettre en panne. Incapables de rivaliser avec l'incroyable vitesse du navire sur les portions rectilignes du fleuve, les bateaux privés et le cotre des garde-côtes durent abandonner la poursuite.

Comme la nuit tombait, le premier vrai problème que dut affronter Hung-chang ne fut pas le rétrécissement du chenal navigable entre La Nouvelle-Orléans et Baton Rouge qui passait de 300 à 150 mètres. Il était raisonnablement tranquille avec une profondeur de 12 mètres. Sa coque ne mesurait que 30 mètres en sa partie la plus large et se rétrécissait considérablement vers la ligne de flottaison. Hung-chang se dit que s'il avait pu passer le canal de Panama, les 60 mètres de chaque côté lui laissaient juste assez de dérive pour passer les courbes les plus serrées. C'était le passage sous les six ponts semés sur le fleuve qui lui donnait le plus de souci. Les eaux de printemps avaient ajouté plus de 4 mètres à la hauteur du cours, ce qui rendait le passage difficile.

Le *United States* passa de justesse sous les ponts de Crescent City Connection et Huey P. Long Bridge, raclant un peu leurs tabliers du haut de ses cheminées. Les deux ponts suivants, le Luling et le Gramercy, ne présentaient qu'un mince espace de moins de 3,60 mètres. Il ne restait plus à passer que le Sunshine Bridge à Donaldsonville et Hung-chang avait calculé que le *United States* pouvait se glisser tranquillement dessous avec 1,80 mètre de marge.

Après cela, le transatlantique ne rencontrerait plus d'obstacle jusqu'au Mystic Canal, sauf bien sûr le trafic fluvial.

Une myriade de pensées dérangeantes commencèrent à envahir l'esprit de Hung-chang. Aucun vent fort ne risquait de faire dériver la course du navire. Ming Lin guidait le bateau à travers les méandres du fleuve avec maestria. Et, ce qui était plus important, la surprise viendrait de leur côté. Avant que les Américains réalisent ce qui arrivait, Hung-chang aurait conduit le navire à l'endroit exact où il détournerait l'eau du fleuve dans la brèche ouverte par explosion dans la digue avant que lui-même et son équipage ne sabordent le transatlantique. Juste après, ils seraient en l'air, sur le chemin de la sécurité de Sungari et le *Sung Lien Star* serait prêt à larguer les amarres et à attendre en haute mer. Plus le *United States* s'en approchait, plus ces soucis s'éloignaient.

Il sentit un tremblement inattendu du pont et se raidit, regardant rapidement Ming Lin, cherchant un signe d'erreur, une toute petite faute de jugement. Il ne vit que quelques perles de sueur sur le front du timonier et ses lèvres serrées. Puis les ponts se calmèrent et il n'y eut plus que le battement des moteurs qui, à nouveau, tournaient à grande vitesse pour avaler une ligne droite du fleuve.

Hung-chang était debout, les jambes écartées. Jamais encore il n'avait à ce point ressenti l'incroyable puissance du navire 240 000 CV, 60 000 pour chaque moteur, pour faire tourner les hélices massives qui, à leur tour, avalaient la rivière à la vitesse fabuleuse de 50 milles à l'heure, une vitesse que Hung-chang n'aurait jamais crue possible sur un navire qu'il commandait. Il étudia son image reflétée sur la fenêtre avant du pont et vit un visage calme et détendu, sans le moindre signe de tension. Il sourit tandis que le navire passait devant une grande maison au bord de l'eau où un gros poteau levait très haut le drapeau de la Confédération. Bientôt, très bientôt, ce drapeau ne flotterait plus dans le vent sur le puissant Mississippi mais sur une crique boueuse.

Le pont était étrangement calme. Hung-chang
n'avait aucun ordre à donner quant à la course ou la
vitesse. Ming Lin s'en occupait très bien, les mains
soudées à la roue du gouvernail, les yeux fixés sur un
large écran qui montrait le navire et ses relations
avec le fleuve en une image tridimensionnelle trans-
mise par des caméras à infrarouge montées sur la
proue et les cheminées. Grâce à la science digitale, le
bas de l'écran affichait aussi les changements de
direction nécessaires et la vitesse recommandée, ce
qui lui donnait une maîtrise du navire bien plus
importante que s'il pilotait à vue et en plein jour.

— Nous avons un remorqueur poussant un train
de dix péniches droit devant, annonça Ming Lin.

Hung-chang prit le radiotéléphone de bord.

— Au commandant du remorqueur approchant
de St. James Landing. Nous allons vous doubler.
Nous sommes 700 mètres derrière vous et vous
dépasserons sur Cantrelle Reach, sur votre tribord.
Nous avons 30 mètres au barrot et je vous suggère de
nous laisser tout le passage nécessaire.

Il n'y eut pas de réponse du commandant inconnu
du remorqueur mais quand le *United States* s'engagea dans Cantrelle Reach, Hung-chang vit dans ses
lunettes à vision nocturne que le remorqueur virait
lentement sur bâbord, bien trop lentement. Son
commandant n'avait pas écouté les informations
depuis La Nouvelle-Orléans et ne pouvait donc imaginer qu'un monstre géant comme le *United States* le
rattrapait à une vitesse incroyable.

— Il n'aura pas le temps de se ranger, dit calmement Ming Lin.

— Pouvons-nous ralentir ?

— Si nous ne le dépassons pas sur une ligne
droite, ce sera impossible après car nous entrons
dans une série de courbes.

— Alors, c'est maintenant ou jamais.

Ming Lin hocha la tête.

— Si nous dévions du passage programmé par
l'ordinateur, nous risquons de mettre en péril toute
l'opération.

Hung-chang reprit le radiotéléphone.

— Commandant, je vous prie de virer rapidement sans quoi nous risquons de vous écraser.

La voix du commandant répondit avec colère.

— Vous n'êtes pas propriétaire du fleuve, Charlie Brown! Qui croyez-vous donc être pour nous menacer?

Hung-chang secoua la tête avec lassitude.

— Je crois que vous feriez bien de jeter un coup d'œil derrière vous!

La réponse arriva avec un hoquet de surprise.

— Seigneur! Mais d'où sortez-vous?

Le remorqueur et ses péniches virèrent rapidement sur tribord. Bien qu'il le fît à temps, la grande vague créée par le super-transatlantique, dont la coque déplaçait plus de 40 000 tonnes d'eau en passant, s'abattit sur le remorqueur et les péniches, les balaya, les souleva et les déposa au sec au sommet de la digue.

En dix minutes, le navire contourna Point Houmas, du nom d'une tribu d'Indiens qui avaient autrefois vécu là, avant de passer en vitesse Donaldsonville et de traverser avec succès Sunshine Bridge. Tandis que les lumières du pont disparaissaient derrière le dernier coude du fleuve, Hung-chang s'offrit le luxe d'une tasse de thé.

— Plus que 12 milles et nous serons arrivés, dit Ming Lin.

Ce n'était pas un rapport, juste une affirmation aussi naturelle que s'il avait remarqué que le temps était beau.

— Vingt minutes, vingt-cinq au maximum.

Hung-chang finissait son thé quand un marin de veille sur l'aile de pont tribord passa la tête par la porte de la timonerie.

— Des avions, commandant. Ils approchent au nord. Au son, on dirait des hélicoptères.

Il avait souhaité une installation radar mais Qin Shang, sachant que le *United States* faisait son dernier voyage, n'avait pas jugé la dépense nécessaire.

— Pouvez-vous me dire combien?

— J'en compte deux qui descendent la rivière en ligne droite, répondit le marin en regardant par ses lunettes à vision nocturne.

« Inutile de paniquer », se dit Hung-chang. Ou bien il s'agissait d'appareils de la police qui ne pouvaient pas faire grand-chose de plus qu'exiger l'arrêt du navire, ou bien des reporters. Il leva ses lunettes de nuit et observa l'amont du fleuve. Alors les veines de son cou se tendirent. Il venait de reconnaître les hélicoptères de l'armée.

Au même moment, une longue rangée de projecteurs s'alluma, illuminant le fleuve comme en plein jour, et il vit un convoi de tanks blindés s'approcher de l'autre côté de la digue et diriger leurs canons vers le chenal où le navire allait bientôt passer. Hung-chang fut étonné de ne pas voir de lance-roquettes. Peu formé aux armes militaires, il ne reconnut pas les plus anciens tanks M1A1 de la Garde nationale, avec leurs canons de 105 mm. Mais il savait, en revanche, les dommages qu'ils pouvaient faire subir à un super-transatlantique non cuirassé.

Les deux hélicoptères, des Sikorsky Eagle H-76, se séparèrent et survolèrent le côté du navire à la hauteur du pont supérieur. L'un ralentit et fit du sur place au-dessus de la poupe tandis que l'autre virait pour se positionner à côté de la timonerie et l'éclairer d'un coup de projecteur.

Une voix amplifiée par haut-parleur éclata, plus forte que le bruit des pales du rotor.

— Mettez ce navire en panne immédiatement!

Hung-chang ne donna aucun ordre pour qu'on obéisse. La chance lui avait soudain tourné le dos. Les Américains avaient dû être avertis d'une façon ou d'une autre. Ils savaient! Les maudits! Ils savaient que Qin Shang avait l'intention de détruire la digue et d'utiliser le transatlantique comme barrage de dérivation.

— Arrêtez immédiatement, reprit la voix. Nous venons à bord pour saisir votre navire.

Hung-chang hésita, pesant les risques d'ouvrir le feu. Il compta six tanks alignés au sommet de la digue. A moins d'avoir des missiles à têtes puissantes, l'ennemi allait avoir du mal à couler le grand navire au canon seulement. Les gros moteurs, bien au-dessous de la ligne de flottaison, étaient à l'abri des armes de surface. Il jeta un coup d'œil à sa montre. Le bayou Goula et Mystic Canal n'étaient qu'à 15 minutes. Il envisagea un instant d'arrêter le navire et de se rendre aux militaires américains. Mais il était engagé. Laisser tomber maintenant, c'était perdre la face. Il ne ferait rien qui pût déshonorer sa famille. Il décida de continuer.

Comme pour renforcer son engagement, l'un des soldats des forces spéciales chinoises tira un missile antiaviation à tête chercheuse avec un SA-7 russe portable à infrarouge sur l'hélicoptère en stationnement au-dessus de la poupe. A moins de 200 mètres, il était impossible de le manquer, même sans le système de tête chercheuse. Le missile frappa la flèche de l'hélicoptère derrière le fuselage et l'arracha. Le contrôle horizontal détruit, l'appareil se mit à tournoyer avant de tomber dans le fleuve et de couler. Cependant, les deux aviateurs et les dix hommes de troupe qu'il transportait réussirent à s'en dégager avant.

Les hommes du second hélicoptère volant à l'opposé du pont du transatlantique n'eurent pas autant de chance. Le missile suivant le transforma en une boule de feu et envoya les corps et le métal s'écraser dans le courant sombre. Là, leur tombe fut blanchie par l'écume s'échappant des hélices du navire.

Pendant cet épisode de mort et de destruction, Hung-chang et les combattants chinois ne remarquèrent pas le bourdonnement sourd approchant du haut du fleuve. Ils ne virent pas non plus les deux parachutes noirs qui cachèrent une seconde les étoiles dans le ciel nocturne. Tous les regards étaient braqués sur les canons menaçants des tanks, tous les esprits concentrés sur la possibilité d'échapper au feu dévastateur qui, ils le savaient, n'allait pas tarder à s'abattre sur eux.

Le commandant Hung-chang prit le téléphone de bord et appela calmement la salle des machines.

— En avant toutes, tous les moteurs, dit-il.

42

Six minutes auparavant, dans une cour d'école à 20 mètres du fleuve, Pitt et Giordino s'élançaient dans le ciel nocturne. Ayant revêtu leurs casques et leurs harnais, ils attachèrent les sangles des petits moteurs montés sur un appareil dorsal. Ensuite ils s'accrochèrent sous la voilure d'un parachute de 9 mètres de large avec plus de 50 cordes de suspensions, étalé sur l'herbe. Ils mirent en marche leurs petits moteurs de 3 CV qui avaient à peu près la même taille que des moteurs de tondeuses à gazon ou de scies à chaîne. Pour rester discrets, les collecteurs de gaz d'échappement avaient été spécialement assourdis et n'émettaient qu'un bruit très modéré. Les hélices, qui ressemblaient assez à de larges lames de ventilateur et étaient protégées par une cage métallique pour ne pas se prendre dans les cordes, commencèrent à mordre l'air. Pitt et Giordino firent quelques pas en avant en courant puis la poussée des moteurs prit le relais, les 20 m^2 de toile se gonflèrent et les deux hommes s'élevèrent vers le ciel.

A part un casque d'acier et un gilet pare-balles, la seule arme que portait Giordino était l'Aserma Bulldog calibre 12 de Pitt, qu'il avait placé contre sa poitrine. Pitt, pour sa part, avait choisi son Colt automatique qui avait déjà connu tant de batailles. Des armes plus lourdes auraient empêché les parapentes et leurs minuscules moteurs de s'élever correctement. Il y avait aussi d'autres considérations. Leur mission n'était pas de s'engager dans un combat mais d'atteindre la timonerie et de prendre le contrôle du navire. On comptait sur la section d'assaut de l'armée pour s'occuper de tout combat éventuel.

Trop tard, après avoir décollé, ils virent les deux hélicoptères de l'armée se faire massacrer.

Moins d'une heure après que le *United States* eut dépassé La Nouvelle-Orléans, Pitt et Giordino avaient rencontré le général Oskar Olson, le vieux condisciple du général Montaigne, commandant la Garde nationale de Louisiane, au quartier général de Baton Rouge, capitale de l'État de Louisiane. Il avait formellement interdit à Pitt et à Giordino d'accompagner son groupe d'assaut, écartant leurs arguments selon lesquels ils étaient les seuls ingénieurs de marine sur les lieux qui soient familiarisés avec les ponts du *United States* et capables de prendre le contrôle de la timonerie et d'arrêter le navire avant qu'il atteigne le bayou Goula.

— C'est une affaire militaire, avait déclaré Olson en frottant les phalanges d'une de ses mains contre la paume de l'autre.

Pour un homme d'un peu plus de 55 ans, il paraissait jeune, confiant et plein d'allant. Il avait à peu près la même taille que Pitt mais la panse plus arrondie, comme beaucoup d'hommes de son âge.

— Il y aura peut-être des blessés. Je ne peux permettre que des civils le soient et sûrement pas vous, monsieur Pitt, qui êtes le fils d'un sénateur des États-Unis. Je n'ai pas envie de me faire engueuler. Si mes hommes ne peuvent pas arrêter le navire, je leur ordonnerai de l'échouer.

— C'est tout ce que vous avez prévu après vous être emparé du bateau ? demanda Pitt.

— Quelle autre façon y a-t-il d'arrêter un navire aussi gros que l'Empire State Building ?

— Le *United States* est plus long que le fleuve n'est

large sous Baton Rouge. A moins que quelqu'un ne reste à la barre et sache manœuvrer les systèmes automatiques, le navire peut facilement échapper à tout contrôle et se mettre en travers du chenal avant d'enfoncer sa proue et sa poupe dans les berges. Cela ferait une barrière qui bloquerait effectivement tout trafic de péniches pendant des mois.

— Désolé, messieurs, mais je me suis engagé, dit Olson avec un sourire qui découvrit ses dents blanches régulières mais espacées. Dès que le navire sera en lieu sûr, je vous autoriserai, vous et M. Giordino, à être transportés à bord. Après, vous ferez ce que vous devrez faire pour arrêter ce monstre et l'amarrer avant qu'il ne constitue une menace pour la circulation fluviale.

— Si ça ne vous fait rien, général, dit Pitt sans chaleur, Al et moi nous débrouillerons tout seuls pour monter à bord.

Olson ne saisit pas immédiatement ce que Pitt voulait dire. Le regard de ses yeux brun olive était perdu au loin. C'étaient les yeux d'un vieux cheval de bataille dont les naseaux n'avaient pas senti l'odeur de la bataille depuis vingt ans mais qui reniflaient encore une fois le combat venir vers lui.

— Je vous préviens, monsieur Pitt, je ne tolérerai ni folie ni interférence. Vous êtes tenu d'obéir à mes ordres.

— Puis-je vous poser une question, général ? demanda Giordino.

— Allez-y.

— Si votre équipe ne réussit pas à prendre le navire, qu'est-ce qui se passera ?

— Comme assurance, j'ai un escadron de six tanks M1A1, deux obusiers autopropulsés et un mortier de 106 mm qui se dirigent vers la digue à quelques milles en aval. C'est une puissance de feu suffisante pour faire sauter le *United States* et le réduire en miettes.

Pitt adressa au général Olson un regard très sceptique mais ne prit pas la peine de répondre.

— Si nous en avons terminé, messieurs, j'ai une attaque à préparer.

Puis, comme un directeur d'école renvoyant ses élèves indisciplinés, le général Olson retourna dans son bureau dont il ferma la porte.

Le projet d'origine, qui consistait à se poser sur le navire après que le groupe d'assaut s'en fut emparé, était passé à la trappe en moins de temps qu'il n'en fallait pour le dire, comme se le dit ironiquement Giordino en volant à moins de 5 mètres derrière Pitt et un peu au-dessus. Il n'avait pas besoin d'un dessin pour savoir que leurs chances d'être atteints par les balles ou criblés par de petites molécules d'armes lourdes se situaient quelque part entre la forte possibilité et la certitude. Et comme si ces risques n'étaient pas encore assez gros, il fallait aussi envisager la possibilité d'un assaut de l'armée.

Se poser sur un navire en mouvement au cœur de la nuit sans se briser les os n'est pas une mince affaire. Face à cet atterrissage inconcevable, la plus grosse difficulté restait la vitesse de 40 milles à l'heure du navire opposée aux malheureux 25 milles auxquels se traînaient leurs parapentes. Il fallait se poser par vent arrière afin d'augmenter leur vitesse.

Ils pouvaient néanmoins diminuer les risques, raisonna Pitt, en volant vers l'aval pour arriver au-dessus du navire et faire des cercles pendant qu'il ralentissait pour passer le virage serré de la plantation Evan Hall.

Pitt portait des lunettes à verres jaunes pour lutter contre l'obscurité et comptait sur l'illumination ambiante des maisons et des voitures passant sur l'autoroute et les routes des deux côtés du fleuve pour guider sa descente. Bien qu'il fût parfaitement maître de la situation, il avait l'impression de tomber dans une profonde crevasse au fond de laquelle un abominable minotaure allait se jeter sur lui. Il voyait maintenant le navire géant, plus imaginé que réel, qui se matérialisait dans la nuit. Les cheminées paraissaient colossales et menaçantes.

Il n'avait droit à aucune erreur de jugement. Il résista à l'envie de tirer sur une suspente et virer de bord pour éviter de s'écraser dans la dure super-structure qui réduirait son corps en bouillie. Al, il en était affreusement certain, le suivrait sans un instant d'hésitation, quelles que soient les conséquences. Il parla à la radio attachée à son casque.

— Al?

— Je suis là.

— Tu vois le bateau?

— Comme si j'étais dans un tunnel de chemin de fer et que je regardais un train express m'arriver dessus.

— Il ralentit pour prendre le tournant. C'est la seule chance que nous aurons avant qu'il reprenne de la vitesse.

— Juste à temps pour le buffet, j'espère, dit Giordino qui n'avait pas eu de petit déjeuner et mourait de faim.

— Je vais virer à gauche et me poser sur le pont ouvert derrière la cheminée arrière.

— Je serai juste derrière toi, dit laconiquement Giordino. Fais attention aux manches à air et n'oublie pas de faire un pas de côté pour me laisser la place.

La résolution de Giordino était à la mesure de la loyauté qu'il ressentait pour son meilleur ami. Il allait sans dire qu'il aurait accompagné Pitt jusqu'au plus profond de l'enfer. Ils agissaient comme un seul homme, presque comme si chacun pouvait lire les pensées de l'autre. Maintenant, jusqu'à ce qu'ils se soient posés sur le pont du *United States,* ils n'allaient plus se parler. Ce n'était pas nécessaire.

N'ayant pas besoin de puissance pour atterrir, Pitt et Giordino arrêtèrent leurs petits moteurs pour éviter tout bruit pendant leur approche finale. Pitt se prépara à prendre son virage et tira fermement sur la suspente gauche pour entamer un tournant en épingle à cheveux. Sous leurs voilures, comme deux reptiles noirs volant à l'époque mésozoïque sur le point d'attaquer un sphinx au galop, ils survolèrent la digue est puis entamèrent un virage serré vers le navire approchant, calculant leur descente pour atterrir par l'arrière, un peu comme un vagabond courant vers la voie de chemin de fer pour attraper le dernier wagon d'un train de marchandise.

Aucun tir ne se produisit sur le navire. Aucun obus ne déchira la voilure de leurs parapentes. Aucun des hommes armés défendant le bateau ne les avaient vus, détectés ni entendus. Maintenant qu'ils avaient abattu les hélicoptères, les marins chinois ne s'occupaient plus de ce qu'ils considéraient comme un ciel vide.

Quand il aperçut le pont avec ses deux rangées de manches à air bas derrière l'immense cheminée, Pitt régla d'une main experte les deux basculeurs, ce qui mit la toile en perte de vitesse et la fit graduellement s'affaisser dans l'espace dégagé entre les manches à air. Son train d'atterrissage — ses jambes et ses pieds — toucha légèrement la surface du pont tandis que son parapente sans vie se posait avec un bruissement soyeux derrière lui. Sans prendre le temps de se réjouir d'avoir atterri sans dommage, il tira rapidement la voilure et le moteur en cage sur le côté. Trois secondes plus tard, Giordino descendait du ciel et faisait un atterrissage d'école moins de deux mètres plus loin.

— Est-ce le moment de dire « Pour le moment, ça va » ? dit Giordino à voix basse en enlevant son harnais et son équipement dorsal.

— Pas de blessure par balle et pas de fracture, murmura Pitt. Que pourrions-nous demander de plus ?

Ils avancèrent dans l'ombre de la cheminée et, tandis que Giordino sondait l'obscurité en cherchant un signe de vie, Pitt se mit sur une nouvelle fréquence à la radio de son casque et appela Rudi Gunn qui était avec les adjoints du shérif et une équipe d'experts militaires de démolition sur l'autoroute, au-dessus de Mystic Canal.

— Rudi, ici Pitt. Tu me reçois ?

Avant d'obtenir une réponse, il se raidit. Une salve de l'Aserma Bulldog se mêlait au tir en rafale d'un fusil automatique. Il se retourna et vit Giordino, un genou à terre, viser le tireur d'une cible invisible sur la partie arrière du pont.

— Les indigènes ne sont guère amicaux, dit Giordino très calmement. L'un d'eux a dû entendre mon moteur et venir voir.

— Rudi, réponds, je t'en prie ! dit Pitt d'une voix tendue. Merde ! Rudi, parle-moi !

— Je t'entends, Dirk, dit enfin la voix de Gunn, forte et précise dans les écouteurs du casque de Pitt. Êtes-vous sur le navire ?

Gunn venait de finir sa phrase quand Giordino tira deux autres coups de fusil.

— Ça commence à chauffer, dit-il. Je ne crois pas que nous devrions moisir ici.

— A bord et sains et saufs, répondit Pitt à la question de Gunn.

— Ce sont des coups de feu ? demanda la voix inimitable de l'amiral Sandecker à la radio.

— Al célèbre le 4-Juillet [1] avec un peu d'avance. Avez-vous trouvé et neutralisé les explosifs ?

— Mauvaise nouvelle sur ce point, dit sobrement Sandecker. L'armée a utilisé une faible charge pour faire sauter les portes menant au tunnel au bout du canal. Nous sommes entrés mais les lieux étaient vides.

— J'ai perdu le fil, amiral !

— Je déteste apporter des mauvaises nouvelles mais il n'y avait pas d'explosifs. Si Qin Shang a l'intention de creuser une brèche dans la digue, ce n'est nulle part par ici.

1. Fête nationale américaine.

43

Il y avait beaucoup plus de lumière sur la digue de l'autoroute au-dessus de Mystic Canal. Des projecteurs portables et des feux clignotants éclairaient le fleuve et la campagne environnante. Huit véhicules de l'armée avec leurs peintures de camouflage se mêlaient aux douze voitures du shérif de la paroisse d'Iberville. Des barricades sur l'autoroute avaient détourné la circulation au nord et au sud sur près de 2 km.

Le groupe d'hommes debout près du véhicule de commande de l'armée avait l'air sombre. L'amiral Sandecker, Rudi Gunn, le shérif Louis Marchand, de la paroisse d'Iberville et le général Olson ressemblaient à des hommes qui errent dans le brouillard et ne trouvent pas la sortie. Le général Olson avait l'air tout spécialement exaspéré.

— Une histoire de fous! grogna-t-il avec colère.

Ayant appris que ses hélicoptères étaient en miettes et une douzaine de ses hommes probablement morts, il ne paraissait plus aussi fier.

— On nous a envoyés ici pour rien! Tout ce baratin à propos de digues qui doivent sauter n'est qu'un mythe. Nous avons affaire à une bande de terroristes internationaux. C'est ça, notre vrai problème!

— Je suis forcé d'être d'accord avec le général, dit le shérif Marchand.

Ce type n'était pas un débutant. Vêtu d'un uniforme élégant et bien coupé, il était brillant, urbain et très averti.

— Le projet de faire sauter la digue pour détourner le cours du fleuve n'est absolument pas plausible, poursuivit-il. Les terroristes qui ont volé le *United States* ont autre chose en tête.

— Ce ne sont pas des terroristes au sens habituel du mot, dit Sandecker. Nous savons qui est derrière l'opération et ils n'ont pas volé le navire. Il s'agit d'une affaire incroyablement complexe et très bien financée visant à détourner le cours du Mississippi vers le port de Sungari.

— Ça a l'air d'un rêve fantastique, répondit le shérif. Qu'a-t-on fait pour évacuer les habitants de la vallée de l'Atchafalaya ?

— Tous les shérifs et tout le personnel militaire alertent en ce moment les fermes, les villes et tous ceux qui sont sur le chemin d'une inondation possible. Ils leur ordonnent de se réfugier sur des terrains plus élevés, répondit le shérif. Si des vies sont menacées, nous espérons réduire les dégâts au minimum.

— La plupart des gens ne seront pas prévenus à temps, dit sérieusement Sandecker. Quand cette digue explosera, toutes les morgues d'ici à la frontière texane feront des heures supplémentaires.

— Si vos conclusions sont correctes, dit Marchand, et je prie Dieu que vous et le commandant Gunn vous trompiez, il est déjà trop tard pour que nous cherchions les explosifs du haut en bas du fleuve avant que le navire arrive dans...

— Prévoyez quinze minutes, le coupa Sandecker.

— Le *United States* n'arrivera jamais jusqu'ici, pérora Olson. (Il regarda sa montre.) Mon groupe de gardes nationaux sous le commandement efficace du colonel Bob Turner, un vétéran décoré de la guerre du Golfe, devrait être en place et prêt à tirer depuis la digue à bout portant dès maintenant.

— Vous pourriez aussi bien envoyer des abeilles attaquer un grizzly, ironisa Sandecker. Entre le moment où il passera devant votre tir de barrage et celui où il disparaîtra derrière le tournant suivant, vos hommes n'auront que huit ou dix minutes. En tant que marin, je peux vous assurer que 50 canons n'arrêteront pas un navire de la taille du *United States* en un temps aussi court.

— Nos canons à haute vitesse capables de transpercer les blindages feront ça en un rien de temps, protesta Olson.

— Le transatlantique n'est pas un bateau de

guerre et n'est pas cuirassé, monsieur. La super-structure n'est pas en acier mais en aluminium. Vos obus anti-blindage transperceront le navire de part en part sans exploser, à moins que, par un coup de chance, ils ne frappent une poutre de support. Vous feriez bien mieux de tirer des obus à fragmentation.

— Que le navire survive ou non aux tirs de l'armée importe peu, dit Marchand. Le pont de Baton Rouge a été étudié et construit à peu de hauteur pour empê-cher les transatlantiques de poursuivre leur route plus loin en amont du Mississippi. Le *United States* devra s'arrêter ou se détruire.

— Vous n'avez toujours rien compris, se lamenta Sandecker. Ce navire fait plus de 40 000 tonnes. Il passera votre pont comme un éléphant enragé à tra-vers une serre.

— Le *United States* n'atteindra jamais Baton Rouge, maintint Gunn. L'endroit où nous sommes est l'endroit exact où Qin Shang a l'intention de faire sauter la digue et où il sabordera le navire pour en faire un barrage de dérivation.

— Alors, où sont les explosifs ? demanda Olson avec insolence.

— Si ce que vous dites est vrai, messieurs, dit Marchand, pourquoi ne lanceraient-ils pas tout sim-plement le navire contre la jetée ? Est-ce que ça ne provoquerait pas une ouverture aussi facilement que ces explosifs ?

Sandecker hocha la tête.

— Ça coupera peut-être la digue, shérif, mais le navire bouchera le trou qu'il a fait.

A peine l'amiral eut-il fini sa phrase que le bruit d'une canonnade éclata à quelques kilomètres au sud. L'autoroute trembla quand les canons rugirent à l'unisson, leurs éclairs illuminant jusqu'à l'horizon. Tout le monde s'arrêta sur l'autoroute pour regarder l'aval en silence. Les plus jeunes, qui n'avaient pas connu la guerre et qui n'avaient jamais entendu un tir de barrage, étaient très excités. Les yeux du géné-ral Olson brillèrent comme ceux d'un homme regar-dant une très belle femme.

— Mes hommes ont ouvert le feu sur lui, dit-il avec impatience. Maintenant, vous allez voir ce que peut faire un tir concentré à bout portant.

Un sergent arriva en courant du camion de commande et salua réglementairement le général Olson.

— Monsieur, les soldats et les policiers veillant au barrage nord de l'autoroute disent que deux semi-remorques ont percuté le barrage à grande vitesse et se dirigent par ici.

Tous se retournèrent machinalement et regardèrent vers le nord où deux gros camions côte à côte se dirigeaient à toute vitesse vers les bretelles sud de l'autoroute. Les voitures de patrouille du shérif les poursuivaient, sirènes hurlantes et gyrophares clignotants. Une voiture de patrouille coupa la route à l'un des camions et ralentit pour l'obliger à stopper mais le chauffeur du camion fonça délibérément sur la voiture de patrouille dont il percuta l'arrière, l'envoyant voler sauvagement hors de la route.

— L'imbécile! aboya Marchand. Il ira en prison pour ça!

Seul Sandecker comprit immédiatement le danger.

— Dégagez la route! cria-t-il à Marchand et Olson. Pour l'amour du ciel, dégagez la route!

Alors Gunn comprit.

— Les explosifs sont dans ces camions! hurla-t-il.

Olson resta muet de choc et d'incompréhension. Sa première réaction, sa conclusion instantanée, fut que Gunn et Sandecker étaient devenus fous. Pas Marchand. Il répondit sans hésitation et ordonna à ses agents de dégager la route en vitesse. Enfin, Olson sortit de sa transe et cria l'ordre à ses subordonnés d'aller se garer à bonne distance. Malgré le monde encombrant l'autoroute, les gardes et les policiers se précipitèrent sur leurs voitures et leurs camions et, accélérant autant qu'ils le pouvaient, laissèrent cette partie de la route complètement vide en moins de soixante secondes. Leur réaction fut aussi immédiate qu'instinctive dès qu'ils eurent compris le danger. Les camions étaient maintenant visibles et se rapprochaient rapidement. Il s'agissait de semi-remorques, des monstres à 18 roues capables de transporter des chargements de plus de 4 tonnes. Leurs flancs étaient vierges d'enseignes ou de marques. Il semblait impossible de les arrêter. Les chauffeurs, penchés sur leurs volants, étaient apparemment prêts à se suicider.

Leurs intentions devinrent évidentes quand ils freinèrent brusquement sur la bretelle adjacente à Mystic Canal, l'un d'eux se mettant en travers de la bande centrale de l'autoroute. Sans que personne l'ait vu ou entendu venir pendant ces événements, un hélicoptère apparut dans l'obscurité et se posa entre les camions. Les chauffeurs sortirent en sautant de leurs cabines, coururent jusqu'à l'appareil et se jetèrent à l'intérieur. Presque avant que le dernier chauffeur eût quitté le sol, le pilote remit son appareil en l'air, le fit virer de presque 90 degrés et disparut dans la nuit à l'ouest, vers l'Atchafalaya.

En fonçant vers le sud sur la banquette arrière de la voiture de Marchand, Sandecker et Gunn se retournèrent pour regarder par la lunette arrière. Au volant, Marchand ne cessait de surveiller l'autoroute et les véhicules coulant autour de lui dans le rétroviseur extérieur.

— Si seulement les démolisseurs militaires avaient eu le temps de désamorcer les explosifs !

— Il leur aurait fallu une heure rien que pour trouver et comprendre le mécanisme de mise à feu, dit Gunn.

— Ils ne vont pas faire sauter la digue tout de suite, dit Sandecker. Pas avant l'arrivée du *United States*.

— L'amiral a raison, confirma Gunn. Si la digue saute avant que le *United States* ait pu se mettre en position pour détourner le fleuve, suffisamment d'eau du Mississippi passera dans le canal et le navire aura la quille dans la vase.

— Il y a encore une petite chance, dit Sandecker. Pouvez-vous joindre le général Olson sur votre radio? demanda-t-il à Marchand en lui tapant sur l'épaule.

— Oui, à condition qu'il soit à l'écoute.

Il prit le micro et commença à demander à Olson de répondre. Après qu'il eut plusieurs fois répété la demande, une voix répondit enfin.

— Caporal Welch, dans le camion de commandement. Je vous entends, shérif. Je vous passe le général.

Il y eut un silence ponctué de quelques craquements puis Olson répondit.

— Que voulez-vous, shérif? Je suis occupé à lire les rapports du combat de mes tanks.

— Un moment, monsieur, l'amiral Sandecker veut vous parler.

Sandecker se pencha sur la banquette avant et prit le micro.

— Général, avez-vous un appareil en l'air?

— Pourquoi?

— Je pense qu'ils ont l'intention de faire sauter les explosifs par radio depuis l'hélico qui a pris les chauffeurs.

La voix d'Olson parut soudain vieillie et très fatiguée.

— Désolé, amiral. Les seuls appareils dont je disposais étaient les deux hélicoptères. Maintenant, eux et les hommes qui les occupaient ne sont plus là.

— Ne pouvez-vous appeler un jet de la base de l'Air Force la plus proche?

— Je peux essayer, répondit Olson, mais rien ne dit qu'ils pourront décoller et arriver ici à temps.

— Je comprends, merci.

— Ne vous inquiétez pas, amiral, dit Olson qui n'avait rien perdu de son assurance. Le navire ne passera pas mes tanks.

Mais cette fois, il n'avait plus l'air aussi sûr de ce qu'il avançait.

Le tir du canon en aval arriva comme un glas tandis que le *United States* présentait son flanc aux canonniers dans les tanks. Ce que le général Olson ignorait, c'est que le combat n'était pas mené d'un seul côté.

Sandecker rendit le micro à Marchand et s'affaissa sur son siège, un air de défaite et d'angoisse dans le regard.

— Ce salaud de Qin Shang s'est montré plus malin que nous et nous ne pouvons plus rien faire que de rester là, impuissants, à regarder mourir tous ces gens, dit Gunn. Et n'oublions pas Al et Dirk. Ils doivent être entre le feu des Chinois et celui des obusiers d'Olson.

— Dieu leur vienne en aide, murmura Sandecker. Dieu vienne en aide à tous ceux qui vivent près de l'Atchafalaya si le *United States* arrive à surmonter ce chaos.

44

Le *United States* ne vacilla pas. Il frissonna simplement quand les canons, sur les tourelles des six tanks, ouvrirent le feu sur lui avec des éclairs qui se répercutèrent jusqu'au ciel. A moins de 200 mètres, il était impossible de le manquer. Comme par magie, des trous noirs irréguliers apparurent dans les cheminées et les ponts supérieurs qui avaient autrefois abrité des salons, des cinémas et la bibliothèque. Comme l'avait prévu l'amiral Sandecker, les tirs de la première salve des canons de 120 mm furent inefficaces. Les obus capables de percer une plaque de blindage traversèrent les cloisons en aluminium comme du carton et allèrent s'enterrer dans les marécages, au-delà de la digue, sur la rive ouest, et explosèrent sans faire de dégâts.

Les obus de mortier de 106 mm tirés par les lanceurs de M125 montèrent vers le ciel et redescendirent en pluie sur les ponts ouverts, creusant des cratères sur les ponts les plus bas mais sans causer de sérieux dommages. Pour les obus à toute épreuve de 155 mm à fragmentation hautement explosive, que crachaient les obusiers Paladin automatiques, ce fut une autre histoire. Leur feu battit sans merci le transatlantique, causant une importante destruction mais sans affecter cependant ses organes vitaux, au plus profond de sa coque.

Un obus laboura ce qui avait été la salle à manger principale, au centre de la coque, et explosa, démolissant les cloisons et le vieil escalier. Un autre explosa contre la base du mât avant et le coucha littéralement. Le grand navire surmonta l'assaut. Alors ce fut au tour des armes chinoises des combattants professionnels, préparés à toute confrontation tactique quels que soient les risques. La bataille n'allait pas être réservée à un seul camp. Pas question de tendre l'autre joue après le premier soufflet.

Leurs lance-missiles, bien que chargés d'armes terre-air et non d'antichars, se déchaînèrent. L'un frappa le tank de tête sans pénétrer son blindage mais éclata contre le fût du canon de 120 mm, qu'il mit hors d'usage. Il tua aussi le commandant du char, debout dans sa tourelle pour observer le résultat du barrage et qui ne s'attendait pas à une riposte. Un autre projectile frappa l'ouverture circulaire du toit du porteur de mortier, tuant deux hommes, en blessant trois et mettant le feu au véhicule.

Le colonel Robert Turner, dirigeant l'attaque depuis son véhicule de commande XM4, ne comprit pas immédiatement l'ampleur de sa mission. La dernière chose qu'il aurait imaginée, c'était que le vieux transatlantique allait riposter. « C'est tout à fait scandaleux ! » pensa-t-il. Il appela immédiatement Olson et l'informa d'une voix choquée :

— Nous prenons des coups, général ! Je viens de perdre mon mortier !

— Qu'utilisent-ils ? demanda Olson.

— Des lance-roquettes! Ils nous tirent dessus du bateau! Heureusement, leurs missiles n'ont pas l'air efficaces contre les blindages. Mais j'ai des blessés.

Tandis qu'il parlait, un autre missile brisa les chenilles d'un autre char mais ses servants ne cessèrent de tirer, frappant le navire qui avançait rapidement.

— Quel est le résultat de votre pilonnage?

— Des dégâts sévères de la superstructure mais rien qui les empêche de poursuivre leur route. C'est comme si nous tirions sur un rhinocéros avec des fusils à air comprimé.

— N'arrêtez pas! ordonna Olson. Je veux que l'on stoppe ce navire!

Alors, presque aussi soudainement que les missiles avaient été lancés depuis le navire, les tirs cessèrent. On n'en connut la raison que plus tard. Pitt et Giordino, risquant leur vie pour arrêter la riposte, venaient de tuer les deux servants chinois des lance-roquettes.

Traversant le pont en rampant pour éviter l'ouragan d'obus et pour se protéger des tirs des Chinois qui avaient découvert leur présence, ils contournèrent l'énorme cheminée arrière et restèrent à plat ventre, jetant un coup d'œil prudent au pont inférieur où se trouvaient autrefois les canots de sauvetage et dont les portemanteaux étaient maintenant vides. Presque au-dessus d'eux, quatre soldats chinois étaient accroupis derrière une paroi d'acier, occupés à recharger et à tirer leurs missiles sans se préoccuper des explosions autour d'eux.

— Ils sont en train d'assassiner nos gars sur la digue, cria Giordino dans l'oreille de Pitt qui eut du mal à entendre dans l'enfer sonore qui emplissait la nuit.

— Prends les deux de gauche, répondit Pitt en hurlant à son tour. Je me réserve les autres.

Giordino visa soigneusement avec le fusil de chasse et tira deux fois. Les deux victimes ne surent jamais ce qui les avait frappés. Ils tombèrent sur le pont comme des poupées de chiffons presque en

même temps que le Colt de Pitt abattait leurs camarades à quelques mètres d'eux. Maintenant, à part
quelques tirs visant les militaires qui sortaient la tête
de leurs tourelles, aucun missile ne partit plus du
navire.

Pitt prit le bras de Giordino pour attirer son attention.

— Nous devons atteindre le pont...

Sa phrase fut arrêtée par une affreuse douleur, ses
bras et ses jambes soudain soulevés tandis que son
corps était catapulté contre une manche à air, ses
poumons comme vidés. Un grondement terrible
résonna dans ses oreilles tandis que le pont explosait
sous lui avec une force énorme. Un obus venait de
s'écraser dans les cabines de l'équipage, en dessous,
et d'éclater en laissant un trou profond rempli de
morceaux de métal déchiré. Presque avant que les
derniers débris soient retombés, Pitt tentait de
repousser le noir qui obscurcissait sa vision. Avec
une lenteur désespérante, il réussit à s'asseoir. Les
lèvres coupées et en sang, il murmura :

— Maudits militaires !

Mais il savait bien qu'ils ne faisaient que leur travail en luttant pour leur vie, et qu'ils le faisaient bien.

Le brouillard disparut peu à peu dans sa tête mais
il avait encore devant les yeux des éclairs aveuglants
blancs et oranges. Il s'aperçut que Giordino était
étendu en travers de ses jambes. Il lui secoua
l'épaule.

— Al, tu es blessé ?

Giordino cligna des paupières, ouvrit un œil noir
attristé et le regarda.

— Blessé ? J'ai l'impression qu'un tracteur m'est
passé sur le corps.

Tandis qu'ils reprenaient leurs esprits, une autre
vague d'obus frappa le navire. Les chars avaient
abaissé leurs tirs maintenant, et arrosaient la coque
d'acier. Leurs explosifs antiblindage commencèrent
à faire mouche, pénétrant les plaques d'acier avant
de s'écraser dans quelques-unes des mille cloisons

du navire et d'exploser. Un des obusiers fit mouche sur le pont et bientôt la structure ne fut plus qu'un amas de morceaux de métal, comme si un géant l'avait hachée au fendoir.

Le navire supporta sans broncher cet enfer, toujours aussi effrayant face aux tireurs qui rechargeaient et tiraient avec un calme incroyable. Les gardes nationaux, qu'on traitait souvent de combattants du dimanche, luttaient comme des vétérans. Mais, telle une baleine blessée qui se secoue pour se débarrasser des harpons et continue sa course, le *United States* avalait la punition qu'on lui infligeait sans rien perdre de sa vitesse.

Le navire avait presque passé le goulet, maintenant. Désespérément, les forces armées sur la digue déclenchèrent un dernier mur de tirs dévastateurs qui déchira la nuit. Un crescendo d'explosions fit trembler le transatlantique autrefois si fier. Il n'y eut pas d'incendie, pas de champignons de flammes et de fumées. Son concepteur Francis Gibbs aurait été attristé par ses mutilations mais ravi que sa manie de la protection contre le feu lui ait permis de résister à toute tentative faite pour réduire son chef-d'œuvre en un amas de ferrailles brûlantes.

Dans son véhicule de commandement, le colonel Turner regarda avec frustration la poussée irrésistible de la poupe qui disparaissait dans la nuit.

Sans prévenir, trois silhouettes sortirent de l'ombre et se précipitèrent vers Pitt et Giordino. Une pluie de balles traversa le pont. Giordino chancela mais reprit son équilibre et tira une salve du calibre 12 de l'Aserma. Un Chinois s'effondra mais sans lâcher la détente de sa Kalachnikov de fabrication chinoise, une mitraillette automatique AKM. Puis les quatre hommes restant tombèrent les uns sur les autres en une mêlée de corps. Pitt sentit le canon d'un fusil lui pénétrer les côtes mais il le détourna d'un coup un millième de seconde avant que les balles passent en sifflant près de sa hanche. Il frappa son adversaire de la crosse de son Colt, une fois, deux fois, trois fois et le laissa assommé sur le pont. Sans s'occuper de ses blessures, Giordino lança son fusil contre la poitrine de son assaillant en même temps qu'il appuyait sur la détente. Le canon de l'Aserma cracha avec un grondement assourdi qui envoya le Chinois sur le dos comme s'il avait été renversé par un cheval galopant en sens inverse. Alors seulement le courageux petit Italien se laissa tomber sur le pont.

Pitt se pencha sur son ami.

— Où es-tu touché ?

— Le salaud m'a eu à la jambe, au-dessus du genou, répondit Giordino en un grognement rauque. Je crois qu'elle est cassée.

— Laisse-moi regarder.

Giordino le repoussa.

— Laisse tomber. Va sur le pont et arrête ce rafiot avant que la digue saute. C'est pour ça que nous sommes ici, dit-il avec une grimace de douleur.

Il ne restait que deux milles à couvrir et cinq minutes pour atteindre le but. Alors Pitt chargea comme un démon, traversant les débris amoncelés pour atteindre la timonerie. Il se fraya un chemin dans une balle de cordages laissée par le mât abattu et s'arrêta soudain, sidéré. La structure du pont avait disparu. Il n'y avait plus rien qui la rappelât. Les murs de la timonerie paraissaient s'être effondrés mais par miracle, la console intérieure avait résisté sans trop de dommages. Le corps du commandant Li Hung-chang était étendu sur le sol couvert de morceaux de verre et de métal. Les yeux étaient ouverts et fixes et quelques taches de sang maculaient son uniforme. Il paraissait regarder par le toit disparu les étoiles dans le ciel. Pitt comprit qu'il était mort de commotion.

Le timonier était encore debout, ses mains inertes agrippant la barre. On aurait dit qu'une malédiction diabolique lui avait refusé de tomber à côté de son commandant. Pitt vit avec horreur que sa tête avait disparu, arrachée nettement de ses épaules.

Il regarda par la fenêtre du pont cassée le Mystic Canal qui n'était qu'à 1 500 mètres. En bas, l'équipage avait abandonné la salle des machines et se précipitait vers les ponts ouverts, attendant d'être récupérés par les hélicoptères.

Tous les tirs avaient cessé maintenant et le tumulte meurtrier avait fait place à un silence inimaginable et feutré. Les mains de Pitt jouèrent sur les leviers et les interrupteurs de la console, essayant frénétiquement de couper l'alimentation du navire. Mais sans un chef mécanicien pour relayer les commandes, les énormes turbines ignorèrent ses tentatives pour les arrêter. Aucune puissance au monde ne pouvait stopper le *United States* maintenant. Sa masse énorme et son incroyable élan le conduisaient. Dans un dernier mouvement Ming Lin avait commencé à tourner le gouvernail et envoyé le navire sur un angle oblique, sur la direction prévue pour le sabordage, suivant les instructions de Qin Shang. Sa proue approchait déjà de la berge est du fleuve.

Pitt savait que les charges explosives, tout en bas dans les cales du navire, étaient réglées pour couler le bateau d'ici à quelques minutes. Il ne perdit pas de temps à regarder le fantôme étêté à la barre. Poussant le corps mutilé, il prit la roue au moment exact où les camions sur l'autoroute, maintenant à quelques centaines de mètres, explosaient avec un bruit fantastique qui fit trembler le sol et bouillonner la rivière. Pitt sentit les aiguilles glacées du désespoir dans sa colonne vertébrale. Il sentit une rage passagère l'envahir. Mais sa volonté, son extrême résistance ne lui permettraient jamais de s'avouer battu. Il avait une sorte de sixième sens à force d'avoir bravé tant de fois la mort au cours des années. La peur du désespoir venait et repartait. Il oublia tout sauf ce qu'il devait faire.

Profondément concentré, il saisit la barre et la tourna désespérément pour envoyer le navire dans une nouvelle direction avant que ses cales n'explosent.

De nouveau sur le pont, sous les cheminées colossales où Pitt l'avait laissé, Al Giordino se redressa contre la base d'une manche à air. La douleur de sa jambe n'était plus maintenant qu'une douleur sourde. Des silhouettes apparurent soudain, habillées des pieds à la tête d'un vêtement noir comme la nuit. Pensant qu'il était mort et mêlé aux corps éparpillés sur le pont, ils passèrent près de lui en courant et l'ignorèrent. Pendant qu'il était là, immobile, un hélicoptère sombre sortit soudain de l'obscurité et fonça vers la digue est. Le pilote ne perdit pas de temps à faire du surplace mais plongea directement, manquant de peu le bastingage arrière et se posant sur le même pont, derrière la cheminée arrière, là où Giordino et Pitt avaient posé leurs parapentes. Presque avant que les roues de l'appareil aient touché le pont, les hommes de Qin Shang émergeaient de la porte ouverte dans le fuselage.

Giordino vérifia le chargeur de son Aserma. Il restait sept balles de calibre 12. Se penchant sur le côté, il tendit le bras et saisit une Kalachnikov AKM qu'un des défenseurs morts avait abandonnée. Sortant le chargeur, il constata qu'il ne manquait qu'un quart des munitions. Il remit le chargeur dans le magasin. Grimaçant de douleur, il lutta pour se mettre sur un genou et il visa l'hélicoptère avec l'Aserma, gardant l'AKM en soutien.

Ses yeux ne cillèrent pas, son visage resta immobile. Il n'eut aucune sensation de froid, aucune pensée de vengeance. Rien qu'un sentiment de détachement. Ces hommes n'avaient rien à faire ici. Ils venaient pour tuer et pour détruire. Pour Giordino, les laisser échapper sans les punir serait un crime en soi. Il regarda les hommes dans l'hélicoptère qui commençaient à rire, satisfaits, croyant avoir gagné sur ces stupides Américains. Giordino devint fou de colère, plus fou qu'il ne l'avait jamais été.

— Oh! Combien je vous hais! murmura-t-il.

Le dernier homme étant descendu, le pilote souleva l'appareil verticalement. Ralenti par son propre souffle d'air, il resta quelques instants immobile avant de glisser sur le côté et de se diriger vers l'est. A cet instant précis, Giordino ouvrit le feu, envoyant ses balles l'une après l'autre dans les moteurs à turbine montés sous le rotor. Il vit les projectiles de calibre 12 creuser des trous dans les capotages sans qu'il se passe rien.

Il tira sa dernière balle, lâcha l'Aserma et saisit l'AKM. Un mince filet de fumée sortait maintenant de la turbine gauche mais l'hélicoptère ne paraissait pas avoir subi de dommage important. L'arme chinoise n'avait pas de viseur à laser infrarouge et Giordino n'utilisa pas le viseur de nuit monté sur le canon. Une cible aussi grosse, à cette distance, il était difficile de la manquer! Il regarda le gros oiseau sur le point de disparaître et appuya sur la détente en semi-automatique.

Lorsque le dernier projectile eut atteint son but, Giordino ne put qu'espérer avoir suffisamment abîmé l'appareil pour qu'il n'atteigne jamais sa destination. L'hélicoptère parut s'immobiliser avant de tomber en arrière, la queue baissée. Il était incontrôlable maintenant, c'était clair, et des flammes sortaient de ses deux turbines. Puis il tomba comme une pierre, s'écrasa sur le pont arrière et explosa en un mur de flammes compactes qu'il envoya très haut dans le ciel. En quelques secondes, la proue devint un enfer ardent, irradiant de feu et de chaleur avec l'énergie d'un fourneau chauffé à blanc. Giordino jeta le fusil tandis que la douleur de sa jambe revenait avec violence. Il contempla l'incendie avec satisfaction, suivant des yeux la langue de flammes qui se perdait vers le ciel.

— Oh! Merde! murmura-t-il doucement, j'ai oublié les marshmallows [1].

1. Pâte de guimauve.

45

L'explosion assourdit les soldats et les adjoints du shérif qui s'étaient arrêtés à 800 mètres des deux camions semi-remorques. Le ciel parut se déchirer en une violente convulsion d'air comprimé tandis que l'horrible détonation arrachait le cœur de la digue. Quelques secondes plus tard, l'éruption de la vague de pression les assomma et fut suivie par une explosion de poussière de la digue et du béton de l'autoroute. Puis des morceaux de métal brûlant provenant des camions en pièces se mirent à pleuvoir sur un monde de chaos. Comme si on en avait donné l'ordre, tout le monde se cacha derrière ou sous un véhicule pour éviter l'orage de débris.

Sandecker leva un bras pour protéger ses yeux de l'éclair aveuglant et des retombées de fragments. L'air paraissait épais et chargé d'électricité tandis qu'un énorme grondement martelait ses oreilles. Une immense boule de feu s'éleva puis se gonfla en un vaste champignon qui s'étira dans le ciel avant de se transformer en un nuage tourbillonnant qui cacha les étoiles.

Alors tous les regards se tournèrent vers ce qui avait été une digue, cent mètres d'autoroute et deux gros camions. Tout avait été désintégré. Aucun des spectateurs pétrifiés de choc ne s'attendait à l'horrible spectacle qui tombait comme une avalanche sur les restes disparus de la digue. Comme un seul homme, ils se tenaient là, abasourdis par la réverbération fracassante dans leurs oreilles qui, diminuant peu à peu, laissa la place à un son bien plus terrifiant, un son incroyablement fort et sifflant, celui d'un mur d'eau bouillonnante se déversant dans les bras ouverts du Mystic Canal, ouvert par Qin Shang précisément pour cette occasion.

Pendant une minute qui parut terriblement longue, ils contemplèrent le spectacle sans y croire, les yeux écarquillés, hypnotisés par cette cataracte si violente que nul ne pouvait l'imaginer sans l'avoir vue. Ils assistèrent, impuissants, à la chute de millions de litres d'eau dans la brèche de l'autoroute et de la digue, poussés par les lois naturelles de la gravité, par la force du courant et la masse du fleuve. Cela explosa en une muraille vivante dont rien ne pouvait arrêter l'élan et qui entraînait le flux principal du Mississippi.

Le grand raz de marée dévastateur était en route, l'oubli était en cours.

Contrairement aux raz de marée océaniques, il n'y eut pas de creux. Derrière la crête de la vague, la masse fluide avançait sans aucune distorsion, sa texture lisse et mouvante s'élevant avec une incommensurable énergie.

Ce qui restait de la ville abandonnée de Calzas fut inondé et balayé. Avec ses 9 mètres de haut, la masse bouillonnante, irrésistible, s'engouffra dans les marécages et se dirigea vers les rives de l'Atchafalaya. Un petit canot à moteur avec ses quatre occupants, du mauvais côté du fleuve, au mauvais moment, fut précipité dans la brèche où il plongea vertigineusement dans le maelström et disparut. Aucune action humaine n'était plus capable d'arrêter la muraille furieuse d'eau incontrôlable qui se précipitait à travers la vallée avant de se diriger vers le golfe où son flot boueux serait absorbé par la mer.

Sandecker, Olson et les autres, sur l'autoroute, ne pouvaient que suivre le désastre de cauchemar, comme les témoins oculaires du déraillement d'un train, incapables d'appréhender l'énormité du cataclysme pouvant démolir le béton, le bois, l'acier et la chair humaine. Ils regardèrent en silence ce qui promettait de s'achever en une inévitable calamité, leurs visages tendus en masques hébétés. Gunn frissonna et détourna les yeux vers le Mississippi.

— Le navire! cria-t-il dans le bruit de l'inondation. Le navire!

Il montrait du doigt quelque chose, très excité.

À peu près à la même minute si chargée de terreur,

le *United States* passait à toute vitesse. Hypnotisés
par le spectacle terrifiant du raz de marée déchaîné,
ils avaient oublié le navire. Leurs regards se tournèrent dans la direction qu'indiquait Gunn et ils
virent une silhouette noire et allongée émerger de la
nuit, un monstre tangible né de l'obscurité. Sa superstructure, à l'avant et à l'arrière, avait disparu sous
les coups des obus et n'était plus qu'un tas emmêlé
de débris indescriptibles. Son mât arraché, ses cheminées trouées et battues, il avait de grandes
brèches de métal tordu dans les flancs de sa coque.

Mais il avançait cependant, poussé par ses gros
moteurs, attentif à ajouter son poids à la dévasta-
tion. Rien ne pouvait l'arrêter. Il passa près d'eux à
une vitesse incroyable, son avant ouvrant de larges
murailles d'eau tandis qu'il remontait le courant à
pleine puissance. En dépit du fait qu'il ait été utilisé
pour semer la mort et la destruction, il était vraiment magnifique. Aucun des hommes qui le virent
ce soir-là ne pourrait jamais oublier qu'il avait
assisté à la mort d'une légende. Aucune tragédie
n'eut jamais de dernier acte d'un tel apogée.

Ensorcelés, ils regardaient, s'attendant à voir la
coque tourner et s'incliner à travers la rivière afin de
jouer le rôle qui lui avait été attribué et devenir un
barrage destiné à chasser les eaux du Mississippi du
cours qui avait à tout jamais été le sien. Leur conviction parut se réaliser quand des trombes d'eau éclatèrent le long de sa coque.

— Sainte Mère de Dieu ! murmura Olson, choqué.
Ils ont fait sauter les charges et il coule !

Le minuscule souffle d'espoir qu'ils avaient pu
abriter encore de voir le corps des Ingénieurs endiguer le flux disparut tout à fait lorsque le gros transatlantique commença à s'installer dans l'eau.

Mais le *United States* n'était pas dirigé comme il
aurait fallu pour que sa proue s'enfonce dans la
berge et que sa proue s'incline vers l'ouest en travers
du fleuve. Il courait tout droit au centre du chenal

principal, virant très lentement vers les chutes qui grondaient en passant la brèche.

Pitt serrait de toutes ses forces la roue du gouvernail positionné sur l'arrêt. Il avait tourné la roue autant qu'il l'avait pu. Sa détermination réfléchie ne pouvait rien de plus. Il sentit le navire trembler quand les explosifs creusèrent de grands trous dans les cales et il se maudit d'être incapable de contrôler la vitesse ou d'inverser d'une façon ou d'une autre les hélices bâbord pour obliger le navire à prendre un virage plus serré. Mais le système de contrôle automatique avait été endommagé par les tirs de l'armée de sorte que, sans équipage dans la salle des machines, il était impossible de faire appliquer les changements de direction souhaités. Enfin, avec une torturante lenteur, presque miraculeusement, il vit la proue se redresser peu à peu sur bâbord.

Pitt sentit son cœur battre très fort. Imperceptiblement d'abord mais davantage à mesure que l'angle augmentait, le courant du fleuve se mit à pousser un peu sa proue tribord vers le côté. Ce fut comme si le *United States* refusait d'abandonner et de rentrer dans l'Histoire avec une tache aussi sombre sur sa remarquable légende. Il avait vécu quarante-huit longues années sur les mers du globe et, contrairement à ses frères transatlantiques qui allaient tranquillement au chantier de démolition, lui n'allait pas de bon gré à la mort mais résistait de toute son âme, jusqu'à la fin.

Infailliblement, comme si Pitt le lui avait ordonné, l'étrave de la proue pénétra dans la pente raide au bord du chenal et glissa dans la vase du fond sur un angle oblique jusqu'à la digue, 60 mètres au-dessous de la brèche. S'il avait eu un angle plus aigu, il aurait pu la traverser complètement.

La force du flux dans l'entaille ouverte par l'explosion joua son rôle en aidant à faire pivoter sa coque massive latéralement contre la brèche. Puis aussi soudainement que le flot s'était engouffré dans les marécages, il diminua et ne fut bientôt plus qu'un

petit torrent qui s'enroula autour des hélices battant
encore l'eau à l'arrière.

Enfin il s'arrêta tout à fait, ses quatre grandes vis
de bronze frottant contre le lit du fleuve, enfonçant
leurs lames dans la boue jusqu'à ce qu'elles ne
puissent plus tourner. Le *United States*, l'ancien
navire vedette de la flotte commerciale américaine,
avait achevé son dernier voyage.

Pitt se sentait comme un homme qui vient de courir un triathlon, le front posé sur la roue, les mains
serrées sur les rayons. Il était mort de fatigue. Son
corps, qui n'avait jamais eu le temps de guérir des
blessures infligées sur une île au large des côtes aus-
traliennes [1] quelques semaines seulement auparavant, avait désespérément besoin de repos. Il était si
las qu'il n'arrivait pas à faire la différence entre les
bleus et les écorchures reçus lors des explosions et
du combat contre les défenseurs chinois du navire.
Tous le plongeaient dans un océan de douleurs.

Il lui fallut une bonne minute pour se rendre
compte que le navire ne bougeait plus. Ses jambes
pouvaient à peine le soutenir. Il lâcha la barre et partit à la recherche de Giordino. Mais son ami était
déjà devant la porte démolie, comme sur une canne
sur l'AKM Kalachnikov avec lequel il avait abattu
l'hélicoptère.

— Je dois te dire, dit-il avec un petit sourire, que
ta technique d'amarrage laisse beaucoup à désirer.

— Laisse-moi m'entraîner encore une heure et je
prendrai le coup de main, répondit Pitt d'une voix
épuisée.

A terre, le moment de panique avait passé. En
regardant la digue brisée, on ne voyait plus un flux
grondant et impossible à arrêter mais juste un fleuve
un peu rapide. Sur l'autoroute, les hommes crièrent
de joie, tous sauf Sandecker. Lui contemplait le *United States* d'un regard triste. Il avait le visage fatigué
et hagard.

1. Voir *Onde de choc*, *op. cit.*

— Aucun marin n'aime voir mourir un bateau, dit-il.

— Mais quelle belle mort! dit Gunn.

— Je suppose qu'il n'y a plus rien à sauver.

— Cela coûterait trop de millions de le remettre en état.

— Dirk et Al ont empêché un désastre majeur.

— Des tas de gens ignoreront toujours ce qu'ils doivent à ces deux-là, dit Gunn.

Déjà une noria de camions et d'équipement descendait vers les deux extrémités de la brèche. Des remorqueurs poussant des péniches chargées d'énormes blocs de pierres arrivaient des deux côtés du fleuve. Dirigé par le général Montaigne, le corps des Ingénieurs militaires depuis longtemps habitués à réparer tout ce qui cloche le long du fleuve, se déploya rapidement. Tous les hommes disponibles, tous les outils et équipements de La Nouvelle-Orléans à Vicksburg avaient été envoyés pour remettre la digue en état et rendre l'autoroute à la circulation des voitures et des camions.

Grâce à la coque massive du *United States* qui servait de barrière, la vague énorme qui se dirigeait en trombe vers l'Atchafalaya fut dérobée à l'immense puissance du Mississippi. Après s'être répandue dans les marécages, les eaux sauvages n'étaient plus qu'une vague de moins de 90 cm de haut en atteignant Morgan City.

Ce n'était pas la première fois qu'on avait empêché le puissant Mississippi de se creuser un chemin dans un nouveau chenal. La bataille entre les hommes et la nature allait continuer et peut-être, à la fin, n'y aurait-il qu'une seule issue possible.

CINQUIÈME PARTIE

L'HOMME DE PÉKIN

L'Homme de Pékin

30 avril 2000,
Washington D.C.

L'ambassadeur de Chine auprès des États-Unis, Qian Miang, était un homme corpulent. Les cheveux courts taillés en brosse, un mince sourire plaqué en permanence sur le visage mais qui ne dévoilait jamais ses dents, il rappelait Bouddha aux gens qui avaient déjà vu une statue de ce dieu, les mains posées sur son estomac arrondi. Qian Ming était un homme très courtois, qui ne se comportait jamais comme un communiste dogmatique. Plein d'une inébranlable confiance en soi, il avait des amis très puissants à Washington et se mouvait dans les antichambres du Capitole et de la Maison Blanche avec l'aisance du Chat du Cheshire [1].

Préférant traiter ses affaires à la façon capitaliste, il rencontra Qin Shang dans la salle à manger privée d'un des meilleurs restaurants chinois de la capitale où il avait coutume de traiter les élites politiques de la ville. Il accueillit le magnat du commerce maritime d'une chaude poignée de main.

— Qin Shang, mon cher ami !

Sa voix était joviale et sympathique. Au lieu du mandarin, il utilisait un anglais parfait avec une trace d'accent britannique qu'il avait acquis au cours de ses trois années d'études à Cambridge.

---

1. Le chat d'*Alice au Pays des Merveilles*.

— Vous m'avez négligé pendant votre séjour en ville.

— Je vous présente mes plus humbles excuses, Qian Miang. J'ai dû faire face à des problèmes urgents. J'ai appris tôt ce matin que mon projet de détournement du Mississippi pour le faire passer devant mon port de Sungari avait échoué.

— Je suis parfaitement au courant de vos problèmes, répondit Qian Miang sans perdre son sourire. Je ne peux vous le cacher, le président Lin Loyang n'est pas content. Vos affaires d'immigration clandestine, semble-t-il, plongent notre gouvernement dans une situation embarrassante. Notre stratégie à long terme pour infiltrer les bureaux les plus importants du gouvernement et influencer la politique américaine envers la Chine est menacée.

Qin Shang s'installa sur une chaise à haut dossier en ébène sculpté devant une grande table ronde où on lui offrit un choix de vins chinois dont l'ambassadeur avait une réserve dans les caves du restaurant. Ce n'est que lorsque le serveur eut fait sonner un carillon pour annoncer son arrivée, qu'il eut servi le vin et fut ressorti de la pièce que Qin Shang parla.

— Mes plans soigneusement élaborés ont été mis à mal par l'INS et la NUMA.

— La NUMA n'est pas une agence de renseignements, lui rappela Qian Miang.

— Non, mais ses agents sont directement responsables de la rafle du lac Orion et du désastre de Mystic Canal. Deux hommes en particulier.

— J'ai étudié les rapports, dit Qian Miang en hochant la tête. Votre tentative d'assassiner le directeur des projets spéciaux de la NUMA et l'agent féminin de l'INS n'était pas une bonne idée. Et en tout cas, je ne saurais fermer les yeux sur ce fait. Nous ne sommes pas dans notre pays, où on peut faire ce genre de choses en secret. On ne passe pas... comment dit-on, en Occident ? sur le corps des citoyens dans leur propre patrie. J'ai ordre de vous rappeler qu'il vous est strictement interdit d'essayer de tuer des officiels de la NUMA.

— Quoi que j'aie pu faire, mon vieil ami, dit Qin Shang sans ménagement, je l'ai fait pour la République populaire de Chine.

— Et pour la Qin Shang Maritime, ajouta Qian Miang. Nous nous connaissons depuis trop longtemps pour essayer de nous tromper. Jusqu'à présent, tant que vous avez fait des profits, notre pays en a fait aussi. Mais vous avez été beaucoup trop loin. Comme un ours qui a arraché de l'arbre un essaim d'abeilles, vous avez mis très en colère tout un essaim d'Américains.

Qin Shang fixa l'ambassadeur.

— Dois-je comprendre que le président Lin Loyang vous a donné des instructions ?

— Il m'a demandé de vous exprimer ses regrets mais je dois vous informer qu'à partir de cette minute, toutes les opérations de la Qin Shang Maritime en Amérique du Nord doivent cesser et que tous vos rapports personnels avec le gouvernement des États-Unis doivent également cesser.

L'attitude normalement très contrôlée de Qin Shang craqua.

— Cela signifierait la fin de nos opérations d'immigration clandestine.

— Je ne crois pas. La compagnie maritime de notre gouvernement, la China Maritime, se substituera à la Qin Shang Maritime pour tout ce qui concerne l'immigration et aussi le transport légal de marchandises et matériaux chinois importés aux États-Unis et au Canada.

— La China Maritime est loin d'être aussi bien gérée que la Qin Shang Maritime.

— C'est possible mais étant donné que le Congrès exige une enquête publique à propos du lac Orion et de la débâcle sur le Mississippi, étant donné que le ministère de la Justice des États-Unis est sur le point de vous mettre en examen, vous devriez vous estimer heureux que Lin Loyang n'ait pas exigé que vous vous rendiez au FBI. Déjà les médias parlent d'acte de terrorisme à propos de la destruction de la digue

et du transatlantique *United States*. Malheureusement, il y a eu des morts et le scandale qui se prépare va mettre en cause beaucoup de nos agents
dans ce pays.

Le carillon annonça l'arrivée du serveur qui entra
avec des plats fumants. Il les disposa artistiquement
sur la table et se retira.

— J'ai pris la liberté de commander avant votre
arrivée pour gagner du temps, dit Qian Miang.
J'espère que vous ne m'en voulez pas.

— Votre choix est excellent. J'aime particulièrement le potage aux tomates et aux œufs et le squab
soong [1].

— C'est ce qu'on m'a dit.

Qin Shang sourit en goûtant son potage avec la
cuiller de porcelaine traditionnelle.

— Le potage est aussi parfait que votre service de
renseignements.

— Vos préférences gastronomiques sont de noto-
riété publique.

— Je ne serai jamais mis en examen, dit soudain
Qin Shang, indigné. J'ai trop d'amis puissants à Washington. Trente membres du Sénat et du Congrès
sont mes obligés. J'ai contribué de façon importante
à la campagne présidentielle de Wallace. Il me considère comme un ami loyal.

— Oui, oui, dit Qian Miang avec un geste désinvolte de ses baguettes avant d'attaquer son plat de
nouilles aux échalotes et au gingembre, préparé
comme en Chine. Mais les influences que vous avez
pu avoir ont diminué de façon drastique. A cause de
ces événements malheureux, mon cher Qin Shang,
vous êtes devenu un problème pour la République
populaire autant que pour les Américains. On m'a
dit qu'il y avait une grande activité à la Maison
Blanche pour désavouer toute relation avec votre
personne.

— L'influence dont jouit notre gouvernement à

1. Plat au pigeonneau.

Washington est due pour une grande part à mes efforts. J'ai acheté et payé les relations et les faveurs qui ont bénéficié à la République populaire.

— Personne ne nie votre contribution, dit amicalement Qian Miang. Mais des erreurs ont été commises, des erreurs désastreuses qu'il faut effacer avant que l'irréparable se produise. Vous devez disparaître discrètement d'Amérique et ne jamais y revenir. La Qin Shang Maritime aura toujours accès à tous les autres ports du monde. Votre puissante base avec la République populaire à Hong Kong reste forte. Vous survivrez, Qin Shang, et vous continuerez à accroître votre incalculable fortune.

— Et Sungari? demanda Qin Shang en prenant un morceau de pigeonneau avec ses baguettes, bien que son appétit disparût rapidement. Qu'arrivera-t-il à Sungari?

Qian Miang haussa les épaules.

— Oubliez Sungari. Presque tous les frais de sa construction ont été payés par des intérêts commerciaux américains et en partie par notre gouvernement. Vous regagnerez en six mois ce qui est sorti de votre poche. Ce n'est pas un petit échec comme celui-là qui mettra votre empire en danger.

— Ça me fait beaucoup de peine d'y renoncer.

— Si vous ne le faites pas, le ministère de la Justice veillera à ce que vous alliez en prison.

Qin Shang regarda l'ambassadeur dans les yeux.

— Si je refusais de divorcer d'avec mes contacts à la Maison Blanche et au Congrès, vous voulez dire que le président Lin Loyang me tournerait le dos ou peut-être même ordonnerait mon exécution?

— Si c'était dans l'intérêt de notre pays, il n'hésiterait pas une seconde.

— N'y a-t-il aucun moyen de sauver Sungari?

Qian Miang secoua la tête.

— Votre idée de dévier le Mississippi vers votre port sur le golfe était brillante mais trop complexe. Vous auriez mieux fait de le construire sur la côte Ouest.

— Quand j'ai présenté le plan d'origine à Yin Tsang, il l'a approuvé, protesta Qin Shang. Nous étions d'accord sur le fait que notre gouvernement avait le plus urgent besoin de contrôler un port maritime sur la côte atlantique des États-Unis, un terminal pour faire passer les immigrants et les marchandises dans le centre des États-Unis et les États de l'Est.

Qian Miang adressa un regard bizarre à son hôte.

— Malheureusement, le ministre des Affaires intérieures est mort au plus mauvais moment...

— C'est une grande tragédie, dit Qin Shang sans broncher.

— Il y a eu une nouvelle directive qui place nos priorités sur la côte Ouest pour l'achat d'équipements existants, comme les bases navales que nous avons acquises aux États-Unis, à Seattle et à San Diego.

— Une nouvelle directive?

Qian Miang goûta avant de répondre une bouchée de bœuf au curry.

— Le président Lin Loyang a donné sa bénédiction au projet Pacifica, répondit-il enfin.

— Le projet Pacifica? Je n'en ai jamais entendu parler.

— A cause de vos récentes difficultés avec les Américains, les parties concernées ont jugé plus prudent que vous n'en fassiez pas partie.

— Pouvez-vous me dire en quoi il consiste ou est-ce que les leaders de notre nation pensent que je ne suis plus digne de leur confiance?

— Pas du tout. On vous tient toujours en haute estime. Le projet Pacifica est un projet à long terme destiné à séparer les États-Unis en trois pays.

Qin Shang eut l'air surpris.

— Pardonnez-moi mais j'ai l'impression que cela relève de la plus haute fantaisie.

— Non, mon cher, ce n'est pas de la fantaisie mais une certitude. Pacifica ne deviendra peut-être pas une réalité de notre vivant mais, avec l'immigration de millions de nos compatriotes pendant les quarante ou cinquante prochaines années, les scientifiques les plus respectés en géopolitique pensent qu'il y aura une nouvelle nation le long du Pacifique, de l'Alaska à San Francisco.

— Les États-Unis ont fait la guerre en 1861 pour éviter que la Confédération fasse sécession. Ils la feront encore pour garder leur pays uni.

— Pas si le gouvernement central était attaqué de deux côtés à la fois. Ce qui pourrait bien se produire avant Pacifica, expliqua Qian Miang, c'est Hispania, une autre nation nouvelle d'hispanophones qui s'étendra du sud de la Californie, en passant par l'Arizona et le Nouveau Mexique jusqu'à la moitié du Texas.

— Je trouve impossible de croire que les États-Unis puissent se scinder en trois nations souveraines, dit Qin Shang.

— Regardez comme les frontières de l'Europe ont changé au cours des cent dernières années. Les États-Unis ne resteront pas plus unis pour l'éternité que ne l'a été l'Empire romain. Et la beauté du projet Pacifica, c'est que lorsqu'il sera sur le point de se réaliser, la République populaire de Chine aura le pouvoir de contrôler toute l'économie des pays qui entourent l'océan Pacifique, y compris Taïwan et le Japon.

— En tant que loyal citoyen de mon pays, dit Qin Shang, j'aimerais croire que j'ai aidé, à mon humble niveau, à en faire une réalité.

— Mais vous l'avez fait, mon ami, vous l'avez fait, assura Qian Miang. Mais d'abord vous devez quitter ce pays au plus tard dans deux heures cet après-midi. C'est l'heure à laquelle, d'après mes sources au ministère de la Justice, vous devriez être arrêté.

— Et accusé de meurtre ?

— Non, de destruction volontaire d'une propriété fédérale.

— Ça me paraît assez léger.

— Ce n'est que la première étape de la cause du

gouvernement. La conspiration et les meurtres au lac Orion viendront plus tard. Ils ont aussi l'intention de vous condamner pour organisation d'immigration clandestine, trafic d'armes et de drogue.

— J'imagine que les journalistes se rassemblent comme des sauterelles.

— Ne vous y trompez pas, les retombées seront énormes. Tandis que si vous disparaissez et que vous gardez un profil bas tout en menant vos affaires depuis vos bureaux de Hong Kong, je pense que nous échapperons à l'orage. Ni le Congrès ni la Maison Blanche ne souhaitent interrompre les relations entre nos deux gouvernements pour ce qu'a fait un seul homme. Nous allons nier, bien entendu, toute connaissance de vos activités tandis que notre ministère des Informations créera un courant de désinformation en rejetant le blâme sur les capitalistes de Taïwan.

— Alors on ne va pas me jeter aux chiens ?

— Vous serez protégé. Le ministre de la Justice et celui des Affaires étrangères vont demander votre extradition mais, rassurez-vous, cela n'arrivera jamais, sûrement pas à un homme de votre richesse et de votre puissance. Il vous reste encore bien des années pour servir la République populaire. Et je parle au nom de tous nos compatriotes quand je dis que nous ne voulons pas vous perdre.

— J'en suis très honoré, dit Qin Shang. Alors, ceci est un au revoir ?

— Nous nous rencontrerons chez nous, répondit Qian Miang. A propos, comment avez-vous trouvé le gâteau aux dattes ?

— Dites au chef qu'il devrait utiliser de la farine de riz au lieu de maïs.

Le Boeing 737 traversa le ciel de saphir sans nuages et prit un virage vers l'ouest en passant au-dessus du delta du Mississippi. Le pilote jeta un coup d'œil par la fenêtre latérale et regarda le marécage de la paroisse de Plaquemines. Cinq minutes plus tard, il survola les eaux verdâtres du Mississippi au-dessus de la petite ville de Myrtle Grove. Suivant les instructions de son patron, le pilote avait volé vers le sud-ouest, de Washington jusqu'à la Louisiane, avant de virer franc ouest en une course qui lui ferait survoler Sungari.

Qin Shang était confortablement installé dans son luxueux jet privé et regardait par le hublot les pyramides dorées de ses entrepôts et des bâtiments administratifs grandir à l'horizon. Les rayons du soleil d'après-midi frappaient les murs galvanisés d'une aveuglante intensité, ce qui causait exactement l'effet qu'il avait exigé des architectes et de la société de construction.

D'abord, il essaya de ne plus penser au port. Ce n'était, après tout, qu'un investissement raté. Mais Qin Shang avait mis trop de lui-même dans ce projet. Le port le plus beau, le plus moderne, le plus efficace du monde qui s'étendait là-bas, apparemment abandonné, le hantait. Il regarda par le hublot et ne vit aucun navire le long des quais. Tous les navires de la Qin Shang Maritime arrivant dans le golfe avaient été déviés sur Tampico, au Mexique.

Il prit le téléphone le reliant au cockpit et ordonna aux pilotes de tourner en rond au-dessus du port. Il pressa son visage contre le verre du hublot quand le pilote inclina l'avion pour lui permettre une bonne vue. Après un moment, son esprit se mit à vagabonder et il regarda sans les voir les docks déserts, les énormes grues de chargement et les immeubles abandonnés. Qu'il ait été à deux doigts de réaliser la plus grande entreprise de l'histoire et de réussir ce que nul n'avait tenté avant lui ne le consolait pas du tout. Il n'était pas homme à effacer un échec de sa mémoire et à passer à un autre projet sans un regard en arrière.

— Vous reviendrez, dit la voix apaisante de sa secrétaire privée, Su Zhong.

Qin Shang sentait monter en lui un début de colère.

— Pas de sitôt! Si je repose ne serait-ce qu'un orteil sur les plages américaines, ils m'enverront dans l'une de leurs prisons fédérales.

— Rien n'est jamais éternel. Les gouvernements américains changent à chaque élection. Les politiciens vont et viennent comme des lemmings migrateurs. Les prochains ne se souviendront pas de vos problèmes. Le temps apaisera toutes vos condamnations. Vous verrez, Qin Shang.

— C'est gentil de le dire, Su Zhong.

— Voulez-vous que j'engage une équipe pour s'occuper du port?

— Oui, dit-il avec un hochement de tête. Quand je reviendrai, dans dix ou vingt ans d'ici, je veux voir Sungari exactement comme il est maintenant.

— Je suis inquiète, Qin Shang.

— Pourquoi?

— Je ne fais pas confiance aux hommes de Pékin. Ils sont nombreux à vous haïr et à vous jalouser. J'ai peur qu'ils profitent de vos ennuis pour prendre l'avantage.

— Comme une excuse pour m'assassiner? demanda-t-il avec un petit sourire.

Elle baissa la tête, incapable de le regarder en face.

— Je vous demande pardon pour ces pensées stupides.

Qin Shang se leva et prit Su Zhong par la main.

— Ne vous inquiétez pas, ma petite hirondelle. J'ai déjà mis au point le moyen de me rendre indispensable au peuple chinois. Je vais lui faire un cadeau qui durera deux mille ans.

Il l'emmena dans la chambre spacieuse aménagée à l'arrière de l'appareil.

— Maintenant, dit-il doucement, vous pouvez m'aider à oublier mon infortune.

47

Après son entrevue avec Dirk et Julia, St. Julien Perlmutter remonta ses manches et se mit au travail. Chaque fois qu'il découvrait une piste menant à un navire perdu, il en devenait obsédé. Il explorait la moindre trace, la moindre rumeur, aussi insignifiantes soient-elles. Bien que sa diligence et son obstination se soient révélées payantes pour découvrir un grand nombre de réponses et de solutions ayant permis aux chercheurs de découvrir des épaves, il avait eu autant d'échecs que de réussites. La plupart des bateaux qui disparaissent ne laissent aucune piste à remonter. Ils sont simplement avalés par la mer infinie qui ne livre que rarement ses secrets.

A première vue, le *Princesse Dou Wan* semblait être un de ces culs-de-sac auxquels Perlmutter s'était si souvent heurté au cours de ses dizaines d'années de recherches en tant qu'historien de la marine. Il entama son enquête en fouillant dans son immense collection de documents sur la mer avant de l'étendre aux nombreuses archives maritimes aux quatre coins des États-Unis et dans le monde entier.

Plus le projet semblait irréalisable, plus il fouillait avec une ténacité inflexible, y consacrant de longues heures, de jour comme de nuit. Il commença par rassembler tous les fils des informations historiques concernant le *Princesse Dou Wan*, depuis le jour où on avait posé sa quille jusqu'à celui de sa disparition. Il obtint et étudia les plans de construction, y compris les spécifications de ses moteurs, de ses équipements, de ses dimensions et de ses ponts. L'un des détails les plus intéressants qu'il tira de ces études fut une description de ses qualités de navigation. Il apprit que le navire était très stable, qu'il avait résisté aux pires orages pendant ses années de service sur les mers d'Asie.

Il engagea une équipe de chercheurs pour fouiller les archives en Angleterre et en Asie du Sud-Est. En utilisant les compétences d'autres historiens de marine, il fit une belle économie de temps et d'argent.

Perlmutter souhaitait vivement consulter son vieil ami, historien de la marine lui aussi, Zhu Kwan, mais Pitt lui avait fait comprendre qu'il ne désirait pas que ses recherches puissent arriver aux oreilles de Qin Shang. Il contacta néanmoins des amis personnels à Taïwan pour retrouver la trace de certains camarades encore vivants de Tchang Kaï-Chek qui pourraient peut-être l'éclairer sur le sort du trésor perdu.

Tôt ce matin-là, alors que la plupart des gens dormaient encore, il étudia sur l'écran de son ordinateur les données qu'il avait accumulées. Il regarda attentivement l'une des six photos connues du *Princesse Dou Wan*. Il se dit que le navire était imposant. Sa superstructure était très en arrière de la proue et paraissait petite comparée à la coque. Il étudia une image en couleurs, agrandissant la bande blanche au centre de la cheminée verte, s'arrêtant sur l'emblème des Canton Lines, un lion doré à la patte gauche levée. La taille de ses grues de levage suggérait un navire capable de porter un fret substantiel en plus de ses passagers.

Il trouva aussi des photos de son jumeau, le *Princesse Yung T'ai*, qui avait été lancé et mis en service un an après le *Princesse Dou Wan*. Selon les rapports, le *Princesse Yung T'ai* avait coulé six mois avant la date à laquelle le *Princesse Dou Wan* aurait dû être ferraillé.

Un vieux transatlantique fatigué destiné aux chantiers de démolition de Singapour n'aurait certes pas été le bateau idéal pour transporter les trésors nationaux de la Chine vers une destination secrète, se dit-il. Il avait fait son temps et n'était pas en état pour supporter les eaux furieuses d'un long voyage à travers le Pacifique. Perlmutter pensait aussi que Taïwan était une destination plus appropriée puisque c'était là que Tchang Kaï-Chek avait finalement installé le gouvernement de la Chine nationaliste. Il était inconcevable que le dernier rapport connu du navire ait été capté par l'opérateur radio d'un navire à Valparaiso, au Chili. Dans quel but le *Princesse Dou Wan* aurait-il pu se trouver à plus de 600 milles au sud du tropique du Capricorne dans une zone de l'océan Pacifique tellement éloignée des routes maritimes commerciales traditionnelles ?

Même si le transatlantique était en mission clandestine pour cacher quelque part les trésors de l'art chinois de l'autre côté du monde, en Europe ou en Afrique, pourquoi traverser la vaste région désertique du Pacifique Sud et passer le détroit de Magellan alors qu'il aurait été plus court de virer à l'ouest pour traverser l'océan Indien et de contourner le cap de Bonne-Espérance ? Pour quel secret brûlant le commandant et son équipage n'auraient-ils pu risquer de passer par le canal de Panama ? Ou bien Tchang Kaï-Chek avait-il une caverne secrète ou un bunker creusé par des hommes, caché dans les Andes pour receler l'immense trésor ? Du moins si l'on pouvait prouver que le navire contenait bien les richesses historiques de la Chine nationaliste !

Perlmutter était pragmatique. Il ne tenait rien pour vrai sans preuve. Il retourna à la case départ et étudia de nouveau les photos du navire. En examinant sa silhouette, une petite idée commença à germer dans son esprit. Il appela un de ses amis, archiviste de la marine à Panama, qu'il réveilla du reste, et lui fit du charme pour qu'il aille consulter la liste des navires qui étaient passés de l'ouest à l'est du canal entre le 28 novembre et le 5 décembre 1948. En suivant cette piste, il consulta la liste des noms des derniers officiers de marine ayant navigué sur le *Princesse*. Tous étaient chinois, à l'exception du commandant Leigh Hunt et du chef mécanicien Ian Gallagher.

Il eut l'impression de miser sur tous les nombres d'une table de roulette : « Combien ai-je de risques de perdre ? se demanda-t-il. Trente-six sur trente-six. » Mais il fallait aussi compter avec le zéro et le double zéro. Perlmutter n'était pas un vieux fou. Il couvrit chaque pari en croyant fermement que si un seul chiffre sortait, il aurait gagné.

Il composa un numéro de téléphone et attendit qu'une voix endormie réponde.

— Vous avez intérêt à ce que ce soit important !

— Hiram ? Ici St. Julien Perlmutter.

— Julien ? Au nom du ciel, pourquoi m'appelez-vous à quatre heures du matin ? dit la voix d'Hiram Yaeger qui paraissait étouffée par un oreiller.

— Je suis en pleine recherche pour Dirk et j'ai besoin de votre aide.

Yaeger fut immédiatement réveillé.

— Pour Dirk, tout ce que vous voulez mais est-il nécessaire que ce soit à quatre heures du matin ?

— Le renseignement est important et nous en avons besoin aussi vite que possible.

— Que voulez-vous que je cherche ?

Perlmutter soupira de soulagement, sachant par expérience que le petit génie des ordinateurs de la NUMA n'avait jamais laissé tomber personne.

— Vous avez un papier et un crayon ? Je vais vous donner des noms.

— Et après ? demanda Yaeger en bâillant.

— J'aimerais que vous farfouilliez dans les listes de recensement, des impôts et de la Sécurité sociale. Et aussi dans vos énormes registres maritimes.

— Une paille !

— Et pendant que vous y êtes... dit Perlmutter en forçant le point.

— Y a-t-il le feu ?

— Je voudrais que vous retrouviez la trace d'un navire.

— Et alors ?

— Si mon intuition est exacte, j'aimerais que vous trouviez dans quel port il est arrivé entre le 28 novembre et le 10 décembre 1948.

— Quel est son nom et celui de son propriétaire ?

— Le *Princesse Dou Wan* et les Canton Lines, répondit-il en épelant les noms.

— D'accord. Je ferai ça dès mon arrivée au bureau de la NUMA.

— Allez-y tout de suite, le pressa Perlmutter. C'est vital.

— Vous êtes sûr que vous faites ça pour Dirk ?

— Parole de scout.

— Puis-je vous demander à quoi ça rime ?

— Vous le pouvez, répondit Perlmutter.

Et il raccrocha.

Quelques minutes après avoir commencé ses recherches sur le commandant Leigh Hunt, du *Princesse Dou Wan,* Yaeger découvrit que le nom du vieux marin était mentionné plusieurs fois dans les diverses inscriptions maritimes et les équipages ayant navigué en mer de Chine entre 1925 et 1945 puis dans les documents de la Royal Navy ainsi que dans certains articles de journaux racontant le sauvetage de 80 passagers et marins d'un bateau à vapeur vagabond qui avait coulé au large des Philippines. Le navire sauveteur était commandé par Hunt, en 1936. La dernière mention se trouvait sur un registre maritime de Hong Kong. Un court paragraphe indiquait que le *Princesse Dou Wan* ne s'était pas présenté au chantier de démolition de Singapour. Après 1948, le commandant Hunt semblait avoir disparu de la surface de la terre.

Yaeger se concentra ensuite sur Ian Gallagher. Il sourit en lisant le commentaire d'un ingénieur australien racontant comment Gallagher avait apporté un témoignage coloré pendant une enquête sur un naufrage auquel il avait survécu près de Darwin.

« Hong Kong » Gallagher, comme on l'appelait, avait peu de bien à dire de son commandant et de ses collègues, les blâmant pour ce désastre et affirmant qu'il ne les avait jamais vus à jeun au cours de la traversée. La dernière mention de l'Irlandais était un bref rapport de ses services aux Canton Lines, avec une note sur la disparition du *Princesse Dou Wan.*

Puis, pour être sûr de ne rien avoir omis, Yaeger

programma son énorme ordinateur pour rechercher tous les articles au niveau mondial concernant les officiers mécaniciens. Cela devait prendre du temps aussi en profita-t-il pour descendre à la cafétéria de la NUMA prendre un petit déjeuner. Quand il remonta, il travailla sur deux autres projets de l'agence avant d'aller voir si son écran avait quelque chose pour lui.

Fasciné par ce qu'il vit, il refusa d'y croire. Pendant quelques secondes, son cerveau refusa d'enregistrer l'information. D'un seul coup, tout à fait par hasard, il avait touché le gros lot. Il étendit ses recherches dans plusieurs directions.

Quelques heures plus tard, extrêmement satisfait, il appela Perlmutter.

— Ici St. Julien Perlmutter, dit la voix familière.

— Ici Hiram Yaeger, dit en l'imitant le jeune informaticien.

— Avez-vous trouvé quelque chose d'intéressant ?

— Rien qui puisse vous être utile en ce qui concerne le commandant Hunt.

— Et le chef mécanicien ?

— Vous êtes bien assis ?

— Pourquoi ? demanda prudemment Perlmutter.

— Ian « Hong Kong » Gallagher n'a pas coulé avec le *Princesse Dou Wan*.

— Qu'est-ce que vous dites ?

— Ian Gallagher est devenu citoyen américain en 1950.

— C'est impossible ! Il doit s'agir d'un autre Gallagher.

— Non, c'est avéré, dit Yaeger en savourant son triomphe. Pendant que nous parlons, je regarde une copie de ses diplômes d'ingénieur qu'il a fait certifier auprès de l'administration du ministère des Transports américains peu après sa naturalisation. Il a ensuite travaillé pendant les vingt-sept années suivantes comme ingénieur en chef de la Ingram Line de New York. Il a épousé une certaine Katrina Garin en 1949 dont il a eu cinq enfants.

— Est-il encore vivant?

— Selon les dossiers, il perçoit une pension et des chèques de la Sécurité sociale.

— Est-il possible qu'il ait survécu au naufrage du *Princesse*?

— A condition qu'il ait été à bord quand il a coulé, répondit Yaeger. Voulez-vous toujours que je cherche si le *Princesse Dou Wan* est passé dans un port oriental entre les dates que vous m'avez données?

— Je pense bien! Et vérifiez les registres des arrivées dans ces ports d'un navire appelé le *Princesse Yung T'ai*, également propriété des Canton Lines.

— Vous avez quelque chose?

— Une folle intuition, rien de plus, répondit Perlmutter.

« Le tour du puzzle est en place », se dit Perlmutter. Il fallait maintenant trouver les pièces de l'intérieur. La fatigue le saisit et il se permit — une extravagance! — une petite sieste de deux heures. La sonnerie du téléphone le réveilla. Il la laissa sonner cinq fois avant de reprendre ses esprits et de répondre.

— St. Julien, ici Juan Mercado, de Panama.

— Juan, merci de m'appeler. Avez-vous découvert quelque chose?

— J'ai bien peur que non, en tout cas pas sur le *Princesse Dou Wan*.

— Je suis désolé de l'apprendre. J'espérais que par chance, il aurait traversé le canal.

— Cependant, j'ai trouvé une coïncidence intéressante.

— Ah?

— Oui. Un navire des Canton Lines, le *Princesse Yung T'ai*, a traversé le 1er décembre 1948.

Les doigts de Perlmutter se serrèrent autour du récepteur.

— Dans quelle direction?

— Ouest en est. Du Pacifique aux Caraïbes.

Perlmutter ne dit rien, enveloppé d'une vague de

jubilation. Il manquait encore plusieurs pièces au puzzle mais le dessin général émergeait peu à peu.

— Je vous suis très reconnaissant, Juan. Vous avez ensoleillé ma journée.

— Heureux de vous avoir été utile, dit Mercado. Mais la prochaine fois, faites-moi plaisir, voulez-vous ?

— Tout ce que vous voudrez.

— Appelez-moi dans la journée. Chaque fois que ma femme pense que je suis éveillé après que nous nous sommes couchés, elle a des envies amoureuses !

48

Quand Pitt rentra à son hangar, à Washington, il fut agréablement surpris de trouver Julia qui l'attendait dans l'appartement au-dessus de la collection de voitures. Après l'avoir embrassé, elle lui servit un margarita avec des glaçons, préparé dans les règles de l'art — sans le mélange sucré et la glace pilée que l'on y ajoute dans la plupart des restaurants.

— C'est très agréable de vous trouver là en rentrant, dit-il.

— Je n'ai trouvé aucun endroit plus sûr et plus confortable, répondit-elle avec un sourire de séductrice.

Elle portait une minijupe de cuir bleu et un haut de maille de nylon ocre avec une seule épaule.

— Je comprends pourquoi. Les terrains alentour grouillent de gardes.

— Une gentillesse de l'INS.

— J'espère qu'ils sont plus efficaces que les derniers, dit-il en buvant le margarita.

— Êtes-vous rentré seul de Louisiane ?

— Oui. Al est resté à l'hôpital où on lui a plâtré la jambe. L'amiral Sandecker et Rudi Gunn sont rentrés plus tôt pour rédiger un rapport qu'ils adresseront directement au Président.

— Peter Harper m'a raconté vos actions héroïques sur le Mississippi. Vous avez empêché un désastre national et sauvé un nombre incalculable de vies. Les journaux et les chaînes de télévision sont pleins d'histoires de terroristes qui ont fait sauter la digue et de la bataille entre le *United States* et la Garde nationale. Le pays tout entier est secoué par l'événement. Mais curieusement, il n'est fait mention ni d'Al ni de vous.

— C'est ainsi que nous aimons que ça se passe. (Il leva la tête et huma l'air.) Qu'est-ce qui sent aussi bon ?

— Mon dîner chinois pour la réception de ce soir.

— A quelle occasion ?

— St. Julien Perlmutter a appelé juste avant votre retour. Il a dit qu'à son avis Hiram Yaeger et lui ont la clef de la disparition du trésor de Qin Shang. Il a dit qu'il avait horreur des réunions dans les bureaux officiels, alors il s'est invité à dîner pour que vous entendiez ce qu'il a à raconter. Peter Harper viendra aussi, alors j'ai invité l'amiral Sandecker et Rudi Gunn. J'espère qu'ils trouveront le temps de venir.

— Ils sont fous de St. Julien, dit Pitt en souriant. Ils viendront.

— Ils ont intérêt sinon vous mangerez des restes pendant deux semaines.

— Je n'aurais pu avoir de meilleur accueil, dit-il en l'embrassant à lui faire perdre le souffle.

— Ouah! dit-elle en plissant le nez. Quand avez-vous pris un bain pour la dernière fois ?

— Il y a quelques jours. A part plonger dans la vase, je n'ai pas eu le temps de sauter dans une baignoire depuis que je vous ai vue sur le *Weehawken*.

Julia frotta la rougeur de sa joue.

— Votre barbe est une vraie toile émeri. Dépêchez-vous d'aller vous pomponner. Tout le monde sera là dans une heure.

— Votre présentation est superbe, dit Perlmutter

en regardant les plats délicieux que Julia avait déposés en buffet sur une antique crédence dans la salle à manger de Pitt.

— Ça a l'air succulent, approuva Sandecker.

— Je ne pourrais pas dire mieux, ajouta Gunn.

— Ma mère a eu beaucoup de mal à m'apprendre à cuisiner et mon père adore la cuisine chinoise préparée à la française, dit Julia, ravie de leurs compliments.

Elle s'était changée et portait une robe fourreau rouge en lycra qui la faisait paraître superbe dans la pièce au milieu des cinq hommes.

— J'espère que vous n'allez pas quitter l'INS pour ouvrir un restaurant, plaisanta Harper.

— Aucune chance. Une de mes sœurs possède un restaurant à San Francisco. C'est un travail énorme dans une petite cuisine surchauffée. Je préfère être libre de mes mouvements.

Ils se servirent avec plaisir et s'assirent autour d'une table faite du rouf d'une cabine de voilier du XIXe siècle. Ils ne furent pas déçus. Les compliments plurent comme des bulles de champagne.

Pendant le dîner, on évita volontairement de parler des trouvailles de Perlmutter. La conversation roula sur les événements du Mystic Canal et de la digue ainsi que sur les efforts des ingénieurs militaires pour réparer les dommages. Tous étaient désolés de ce que le *United States* soit ferraillé là où il se trouvait. Ils espéraient qu'on pourrait lever des fonds pour le sauver et le réarmer, sinon pour qu'il voyage, du moins pour en faire un hôtel et un casino, comme il en avait été question. Harper les informa des accusations portées contre Qin Shang. Malgré son influence et la répugnance du Président et de certains représentants du Congrès, les charges de l'enquête criminelle ne tenaient pas compte des oppositions.

Pour le dessert, Julia servit des beignets de pomme au sirop. Quand le dîner fut achevé, Pitt l'aida à débarrasser et à mettre les assiettes au lave-vaisselle

puis tout le monde s'installa au salon rempli d'antiquités marines, de peintures et de modèles réduits
de navires. Sandecker alluma un de ses gros cigares
sans demander l'autorisation tandis que Pitt leur servait un verre de porto de 50 ans d'âge.

— Eh bien, St. Julien, dit Sandecker, quelle est
cette grande découverte dont Dirk nous a parlé ?

— Il m'intéresse de savoir en quoi cela concerne
l'INS, dit Harper à Pitt.

Celui-ci leva son verre et admira le liquide sombre
dans le ballon de cristal.

— Si St. Julien nous mène à l'épave d'un navire
appelé le *Princesse Dou Wan*, cela altérera les relations entre la Chine et les États-Unis pour les
décades à venir.

— Pardonnez-moi mais ceci me paraît hautement
improbable, dit Harper.

— Attendez de voir, répondit Pitt en souriant.

Perlmutter installa sa grosse carcasse dans un
vaste fauteuil et ouvrit sa serviette.

— D'abord, un peu d'histoire pour éclairer ceux
d'entre vous qui ne savent pas exactement de quoi
nous parlons. (Il ouvrit un premier dossier et en tira
plusieurs feuilles de papier.) Permettez-moi de vous
dire d'abord que des rumeurs concernant le paquebot *Princesse Dou Wan* prétendent qu'il a quitté
Shanghai avec une vaste cargaison de trésors artistiques chinois en novembre 1948. Ces allégations
sont exactes.

— Quelles sont vos sources ? demanda Sandecker.

— Un certain Hui Wiay, ancien colonel de l'armée
nationaliste qui a servi sous Tchang Kaï-Chek. Wiay
vit maintenant à Taipeh. Il a combattu les Communistes jusqu'à ce qu'il soit obligé de fuir à Taïwan,
qui s'appelait encore Formose. Il a 92 ans mais sa
mémoire est intacte. Il se rappelle parfaitement avoir
obéi aux ordres du généralissime Tchang Kaï-Chek
en vidant les musées et les palais de toutes les
œuvres d'art qu'il put y trouver. Des collections privées appartenant aux riches furent également sai-

sies, ainsi que tout ce qu'ils purent trouver dans les
coffres des banques. Le tout fut empaqueté dans des
caisses de bois qu'on envoya sur les docks de Shanghai, chargé à bord d'un vieux transatlantique sous
les ordres d'un des généraux de Tchang Kaï-Chek, un
certain Kung Hui. Celui-ci semble avoir disparu de
la surface du monde en même temps que le *Princesse
Dou Wan*, aussi avons-nous toutes les raisons de
croire qu'il était à bord.

« Il y avait plus d'objets que le navire ne pouvait
normalement en contenir. Mais comme on avait
enlevé tout le mobilier du navire, en prévision de son
dernier voyage aux chantiers de Singapour, Kung
Hui réussit à entasser plus de mille caisses dans les
cales et dans les cabines vides des passagers. La plupart des caisses contenant des sculptures furent attachées sur les ponts ouverts. Puis, le 2 novembre
1948, le *Princesse Dou Wan* quitta Shanghai pour
sombrer dans l'oubli.

— Disparu ? dit Gunn.

— Comme un fantôme à minuit.

— Quand vous parlez de trésors historiques,
demanda Rudi Gunn, sait-on exactement de quelles
pièces il s'agit ?

— Le manifeste du navire, s'il y en a eu un, répondit Perlmutter, rendrait fous d'envie tous les conser-
vateurs de tous les musées du monde. Un bref cata-
logue comprendrait les vases monumentaux et les
armes de bronze de la dynastie Shang. De 1600 à
1100 avant J.-C., les artistes Shang étaient célèbres
pour leurs sculptures de la pierre, du jade, du
marbre, de l'or et de l'ivoire. Il y avait des écrits de
Confucius sculptés de sa main dans le bois, datant
de la dynastie Chou, qui régna de 1 100 à 200 avant
J.-C. Il y avait de magnifiques statues de bronze, des
brûle-parfums enchâssés de rubis, de saphirs et d'or,
des chariots grandeur nature avec les conducteurs et
six chevaux, de très beaux plats laqués de la dynastie
Han, de 206 avant J.-C... Des céramiques exotiques,
des livres de poètes classiques chinois, des tableaux

des plus grands peintres de la dynastie T'ang qui régna de 618 à 907 après J.-C. Des objets magnifiques des dynasties Sung, Yüan et Ming, la plus célèbre, dont les artisans étaient des maîtres sculpteurs. Leur talent est reconnu de tous en ce qui concerne les arts décoratifs, y compris le cloisonné, les meubles et les poteries ainsi, bien sûr, que la fameuse porcelaine bleu et blanc que nous connaissons tous.

Sandecker étudia la fumée de son cigare.

— D'après vous, ce trésor a plus de valeur que le trésor inca que Dirk a trouvé dans le désert de Sonoran [1] ?

— C'est comme si l'on comparait une tasse de rubis et une charrette d'émeraudes, dit Perlmutter en buvant une gorgée de porto. Il est impossible d'évaluer un tel trésor. On pourrait parler de milliards de dollars mais en tant que trésor historique, les mots « sans prix » ne conviennent même pas.

— Je ne peux pas imaginer des richesses de cette magnitude, dit Julia.

— Il y a plus, reprit tranquillement Perlmutter, ajoutant à la magie de l'instant. La cerise sur le gâteau. Ce que les Chinois considéraient comme les joyaux de la couronne.

— Plus précieux que les rubis, les saphirs, les diamants et les perles ? demanda Julia.

— Quelque chose infiniment plus rare que ces babioles, murmura Perlmutter. Le squelette de l'Homme de Pékin.

— Doux Jésus ! dit Sandecker dans un souffle. Voulez-vous dire que l'Homme de Pékin était sur le *Princesse Dou Wan* ?

— En effet. Le colonel Hui Wiay m'a juré qu'un coffre de métal contenant ces restes perdus depuis longtemps avait été mis à bord du *Princesse Dou Wan*, dans la cabine du commandant, quelques minutes avant le départ.

1. Voir *L'Or des Incas, op. cit.*

— Mon père parlait souvent de ce squelette perdu, dit Julia. L'adoration des Chinois pour leurs ancêtres fait de ce squelette quelque chose de plus important que les tombes où reposent encore les empereurs des origines.

Sandecker se redressa et regarda Perlmutter.

— La saga de la disparition des restes fossilisés de l'Homme de Pékin est l'une des grandes énigmes du XXe siècle.

— Vous connaissez son histoire, amiral? demanda Gunn.

— J'ai autrefois écrit un article sur les restes disparus de l'Homme de Pékin, à l'Académie navale. Je croyais qu'ils avaient disparu en 1941 et qu'on ne les avait jamais retrouvés. Mais St. Julien dit maintenant qu'on les a vus sept ans plus tard sur le *Princesse Dou Wan*.

— D'où viennent-ils? demanda Harper.

Perlmutter fit signe à Sandecker.

— Vous avez écrit l'article, amiral. Alors, racontez.

— *Sinanthropus pekeniensis*, prononça Sandecker avec révérence. L'homme chinois de Pékin, un humain très ancien et très primitif qui marche debout. En 1929, un anatomiste canadien, le Dr Davidson Black, annonça avoir découvert son crâne. C'est lui qui dirigeait les fouilles, soutenu par la Fondation Rockefeller. Pendant plusieurs années, en creusant dans une carrière qui avait été autrefois une colline pleine de cavernes, près du village de Choukoutien, Black trouva des milliers d'outils en pierre taillée et des preuves de foyers, ce qui indiquait que l'Homme de Pékin maîtrisait le feu. Les fouilles se poursuivirent pendant plus de dix ans. On y trouva les restes incomplets de près de quarante individus, jeunes et adultes, et ce qui fut reconnu comme le plus vaste gisement humain jamais assemblé.

— Rien à voir avec l'Homme de Java, trouvé 30 ans plus tôt? demanda Gunn.

— Quand on a comparé les crânes de Java et de Pékin, en 1939, on les a trouvés très semblables mais l'Homme de Java est entré en scène un peu plus tôt et ses outils n'étaient pas aussi sophistiqués que ceux de l'Homme de Pékin.

— Étant donné que les techniques scientifiques de datation ne sont entrées en jeu que beaucoup plus tard, dit Harper, a-t-on maintenant une idée de l'âge de l'Homme de Pékin ?

— On ne pourra le dater scientifiquement que lorsqu'on l'aura retrouvé. On ne peut donc que supposer qu'il a entre 700 000 ans et un million d'années. Les nouvelles découvertes en Chine indiquent cependant que l'*Homo Erectus,* une des premières espèces humaines, a probablement émigré d'Afrique en Asie il y a deux millions d'années. Naturellement, les paléoanthropologues chinois espèrent prouver que l'homme est parti d'Asie pour émigrer vers l'Afrique et non le contraire.

— Comment les restes de l'Homme de Pékin ont-ils disparu ? demanda Julia.

— En décembre 1941, les troupes japonaises d'invasion se rapprochaient de Pékin, raconta Sandecker. Les responsables du collège médical de Pékin, où les précieux ossements étaient abrités et étudiés, décidèrent de les mettre à l'abri. Il était évident, plus encore en Chine qu'à l'Ouest, que la guerre entre le Japon et la Chine était imminente. Les savants américains et chinois furent d'accord pour envoyer les ossements aux États-Unis où ils seraient à l'abri jusqu'après la guerre. Après des mois de négociation, l'ambassadeur américain à Pékin organisa le transport. Un détachement de Marines partit pour les Philippines. Les ossements furent soigneusement emballés dans deux malles du corps des Marines puis malles et marins mis à bord d'un train à destination de la ville portuaire de T'ien-Tsin pour passer à bord du SS *President Harrison,* un paquebot appartenant aux American President Lines. Le train n'arriva jamais à T'ien-Tsin. Les troupes japonaises l'arrêtèrent et le mirent à sac. On était alors le 8 décembre 1941 et les Marines, qui se considéraient comme neutres, furent envoyés dans des camps de prisonniers japonais jusqu'à la fin de la guerre. On suppose qu'après être restés enterrés un million d'années, les restes de l'Homme de Pékin ont été éparpillés dans une quelconque rizière non loin de la voie ferrée.

— C'est tout ce que l'on sait de leur destin ?

Sandecker hocha la tête et sourit.

— Des histoires ont couru après la guerre. Certaines assuraient que les fossiles avaient été secrètement cachés dans une cave sous le Musée d'Histoire naturelle de Washington. Les Marines qui gardaient l'expédition et qui avaient survécu à la guerre ont raconté au moins dix histoires différentes de leur cru. Les caisses verrouillées auraient été mises en cale d'un navire hôpital japonais qui était en réalité chargé d'armes et de troupes. Les marins auraient enterré les caisses près d'un consulat américain. Ou encore, elles auraient été cachées dans un camp de prisonniers de guerre et perdues à la fin de la guerre. Ou stockées dans un entrepôt suisse, ou dans une cave de Taïwan, dans l'armoire d'un Marine qui les aurait fait entrer en douce chez lui. Quelle que soit la véritable histoire, l'Homme de Pékin est perdu dans un brouillard de controverses. On ne peut que se demander comment les caisses sont arrivées entre les mains de Tchang Kaï-Chek et sur le *Princesse Dou Wan*.

— Tout cela est très intéressant, dit Julia en posant une théière et des tasses pour ceux qui voudraient du thé. Mais à quoi cela sert-il si on ne retrouve pas le *Princesse Dou Wan* ?

— Il n'y a qu'une femme pour aller au cœur du problème, remarqua Pitt en souriant.

— Sait-on quelque chose concernant sa disparition ? demanda Sandecker.

— Le 28 novembre, le navire aurait envoyé un SOS qui a été capté à Valparaiso, au Chili, donnant

une position de 200 milles à l'ouest de l'Amérique du
Sud sur la côte du Pacifique. Son radio aurait expliqué qu'un incendie faisait rage dans la salle des
machines et qu'ils faisaient eau rapidement. Plusieurs navires alentour furent envoyés vers la position donnée mais la seule trace qu'ils trouvèrent fut
une demi-douzaine de gilets de sauvetage. Les
signaux répétés de Valparaiso ne reçurent pas de
réponse et on ne lança aucune recherche importante.

Gunn hocha pensivement la tête.

— On peut chercher des années avec les appareils
les plus modernes de recherche en profondeurs et ne
rien trouver. Une position aussi vague demanderait
une grille de recherche d'au moins 2 000 m².

— Connaissait-on sa destination ? demanda Pitt
en se servant une tasse de thé.

Perlmutter haussa les épaules.

— On ne l'a jamais donnée ni déterminée.

Il ouvrit un nouveau dossier et fit circuler des photos du *Princesse Dou Wan*.

— Pour son époque, c'était un beau navire, commenta Sandecker en admirant ses lignes.

Pitt leva les sourcils en réfléchissant. Il se leva et
alla prendre une loupe sur son bureau. Puis il étudia
de près deux des photos avant de lever les yeux.

— Ces deux photos... dit-il d'un air pensif.

— Oui ? murmura Perlmutter.

— Elles ne représentent pas le même bateau.

— Tu as absolument raison. L'une des deux représente le *Princesse Yung T'ai*, le navire jumeau du
Princesse Dou Wan.

Pitt regarda curieusement Perlmutter.

— Vous nous cachez quelque chose, vieux renard !

— Je n'ai pas de preuve solide, dit le gros historien. Mais j'ai une théorie.

— Nous aimerions tous l'entendre, assura Sandecker.

Un nouveau dossier sortit de la serviette.

— Je soupçonne fortement que le signal de

détresse reçu à Valparaiso était un leurre, probablement émis par des agents de Tchang Kaï-Chek soit depuis la terre soit depuis un bateau de pêche quelque part au large. Le *Princesse Dou Wan*, pendant qu'il naviguait dans le Pacifique, a subi quelques petites modifications réalisées par l'équipage, y compris un changement de nom. Il est devenu le *Princesse Yung T'ai*, qui a été démoli aux chantiers navals peu de temps avant. Sous ce nouveau déguisement, il a continué sa route vers sa destination finale.

— Très malin de votre part d'avoir compris la substitution, apprécia Sandecker.

— Je vous en prie, répondit modestement Perlmutter. Un collègue chercheur de Panama a découvert que le *Princesse Yung T'ai* avait traversé le canal trois jours seulement après que le *Princesse Dou Wan* eut envoyé son SOS.

— Avez-vous pu savoir où il est allé après Panama ? demanda Pitt.

— Oui, grâce à Hiram Yaeger qui a utilisé son immense complexe informatique pour trouver les arrivées de navires dans les ports de toute la côte Est pendant les deux premières semaines de décembre 1948. Dieu le bénisse, il a tapé dans le mille. Les registres indiquent un navire ayant passé le canal de Welland, sous le nom de *Princesse Yung T'ai*, le 7 décembre.

Le visage de Sandecker s'illumina.

— Le canal de Welland sépare le lac Érié du lac Ontario.

— En effet, approuva Perlmutter.

— Mon Dieu ! murmura Gunn. Cela veut dire que le *Princesse Dou Wan* n'a pas disparu dans l'océan mais coulé dans l'un des Grands Lacs !

— Qui aurait pu imaginer ça ! dit Sandecker pour lui-même.

— C'est une belle performance que de faire descendre le Saint-Laurent à un navire de cette taille avant la construction de la route maritime, remarqua Pitt.

— Les Grands Lacs, répéta Gunn pensivement. Pourquoi Tchang Kaï-Chek a-t-il ordonné qu'un navire rempli d'œuvres d'art inestimables se déroute de milliers de milles ? S'il voulait cacher la marchandise aux États-Unis, pourquoi pas à San Francisco ou à Los Angeles ?

— Le colonel Hui Wiay prétend qu'on ne lui a pas indiqué la destination finale du navire. Mais il savait que Tchang Kaï-Chek avait envoyé des agents aux États-Unis pour préparer le déchargement du fret et de son entourage dans le plus grand secret. Selon lui, cela devait se faire sous la direction de fonctionnaires du ministère des Affaires étrangères de Washington, qui ont organisé l'opération.

— Ce n'est pas un mauvais plan, dit Pitt. Les ports principaux de la côte Est et Ouest étaient trop ouverts. Les ouvriers des docks auraient immédiatement compris ce qu'ils déchargeaient. La nouvelle se serait répandue comme une traînée de poudre. Les leaders communistes en Chine n'auraient jamais imaginé que leurs trésors nationaux pouvaient être entrés discrètement au cœur de l'Amérique et cachés là.

— Il me semble qu'une base navale aurait été le lieu idéal s'ils voulaient le secret, dit Harper.

— Cela aurait nécessité un ordre direct de la Maison Blanche, répondit Sandecker. Les Américains avaient déjà affaire aux hurlements de la Roumanie et de la Hongrie communistes parce qu'ils gardaient les trésors royaux de ces deux pays dans une chambre forte de Washington après que l'armée américaine les eut trouvés cachés dans une mine de sel en Autriche, après la guerre.

— Ce n'est pas un mauvais plan quand on y réfléchit, répéta Pitt. Les agents de renseignements de la Chine communiste auraient parié sur San Francisco. Ils espionnaient probablement les docks de tous les ports de la baie en attendant que le *Princesse Dou Wan* passe sous le Golden Gate [1] sans imaginer une

---

1. Le pont le plus célèbre de San Francisco.

seconde que le navire se rendait en fait dans un des ports des Grands Lacs.

— Oui, mais lequel? dit Gunn. Et sur quel lac?

Tous se tournèrent vers Perlmutter.

— Je ne peux vous donner le lieu exact, dit-il sincèrement, mais j'ai quelqu'un qui pourra nous diriger vers le lieu où se trouve l'épave.

— Cette personne a un renseignement que vous ignorez? s'étonna Pitt.

— En effet.

Sandecker regarda Perlmutter dans les yeux.

— Vous l'avez interrogée?

— Pas encore. J'ai pensé qu'il valait mieux vous laisser cette tâche.

— Comment pouvez-vous être sûr qu'on puisse se fier à elle? demanda Julia.

— Parce que c'est un témoin oculaire.

Tout le monde fixa Perlmutter, bouche bée. Enfin Pitt posa la question que tous avaient sur le bout de la langue.

— Il a vu couler le *Princesse Dou Wan*?

— Mieux que ça. Ian « Hong Kong » Gallagher est le seul survivant du naufrage. Il était son ingénieur mécanicien, alors, si quelqu'un peut vous donner des détails sur le naufrage, c'est bien lui. Gallagher n'est jamais retourné en Chine. Il est resté aux États-Unis où il s'est fait naturaliser puis a repris la mer sur une ligne américaine avant de prendre sa retraite.

— Il vit encore?

— C'est exactement ce que j'ai demandé à Yaeger, dit Perlmutter avec un grand sourire. Sa femme et lui se sont retirés dans une petite ville appelée Manitowoc, sur la côte Wisconsin du lac Michigan. J'ai l'adresse et le téléphone de Gallagher sur moi. S'il ne peut dire où est l'épave, personne ne le pourra.

Pitt alla serrer la main de Perlmutter.

— Vous avez fait du bon boulot, St. Julien. Mes compliments pour cette recherche extraordinaire.

— Je bois à vos paroles, dit Perlmutter heureux qui, ignorant le thé, se servit un autre verre de porto.

— Maintenant, Peter, dit Pitt à Harper, ma question est : que fait-on si Qin Shang revient aux États-Unis ?

— A moins d'être devenu complètement cinglé, il ne devrait jamais revenir.

— Mais s'il revient ?

— Il sera arrêté à la minute même où il descendra de l'avion. On l'enfermera dans une prison fédérale jusqu'à son procès pour au moins 40 chefs d'inculpation, y compris le meurtre en masse.

Pitt revint à Perlmutter.

— St. Julien, vous avez mentionné un jour un chercheur chinois respecté avec lequel vous avez travaillé autrefois et qui s'intéressait au *Princesse Dou Wan*, non ?

— Zhu Kwan. C'est le plus célèbre historien chinois, auteur de plusieurs livres de valeur sur les différentes dynasties. Sache que j'ai suivi tes instructions et que je ne l'ai pas contacté de peur qu'il mette Qin Shang au courant.

— Eh bien, vous pouvez lui raconter tout ce que vous savez maintenant sauf ce qui concerne Ian Gallagher. Et si Gallagher nous indique où est l'épave, vous pourrez en informer Zhu Kwan aussi.

— Cela n'a pas de sens, s'étonna Julia. Pourquoi abandonner le trésor en y menant Qin Shang ?

— Peter et vous, l'INS, le FBI et tout le ministère de la Justice, bref tout le monde veut Qin Shang. Et Qin Shang veut ce qui est à bord du *Princesse Dou Wan*.

— Je vois où vous voulez en venir, dit Harper. Il y a de la méthode dans votre folie. Vous voulez dire que Qin Shang est obsédé et qu'il remuera ciel et terre pour mettre la main sur le trésor perdu, même s'il risque d'être arrêté s'il entre frauduleusement aux États-Unis.

— Pourquoi risquerait-il tout ce qu'il a alors qu'il lui suffirait de diriger une opération de récupération depuis son bureau de Hong Kong ? demanda Gunn.

— Je parie ma tête que l'épave hante ses rêves et

qu'il ne ferait pas confiance à sa propre mère pour diriger l'opération. J'ai vérifié le registre des bateaux. La Qin Shang Maritime possède un remorqueur d'épaves. Dès qu'il saura où elle est, il enverra le navire et embarquera au Canada, juste avant qu'il ne descende le Saint-Laurent vers les Grands Lacs.

— Vous ne craignez pas qu'il la trouve le premier ? demanda Julia.

— Rien à craindre. Nous ne montrerons nos atouts que lorsque nous aurons récupéré le trésor.

Sandecker paraissait peu convaincu.

— Vous comptez peut-être trop sur Gallagher pour vous mener à l'épave. Il a peut-être sauté avant que le navire ne coule.

— L'amiral a raison, dit Gunn. Si Gallagher connaissait l'endroit du naufrage, il aurait essayé de le récupérer lui-même.

— Mais il ne l'a pas fait, dit fermement Pitt, parce que les objets d'art n'ont jamais refait surface. St. Julien peut vous le dire, personne ne peut garder secret un trésor découvert. Quelles que soient ses raisons, Gallagher n'a rien révélé sinon St. Julien aurait trouvé une trace de sa tentative.

Sandecker considéra la fumée de son cigare.

— Dans combien de temps pouvez-vous partir pour Manitowoc ?

— Ai-je la permission d'y aller ? demanda Pitt.

L'amiral fit un clin d'œil à Harper.

— Je pense que l'INS laissera la main à la NUMA jusqu'à ce que Qin Shang se pointe ?

— Je ne vous chercherai pas querelle, amiral, dit Harper en souriant. (Il se tourna vers Julia.) Vous avez droit à de longues vacances, Julia. Mais je suppose que vous seriez ravie de servir d'agent de liaison entre nos deux agences pendant les recherches et le sauvetage ?

— Si vous me demandez de me porter volontaire, dit-elle en essayant de cacher son enthousiasme, la réponse est un oui franc et massif.

— Avez-vous une idée du genre de type qu'est Gallagher ? demanda Pitt à Perlmutter.

— Il a dû être un rude gaillard dans sa jeunesse. On l'a surnommé « Hong Kong » à cause de tous les bars qu'il a mis à mal quand son navire était au port.

— Alors ce n'est pas une lavette ?

Perlmutter eut un petit rire.

— Non, ça, je ne crois pas.

49

Des nuages sombres menaçaient mais il ne pleuvait pas quand Pitt et Julia quittèrent l'A43 et prirent la route poussiéreuse qui courait à travers les vergers vers le lac Michigan avant de passer au milieu d'une forêt de pins et de bouleaux.

Ils regardèrent les boîtes aux lettres le long de la route et Pitt aperçut enfin celle qu'il cherchait, en forme de vieux navire à vapeur sur une chaîne d'acier soudé. Le nom GALLAGHER était inscrit sur la coque.

— Ça doit être là, dit-il en empruntant le petit sentier herbeux menant à une pittoresque maison de bois à deux niveaux.

Julia et lui avaient pris l'avion jusqu'à Green Bay, dans le Wisconsin, où ils avaient loué une voiture pour parcourir les quelque 50 km vers le sud jusqu'à Manitowoc, un port pour gros voiliers naviguant sur le lac. La résidence des Gallagher était sur le bord du lac, à quinze kilomètres au sud du port.

Perlmutter avait proposé de téléphoner aux Gallagher pour les avertir de leur venue mais Sandecker avait pensé qu'il valait mieux qu'ils arrivent sans avoir prévenu au cas où le vieil ingénieur mécanicien n'aurait pas envie de parler du *Princesse Dou Wan* et trouverait une bonne raison pour s'absenter.

L'avant de la maison faisait face aux arbres tandis que l'arrière donnait sur le lac Michigan. Elle était

faite de rondins qu'on avait taillés en poutres rectan-
gulaires avant de les assembler et de les vernir. Tout
le tiers inférieur de la maison était fait de roches de
rivière assemblées au mortier, ce qui lui donnait un
petit air rustique. Le toit pentu était couvert de
plaques de cuivre que la patine colorait d'un vert turquoise sombre. Le bois extérieur, teinté de brun avec
une touche de gris, permettait à la maison de se
fondre parfaitement dans la forêt environnante.

Pitt arrêta la voiture sur une pelouse entourant la
maison, à côté d'un auvent sous lequel étaient garés
une Jeep Grand Cherokee et un canot à moteur de
5,40 mètres avec un gros moteur hors-bord sur
l'arrière. Julia et lui montèrent les marches jusqu'à
un porche étroit où Pitt frappa trois fois le heurtoir.

Soudain ils entendirent aboyer de petits chiens à
l'intérieur. Quelques minutes plus tard, la porte fut
ouverte par une grande femme d'un certain âge aux
longs cheveux gris ramassés en chignon. Ses yeux
étaient étonnamment bleus et son visage sans rides.
Son corps s'était arrondi au cours des années mais
elle se tenait comme une femme plus jeune de
40 ans. Julia se dit qu'elle avait dû être très belle. Elle
se pencha pour faire taire deux petits teckels à poil
ras.

— Bonjour, dit-elle aimablement. On dirait qu'il
va pleuvoir.

— Peut-être pas, dit Pitt. Les nuages ont l'air de
filer vers l'ouest.

— Puis-je vous être utile ?

— Je m'appelle Dirk Pitt et voici Julia Lee. Nous
cherchons M. Gallagher.

— Vous l'avez trouvé, dit la dame en souriant. Je
suis Mme Gallagher. Voulez-vous entrer ?

— Oui, merci, dit Julia en passant la porte tandis
que Pitt lui laissait le passage.

Les teckels coururent s'asseoir sagement sur une
marche de l'escalier. Julia s'arrêta pour regarder,
surprise, l'entrée donnant sur les autres pièces. Elle
s'était attendue à voir un intérieur décoré en style

Vieille Amérique, avec un tas de vieux meubles lourds. Mais cette maison était pleine de meubles exquis sculptés et d'objets d'art chinois. Les tentures étaient de soie brodée. Des vases d'émail magnifiques, un peu partout, contenaient des compositions de fleurs séchées. Sur les rayonnages étaient exposées de délicates figurines de porcelaine et, dans une vitrine, une trentaine de sculptures de jade. Les tapis, sur les planchers de bois, étaient tous décorés de dessins chinois.

— Oh! Mon Dieu! murmura Julia, j'ai l'impression d'entrer chez mes parents à San Francisco!

Mme Gallagher se mit soudain à lui parler mandarin.

— J'ai pensé que vous appréciez les objets venus d'Orient.

— Puis-je vous demander si ces objets sont très anciens, madame Gallagher? demanda Julia, en mandarin également.

— Appelez-moi Katie, je vous en prie, tout le monde m'appelle ainsi. C'est le diminutif de Katrina. Rien de ce qui est ici n'a plus de 50 ans. Mon mari et moi avons acheté tout ça depuis notre mariage. Je suis née en Chine où j'ai été élevée et c'est là que nous nous sommes connus. Nous avons gardé une grande affection pour la culture chinoise.

Elle les fit entrer au salon et reprit l'anglais pour que Pitt comprenne.

— Installez-vous. Puis-je vous offrir du thé?

— Avec plaisir, dit Julia.

Pitt s'approcha d'une cheminée de pierre et contempla une peinture représentant un navire. Sans tourner la tête, il dit:

— Le *Princesse Dou Wan*.

Mme Gallagher serra ses mains sur sa poitrine et poussa un gros soupir.

— Ian a toujours su que quelqu'un viendrait un jour.

— Qui pensez-vous qui devait venir?

— Quelqu'un du gouvernement.

Pitt lui adressa un sourire chaleureux.

— Votre mari est très perspicace. J'appartiens à l'Agence Nationale Marine et Sous-Marine et Julia est agent du Service de l'Immigration et de la Naturalisation.

Elle adressa à Julia un regard triste.

— Je suppose que vous allez nous faire expulser pour être entrés illégalement dans ce pays.

Pitt et Julia échangèrent un regard surpris.

— Mais pas du tout ! dit-il. Nous sommes ici dans un but entièrement différent.

Julia se leva et passa un bras autour des épaules de la grande femme.

— Ne vous faites aucun souci pour le passé, dit-elle gentiment. C'était il y a très longtemps et, d'après les registres, votre mari et vous êtes de bons citoyens et de bons contribuables.

— Mais nous avons un peu triché à propos de nos papiers !

— Moins vous en direz, mieux cela vaudra, dit Julia en riant. Si vous ne dites rien, je ne dirai rien non plus.

Pitt regarda Katie Gallagher avec étonnement.

— Vous parlez comme si vous étiez tous deux entrés aux États-Unis en même temps ?

— C'est le cas, dit-elle en montrant le tableau. Sur le *Princesse Dou Wan*.

— Vous, vous étiez sur le navire quand il a coulé ? dit Pitt, incrédule.

— C'est une histoire étrange.

— Nous adorerions l'entendre !

— Asseyez-vous, j'apporte le thé. (Elle sourit à Julia.) Je pense que vous en aimerez le goût. Je le commande à Shanghai au même magasin où je l'achetais il y a 60 ans.

Quelques minutes plus tard, en leur servant le thé vert sombre, Katie raconta comment elle avait rencontré Ian « Hong Kong » Gallagher alors qu'ils travaillaient tous deux pour la Canton Lines Shipping Company. Elle raconta comment elle rendait visite à son futur époux à bord du *Princesse* pendant qu'on vidait le navire pour son voyage aux chantiers de démolition et comment des centaines de caisses avaient été livrées aux docks et chargées sur le navire pendant la nuit.

— Un des généraux de Tchang Kaï-Chek, un nommé Kung Hui...

— Nous connaissons son nom, l'interrompit Pitt. C'est lui qui a réquisitionné le navire et a fait charger la marchandise volée.

— Tout a été fait dans le plus grand secret, poursuivit Katie. Après que le général Hui eut pris la direction du navire, il refusa de me laisser partir, moi et mon petit chien Fritz. Je fus virtuellement prisonnière dans la cabine de Ian, de ce jour-là jusqu'à ce que le bateau coule dans une violente tempête, un mois plus tard. Ian comprit que le bateau allait se briser alors il m'a fait enfiler plusieurs épaisseurs de vêtements chauds. Puis il m'a littéralement tirée jusqu'au pont supérieur où il m'a jetée dans un radeau de sauvetage. Le général Hui nous y a rejoints juste avant que le navire s'enfonce et que le radeau se mette à flotter.

— Le général Hui a quitté le navire avec vous?

— Oui, mais il est mort de froid quelques heures après. Le froid était insupportable, les vagues hautes comme des maisons. C'est un miracle que nous ayons survécu.

— Ian et vous avez été recueillis par un bateau?

— Non, nous avons dérivé jusqu'à la côte. J'étais à un cheveu de mourir d'hypothermie mais Ian est entré dans une cabane vide, il a allumé un feu et m'a ramenée à la vie. Plusieurs jours après, nous avons rejoint la maison d'un cousin de Ian qui habitait New York. Il nous a gardés jusqu'à ce que nous allions mieux. Nous savions que nous ne pouvions pas retourner en Chine parce que les Communistes y avaient pris le pouvoir alors nous avons décidé de rester aux États-Unis, où nous nous sommes mariés. Après avoir obtenu les documents nécessaires, je ne sais pas comment, Ian a repris la mer et moi je me suis occupée de mes enfants. Nous avons vécu la plus grande partie de ces années à Long Island, à New York, mais nous venions passer toutes nos vacances d'été autour des Grands Lacs quand les enfants étaient petits. Ils ont appris à aimer la côte ouest du lac Michigan. Quand Ian a pris sa retraite, nous avons construit cette maison. La vie y est belle et nous aimons faire du bateau sur le lac.

— Vous avez tous deux eu beaucoup de chance, dit Julia.

Katie regarda tendrement une photographie la représentant avec leurs enfants et petits-enfants, prise lors de leur dernière réunion de Noël. Il y avait d'autres photos. L'une d'elles représentait Ian, plus jeune, sur un dock en Orient, à côté d'un bateau à vapeur, avec Katrina aux magnifiques cheveux blonds, tenant dans ses bras un petit teckel. Elle essuya une larme.

— Vous savez, dit-elle, chaque fois que je regarde cette photo, je me sens triste. Ian et moi avons dû quitter le navire si vite que j'ai laissé mon petit teckel Fritz dans la cabine. La pauvre petite bête a coulé avec le navire.

Julia regarda les deux petits chiens qui suivaient Katie partout en remuant la queue.

— On dirait que Fritz est toujours avec vous, au moins par l'esprit.

— Ça vous ennuierait que je parle à M. Gallagher ? demanda Pitt.

— Pas du tout. Passez par la cuisine et la porte de derrière. Vous le trouverez là-bas, sur le ponton.

Pitt traversa un long porche donnant sur le lac puis une pelouse en pente douce jusqu'au rivage, qui se terminait par un petit ponton s'avançant d'une dizaine de mètres dans le lac. Il trouva Ian « Hong Kong » Gallagher assis sur un pliant de toile au bout du ponton, une canne à pêche appuyée sur une rambarde. Un vieux chapeau tiré sur les yeux, il paraissait dormir.

Le mouvement du ponton et le bruit des pas le réveillèrent à l'approche de Pitt.

— C'est toi, Katie? demanda-t-il d'une voix enrouée.

— J'ai bien peur que non, répondit Pitt.

Gallagher se retourna, regarda l'étranger un moment sous le bord de son chapeau puis se retourna vers le lac.

— Je croyais que c'était ma femme, dit-il avec un accent irlandais.

— Ça mord?

Le vieil Irlandais tira de l'eau une chaîne à laquelle étaient attachés six poissons de belle taille.

— Ils ont faim, aujourd'hui.

— Quels appâts utilisez-vous?

— J'ai tout essayé mais le foie de poulet et les vers marchent mieux que le reste. Est-ce que je vous connais? ajouta-t-il.

— Non, monsieur, je m'appelle Dirk Pitt et je travaille pour la NUMA.

— J'ai entendu parler de la NUMA. Vous faites des recherches sur le lac?

— Non, je suis venu parler à Ian « Hong Kong » Gallagher du *Princesse Dou Wan*.

Et voilà. Pas de feu d'artifice, pas de roulement de tambour, juste le fait tout simple. Gallagher resta immobile. Pas un muscle ne frémit, pas un clignement de paupière ne trahit l'énorme choc que Pitt savait lui avoir causé. Finalement, Gallagher se redressa sur son pliant, poussa son chapeau sur sa nuque et regarda Pitt avec mélancolie.

— J'ai toujours su que quelqu'un viendrait un jour me poser des questions sur le *Princesse*. De quoi avez-vous dit que vous faisiez partie, monsieur Pitt?

— L'Agence Nationale Marine et Sous-Marine.

— Comment m'avez-vous retrouvé après toutes ces années?

— Il est presque impossible d'échapper aux ordinateurs, de nos jours.

Pitt se rapprocha et constata que Gallagher était

un homme fort, pesant à peu près 100 kg et aussi grand que lui. Son visage était étonnamment lisse pour un vieux marin. Mais à la réflexion, il avait passé presque toute sa vie en mer dans une salle des machines où il fait chaud et où l'air est lourd de relents d'huile. Seuls la peau rouge et le nez bulbeux trahissaient son penchant pour l'alcool. Il avait un estomac rond qui tombait sur sa ceinture mais ses épaules étaient toujours fortes et larges. Il avait encore presque tous ses cheveux, devenus blancs, et une moustache qui lui cachait la lèvre supérieure.

La canne à pêche bougea et Gallagher la saisit. Il remonta un joli saumon de trois livres.

— On a remis des saumons et des truites dans le lac mais je regrette l'époque où on pouvait attraper un gros brochet ou une brème.

— J'ai parlé à votre femme, dit Pitt. Elle m'a raconté comment vous avez survécu à l'orage et au naufrage.

— Ça a été un vrai miracle.

— Elle m'a dit que le général Hui était mort sur le radeau.

— Ce salaud n'a eu que ce qu'il méritait, dit Gallagher avec un petit sourire. Vous devez savoir quel rôle il a joué dans le dernier voyage du *Princesse*, sinon vous ne seriez pas là.

— Je sais que le général Hui et Tchang Kaï-Chek ont volé un héritage historique et réquisitionné le *Princesse Dou Wan* pour faire entrer le trésor secrètement aux États-Unis pour l'y cacher.

— C'était leur idée jusqu'à ce que Mère Nature y mette son grain de sel.

— Il a fallu une équipe de gens résolus pour découvrir le subterfuge, expliqua Pitt. Le faux signal de détresse d'un navire coulant au large de Valparaiso et parsemant la mer de gilet de sauvetages, la transformation du *Princesse Dou Wan* qui devait passer pour le navire jumeau, le *Princesse Yung T'ai* pendant la traversée du canal de Panama et la remontée du Saint-Laurent jusqu'aux Grands Lacs.

La seule pièce du puzzle qui manquait, c'était votre destination.

Gallagher leva un sourcil.

— Chicago. Hui s'était arrangé avec le ministère américain des Affaires étrangères pour décharger ses trésors aux entrepôts du port de Chicago. Où ils devaient être envoyés après, je n'en ai pas la moindre idée. Mais le mauvais temps est arrivé du nord. Moi, j'avais l'habitude des océans et j'ignorais que les Grands Lacs de l'Amérique du Nord pouvaient concocter des orages pires que ceux de n'importe quelle mer. Par Dieu, mon vieux, j'ai vu depuis des vieux loups de mer vomir tripes et boyaux pendant un orage sur un plan d'eau à l'intérieur des terres.

— Il paraît qu'il y a plus de 55 000 naufrages répertoriés rien que dans les Grands Lacs, dit Pitt. Et le lac Michigan remporte le pompon en ayant avalé plus de bateaux à lui tout seul que tous les autres lacs mis ensemble.

— Sur les lacs, les vagues peuvent être plus mortelles que sur n'importe quel océan, maintint Gallagher. Elles font jusqu'à 10 mètres de haut et vous retombent dessus plus vite. Sur l'océan, elles gonflent et elles ne roulent que dans une seule direction. Celles des Grands Lacs sont plus traîtresses et plus impitoyables. Elles bouillonnent et tournent comme un maelström dans toutes les directions à la fois. Non, monsieur, j'ai vu des cyclones dans l'océan Indien, des typhons dans le Pacifique et des ouragans dans l'Atlantique mais je peux vous dire qu'il n'y a rien de plus terrible qu'une tempête d'hiver sur les Grands Lacs. Et la nuit où le *Princesse* a coulé, c'était une des pires.

— Contrairement à la mer, il n'y a presque pas de place pour manœuvrer un navire sur les lacs, dit Pitt.

— C'est vrai. Un navire peut courir devant un orage en mer. Là, il doit continuer sa course ou couler.

Gallagher raconta alors la nuit où le *Princesse Dou Wan* s'était brisé puis englouti. Il en parlait comme s'il s'agissait d'un rêve récurrent. Les cinquante-deux années écoulées n'avaient rien effacé dans sa mémoire de cette tragédie. Chaque détail paraissait aussi frais que s'il avait eu lieu la veille. Il lui raconta les souffrances que Katie et lui avaient endurées et comment le général Hui était mort de froid.

— Quand nous avons atteint le rivage, j'ai repoussé le radeau avec le cadavre de Hui dans les eaux furieuses du lac. Je ne l'ai jamais revu et je me demande si on a retrouvé son corps.

— Puis-je vous demander où le navire a coulé? Dans quel grand lac?

Gallagher attacha le poisson par les ouïes à la chaîne qu'il remit dans l'eau à côté du ponton avant de répondre. Il leva la tête et montra un point vers l'est.

— Juste là-bas.

D'abord, Pitt ne comprit pas. Il se dit que Gallagher se référait à n'importe lequel des quatre lacs à l'est. Puis il réalisa.

— Le lac Michigan? Le *Princesse Dou Wan* a coulé ici sur le lac Michigan, non loin de l'endroit où nous sommes?

— Je dirais à 25 milles un peu au sud-est d'ici.

Pitt était à la fois excité et abasourdi. Cette révélation était trop belle pour être vraie. L'épave du *Princesse Dou Wan* et son trésor inestimable reposaient à seulement 25 milles de lui. Il se tourna vers Gallagher.

— Mme Gallagher et vous avez dû être jetés sur la rive non loin d'ici?

— Non pas « non loin d'ici », dit Gallagher en souriant. Exactement ici, là où est ce ponton. Nous avons essayé pendant des années d'acheter cette propriété pour des raisons sentimentales mais les propriétaires ne voulaient pas vendre. Ce n'est qu'après leur mort que leurs enfants nous l'ont cédée. Nous avons démoli la vieille cabane dont ils se servaient pour leurs vacances sur le lac, celle-là même qui nous a empêchés, Katie et moi, de mourir de froid.

Elle était en mauvais état alors on l'a démolie et on a construit la maison que vous voyez là. On s'est dit que la vie nous avait offert une seconde chance et que ce serait une bonne idée de vivre les années qui nous restent à l'endroit exact où nous étions nés une seconde fois.

— Pourquoi n'avez-vous pas cherché l'épave et remonté vous-même les objets d'art ?

Gallagher eut un petit rire et secoua doucement la tête.

— A quoi cela aurait-il servi ? Les Communistes sont toujours à la tête de la Chine. Ils les réclameraient. J'aurais de la chance si je gardais ne serait-ce qu'un clou des caisses dans lesquelles ils reposent.

— Vous auriez pu déposer une réclamation et devenir un homme très riche.

— Les Communistes ne seraient pas les seuls vautours à fondre sur nous. Dès que j'aurais sorti les premiers objets, les fonctionnaires des États du Wisconsin et du Michigan ainsi que du gouvernement fédéral me seraient tombés dessus. A la fin, ça m'aurait coûté plus d'argent et de temps en tribunal et en frais d'avocats que je n'en aurais récupéré.

— Vous avez probablement raison, dit Pitt.

— Tu parles que j'ai raison, grogna Gallagher. J'ai fait un peu de chasse aux trésors moi-même quand j'étais jeune. Ça n'a jamais payé. Vous trouvez un truc et non seulement vous devez vous battre contre les types du gouvernement mais en plus, d'autres chasseurs de trésors arrivent comme des sauterelles pour vous faucher votre épave. Non, monsieur Pitt, ma richesse, c'est ma famille. Le mieux est l'ennemi du bien. Le trésor n'ira nulle part. Je me suis toujours dit que, quand le moment sera venu, quelqu'un le récupérera pour le bien du peuple. Et en attendant, moi je me porte très bien sans lui.

— Il n'y a pas beaucoup d'hommes qui pensent comme vous, monsieur Gallagher, dit respectueusement Pitt.

— Fiston, quand vous aurez mon âge, vous verrez

qu'il y a des tas de choses dans la vie plus intéressantes que de posséder un yacht de luxe et un avion privé.

Pitt sourit au vieil homme sur son pliant de toile.

— Monsieur Gallagher, j'aime votre philosophie.

Ian prit ses poissons et Katie insista pour garder Dirk et Julia pour le dîner. Ils leur proposèrent aussi de passer la nuit chez eux mais Pitt était impatient de regagner Manitowoc et de trouver un endroit pouvant lui servir de quartier général pour mettre au point la recherche et le sauvetage du navire. Il voulait aussi appeler Sandecker pour lui annoncer la nouvelle.

Pendant le dîner, les deux femmes bavardèrent gaiement en dialecte mandarin tandis que les hommes échangeaient des histoires de mer.

— Le commandant Hunt était-il un brave type ?

— Jamais vu de meilleur marin sur un pont, répondit Gallagher en regardant tristement le lac par la fenêtre. Il est toujours là-bas. Il a coulé avec le navire. Je l'ai vu dans la timonerie, aussi calme que s'il attendait une table au restaurant. On dit que l'eau douce préserve les choses, contrairement à l'eau salée, avec toutes ces créatures marines qui dévorent les corps et les bateaux jusqu'à ce qu'il n'en reste rien.

— En effet, dit Pitt. Il n'y a pas très longtemps, des plongeurs ont remonté une automobile coulée avec un ferry dans ce même lac depuis près de 70 ans. Les sièges étaient encore entiers, les pneus gonflés et, après avoir séché le moteur et le carburateur et changé l'huile, on a rechargé la vieille batterie et la voiture a démarré. On l'a alors conduite jusqu'au musée automobile de Detroit.

— Alors les trésors chinois devraient être en bon état.

— La plupart, oui, je suppose, surtout les bronzes et les porcelaines.

— Ce doit être fabuleux, dit Gallagher, de voir toutes ces antiquités au fond du lac. (Il secoua la tête

et s'essuya les yeux où quelques larmes se formaient.) Mais ça me briserait le cœur de revoir le
pauvre vieux *Princesse*.

— Peut-être, dit Pitt, mais il a eu une mort plus
noble que s'il avait été mis en pièces aux chantiers de
Singapour.

— Vous avez raison, dit Gallagher. Il a eu une
mort plus noble.

50

Pitt et Julia quittèrent les Gallagher avec affection
et trouvèrent un sympathique « bed and breakfast [1] »
à Manitowoc. Pendant qu'elle défaisait les bagages,
Pitt appela Sandecker et lui raconta leur visite aux
Gallagher.

— Vous voulez dire, fit Sandecker médusé, que
l'un des plus importants trésors du monde est là,
sous le nez de tous, depuis un demi-siècle et que Gallagher n'en a parlé à personne ?

— Les Gallagher sont des gens qui vous plairaient,
amiral. Contrairement à Qin Shang, ils n'ont jamais
été mus par l'avidité. Ils ont pensé qu'il valait mieux
ne pas toucher à cette épave avant le moment pro-
pice.

— Ils devraient recevoir une belle récompense en
tant qu'inventeurs.

— Un gouvernement reconnaissant pourrait le
leur proposer mais je doute qu'ils acceptent.

— C'est incroyable ! murmura Sandecker. Les Gallagher me redonnent foi en l'espèce humaine.

— Maintenant que nous avons le lieu de fouille, il
va nous falloir un bon navire de recherche.

— Je vous ai précédé sur ce point-là, dit Sandecker.

1. Une nuitée avec petit déjeuner.

Rudi a déjà loué un navire de recherche tout équipé. L'équipage vient de Kenosha. Il est déjà en route pour Manitowoc. Le navire s'appelle *Divercity* [1]. Étant donné que nous sommes tenus au secret, j'ai pensé que vous attireriez moins l'attention avec un bateau de petite taille. Inutile de faire savoir qu'on recherche un trésor d'une valeur inestimable. Si ça se savait, des milliers de chasseurs de trésors débarqueraient au lac Michigan comme un banc de piranhas dans un bassin plein de poissons-chats.

— Ça arrive chaque fois qu'on trouve un trésor, admit Pitt.

— Et comme j'espère que vous ferez une découverte intéressante, j'ai aussi enlevé l'*Ocean Retriever* du projet sur lequel il travaille sur les côtes du Maine pour l'envoyer sur le lac Michigan.

— C'est un excellent choix. Il est équipé pour les sauvetages difficiles.

— Il devrait arriver sur place et être au-dessus de l'épave dans quatre jours.

— Vous avez préparé tout ça avant même de savoir si Gallagher nous mènerait à l'épave ?

— Une fois de plus, gouverner c'est prévoir !

Pitt ne cessait d'admirer Sandecker.

— Il est difficile de rester à votre hauteur, amiral.

— Je couvre toujours mes paris.

— Je vois ça.

— Bonne chance, et racontez-moi comment ça se passe.

Entraînant Julia, Pitt passa la journée à bavarder avec les plongeurs locaux de l'état de l'eau, à étudier des cartes du fond du lac aux alentours du *Princesse Dou Wan*. Le lendemain matin à l'aube, ils garèrent la voiture près du port de plaisance de Manitowoc et longèrent le quai jusqu'au *Divercity* où les attendait l'équipage.

1. Voir *Chasseurs d'épaves*, Grasset, 1998. Le *Divercity* est un des bateaux que C. Cussler a réellement utilisés pour ses propres recherches d'épaves. (*N.d.T.*)

Le bateau, un Parker de 7,60 mètres avec une cabine, était propulsé par un moteur hors-bord Yamaha 250. Fonctionnel et électroniquement équipé d'un GPS [1] différentiel NavStar relié à un ordinateur 486 et un magnétomètre marin Geometrics 866, le *Divercity* possédait également un sonar latéral Klein qui jouerait un rôle essentiel pour chercher les restes du *Princesse Dou Wan*. Pour une identification de près, le bateau avait un véhicule robot sous-marin de marque Benthos MiniRover MKII. L'équipage expérimenté était composé de Ralph Wilbanks, un homme corpulent et jovial d'une quarantaine d'années, avec des yeux bruns expressifs et une moustache en brosse, et son partenaire Wes Hall, facile à vivre, à la voix douce et l'allure jeune et agréable, qui aurait pu doubler Mel Gibson.

Wilbanks et Hall accueillirent chaleureusement Pitt et Julia et se présentèrent.

— Nous ne vous attendions pas si tôt, dit Hall.

— On se lève avec les coqs, répondit Pitt. Comment s'est passé votre voyage depuis Kenosha ?

— Des eaux calmes tout le temps, répondit Wilbanks.

Les deux hommes avaient un léger accent du Sud. Pitt les trouva presque immédiatement sympathiques. Il vit tout de suite que ces hommes étaient de vrais professionnels, adorant leur métier. Ils regardèrent avec amusement Julia sauter sur le pont avec une grâce féline. Elle portait un jean et un sweater sous un coupe-vent de nylon.

— C'est un joli bateau sans rien d'inutile, dit Pitt en admirant le *Divercity*.

— Excellent pour ce boulot, acquiesça Wilbanks. J'espère que vous pardonnerez notre côté rustique, mademoiselle ? Nous n'avons pas de salle de bains.

— Ne vous inquiétez pas pour moi, le rassura Julia en souriant. J'ai une vessie d'acier.

Pitt regarda au-delà du petit port l'immensité du lac.

1. Système de positionnement global (par satellites).

— Une petite brise, des vagues de 30 à 50 cm, les conditions sont excellentes. Sommes-nous prêts à larguer les amarres ?

Hall fit signe que oui et détacha les cordages des bittes d'amarrage. Alors qu'il allait sauter à bord, il montra une silhouette au bout du quai, qui s'approchait en faisant de grands signes.

— Il est avec vous ?

Pitt reconnut Giordino qui se démenait avec une paire de béquilles et sa jambe plâtrée de la cheville au haut de la cuisse. Giordino leur adressa son célèbre sourire.

— Honte à toi d'avoir cru que tu pourrais me laisser à terre pendant que tu ramasses tous les lauriers !

Heureux de voir son vieil ami, Pitt lui lança :

— Tu ne pourras pas dire que je n'ai pas essayé.

Wilbanks et Hall aidèrent Giordino à monter à bord et à s'asseoir sur un long coussin posé sur un coffre au milieu du bateau. Pitt le présenta à l'équipage tandis que Julia le chouchoutait, lui servant une tasse de café d'un Thermos qu'elle avait apporté dans un panier de pique-nique.

— Est-ce que vous ne devriez pas être à l'hôpital ? demanda-t-elle.

— Je déteste les hôpitaux, grogna Giordino. Trop de gens y meurent.

— Est-ce que tous ceux qui doivent y être sont à bord ? demanda Wilbanks.

— Tout le monde est là, répondit Pitt.

— Alors allons-y !

Dès qu'ils eurent quitté le port, Wilbanks mit les gaz et le *Divercity* bondit, la proue hors de l'eau, jusqu'à ce qu'il fende les vagues à 30 milles à l'heure. Giordino et Julia étaient assis à l'avant, admirant la vue et le début d'une magnifique journée sous un ciel où couraient de petits nuages semblables à un troupeau de buffles blancs.

Pitt donna à Wilbanks sa carte marquée d'une croix à 25 milles au sud-est de la maison des Gallagher. Il avait entouré cette croix d'une grille de recherche de 8 km de côté. Wilbanks programma ces coordonnées sur l'ordinateur et regarda les chiffres s'afficher sur l'écran. Hall, quant à lui, étudiait les photos et les dimensions du *Princesse Dou Wan*.

Il leur sembla que très peu de temps s'était écoulé quand Wilbanks ralentit le bateau et annonça :

— Nous remontons le couloir numéro un à 800 mètres.

Il employait le système métrique car l'équipement était gradué ainsi.

Pitt aida Hall à descendre le magnétomètre et le scanner latéral remorqué, les tirant à l'arrière du bateau par des câbles. Après en avoir vérifié la solidité, ils retournèrent à la cabine.

Wilbanks dirigea l'embarcation vers l'extrémité de la ligne affichée sur l'écran menant à une grille de recherche en couloirs parallèles.

— 400 mètres à parcourir.

— J'ai l'impression de participer à une aventure, dit Julia.

— Vous allez être très déçue, dit Pitt en riant. C'est très ennuyeux de parcourir des couloirs de recherche pour trouver une épave. Vous pouvez comparer ça à une tondeuse que vous faites passer sur une pelouse infinie. Ça peut prendre des heures, des semaines, voire des mois sans trouver autre chose que de vieux pneus.

Pitt se mit au magnétomètre pendant que Hall réglait le sonar Klein & Cie Systems 2 000. Il s'installa sur un tabouret devant un écran vidéo couleurs à haute résolution monté sur la même console que l'imprimante thermique qui enregistrait le fond du lac en 256 teintes de gris.

— 300 mètres, annonça Wilbanks.

— Sur quelle portée sommes-nous réglés ? demanda Pitt à Hall.

— Étant donné que nous cherchons une grosse cible de 150 mètres de long, nous suivrons des couloirs de 1 000 mètres. (Il montra les détails du fond qui commençaient à sortir de l'imprimante.) Le fond a l'air plat et sans obstacle et, puisque nous travaillons en eau douce, nous ne devrions pas avoir de mal à déceler une anomalie correspondant aux dimensions de la cible.

— Vitesse?

— L'eau est assez calme. Je pense que nous pouvons faire 10 milles à l'heure et avoir néanmoins un enregistrement précis.

— Puis-je regarder? demanda Julia depuis la porte de la cabine.

— Je vous en prie, dit Hall en lui faisant de la place dans la pièce étroite.

— La précision du détail est étonnante, dit-elle en fixant l'image de l'imprimante. On distingue les ondulations du sable.

— La résolution est bonne, corrigea Hall, mais loin de la définition d'une photographie. L'image du sonar est à peu près ce que donnerait une photo dupliquée passée trois ou quatre fois dans une photocopieuse.

Pitt et Hall échangèrent un sourire. Les observateurs étaient toujours passionnés par les données du sonar. Julia ne faisait pas exception. Ils savaient qu'elle serait capable de les regarder pendant des heures, attendant avec enthousiasme que se matérialise l'image du navire.

— On entame le couloir numéro un, annonça Wilbanks.

— Quelle est notre profondeur, Ralph? demanda Pitt.

Wilbanks jeta un coup d'œil au profondimètre qui pendait au plafond à côté de la barre.

— Environ 410 pieds.

Habitué depuis longtemps aux recherches d'épaves, Giordino cria de sa position confortable sur le coussin où il étendait sa jambe plâtrée, appuyée contre la rambarde :

— Je vais faire une petite sieste. Hurlez si vous trouvez quelque chose.

Les heures passèrent doucement. Le *Divercity*

laboura les vaguelettes, passant la tondeuse à 10 milles à l'heure. Le magnétomètre cliquait, les lignes s'enregistrant au centre du papier millimétré avec, de temps en temps, de grands écarts vers le bord de la feuille quand il détectait la présence de fer. En même temps, le sonar latéral émettait un claquement sourd tandis que le film de plastique thermique se déroulait en sortant de l'imprimante. Il ne révélait qu'un fond plat, désolé, sans trace d'objets faits par les hommes.

— C'est un désert, ce coin ! dit Julia en frottant ses yeux las.

— Sûrement pas l'endroit où construire la maison de vos rêves, plaisanta Hall.

— Ici s'achève le couloir vingt-deux, annonça Wilbanks. Nous virons pour prendre le vingt-trois.

Julia regarda sa montre.

— C'est l'heure de déjeuner, dit-elle en ouvrant le panier de pique-nique qu'elle avait rempli à l'hôtel. En dehors de moi, qui a faim ?

— J'ai toujours faim, cria Giordino depuis l'arrière du bateau.

— Incroyable, dit Pitt en hochant la tête. A quatre mètres, avec le bruit du vent et du moteur, il entend chaque fois qu'on parle de manger.

— Qu'avez-vous préparé de bon ? demanda Giordino, qui s'était traîné jusqu'à la porte de la cabine.

— Des pommes, des barres vitaminées, des carottes et du thé glacé. Vous avez le choix entre des sandwiches à l'avocat ou aux algues. C'est ce que j'appelle un déjeuner sain.

Tous à bord échangèrent un regard horrifié. Elle n'aurait pas réussi à déclencher une réaction plus dégoûtée si elle avait exigé d'eux qu'ils changent les pansements dans un service de soins. Par déférence, personne ne dit rien de négatif puisqu'elle avait pris la peine de préparer un déjeuner. Le fait qu'elle était une femme et que leurs mères les avaient bien élevés ajoutait au dilemme. Giordino, lui, n'était pas de la vieille école. Il se plaignit amèrement.

— Des sandwiches aux algues et à l'avocat! dit-il d'un air dégoûté. Je vais sauter du bateau et nager jusqu'au McDo le plus proche...

— J'ai une touche sur le mag! interrompit Pitt. Y a-t-il quelque chose sur le sonar?

— Mon câble sonar traîne plus loin que le capteur de votre mag, dit Hall, de sorte que mes relevés arrivent après les vôtres.

Julia se pencha sur l'imprimante du sonar pour être la première à voir un objet apparaître sur la feuille. Lentement, l'image d'une grosse cible commença à se dessiner sur l'écran vidéo et sur l'imprimante en même temps.

— Un navire! s'écria Julia. C'est un navire!

— Mais pas celui que nous cherchons, dit Pitt. Celui-ci est un vieux voilier posé tout debout sur le fond.

Wilbanks se pencha à son tour pour jeter un coup d'œil au bateau coulé.

— Regardez les détails. Les cabines, les écoutilles, le beaupré, on voit tout distinctement.

— Il a perdu son mât, remarqua Hall.

— Il a probablement été emporté par l'orage qui l'a envoyé au fond, dit Pitt.

Le navire avait disparu derrière le sonar mainte-nant mais Hall rappela son image sur l'écran avant de faire un zoom en gros plan, gelant la cible et comparant les grossissements synchronisés.

— C'est la bonne taille, dit Hall en étudiant l'image. Au moins 150 pieds.

— Je ne peux m'empêcher de penser à l'équipage, dit Julia. J'espère qu'il a été sauvé.

— Étant donné qu'il est pratiquement intact, dit Wilbanks, il a dû couler assez vite.

L'instant de fascination passa et ils reprirent les recherches du *Princesse Dou Wan*. La brise avait légèrement viré du nord à l'est puis était tombée au point de bouger à peine le drapeau accroché à la poupe. Un navire minéralier passa à quelques cen-taines de mètres et fit danser le *Divercity* dans le remous de son sillage. A quatre heures de l'après-midi, Wilbanks se tourna vers Pitt.

— Il reste deux heures avant la nuit. A quelle heure voulez-vous qu'on fasse demi-tour ?

— On ne sait jamais quand le lac tourne au vinaigre, répondit Pitt. Je propose de continuer à suivre la grille autant qu'on le pourra pendant que les eaux sont calmes.

— Il faut battre le fer pendant qu'il est chaud, acquiesça Hall.

L'excitation n'avait pas disparu. Pitt avait demandé à Wilbanks de commencer les recherches par le centre de la grille et de travailler vers l'est. On en avait déjà fait la moitié et il restait un peu plus de trente couloirs vers l'ouest.

Le soleil s'attardait encore sur la rive ouest du lac quand Pitt cria à nouveau :

— Une cible sur le magnéto ! Une grosse !

— La voilà ! dit Julia très excitée.

— Ça, c'est un navire moderne en acier, reconnut Hall.

— Quelle taille ?

— Je ne sais pas. Il n'est encore qu'au bord de l'écran.

— Il est énorme ! murmura Julia.

Pitt souriait comme un parieur qui a touché le gros lot.

— Je crois que nous l'avons.

Il vérifia la croix sur sa carte. L'épave était trois milles plus près de la rive que Gallagher ne l'avait estimé. Mais tout compte fait, c'était tout de même incroyablement juste.

— Il est cassé en deux, remarqua Hall en montrant l'image bleu-noir sur l'écran vidéo.

Tout le monde, y compris Giordino, s'approcha pour mieux voir.

— Il y a environ 60 mètres de sa partie arrière qui reposent à 45 mètres au moins de l'avant avec un vaste champ de débris entre les deux.

— On dirait que la partie avant est plantée verticalement, ajouta Pitt.

— Croyez-vous que ce soit vraiment le *Princesse Dou Wan*? demanda Julia.

— On en sera sûrs quand on aura descendu le ROV pour voir. On attend demain? demanda-t-il à Wilbanks.

— Nous sommes sur place, non? répondit Wilbanks avec un sourire. Quelqu'un voit une objection à travailler de nuit?

Personne n'en voyait aucune. Pitt et Hall retirèrent rapidement le câble du sonar et le magnétomètre et bientôt le véhicule robot Benthos MiniRover MKII fut relié à la console de contrôle et à un écran vidéo. Il ne fallut que deux hommes pour faire passer ses 37 kg par-dessus bord et l'abaisser dans l'eau. Les brillantes lumières halogènes du ROV disparurent lentement dans les profondeurs tandis que le véhicule commençait sa course vers les sombres fonds du lac Michigan. Il était attaché au *Divercity* et à la console de contrôle par un cordon ombilical. Wilbanks gardait un œil sur l'écran de l'ordinateur du système de positionnement global et maintenait adroitement le *Divercity* immobile au-dessus de l'épave.

La descente des 400 pieds ne prit que quelques minutes. A 100 mètres de profondeur, la lumière du soleil couchant ne pénétrait plus. Hall arrêta le Mini-Rover dès qu'il discerna le fond qui ressemblait à une couverture grumeleuse de vase grise.

— La profondeur, ici, est de 39 mètres, dit-il en faisant parcourir au ROV un cercle serré.

Soudain, les lumières illuminèrent un gros arbre qui ressemblait au tentacule géant d'un monstre marin.

— Qu'est-ce que c'est que ça? murmura Wilbanks en se retournant.

— Approchez-le, dit Pitt à Hall. Je crois que nous sommes sur la cale de la coque et que nous regardons le haut de la flèche d'une grue située sur le pont avant.

Réglant les contrôles du MiniRover, Hall dirigea

lentement le ROV le long de la grue jusqu'à ce que la caméra envoie l'image vidéo claire de la coque d'un très gros navire. Il fit avancer le ROV vers l'avant le long de la coque qui était toujours parfaitement droite comme si le navire avait refusé de mourir et rêvait encore de reprendre la mer. Bientôt on put distinguer le nom du navire. Il paraissait avoir été peint grossièrement sur la lisse de plat-bord blanche au-dessus de l'étrave noire, un peu à l'arrière de l'ancre qui était toujours en place dans le trou d'écubier. L'une après l'autre, les lettres défilèrent sur l'écran.

Les médecins prétendent que si votre cœur cesse de battre, vous êtes mort. Mais il semble que, sur le *Divercity*, le cœur de chacun s'arrêta plusieurs secondes quand le nom du navire coulé passa devant les caméras du MiniRover.

— *Princesse Yung T'ai*! cria Giordino. Nous l'avons!

— Le roi de la mer de Chine, murmura Julia en transe. Il a l'air si froid et si seul. Presque comme s'il priait pour que nous arrivions.

— Je croyais que vous cherchiez un navire appelé *Princesse Dou Wan*, s'étonna Wilbanks.

— C'est une longue histoire, répondit Pitt avec un grand sourire, mais en fait, c'est le même bateau. (Il posa une main sur l'épaule de Hall.) Avancez, en gardant au moins 3 mètres entre le robot et le flanc du navire pour qu'on ne risque pas d'emmêler notre câble et de perdre le ROV.

Hall acquiesça sans rien dire et bougea les petits leviers de la télécommande contrôlant les mouvements de la caméra et du véhicule. Il y avait près de 15 mètres de visibilité sous les halogènes du véhicule. On voyait que l'extérieur du *Princesse Dou Wan* avait très peu changé en 52 ans. L'eau froide et la grande profondeur avaient empêché la corrosion et le développement des herbes sous-marines.

La superstructure apparut sur l'écran, extraordinairement bien conservée. Aucun élément ne s'en était détaché. La peinture était légèrement recouverte de vase, juste ce qu'il fallait pour la faire paraître moins brillante mais cependant étonnamment fraîche. Le *Princesse Dou Wan* ressemblait à l'intérieur d'une maison hantée, abandonnée, où on n'aurait pas enlevé la poussière depuis un demi-siècle.

Hall fit passer le MiniRover autour du pont. La plupart des fenêtres avaient été brisées par la force des vagues et la pression des profondeurs. Ils aperçurent le télégraphe de la salle des machines qui pointait encore sur « EN AVANT TOUTE ». Il n'y avait plus que quelques poissons pour y vivre, maintenant. Plus aucun membre d'équipage, la plupart ayant été balayés par les rouleaux furieux quand le navire avait coulé. Le MiniRover rampa le long du navire, horizontalement, à une courte distance du pont promenade principal. Les portemanteaux des canots de sauvetage étaient vides et tordus, montrant à l'évidence le chaos et la terreur qui avaient régné cette triste nuit de 1948. Des caisses de bois, intactes, étaient posées partout sur le pont ouvert. Il manquait la cheminée à l'arrière du pont mais on voyait où elle était tombée, à côté de la coque, quand le navire s'était posé sur le fond meuble.

— Je ne sais pas ce que je donnerais pour voir ce qu'il y a dans ces caisses, dit Julia.

— On en trouvera peut-être une qui se sera ouverte en tombant, répondit Pitt sans quitter l'écran des yeux.

La coque, à l'arrière de la superstructure, s'était brisée et béait, l'acier s'étant tordu et déchiré au moment où les vagues géantes l'avaient battue à mort. La partie arrière s'était complètement détachée quand le navire avait plongé au fond de l'eau. On aurait dit qu'un géant avait déchiré le navire et posé ses morceaux séparément.

— Il semble que les souvenirs du bateau aient été éparpillés en un champ de débris qui relie l'une à l'autre les deux parties de l'épave, remarqua Giordino.

— Impossible, dit Pitt. Toutes les pièces accessoires ont été enlevées parce que le bateau devait
être ferraillé. Au risque de passer pour un irrésistible
optimiste, je parie que ce que nous voyons est un
hectare au moins de fabuleuses œuvres d'art.

En y regardant de plus près, les caméras du Mini-
Rover révélèrent une mer de caisses de bois éparpillées entre les deux parties du navire. La prédiction
de Pitt fut confirmée quand le ROV, passant au-
dessus des débris, montra une forme étrange dépassant de la vase. Ils regardèrent, étonnés, un objet
poignant, venu d'un passé lointain, caressé par les
caméras du véhicule robot. Les parois d'une grande
caisse s'étaient ouvertes comme les pétales d'une
rose, exposant une forme étrange dans une solitude
fantomatique.

— Qu'est-ce que c'est ? demanda Wilbanks.

— Un bronze grandeur nature d'un cheval et de
son cavalier, murmura Pitt, fasciné. Je ne suis pas un
expert mais je pense qu'il doit s'agir de la statue d'un
ancien empereur chinois de la dynastie Han.

— A votre avis, ça a quel âge ?

— Pas loin de deux mille ans.

L'effet du cheval et du cavalier fièrement dressés
sur le fond du lac fut si impressionnant qu'ils regardèrent l'image sur l'écran sans parler. Julia avait le
sentiment de remonter le temps. La tête du cheval
était légèrement tournée vers le MiniRover, les
naseaux frémissants. Le cavalier se tenait droit et ses
yeux aveugles contemplaient le néant.

— Le trésor ! murmura Julia. Il est partout !

— Dirigez-vous vers l'arrière, dit Pitt à Hall.

— Le câble est au maximum, maintenant. Il va
falloir que Ralph avance le bateau.

Wilbanks acquiesça, mesura la distance et la direction sur l'ordinateur et fit avancer le *Divercity*, tirant
le MiniRover jusqu'à ce qu'il soit au-dessus de la partie détachée de la poupe. Puis Hall fit habilement
passer le ROV par-dessus les hélices du navire dont
les pales supérieures émergeaient de la vase.

L'énorme gouvernail était toujours réglé pour une course en avant. Les mots écrits en travers de la poupe étaient assez distincts pour que l'on identifie le port d'attache du navire, Shanghai. Là, comme à l'autre bout, la coque était tordue et déchirée, les moteurs éventrés, les objets d'art éparpillés.

Minuit vint puis passa tandis que les premiers humains à contempler le *Princesse Dou Wan* depuis 52 ans étudiaient les deux morceaux de coque brisée et le chargement inestimable sous tous les angles. Quand ils décidèrent enfin qu'il n'y avait plus rien à voir, Hall commença à ramener le MiniRover.

Personne ne quitta l'écran des yeux jusqu'à ce que le robot soit revenu à la surface et le *Princesse Dou Wan* retourné au vide noir du fond du lac, seul de nouveau avec pour unique compagnon un voilier inconnu, à un mille de lui. Mais sa solitude n'était que temporaire. Bientôt, des hommes, des bateaux, des équipements allaient fouiller ses entrailles et lui arracher le précieux chargement qu'il avait transporté si loin et gardé jalousement au cours des années, depuis qu'il avait quitté Shanghai.

L'infortuné voyage du *Princesse Dou Wan* n'était pas terminé, du moins pas tout à fait.

Il restait à écrire son épilogue.

51

L'historien Zhu Kwan était assis à un bureau sur une estrade au milieu d'une pièce immense. Il étudiait des rapports rassemblés par une armée de chercheurs internationaux, engagés par Qin Shang. Le projet *Princesse Dou Wan* occupait la moitié d'un étage de l'immeuble de la Qin Shang Maritime Ltd, à Hong Kong. On ne regardait pas à la dépense. Et pourtant, malgré ces efforts considérables, rien de précis n'avait été découvert. Pour Zhu Kwan, la disparition du navire restait un mystère.

Zhu Kwan et son équipe fouillaient toutes les sources maritimes pour trouver des pistes tandis que le navire de recherche d'épaves de Qin Shang poursuivait ses investigations au large des côtes du Chili, à la poursuite de l'insaisissable transatlantique. Construit sur son chantier de Hong Kong, le bateau était une merveille de technologie sous-marine et faisait l'envie de toutes les institutions de science et de recherche maritime du monde. Il portait le nom de *Jade Adventurer* et non un nom chinois, pour faciliter la paperasserie quand il travaillait dans des eaux étrangères. Le navire et son équipage avaient découvert peu de temps auparavant l'épave d'une jonque chinoise du xvie siècle dans le sud de la mer de Chine et remonté un chargement de porcelaines de la dynastie Ming.

Zhu Kwan examina la description d'œuvres d'art venant d'une collection privée appartenant à un riche marchand de Pékin disparu en 1948. Le marchand avait été assassiné et Zhu Kwan avait réussi à retrouver ses héritiers au cours d'une enquête pour inventorier les pièces disparues. Il étudiait le dessin d'un bateau rare transportant du vin quand la voix de son assistant résonna à l'interphone.

— Monsieur, vous avez un appel des États-Unis. Un M. St. Julien Perlmutter.

— Passez-le-moi, dit Zhu Kwan en repoussant le dessin.

— Bonjour, Zhu Kwan, comment allez-vous? dit la voix joviale de Perlmutter.

— St. Julien! Quelle bonne surprise! Je suis ravi d'entendre mon vieil ami et collègue.

— Et vous serez plus ravi encore quand vous saurez ce que j'ai à vous dire.

— Je suis toujours heureux d'apprendre vos découvertes, dit l'historien chinois déconcerté.

— Dites-moi, Zhu Kwan, cela vous intéresse-t-il toujours de retrouver un navire appelé *Princesse Dou Wan*?

Zhu Kwan retint son souffle et sentit la crainte l'envahir.

— Vous le cherchez aussi?

— Oh! Non, non, non, dit Perlmutter d'un ton détaché. Le bateau ne m'intéresse pas du tout. Mais pendant que je cherchais un autre bateau perdu, un ferry disparu dans les Grands Lacs, je suis tombé sur un document laissé par un ingénieur qui est mort depuis, racontant une expérience déchirante vécue pendant qu'il servait à bord du *Princesse Dou Wan*.

— Vous avez trouvé un survivant? demanda Zhu Kwan, hésitant à croire à sa chance.

— Il s'appelle Ian Gallagher. Ses amis l'appelaient « Hong Kong ». Il était chef mécanicien du *Princesse* lors du naufrage.

— Oui, oui, j'ai un dossier sur lui.

— Gallagher était le seul survivant. Il n'est jamais retourné en Chine pour des raisons évidentes et s'est fondu dans la masse aux États-Unis.

— Le *Princesse*, murmura Zhu Kwan, sans pouvoir contenir son impatience. Gallagher a-t-il donné une position approximative des côtes chiliennes où le navire a coulé?

— Tenez-vous bien, mon très cher ami, dit Perlmutter. Le *Princesse Dou Wan* n'a pas coulé dans le Pacifique.

— Mais son dernier appel de détresse? balbutia Zhu Kwan.

— Il repose au fond du lac Michigan, en Amérique du Nord.

— Impossible! dit Zhu Kwan.

— Croyez-moi, c'est la vérité. Le signal de détresse était faux. Le commandant et l'équipage, sous les ordres du général Kung Hui, ont changé son nom et pris celui de son jumeau, le *Princesse Yung T'ai*. Ensuite, ils ont traversé le canal de Panama et remonté la côte Est des États-Unis puis descendu le Saint-Laurent jusqu'aux Grands Lacs. Là, il a été pris dans un orage monstrueux et a coulé 200 milles au nord de Chicago, sa destination prévue.

— C'est incroyable! Êtes-vous sûr de cette histoire?

— Je vais vous faxer le rapport de Gallagher sur le
voyage et le naufrage.

Zhu Kwan sentit une vague de peur au creux de
son estomac.

— Gallagher a-t-il mentionné le chargement du
navire?

— Il n'y a fait qu'une seule référence. Il a dit que le
général Hui l'avait informé de ce que les caisses
contenaient le mobilier et les vêtements d'officiers
nationalistes de haut rang et de chefs militaires qui
fuyaient l'arrivée des Communistes en Chine.

Zhu Kwan se détendit, soulagé. Le secret avait été
gardé.

— Alors il semble que ces histoires de trésor
soient fausses. Il n'y avait aucun objet de valeur à
bord du *Princesse Dou Wan*.

— Peut-être quelques bijoux mais sûrement pas
de quoi intéresser un chercheur de trésor professionnel. Les seuls objets qu'on en retirera n'intéresseront
sans doute que les plongeurs locaux.

— Avez-vous donné cette information à quelqu'un
d'autre que moi? demanda Zhu Kwan d'un ton
inquiet.

— Pas une âme, répondit Perlmutter. Vous êtes la
seule personne que je connaisse qui soit intéressée
par cette épave.

— Je vous serais très reconnaissant, St. Julien, de
ne parler à personne de votre découverte. En tout
cas, pendant quelques mois.

— A partir de cette minute, je vous promets de ne
pas en dire un mot.

— Et aussi, j'aimerais vous demander une faveur
personnelle...

— Parlez, elle vous est acquise.

— Ne me faxez pas le rapport de Gallagher. Je
préférerais que vous me l'envoyiez par courrier personnel. Je vous en rembourserai le coût, évidemment.

— Comme vous voudrez, dit Perlmutter. Je vais confier le document à une société de portage dès que nous aurons raccroché.

— Merci, mon ami, dit sincèrement Zhu Kwan. Vous m'avez rendu un grand service. Bien que le *Princesse Dou Wan* n'ait pas une grande valeur historique ni économique, il est depuis quelques années une épine dans mon flanc.

— Croyez-moi, j'ai connu ça. Certaines épaves perdues, même insignifiantes, captivent et consument l'imagination d'un chercheur. On ne peut les chasser de son esprit tant qu'on n'a pas trouvé les réponses aux questions que pose leur disparition.

— St. Julien, merci beaucoup !

— Mes meilleurs vœux pour vous, Zhu Kwan. Au revoir !

L'historien chinois avait du mal à réaliser sa chance. Ce qui était encore une énigme insondable quelques minutes plus tôt venait d'être résolu et lui tombait tout rôti. Bien que très excité, il décida de ne pas en informer immédiatement Qin Shang mais d'attendre de recevoir le récit de Gallagher sur les derniers moments du *Princesse Dou Wan* et d'avoir pu l'étudier une heure ou deux.

Qin Shang serait tout à fait ravi d'apprendre que le fabuleux trésor volé à son pays avait été préservé par l'eau douce du lac pendant toutes ces années et qu'il était maintenant à portée de sa main. Zhu Kwan espérait vivre assez longtemps pour voir ces trésors exposés dans les galeries d'art et les musées nationaux.

— Excellent travail, St. Julien, dit Sandecker quand Perlmutter raccrocha. Vous avez raté votre vocation. Vous auriez fait un fabuleux vendeur de voitures d'occasion.

— Ou un politicien avant une élection, ajouta Giordino.

— J'ai honte d'avoir raconté des histoires à ce brave vieux Zhu Kwan, dit Perlmutter. Ça fait des années qu'on se connaît. Nous avons toujours eu le plus grand respect l'un pour l'autre. Je déteste lui mentir.

— Il faut ce qu'il faut, dit Pitt. Lui aussi vous a menti. Il ne cesse de prétendre que son intérêt pour le *Princesse Dou Wan* est strictement académique. Il sait parfaitement que le navire a coulé avec une fortune dans ses flancs. On peut intercepter un fax. Sinon, pourquoi aurait-il insisté pour que vous lui envoyiez l'histoire de Gallagher par courrier? Vous pouvez être sûr qu'il est très impatient d'annoncer la nouvelle à Qin Shang.

Perlmutter secoua la tête.

— Zhu Kwan n'est pas un enfant de chœur. Il n'annoncera rien à son patron avant d'avoir analysé le document. A propos, ajouta-t-il en regardant les quatre hommes les uns après les autres, par simple curiosité, qui a écrit le rapport que je lui envoie?

Rudi Gunn leva la main, l'air un peu gêné.

— Je me suis porté volontaire. Et j'ai fait du beau travail, si vous me permettez de le dire. J'ai pris des libertés d'auteur pour le texte, naturellement. Une note en bas de page mentionne la mort de Gallagher, d'une crise cardiaque en 1992. Comme ça, sa piste et celle de Katie sont couvertes.

Sandecker regarda son directeur des projets spéciaux.

— Aurons-nous le temps de remonter proprement les trésors avant l'arrivée du navire de recherche de Qin Shang?

Pitt haussa les épaules.

— Pas si l'*Ocean Retriever* est le seul navire à travailler sur l'épave.

— Ne vous inquiétez pas, dit Gunn. Nous avons déjà engagé deux autres navires, l'un auprès d'une société privée à Montréal, l'autre que nous avons loué à l'U.S. Navy.

— La vitesse est primordiale, dit Sandecker. Je veux que le trésor soit remonté avant que la nouvelle se répande. Je ne veux aucune interférence d'où qu'elle vienne, même si c'est de notre propre gouvernement.

— Et quand on aura tout remonté? demanda Perlmutter.

— Alors les objets seront rapidement envoyés à des établissements équipés pour les préserver de tout dommage, après qu'ils ont été si longtemps immergés. A ce moment-là, nous annoncerons la découverte et nous laisserons les fonctionnaires de Washington et de Pékin se bagarrer pour décider qui l'aura.

— Et Qin Shang? voulut savoir Perlmutter. Que se passera-t-il quand il arrivera sur place avec son propre bateau de sauvetage?

Pitt eut un sourire rusé.

— Nous lui offrirons une réception digne d'un homme de ses précieuses qualités.

52

L'*Ocean Retriever*, avec Pitt, Giordino, Gunn et Julia à bord, arriva le premier et se plaça au-dessus de l'épave du *Princesse Dou Wan*. Le navire de sauvetage canadien de la société Deep Abyss Systems Ltd, de Montréal, le *Hudson Bay*, arriva quatre heures plus tard. C'était un navire plus ancien, autrefois remorqueur et bateau de sauvetage puissant, capable de naviguer en mer. Le ciel clair et l'eau calme permirent de commencer immédiatement la récupération des objets immergés.

La partie sous-marine du projet fut réalisée par des submersibles munis de bras articulés en même temps qu'avec des plongeurs enfermés dans des appareils de plongée atmosphériques en eau profonde appelés Newtsuits, ressemblant beaucoup au bonhomme Michelin. Bulbeux, en fibre de verre et magnésium, autopropulsé, ce costume permettait au plongeur qui en était vêtu de travailler pendant de longues périodes à 120 mètres de profondeur sans avoir à se préoccuper de la décompression.

Les objets d'art commencèrent à remonter régulièrement et vite dès que le rythme fut établi. Et ce rythme s'accrut encore quand le navire de sauvetage de l'U.S. Navy, le *Dean Hawes,* arriva du nord du lac deux jours plus tôt que prévu et s'installa près des deux autres bateaux. On le considérait comme neuf parce qu'il n'avait que deux ans et avait été construit tout spécialement pour le travail en eaux profondes, en particulier pour récupérer des sous-marins.

Une immense barge découverte, avec de longs réservoirs à ballast attachés le long de sa coque, fut installée par le GPS et descendue au fond du lac, à peu de distance de la partie avant du *Princesse Dou Wan*. Puis des grutiers, travaillant à partir des navires de surface et employant des caméras sous-marines, manipulèrent les mâchoires de leurs bennes preneuses au bout des câbles de leurs treuils et remontèrent habilement les caisses entassées sur les ponts ouverts du navire ainsi que celles éparpillées sur le fond entre les deux parties de la coque brisée. Les caisses et leur contenu furent ensuite posés sur la barge immergée. Quand elle fut finalement chargée, les réservoirs à ballast furent gonflés d'air comprimé et la barge remonta à la surface. Un remorqueur la prit en charge jusqu'au port de Chicago où une équipe d'archéologues de la NUMA s'occupa à son tour des objets d'art. On les enleva soigneusement de leurs caisses imbibées d'eau pour les mettre immédiatement dans des réservoirs de conservation en attendant de pouvoir les transporter dans un réceptacle de conservation plus permanent.

Dès qu'une barge totalement chargée quittait le site, une autre venait prendre sa place et était immergée pour être à son tour chargée.

Six submersibles, dont trois appartenant à la NUMA, un au Canada et deux à la Navy, travaillèrent en harmonie, posant avec soin les caisses et leur précieux contenu dans des compartiments particuliers de la barge immergée.

Pour faciliter le retrait des objets dans la cale, les plongeurs avec leurs Newtsuits coupèrent les plaques d'acier avec des systèmes de chalumeaux dernier modèle, qui faisaient fondre le métal sous l'eau à une vitesse incroyable. Dès qu'une ouverture était pratiquée, les submersibles y pénétraient et remontaient les trésors, avec l'aide des mâchoires des bennes preneuses actionnées depuis la surface.

Toute l'opération fut surveillée et dirigée depuis la salle de contrôle de l'*Ocean Retriever*. Des écrans vidéo, reliés à des caméras disposées aux endroits stratégiques autour de l'épave, montrèrent toutes les étapes du projet de récupération. Les systèmes vidéo à haute résolution furent soigneusement contrôlés par Pitt et Gunn qui dirigèrent le difficile déploiement des hommes et des équipements. Ils travaillèrent par roulements de douze heures, de même que les équipages des trois vaisseaux. Le travail se faisait 24 heures sur 24 et l'on n'arrêta pas une seconde de remonter ce qui parut être une montagne infinie d'objets dormant au fond du lac.

Pitt aurait donné n'importe quoi pour travailler directement sur l'épave dans un des submersibles ou un des Newtsuits mais en tant que directeur des projets, on avait besoin de son expérience pour coordonner et guider l'opération depuis la surface. Il surveilla avec envie l'un des écrans montrant Giordino monté dans le submersible *Sappho IV* malgré sa jambe plâtrée. Giordino avait passé plus de 700 heures dans des submersibles et celui qu'il pilotait en ce moment était son préféré. Pendant cet essai, le petit Italien rusé envisageait d'emmener son sub dans les profondeurs de la superstructure du *Princesse Dou Wan* dès que les plongeurs dans leurs Newtsuits auraient coupé les cloisons.

Pitt se retourna quand Rudi Gunn entra dans la salle de contrôle. Le soleil matinal entrant par la porte ouverte illumina un instant le compartiment qui n'avait ni fenêtre ni hublot.

— Tu es déjà là ? J'aurais juré que tu venais juste de partir.

— C'est ce temps, répondit Gunn en souriant.

Il portait un grand poster roulé sous le bras, composé d'images prises au-dessus de l'épave avant le départ de l'opération de récupération. Cette mosaïque était très précieuse en ce qu'elle montrait des objets d'art qui avaient été éparpillés dans le champ de débris. Cela permettait de diriger les submersibles et les plongeurs vers divers points de l'épave.

— Où en sommes-nous ? demanda-t-il.

— La barge est remplie et remonte en ce moment à la surface, répondit Pitt qui, sentant l'odeur du café dans la cuisine, en avait une envie folle.

— Je ne cesse de m'étonner du nombre incroyable de ces objets, dit Gunn en prenant sa place devant la console de communication et l'armée d'écrans vidéo.

— Le *Princesse Dou Wan* a été surchargé de façon peu commune, dit Pitt. Pas étonnant qu'il se soit cassé en deux quand le temps s'est gâté.

— En aurons-nous bientôt fini ?

— La plupart des caisses ont été remontées. La partie avant est pratiquement vidée. Les cales devraient l'être avant la fin du prochain changement d'équipes. Maintenant, on s'occupe des caisses les plus petites entassées dans les coursives et les cabines au centre du navire. Plus ils vont profond, plus les hommes en Newtsuits ont du mal à découper les cloisons.

— Sait-on quand le navire de sauvetage de Qin Shang doit arriver ? demanda Gunn.

— Le *Jade Adventurer* ? dit Pitt en regardant la carte des Grands Lacs étalée sur la table. Au dernier rapport, il a passé Québec et se prépare à descendre le Saint-Laurent.

— Ça fait qu'il sera là dans un peu moins de trois jours.

— Il n'a pas perdu de temps pour laisser tomber ses recherches au large du Chili. Il s'est mis en route vers le nord moins d'une heure après que Zhu Kwan eut reçu le faux rapport de Perlmutter.

— Ça va se jouer à un cheveu, dit Gunn en regardant les doigts articulés d'un submersible ramasser délicatement un vase de porcelaine dépassant de la boue. Nous aurons de la chance si nous avons fini et filé avant que le *Jade Adventurer* et notre ami arrivent ici à fond de train.

— Et nous avons eu de la chance que Qin Shang n'ait pas envoyé des agents pour voir les lieux avant l'arrivée du patron.

— Le cotre des garde-côtes qui patrouille notre zone de recherche n'a signalé aucun bateau suspect.

— Quand je suis venu prendre mon tour hier soir, Al m'a dit qu'un reporter d'un journal local a reçu un appel à propos de l'*Ocean Retriever*. Al lui a raconté des craques quand le type lui a demandé ce que nous faisions dans le coin.

— Qu'est-ce qu'il lui a dit ?

— Que nous creusions des trous dans le fond du lac pour trouver des traces de dinosaures.

— Et le reporter a gobé ça ? s'étonna Gunn.

— Sûrement pas mais il a été ravi qu'Al lui promette de l'amener à bord pendant le week-end.

— Mais... nous serons partis à ce moment-là ! dit Gunn.

— Tu as tout compris, répondit Pitt en riant.

— On a quand même de la chance que les rumeurs de trésor n'aient pas attiré un essaim de chercheurs.

— Ils arriveront dès qu'ils seront informés pour tenter de récupérer des miettes.

Julia entra dans la pièce, tenant un plateau d'une main.

— Petit déjeuner, annonça-t-elle. Il fait beau, hein ?

Pitt frotta la barbe plus que naissante de son menton.

— Je n'avais pas remarqué.

— Qu'est-ce qui vous rend si joyeuse ? demanda Gunn.

— Je viens de recevoir un message de Peter Har-

per. Qin Shang est descendu d'un avion de ligne
japonais à l'aéroport de Québec, déguisé en membre
de l'équipage. La police montée canadienne l'a suivi
jusqu'au front de mer où il est monté sur un canot
qui l'a conduit au *Jade Adventurer*.

— Alléluia! dit Gunn. Il a avalé l'appât.

— L'appât, l'hameçon et la ligne, dit Julia avec un
grand sourire.

Elle posa le plateau sur la table des cartes et enleva
la serviette qui cachait des assiettes d'œufs au bacon,
des toasts, des pamplemousses et du café.

— C'est une bonne nouvelle, dit Pitt en tirant une
chaise près de la table. Harper a-t-il dit quand il avait
l'intention de mettre Qin Shang à l'ombre?

— Il a rendez-vous avec les directeurs de l'INS
pour établir un plan. Je dois vous dire qu'ils
craignent une intervention du ministère des Affaires
étrangères et de la Maison Blanche.

— C'est ce que je crains, dit Gunn.

— Peter et le commissaire Monroe ont très peur
que Qin Shang glisse entre les mailles du filet grâce à
ses relations politiques.

— Pourquoi ne pas aborder le *Jade Adventurer* et
lui mettre la main au collet tout de suite? demanda
Gunn.

— On ne peut pas l'appréhender légalement s'il
longe la côte canadienne en traversant les lacs Ontario, Érié et Huron, expliqua Julia. Mais dès qu'il aura
passé le détroit de Mackinac pour entrer dans le lac
Michigan, là, il sera dans les eaux américaines.

Pitt mangeait lentement son pamplemousse.

— J'aimerais voir sa tête quand son équipage diri-
gera ses caméras sur le *Princesse* et qu'il découvrira
qu'il a été vidé.

— Sais-tu qu'il a fait déposer une réclamation de
propriété sur le navire et son contenu par une de ses
sociétés, auprès des tribunaux d'État et des tribunaux fédéraux?

— Non, dit Pitt, mais ça ne m'étonne pas. C'est
comme ça qu'il opère.

Gunn prit un couteau sur la table.

— Si l'un de nous devait déposer une réclamation de propriété sur un navire chargé d'un trésor par les voies légales, on nous rirait au nez. Et tous les objets d'art que nous trouverions devraient être remis au gouvernement.

— Les gens qui cherchent des trésors, dit Pitt avec philosophie, croient que leurs problèmes sont résolus dès qu'ils font une importante découverte. Ils se trompent. Leurs ennuis ne font que commencer.

— C'est bien vrai, soupira Gunn. Je n'ai jamais entendu parler d'une découverte de trésor qui n'ait pas été contestée au tribunal par un parasite ou par un fonctionnaire quelconque.

Julia haussa les épaules.

— Peut-être, mais Qin Shang a trop d'influence pour qu'on lui ferme la porte au nez. Si nécessaire, il achètera chacun de ses opposants.

Pitt la regarda comme si son esprit fatigué pensait soudain à quelque chose.

— Vous ne mangez pas ? demanda-t-il.

— Non, j'ai déjeuné à la cuisine.

Le second du bateau ouvrit la porte et fit signe à Pitt.

— La barge a fait surface, monsieur. Vous avez dit que vous vouliez y jeter un coup d'œil avant qu'on l'emporte.

— Oui, merci. (Pitt se tourna vers Gunn.) Le bateau est tout à toi, Rudi. Je te verrai demain, même heure même endroit.

Gunn agita la main sans quitter les écrans des yeux.

— Dors bien.

Julia se pendit au bras de Pitt. Ils sortirent sur l'aile de pont et regardèrent la grande péniche qui remontait des profondeurs. Elle était chargée de caisses de toutes tailles contenant les incroyables trésors du passé de la Chine. Tout avait été soigneusement rangé par les grues et les submersibles. Dans un compartiment à part, spécialement renforcé, étaient posées les œuvres d'art dont les caisses avaient été cassées ou détruites. Il y avait là des instruments de musique — des carillons de pierre, des cloches de bronze et des tambours. Il y avait une cuisinière sur un trépied dont la porte représentait un visage hideux, de grandes statues de cérémonie en jade représentant des hommes, des femmes et des enfants ainsi que des animaux de marbre.

— Oh ! Regardez ! dit Julia en montrant quelque chose. Ils ont remonté l'empereur à cheval !

Debout au soleil pour la première fois depuis un demi-siècle, l'eau brillant sur l'armure de bronze du cavalier et roulant sur les flancs du cheval, la sculpture de 2 000 ans ne paraissait guère plus usée que le jour où elle était sortie de son moule. L'empereur inconnu contemplait maintenant l'horizon illimité comme s'il cherchait de nouvelles terres à conquérir.

— Tout cela est si incroyablement beau, dit Julia.

Puis elle montra d'autres caisses intactes.

— Je suis sidérée que les caisses ne se soient pas abîmées après toutes ces années dans l'eau.

— Le général Hui était un homme consciencieux, dit Pitt. Non seulement il a exigé que les caisses soient doublées mais il a demandé du teck et non un autre bois. On l'a probablement transporté de Burma à Shanghai pour s'en servir dans les chantiers navals. Hui savait que le teck est extraordinairement solide et durable et il a sans doute volé le chargement pour faire construire les caisses. Ce qu'il n'a pas réalisé à l'époque, c'est que ses exigences paieraient puisqu'elles ont protégé les trésors pendant les 50 ans qu'ils ont passés dans l'eau.

Julia protégea de la main ses yeux de l'éclat du soleil qui se reflétait sur l'eau.

— Dommage qu'il n'ait pas pu les rendre étanches. Les œuvres laquées et les peintures se seront sûrement abîmées, voire désintégrées.

— Les archéologues nous le diront bientôt. Ce que j'espère, c'est que l'eau douce et glacée aura protégé beaucoup des objets les plus délicats.

Tandis que le remorqueur se mettait en position pour emmener la barge jusqu'au dock de Chicago, un marin sortit de la timonerie, un papier à la main.

— Un autre message pour vous, mademoiselle Lee, de Washington.

— Ce doit être encore Peter, dit-elle.

Elle contempla le texte un long moment, son expression passant de la surprise à la frustration puis à la colère froide.

— Oh! Mon Dieu! murmura-t-elle.

— Qu'y a-t-il?

Julia tendit le message à Pitt.

— L'opération de l'INS pour arrêter Qin Shang a été annulée par ordre de la Maison Blanche. Nous ne devons ni le bousculer ni le tourmenter d'aucune façon. Tout trésor trouvé sur le *Princesse Dou Wan* devra être remis à Qin Shang qui représente le gouvernement chinois.

— C'est dingue! dit Pitt d'un ton bas, trop fatigué pour montrer sa colère. L'homme est un assassin reconnu, auteur d'un vrai génocide. Lui donner le trésor! Le Président a dû avoir une attaque cérébrale!

— Je ne me suis jamais sentie aussi impuissante! assura Julia, furieuse.

Soudain, sans prévenir, Pitt fit un sourire fou.

— Je ne prendrais pas cela trop au sérieux, si j'étais vous. Il y a toujours un bon côté à tout.

Elle le regarda comme s'il avait perdu l'esprit.

— De quoi parlez-vous? Quel bon côté peut-il y avoir à permettre à ce salopard d'échapper à la justice et de voler toutes les œuvres d'art à son seul profit?

— Les ordres de la Maison Blanche précisent que l'INS ne doit ni bousculer ni tourmenter Qin Shang?

— Et alors?

— Les ordres, reprit Pitt toujours souriant mais d'une voix soudain plus dure, les ordres ne précisent pas ce que la NUMA peut ou ne peut pas faire...

Il s'interrompit pour voir Gunn sortir en courant de la salle de contrôle.

— Al croit les avoir, dit-il. Il remonte et veut
savoir comment tu veux qu'on les manipule.

— Très soigneusement, dit Pitt. Dis-lui de les
remonter lentement et de ne pas les lâcher. Quand il
sera à la surface, nous remonterons le *Sappho IV* à
bord avec eux.

— C'est quoi, *ils* ? demanda Julia.

Pitt lui jeta un bref coup d'œil avant de descendre
très vite l'échelle jusqu'au pont de récupération du
submersible.

— Les ossements de l'Homme de Pékin, c'est ça,
eux !

La nouvelle se propagea rapidement auprès des
membres des bateaux de récupération et l'équipage
de l'*Ocean Retriever* commença à s'assembler sur le
pont arrière. Ceux des autres bateaux s'entassèrent
près du bastingage et regardèrent l'agitation à bord
du navire de la NUMA. Il y eut un étrange silence
lorsque le *Sappho IV* turquoise brisa la surface et
roula légèrement à cause des petites vagues du lac.
Des plongeurs attendaient dans l'eau pour accrocher
le câble de la grue à l'anneau au-dessus du submersible. Tous les yeux se fixèrent sur le grand
panier métallique entre ses bras articulés. Il y avait
deux boîtes en bois dans le panier. Tout le monde
retint son souffle pendant qu'on remontait lentement le submersible. Le grutier fit très attention en
faisant passer le petit véhicule sous-marin par-
dessus le bastingage arrière et en le baissant ensuite
dans son berceau.

La foule sur le pont se regroupa autour du submersible tandis que l'archéologue du navire dirigeait
la manœuvre de déchargement des caisses sur le
pont. Elle était blonde, âgée d'une quarantaine
d'années et se nommait Pat O'Connell. Elle était
occupée à ouvrir les caisses quand Giordino rejeta
l'écoutille du submersible et sortit la tête et les
épaules.

— Où les as-tu trouvés ? lui cria Pitt.

— En utilisant des plans du pont, j'ai réussi à
entrer dans la cabine du commandant.

— C'est le bon endroit, dit Gunn en essuyant ses lunettes.

Aidée de quatre paires de mains très impatientes, l'archéologue O'Connell enleva le couvercle de la première caisse et regarda à l'intérieur.

— Oh! la la la la! murmura-t-elle, impressionnée.

— Qu'y a-t-il? pressa Pitt. Que voyez-vous?

— Des cantines militaires marquées USMC [1] sur le dessus.

— Eh bien, ne restez pas là, ouvrez-les!

— Elles doivent être ouvertes en laboratoire, protesta O'Connell. C'est la méthodologie qui convient, vous comprenez?

— Non, dit sèchement Pitt. Au diable la méthodologie! Ces gens ont travaillé dur et sans relâche. Et, par Dieu, ils méritent de voir le fruit de leur labeur. Ouvrez.

Voyant que Pitt ne se laisserait pas contrer et devant la nuée de visages déjà hostiles autour d'elle, O'Connell s'agenouilla et commença à ouvrir le verrou d'une cantine avec une pince à levier. La paroi autour de la serrure lâcha rapidement comme si elle avait été faite d'argile. O'Connell ouvrit le couvercle, lentement, très lentement.

Dans la cantine, le plateau supérieur contenait divers objets soigneusement enveloppés de gaze détrempée, placés dans de petits compartiments. Comme si elle déballait le Saint Graal, O'Connell enleva l'emballage des plus grosses pièces. Lorsque le dernier morceau de gaze fut enlevé, elle leva ce qui ressemblait à un bol circulaire jaune brun.

— Une calotte crânienne, dit-elle d'une voix rauque. La calotte crânienne de l'Homme de Pékin!

1. U.S. Marine Corps.

53

Le capitaine de vaisseau Chen Jiang, commandant le *Jade Adventurer*, avait travaillé pour la Qin Shang Maritime Limited pendant vingt de ses trente années de mer. Grand et mince avec des cheveux blancs raides, il était calme et efficace quand il dirigeait des navires. Réprimant un sourire, il s'adressa à son patron.

— Voici votre épave, Qin Shang.

— Je n'arrive pas à croire que je vais enfin le voir, après toutes ces années.

Les yeux fixés sur l'écran vidéo, Qin Shang contemplait les images envoyées par un ROV se déplaçant autour de l'épave.

— Nous avons beaucoup de chance car la profondeur n'est que de 130 pieds. Si le navire avait vraiment coulé au large des côtes chiliennes, nous aurions dû travailler à 10 000 pieds.

— On dirait que la coque s'est cassée en deux.

— C'est assez courant quand les bateaux sont pris dans des orages sur les Grands Lacs, expliqua Chen Jiang. L'*Edmond Fitzgerald*, un légendaire minéralier, s'est cassé en se tordant quand il a coulé.

Pendant la recherche, Qin Shang avait parcouru la timonerie de long en large, très excité. Bien qu'apparemment impassible aux yeux du commandant et de l'équipage sous un aspect froid, son adrénaline faisait follement battre son cœur. Qin Shang n'était pas un homme patient. Il détestait attendre sans rien faire pendant que le bateau allait et venait avant de trouver enfin l'épave dont il espérait que c'était bien celle du *Princesse Dou Wan*. L'assommante recherche était un tourment dont il se serait bien passé.

Le *Jade Adventurer* ne ressemblait en rien aux navires de recherche d'épaves très sérieux généralement utilisés. Sa fine superstructure et ses deux coques de catamaran le faisaient ressembler à un yacht de luxe. Seule la grue très moderne au bâti en pyramide à l'arrière suggérait qu'il n'avait rien à voir avec un bateau de croisière. Ses coques étaient peintes en bleu avec une rayure rouge courant tout autour de ses bords d'attaque. Les superstructures étaient d'un blanc brillant.

Assez long, avec ses 97 mètres, élégant et d'une puissance animale, c'était une merveille d'ingénierie, remplie de la quille aux mâts de l'équipement et des instruments les plus modernes. Il faisait la joie et l'orgueil de Qin Shang. Il avait été construit expressément pour ce qu'il était sur le point de faire, remonter l'épave du *Princesse Dou Wan*.

Le navire était arrivé sur le site très tôt le matin en se fixant à la position approximative que Zhu Kwan avait reçue de St. Julien Perlmutter. Qin Shang fut soulagé de n'apercevoir que deux bateaux à une vingtaine de milles à la ronde. L'un était un minéralier se dirigeant vers Chicago. Chen Jiang identifia l'autre comme un navire de recherche, à 3 milles seulement, dont on apercevait le flanc tribord et qui voguait en direction opposée, avec une lenteur peu commune.

Utilisant les mêmes techniques de base et le même équipement que Pitt et l'équipage du *Divercity*, le *Jade Adventurer* n'en était qu'à sa troisième heure de recherche quand l'opérateur sonar annonça une cible. Après quatre passes supplémentaires pour améliorer la qualité de l'enregistrement, l'opérateur sonar put annoncer avec certitude qu'il s'agissait d'un bateau reposant sur le fond et qui, bien que cassé, correspondait aux dimensions du *Princesse Dou Wan*. Alors un ROV de fabrication chinoise fut descendu par-dessus le bord jusqu'à l'épave.

Après encore une heure passée à suivre passionnément l'écran vidéo, Qin Shang s'écria avec colère :

— Cela ne peut pas être le *Princesse Dou Wan* ! Où est son fret ? Je ne vois rien qui confirme le rapport de caisses de bois protégeant les objets d'art !

— Curieux ! murmura Chen Jiang. Les plaques

d'acier de la coque et la superstructure paraissent éparpillées autour de l'épave. On dirait qu'on a fait éclater le navire.

Le visage de Qin Shang perdit ses couleurs.

— Cette épave ne peut pas être le *Princesse Dou Wan*, répéta-t-il.

— Faites passer le ROV autour de la poupe, ordonna Chen Jiang.

Quelques minutes plus tard, le petit rôdeur sous-marin s'arrêta et l'opérateur dirigea sa caméra vers les lettres peintes sur la poupe du bateau échoué.

— Mais si! C'est bien mon navire!

Les yeux écarquillés, Qin Shang fixait l'écran vidéo.

— A-t-on pu le vider sans que vous en soyez informé? demanda Chen Jiang.

— Ce n'est pas possible! Aucun trésor de cette importance n'aurait pu rester caché toutes ces années. Certaines pièces auraient immanquablement refait surface.

— Voulez-vous que l'on prépare le submersible?

— Oui, oui, dit impatiemment Qin Shang. Je veux voir ça de plus près.

Qin Shang avait fait faire par ses propres ingénieurs le submersible qu'il avait baptisé *Sea Lotus*. Construit en France par une société spécialisée en véhicules sous-marins de grande profondeur, Qin Shang avait surveillé toutes les étapes de sa construction. Contrairement à la plupart des submersibles, pour lesquels la perfection de l'équipement passait avant le confort de l'équipage, le *Sea Lotus* avait été conçu davantage comme un bureau que comme une chambre spartiate pour une étude scientifique. Pour Qin Shang, c'était une embarcation de plaisance. Il s'était entraîné à la manœuvrer et l'avait souvent pilotée dans le port de Hong Kong peu avant qu'il ait été définitivement construit, suggérant certaines modifications pour son exigence personnelle.

Il en avait aussi fait construire un deuxième,

appelé le *Sea Jasmine*, qui devait servir à épauler le premier en cas de problèmes mécaniques sur le *Sea Lotus* pendant qu'il serait au fond.

Une heure plus tard, le submersible personnel de Qin Shang fut sorti de son compartiment sur la poupe du vaisseau de recherche et tiré sous la grue moderne qui le mettrait à l'eau. Quand tous les équipements eurent été vérifiés, le copilote se tint près de l'écoutille en attendant que Qin Shang y prenne place.

— Je piloterai seul le submersible, dit-il d'un ton sans réplique.

Le commandant Chen Jiang leva les yeux de son bureau.

— Pensez-vous que ce soit raisonnable, monsieur ? Vous n'avez pas l'habitude de ces eaux.

— Je suis familiarisé avec la conduite du *Sea Lotus*. Vous oubliez, commandant, que c'est moi qui l'ai créé. C'est à moi que revient de voir le premier les trésors volés à notre pays depuis tant d'années. Il y a trop longtemps que je rêve à cette minute pour la partager.

Chen Jiang haussa les épaules sans répondre. Il se contenta de faire signe au copilote de s'éloigner tandis que Qin Shang descendait l'échelle par la tourelle qui empêchait les vagues de pénétrer par l'écoutille ouverte dans la salle de contrôle pressurisée. Il ferma l'écoutille et la verrouilla puis revint aux systèmes d'équipement de vie.

Plonger à 430 pieds était un jeu d'enfant pour un bateau conçu pour supporter l'énorme pression qu'exerce l'eau à une profondeur de 25 000 pieds [1]. Assis sur une chaise confortable de sa propre conception, face à la console de contrôle, il avait devant lui une large fenêtre sur la proue du submersible.

La grue tint le submersible assez loin de la poupe du navire en le retenant un moment jusqu'à ce que

1. 7 500 mètres.

cesse le balancement. Puis elle le posa sur l'eau du lac Michigan. Les plongeurs détachèrent le crochet et firent une dernière inspection de l'extérieur avant que Qin Shang l'emmène dans les profondeurs froides.

— Vous n'êtes plus attaché et vous pouvez descendre, l'informa Chen Jiang par la ligne de communication.

— Remplissage des réservoirs à ballast, répondit Qin Shang.

Chen Jiang était un officier trop expérimenté pour permettre à son patron de lui ravir les responsabilités de commandant du *Jade Adventurer*. Il se tourna vers un officier et lui donna un ordre que Qin Shang ne put entendre.

— Préparez-vous à descendre le *Sea Jasmine* pour plus de sûreté.

— Vous attendez-vous à des ennuis, monsieur ?

— Non, mais nous ne pouvons prendre le risque qu'il arrive quelque chose à Qin Shang.

Le *Sea Lotus* disparut bientôt sous les vagues et commença sa lente descente vers le fond du lac. Qin Shang regardait par la fenêtre avant l'eau vert foncé qui, peu à peu, devenait noire. Il vit bientôt son reflet dans la chambre pressurisée. Il avait un regard froid, la bouche tendue, sans un sourire. En moins d'une heure, il était passé du personnage suprêmement confiant à celui d'un homme malade, fatigué et déconcerté. Il n'aimait pas l'image nébuleuse qui lui faisait face, comme si elle le regardait de l'extérieur. Pour la première fois de sa vie, il ressentit un frisson d'angoisse. Les trésors devaient être quelque part dans les morceaux cassés de l'épave, ne cessait-il de se répéter tandis que le submersible s'enfonçait sans cesse plus profondément dans les eaux froides du lac. Ils devaient y être. Il était inconcevable que quelqu'un soit passé avant lui.

La descente prit moins de dix minutes mais Qin Shang eut l'impression d'être là depuis des heures. Il tenta de percer l'obscurité totale avant d'allumer les feux extérieurs. Il commençait à faire froid dans la chambre et il régla le système de chauffage sur 21 degrés. L'écho radar indiquait que le fond se rapprochait très vite. Il fit entrer un peu d'air comprimé dans les réservoirs pour ralentir sa descente. S'il était descendu en eau profonde, au-delà de mille pieds, il aurait laissé tomber les poids attachés au submersible.

Le fond plat et désert du lac apparut sous les projecteurs. Il régla le ballast et s'arrêta à 1,50 mètre du sol. Puis il alluma les propulseurs et commença à parcourir un large cercle.

— Je suis au fond, annonça-t-il à l'équipage, là-haut. Voyez-vous où je me trouve par rapport à l'épave ?

— Le sonar vous situe à seulement 12 mètres à l'ouest du côté tribord de l'épave principale, répondit Chen Jiang.

Le cœur de Qin Shang se mit à battre d'impatience. Il rapprocha le *Sea Lotus* et le fit avancer parallèlement à la coque puis le fit remonter et passer par-dessus le bastingage, le long du pont de cale avant. Il vit les grues sortant de l'obscurité vide et dut manœuvrer pour les éviter. Il était maintenant au-dessus des cales de fret. Il immobilisa l'appareil et pencha son arrière pour que les phares illuminent le bateau, en dessous. Ses yeux tentèrent de percer les ténèbres de la caverne béante sous le submersible.

Avec un sentiment d'horreur, il constata qu'elle était vide.

Puis quelque chose bougea dans l'ombre. Il pensa d'abord qu'il s'agissait d'un poisson. Mais la chose émergea de l'ombre de la cale et se matérialisa en une monstruosité indicible, une apparition venue d'un autre monde. Elle se leva lentement, comme soulevée par lévitation, telle une hideuse créature sortie des abysses boueux et s'avança vers le submersible.

A la surface, le commandant Chen Jiang contempla avec une appréhension croissante le navire de recherche qu'il avait aperçu plus tôt faire demi-tour et se placer face au *Jade Adventurer*. Présentant soudain sa proue alors qu'il n'avait montré que son flanc tribord, le navire révéla un cotre des garde-côtes américains qu'il avait jusqu'alors caché de sa masse. Les deux navires avançaient maintenant à toute vitesse vers le bateau chinois chercheur d'épaves.

54

Qin Shang ressemblait à un homme qui a vu le puits le plus profond de l'enfer et qui refuse d'y aller. Son visage était aussi blanc et livide qu'un masque de plâtre. Son front ruisselait de sueur, ses yeux brillaient de choc. Pour un homme qui, toute sa vie, avait su contrôler ses émotions, il était soudain paralysé. Il fixait, terrorisé, le visage aperçu dans la tête en forme de bulle du monstre jaune et noir et ce visage lui adressa un sourire abominable. Puis soudain, il reconnut les traits familiers.

— Pitt! murmura-t-il d'une voix rauque.

— Oui, c'est moi, répondit Pitt par le système de communication sous-marine du Newtsuit. Vous m'entendez, n'est-ce pas, Qin Shang?

Le choc de l'incrédulité, puis la révolte contre cette apparition qu'il reconnaissait maintenant, s'exprimèrent par un flot de venin dans les veines de Qin Shang qui ne ressentait plus qu'une folle colère.

— Je vous entends, dit-il lentement, ses pensées à nouveau sous un contrôle d'acier.

Il ne demanda pas à Pitt d'où il venait ni ce qu'il faisait là. Une seule question l'obsédait.

— Où est le trésor?

— Le trésor? dit Pitt affichant un air d'incompréhension derrière la bulle transparente du casque du Newtsuit. Je n'ai pas de trésor!

— Que lui est-il arrivé? demanda Shang, les yeux chavirés par la révélation de sa défaite. Qu'avez-vous fait des œuvres d'art historiques de mon pays?

— On les a mises en lieu sûr, où des salopards de votre espèce qui les veulent pour eux tout seuls ne pourront pas les prendre.

— Comment?

— Avec beaucoup de chance et grâce à un tas de gens très bien, poursuivit Pitt. Après que mes enquêteurs ont découvert un survivant qui nous a montré le navire, j'ai organisé leur sauvetage avec la NUMA, l'US Navy et les Canadiens. Ensemble, ils ont réussi à faire le travail en dix jours, avant d'informer votre propre enquêteur de la position du *Princesse Dou Wan*. Un certain Zhu Kwan, il me semble. Après, nous n'avons eu qu'à attendre que vous vous pointiez. Je savais que ce trésor vous obsédait, Qin Shang. Je lis en vous comme dans un livre. Maintenant, il va falloir payer. En revenant aux États-Unis, vous avez annulé toutes vos chances d'une longue vie paisible. Malheureusement, parce que le monde, de nos jours, manque terriblement d'éthique et de moralité, votre argent et votre influence politique vous ont évité la prison. Mais le grand livre de votre vie en est à la dernière page, Qin Shang. Maintenant, vous allez mourir. Et vous allez mourir pour expier la mort de tous ces gens innocents que vous avez assassinés.

— Vous créez des intrigues amusantes, Pitt, dit Qin Shang avec un dédain que démentait son regard troublé. Et qui va me faire mourir?

— Je vous ai attendu, dit Pitt dont les yeux verts exprimaient la haine. J'étais sûr que vous viendriez et que vous seriez seul.

— Vous avez fini? Ou bien comptez-vous me faire mourir d'ennui?

Qin Shang savait que sa vie ne tenait qu'à un fil mais n'imaginait pas encore par quel moyen on voulait le faire mourir. Bien que l'attitude décontractée de Pitt le mette mal à l'aise, sa peur fit place à un mécanisme d'autodéfense. Son cerveau tournait très vite pour concocter un plan de survie. Il reprit espoir en comprenant que Pitt n'avait aucun soutien d'un navire en surface. Un plongeur en Newtsuit ne descendait ni ne remontait sans un câble ombilical, grâce à un treuil actionné depuis le navire de surface. Le câble servait aussi aux communications. Pitt respirait l'air de bouteilles qui ne devaient pas durer plus d'une heure. Sans équipement de survie en surface, il était en sursis et totalement sans défense.

— Vous n'êtes pas aussi malin que vous le pensez, dit Qin Shang, le visage un peu pâle. De mon point de vue, c'est vous qui allez mourir, monsieur Pitt. Votre ingénieux petit appareil de plongée contre mon submersible? Vous avez à peu près autant de chances qu'un paresseux contre un ours.

— Eh bien, j'ai envie d'essayer.

— Où est votre navire de soutien?

— Je n'en ai pas besoin, dit Pitt avec une nonchalance énervante. Je suis venu de la rive à pied.

— Vous avez beaucoup d'humour pour un homme qui ne reverra jamais plus le soleil, dit Qin Shang tandis que ses mains s'avançaient furtivement vers les manettes des bras articulés terminés par des pinces. Je peux lâcher du lest et remonter en surface en vous laissant seul face à votre destin. Ou alors je peux appeler mon équipage et lui ordonner de m'envoyer le submersible de soutien.

— Ce ne serait pas juste. Ça ferait deux ours contre un seul paresseux.

« Ce type a un cran inhumain! pensa Qin Shang. Il y a quelque chose qui n'est pas naturel. »

— Vous avez l'air bien sûr de vous, dit-il en calculant ses possibilités.

Pitt leva un des bras transmetteurs du Newtsuit et fit apparaître une petite boîte étanche munie d'une antenne.

— Au cas où vous vous étonneriez de ne pas entendre vos copains là-haut, je vous signale que ce petit gadget brouille toute communication à 150 mètres à la ronde.

Voilà qui expliquait pourquoi il n'avait pas reçu d'appels du *Jade Adventurer*. Mais cette nouvelle n'entama pas la détermination de Qin Shang d'infliger une punition à Pitt.

— Vous venez de vous mêler de mes affaires pour la dernière fois ! (Les doigts de Shang se refermèrent sur les leviers des propulseurs et les contrôles des bras articulés.) Je ne vais pas perdre une minute de plus avec vous. Je dois chercher où vous avez caché le trésor. Au revoir, monsieur Pitt. Je lâche mon lest et je remonte.

Pitt savait très bien ce qui allait se passer. Même à travers l'eau boueuse qui les séparait, il aperçut le changement soudain du regard de Qin Shang. Il leva vivement ses bras articulés pour protéger son masque vulnérable et inversa les deux petits moteurs montés de chaque côté de la taille du Newtsuit. La réaction se fit au moment même où le submersible bondissait en avant.

C'était une bataille que Pitt ne pouvait gagner. Un instant, le *Sea Lotus* était immobile, l'instant d'après il fonçait vers lui. Ses pinces articulées étaient beaucoup trop petites pour lutter contre les grosses tenailles du submersible. Le véhicule chinois pouvait aussi bouger deux fois plus vite que le Newtsuit. Si les pinces mécaniques du submersible coupaient le Newtsuit, tout serait terminé.

Pitt ne pouvait rien faire d'autre que de regarder, impuissant, le gros bras affreux s'étirer pour l'encercler en un baiser de la mort, pour déchirer le Newtsuit et attendre que l'eau l'ait envahi. Quand cela se produirait, Pitt mourrait de façon abominable.

Il n'avait aucune envie d'attendre que l'eau envahisse sa gorge ouverte et ses poumons. Rien que la pression soudaine rendrait sa fin insupportable. Il avait déjà failli mourir noyé en deux occasions au moins et n'avait aucune envie de recommencer. Le tourment, la lutte puis la mort sans personne auprès de soi que son plus mortel ennemi n'était pas du tout ce qu'envisageait Pitt.

Il avait très envie de lancer le Newtsuit en avant, d'utiliser les pinces du bras articulé pour démolir la fenêtre du submersible mais les bras étaient trop courts et risquaient d'être arrachés par ceux de l'ennemi. De plus, une attaque agressive ne faisait pas partie de son plan. Il regarda les deux mâchoires mortelles, vit l'expression méchante de Qin Shang et manœuvra son encombrant scaphandre pressurisé vers l'arrière en un effort vain pour gagner du temps.

Se servant des bras articulés du Newtsuit, il se pencha et ramassa par terre une longueur de tuyau puis le lança pour contrer l'action des bras mobiles du submersible. C'était presque un geste risible. Qin Shang dirigea ses pinces vers les hanches de Pitt. Presque comme s'il arrachait un bonbon des mains d'un enfant, il saisit le tuyau et l'arracha des pinces du Newtsuit. S'il y avait eu des spectateurs à cet étrange combat dans la vase, ils auraient pu croire à un ballet au ralenti entre deux énormes animaux. A cette profondeur, les mouvements étaient gênés par la pression de l'eau.

Soudain, Pitt sentit que le Newtsuit était arrêté. Il venait de reculer contre la cloison avant de la super-structure du *Princesse Dou Wan*. Il n'avait plus d'espace pour échapper au massacre. La lutte iné-gale n'avait duré que huit ou neuf minutes. Pitt aper-cevait le sourire diabolique de Qin Shang tandis que son adversaire se rapprochait pour la mise à mort.

C'est alors que, d'un seul coup, une forme vague arriva silencieusement, émergeant de l'obscurité comme un grand vautour incarné.

Étendu à plat ventre dans son submersible en forme de petit avion aux ailes ramassées, Giordino arrivait dans le *Sappho IV*. Il plongea derrière le *Sea Lotus*. Concentré, il actionna les contrôles d'une griffe aussi rigide qu'un étau qui dépassait du des-sous de l'appareil. Accrochée dans la griffe il y avait une petite bille ronde de moins de 90 cm de diamètre attachée à un mécanisme de succion. Sans rien voir, Qin Shang concentrait son attention sur son but unique : tuer Pitt. Alors Giordino pressa la balle et le mécanisme de succion contre la coque pressurisée du *Sea Lotus* jusqu'à ce qu'ils y adhèrent. Il n'eut plus qu'à diriger vivement l'avant du *Sappho IV* vers le haut et à prendre un grand virage qui le fit disparaître dans le vide liquide.

Vingt secondes plus tard, un bruit sourd se propagea dans l'eau. D'abord, Qin Shang se demanda pourquoi le *Sea Lotus* tremblait. Trop tard, il comprit que l'attitude de défi de Pitt devant son destin n'était qu'une diversion et que l'attaque venait d'une autre source. Puis il découvrit avec horreur la toile d'araignée de milliers de petites fissures se propager sur toute la partie supérieure de la chambre pressurisée. Soudain, l'eau s'engouffra comme si elle sortait d'un petit canon. La cabine ne perdit pas son intégrité et n'implosa pas mais l'eau qui montait fit comprendre à Shang que sa fin était arrivée.

Il se raidit, terrorisé. L'eau monta, monta et emplit bientôt l'intérieur du submersible. Frénétiquement, il enclencha les pompes pour vider les réservoirs à ballast et frappa le levier qui devait faire descendre les poids de lestage sous la quille. Le *Sea Lotus* remonta maladroitement de quelques mètres puis se cala sur place dès que l'inondation neutralisa sa flottabilité. Et puis tout doucement, il commença à tomber et se posa sur le fond du lac en créant un fin nuage de vase.

Maintenant saisi d'une folle panique, Qin Shang essaya désespérément d'ouvrir l'écoutille extérieure en une tentative insensée d'atteindre la surface, 130 mètres plus haut. C'était un geste impossible étant donné l'énorme pression de l'eau à l'extérieur.

Pitt engagea le Newtsuit dans le nuage de vase et regarda par la fenêtre du submersible. Se remémorant la vue des cadavres éparpillés dans les profondeurs du lac Orion, il vit leur assassin se pelotonner dans une poche d'air qui s'amenuisait rapidement pour respirer une dernière fois avant que l'eau glacée ne remplisse son nez et sa bouche ouverte sur un dernier cri. Bientôt, on n'entendit plus, à l'intérieur du *Sea Lotus*, que le gargouillement des bulles qui s'échappaient. Puis, comme réglées par une horloge, les lampes halogènes s'éteignirent en laissant le submersible dans une totale obscurité.

Pitt transpirait abondamment dans le Newtsuit. Il était debout au fond du lac, un sourire satisfait aux lèvres en contemplant la tombe sous-marine de Qin Shang. Le magnat du commerce maritime, qui avait dominé, exploité et assassiné des milliers d'innocents, passerait l'éternité dans les profondeurs à côté de son navire vide des trésors qui avaient obsédé la plus grande partie de sa vie. « C'est une fin qui lui convient », se dit Pitt sans ressentir la moindre pitié.

Il leva les yeux et vit reparaître Giordino dans le *Sappho IV*.

— Tu as mis le temps ! J'aurais pu être tué !

Giordino immobilisa le submersible jusqu'à ce que leurs visages ne soient plus qu'à 60 cm l'un de l'autre derrière leurs protections transparentes.

— Je ne peux pas te dire à quel point j'ai apprécié la performance, dit-il en riant. Si tu avais pu te voir dans ce costume de soldat d'opérette en train de jouer les Eroll Flynn avec un tuyau en guise de sabre !

— La prochaine fois, c'est toi qui joueras les méchants.

— Et Qin Shang ? demanda Giordino.

Pitt montra d'une des pinces le submersible chinois inerte.

— Il est là où il doit être.

— Il te reste assez d'air ?

— Moins de 20 minutes.

— Pas de temps à perdre. Reste immobile jusqu'à ce que j'aie relié mon câble à l'anneau au-dessus de ton casque. Ensuite, je te remonterai à la surface.

— Pas tout de suite, dit Pitt. J'ai encore quelque chose à faire.

Il activa les petits propulseurs du Newtsuit et se laissa remonter le long de la superstructure jusqu'à la timonerie. Les cloisons avaient été découpées pour retirer les objets entassés dans les coursives et les anciennes cabines des passagers. Il étudia rapidement le plan de l'intérieur du navire qu'il avait accroché au casque et commença à propulser le scaphandre pressurisé le long de la cabine de commandant puis jusqu'à la cabine d'après. Il s'étonna de constater que les meubles étaient à peu près intacts et il fouilla la petite cabine. Après quelques minutes, il trouva ce qu'il cherchait. Il sortit une petite poche de la ceinture du Newtsuit et la remplit de quelques objets trouvés dans un coin de la cabine.

— Tu ferais bien de te bouger, cria la voix inquiète de Giordino.

— J'arrive ! le rassura-t-il.

Il n'avait plus que trois minutes d'air quand le Newtsuit et le *Sappho IV*, l'un derrière l'autre, furent remontés à bord de l'*Ocean Retriever*. Tandis que les techniciens s'affairaient à sortir Pitt du scaphandre, celui-ci regarda au loin le *Jade Adventurer*. Une petite troupe de garde-côtes était montée à bord et examinait les papiers du navire avant de lui ordonner de quitter les eaux américaines.

Quand il fut enfin débarrassé de l'encombrant costume, Pitt se pencha sur le bastingage et promena un regard fatigué sur l'eau. Julia arriva derrière lui et passa un bras autour de la taille de Pitt.

— J'étais inquiète à votre sujet, dit-elle doucement.

— J'ai fait confiance à Al et à Rudi, sachant qu'ils ne ratent jamais leur coup.

— Qin Shang est-il mort ? demanda-t-elle, sûre de la réponse.

Pitt prit la tête de la jeune femme entre ses mains et plongea son regard dans ses yeux gris.

— Il n'est plus qu'un mauvais souvenir qu'il vaut mieux oublier très vite.

Elle s'écarta de lui, soudain inquiète.

— Quand on saura que vous l'avez tué, vous allez avoir de gros problèmes avec le gouvernement !

Malgré sa fatigue, Pitt renversa la tête et éclata de rire.

— Ma chérie, j'ai *sans cesse* de gros problèmes avec le gouvernement !

55

Le Président Dean Cooper Wallace travaillait tard
dans le bureau situé dans la partie secrète où il vivait
à Fort McNair sans se soucier des dérangements
qu'il imposait à son équipe et à ses visiteurs en orga-
nisant des réunions au milieu de la nuit. Il ne se leva
pas pour accueillir le commissaire Duncan Monroe,
l'amiral Sandecker et Peter Harper qu'introduisit
son nouveau chef du personnel, Harold Pecorelli. Il
ne les invita d'ailleurs même pas à s'asseoir.

Wallace n'était pas un homme heureux.

Les médias l'avaient crucifié pour ses relations
avec Qin Shang, accusé maintenant de complicité
dans la destruction et les morts le long du Mississippi. Et pour couronner le tout, les leaders chinois
avaient sacrifié Qin Shang en niant toute relation
avec lui. Le chef de la Qin Shang Maritime Ltd avait
disparu et même le gouvernement chinois ignorait
où il se trouvait. Le *Jade Adventurer*, encore en mer,
rejoignait la Chine. Tout au long du voyage depuis le
lac Michigan, le commandant Chen Liang avait
gardé le silence radio, ne tenant pas à annoncer lui-
même la mort de Qin Shang des mains des Américains.

En même temps, Wallace se rengorgeait en prétendant avoir joué le rôle principal dans la découverte et
la récupération des trésors artistiques chinois. Des
négociations étaient déjà en cours pour organiser

leur retour en Chine. Les photographes de presse et les cameramen de télévision avaient passé toute une journée à prendre des images de l'incroyable étalage d'objets d'art pendant qu'on les sortait des caisses en teck d'origine pour les préparer aux traitements de conservation. Quant aux ossements de l'Homme de Pékin, ils impressionnèrent le monde entier.

Averti de ce qu'il n'avait pas vraiment intérêt à s'en mêler, Wallace garda le silence tandis que l'INS et le FBI, travaillant la main dans la main, arrêtaient près de trois cents Chinois chefs de gangs et malfaiteurs quelconques dans tout le pays et les mettaient en examen. Des milliers d'immigrés clandestins travaillant en quasi-esclavage furent rassemblés pour être, plus tard, renvoyés en Chine. On n'avait peut-être pas arrêté complètement le flux d'étrangers asiatiques entrant clandestinement aux États-Unis mais les opérations de passagers en situation irrégulière furent diminuées de façon drastique.

Les plus proches conseillers du Président, s'étant rendu compte de la façon dont le précédent chef de l'exécutif avait étouffé bien des choses, poussèrent vivement Wallace à admettre tout simplement que des fautes avaient été commises et à éviter de présenter des excuses. Les erreurs de jugement n'avaient été faites que pour ce qu'il considérait comme le bien du pays. Tout fut mis en œuvre au plus haut niveau pour qu'aucune critique ne puisse lui être adressée qui pourrait contrarier son élection pour un second mandat.

— Vous avez largement dépassé les limites de votre mission, dit Wallace en dirigeant sa colère sur Monroe. Et vous l'avez fait sans prévenir quiconque dans ce bureau de vos intentions.

— Monsieur, je n'ai rien fait d'autre que le travail pour lequel je suis payé, dit résolument Monroe.

— La Chine est le terrain idéal pour l'avenir de l'économie américaine et vous avez compromis les relations que j'ai eu tant de mal à construire entre nos deux pays. Le futur des États-Unis repose sur un système commercial mondial et la Chine en est une étape essentielle.

— Mais pas, monsieur le Président, intervint Sandecker avec son habituelle froideur irritée, si cela signifie l'invasion de ce pays par des immigrés clandestins.

— Vous ne connaissez rien en politique étrangère, messieurs, et vous n'êtes en rien des économistes, répondit Wallace avec mépris. Votre tâche, Duncan, est de mener correctement la procédure d'immigration. Et la vôtre, amiral, est de vous occuper des projets scientifiques marins. Ni l'un ni l'autre n'êtes payés pour perdre tout contrôle.

Sandecker haussa les épaules et laissa tomber sa bombe.

— J'admets que les scientifiques et les ingénieurs de la NUMA ne sont pas supposés exécuter des criminels mais...

— Qu'avez-vous dit? demanda Wallace. Qu'est-ce que vous insinuez?

Avec une feinte innocence, Sandecker répondit :

— Personne ne vous a mis au courant?

— Au courant de quoi?

— Du regrettable accident qui a coûté la vie à Qin Shang.

— Il est mort? s'étrangla Wallace.

— Oui, dit Sandecker en hochant gravement la tête. Oui, il a été pris d'une sorte de folie passagère et a attaqué mon directeur des projets spéciaux sur l'épave du *Princesse Dou Wan*, lequel a dû se défendre, évidemment, et Qin Shang est mort.

Wallace était abasourdi.

— Vous rendez-vous compte de ce que vous avez fait?

— Si jamais un monstre a mérité la mort, c'est bien Qin Shang, reprit Sandecker. Et j'ajoute que je suis fier que ce soit un des miens qui s'en soit chargé.

Avant que le Président puisse faire taire l'amiral, Peter Harper se jeta dans la discussion.

— J'ai reçu un rapport de la CIA révélant que certains membres du gouvernement chinois se préparaient à assassiner Qin Shang. Ils avaient l'intention de s'approprier la Qin Shang Maritime Ltd et de l'incorporer aux lignes de commerce maritime appartenant au gouvernement, la China Marine. Rien ne porte à croire qu'ils s'en serviront pour transporter des clandestins mais, sans Qin Shang, ils ne pourront rien organiser d'aussi efficace ni à si grande échelle. C'est tout à notre avantage.

— Vous devez comprendre, messieurs, dit très diplomatiquement Pecorelli, que le Président a des politiques à protéger et des intérêts à défendre, même si cela peut paraître impopulaire.

Sandecker adressa un regard sévère à Pecorelli.

— Personne n'ignore, Harold, que Qin Shang servait d'intermédiaire entre la Maison Blanche et les intérêts illégaux chinois.

— Ce jugement prouve que vous êtes mal informé, répondit Pecorelli avec un haussement d'épaules indifférent.

Sandecker se tourna vers le Président Wallace.

— Au lieu de nous faire venir ici, Duncan et moi, pour nous passer un savon, vous devriez nous décorer pour vous avoir débarrassé d'une menace contre la sécurité nationale et vous avoir offert sur un plateau d'argent l'un des plus grands trésors de tous les temps.

— Vous allez marquer un point capital auprès des Chinois, c'est certain, quand vous allez le leur rendre, ajouta Monroe.

— Oui, oui, c'est un exploit incroyable, reconnut Wallace sans enthousiasme. (Il tira un mouchoir de sa poche et s'essuya la lèvre supérieure puis se remit tranquillement à défendre ses décisions.) Il faut considérer la situation internationale de mon point de vue. Je dois constamment équilibrer des centaines d'affaires commerciales avec la Chine. Il y en a pour des milliards de dollars pour l'économie américaine et des centaines de milliers d'emplois pour les travailleurs américains.

— Mais pourquoi les contribuables américains devraient-ils aider la Chine à établir un pouvoir mondial ? demanda Harper.

— En tout état de cause, dit Monroe en changeant la conversation, donnez davantage de pouvoir à l'INS pour arrêter l'immigration clandestine. D'après les dernières statistiques, il y a plus de 6 millions de clandestins aux États-Unis. Nous avons mis au point des programmes solides pour réduire le flux venant du Mexique mais les Chinois qui infiltrent nos côtes sont bien plus malins et exigent des mesures plus fortes.

— Peut-être serait-il plus sage de leur accorder une amnistie à tous, proposa Wallace, et qu'on n'en parle plus ?

— Je ne crois pas que vous réalisiez le sérieux de la situation que connaîtront nos petits-enfants, monsieur le Président, dit gravement Monroe. En 2025, la population américaine atteindra plus de 360 millions d'individus. Cinquante ans plus tard, si l'on compte le même taux de naissances et le même flux d'immigrants, on en aura un demi-milliard. Et les chiffres suivants sont absolument affolants.

— A moins d'une grande épidémie ou d'une guerre, le contra Wallace, rien ne pourra empêcher une explosion démographique à l'échelle mondiale. Tant que nous aurons la capacité de nous nourrir, je ne vois pas quelles conséquences il pourrait y avoir.

— Avez-vous lu les prédictions des analystes de la CIA et des géographes ? demanda Sandecker.

Wallace secoua la tête.

— Je ne vois pas de quelles prédictions vous parlez.

— Les chiffres du futur prévoient une explosion des États-Unis d'après ce que nous savons.

— C'est ridicule !

— Les Chinois contrôleront alors la Côte Ouest, de San Francisco à l'Alaska, et les Hispaniques gouverneront les terres de l'Est, de Los Angeles à Houston.

— Et tout cela se prépare sous nos yeux, dit Harper. Déjà, il y a suffisamment de Chinois en Colombie britannique pour prendre en main la politique de l'État.

— Je n'arrive pas à concevoir une Amérique divisée, dit Wallace.

Sandecker le regarda un moment sans rien dire.

— Aucune situation, aucune civilisation, ne vit éternellement.

Le nouveau chef du personnel du Président, qui avait remplacé Morton Laird, se racla la gorge.

— Je suis désolé de vous interrompre, monsieur le Président, mais vous êtes en retard pour votre prochain rendez-vous.

Wallace haussa les épaules.

— Tant pis. Je suis désolé de ne pouvoir poursuivre cette conversation, messieurs. Cependant, puisque vous ne semblez pas d'accord avec mes positions politiques, je n'ai d'autre choix que de vous demander vos démissions.

Le regard de Sandecker se durcit.

— Vous n'aurez pas la mienne, monsieur le Président. Je sais où sont enterrés trop de cadavres, au sens propre du terme. Et si vous me renvoyez, je jetterai tant de boue sur la Maison Blanche que vos conseillers seront encore en train de la dégager pour les prochaines élections.

— Je partage le sentiment de l'amiral, dit Monroe. L'INS et moi-même sommes allés trop loin ensemble pour remettre le bébé entre les mains d'un quelconque bureaucrate trop serviable. Mes agents et moi avons travaillé ensemble depuis six ans pour voir enfin le bout du tunnel. Non, monsieur le Président, je suis désolé mais je ne démissionnerai pas sans me battre.

Curieusement, en dépit d'une telle opposition rebelle, Wallace ne se mit pas en colère. Il regarda les deux hommes et comprit qu'ils ne changeraient pas d'avis. Il comprit aussi qu'il n'avait pas affaire à des fonctionnaires frileux, craignant de perdre leur emploi, mais au contraire à des patriotes dévoués. Il n'avait aucune envie de s'engager contre eux dans ce qui ne manquerait pas de se révéler une bagarre homérique, qui ne pourrait que le salir, surtout au moment où il aurait besoin d'une bonne couverture de la presse et de la télévision pour se protéger de l'orage. Il leur adressa un sourire désarmant.

— Nous sommes dans un pays libre, messieurs. Vous avez le droit d'exprimer votre insatisfaction même envers le Président de cette nation. Je reprends ma demande de démission et je ferai ce qui est en mon pouvoir pour vous permettre de gérer librement vos agences respectives. Mais je vous préviens, si l'un de vous me cause un quelconque embarras politique dans l'avenir, vous vous retrouverez tous les deux à la rue sans hésitation. Me suis-je bien fait comprendre ?

— Tout à fait, dit Sandecker.

— C'est tout à fait clair, ajouta Monroe.

— Merci d'être venus mettre les choses au point, dit Wallace. J'aimerais pouvoir dire que j'ai apprécié votre compagnie mais ça ne serait pas vrai.

Sandecker se retourna sur le pas de la porte.

— Juste une question, monsieur le Président ?

— Oui, amiral ?

— Les trésors historiques chinois que nous avons dégagés du lac Michigan, quand envisagez-vous de les rendre aux Chinois ?

— Dès que j'en aurai tiré tous les avantages politiques qu'ils pourront m'apporter, dit-il. (Avec un sourire vertueux, il ajouta) : Mais ils ne les emporteront pas avant que nous les ayons exposés à la National Gallery of Art puis, par la route, montrés un bon moment dans toutes les villes importantes d'Amérique. Je dois bien ça au peuple !

— Merci, monsieur. Mes compliments pour ce jugement plein de sagesse.

— Vous voyez, dit Wallace en souriant, je ne suis pas l'ogre que vous imaginiez.

Quand Sandecker, Monroe et Harper eurent repris

le tunnel jusqu'à la Maison Blanche, Wallace dit à son chef du personnel qu'il souhaitait rester seul un moment. Il resta assis, perdu dans ses pensées, se demandant comment l'Histoire le jugerait. Si seulement il était médium et pouvait lire l'avenir ! Tous les Présidents depuis Washington avaient sans doute souhaité posséder ce talent. Finalement, il soupira et appela Pecorelli.

— Qui dois-je recevoir maintenant ?

— Les rédacteurs de vos discours aimeraient vous voir un moment pour mettre la dernière touche à votre discours pour l'Association du collège hispano-américain.

— Oui, c'est un discours important, dit le Président en reprenant ses esprits. C'est une excellente occasion d'annoncer mon nouveau projet d'agence culturelle et artistique.

Le travail routinier avait repris ses droits dans le bureau du chef de l'Exécutif.

56

— Quelle joie de vous revoir ! dit Katie en ouvrant la porte. Entrez, je vous en prie. Ian est dehors sur le porche en train de lire son journal du matin.

— Nous ne pourrons pas rester longtemps, dit Julia en entrant. Dirk et moi devons prendre un avion pour Washington à midi.

Pitt suivit les deux femmes dans la maison. Il portait sous le bras une petite caisse en bois. Ils traversèrent la cuisine et passèrent sur le porche face au lac. Il y avait une petite brise assez vive et les vagues clapotaient. Un voilier courait avec le vent à un mille au large. Gallagher se leva, le journal à la main.

— Dirk, Julia, merci d'être venus, dit-il de sa voix forte.

— Je vous apporte du thé, annonça Katie.

Pitt aurait préféré du café à cette heure matinale mais il sourit.

— J'en serais ravi, assura-t-il.

— J'espère que vous êtes venus nous raconter l'opération de sauvetage, dit Gallagher.

— C'est exactement le but de notre visite.

Gallagher les fit asseoir autour d'une table pliante. En s'asseyant, Pitt posa la caisse à ses pieds. Quand Katie revint avec la théière, Pitt et Julia racontèrent l'opération de récupération et décrivirent certaines des pièces qu'ils avaient vues lorsque les caisses étaient brisées.

Ils omirent seulement de parler de Qin Shang que Ian et Katie ne connaissaient pas, du reste. Pitt raconta comment Giordino avait découvert les ossements de l'Homme de Pékin.

— L'Homme de Pékin! s'exclama Katie. Les Chinois le révèrent comme un de leurs ancêtres très honorés.

— Garderons-nous une partie du trésor? demanda Gallagher.

— Je ne crois pas. On m'a dit que le Président Wallace avait l'intention de rendre tout le trésor au peuple chinois après l'avoir exposé un peu partout aux États-Unis. Le squelette de l'Homme de Pékin est déjà en route pour là-bas.

— Tu te rends compte, Ian, dit Katie en regardant tendrement son mari, tout cela aurait pu nous appartenir!

Gallagher lui tapota le genou.

— Et où l'aurions-nous mis? Nous avons assez de chinoiseries à la maison pour ouvrir un musée.

Katie roula les yeux et lui donna une claque sur l'épaule.

— Espèce d'Irlandais menteur, tu aimes autant ces objets que moi. Excusez Ian, ajouta-t-elle en se tournant vers Julia, mais un voyou reste toujours un voyou!

— Nous devrions vraiment partir, dit Julia qui n'en avait pas la moindre envie.

Pitt se baissa, prit la caisse de bois et la tendit à Katie.

— Un cadeau du *Princesse Dou Wan* dont j'ai pensé qu'il vous revenait de droit.

— J'espère que ce n'est pas une pièce du trésor, dit-elle, surprise. Ce serait du vol.

— Oh! mais cela vous appartient, assura Julia.

Lentement, avec un peu d'appréhension, Katie souleva le couvercle de la boîte.

— Je ne comprends pas, dit-elle, déroutée. On dirait les os d'une sorte d'animal.

Puis elle aperçut le petit dragon en or attaché à un collier de cuir d'un rouge fané.

— Ian! Oh! Ian! s'écria-t-elle en comprenant soudain. Regarde, ils ont ramené Fritz!

— Il est revenu près de sa maîtresse, dit Gallagher dont les yeux s'embuaient de larmes.

Des larmes, Katie en versa immédiatement en se levant pour venir embrasser Pitt.

— Merci, merci, vous ne pouvez pas savoir ce que cela représente pour moi.

— Au cas où il ne l'aurait pas su, dit Julia en regardant Pitt avec tendresse, maintenant il le sait.

Gallagher entoura d'un bras les épaules de sa femme.

— Je l'enterrerai avec les autres. Nous avons un petit cimetière où sont ensevelis tous nos chiens depuis le jour de leur mort, expliqua-t-il.

Lorsqu'ils repartirent en voiture, Ian « Hong Kong » Gallagher se tenait près de Katie, tout sourire, en leur faisant des signes d'adieu. Pitt se dit qu'il enviait le grand Irlandais. Gallagher avait raison. Il avait trouvé la vraie richesse sans avoir récupéré les trésors du *Princesse Dou Wan*.

— C'est un couple merveilleux, dit Julia en leur rendant leurs saluts.

— Ça doit être extraordinaire de vieillir près de quelqu'un qu'on aime!

Julia regarda Pitt, les sourcils levés de surprise.

— J'ignorais que vous étiez sentimental!

— J'ai mes moments sombres, parfois, dit-il en souriant.

Elle s'adossa au siège et regarda par le pare-brise les arbres défiler.

— J'aimerais bien continuer à rouler et ne pas rentrer à Washington.

— Qu'est-ce qui nous en empêche ?

— Vous êtes fou ! J'ai mon travail à l'INS. Vous avez le vôtre à la NUMA. Nos supérieurs attendent de longs rapports sur la récupération du trésor et toutes les aventures épuisantes que nous avons vécues pour arrêter le raz de marée des clandestins. Ils vont nous faire travailler pendant les semaines à venir et nous aurons de la chance si nous réussissons à nous voir quelques heures le dimanche. Et Dieu seul sait ce que le ministère de la Justice fera quand on saura que vous avez enseveli Qin Shang sur l'épave du *Princesse Dou Wan*.

Pitt ne dit rien. Otant une main du volant, il prit dans sa poche deux enveloppes qu'il donna à Julia.

— Qu'est-ce que c'est ? demanda-t-elle.

— Deux billets d'avion pour le Mexique. J'ai oublié de vous le dire mais nous ne rentrons pas à Washington.

Elle en resta bouche bée.

— Vous êtes de plus en plus fou !

— Il y a des fois où je me fais peur, dit-il en souriant. Mais ne vous inquiétez pas. Je me suis arrangé avec le commissaire Monroe et l'amiral Sandecker. Nous avons leur bénédiction pour dix jours de vacances. Ils ont dû admettre que c'était la moindre des choses. Les rapports peuvent attendre. Le gouvernement fédéral n'est pas pressé.

— Mais je n'ai rien à me mettre !

— Je vous achèterai toute une garde-robe.

— Mais où allons-nous au Mexique ? demanda-t-elle, soudain tout excitée. Qu'allons-nous faire ?

— Nous allons nous allonger sur la plage de Mazatlan, dit-il avec emphase. Nous boirons des margaritas et nous regarderons le soleil se coucher sur la mer de Cortes.

— Je crois que je vais adorer ça, dit-elle en se nichant contre lui.

Il la regarda et sourit.

— C'est ce que j'ai cru comprendre, dit-il.

Du même auteur

RENFLOUEZ LE TITANIC ! J'ai lu, 1979.

VIXEN 03, Laffont, 1980.

L'INCROYABLE SECRET, Grasset, 1983.

PANIQUE À LA MAISON-BLANCHE, Grasset, 1985.

CYCLOPE, Grasset, 1987.

TRÉSOR, Grasset, 1989.

DRAGON, Grasset, 1991.

SAHARA, Grasset, 1992.

L'OR DES INCAS, coll. « Grand Format », Grasset, 1995.

CHASSEURS D'ÉPAVES, Grasset, 1996.

ONDE DE CHOC, coll. « Grand Format », Grasset, 1997.

ATLANTIDE, coll. « Grand Format », Grasset, 2001.

Avec Paul Kemprekos :

SERPENT, coll. « Grand Format », Grasset, 2000.